DIE STAR WARS SAGA

KRIEG DER STERNE
DAS IMPERIUM SCHLÄGT ZURÜCK
DIE RÜCKKEHR DER
JEDI-RITTER

GOLDMANN VERLAG

Die Übersetzungsnachweise
sind in den einzelnen Bänden aufgeführt

Der Goldmann Verlag
ist ein Unternehmen der Verlagsgruppe Bertelsmann

Made in Germany · 9/90 · 5. Auflage
© der deutschsprachigen Ausgabe 1985
by Wilhelm Goldmann Verlag, München
© der jeweiligen Originalausgabe im
entsprechenden Band
Umschlagentwurf: Design Team München
Umschlagillustration: Ballantine/Del Rey
Druck: Elsnerdruck, Berlin
Verlagsnummer: 23743
AR · Herstellung: Peter Papenbrok/Voi
ISBN 3-442-23743-2

Inhalt

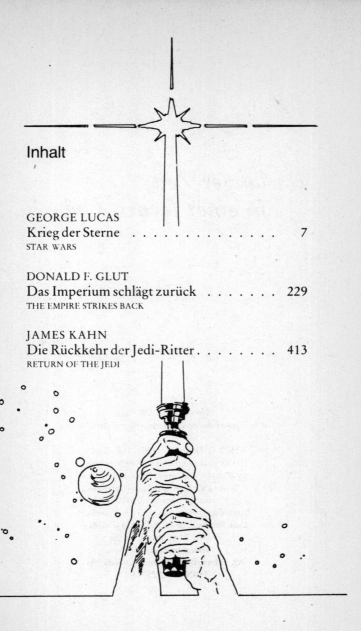

GEORGE LUCAS
Krieg der Sterne 7
STAR WARS

DONALD F. GLUT
Das Imperium schlägt zurück 229
THE EMPIRE STRIKES BACK

JAMES KAHN
Die Rückkehr der Jedi-Ritter 413
RETURN OF THE JEDI

*Vor langer Zeit,
   in einer fernen Galaxis . . .*

Krieg der Sterne

Titel der amerikanischen Originalausgabe:
Star Wars

Aus dem Amerikanischen übertragen
von Tony Westermayr

Originalverlag: Ballantine Books, New York

© der Originalausgabe 1976
by The Star Wars Corporation
This translation published by arrangement with
Ballantine Books, a Division of Random House, Inc.

Prolog

Eine andere Galaxis, eine andere Zeit.

Die Alte Republik war die Republik der Legende, größer als Entfernung oder Zeit. Nicht nötig anzugeben, wo sie war, woher sie kam, nur zu wissen, daß sie... *die* Republik war.

Einst blühte und gedieh die Republik unter der weisen Herrschaft des Senats und dem Schutz der Jedi-Ritter. Aber wie so oft, wenn Reichtum und Macht über das Bewunderungswürdige hinauswachsen und das Staunenerregende erlangen, tauchen jene Bösen auf, deren Habgier das gleiche Maß erreicht.

So war es bei der Republik auf ihrem Höhepunkt. Wie der mächtigste aller Bäume, fähig, jedem Angriff von außen zu widerstehen, verfaulte die Republik von innen heraus, wiewohl die Gefahr von außen nicht zu erkennen war.

Unterstützt und gefördert von ruhelosen, machthungrigen Figuren innerhalb der Regierung, von den einflußreichen Organen des Handels, erreichte der ehrgeizige Senator Palpatine, daß er zum Präsidenten der Republik gewählt wurde. Er versprach, die Mißvergnügten im Volk wieder zu vereinen und den schwindenden Ruhm der Republik wiederherzustellen.

Erst einmal gesichert im Amt, rief er sich zum Kaiser aus und verschloß sich vor der Bevölkerung. Bald wurde er von eben den Gehilfen und Stiefelleckern beherrscht, die er zu hohem Amt berufen. Die Rufe des Volkes nach Gerechtigkeit erreichten seine Ohren nicht mehr.

Die kaiserlichen Gouverneure und Bürokraten machten sich daran, eine Herrschaft des Terrors über die entmutigten Welten der Galaxis zu errichten, nachdem sie durch Verrat und Täuschung die Jedi-Ritter, Wächter über die Gerechtigkeit in der Galaxis, ausgelöscht hatten. Viele gebrauchten die kaiserlichen Streitkräfte und den Namen des zunehmend isolierten Kaisers dazu, ihrem persönlichen Ehrgeiz zu frönen.

Aber eine kleine Zahl von Systemen rebellierte gegen diese neuen Ausschreitungen. Sie erklärten sich zu Gegnern der Neuen Ordnung und nahmen den großen Kampf zur Wiedererrichtung der Alten Republik auf.

Von Beginn an waren sie den vom Kaiser versklavten Systemen gegenüber weit in der Minderzahl. In jenen ersten dunklen Tagen schien es deshalb gewiß zu sein, daß die helle Flamme des Widerstands ausgelöscht werden würde, bevor sie das Licht der neuen Wahrheit auf eine Galaxis unterdrückter und besiegter Völker zu werfen mochte...

Aus der Ersten Saga *(Tagebuch der Whills)*

1

Eine riesige, schimmernde Kugel, die flackerndes, topasfarbenes Licht in den Weltraum warf – aber keine Sonne. So hatte der Planet die Menschen lange genarrt. Erst beim Eintritt in eine enge Umlaufbahn begriffen die Entdecker, daß dies eine Welt in einem Binärsystem war, nicht eine dritte Sonne.

Zunächst schien gewiß zu sein, daß auf einem solchen Planeten nichts existieren konnte, am wenigsten Menschliches. Dabei umkreisten die beiden riesigen Sterne von der Größe G_1 und G_2 ein gemeinsames Zentrum mit sonderbarer Regelmäßigkeit, und Tatooine umrundete sie weit genug außerhalb, um die Entwicklung eines recht stabilen, wenn auch ausgesprochen heißen Klimas zuzulassen. In der Hauptsache war das eine trockene Wüstenwelt, deren ungewöhnlich sternenähnliches gelbes Glühen daher rührte, daß verdoppeltes Sonnenlicht natriumgesättigten Sand und ebensolches Flachland aufheizte. Dasselbe Sonnenlicht schien plötzlich auf die dünne Hülle einer metallischen Form, die wild torkelnd zur Atmosphäre hinabstürzte.

Der regellose Weg, den der galaktische Kreuzer nahm, war von Absicht bestimmt; er war nicht die Folge eines Schadens, sondern einer verzweifelten Bemühung, ihn zu vermeiden. Lange Streifen gleißender Energie glitten nah an seinem Rumpf vorbei, ein vielfarbiger Sturm der Vernichtung, gleich einem Schwarm regenbogenbunter Schildfische, die einander bekämpften, um sich an einen größeren, widerwilligen Wirt zu heften.

Einem dieser suchenden, sondierenden Strahlen gelang es, das fliehende Schiff zu berühren und seine Hauptsolarflosse zu treffen. Juwelenartige Bruchstücke Metall und Kunststoff sprühten in den Weltraum, als das Ende der Steuerflosse zerbarst.

Die Quelle dieser Vielzahl von Energiestrahlen tauchte schlagartig auf – ein schwerfälliger kaiserlicher Kreuzer, der massive Rumpf starrend von Dutzenden großkalibriger Geschützbettungen. Das in Bogen sprühende Licht aus diesen Türmen erlosch, als der Kreuzer nah heranflog. In den Bereichen des kleineren Schiffes, die Treffer hingenommen hatten, konnte man in unregelmäßigen Abständen Explosionen und Lichtblitze sehen. Der Kreuzer schob sich in der absoluten Kälte des Weltraums an die verwundete Beute heran.

Wieder erschütterte eine ferne Explosion das Schiff – aber Artoo Detoo und See Threepio kam sie durchaus nicht fern vor. Die Druckwelle schleuderte sie in dem engen Korridor herum wie Lager in einem alten Motor.

Wenn man die beiden betrachtete, hätte man vermutet, daß die hohe, menschenähnliche Maschine, Threepio, die bestimmende sei, und der gedrungene, dreibeinige Roboter Artoo Detoo ein Gehilfe. Aber während Threepio bei dem Gedanken verächtlich die Luft durch die Nase gesaugt hätte, waren sie in Wirklichkeit in jeder Beziehung gleichberechtigt, ausgenommen die Redseligkeit. Auf diesem Gebiet war Threepio eindeutig – und notwendigerweise – überlegen.

Die nächste Explosion erschütterte den Korridor und brachte Threepio aus dem Gleichgewicht. Sein kürzerer Begleiter war mit dem niedrigen Schwerpunkt seines gedrungenen, zylindrischen, auf dicken, klauenförmigen Beinen gut ausbalancierten Körpers in solchen Augenblicken im Vorteil.

Artoo sah hinauf zu Threepio, der sich an einer Korridorwand aufrecht hielt. Um ein einzelnes, mechanisches Auge blinkten rätselhafte Lichter, als der kleine Roboter das verbeulte Gehäuse seines Freundes betrachtete. Eine Patina aus Metall- und Faserstaub überzog die sonst glänzende Bronzepolitur, und es gab einige sichtbare Eindellungen – alles Folgen der schweren Schläge, die ihr Rebellenschiff hatte hinnehmen müssen.

Die letzte Attacke wurde begleitet von einem anhaltenden, tiefen Summen, das nicht einmal von der lautesten Explosion hätte übertönt werden können. Dann hörte ohne erkennbaren Grund das Baßdröhnen plötzlich auf, und die einzigen Geräusche in dem sonst verlassenen Korridor waren ein unheimliches Knacken kurzschließender Relais oder das Knallen defekter

Schaltungen. Wieder hallten auch Explosionen durch das Schiff, aber weit entfernt vom Korridor.

Threepio drehte den glatten, menschenähnlichen Kopf auf die Seite. Metallohren lauschten angestrengt. Die Nachahmung einer menschlichen Haltung war kaum notwendig – Threepios Audiosensoren besaßen volle Rundumleistung – aber der schlanke Roboter war darauf programmiert worden, mit einer menschlichen Umgebung ganz zu verschmelzen. Diese Programmierung erstreckte sich sogar auf die Nachahmung menschlicher Gestik.

»Hast du das gehört?« fragte er seinen geduldigen Begleiter rhetorisch, auf das pulsierende Geräusch anspielend. »Sie haben den Hauptreaktor und den Antrieb abgeschaltet.« Seine Stimme klang so ungläubig und besorgt wie die eines Menschen. Eine metallene Handfläche rieb mißmutig einen Fleck von stumpfem Grau an seiner Seite, wo eine abgebrochene Rumpfstrebe herabgestürzt war und die Bronzepolitur zerschrammt hatte. Threepio war eine anspruchsvolle Maschine, und solche Dinge störten ihn.

»Wahnsinn, das ist Wahnsinn.« Er schüttelte langsam den Kopf. »Diesmal werden wir ganz gewiß vernichtet.«

Artoo ging nicht gleich darauf ein. Den Zylinderrumpf nach hinten geneigt, die kraftvollen Beine fest am Deck verankert, war der einen Meter hohe Roboter in die Betrachtung der Decke über ihnen vertieft. Obwohl er keinen Kopf hatte, den er, wie sein Freund, in eine Lauschhaltung kippen konnte, gelang es Artoo auf irgendeine Weise trotzdem, diesen Eindruck zu erwecken. Eine Reihe kurzer Piep- und Zirptöne drang aus seinem Lautsprecher. Selbst für ein empfindliches menschliches Ohr wären sie nichts anderes als statische Störungen gewesen, aber für Threepio bildeten sie Worte, die so klar und rein waren wie Gleichstrom.

»Ja, den Antrieb mußten sie wohl abschalten«, gab Threepio zu, »aber was machen wir jetzt? Ohne Höhenflosse können wir nicht in die Atmosphäre eintreten. Ich kann jedoch nicht glauben, daß wir uns einfach ergeben.«

Eine kleine Gruppe bewaffneter Menschen tauchte plötzlich auf, Gewehre im Anschlag. Ihre Mienen waren so zerknittert wie ihre Uniformen, und sie hatten die Haltung von Menschen, die sich auf den Tod vorbereiten.

Threepio beobachtete sie stumm, bis sie um eine ferne Biegung im Korridor verschwunden waren, dann schaute er sich nach Artoo um. Der kleine Roboter verharrte immer noch in Lauschhaltung. Threepios Blick richtete sich auch nach oben, obwohl er wußte, daß Artoos Sinne ein wenig schärfer waren als seine eigenen.

»Was ist, Artoo?«

Ein kurzer Piepston war die Antwort. Noch ein Augenblick, und scharf eingestellte Sensoren waren nicht mehr nötig. Der Korridor blieb noch eine oder zwei Minuten gänzlich still, dann war ein schwaches Scharren zu hören, wie von einer Katze an einer Tür; das Geräusch drang von oben herab. Das seltsame Scharren stammte von schweren Schritten und dem Schleifen großer Geräte irgendwo am Schiffsrumpf.

Als ein paar dumpfe Explosionen zu hören waren, murmelte Threepio: »Sie sind irgendwo über uns eingedrungen. Diesmal gibt es für den Kapitän kein Entkommen.« Er drehte sich herum und sah auf Artoo hinunter. »Ich glaube, wir sollten lieber –«

Das Kreischen überbeanspruchten Metalls erfüllte die Luft, bevor er zu Ende sprechen konnte, und das andere Ende des Korridors wurde erhellt von einem gleißenden Blitz. Dort unten mußte der kleine, bewaffnete Trupp, der Minuten zuvor vorbeigekommen war, auf die Angreifer gestoßen sein.

Threepio wandte Gesicht und empfindliche Photorezeptoren ab – gerade rechtzeitig, um den Metallsplittern auszuweichen, die durch den Korridor fetzten. Am anderen Ende war im Dach plötzlich ein klaffendes Loch zu sehen, und spiegelnde Objekte, wie große Metallperlen, fielen auf den Korridorboden herab. Beide Roboter wußten, daß keine Maschine der Beweglichkeit dieser Formen gewachsen war, und nahmen augenblicklich Kampfhaltung ein. Die Neuankömmlinge waren gepanzerte Menschen, keine Automaten.

Einer von ihnen blickte direkt auf Threepio – nein, nicht auf ihn, dachte der in Panik geratene Roboter wild, sondern an ihm vorbei. Die Gestalt drehte das große Gewehr mit gepanzerten

Händen – zu spät. Ein Strahl grellsten Lichts traf den Kopf, und Bruchstücke von Panzerung, Knochen und Fleisch flogen in alle Richtungen.

Die Hälfte der eingedrungenen kaiserlichen Truppen fuhr herum und erwiderte das Feuer den Korridor hinauf – an den beiden Robotern vorbeizielend.

»Schnell – hierher!« befahl Threepio, entschlossen, den Rückzug vor den Kaiserlichen anzutreten. Artoo drehte sich mit ihm herum. Sie hatten kaum zwei Schritte getan, als sie vor sich die Rebellen-Besatzung sahen, den Korridor *hinab* feuernd. Binnen Sekunden war der Korridor erfüllt von Rauch und einander kreuzenden Energiestrahlen.

Rote, grüne und blaue Blitze prallten von polierten Wandtafeln und vom Boden ab oder rissen lange Furchen in Metallflächen. Schreie verwundeter und sterbender Menschen – ein sonderbar unrobotisches Geräusch, dachte Threepio – hallten durchdringend über der anorganischen Zerstörung.

Ein Strahl schlug im selben Augenblick vor den Füßen des Roboters ein, als ein zweiter die Wand unmittelbar hinter ihm aufriß und funkensprühende Schaltungen und Reihen von Isolierrohren freilegte. Die Wucht des Doppelblitzes schleuderte Threepio in das Gewirr zerfetzter Kabel, wo ein Dutzend verschiedener Ströme ihn in eine zuckende, umhergeschüttelte Puppe verwandelte.

Seltsame Empfindungen fegten durch seine metallenen Nervenenden. Sie verursachten keinen Schmerz, nur Verwirrung. Jedesmal, wenn er sich bewegte und zu befreien versuchte, gab es ein heftiges Knistern, und immer mehr Schaltteile barsten. Der Lärm und die Blitze von Menschenhand umtosten ihn unaufhörlich, während der Kampf weitertobte.

Dichter Rauch quoll durch den Korridor. Artoo Detoo eilte umher, bestrebt, seinen Freund zu befreien. Der kleine Roboter bewies den raubgierigen Energien im Korridor gegenüber eine phlegmatische Gleichgültigkeit. Er war so niedrig gebaut, daß die meisten Strahlen ohnehin über ihn hinwegzischten.

»*Hilfe!*« brüllte Threepio, von einer neuen Botschaft eines inneren Sensors plötzlich erschreckt. »Ich glaube, da schmilzt etwas. Befrei mein linkes Bein – das Problem ist in der Nähe des Becken-Servomotors!« Typisch für ihn wechselte sein Tonfall vom Flehen plötzlich zum Schelten. »Das ist alles deine Schuld!« schrie er wütend. »Ich hätte wissen müssen, daß man der Logik eines Thermokapsel-Umzugsgehilfenzwergs nicht trauen kann. Ich weiß nicht, warum du darauf bestanden hast, daß wir unsere zugeteilten Posten verlassen und in diesen dummen Zugangskorridor herunterkommen. Nicht, daß das jetzt noch wichtig wäre. Das ganze Schiff muß schon –« Artoo Detoo schnitt ihm mit zornigem Piepen und Tuten das Wort ab, wobei er aber fortfuhr, mit Präzision an den verwickelten Starkstromkabeln herumzureißen und -zuschneiden.

Eine ungewöhnlich heftige Explosion erschütterte den Korridor. Ein lungenerstickender Nebel aus verkohlten Stoffen erfüllte die Luft und hüllte alles ein.

Zwei Meter groß. Zweibeinig. Wallende schwarze Gewänder, an der Gestalt herabfließend, und ein Gesicht, für alle Zeit maskiert von einem funktionellen, wenn auch bizarren schwarzen Metall-Atemgitter – ein Schwarzer Lord der Sith war eine schreckenerregende, bedrohliche Erscheinung, die durch die Korridore des Rebellenschiffs schritt.

Angst folgte den Spuren aller Schwarzen Lords. Die Aura des Bösen, die diesen einen hier dicht umgab, war gewaltig genug, abgehärtete kaiserliche Truppen zu veranlassen, daß sie zurückwichen und ein nervöses Gemurmel unter ihnen ausbrach. Vorher noch zu allem entschlossene Rebellen-Besatzungsmitglieder gaben den Widerstand auf, verloren die Nerven und flüchteten in Panik beim Anblick der schwarzen Panzerung – einer Panzerung, die, so schwarz sie auch sein mochte, bei weitem nicht so finster war wie die Gedanken in diesem Gehirn.

Eine Absicht, ein Gedanke, eine Zwangsvorstellung beherrschte dieses Gehirn jetzt, brannte im Gemüt von Darth Vader, als er in einen anderen Korridor des eroberten Kampfschiffes einbog. Dort lichtete sich der Rauch bereits, wiewohl die Geräusche fernen Kampfes noch durch den Rumpf hallten.

Nur ein Roboter war übrig und bewegte sich nach dem

Durchzug des Schwarzen Lords. See Threepio konnte sich endlich von dem letzten behindernden Kabel lösen. Irgendwo hinter ihm konnte man von dort, wo gnadenlose kaiserliche Truppen die letzten Nester des Rebellenwiderstands ausräucherten, menschliche Schreie hören.

Threepio blickte hinunter und sah nur zerschründetes Deck. Als er sich umsah, klang seine Stimme tief besorgt.

»Artoo Detoo – wo bist du?« Der Rauch schien sich ein bißchen mehr zu lichten. Threepio starrten den Korridor hinauf.

Artoo Detoo war da, aber er blickte nicht in Threepios Richtung. Statt dessen schien der kleine Roboter in einer Haltung der Aufmerksamkeit erstarrt zu sein. Über ihn beugte sich – selbst für Threepios elektronische Photorezeptoren war es schwer, den ätzenden Rauch zu durchdringen – eine menschliche Gestalt. Sie war jung, schlank und nach den verworrenen menschlichen Maßstäben der Ästhetik, überlegte Threepio, von ruhiger Schönheit. Eine kleine Hand schien über die Vorderseite von Artoos Rumpf zu gleiten.

Threepio ging auf sie zu, als der Rauch wieder dichter quoll. Als Threepio das Ende des Korridors erreichte, stand dort aber nur Artoo und wartete. Threepio blickte unsicher an ihm vorbei. Roboter erlagen manchmal elektronischen Halluzinationen – aber warum sollte er sich einen Menschen vorgaukeln?

Auf der anderen Seite – warum auch nicht, vor allem, wenn man die verwirrenden Umstände der vergangenen Stunde und die starken Stromstöße bedachte, die Threepio eben vorhin erhalten hatte. Er durfte sich über nichts wundern, was seine verketteten inneren Schaltungen hervorzaubern mochten.

»Wo bist du gewesen?« fragte Threepio schließlich. »Du hast dich wohl versteckt?« Er beschloß, die menschliche Gestalt nicht zu erwähnen. Wenn es eine Halluzination gewesen war, würde er Artoo nicht die Befriedigung verschaffen, zu erkennen, wie sehr die kürzlichen Ereignisse seine Logikschaltungen beeinflußt hatten. »Sie werden diesen Weg zurückkommen«, fuhr er fort, nickte den Korridor hinunter und gab dem kleinen Automaten keine Gelegenheit zu antworten. »Auf der Suche nach überlebenden Menschen. Was machen wir nun? Sie werden den Worten von Maschinen in Rebellenbesitz, daß wir nichts von Wert wissen, nicht glauben. Man wird uns in die Gewürzgruben von Kessel schicken oder zur Ersatzteilbeschaffung für andere, weniger verdiente Roboter auseinandernehmen. Das heißt, wenn sie uns nicht für potentielle Programmierungsfallen halten und beim ersten Anblick in die Luft sprengen. Wenn wir nicht...« Aber Artoo hatte sich schon umgedreht und eilte den Korridor wieder hinunter. »Warte, wohin willst du? Hast du mir nicht zugehört?« Threepio stieß Flüche in mehreren Sprachen aus, manche rein mechanisch, und hastete hinter seinem Freund her. Das Artoo-Gerät konnte ausgesprochen kurzschlüssig sein, wenn es wollte, dachte er bei sich.

Vor dem Kontrollzentrum des galaktischen Kreuzers war der Korridor überfüllt mit mürrischen Gefangenen, die von kaiserlichen Truppen zusammengetrieben wurden. Manche lagen verwundet am Boden und stöhnten, andere starben stumm. Mehrere Offiziere waren von den Soldaten getrennt worden und standen als kleine Gruppe abseits, herausfordernden Blicks und Drohungen gegen das stumme Knäuel von Truppen ausstoßend, das sie in Schach hielt.

Wie auf Kommando verstummten alle – die kaiserlichen Truppen ebenso wie die Rebellen – als hinter einer Biegung im Korridor eine massive, verhüllte Gestalt auftauchte. Zwei von den bislang beherzten, störrischen Rebellenoffizieren begannen zu zittern. Die hochragende Gestalt blieb vor einem der Männer stehen und streckte wortlos den Arm aus. Eine riesige Hand schloß sich um den Hals des Mannes und hob ihn hoch. Die Augen des Rebellenoffiziers traten aus den Höhlen.

Ein kaiserlicher Offizier, den Panzerhelm zurückgeschoben, so daß man eine frische Narbe sah, wo ein Energiestrahl seine Panzerung durchschlagen hatte, kletterte aus dem Kontrollraum herunter und schüttelte den Kopf.

»Nichts, Sir. Das Informations-Wiedergabesystem ist gelöscht.«

Darth Vader akzeptierte die Nachricht mit einem kaum wahrnehmbaren Nicken. Die undurchdringliche Maske wandte sich dem Offizier zu, den er marterte. Metallumkleidete Finger krümmten sich. Der Gefangene griff hinauf und versuchte sie zu öffnen, aber ohne Erfolg.

»Wo sind die Daten, die ihr abgefangen habt?« knurrte Vader drohend. »Was habt ihr mit den Informationsbändern gemacht?«

»Wir – haben keine – Information – abgefangen«, gurgelte der baumelnde Offizier, kaum fähig zu atmen. Tief aus seinem Innern holte er ein Quietschen der Empörung herauf. »Das ist ein... Rats-Fahrzeug... Habt ihr... unsere... Außenmarkierung... nicht gesehen? Wir sind unterwegs... in... diplomatischem Auftrag.«

»Das Chaos hole euren Auftrag!« knurrte Vader. »Wo sind die Bänder?« Er preßte stärker zu. Die Drohung in seinem Griff sagte genug.

Als der Offizier endlich antwortete, war seine Stimme nur noch zu einem dünnen, erstickten Flüstern fähig.

»Nur... der Commander weiß es.«

»Dieses Schiff trägt das Systemwappen von Alderaan«, knurrte Vader, und die grausige Atemmaske beugte sich vor. »Ist jemand von der königlichen Familie an Bord? Wen führt ihr mit?« Dicke Finger schlossen sich fester um den Hals, und die Bewegungen des Offiziers wurden immer schwächer. Seine letzten Worte waren so erstickt und verzerrt, daß man sie nicht mehr verstehen konnte.

Vader war nicht erfreut. Obwohl die Gestalt mit einer schrecklichen, unzweifelhaften Endgültigkeit erschlaffte, preßte die Hand sich immer fester zusammen und erzeugte ein schauriges Krachen und Brechen von Knochen wie bei einem Hund, der auf Plastik trabt. Dann warf Vader mit einem angewiderten Keuchen die Marionettengestalt des Toten an eine Wand. Mehrere kaiserliche Soldaten wichen gerade noch rechtzeitig dem grausigen Geschoß aus.

Die hochragende Gestalt fuhr unerwartet herum, und kaiserliche Offiziere zuckten unter dem düsteren, starren Blick zusammen.

»Nehmt dieses Schiff Stück für Stück auseinander, Teil für

Teil, bis ihr diese Bänder findet. Was die Passagiere angeht, so will ich sie lebend haben, falls es überhaupt welche gibt.« Er schwieg einen Augenblick, dann fügte er hinzu: »*Schnell!*«

Offiziere und Mannschaften stürzten in ihrer Hast, das Weite zu suchen, beinahe übereinander – nicht unbedingt, um Vaders Befehl auszuführen, sondern einfach, um dieser bösartigen Präsenz zu entkommen.

Artoo Detoo blieb in einem leeren Korridor ohne Rauch und Kampfspuren endlich stehen. Ein besorgter, verwirrter Threepio hielt hinter ihm an und stieß hervor:

»Du hast uns durch das halbe Schiff geführt, und wofür…?« Er verstummte und glotzte ungläubig, als der gedrungene Roboter mit einem Klauenarm hinaufgriff und die Plombe einer Rettungsbootluke abriß. Augenblicklich leuchtete eine rote Lampe auf, und ein leises Heulen tönte durch den Korridor.

Threepio blickte wild in alle Richtungen, aber der Gang blieb leer. Als er den Kopf wieder nach vorn drehte, zwängte Artoo sich bereits in die enge Bootskapsel. Sie war gerade groß genug für mehrere Menschen, und ihre Konstruktion sah die Unterbringung von Automaten nicht vor.

»He«, rief ein verblüffter Threepio mahnend, »du darfst da nicht hinein! Das ist nur für Menschen zugelassen! Wir könnten die Kaiserlichen vielleicht davon überzeugen, daß wir nicht rebellen-programmiert und zu wertvoll sind, um demontiert zu werden, aber wenn dich jemand in der Kapsel sieht, haben wir keine Chance! Komm sofort heraus!«

Auf irgendeine Weise war es Artoo gelungen, seinen Rumpf vor die Miniatur-Steuerkonsole zu zwängen. Er verbog den Körper ein wenig und schoß einen Strom von lauten Piep- und Pfeiftönen auf seinen zögernden Begleiter ab.

Threepio lauschte. Er konnte die Stirn nicht runzeln, aber es gelang ihm, beinahe den Eindruck zu erwecken, als mache er das.

»Auftrag… was für ein Auftrag? Wovon redest du? Du hörst dich an, als hättest du kein integriertes Logik-Terminal mehr in deinem Gehirn. Nein… keine Abenteuer mehr. Ich wage es bei den Kaiserlichen – und ich steige *nicht* hier hinein.«

Das Artoo-Gerät gab ein zorniges elektronisches Schwirren von sich.

»Nenn du *mich* nicht einen hirnlosen Philosophen«, fauchte Threepio, »du übergewichtiger, un-stromlinienförmiger Fettklumpen!«

Threepio setzte zu einer ergänzenden Antwort an, als eine Explosion die Rückwand des Korridors herausriß. Staub und Metallfragmente zischten durch den engen Nebenflur, augenblicklich gefolgt von Sekundärexplosionen. Flammen zuckten gierig aus dem freigelegten Inneren der Wand und spiegelten sich auf Threepios vereinzelten Stellen polierter Haut.

Der schlaksige Roboter murmelte die elektronische Entsprechung zum Entschluß, seine Seele dem Unbekannten zu übergeben, und sprang in die Rettungskapsel.

»Das werde ich noch bereuen«, murrte er allerdings etwas lauter, als Artoo die Sicherungstür hinter ihm betätigte. Der kleinere Roboter kippte eine Reihe von Schaltern, klappte einen Deckel zurück und drückte drei Tasten in einer bestimmten Reihenfolge. Mit dem Donnern von Sprengklammern wurde die Kapsel aus dem demolierten Raumschiff hinausgeschleudert.

Als über die Kommunikatoren mitgeteilt wurde, daß das letzte Widerstandsnest im Rebellenschiff ausgeräumt sei, atmete der Kapitän des Kaiserlichen Kreuzers vernehmlich auf. Er hörte mit Vergnügen den Vorgängen auf dem eroberten Schiff zu, als ihm einer seiner Chefkanoniere etwas zurief. Er trat zu dem Mann und starrte auf den kreisrunden Bildschirm, wo er sah, wie ein winziger Punkt sich ablöste und auf die flammende Welt darunter hinabstürzte.

»Da ist wieder eine Kapsel, Sir. Befehle?«

Der Kapitän studierte ruhig die Meßergebnisse der Kapsel-Monitoren, vertrauend auf die Feuerkraft und Macht unter seinem Kommando. Alle Zeiger standen auf Null.

»Nicht schießen, Leutnant Hija! Die Instrumente zeigen an Bord keine Lebensformen an. Der Auslösemechanismus der Kapsel muß sich kurzgeschlossen oder falsche Anweisungen erhalten haben. Vergeuden Sie Ihre Energie nicht!« Er wandte sich ab und hörte zufrieden die Berichte über Gefangene und Material auf dem Rebellenschiff.

Gleißen von explodierenden Wandtafeln und aufflammenden Schaltungen spiegelte sich zuckend auf der Panzerung des führenden Sturmsoldaten, als er in den Korridor vor sich starrte. Er wollte sich umdrehen und den anderen zurufen, ihm zu folgen, als ihm an einer Seite eine Bewegung auffiel.

Eine kleine, fröstelnde Gestalt, in fließendes Weiß gekleidet, preßte sich an die Rückwand. Jetzt konnte er sehen, daß er einer jungen Frau gegenüberstand, und ihr Äußeres stimmte mit dem der einen Person überein, für die der Schwarze Lord sich am meisten interessierte. Der Soldat grinste hinter seinem Helm. Eine glückliche Begegnung für ihn. Er würde belobigt werden.

In seiner Panzerung drehte er den Kopf zu dem winzigen Kondensatormikrofon.

»Das ist sie!« rief er den anderen hinter sich zu. »Einstellen auf Betäub-« Er sprach den Satz nie zu Ende, so wenig, wie er die erhoffte Belobigung erhalten würde. Als seine Aufmerksamkeit sich von dem Mädchen weg auf seinen Kommunikator richtete, verschwand ihr Zittern mit erstaunlicher Schnelligkeit. Die Energiepistole, die sie hinter sich verborgen hatte, kam hervor, als sie aus ihrem Versteck stürzte.

Der Soldat, der das Pech gehabt hatte, sie zu finden, starb als erster. Dasselbe Schicksal ereilte die zweite gepanzerte Gestalt, die schnell hinter der ersten herangekommen war. Dann aber berührte ein leuchtend grüner Energiestab den Körper der Frau, und sie sank augenblicklich zu Boden, die Pistole noch fest in der kleinen Hand.

Metallumhüllte Gestalten drängten sich um sie. Eine, deren Arm die Abzeichen eines Offiziers trug, kniete nieder und drehte sie herum. Der Offizier betrachtete die gelähmte Gestalt mit geübtem Auge.

»Sie wird wieder zu sich kommen«, erklärte er und sah zu seinen Untergebenen auf. »Verständigt Lord Vader!«

Threepio starrte gebannt zu dem kleinen Sichtfenster an der

Vorderseite der winzigen Rettungskapsel hinaus, als das heiße, gelbe Auge Tatooines sie zu verschlingen begann. Irgendwo hinter ihnen, so wußte er, schrumpften das demolierte Raumschiff und der Kaiserliche Kreuzer zur Unsichtbarkeit zusammen.

Das war ihm recht. Wenn sie in der Nähe einer zivilisierten Stadt landeten, würde er elegante Anstellung in einer friedlichen Atmosphäre suchen, etwas, das seiner Stellung und Ausbildung eher entsprach. Die vergangenen Monate hatten ihm viel zu viel Aufregung und Unvorhersehbares für eine bloße Maschine gebracht.

Artoos scheinbar wahllose Bedienung der Kapselsteuerung versprach jedoch alles andere denn eine glatte Landung. Threepio betrachtete seinen untersetzten Begleiter mit Besorgnis.

»Bist du sicher, daß du weißt, wie man dieses Ding lenkt?«

Artoo antwortete mit einem unverbindlichen Pfeifen, das nicht dazu angetan war, die wirre Gemütsverfassung des größeren Roboters zu verändern.

2

Es war ein alter Siedlerspruch, daß man schneller blind werden konnte, wenn man die sonnenversengten Ebenen von Tatooine anstarrte, als wenn man direkt in die beiden Sonnen selbst blickte, so gewaltig war das von diesen endlosen Wüsten widergespiegelte Gleißen. Trotz des Glastes konnte Leben in den von längst ausgetrockneten Meeresbecken gebildeten Ebenen existieren und tat es auch. Eines machte es möglich: die Wiederzuführung von Wasser.

Für menschliche Zwecke war das Wasser von Tatooine jedoch nur am Rande zugänglich. Die Atmosphäre gab nämlich ihre Feuchtigkeit nur widerwillig ab. Das Naß mußte aus dem harten, blauen Himmel herabgelockt werden – gelockt, gezwungen, heruntergerissen auf die verdorrte Oberfläche.

Zwei Gestalten, deren Sorge es war, diese Feuchtigkeit zu beschaffen, standen auf einer leichten Anhöhe einer dieser unwirtlichen Ebenen. Der eine Teil des Paares war steif und metallisch – ein von vielen Einflüssen zerschründeter Verdunster, durch den Sand tief in Gestein hinabgelassen. Die Gestalt daneben war weitaus belebter, wenngleich nicht weniger sonnenverwittert.

Luke Skywalker war doppelt so alt wie der zehnjährige Verdunster, aber viel weniger sicher verankert. Im Augenblick fluchte er leise über einen widerspenstigen Ventilregler an dem launischen Gerät. Von Zeit zu Zeit verfiel er auf wütendes Hämmern, statt das richtige Werkzeug zu benutzen. Beide Methoden waren nicht sehr wirksam. Luke war überzeugt davon, daß die für die Verdunster verwendeten Schmiermittel sich eigens anstrengten, Sand anzuziehen, indem sie mit öligem Glänzen kleinen, kratzenden Teilchen verführerisch winkten. Er wischte sich den Schweiß von der Stirn und lehnte sich einen Augenblick zurück. Das Einnehmendste an dem jungen Mann war sein Name. Eine leichte Brise zerrte an seinen zottigen Haaren und dem ausgebeulten Arbeitsrock, als er das Gerät betrachtete. Sinnlos, sich dauernd darüber zu ärgern, ermahnte er sich. Ist doch nur eine intelligenzlose Maschine.

Während Luke über seine mißliche Lage nachdachte, tauchte eine dritte Gestalt auf, schoß hinter dem Verdunster hervor und tastete ungeschickt an dem beschädigten Teil herum. Nur drei der sechs Arme des Roboters, Modell Treadwell, funktionierten, und sie waren mehr strapaziert worden als die Stiefel an Lukes Füßen. Die Maschine vollführte unsichere, ruckartige Bewegungen.

Luke betrachtete sie traurig, dann hob er den Kopf, um zum Himmel hochzublicken. Noch immer keine Spur von einer Wolke, und er wußte, daß auch keine auftauchen würde, wenn er es nicht schaffte, den Verdunster in Betrieb zu nehmen. Er wollte eben wieder einen Versuch starten, als ihm ein kleiner, greller Lichtpunkt auffiel. Schnell zog er das sorgfältig gesäuberte Makro-Fernglas aus dem Arbeitsgürtel und richtete die Objektive himmelwärts.

Eine Weile starrte er hindurch und wünschte sich währenddessen ein richtiges Teleskop statt des Feldstechers. Als er hinaufblickte, waren Verdunster, Hitze und die verbleibende Arbeit des Tages vergessen. Er klemmte das Fernglas wieder an seinem Gürtel fest, drehte sich um und lief zu seinem Landgleiter. Auf halbem Weg zum Fahrzeug fiel ihm ein, etwas über die Schulter zu rufen. »Beeil dich«, rief er ungeduldig. »Worauf wartest du? Mach schon.«

Der Treadwell bewegte sich auf ihn zu, zögerte und begann dann, sich in einem engen Kreis um sich selbst zu drehen, wobei aus allen Gelenken Rauch quoll. Luke schrie weitere Anweisungen und gab schließlich angewidert auf, als ihm klar wurde, daß es mehr als Worte brauchen würde, um den Treadwell wieder zu motivieren.

Einen Augenblick lang sträubte sich Luke, die Maschine zurückzulassen – aber die entscheidenden Teile waren offenbar defekt, sagte er sich. Er sprang in den Landgleiter, so daß das erst kürzlich reparierte Abstoßungs-Schwebefahrzeug bedrohlich auf die Seite kippte, bis er sich hinters Steuer schob und so die richtige Gewichtsverteilung wieder herstellte. Die Höhe knapp über dem Sandboden haltend, richtete sich das leichte Transportfahrzeug auf wie ein Boot in schwerer See. Luke gab Gas, der Motor heulte auf, und Sand spritzte hinter dem Gleiter heraus, als er das Fahrzeug in die Richtung der fernen Stadt Anchorhead lenkte.

Hinter ihm stieg eine armselige schwarze Rauchsäule von dem brennenden Roboter in die klare Wüstenluft empor. Sie würde nicht mehr da sein, wenn Luke zurückkehrte. Es gab in den weiten Wüsten von Tatooine Leichenfledderer auch für Metall, nicht nur für Fleisch.

Metall- und Steingebäude, vom Glast der Zwillingssonne Tatoo I und Tatoo II weißgebleicht, drängten sich dicht aneinander, zur Gesellschaft ebenso wie zum Schutz. Sie bildeten den Kern der weit ausgedehnten Landwirtschaftsgemeinde Anchorhead.

Zur Zeit lagen die staubigen, ungepflasterten Straßen still und verlassen da. Sandfliegen summten träge in den rissigen Giebeln von Gußsteingebäuden. In der Ferne bellte ein Hund, das einzige Anzeichen von Leben, bis eine einsame, alte Frau auftauchte und über die Straße ging. Ihr metallener Sonnenschal umhüllte sie eng.

Irgend etwas veranlaßte sie, den Kopf zu heben und mit müden Augen verkniffen in die Ferne zu starren. Das Geräusch wurde urplötzlich ganz laut, als ein glänzendes, rechteckiges Objekt um eine ferne Ecke fegte. Ihre Augen wurden riesengroß, als das Fahrzeug auf sie zuhielt und keine Anstalten machte, auszuweichen. Sie mußte sich zur Seite werfen, um nicht überfahren zu werden.

Keuchend und zornig die Faust hinter dem Landgleiter herschwingend, erhob sie die Stimme über das Röhren.

»Daß ihr jungen Leute nie lernt, langsam zu fahren!«

Luke mochte sie gesehen haben, aber hören konnte er sie gewiß nicht mehr. In beiden Fällen war seine Aufmerksamkeit auf etwas anderes gerichtet, als er hinter einer niedrigen, langen Betonstation hielt. Aus Dach und Wänden ragten Rohrschlangen und Stäbe. Tatooines unbarmherzige Sandwellen brachen sich in erstarrtem gelbem Gischt an den Mauern der Station. Niemand hatte sich die Mühe gemacht, sie wegzuräumen. Es hatte keinen Sinn. Am nächsten Tag wären sie wieder dagewesen.

Luke riß die Vordertür auf und schrie: »He!«

Ein robuster junger Mann in Mechanikerkleidung saß auf einem Stuhl vor dem unordentlichen Steuerpult der Station. Sonnenschutzöl hatte verhindert, daß seine Haut verbrannte. Die Haut des Mädchens auf seinem Schoß war gleichermaßen geschützt, und von den geschützten Bereichen waren große Teile dem Auge jedermanns zugänglich. An ihr sah sogar getrockneter Schweiß gut aus.

»He, Leute!« brüllte Luke noch einmal, als auf den ersten Ruf eine nicht gerade überwältigende Reaktion erfolgte. Er lief zum Instrumentenraum an der Rückseite der Station, während der Mechaniker mit der Hand über sein Gesicht fuhr und murmelte: »Hab' ich da einen jungen Orkan durchfegen hören?«

Das Mädchen auf seinem Schoß räkelte sich wollüstig, und

ihre abgetragene Kleidung zerrte in verschiedene interessante Richtungen. Ihre Stimme klang träge und kehlig.

»Ach«, sagte sie gähnend, »das war nur Wormie als rasender Reporter.«

Deak und Windy sahen vom computerunterstützten Billardspiel auf, als Luke ins Zimmer stürzte. Sie waren ähnlich gekleidet wie Luke, wenngleich ihre Sachen besser paßten und noch nicht so abgetragen waren.

Die drei jungen Leute bildeten einen auffallenden Gegensatz zu dem stämmigen, gutaussehenden Spieler an der anderen Seite des Tisches. Von den säuberlich geschnittenen Haaren bis zur maßgeschneiderten Uniform stach er in dem Raum heraus wie Orientalischer Mohn in einem Haferfeld. Hinter den drei Menschen war ein leises Summen zu hören. Es stammte von einem Reparaturroboter, der geduldig an einem defekten Gerät arbeitete.

»Rafft euch auf, Leute!« schrie Luke aufgeregt, dann fiel ihm der ältere Mann in Uniform auf. Die Zielscheibe seines plötzlich entgeisterten Blicks erkannte ihn im selben Augenblick.

»Biggs!«

Das Gesicht des Mannes verzog sich zu einem halben Grinsen.

»Hallo, Luke!«

Die beiden umarmten einander herzlich.

Luke löste sich schließlich von ihm und bewunderte die Uniform.

»Ich wußte nicht, daß du zurück bist. Wann bist du angekommen?«

Die Selbstsicherheit in der Stimme des anderen grenzte fast an Überheblichkeit.

»Erst vorhin. Ich wollte dich überraschen, Wundertier.« Er wies auf das Zimmer. »Ich dachte, du wärst hier, zusammen mit den beiden anderen Nachtschwärmern.« Deak und Windy lächelten. »Ich habe jedenfalls nicht damit gerechnet, daß du draußen bist und arbeitest.« Er lachte fröhlich. Seinem Lachen konnten nur wenige widerstehen.

»Die Akademie hat dich kaum verändert«, meinte Luke. »Aber du bist so bald zurück.« Sein Gesicht nahm einen besorgten Ausdruck an. »He, was ist passiert – hast du die Ernennung nicht bekommen?«

Biggs wirkte ausweichend, als er zur Seite sah und erwiderte: »Natürlich hab' ich sie. Eingeteilt zum Dienst auf dem Frachter ›Rand Ecliptic‹, erst letzte Woche. Erster Offizier Biggs Darklighter, zu Ihren Diensten.« Er grüßte eckig, halb im Ernst und halb im Spaß, dann zeigte er wieder sein anmaßendes und doch gewinnendes Grinsen. »Ich bin nur zurückgekommen, um euch unglücklichen, simplen Landratten Lebewohl zu sagen.«

Sie lachten alle, bis Luke plötzlich einfiel, was ihn in solcher Eile hergeführt hatte.

»Beinah' hätt' ich's vergessen«, sagte er, nun wieder aufgeregt wie zuvor, »hier in unserem System findet eine Schlacht statt. Kommt und seht euch das an.«

Deak wirkte enttäuscht.

»Doch nicht wieder eine deiner alles entscheidenden Schlachten, Luke? Hast du nicht schon genug davon erfunden? Laß sein!«

»Von wegen laß sein – im Ernst! Es ist wirklich eine Schlacht.« Mit Worten und Stößen gelang es ihm, die anderen hinauszutreiben in das grelle Sonnenlicht. Vor allem Camie machte ein abwehrendes Gesicht.

»Sieh bloß zu, daß es sich lohnt, Luke«, warnte sie ihn und beschattete die Augen vor dem Glanz.

Luke hatte sein Makro-Fernglas schon an den Augen und suchte den Himmel ab. Er brauchte nur einen Augenblick, um eine ganz bestimmte Stelle zu finden.

»Ich hab's euch gesagt«, erklärte er mit Nachdruck. »Da sind sie!«

Biggs trat neben ihn und griff nach dem Fernglas, während die anderen ihre Augen anstrengten. Eine kleine Justierung lieferte gerade soviel an Vergrößerung, daß Biggs am dunklen Blau zwei silberne Punkte erkennen konnte.

»Das ist keine Schlacht, Wundertier«, entschied er, ließ das Glas sinken und sah seinen Freund an. »Die sitzen nur da oben. Zwei Schiffe, richtig – wahrscheinlich ein Leichter, der einen Frachter belädt, da Tatooine keine Orbitalstation hat.«

»Es ist wie wild geschossen worden – vorher«, sagte Luke.

Seine ursprüngliche Begeisterung begann unter der ätzenden Sicherheit seines älteren Freundes zu schwinden.

Camie entriß Biggs das Fernglas und stieß dabei an eine Stützsäule. Luke nahm es ihr schnell wieder weg und untersuchte das Gehäuse nach Schäden. »Sei bloß vorsichtig damit!«

»Reg dich doch nicht auf, Wormie«, meinte sie verächtlich. Luke trat einen Schritt auf sie zu, blieb aber stehen, als der kräftigere Mechaniker sich vor sie stellte und Luke warnend anlächelte. Luke überlegte und tat den Zwischenfall mit einem Achselzucken ab.

»Ich sag' dir immer wieder, Luke«, erklärte der Mechaniker in der Art eines Mannes, der es satt hat, erfolglos dauernd dieselbe Geschichte vorzutragen, »die Rebellion ist weit von hier. Ich bezweifle, ob das Reich kämpfen würde, um dieses System zu behalten. Glaub mir, Tatooine ist ein Riesenklumpen ohne Wert.«

Bevor Luke antworten konnte, drängte sein Publikum zurück in die Station. Fixer hatte den Arm um Camie gelegt, und die beiden lachten leise über Lukes Albernheit. Selbst Deak und Windy murmelten miteinander – über ihn, das stand für Luke fest.

Er folgte ihnen, aber nicht ohne einen letzten Blick hinauf zu den fernen Punkten. Etwas, das sie ihm nicht ausreden konnten, waren die Lichtblitze, die er zwischen den beiden Schiffen gesehen hatte. Sie rührten nicht davon her, daß die Sonnen Tatooines sich auf Metall gespiegelt hatten.

Die Fessel, mit der die Hände des Mädchens hinter ihrem Rücken festgehalten wurden, war primitiv, aber wirksam. Die ständige Aufmerksamkeit, mit welcher der Trupp schwerbewaffneter Soldaten sie beobachtete, mochte bei einem einzigen kleinen, weiblichen Wesen unangebracht scheinen, aber es hing das Leben der Soldaten davon ab, sie sicher abzuliefern.

Als sie absichtlich langsamer ging, zeigte sich, daß ihre Bewacher sich nichts dabei dachten, sie ein bißchen zu mißhandeln. Eine der gepanzerten Gestalten stieß sie brutal in den Rücken, so daß sie beinahe stürzte. Sie drehte sich um und warf dem Peiniger einen bösartigen Blick zu, konnte aber nicht beurteilen, ob er eine Wirkung hatte, da das Gesicht des Mannes durch den Panzerhelm völlig verborgen war.

Die Halle, in die sie schließlich hinaustraten, rauchte an den Rändern der schwelenden Öffnung, die in den Rumpf gesprengt worden war, immer noch. Man hatte einen tragbaren Zugang luftdicht anmontiert, und am anderen Ende des Tunnels, der den Raum zwischen Rebellenschiff und Kreuzer überbrückte, zeigte sich ein Kranz von Lichtern. Ein Schatten huschte über sie hinweg, als sie sich abwandte, und erschreckte sie trotz ihrer gewöhnlich unerschütterlichen Selbstbeherrschung.

Über ihr ragte die drohende, massige Gestalt Darth Vaders auf, mit roten Augen, die hinter der grausigen Atemmaske glühten. In ihrer glatten Wange zuckte ein Muskel, aber sonst verriet das Mädchen keine Reaktion. Auch schwankte ihre Stimme nicht im mindesten.

»Darth Vader... das hätte ich mir denken können. Nur Sie können so kühn – und so dumm sein. Nun, der Kaiserliche Senat wird das nicht einfach hinnehmen. Wenn man erfährt, daß Sie einen Angriff auf eine diplomatische Miss-«

»Senatorin Leia Organa«, brummte Vader halblaut, aber doch kräftig genug, um ihre Proteste zu übertönen. Sein Vergnügen darüber, sie gefunden zu haben, zeigte sich daran, wie er jede Silbe auf der Zunge zergehen ließ. »Treiben Sie keine Spiele mit mir, Hoheit«, fuhr er drohend fort. »Diesmal sind Sie nicht in einer Hilfsmission unterwegs. Sie sind direkt durch ein Sperrsystem geflogen, haben zahlreiche Warnungen mißachtet und die Anweisung, beizudrehen, rundweg ignoriert – bis es nicht mehr darauf ankam.« Der riesige Metallschädel beugte sich nah heran. »Ich weiß, daß durch Spione in diesem System mehrere Botschaften an dieses Raumfahrzeug gesendet wurden. Als wir die Sendungen zu den Personen zurückverfolgten, von denen sie stammten, besaßen diese den geringen Anstand, sich umzubringen, bevor sie verhört werden konnten. Ich will wissen, was mit den Daten geschehen ist, die man Ihnen geschickt hat.«

Weder Vaders Worte noch seine bedrohliche Gegenwart schienen Eindruck auf das Mädchen zu machen.

»Ich weiß nicht, was Sie da plappern«, fauchte sie und wandte den Blick ab. »Ich bin Mitglied des Senats und in diplomatischer Mission unterwegs –«

»Zu Ihrem Teil der Rebellen-Allianz«, beschuldigte Vader sie. »Sie sind außerdem eine Verräterin.« Sein Blick richtete sich auf einen neben ihm stehenden Offizier. »Führt sie ab.«

»Es gelang ihr, ihn anzuspucken, und der Speichel zischte auf der noch heißen Kampfpanzerung. Er wischte ihn wortlos ab und beobachtete sie interessiert, als sie durch den Zugang in den Kreuzer geführt wurde.

Ein hochgewachsener, schlanker Soldat mit dem Abzeichen eines Kaiserlichen Commanders lenkte Vaders Aufmerksamkeit auf sich, als er auf ihn zutrat.

»Sie festzuhalten ist gefährlich«, meinte er und sah ihr ebenfalls nach, als sie zum Kreuzer begleitet wurde. »Wenn das bekannt wird, gibt es im Senat große Unruhe. Das erzeugt Sympathie für die Rebellen.« Der Commander sah auf zu dem unergründlichen Metallgesicht und fügte beiläufig hinzu: »Sie sollte auf der Stelle vernichtet werden.«

»Nein. Meine erste Pflicht besteht darin, die geheime Festung dieser Leute zu finden«, erwiderte Vader ruhig. »Alle Rebellen-Spione sind eliminiert – durch unsere Hand oder durch ihre eigene. Deshalb ist sie jetzt mein einziger Schlüssel zu der Festung. Ich gedenke das voll zu nützen. Notfalls wird sie das nicht überstehen – aber ich *werde* erfahren, wo sich der Stützpunkt der Rebellen befindet.«

Der Commander spitzte die Lippen, schüttelte ein wenig den Kopf, vielleicht voll Mitgefühl, als er der Frau nachsah.

»Sie wird sterben, bevor sie Ihnen irgend etwas verrät.«

»Überlassen Sie das mir«, erwiderte Vader mit eisiger Sicherheit. »Senden Sie ein Allfrequenz-Notsignal. Deuten Sie an, daß das Schiff der Senatorin unerwartet einem Meteoritenhaufen begegnet ist, dem es nicht ausweichen konnte. Messungen zeigen, daß die Verschiebungs-Abschirmungen überfordert wurden und das Schiff ein Leck erlitt, bei dem fünfundneunzig Prozent der Atmosphäre entwichen. Teilen Sie ihrem Vater und dem Senat mit, daß alle an Bord befindlichen Personen getötet wurden.«

Ein Trupp müde aussehender Soldaten marschierte entschlossen auf ihren Commander und den Schwarzen Lord zu. Vader sah die Leute erwartungsvoll an.

»Die bewußten Datenbänder sind nicht an Bord. In den Speichern des Schiffes befindet sich keine Information von Wert, und es gibt keine Hinweise auf eine Löschung«, meldete der Offizier mit monotoner Stimme. »Von dem Zeitpunkt an, zu dem wir in Kontakt gekommen sind, wurde auch vom Schiff aus nicht mehr gesendet. Während der Kämpfe ist eine defekte Rettungsbootkapsel abgestoßen worden, aber zum fraglichen Zeitpunkt wurde bestätigt, daß sich keine Lebensformen an Bord befunden haben.«

Vader wirkte nachdenklich.

»Es *könnte* eine defekte Kapsel gewesen sein«, meinte er sinnend, »aber sie könnte auch die Bänder enthalten haben. Magnetbänder sind keine Lebensformen. Nach aller Wahrscheinlichkeit würde ein Eingeborener, der sie findet, von ihrer Bedeutung nichts ahnen und sie vermutlich für den eigenen Gebrauch löschen. Trotzdem...

Schicken Sie eine Abteilung hinunter, die die Bänder holen oder sich vergewissern soll, daß sie nicht in der Kapsel sind«, befahl er schließlich dem Commander und dem aufmerksamen Offizier. »Verhalten Sie sich möglichst unauffällig. Es besteht keine Notwendigkeit, Aufmerksamkeit zu erregen, auch nicht auf dieser armseligen Vorpostenwelt.«

Als der Offizier mit den Soldaten abmarschierte, wandte Vader sich wieder dem Commander zu.

»Zerblasen Sie dieses Schiff – wir wollen keinerlei Spuren hinterlassen. Was die Kapsel angeht, so kann ich mich nicht auf das Risiko einlassen, daß es sich um einen simplen Defekt gehandelt hat. Die Daten, die sie vielleicht enthält, könnten sich als zu schädlich erweisen. Kümmern Sie sich persönlich darum, Commander. Wenn diese Datenbänder existieren, müssen sie um jeden Preis beschafft oder vernichtet werden.« Dann fügte er befriedigt hinzu: »Wenn das getan ist, und mit der Senatorin in unseren Händen, werden wir das Ende dieser absurden Rebellion erleben.«

»Es wird geschehen, wie Sie befehlen, Lord Vader«, bestätigte der Commander. Die beiden Männer betraten den Zugang zum Kreuzer.

»Was für eine gottverlassene Gegend!«

Threepio drehte sich vorsichtig um und blickte auf die halb im Sand vergrabene Kapsel. Seine inneren Stabilisatoren spürten die Nachwirkungen der rauhen Landung immer noch. Landung! Allein der Gebrauch dieses Ausdrucks schmeichelte seinem beschränkten Begleiter ungebührlich.

Andererseits mußte er wohl noch dankbar dafür sein, daß sie unbeschädigt heruntergekommen waren. Allerdings, so überlegte er, während er die nackte Landschaft betrachtete, war er immer noch nicht sicher, daß sie hier in einer besseren Lage waren, als wenn sie in dem gekaperten Schiff geblieben wären. Hohe Sandstein-Bergebenen beherrschten den Horizont an einer Seite. In jeder anderen Richtung sah man nur endlose Reihen von Wanderdünen, die sich wie lange, gelbe Zähne Kilometer um Kilometer in die Ferne erstreckten. Das Sandmeer ging in den Himmelsglast über, bis man nicht mehr zu unterscheiden vermochte, wo das eine begann und das andere aufhörte.

Eine dünne Wolke winziger Staubteilchen erhob sich hinter ihnen, als die beiden Roboter von der Kapsel fortmarschierten. Das Fahrzeug, dessen Funktion voll erfüllt war, hatte nun keinen Nutzen mehr. Keiner der beiden Roboter war aber für Fortbewegung zu Fuß in dieser Art Gelände konstruiert, so daß sie sich mühsam vorankämpfen mußten.

»Wir scheinen zum Leiden geschaffen zu sein«, stöhnte Threepio voller Selbstmitleid. »Ein elendes Dasein.« In seinem rechten Bein quietschte etwas, und er zuckte zusammen. »Ich muß rasten, bevor ich auseinanderfalle. Mein Inneres hat sich von dem Absturz, den du eine Landung nennst, noch nicht erholt.«

Er blieb stehen, aber Artoo nicht. Der kleine Automat hatte eine scharfe Wendung vollführt und watschelte nun langsam, aber beharrlich auf den nächsten Vorsprung des Tafellands zu.

»He!« schrie Threepio. Artoo beachtete den Zuruf nicht und

marschierte weiter. »Wo willst du denn eigentlich hin?«

Nun blieb Artoo stehen und gab einen Strom elektronischer Erläuterungen von sich, während Threepio erschöpft zu ihm ging.

»Na, in diese Richtung gehe ich jedenfalls nicht«, sagte Threepio, als Artoo mit seiner Erklärung fertig war. »Das ist zu felsig.« Er wies in die Richtung, die sie vorher eingeschlagen hatten, schräg an den Felsen vorbei. »Dieser Weg ist viel leichter.« Eine Metallhand tat das Tafelland mit einer Geste ab. »Wie kommst du überhaupt darauf, daß es da Siedlungen geben könnte?«

Ein langanhaltendes Pfeifen drang aus Artoos Innerem.

»Komm mir nicht technisch«, warnte Threepio. »Von deinen Entscheidungen habe ich langsam genug.«

Artoo piepte einmal kurz.

»Na gut, geh du deinen Weg«, verkündete Threepio wütend. »Im Lauf eines Tages bist du durch und durch voller Sand, du kurzsichtiger Schrotthaufen.« Er gab dem Artoo-Gerät einen verächtlichen Stoß, daß der kleine Roboter eine Düne hinunterpurzelte. Als er sich unten mühte, wieder auf die Beine zu kommen, schritt Threepio auf den verschwommenen, gleißenden Horizont zu und warf einen Blick über die Schulter. »Laß dich ja nicht dabei erwischen, daß du mir folgst und mich um Hilfe anflehst«, sagte er warnend, »denn du bekommst keine.«

Unter dem Dünenkamm richtete sich Artoo auf. Er machte eine kurze Pause, um sein einziges Elektronenauge mit einem Hilfsarm zu säubern, dann stieß er einen schrillen, elektronischen Laut aus, der fast, wenn auch nicht gänzlich, eine menschliche Zornesäußerung war.

Mehrere Stunden später mühte sich Threepio, dessen Innenthermostat überlastet und der Abschaltung gefährlich nahe war, angestrengt die Steigung der hochragenden Düne hinauf, von der er hoffte, daß sie die allerletzte sei. In der Nähe bildeten Säulen und Strebepfeiler aus gebleichtem Kalzium, die Gebeine irgendeines riesigen Tieres, ein düsteres Merkzeichen. Threepio erreichte den Dünenkamm und blickte sorgenvoll nach vorn. Statt des erhofften Grüns menschlicher Zivilisation sah er nur einige Dutzend weiterer Dünen, die in Form und Verheißung denjenigen, die er eben erstiegen hatte, völlig glichen.

Threepio drehte sich um und schaute zurück nach dem jetzt weit entfernten Felsplateau, das durch Entfernung und Hitzeverzerrung zu verschwimmen begann.

»Du halb defekter kleiner Trottel«, murmelte er, selbst jetzt nicht fähig, sich einzugestehen, daß das Artoo-Gerät unter Umständen vielleicht doch recht gehabt haben könnte. »Das ist alles deine Schuld. Du hast mich durch einen Trick dazu gebracht, diesen Weg zu nehmen, aber dir wird es nicht besser gehen.«

Ihm aber auch nicht, wenn er nicht weitermarschierte. Er machte einen Schritt nach vorn und hörte in einem Beingelenk etwas dumpf knirschen. Er setzte sich voll elektronischer Angst und begann Sand aus seinen verkrusteten Gelenken zu picken.

Er konnte auf diesem Weg weitergehen, sagte er sich. Oder er konnte sich einen Fehler eingestehen und versuchen, Artoo Detoo wieder einzuholen. Beides behagte ihm wenig.

Aber es gab eine dritte Möglichkeit. Er konnte hier sitzenbleiben, schimmernd im Sonnenlicht, bis seine Gelenke sperrten, seine Innenteile sich überhitzten und die Ultraviolettstrahlung seine Photorezeptoren verbrannte. Er würde so ein weiteres Monument für die zerstörerische Kraft des Doppelsterns werden, wie der riesige Organismus, dessen abgenagte Überreste er eben gesehen hatte.

Schon ließen seine Rezeptoren in der Leistung nach. Plötzlich schien ihm, als sähe er in der Ferne etwas, das sich bewegte. Wahrscheinlich die Verzerrung durch die Hitze. Nein – es war eindeutig Licht auf Metall, und es bewegte sich auf ihn zu. Jähe Hoffnung regte sich in ihm. Ohne die Warnungen seines beschädigten Beins zu beachten, stand er auf und winkte wild.

Es war, wie er jetzt sah, ganz klar ein Fahrzeug, wenn auch eines ihm unbekannten Typs.

In seiner Aufregung kam er nicht auf die Möglichkeit, daß es nicht-menschlichen Ursprungs sein mochte.

»Ich schaltete also den Antrieb ab und die Nachbrenner aus und schoß auf Deaks Heck hinab«, schloß Luke, wild mit den Armen wedelnd. Er und Biggs gingen im Schatten vor der Energiestation hin und her. Aus dem Inneren drang das Klirren bearbeiteten Metalls, wo Fixer sich endlich seinem Robotergehilfen zu Reparaturarbeiten angeschlossen hatte.

»Ich war ihm so nah«, fuhr Luke aufgeregt fort, »daß ich schon dachte, meine Instrumente würden verbrennen. Tatsächlich habe ich den Himmelhüpfer auch ganz schön demoliert.« Er runzelte bei der Erinnerung die Stirn. »Onkel Owen regte sich mächtig auf. Für den Rest der Saison bekam ich Flugverbot.« Lukes Bedrückung hielt nur kurz an. Die Erinnerung an seine Tat überwand das Unmoralische daran. »Du hättest dabei sein sollen, Biggs!«

»Du solltest dich ein bißchen mehr zurückhalten«, warnte sein Freund. »Du magst ja der tollste Buschpilot auf dieser Seite von Mos Eisley sein, Luke, aber die kleinen Himmelhüpfer können gefährlich sein. Für Troposphärenfahrzeuge sind sie verdammt schnell – schneller, als sie sein müßten. Spiel da weiter den Motorjockey und eines Tages – wumm!« Er knallte die Faust in seine Handfläche. »Dann bist du nicht mehr als ein dunkler Fleck an der feuchten Seite einer Schluchtwand.«

»Das mußt *du* sagen«, meinte Luke. »Seitdem du auf ein paar großen, automatisierten Sternschiffen gewesen bist, hörst du dich fast an wie mein Onkel. In den Großstädten bist du weich geworden.« Er holte mit der Faust aus, aber Biggs blockte geschickt ab und tat so, als wolle er zurückschlagen. Biggs' lässige Überheblichkeit verwandelte sich in Herzlichkeit.

»Du hast mir gefehlt, Kleiner.«

»Seit du fort warst, ist es auch nicht mehr so gewesen wie früher, Biggs. Es war so –« Luke suchte nach dem passenden Wort und sagte schließlich hilflos: »– so *still*.« Sein Blick glitt über die sandigen, verlassenen Straßen von Anchorhead. »Es ist eigentlich immer still gewesen.«

Biggs blieb stumm und dachte nach. Er schaute sich um. Sie waren allein hier draußen. Alle anderen waren zurückgegangen in die vergleichsweise kühle Station. Als Biggs sich vorbeugte, vernahm Luke eine ungewohnte Feierlichkeit im Tonfall seines Freundes.

»Luke, ich bin nicht einfach zurückgekommen, um mich zu

verabschieden oder mich vor allen zu brüsten, weil ich die Akademie geschafft habe.« Wieder schien er zu zögern, dann stieß er schnell hervor, als wolle er dafür sorgen, daß er die Worte nicht mehr zurücknehmen konnte: »Aber ich möchte, daß es jemand weiß. Meinen Eltern kann ich es nicht sagen.«

Luke gaffte Biggs an und schluckte.

»Daß jemand was weiß? Wovon redest du?«

»Ich rede von den Dingen, über die in der Akademie gesprochen worden ist – und anderswo, Luke. Wichtige Dinge. Ich habe neue Freunde gefunden, von außerhalb des Systems. Wir waren uns einig darüber, wie gewisse Dinge sich entwickeln, und –« er senkte verschwörerisch die Stimme – »wenn wir eines der Systeme an der Peripherie erreichen, wollen wir von Bord gehen und uns der Allianz anschließen.«

Luke starrte seinen Freund an und versuchte sich Biggs – den lustigen, sorglosen, nur ans Heute denkenden Biggs – als einen von Rebellenfieber erfüllten Patrioten vorzustellen.

»Du willst dich der Rebellion anschließen?« sagte er. »Das muß ein Witz sein. Wie denn?«

»Leise, Mensch, ja!« zischte Biggs und schaute sich verstohlen nach der Station um. »Brüll nicht so!«

»Entschuldige«, flüsterte Luke. »Ich hör nur noch zu. Los, erzähle!«

Biggs fuhr fort: »Ein Freund von mir in der Akademie hat einen Kameraden auf Bestine, der vielleicht dafür sorgen kann, daß wir Verbindung mit einer bewaffneten Rebelleneinheit bekommen.«

»Ein Freund von einem – Du bist verrückt«, erklärte Luke voll Überzeugung, gewiß, daß sein Kumpel den Verstand verloren hatte. »Du könntest eine Ewigkeit herumwandern, auf der Suche nach einem echten Rebellen-Vorposten. Die meisten sind nur Legenden. Dieser Freund von einem Freund könnte ein kaiserlicher Agent sein. Du würdest auf Kessel landen, oder dort, wo es noch schlimmer ist. Wenn Rebellen-Vorposten so leicht zu finden wären, hätte das Imperium sie schon vor Jahren vernichtet.«

»Ich weiß, daß die Aussicht gering ist«, gab Biggs widerstrebend zu. »Wenn ich keine Verbindung bekomme, dann« – ein seltsames Licht glänzte in Biggs' Augen auf, zusammengesetzt aus neuerworbener Reife und ... etwas anderem – »tue ich auf eigene Faust, was ich kann.« Er sah seinen Freund durchdringend an. »Luke, ich warte nicht ab, bis das Imperium mich zum Dienst in seinen Streitkräften verpflichtet. Trotz allem, was man über die amtlichen Informationskanäle hört, wächst die Rebellion und breitet sich aus. Und ich möchte auf der richtigen Seite stehen – auf der Seite, an die ich glaube.« Seine Stimme veränderte sich unangenehm, und Luke fragte sich, was Biggs vor seinem inneren Auge sah. »Du hättest etwas von den Geschichten hören sollen, die ich gehört habe, Luke, etwas von den Greueln, von denen ich erfahren habe. Das Imperium mag einmal großartig und wunderbar gewesen sein, aber die Leute, die jetzt bestimmen –« Er schüttelte heftig den Kopf. »Verrottet, Luke, völlig verrottet.«

»Und ich kann überhaupt nichts tun«, murmelte Luke. »Ich sitze hier fest.« Er stieß den Fuß in den allgegenwärtigen Sand von Anchorhead.

»Ich dachte, du gehst bald auf die Akademie?« meinte Biggs.

»Wohl kaum. Ich mußte meinen Aufnahmeantrag zurückziehen.« Luke sah zur Seite, unfähig, den ungläubigen Blick seines Freundes zu erwidern. »Ich mußte. Unter den Sandleuten hat es sehr viel Unruhe gegeben, seit du weggegangen bist, Biggs. Sie haben sogar die Außenbezirke von Anchorhead überfallen.«

Biggs schüttelte den Kopf.

»Dein Onkel kann eine ganze Kolonie von Angreifern mit einem einzigen Strahler aufhalten.«

»Vom Haus aus, sicher«, gab Luke zu, »aber Onkel Owen hat endlich genug Verdunster installiert und in Betrieb, so daß die Farm ordentlichen Gewinn bringt. Er kann das ganze Land jedoch nicht allein verteidigen, und er sagt, er braucht mich noch ein Jahr. Ich kann ihn jetzt nicht im Stich lassen.«

Biggs seufzte mitfühlend.

»Dann verstehe ich, wir dir zumute ist, Luke. Eines Tages wirst du aber lernen müssen, das, was wichtig zu sein scheint, von dem zu trennen, was wirklich wichtig ist.« Er machte eine ausholende Bewegung. »Was nützt die ganze Arbeit deines Onkels, wenn das Imperium alles übernimmt? Ich habe gehört, daß man anfängt, in allen Außensystemen den Handel zu verstaatlichen. Es wird nicht lange dauern, bis dein Onkel und alle anderen Leute auf Tatooine nur noch Pächter sind, die zum größeren Ruhm des Imperiums Sklavenarbeit verrichten müssen.«

»Hier kann das nicht passieren«, widersprach Luke mit einer Zuversicht, die er so nicht empfand. »Du hast es selbst gesagt – das Imperium wird sich mit diesem Felsklumpen nicht abgeben.«

»Die Dinge ändern sich, Luke. Nur die Drohung der Rebellion hält viele Machthaber davor zurück, gewisse Dinge zu tun. Wenn diese Drohung gänzlich beseitigt wird – nun, es existieren zwei Dinge, die zu befriedigen den Menschen nie gelungen ist: ihre Neugier und ihre Habgier. Es gibt noch viel, worauf die hohen Bürokraten des Imperiums neugierig sind.«

Sie schwiegen. Eine Sandhose glitt in lautloser Majestät über die Straße, brach an einer Mauer in sich zusammen und schickte neugeborene Kleinzephire in alle Richtungen.

»Wenn ich nur mit dir gehen könnte«, murmelte Luke schließlich. Er hob den Kopf. »Bleibst du länger hier?«

»Nein. Um genau zu sein, ich muß schon morgen weg, um die ›Ecliptic‹ zu erreichen.«

»Dann schätze ich... werde ich dich nicht wiedersehen.«

»Eines Tages, vielleicht«, sagte Biggs. Sein Gesicht hellte sich auf und zeigte das entwaffnende Grinsen. »Ich werde Ausschau nach dir halten, Wundertier. Und inzwischen gib dir Mühe, keine Schluchtwände zu rammen.«

»Ich bin im nächsten Jahr auf der Akademie«, sagte Luke nachdrücklich, mehr, um sich selbst aufzumuntern. »Wer weiß, wo ich danach lande?« Seine Stimme klang entschlossen. »In die Sternflotte lasse ich mich nicht verpflichten, das steht fest. Paß auf dich auf. Du... wirst immer mein bester Freund sein.« Ein Händedruck war nicht nötig. Darüber waren die beiden längst hinaus.

»Dann adieu, Luke«, sagte Biggs schlicht.

Luke sah ihn durch die Tür verschwinden, und seine Gedanken waren so chaotisch und turbulent wie einer von Tatooines spontan entstehenden Staubstürmen.

Es gab eine große Anzahl ausgefallener Merkmale, mit denen Tatooines Oberfläche einzigartig versehen war. Herausragend unter ihnen waren die rätselhaften Nebel, die sich regelmäßig an den Stellen aus dem Boden erhoben, wo Wüstensand an unnachgiebige Hochebenen und Felsen grenzte.

Nebel in einer dampfenden Wüste schien so fehl am Platz zu sein wie Kakteen auf einem Gletscher, aber vorhanden war er trotzdem. Meteorologen und Geologen stritten untereinander über seinen Ursprung und murmelten kaum glaubhafte Theorien über Wasser, das in Sandsteinadern unter dem Sand ruhe, und unbegreifliche chemische Reaktionen, die das Wasser zum Steigen veranlaßten, wenn der Boden sich abkühlte, bevor es beim Aufgang der Doppelsonne wieder hinabsank. Das Ganze war sehr rückständig und sehr wirklich.

Jedoch störten weder der Nebel noch die fremdartigen Stöhnlaute nächtlicher Wüstenbewohner Artoo Detoo, als er vorsichtig den steinigen, trockenen Flußlauf hinaufstieg, auf der Suche nach dem leichtesten Weg zur Höhe des Tafellands. Seine quadratischen, breiten Fußplatten klickten laut im abendlichen Licht, als aus dem Sand am Boden langsam Kies wurde.

Er blieb einen Augenblick stehen. Er schien vor sich ein Geräusch gehört zu haben – wie Metall auf Gestein, statt Stein auf Stein. Das Geräusch wiederholte sich jedoch nicht, und er setzte seinen wackelnden Aufstieg eilig fort.

Oben in der Rinne, zu hoch, um von unten gesehen zu werden, löste sich ein Stein aus der Felswand. Die winzige Gestalt, die ihn aus Versehen losgetreten hatte, huschte wie eine Maus zurück in den Schatten. Zwei glühende Lichtpunkte zeigten sich einen Meter von der sich verengenden Schluchtwand unter übereinanderfallenden Falten braunen Kapuzenstoffs.

Nur die Reaktion des ahnungslosen Roboters zeigte das Vorhandensein des pfeifenden Strahls an, als er ihn traf. Einen Augenblick lang flimmerte Artoo Detoo unheimlich im verblassenden Licht. Ein abgehacktes, elektronisches Quietschen ertönte, dann verlor die Dreibeinstütze das Gleichgewicht, und der kleine Automat kippte auf den Rücken, während die Lampen an der Vorderseite durch die Wirkung des lähmenden Strahls unregelmäßig blinkten.

Drei Karikaturen von Menschen huschten hinter tarnenden Felsblöcken hervor. Ihre Bewegungen glichen eher denen von Nagetieren als von Menschen, und die Wesen waren nur wenig größer als Artoo. Als sie sahen, daß der eine Strahl entnervender Energie den Roboter gelähmt hatte, steckten sie ihre sonderbaren Waffen ein. Trotzdem näherten sie sich der bewegungslosen Maschine vorsichtig, mit dem Zittern erblich belasteter Feiglinge.

Ihre Umhänge trugen eine dicke Schicht Staub und Sand. Ungesunde rötlich-gelbe Pupillen glühten katzenartig aus den Tiefen ihrer Kapuzen, als sie ihren Gefangenen betrachteten. Die Jawas verständigten sich mit tiefen, kehligen Krächzlauten und wirren Entsprechungen menschlicher Sprache. Wenn sie, wie Anthropologen behaupteten, je menschlich gewesen waren, so hatten sie sich inzwischen längst auf entartete Weise über alles hinausentwickelt, was menschenähnlich war.

Noch mehr Jawas tauchten auf. Gemeinsam gelang es ihnen, den Roboter durch das vertrocknete Flußbett hinabzuschleppen und -zuzerren.

Am Grund der Schlucht stand – wie ein gigantisches prähistorisches Tier – ein Sandraupenschlepper, so riesig, wie seine Besitzer und Lenker winzig waren. Mehrere Dutzend Meter hoch, ragte das Fahrzeug über den Boden auf Vielfachketten empor, die größer waren als ein hochgewachsener Mann. Die Metallhaut war von unzähligen Sandstürmen zerschrammt und zernarbt.

Als die Jawas den Raupenschlepper erreichten, schnatterten sie wieder miteinander. Artoo Detoo konnte sie hören, vermochte aber kein Wort zu verstehen. Sein Versagen brauchte ihm nicht peinlich zu sein. Wenn Jawas es wünschten, konnten nur sie andere Jawas verstehen und umgekehrt, denn sie gebrauchten eine willkürlich zu verändernde Sprache, die Linguisten zur Verzweiflung brachte.

Einer von ihnen nahm eine kleine Scheibe aus einem Beutel an seinem Gürtel und klebte sie Artoo an die Seite. Aus dem titanenhaften Fahrzeug ragte seitlich ein großes Rohr heraus. Sie rollten ihn dorthin, und der kleine Roboter wurde ins Innere des Sandraupenschleppers gesaugt wie eine Erbse durch einen

Strohhalm. Als dieser Teil der Arbeit bewältigt war, verfielen die Jawas wieder in lautes Geschnatter, worauf sie über Rohre und Leitern in den Schlepper hasteten, ganz so wie ein Rudel Mäuse, das in seine Löcher zurückkehrt.

Das Saugrohr beförderte Artoo nicht gerade sanft in ein Abteil. Zusätzlich zu verschiedenen Stapeln zerbrochener Instrumente und Haufen von Schrott bevölkerte ein gutes Dutzend Roboter unterschiedlicher Form und Größe das Gefängnis. Einige waren in elektronischer Unterhaltung begriffen. Andere tappten ziellos herum. Als Artoo in die Kammer purzelte, entrang sich jedoch einer Stimme ein überraschter Ausruf.

»Artoo Detoo – du bist es, du bist es!« rief ein erregter Threepio aus dem Halbdunkel. Er zwängte sich zu dem noch immer regungslosen Reparaturgerät durch und umarmte es auf höchst unmechanische Weise. Threepio entdeckte die kleine Scheibe an Artoos Rumpf und richtete den Blick nachdenklich auf seinen eigenen Brustkorb, wo eine gleichartige Scheibe angebracht war.

Massive, schlecht geschmierte Getriebe setzten sich in Bewegung. Mit Knirschen und Knarren drehte sich der Riesenschlepper und schwankte in die Wüstennacht hinaus.

3

Der polierte Konferenztisch war so seelenlos und unnachgiebig wie die Stimmung der acht Imperial-Senatoren und Offiziere, die daran Platz genommen hatten. Soldaten des Kaisers hielten Wache am Eingang zum Saal, der spartanisch eingerichtet und von Lampen auf dem Tisch und an den Wänden beleuchtet war. Einer der Jüngsten der Acht hatte das Wort. Er zeigte die Haltung eines Menschen, der mit Methoden, die am besten nicht näher untersucht wurden, schnell hochgestiegen war. General Tagge besaß wirklich eine pervertiert-geniale Begabung, aber es lag nur zum Teil an dieser Fähigkeit, daß er seine jetzige hohe Stellung erreicht hatte. Andere Talente hatten sich als ebenso wirkungsvoll erwiesen.

Obwohl seine Uniform so gut saß und sein Körper so sauber war wie der aller anderen im Raum, zeigte keiner der sieben Neigung, ihn zu berühren. Eine gewisse Schleimigkeit haftete auffällig an ihm. Trotzdem achteten ihn viele. Oder fürchteten ihn.

»Ich sage Ihnen, diesmal ist er zu weit gegangen«, betonte der General nachdrücklich. »Dieser Sith-Lord, der uns auf Drängen des Kaisers aufgebürdet wurde, wird unser Ruin sein. Bis die Kampfstation voll in Betrieb ist, bleiben wir verwundbar.

Manche von Ihnen scheinen immer noch nicht zu begreifen, wie gut ausgerüstet und organisiert die Rebellen-Allianz ist. Ihre Raumfahrzeuge sind hervorragend, ihre Piloten noch besser. Und sie werden angetrieben von etwas Mächtigerem als bloßen Maschinen: von ihrem perversen, reaktionären Fanatismus. Sie sind gefährlicher, als die meisten von Ihnen begreifen.«

Ein älterer Offizier mit so tief gefurchten Narben, daß selbst die beste kosmetische Chirurgie sie nicht hatte völlig beseitigen können, bewegte sich nervös auf seinem Stuhl.

»Gefährlich für Ihre Sternflotte, General Tagge, aber nicht für diese Kampfstation.« Welke Augen blickten von Mann zu Mann. »Ich bin der Meinung, Lord Vader weiß, was er tut. Die Rebellion wird nur so lange anhalten, wie diese Feiglinge einen Schlupfwinkel besitzen, einen Ort, wo ihre Piloten sich erholen und ihre Maschinen repariert werden können.«

»Ich erlaube mir, anderer Meinung zu sein, Romodi«, widersprach Tagge. »Ich glaube, die Errichtung dieser Station hat mehr mit Gouverneur Tarkins Anspruch auf persönliche Macht und Anerkennung zu tun als mit irgendeiner zu rechtfertigenden militärischen Strategie. Die Rebellen werden innerhalb des Senats fortfahren, ihren Anhang zu vermehren, solange –« Das Geräusch der sich öffnenden Tür und das Strammstehen der Wachen unterbrach ihn. Er drehte den Kopf wie alle anderen.

Zwei Personen betraten den Sitzungssaal, äußerlich so verschieden, wie in ihren Zielen einig. Der eine war ein hagerer Mann mit scharfgeschnittenem Gesicht und dem Ausdruck eines regungslosen Pirayas. Es war der Groß-Moff Tarkin, Gouverneur zahlreicher abgelegener Territorien des Imperiums. Er erschien neben der breiten, gepanzerten Massivgestalt von Lord Darth Vader wie ein Zwerg.

Tagge, uneingeschüchtert, aber zahmer, setzte sich langsam, als Tarkin seinen Platz am Ende des Konferenztisches einnahm. Vader stand neben ihm, eine beherrschende Figur hinter dem Stuhl des Gouverneurs. Tarkin starrte Tagge eine ganze Minute an, dann wandte er sich ab, als habe er nichts gesehen. Tagge kochte innerlich, blieb aber stumm.

Während Tarkin seinen Blick um den Tisch kreisen ließ, lag ein hauchdünnes Lächeln der Befriedigung wie erstarrt auf seinen Zügen.

»Der Senat des Imperiums wird uns künftig nicht mehr beschäftigen, meine Herren. Ich habe eben die Nachricht erhalten, daß der Kaiser dieses irregeleitete Gremium aufgelöst hat.«

Ein erstauntes Raunen ging durch die Runde.

»Die letzten Überreste der Alten Republik sind damit endlich weggefegt«, fuhr Tarkin fort.

»Das ist unmöglich«, warf Tagge ein. »Wie will der Kaiser die Kontrolle über die Bürokratie des Imperiums behalten?«

»Die Vertretung durch Senatoren ist nicht für immer beseitigt worden, wohlgemerkt«, erklärte Tarkin. »Sie ist lediglich für die –« er lächelte schief – »Dauer des Notstands abgeschafft. Die Regional-Gouverneure erhalten nun direkte Kontrolle und freie Hand bei der Verwaltung ihrer Territorien. Das bedeutet, daß die Präsenz des Imperiums bei den schwankenden Welten des Reiches endlich richtig zur Geltung gebracht werden kann. Von jetzt an wird die Furcht potentiell verräterische Lokalregierungen zur Linientreue anhalten. Furcht vor der Flotte des Imperiums – und Furcht vor dieser Kampfstation.«

»Und was ist mit der bestehenden Rebellion?« fragte Tagge.

»Wenn es den Rebellen auf irgendeine Weise gelänge, Zugang zu einem vollständigen technischen Plan dieser Kampfstation zu erhalten, bestünde die entfernte Möglichkeit, daß sie eine Schwäche fänden, die sie in bescheidenem Maße ausnützen könnten.« Aus Tarkins Lächeln wurde ein böses Grinsen. »Selbstverständlich wissen wir alle, wie gut bewacht, wie sorgfältig geschützt solche lebenswichtigen Daten sind. Sie könnten auf keinem Weg in die Hände der Rebellen fallen.«

»Die technischen Daten, auf die Sie anspielen«, knurrte Darth Vader zornig, »werden bald wieder in unseren Händen sein. Wenn –«

Tarkin fertigte den Schwarzen Lord ab, etwas, das sonst niemand am Tisch gewagt hätte:

»Unwichtig. Jeder Angriff der Rebellen auf diese Station wäre ein selbstmörderisches Unternehmen, selbstmörderisch und nutzlos – ohne Rücksicht auf irgendwelche Informationen, die sie sich beschafft haben mögen. Nach vielen, langen Jahren geheimer Bautätigkeit ist diese Station zur entscheidenden Kraft in diesem Teil des Universums geworden. Die Ereignisse in diesem Bereich der Galaxis werden nicht länger vom Schicksal oder durch Dekret oder durch irgendwelche anderen Faktoren bestimmt, sondern allein durch diese Station!«

Eine große, metallumhüllte Hand rührte sich knapp, und einer der gefüllten Becher auf dem Tisch bewegte sich hinein. Mit mahnendem Unterton sagte der Schwarze Lord: »Seien Sie nicht zu stolz auf dieses technologische Schrecknis, das Sie hervorgebracht haben, Tarkin. Die Fähigkeit, eine Großstadt zu vernichten, eine Welt, ein ganzes System, ist immer noch bedeutungslos, wenn man sie gegen die Macht stellt.«

»›Die Macht‹«, höhnte Tagge. »Versuchen Sie nicht, *uns* mit Ihren Zaubermethoden zu schrecken, Lord Vader. Ihre bedauernswerte Anhänglichkeit an diese uralte Mythologie hat Ihnen nicht geholfen, die gestohlenen Bänder herbeizuzaubern, oder Sie so hellsehend zu machen, daß Sie die versteckte Festung der Rebellen gefunden hätten. Das ist doch einfach lachhaft –« Tagges Augen traten plötzlich aus den Höhlen, und seine Hände krallten sich um seine Kehle, als er beunruhigend blau anlief.

»Ich finde diesen Mangel an Glauben bestürzend«, meinte Vader mit milder Stimme.

»Genug davon«, knurrte Tarkin verärgert. »Vader, geben Sie ihn frei. Diese internen Zänkereien sind nutzlos.«

Vader zuckte gleichgültig die Achseln. Tagge sank in seinem Sessel zusammen und rieb sich die Kehle, ohne den wachsamen Blick von dem schwarzen Riesen abzuwenden.

»Lord Vader wird uns den Ort der Rebellenfestung liefern, bis diese Station für betriebsbereit erklärt wird«, sagte Tarkin. »Sobald er ihn weiß, werden wir uns daran machen, sie völlig zu zerstören und diesem kläglichen Aufstand mit einem blitzschnellen Schlag ein Ende zu machen.«

»Wie der Kaiser es wünscht«, sagte Vader nicht ohne Sarkasmus, »so soll es geschehen.«

Wenn irgendeiner der mächtigen Männer am Tisch Einwände gegen seinen respektlosen Ton hatte, genügte ein Blick auf den malträtierten Tagge, um zu verhindern, daß sie ihren Ausdruck verlieren.

Das düstere Gefängnis stank nach ranzigem Öl und schalen Schmiermitteln. Es war ein echtes Metallwesen-Totenhaus. Threepio ertrug die bedrückende Atmosphäre, so gut er konnte. Es war ein ständiger Kampf, zu verhindern, von jedem unerwarteten Rumpeln an die Wände oder gegen einen Maschinengenossen geschleudert zu werden.

Um Energie zu sparen – und auch, um den steten Strom von Klagen seines größeren Begleiters zu vermeiden – hatte Artoo Detoo alle Außenfunktionen abgeschaltet. Er lag regungslos in einem Haufen von Altteilen.

»Wird das nie aufhören?« stöhnte Threepio, als wieder ein heftiger Stoß die Insassen der Zelle wild durcheinanderwarf. Er hatte bereits ein halbes Hundert schrecklicher Untergänge kommen sehen und sie wieder beiseitegeschoben. Absolut sicher war er aber, daß ihr schließliches Schicksal sicherlich schlimmer sein würde als alles, was er sich vorstellen konnte.

Dann ereignete sich ganz ohne Vorwarnung etwas noch Beunruhigenderes als selbst der härteste Stoß. Das Heulen des Sandschleppers erstarb, und das Fahrzeug kam zum Stillstand – beinahe wie als Antwort auf Threepios Frage. Ein nervöses Summen erhob sich von den Automaten, die noch über einen Rest von Denkvermögen verfügten, als sie Spekulationen über ihren gegenwärtigen Aufenthalt und ihr vermutliches Schicksal anstellten.

Threepio war wenigstens nicht mehr im ungewissen über seine Gegner und ihre mutmaßlichen Motive. Erfahrenere Gefangene hatten die Natur der quasi-menschlichen mechanischen Wanderer, der Jawas, schon erklärt. Unterwegs in ihren riesigen, fahrbaren Heimfestungen, durchzogen sie die unwirtlichsten Gegenden Tatooines auf der Suche nach wertvollen Mineralen – und ausschlachtbaren Maschinen. Ohne ihre Schutzmäntel und Sandmasken hatte man sie nie gesehen, so daß niemand genau wußte, wie sie aussahen. Man raunte jedoch, daß sie ungewöhnlich häßlich seien. Threepio brauchte nicht erst lange überzeugt zu werden.

Er beugte sich über seinen noch immer bewegungslosen Begleiter und begann den zylindrischen Rumpf kräftig zu schütteln. Am Artoo-Gerät schalteten sich Hautsensoren ein, und die Lichter an der Vorderseite des kleinen Roboters erwachten der Reihe nach.

»Aufwachen, aufwachen«, drängte Threepio. »Wir haben irgendwo angehalten.« Wie bei mehreren der anderen, phantasievolleren Roboter, suchten seine Augen wachsam Metallwände ab, in der Erwartung, jeden Moment werde sich eine Geheimöffnung auftun und ein riesiger, mechanischer Arm werde tastend nach ihm greifen.

»Kein Zweifel, wir sind verloren«, sagte er traurig, als Artoo sich aufrichtete und wieder voll aktiv wurde. »Glaubst du, sie werden uns einschmelzen?« Er schwieg einige Minuten, dann fügte er hinzu: »Was mich so fertig macht, ist das Warten.«

Schlagartig glitt die gegenüberliegende Wand der Zelle zur Seite, und das blendend weiße Gleißen eines Morgens auf Tatooine flutete zu ihnen herein. Threepios empfindliche Photorezeptoren hatten alle Mühe, sich rechtzeitig anzupassen und schwere Schäden zu verhindern.

Mehrere der abstoßend aussehenden Jawas kletterten gewandt in die Zelle, eingehüllt noch immer in die dicken Gewänder und den Schmutz, die Threepio zuvor bei ihnen beobachtet hatte. Mit Handfeuerwaffen unbekannter Konstruktion stießen sie die Maschinen an. Manche von diesen regten sich nicht mehr, wie

Threepio feststellte.

Die Jawas ließen die regungslosen Maschinen unbeachtet und trieben die noch der Bewegung fähigen hinaus, darunter Artoo und Threepio. Die beiden Roboter sahen sich in einer unregelmäßigen Reihe von Automaten.

Threepio schirmte seine Augen gegen das grelle Licht ab und sah, daß sie zu fünft an dem riesigen Sandschlepper standen. Gedanken an eine Flucht kamen ihm nicht. Eine solche Vorstellung war für einen Roboter undenkbar. Um so intelligenter ein Roboter war, desto abstoßender und undenkbarer war dieser Begriff für ihn. Außerdem hätten bei einem Fluchtversuch eingebaute Sensoren den kritischen Defekt der Logik entdeckt und alle Schaltungen in seinem Gehirn zum Schmelzen gebracht.

Statt dessen betrachtete Threepio die kleinen Kuppeln und Verdunster, die das Vorhandensein einer größeren menschlichen Heimstatt unter dem Boden anzeigten. Obwohl er mit dieser Art von Konstruktion nicht vertraut war, deuteten alle Anzeichen auf eine bescheidene, wenn auch isolierte Siedlung hin. Gedanken daran, zur Gewinnung von Ersatzteilen zerstückelt zu werden oder in einem glühend heißen Bergwerk Sklavenarbeit verrichten zu müssen, verblaßten langsam. Im gleichen Maße besserte sich seine Stimmung.

»Vielleicht wird es doch nicht so schlimm werden«, murmelte er hoffnungsvoll. »Wenn wir dieses zweibeinige Ungeziefer dazu bringen können, uns hier abzuladen, können wir vielleicht auch wieder in vernünftigen menschlichen Dienst treten, statt zu Schlacke eingeschmolzen zu werden.«

Artoos einzige Antwort war ein unverbindliches Zirpen. Die beiden Maschinen verstummten, als die Jawas anfingen, um sie herumzuhuschen, bemüht, eine arme Maschine mit arg verbogenem Rückgrat aufzurichten, eine Beule oder Schramme mit Flüssigkeit und Staub zu verdecken.

Während zwei Jawas sich um seine sandverkrustete Haut bemühten, kämpfte Threepio darum, einen Ausdruck des Ekels zu unterdrücken. Eine seiner vielen menschlich-analogen Funktionen war die Fähigkeit, auf unangenehme Gerüche natürlich zu reagieren. Anscheinend war Hygiene bei den Jawas unbekannt.

Aber er war überzeugt davon, daß es nichts Gutes bringen würde, wenn man sie darauf hinwies.

Kleine Insekten schwebten in Schwärmen um die Gesichter der Jawas, die sie aber nicht beachteten. Offenbar betrachtete man die kleinen Pestwolken einfach als ein weiteres Anhängsel, wie einen zusätzlichen Arm oder ein Bein.

Threepio war in diese Beobachtung so vertieft, daß er die beiden Gestalten nicht bemerkte, die von der größten Kuppel her auf sie zugingen. Artoo mußte ihn anstoßen, bevor er aufsah.

Der erste Mann zeigte einen Ausdruck grimmiger, beinahe immerwährender Erschöpfung, der ihm von zu vielen Jahren Auseinandersetzung mit einer feindlichen Umwelt ins Gesicht gemeißelt schien. Sein ergrauendes Haar war zu wirren Strähnen förmlich erstarrt, gleich Gipsspiralen. Staub überzog sein Gesicht, die Kleidung, die Hände und Gedanken. Aber der Körper war noch immer kraftvoll, wenn auch der Geist das nicht mehr war.

Neben dem Ringerkörper seines Onkels vergleichsweise zwergenhaft erscheinend, schritt Luke mit hängenden Schultern im Schatten des Verwandten. Seine jetzige Haltung entsprang weniger einer Erschöpfung als tiefer Bedrücktheit. Er beschäftigte sich mit schweren Gedanken, und mit der Landwirtschaft hatten sie wenig zu tun. Hauptsächlich befaßten sie sich mit dem Rest seines Lebens und der Verpflichtung, die sein bester Freund eingegangen war, bevor er durch den blauen Himmel hindurch vorstieß zu einer rauheren, aber lohnenderen Laufbahn.

Der größere Mann blieb vor der Versammlung stehen und begann mit dem führenden Jawa einen seltsam quietschenden Dialog. Wenn sie es wollten, konnten die Jawas sich auch verständlich machen.

Luke stand dabei und hörte gleichgültig zu. Dann schlurfte er hinter seinem Onkel her, als dieser anfing, die fünf Maschinen zu besichtigen, und nur gelegentlich wieder stehenblieb, um seinem Neffen das eine oder andere Wort zuzurufen. Es fiel Luke schwer, aufzupassen, obwohl er wußte, daß er sich bemühen sollte, etwas zu lernen.

»Luke – oh, Luke!« rief eine Stimme.

Luke wandte sich ab, ging zum Rand des unterirdischen Hofes und schaute hinunter.

Eine Frau mit dem Ausdruck eines verirrten Sperlings arbeitete eifrig zwischen Schmuckpflanzen. Sie sah zu ihm hinauf.

»Vergiß nicht, Owen zu sagen, wenn er einen Dolmetscher kauft, soll er sich vergewissern, daß er Bocce spricht, Luke.«

Luke drehte den Kopf, schaute über die Schulter und betrachtete die zusammengewürfelte Gruppe müder Maschinen.

»Viel Auswahl scheinen wir nicht zu haben«, rief er hinunter, »aber ich erinnere ihn jedenfalls daran.«

Sie nickte ihm zu, und er ging zurück zu seinem Onkel.

Owen Lars hatte sich offenbar schon für einen kleinen Agrikultur-Halbroboter entschieden. Dieser hatte Ähnlichkeit mit Artoo Detoo, nur waren seine vielen Nebenarme mit verschiedenen Funktionen ausgestattet. Auf einen Befehl hin war er aus der Reihe herausgetreten und wackelte hinter Owen und dem vorübergehend schweigsamen Jawa her.

Der Farmer ging bis zum Ende der Reihe und verengte die Augen, als er die sandverschrammte, aber noch immer glänzende Bronzepolitur des hochgewachsenen, menschenähnlichen Threepio sah.

»Ich nehme an, du funktionierst«, sprach Owen Lars den Roboter an. »Kennst du Gebräuche und Etikette?«

»Kenne ich Etikette?« wiederholte Threepio, als der Farmer ihn von oben bis unten betrachtete. Threepio war entschlossen, den Jawa zu beschämen, wenn es darauf ankam, seine Fähigkeiten zu verkaufen. »Kenne ich Etikette! Na, das ist meine Primärfunktion. Außerdem bin ich sehr bewandert –«

»Brauche keinen Etikette-Androiden«, knurrte der Farmer trocken.

»Kann ich Ihnen nicht übelnehmen, Sir«, stimmte Threepio rasch zu. »Völlig meine Meinung. Was könnte in einem Klima wie diesem ein unrentabler Luxus sein? Für jemanden von Ihren Interessen, Sir, wäre ein Etikette-Android sinnlose Geldverschwendung. Nein, Sir – Vielseitigkeit, das ist mein Metier. See Vee Threepio – ›Vee‹ für Vielseitigkeit – zu Ihren Diensten. Ich bin programmiert für über dreißig Sekundärfunktionen, die nur erfordern...«

»Ich brauche«, unterbrach ihn der Farmer, herrische Gleichgültigkeit für Threepios noch unaufgezählte Sekundärfunktionen an den Tag legend, »einen Androiden, der etwas von der Binärsprache unabhängig programmierbarer Feuchtigkeitsverdunster versteht.«

»Verdunster! Da haben wir beide Glück«, gab Threepio zurück. »Mein erster nach-primärer Auftrag galt der Programmierung von Binär-Lastenhebern. In Konstruktion und Speicherfunktion Ihren Verdunstern sehr ähnlich. Man könnte beinahe sagen...«

Luke tippte seinem Onkel auf die Schulter und flüsterte ihm etwas ins Ohr. Sein Onkel nickte, dann wandte er sich dem aufmerksamen Threepio wieder zu.

»Sprichst du Bocce?«

»Gewiß, Sir«, erwiderte Threepio zur Abwechslung einmal ehrlich. »Für mich wie eine zweite Sprache. Ich spreche Bocce so fließend wie –«

Der Farmer schien entschlossen zu sein, ihn keinen Satz vollenden zu lassen.

»Mund halten.« Owen Lars sah auf den Jawa hinab. »Den nehme ich auch.«

»Mund wird gehalten, Sir«, erwiderte Threepio schnell, nur mühsam in der Lage, seine Freude zu unterdrücken.

»Bring sie hinunter zur Garage, Luke«, sagte sein Onkel. »Bis zum Abendessen müssen beide sauber sein.«

Luke sah seinen Onkel verdrossen an.

»Aber ich wollte zur Station Tosche, um ein paar neue Energieumwandler zu holen und –«

»Lüg mich nicht an, Luke«, sagte sein Onkel streng. »Es stört mich nicht, wenn du deine Zeit mit deinen faulen Freunden vergeudest, aber erst, wenn du deine Arbeit gemacht hast. Mach dich ran, jetzt, noch vor dem Abendessen, wohlgemerkt!«

Luke drehte sich um und sprach gereizt mit Threepio und dem kleinen Landwirtschaftsroboter. Er hütete sich, seinem Onkel zu widersprechen.

»Kommt mit, ihr beiden.« Sie machten sich auf den Weg zur Garage, während Owen mit dem Jawa über den Preis diskutierte.

Andere Jawas führten die drei verbleibenden Maschinen zurück in den Sandschlepper, als ein fast jämmerliches Piepen ertönte. Luke drehte sich um und sah ein Artoo-Gerät aus der Reihe treten und auf sich zukommen. Es wurde sofort von einem Jawa mit einem Kontrollstab zurückgehalten, der die Scheibe an der Vorderplatte der Maschine aktivierte.

Luke betrachtete den rebellierenden Roboter neugierig. Threepio wollte etwas sagen, bedachte die Umstände und überlegte es sich anders. Er blieb also stumm und starrte vor sich hin.

Eine Minute später klirrte etwas laut in nächster Nähe. Luke sah auf den Boden. Von der Oberseite des Landwirtschaftsroboters war eine Kopfplatte abgesprungen. Einen Augenblick danach schleuderte die Maschine Innenteile ringsum auf den Sandboden.

Luke beugte sich vor und starrte in den spuckenden Automaten. Er rief: »Onkel Owen! Das Servomotor-Zentrum bei dem Kultivator-Gerät ist kaputt. Schau...« Er griff hinein, versuchte das Gerät zu verstellen und zuckte zurück, als ein Funkenregen heraussprühte. Der Geruch nach versengter Isolierung und schmelzenden Schaltungen erfüllte die klare Wüstenluft mit dem Gestank mechanischen Todes.

Owen Lars funkelte den nervösen Jawa an.

»Was für Schrott wollt ihr uns da andrehen?«

Der Jawa antwortete laut und empört, während er gleichzeitig vorsichtshalber ein paar Schritte von dem großen Menschen zurücktrat. Es bereitete ihm sichtlich Pein, daß der Mann zwischen ihm und der beruhigenden Sicherheit des Sandschleppers stand.

Inzwischen war Artoo Detoo aus der Gruppe der Maschinen gehuscht, die zu der fahrbaren Festung zurückgeführt wurde. Das zu tun, erwies sich als einfach genug, weil die Aufmerksamkeit aller Jawas dem Streit zwischen ihrem Anführer und Lukes Onkel galt.

Da ihm die geeigneten Armaturen für wildes Gestikulieren fehlten, gab Artoo plötzlich einen schrillen Pfiff von sich, den er abbrach, als sich zeigte, daß er Threepios Aufmerksamkeit gefunden hatte.

Der große Android tippte Luke leicht auf die Schulter und flüsterte im Verschwörerton in sein Ohr: »Wenn ich das erwähnen darf, junger Herr, dieses Artoo-Gerät ist wirklich ein gutes Geschäft. In erstklassigem Zustand. Ich glaube, diese Wesen haben gar keine Ahnung, in welch guter Verfassung er wirklich ist. Lassen Sie sich von Sand und Staub nicht täuschen.«

Luke hatte die Gewohnheit, augenblicklich Entscheidungen zu treffen, egal, ob gute oder schlechte.

»Onkel Owen!« rief er.

Dieser verstummte und schaute sich nach Luke um. Luke deutete auf Artoo Detoo.

»Wir wollen keinen Ärger haben. Wie wär's, wenn wir das hier –« er zeigte auf den ausgebrannten Roboter – »gegen den dort tauschen?«

Der ältere Mann betrachtete Artoo prüfend, dann sah er die Jawas an. Wenngleich von Natur aus Feiglinge, ließen sich die kleinen Wüstenfledderer nicht gerne zu weit treiben. Der Sandraupenschlepper konnte die Heimstatt zerquetschen – auf die Gefahr hin, die menschliche Gemeinschaft zu tödlicher Rache herauszufordern.

Angesichts einer für beide Seiten problematischen Lage, wenn er zu starken Druck ausübte, nahm Owen um des Scheines willen den Streit wieder auf, bevor er mürrisch zustimmte. Der Jawa-Anführer erklärte sich widerstrebend mit dem Tausch einverstanden, und sowohl Owen als auch der Jawa atmeten innerlich erleichtert auf, weil Feindseligkeiten vermieden worden waren. Während der Jawa Verbeugungen machte und vor ungeduldiger Habgier winselte, zahlte Owen ihn aus.

Inzwischen hatte Luke die beiden Roboter zu einer Öffnung im trockenen Boden geführt. Ein paar Sekunden später schritten sie eine Rampe hinunter, die durch elektrostatische Abstoßung von Sand freigehalten wurde.

»Daß du mir das nie vergißt«, murmelte Threepio, zu der kleineren Maschine hinübergebeugt. »Warum ich meinen Hals für dich riskiere, während du mir nichts als Ärger bringst, übersteigt mein Begriffsvermögen.«

Der Gang weitete sich zur eigentlichen Garage, die mit Werkzeugen und Teilen von landwirtschaftlichen Maschinen vollgestopft war. Viele sahen überbeansprucht aus, manche schienen dem Ruin nahe. Aber die Beleuchtung wirkte auf beide Roboter tröstlich, und der Raum hatte etwas Heimeliges an sich, das auf eine Friedlichkeit hindeutete, die beide Maschinen lange nicht mehr kennengelernt hatten. In der Mitte der Garage stand eine große Wanne, und bei dem Geruch, der von ihr ausströmte, zuckten Threepios Riechsensoren.

Luke grinste, als er die Reaktion des Roboters bemerkte.

»Ja, ein Schmierbad.« Er sah den großen Bronzeroboter abschätzend an. »Und so, wie du aussiehst, könntest du eine Woche Untertauchen vertragen. Aber das können wir uns nicht leisten, also mußt du dich mit einem Nachmittag begnügen.« Luke wandte seine Aufmerksamkeit Artoo Detoo zu, ging zu ihm und öffnete eine Klappe vor einer Vielzahl von Meßgeräten. »Was dich angeht«, sagte er mit einem Pfiff des Staunens, »weiß ich nicht, wie du noch in Betrieb sein kannst. Kein Wunder, wenn man den Widerwillen der Jawas kennt, jeden Erg-Bruchteil herauszurücken, der nicht unbedingt sein muß. Du bist dran zum Aufladen.« Er deutete auf einen großen Energiespender.

Artoo Detoo folgte Lukes Hinweis, piepte einmal und watschelte zu dem Kasten. Er fand das richtige Kabel, öffnete automatisch eine Klappe und schob den Dreifachstecker in sein Gesicht.

Threepio war zu dem großen Behälter gegangen, der fast bis zum Rand mit aromatischem Reinigungsöl gefüllt war. Mit einem bemerkenswert menschlichen Seufzen ließ er sich langsam in den Tank gleiten.

»Benehmt euch, ihr beiden«, warnte Luke, während er zu dem kleinen Zweimann-Himmelhüpfer ging. Dieser war ein leistungsstarkes, kleines Suborbital-Raumschiff und stand im Hangarteil der Werkstatt und Garage. »Ich habe selbst zu tun«, fügte Luke hinzu.

Unglücklicherweise galten Lukes Gedanken noch immer der

Abschiedsbegegnung mit Biggs, so daß er Stunden später erst einen kleinen Teil seiner Arbeit hinter sich gebracht hatte. Luke dachte über die Abreise seines Freundes nach und fuhr mit zärtlicher Hand über die beschädigte Backbordflosse – jene Flosse, die er demoliert hatte, während er in den scharfen Windungen und Biegungen einer engen Schlucht einen eingebildeten Tie-Jäger verfolgt hatte. Dabei hatte der vorspringende Sims ihn so wirksam getroffen wie ein Energiestrahl.

Plötzlich brodelte etwas in ihm auf. Mit untypischer Heftigkeit schleuderte er einen Motor-Schraubenschlüssel auf einen Arbeitstisch.

»Das ist einfach unfair!« rief er einer unbestimmten Adresse zu. Seine Stimme senkte sich bedrückt. »Biggs hat recht. Hier komme ich nie weg. Er plant den Aufstand gegen das Imperium, und ich sitze auf der vermaledeiten Farm fest.«

»Verzeihen Sie, Sir.«

Luke fuhr bestürzt herum, aber hinter ihm stand nur der große Android Threepio, dessen Anblick im Gegensatz zu dem des Roboters bei seiner ersten Begegnung mit Luke verblüffend war. Die bronzefarbene Legierung glänzte im Licht der Deckenlampen, durch das wirkungsvolle Öl von Narben und Staub gereinigt.

»Gibt es irgendeine Möglichkeit, wie ich Ihnen helfen kann?« fragte der Roboter fürsorglich.

Luke betrachtete die Maschine und spürte, wie sein Zorn verrauchte.

»Das bezweifle ich«, erwiderte er, »es sei denn, du kannst die Zeit verändern und die Ernte beschleunigen. Oder mich vor Onkel Owens Nase von diesem Sandhaufen fort-teleportieren.«

Sarkasmus war selbst für einen hochmodernen Roboter schwer zu erkennen, so daß Threepio objektiv über die Frage nachdachte, bevor er schließlich antwortete: »Ich glaube nicht, Sir. Ich bin nur ein Android dritter Klasse und verstehe von Dingen wie trans-atomarer Physik wenig.« Plötzlich schienen die Ereignisse der letzten beiden Tage ihn auf einen Schlag einzuholen. »Um ganz offen zu sein, junger Herr«, fuhr Threepio fort, während er seinen Blick herumwandern ließ, »ich weiß nicht einmal genau, auf welchem Planeten ich bin.«

Luke lachte verächtlich und sagte:

»Wenn es in diesem Universum ein funkelndes Zentrum gibt, dann bist du auf der Welt, die am weitesten davon entfernt ist.«

»Ja, Luke... Sir.«

Der junge Mann schüttelte gereizt den Kopf.

»Laß das ›Sir‹ – Luke genügt. Und diese Welt heißt Tatooine.«

Threepio nickte.

»Danke. Luke, S... Luke. Ich bin See Threepio, Spezialist für Beziehungen Mensch–Android.« Er zeigte mit dem Metalldaumen über die Schulter auf den Energiespender. »Das ist mein Begleiter Artoo Detoo.«

»Freut mich, dich kennenzulernen, Threepio«, sagte Luke gelassen. »Dich auch, Artoo.« Er ging durch die Garage, prüfte eine Anzeige an der Vorderseite der kleineren Maschine und brummte befriedigt. Als er das Ladekabel herausziehen wollte, fiel ihm etwas auf. Er runzelte die Stirn und beugte sich vor.

»Stimmt etwas nicht, Luke?« fragte Threepio.

Luke ging zu einer nahen Werkzeugwand und griff nach einem kleinen vielarmigen Gerät.

»Ich weiß noch nicht, Threepio.«

Er kehrte zum Aufladegerät zurück, beugte sich über Artoo und begann mit einem verchromten Stichel an einigen Erhebungen oben auf dem kleinen Roboter herumzukratzen. Ab und zu zuckte er zurück, wenn das kleine Werkzeug korrodierte Schuppen in die Luft schleuderte.

Threepio sah Luke bei der Arbeit interessiert zu.

»Da ist eine Menge Kohleverschlackung von einer Art, die ich nicht kenne. Ihr beiden scheint allerhand Ungewöhnliches mitgemacht zu haben.«

»Allerdings, Sir«, gab Threepio zu, die geforderte Anrede wieder vergessend, und diesmal war Luke auch zu beschäftigt, um ihn zu korrigieren. »Manchmal verblüfft es mich, daß wir noch in so guter Verfassung sind.« Ergänzend fügte er hinzu, der direkten Frage Lukes immer noch ausweichend: »Mit der Rebellion und allem.«

Trotz seiner Vorsicht kam es Threepio so vor, als habe er etwas verraten, denn in Lukes Augen glühte beinahe etwas Jawahaftes auf.

»Du weißt von der Rebellion gegen das Imperium?« stieß Luke hervor.

»Sozusagen«, gestand Threepio. »Die Rebellion war verantwortlich dafür, daß wir in Ihren Dienst gekommen sind. Wir sind Flüchtlinge, wissen Sie.« Er sagte nicht, von woher.

»*Flüchtlinge!* Dann hab' ich also doch einen Weltraumkampf gesehen!« Aufgeregt sprach Luke weiter: »Sag mir, wo ihr gewesen seid – in wie vielen Gefechten. Wie steht es mit der Rebellion? Nimmt das Imperium sie ernst? Habt ihr die Vernichtung vieler Raumschiffe gesehen?«

»Ein bißchen langsamer, bitte, Sir«, flehte Threepio. »Sie sehen uns falsch. Wir waren unbeteiligte Augenzeugen. Mit der Rebellion sind wir nur ganz am Rande in Berührung gekommen. Was Gefechte angeht, so sind wir in mehrere geraten, glaube ich. Man kann das schwer beurteilen, wenn man mit der eigentlichen Kampfmaschinerie nicht direkt in Berührung steht.« Er zuckte elegant die Achseln. »Darüber hinaus gibt es nicht viel zu sagen. Vergessen Sie nicht, Sir, ich bin wenig mehr als ein Dolmetscher und nicht sehr gut im Erzählen von Geschichten oder Darstellen von Historie, und noch weniger erfahren in ihrer Ausschmückung. Ich bin eine sehr wortwörtliche Maschine.«

Luke wandte sich enttäuscht ab und fuhr fort, Artoo Detoo zu reinigen. Weiteres Abkratzen förderte etwas zutage, das so verwirrend war, daß es Lukes volle Aufmerksamkeit in Anspruch nahm. Zwischen zwei Leitschienen, die normalerweise miteinander verbunden waren, steckte ein kleines Metallfragment. Luke legte den dünnen Stichel weg und nahm ein größeres Instrument zur Hand.

»Hm, mein kleiner Freund«, murmelte er, »da hat sich bei dir aber etwas ganz schön eingeklemmt.« Während er drückte und hebelte, richtete Luke seine Aufmerksamkeit halb auf Threepio. »Seid ihr auf einem Sternfrachter gewesen, oder war es –«

Metall gab mit einem mächtigen Krachen nach, und durch den gewaltigen Schwung wäre Luke fast gestürzt. Er taumelte, begann zu fluchen und – erstarrte zur Regungslosigkeit.

Die Vorderseite Artoos hatte zu leuchten begonnen und übertrug ein dreidimensionales Bild, keine dreißig Zentimeter im Quadrat, aber von schärfster Klarheit. Das Bild im Kasten war so wunderbar, daß Luke fast zu atmen vergaß.

Manchmal zuckte und tanzte das Bild unsicher, als sei die Aufzeichnung voller Hast hergestellt und eingebaut worden. Luke starrte auf die fremden Farben, die in die prosaische Atmosphäre der Garage projiziert wurden, und wollte eine Frage stellen, kam aber nie dazu. Die Lippen der Gestalt bewegten sich, und das Mädchen begann zu sprechen – oder vielmehr, schien zu sprechen. Luke wußte, daß die akustische Begleitung irgendwo in Artoos gedrungenem Rumpf erzeugt wurde.

»Obi-wan Kenobi«, flehte die Stimme heiser, »helfen Sie mir! Sie sind die einzige Hoffnung, die mir noch bleibt.« Eine Störung verwischte das Gesicht für einen Augenblick, dann fügte es sich wieder zusammen, und noch einmal sagte die Stimme: »Obi-wan Kenobi, Sie sind die einzige Hoffnung, die mir noch bleibt.«

Mit schnarrendem Summen blieb das Hologramm erhalten. Luke war fasziniert und überdachte, was er da vor sich sah, dann blinzelte er und sagte zu Artoo: »Worum geht es dabei, Artoo Detoo?«

Der kurzbeinige Roboter trat von einem Bein aufs andere, das kubische Bild verschob sich mit ihm, und er piepte eine, wie es schien, linkische Antwort.

Threepio schien so verwirrt zu sein wie Luke.

»Wie war das?« sagte er scharf, deutete auf das sprechende Bild und dann auf Luke. »Man hat dich etwas gefragt. Was und wer ist das, wie bringst du das hervor – und warum?«

Artoo erzeugte einen überraschten Ton, ganz so, als falle ihm das Hologramm erst jetzt auf. Dann folgte ein Pfeifstrom von Informationen.

Threepio übernahm die Daten, versuchte die Stirn zu runzeln, konnte nicht, und gab sich keine Mühe, seine eigene Verwirrung zu verbergen.

»Er behauptet, es sei nichts, Sir. Nur ein Defekt – alte Daten. Ein Band, das hätte gelöscht werden sollen und übersehen wurde. Er besteht darauf, daß wir es nicht beachten.«

Das war so, als fordere man Luke auf, ein Versteck von Durindfeuer unbeachtet zu lassen, auf das er in der Wüste gestoßen war.

»Wer ist sie?« sagte er, verzückt auf das Hologramm starrend. »Sie ist schön.«

»Ich weiß wirklich nicht, wer sie ist«, gestand Threepio offen. »Oder warten Sie, sie könnte eine Passagierin bei unserer letzten Reise gewesen sein. Soviel ich mich erinnere, war sie eine Persönlichkeit von einiger Bedeutung. Das könnte mit der Tatsache zusammenhängen, daß unser Kapitän Attaché bei –«

Luke schnitt ihm das Wort ab und genoß die Art, wie sinnliche Lippen das Satzfragment bildeten und immer wieder neu hervorbrachten.

»Gibt es da noch mehr von der Aufzeichnung? Sie hört sich so an, als sei sie unvollständig.« Luke stand auf und griff nach dem Artoo-Gerät.

Der Roboter trat zurück und stieß Pfiffe von derart verzweifelter Unruhe aus, daß Luke zögerte, nach der Innensteuerung zu greifen.

Threepio war entsetzt.

»Benimm dich, Artoo«, rügte er seinen Begleiter. Er sah schon vor sich, wie sie beide als ungehorsam verpackt und zu den Jawas zurückgeschickt wurden, was ausreichte, um einen Schauder bei ihm hervorzurufen. »Alles in Ordnung – er ist jetzt unser Herr.« Threepio zeigte auf Luke. »Du kannst ihm vertrauen. Ich fühle, daß er unser ureigenstes Interesse im Sinn hat.«

Detoo schien zu zögern. Dann pfiff und schrillte er aber seinem Freund eine komplizierte Mitteilung zu.

»Nun?« sagte Luke ungeduldig.

Threepio schwieg einen Augenblick, bevor er antwortete.

»Er sagt, er sei das Eigentum von einem gewissen Obi-wan Kenobi, einem Bewohner dieser Welt. Sogar dieser Region, um genau zu sein. Das Satzbruchstück, das wir hören, ist Teil einer privaten Mitteilung für diese Person.«

Threepio schüttelte langsam den Kopf.

»Ganz offen gesagt, Sir, ich weiß nicht, wovon er redet. Unser letzter Inhaber war Kapitän Colton. Von einem früheren Inhaber habe ich Artoo nie reden hören. Einen Obi-wan Kenobi kenne ich ganz gewiß nicht. Aber bei allem, was wir durchgemacht haben«, schloß er bedauernd, »fürchte ich, daß seine Logik-Schaltungen etwas durcheinandergeschüttelt worden sind. Manchmal wird er ausgesprochen exzentrisch.« Und während Luke über diese Antwort nachdachte, benützte Threepio die Gelegenheit, Artoo einen zornigen Warnblick zuzuwerfen.

»Obi-wan Kenobi«, sagte Luke nachdenklich. Sein Gesicht hellte sich plötzlich auf. »Warte mal ... ich frage mich, ob er nicht vielleicht den alten Ben Kenobi meint.«

»Verzeihen Sie vielmals«, sagte Threepio stockend, über alle Maßen erstaunt, »aber Sie kennen eine solche Person wahrhaftig?«

»Nicht direkt«, räumte Luke mit ruhigerer Stimme ein. »Ich kenne niemanden, der Obi-wan heißt – aber der alte Ben lebt draußen irgendwo am Rand des Westlichen Dünenmeers. Er ist eine Art lokaler Berühmtheit – ein Einsiedler. Onkel Owen und ein paar seiner Kollegen sagen, er sei ein Zauberer.

Ganz vereinzelt kommt er vorbei, um Tauschhandel zu betreiben. Ich rede jedoch selten mit ihm. Mein Onkel jagt ihn meist fort.« Er machte eine Pause und sah wieder zu dem kleinen Roboter hinüber. »Aber ich habe nie gehört, daß dem alten Ben irgendein Roboter gehören soll. Jedenfalls keiner, den man je vor mir erwähnt hätte.« Lukes Blick wurde unwiderstehlich wieder von dem Hologramm angezogen. »Ich möchte wissen, wer sie ist. Sie muß von Bedeutung sein – vor allem, wenn das zutrifft, was du mir eben erzählt hast, Threepio. Sie redet und sieht so aus, als sei sie in Schwierigkeiten. Vielleicht ist die Nachricht wirklich wichtig. Wir sollten sie uns ganz anhören.« Er griff wieder nach der Innensteuerung des Roboters, der erneut zurückwich und wild vor sich hinpfiff.

»Er sagt, es gebe einen behindernden Trennbolzen, der seine Selbstmotivationsanlagen ausschaltet«, dolmetschte Threepio. »Er meint, wenn Sie den Bolzen entfernen, könnte er in die Lage versetzt werden, die ganze Mitteilung zu wiederholen«, schloß Threepio unsicher. Als Luke das Bild weiterhin unverwandt anstarrte, fügte Threepio lauter hinzu: »*Sir!*«

Luke wachte auf.

»Was...? Oh, ja.« Er überlegte, dann ging er hin und starrte in die Öffnung des Roboters. Artoo zog sich nicht zurück.

»Ich glaube, ich sehe ihn. Na, ich denke, du bist zu klein, um vor mir davonzulaufen, wenn ich ihn herausnehme. Möchte wissen, weshalb jemand dem alten Ben eine Nachricht schicken sollte.« Luke griff nach dem passenden Werkzeug, langte hinab in die bloßliegenden Schaltungen und stemmte den Hemmbolzen heraus. Die erste wahrnehmbare Folge dieser Handlung war, daß das Bild verschwand.

Luke trat zurück.

»So, also.« Es gab eine peinliche Pause, in der das Hologramm keine Anstalten machte, wieder aufzutauchen. »Wo ist sie hingekommen?« sagte Luke schließlich. »Mach, daß sie wiederkommt. Spiel die ganze Aufzeichnung ab, Artoo Detoo.«

Ein unschuldig klingender Ton entrang sich dem Roboter. Threepio wirkte verlegen und nervös, als er übersetzte:

»Er hat gesagt: ›Was für eine Aufzeichnung‹?« Threepio wandte sich halb zornig an seinen Begleiter. »Was für eine Aufzeichnung? Du weißt, was für eine Aufzeichnung! Die, von der du uns eben ein Bruchstück abgespielt hast. Diejenige, die du in deinem störrischen, verrosteten Inneren herumschleppst, du eigensinniger Schrotthaufen!«

Artoo blieb hocken und summte leise vor sich hin.

»Es tut mir leid, Sir«, sagte Threepio langsam, »aber er läßt Anzeichen erkennen, daß er in seiner Gehorsam-Anlage ein alarmierendes Schwanken entwickelt. Vielleicht, wenn wir –«

Eine Stimme vom Korridor her unterbrach ihn.

»Luke... hallo, Luke, komm zum Essen!«

Luke zögerte, dann stand er auf und wandte sich von dem rätselhaften kleinen Roboter ab.

»Okay«, rief er, »ich komme, Tante Beru!« Er senkte die Stimme und sagte zu Threepio: »Sieh zu, was du mit ihm machen kannst. Ich bin bald wieder zurück.« Er warf den eben entfernten Hemmbolzen auf die Werkbank und eilte hinaus.

Als der Mensch fort war, fuhr Threepio blitzschnell herum.

»Du solltest dich lieber dazu bereit finden, ihm die ganze Aufzeichnung vorzuspielen«, knurrte er und wies mit dem Kopf vielsagend auf eine Werkbank voller Maschinenteile. »Sonst greift er wieder nach dem Reinigungsstichel und sucht danach. Er wird vielleicht nicht sehr darauf achten, was er durchschneidet, wenn er annimmt, daß du ihm bewußt etwas vorenthältst.«

Artoo gab ein klagendes Piepen von sich.

»Nein«, erwiderte Threepio, »ich glaube, er mag dich überhaupt nicht.«

Ein zweiter, schriller Ton vermochte die Strenge in der Stimme des großen Roboters nicht zu beschwichtigen:

»Nein, ich mag dich auch nicht.«

4

Lukes Tante Beru füllte einen Krug mit blauer Flüssigkeit aus einem gekühlten Behälter. Hinter ihr drang aus dem Eßraum die Unterhaltung in die Küche.

Sie seufzte traurig. Die Diskussionen zwischen ihrem Mann und Luke beim Essen waren immer schärfer geworden, seit die Ruhelosigkeit des Jungen ihn in andere Richtungen als die Arbeit auf der Farm zog. In Richtungen, für die Owen, ein schwerfälliger Mann der Scholle, keinerlei Verständnis hatte.

Sie stellte den großen Behälter wieder in den Kühlschrank und den Krug auf ein Tablett, dann eilte sie zurück ins Eßzimmer. Beru war keine übermäßig intelligente Frau, aber sie verfügte über eine instinktive Erkenntnis ihrer wichtigen Rolle im Haushalt. Sie erfüllte die Funktion von Bremsstäben in einem Atomreaktor. Solange sie dabei war, erzeugten Owen und Luke zwar eine Menge Hitze, aber erst wenn sie zu lange außer Reichweite blieb – *wumm!*

Kondensatoren an der Unterseite jedes Tellers hielten das Essen auf dem Eßzimmertisch heiß. Die beiden Männer senkten ihre Stimmen sofort auf zivile Lautstärke, als Beru erschien, und wechselten das Thema. Beru tat so, als bemerke sie davon nichts.

»Ich glaube, das Artoo-Gerät könnte gestohlen sein, Onkel

Owen«, sagte Luke, als sei das die ganze Zeit das Gesprächsthema gewesen.

Sein Onkel pfiff nach dem Milchkrug und sagte mit vollem Mund: »Die Jawas neigen dazu, alles mitzunehmen, was nicht angenagelt ist, Luke, aber vergiß nicht, daß sie im Grunde Angst vor ihren eigenen Schatten haben. Um sich offen dem Diebstahl zuzuwenden, müßten sie die Folgen bedenken, daß man ihnen nachsetzt und sie bestraft. Theoretisch sollten sie deshalb dazu nicht fähig sein. Wie kommst du darauf, daß der Roboter gestohlen ist?«

»Zum einen ist er für ein Gerät, das jemand weggeworfen hat, in enorm gutem Zustand. Er hat, während ich ihn saubermachte, eine Hologrammaufzeichnung abgesp-« Luke versuchte sein Entsetzen über den Versprecher zu verbergen und fuhr hastig fort: »Aber das ist nicht wichtig. Der Grund, warum ich glaube, daß er gestohlen wurde, ist der, daß er behauptete, das Eigentum von jemandem zu sein, den er Obi-wan Kenobi nennt.«

Vielleicht lag es am Essen, an der Milch, daß Lukes Onkel plötzlich würgte. Es mochte aber auch ein Ausdruck des Ekels sein, mit dem Owen seine Meinung über diese Person kundtun wollte. Jedenfalls aß er weiter, ohne seinen Neffen anzusehen.

Luke tat so, als sei diese Darstellung krasser Abneigung gar nicht vorgefallen.

»Ich dachte, er meint damit vielleicht den alten Ben«, fuhr er entschlossen fort. »Der Vorname ist anders, aber der Nachname stimmt.«

Als sein Onkel beharrlich schwieg, sprach Luke ihn direkt an.
»Weißt *du*, von wem er redet, Onkel Owen?«

Sein Onkel wirkte erstaunlicherweise verlegen, statt zornig.
»Das ist nichts«, murmelte er, ohne Lukes Blick zu erwidern. »Ein Name aus einer anderen Zeit.« Er rutschte auf seinem Stuhl nervös hin und her. »Ein Name, der nur Ärger bedeuten kann.«

Luke weigerte sich, die Warnung zu beachten und drängte weiter:

»Also ist es jemand, der mit dem alten Ben verwandt ist? Ich wußte gar nicht, daß der Verwandte hat.«

»Du bleibst weg von dem alten Zauberkünstler, verstanden!«

stieß sein Onkel hervor, ungeschickt Vernunft durch Drohung ersetzend.

»Owen...« sagte Tante Beru sanft, aber der massige Farmer schnitt ihr das Wort ab.

»Nein, das ist wichtig, Beru.« Er wandte sich wieder seinem Neffen zu. »Ich habe dir früher schon über Kenobi Bescheid gesagt. Er ist ein verrückter alter Mann, er ist gefährlich und führt nichts Gutes im Schild. Am besten hält man ihn sich vom Leib.« Berus flehender Blick veranlaßte ihn, sich ein wenig zu beruhigen. »Der Roboter hat nichts mit ihm zu tun. Ausgeschlossen«, murrte er. »Aufzeichnung – ha! Ich will, daß du das Gerät morgen nach Anchorhead bringst und sein Gedächtnis löschen läßt.« Owen schnaubte und beugte sich über seinen Teller. »Dann hat der Unfug ein Ende. Mir ganz egal, woher die Maschine zu stammen glaubt. Ich habe hartes Geld dafür bezahlt, und sie gehört jetzt uns.«

»Aber wenn sie nun doch jemand anderem gehört«, sagte Luke. »Wenn dieser Obi-wan nun auftaucht und seinen Roboter sucht?«

Ein Ausdruck zwischen Trauer und Verachtung huschte über das faltige Gesicht seines Onkels.

»Macht er nicht. Ich glaube nicht, daß es den Mann noch gibt. Er ist etwa zur selben Zeit gestorben wie dein Vater.« Er schaufelte eine große Portion in seinen Mund. »Vergiß das jetzt.«

»Dann war es also eine *wirkliche* Person«, murmelte Luke und starrte auf seinen Teller. Langsam fügte er hinzu: »Hat er meinen Vater gekannt?«

»Ich habe gesagt, du sollst es vergessen«, knurrte Owen. »Was die beiden Roboter angeht, ist deine einzige Aufgabe, sie morgen für die Arbeit bereitzumachen. Vergiß nicht, in den beiden stekken unsere letzten Ersparnisse. Ich hätte sie gar nicht gekauft, wenn die Ernte nicht vor der Tür stünde.« Er wedelte mit dem Löffel. »Ich möchte, daß du sie morgen bei den Bewässerungsgeräten auf dem Südkamm arbeiten läßt.«

»Weißt du«, erwiderte Luke halblaut, »ich glaube, diese Roboter werden sehr gute Arbeit leisten. Eigentlich –« Er zögerte und funkelte seinen Onkel verstohlen an. »Eigentlich habe ich über unsere Vereinbarung nachgedacht, daß ich noch ein Jahr bleibe.«

Sein Onkel reagierte nicht, und Luke sprach hastig weiter, bevor ihn sein Mut wieder im Stich ließ:

»Wenn die neuen Roboter einschlagen, möchte ich meinen Antrag auf Annahme in die Akademie stellen.«

Owen machte ein finsteres Gesicht und versuchte nicht, sein Mißvergnügen zu verbergen.

»Du meinst, du willst den Antrag nächstes Jahr stellen – nach der Ernte?«

»Du hast jetzt mehr als genug Roboter, und sie sind in gutem Zustand. Sie halten sich.«

»Roboter, ja«, bestätigte sein Onkel, »aber Roboter können einen Mann nicht ersetzen, Luke, das weißt du. Bei der Ernte brauche ich dich am nötigsten. Es ist nur noch für einmal, nach diesem Jahr.« Er blickte zur Seite. Zorn und Unmut waren verschwunden.

Luke schob sein Essen auf dem Teller herum und schwieg.

»Hör mal«, sagte sein Onkel, »zum erstenmal haben wir Aussicht, wirklich ein Vermögen zu machen. Wir verdienen so viel, daß wir für das nächstemal ein paar zusätzliche Leute einstellen können. Keine Roboter – Menschen! Dann kannst du auf die Akademie gehen.« Er sprach stockend, da er es nicht gewöhnt war, zu bitten. »Ich brauche dich hier, Luke, das verstehst du doch, oder?«

»Es ist wieder ein Jahr«, wandte sein Neffe mürrisch ein. »*Noch* ein Jahr.«

Wie oft hatte er das nun schon gehört? Wie oft wiederholten sie genau diese Scharade, mit immer dem gleichen Ergebnis?

Erneut überzeugt, daß Luke sich zu seiner Ansicht wieder hatte bekehren lassen, tat Owen den Einwand mit einem Achselzucken ab und sagte: »Die Zeit wird vergangen sein, bevor du es merkst.«

Luke stand plötzlich auf und schob seinen kaum berührten Teller weg.

»Das hast du letztes Jahr auch gesagt, als Biggs weggegangen ist.« Er drehte sich auf dem Absatz um und stürmte hinaus.

»Wohin gehst du, Luke?« rief ihm seine Tante besorgt nach. Lukes Antwort klang dumpf und bitter:

»Sieht so aus, als ginge ich nirgends hin.« Dann fügte er aus Rücksicht auf die Gefühle seiner Tante hinzu: »Ich muß die Roboter saubermachen, wenn sie morgen früh einsatzbereit sein sollen.«

Als Luke gegangen war, herrschte Stille im Eßzimmer. Mann und Frau aßen mechanisch. Schließlich hob Tante Beru den Kopf und sagte ernsthaft: »Owen, du kannst ihn hier nicht ewig festhalten. Die meisten seiner Freunde sind fort, die Leute, mit denen er aufgewachsen ist. Die Akademie bedeutet ihm so viel.«

Ihr Mann erwiderte teilnahmslos: »Ich mache es nächstes Jahr wieder gut an ihm. Das verspreche ich. Wir werden Geld haben – oder vielleicht im Jahr darauf.«

»Luke ist einfach kein Farmer, Owen«, fuhr sie mit Entschiedenheit fort. »Er wird nie einer werden, gleichgültig, wie sehr du dich anstrengst.« Sie schüttelte langsam den Kopf. »Er hat zu viel von seinem Vater.«

Zum erstenmal an diesem Abend wirkte Owen Lars nicht nur sorgenvoll, sondern auch nachdenklich, als er zur Tür starrte, durch die Luke verschwunden war.

»Das fürchte ich eben«, flüsterte er.

Luke war zur Oberfläche hinaufgegangen. Er stand auf dem Sand und beobachtete den doppelten Sonnenuntergang, als zuerst die eine, dann die andere von Tatooines Zwillingssonnen langsam hinter der fernen Dünenkette versank. Im verblassenden Licht wurde der Sand goldfarben, rostbraun und flammend orangerot, bevor die nahende Nacht die grellen Farben für einen weiteren Tag in Schlaf versetzte. Bald würden auf dem Sand zum erstenmal Nahrungspflanzen erblühen. Die ehemalige Wüste würde einen Ausbruch von Grün erleben.

Der Gedanke hätte in Luke einen Schauer der Vorfreude auslösen sollen. Er hätte so erregt sein sollen wie sein Onkel es immer war, wenn er die kommende Ernte beschrieb. Statt dessen fühlte aber Luke nichts als eine riesige, gleichgültige Leere. Nicht einmal die Aussicht darauf, zum erstenmal in seinem Leben viel

Geld zu haben, munterte ihn auf. Was sollte man mit Geld in Anchorhead anfangen – oder sonst irgendwo auf Tatooine?

Ein Teil von ihm, ein immer größer werdender Teil, wurde von Tag zu Tag unruhiger, weil er keine Erfüllung fand. Bei jungen Leuten in seinem Alter war das nichts Ungewöhnliches, aber aus Gründen, die Luke nicht verstand, war es bei ihm viel stärker als bei allen seinen Freunden.

Als die nächtliche Kälte über den Sand und an seinen Beinen hinaufkroch, wischte er den Grus von seiner Hose und stieg in die Garage hinab. Vielleicht würde die Arbeit an den Robotern den Unmut in seinem Innern ein wenig lindern. Ein schneller Blick zeigte, daß sich nichts bewegte. Keine der beiden neuen Maschinen war zu sehen. Luke runzelte ein wenig die Stirn, nahm einen kleinen Steuerkasten vom Gürtel und betätigte zwei Schalter.

Ein leises Summen drang aus dem Kasten. Das Rufgerät veranlaßte den größeren der beiden Roboter, zum Vorschein zu kommen: Threepio. Tatsächlich stieß er sogar einen Schrei der Überraschung aus, als er hinter dem Himmelhüpfer aufsprang.

Luke ging verblüfft auf ihn zu.

»Warum versteckst du dich denn da hinten?«

Der Roboter kam um den Bug des Flugzeugs gestolpert, in einer Haltung, die Verzweiflung verriet. Luke fiel auf, daß trotz des Rufs das Artoo-Gerät immer noch nirgends zu sehen war.

Den Grund für seine Abwesenheit – oder etwas, das ihr nahekam – erfuhr Luke rasch.

»Es war nicht meine Schuld«, stammelte Threepio flehend. »Bitte, schalten Sie mich nicht ab! Ich habe ihm gesagt, er soll nicht gehen, aber er ist defekt. Er funktioniert nicht richtig. Irgend etwas hat seine Logikschaltungen demoliert. Er plapperte ständig etwas von irgendeinem Auftrag, Sir. Ich habe bisher noch nie einen Roboter mit Anwandlungen von Größenwahn erlebt. Solche Dinge sollten nicht einmal in den Denktheorie-Anlagen enthalten sein, bei einem Gerät, das so schlicht ist wie ein Artoo, und –«

»Du meinst...?« Luke riß die Augen auf.

»Ja, Sir... er ist fort.«

»Und ich habe die Hemmkupplung selbst entfernt«, murmelte Luke. Er sah schon das Gesicht seines Onkels vor sich. Die letzten Ersparnisse in den zwei Robotern angelegt, hatte dieser gesagt.

Luke hetzte zur Garage hinaus und suchte nach nicht vorhandenen Gründen dafür, daß das Artoo-Gerät zum Berserker geworden war. Threepio folgte ihm auf den Fersen.

Von einem schmalen Kamm aus, der den höchsten Punkt in der Nähe der Heimstatt bildete, hatte Luke einen Panoramablick auf die Wüste ringsum. Er griff nach dem kostbaren Makro-Fernglas und suchte die sich rasch verdunkelnden Horizonte nach etwas Kleinem, Metallischen, Dreibeinigen ab, das den Verstand verloren hatte.

Threepio mühte sich durch den Sand hinauf zu Luke.

»Dieses Artoo-Gerät hat nie etwas anderes als Ärger verursacht«, stöhnte er. »Astromech-Androiden werden in solchem Maß zu Ikonoklasten, daß manchmal nicht einmal mehr ich sie verstehen kann.«

Luke ließ das Fernglas sinken und sagte: »Er ist nirgends zu sehen.« Er stieß wütend mit dem Fuß in den Boden. »Verdammt – wie kann ich nur so dumm gewesen sein, mich dazu verleiten zu lassen, die Hemmung zu entfernen! Onkel Owen wird mich umbringen.«

»Bitte um Verzeihung, Sir«, meinte Threepio hoffnungsvoll, dem Visionen von Jawas im Kopf herumtanzten, »aber können wir ihn nicht verfolgen?«

Luke drehte sich um. Prüfend betrachtete er die dunkle Wand, die sich heranschob.

»Nicht nachts. Es ist zu gefährlich. Die Jawas machen mir keine großen Sorgen, aber Sandleute... nein, nicht im Dunkeln. Wir müssen bis zum Morgen warten, bevor wir versuchen können, ihn aufzuspüren.«

Aus der Heimstatt unter dem Bogen drang ein Ruf herauf.

»Luke – Luke, bist du mit den Robotern schon fertig? Ich schalte die Nacht über den Strom ab.«

»Schon gut!« erwiderte Luke, der Frage ausweichend. »Ich bin in ein paar Minuten unten, Onkel Owen!« Er drehte sich um zu

Threepio. »Der kleine Roboter wird mich in die größten Schwierigkeiten bringen.«

»Oh, darin zeichnet er sich aus, Sir«, bestätigte Threepio mit gespielter Fröhlichkeit. Luke warf ihm einen säuerlichen Blick zu und gemeinsam strebten sie der Treppe zu und stiegen in die Garage hinunter.

»Luke... Luke!« Owen rieb sich den Morgenschlaf aus den Augen und drehte den Kopf hin und her, um seine Halsmuskeln zu lockern. »Wo kann der Junge sich nur wieder herumtreiben?« fragte er sich laut, als keine Antwort kam. In der Heimstatt regte sich nichts, und oben hatte er schon nachgesehen. »Luke!« brüllte er wieder. *Luke, luke, luke...* hallte das Echo von den Wänden spöttisch wider. Owen drehte sich zornig um und stapfte zurück in die Küche, wo Beru das Frühstück herrichtete.

»Hast du Luke heute schon gesehen?« fragte er so leise, wie es ihm möglich war.

»Ja. Er sagte, er habe noch einiges zu tun, bevor er zum Südkamm muß, und deshalb ging er früh weg.«

»Vor dem Frühstück?« Owen zog die Brauen zusammen. »Das sieht ihm nicht ähnlich. Hat er die neuen Roboter mitgenommen?«

»Ich glaube schon. Ich bin sicher, daß ich wenigstens einen davon bei ihm gesehen habe.«

»Na«, meinte Owen, der sich unbehaglich fühlte, aber nichts Konkretes fand, worüber er sich aufregen konnte, »er soll zusehen, daß die Kammgeräte bis Mittag repariert sind, sonst ist der Teufel los.«

Ein unsichtbares Gesicht, verhüllt von glattem, weißem Metall, tauchte aus der halb vergrabenen Rettungskapsel auf, die jetzt das Rückgrat einer höheren Düne als ihre Nachbarn bildete. Die Stimme klang präzise, aber müde.

»Nichts«, sagte der Soldat zu seinen Begleitern. »Keine Bänder, und keine Anzeichen für Bewohntheit.«

Starke Handfeuerwaffen senkten sich bei der Nachricht, daß die Kapsel verlassen war. Einer der gepanzerten Männer drehte sich herum und rief einem Offizier, der abseits stand, zu: »Das ist eindeutig die Kapsel aus dem Rebellenschiff, Sir, aber an Bord befindet sich nichts.«

»Aber sie hat trotzdem unbeschädigt aufgesetzt«, sagte der Offizier halblaut vor sich hin. »Das *könnte* mit der Automatik geschehen sein, aber wenn es ein echter Defekt war, hätte diese nicht eingeschaltet sein dürfen.« Irgend etwas stimmte nicht.

»Da ist der Grund, warum nichts an Bord und keine Anzeichen von Leben zu finden ist, Sir«, sagte eine Stimme.

Der Offizier ging auf einen der Soldaten zu, der im Sand kniete. Er hielt etwas hoch, das in der Sonne schimmerte.

»Roboterbeplattung«, sagte der Offizier nach einem schnellen Blick auf das Bruchstück. Vorgesetzter und Untergebener sahen sich bedeutsam an. Dann richteten sie gleichzeitig ihren Blick auf das hohe Tafelland im Norden.

Kies und feiner Sand bildeten einen Grusnebel unter dem Landgleiter, als er auf surrenden Abstoßungsgeräten über die gewellte Wüste von Tatooine glitt. Gelegentlich schwankte das Fahrzeug ein wenig, wenn es einer Senke oder leichten Anhöhe begegnete.

Luke lehnte sich im Sitz zurück und genoß die ungewohnte Entspannung, während Threepio das Landfahrzeug um Dünen und Felsvorsprünge lenkte.

»Für eine Maschine beherrschst du einen Landgleiter recht gut«, meinte Luke bewundernd.

»Danke, Sir«, erwiderte Threepio erfreut, ohne den Blick von der Landschaft abzuwenden. »Ich habe Ihren Onkel nicht angelogen, als ich Vielseitigkeit für mich in Anspruch nahm. Bei Gelegenheit bin ich sogar aufgerufen worden, unerwartete Funktionen unter Umständen auszuüben, bei denen meine Konstrukteure entsetzt gewesen wären.«

Hinter ihnen klirrte etwas, dann ein zweitesmal.

Luke runzelte die Stirn und klappte die Kanzel des Gleiters hoch. Nach einigem Herumtasten im Motorgehäuse verschwand das störende Geräusch.

»Wie ist das?« schrie er nach vorn.

Threepio zeigte an, daß die Justierung zufriedenstellend war. Luke schob sich ins Cockpit zurück und klappte die Kanzel wieder zu. Stumm strich er sich die windzerzausten Haare aus den Augen und achtete wieder auf die vertrocknete Wüste vor ihnen.

»Der alte Ben Kenobi soll ungefähr in dieser Richtung wohnen. Obwohl niemand genau weiß, wo, begreife ich nicht, wie das Artoo-Gerät so schnell so weit gekommen sein kann.« Seine Miene wirkte bedrückt. »Wir müssen es irgendwo in den Dünen übersehen haben. Hier kann es weiß Gott wo sein. Und Onkel Owen wird sich fragen, warum ich mich nicht inzwischen vom Südkamm gemeldet habe.«

Threepio überlegte kurz und sagte dann: »Würde es etwas nützen, Sir, wenn Sie ihm sagen, daß es meine Schuld war?«

»Sicher... jetzt braucht er dich nämlich noch einmal so dringend. Wahrscheinlich schaltet er dich deshalb nur einen Tag ab oder macht eine teilweise Gedächtnisspülung mit dir.«

Abschalten? Gedächtnisspülung? Threepio fügte hastig hinzu: »Wenn ich es mir recht überlege, Sir, wäre Artoo noch da, wenn Sie seine Hemmkapsel nicht entfernt hätten.«

Aber Luke war mit etwas Wichtigerem beschäftigt als mit der Verteilung der Verantwortung für das Verschwinden des kleinen Roboters.

»Warte mal«, sagte er, während er gebannt auf das Armaturenbrett starrte. »Auf dem Metallprüfer ist etwas genau vor uns. Die Umrisse kann ich auf diese Entfernung nicht ausmachen, aber nach der Größe allein könnte es unser wandernder Roboter sein. Los!«

Der Landgleiter schoß vorwärts, als Threepio den Beschleuniger einschaltete. Seine Insassen ahnten nicht das Geringste davon, daß andere Augen beobachteten, wie das Fahrzeug schneller wurde.

Die Augen waren nicht organisch, aber auch nicht ganz mechanisch. Niemand konnte es mit Gewißheit sagen, weil noch niemand sich so genau mit den Tusken-Räubern befaßt hatte, die den Randgebietfarmern von Tatooine weniger förmlich als die

›Sandleute‹ bekannt waren.

Die Tusken erlaubten kein genaues Studium ihrer selbst und entmutigen potentielle Beobachter durch Methoden, die ebenso wirksam wie unzivilisiert waren. Einige Xenologen hielten eine Verwandtschaft mit den Jawas für gegeben. Ganz wenige stellten die Hypothese auf, daß die Jawas eigentlich die Reifeform der Sandleute seien, aber diese Theorie wurde von der Mehrheit ernst zu nehmender Wissenschaftler zurückgewiesen.

Beide Rassen bevorzugten dicke Kleidung, um sich vor der Doppelmenge Solarstrahlung auf Tatooine zu schützen, aber damit endeten die meisten Vergleiche schon. Statt der schweren, gewebten Umhänge, die die Jawas trugen, wickelten die Sandleute sich mumienartig in endlose Bahnen und Bandagen und lose Stoffetzen.

Wo die Jawas alles fürchteten, hatte ein Tusken-Räuber vor nichts Angst. Die Sandleute waren größer, stärker und viel aggressiver. Zum Glück für die menschlichen Kolonisten auf Tatooine waren sie nicht sehr zahlreich und zogen es vor, ihr Nomadendasein in einigen der trostlosesten Gegenden Tatooines zu führen. Die Berührung zwischen Menschen und Tusken fand deshalb nur unregelmäßig und nicht zu oft statt. Die Tusken brachten im Jahr nicht mehr als eine Handvoll Menschen um. Da die menschliche Bevölkerung auch ihren Anteil an getöteten Tusken auf dem Gewissen hatte, existierte zwischen beiden eine Art Frieden – solange keine Seite einen Vorteil erzielen konnte.

Einer der Tusken hatte aber nun das Gefühl, daß die labile Lage sich vorübergehend zu seinen Gunsten verschoben hatte, und er gedachte, das voll auszunützen, als er sein Gewehr hob und auf den Landgleiter zielte. Doch sein Nebenmann packte die Waffe und drückte sie nieder, bevor sie abgefeuert werden konnte. Das führte zu einem heftigen Streit zwischen den beiden, und während sie in einer Sprache, die fast nur aus Konsonanten bestand, schreiend ihre Meinungen austauschten, fegte der Landgleiter weiter.

Entweder, weil der Gleiter außer Reichweite war, oder weil der zweite Tuske den ersten überzeugt hatte, brachen die beiden ihre Diskussion ab und stürmten auf der Rückseite des hohen

Kamms hinab. Am Grund des Hangs fand Schnuffeln und Gewichtsverlagerung statt, als die beiden Banthas sich bei der Annäherung ihrer Herren regten. Jeder war so groß wie ein kleiner Dinosaurier, mit hellen Augen und langem, dickem Fell. Sie zischten besorgt, als die zwei Sandleute herankamen und von ihren Knien in die Sättel stiegen.

Auf einen Stoß hin erhoben sich die Banthas. Langsam, aber mit riesigen Schritten, liefen die zwei massiven, gehörnten Wesen die Rückseite der Klippe hinunter, angetrieben von ihren besorgten aufgebrachten Mahouts.

»Er ist es wirklich«, erklärte Luke in einem Gemisch aus Zorn und Befriedigung, als die kleine, dreibeinige Gestalt auftauchte. Der Gleiter legte sich schief und glitt zum Boden einer riesigen Kalksandsteinschlucht hinunter. Luke zog das Gewehr hinter dem Sitz hervor und schwang es über die Schulter.

»Schneid ihm vorne den Weg ab, Threepio«, befahl er.

Das Artoo-Gerät nahm ihr Erscheinen offensichtlich wahr, stellte aber keinen Fluchtversuch an; dem Landgleiter hätte es ohnehin nicht entkommen können. Artoo blieb einfach stehen, als er sie entdeckte, und wartete, bis das Fahrzeug in einem weiten Bogen herankam. Threepio hielt abrupt an, und eine niedrige Wolke aus Sand fegte rechts neben dem kleineren Roboter hoch. Dann minderte sich das Heulen des Landgleiters zu einem leisen Summen, als Threepio auf Leerlauf stellte. Ein letztes Seufzen, und das Fahrzeug verstummte ganz.

Nachdem Luke sich in der Schlucht vorsichtig umgesehen hatte, führte er seinen Begleiter auf den Kiesboden hinaus und auf Artoo Detoo zu.

»Wohin wolltest du eigentlich, hm?« fragte er scharf.

Ein schwaches Pfeifen entrang sich dem verlegenen Roboter, aber es war Threepio, und nicht der widerspenstige Vagabund, der das Wort führte.

»Master Luke hier ist jetzt dein rechtmäßiger Besitzer, Artoo. Wie konntest du einfach weglaufen? Von diesem ›Obi-wan Kenobi‹-Unfug wollen wir nichts mehr hören, nachdem er dich gefunden hat. Ich weiß nicht, woher du das hast – oder auch das melodramatische Hologramm.«

Artoo wollte protestierend pfeifen, aber Threepios Empörung war zu groß, um Ausreden zuzulassen.

»Und erzähl mir nichts von deinem Auftrag! Was für ein Quatsch! Du kannst von Glück sagen, daß Master Luke dich nicht hier an Ort und Stelle in tausend Stücke zerbläst.«

»Keine Zeit«, bedauerte Luke, von Threepios hitziger Rachsucht ein bißchen angesteckt. »Kommt – es wird spät.« Er warf einen Blick auf die rasch emporsteigenden Sonnen. »Ich hoffe nur, daß wir zurückkommen, bevor Onkel Owen richtig in Fahrt gerät.«

»Wenn es Ihnen nichts ausmacht, daß ich das sage«, meinte Threepio, anscheinend unzufrieden, daß Artoo so leicht davonkommen sollte, »ich finde, Sie sollten den kleinen Flüchtling abschalten, bis Sie ihn sicher in die Garage zurückgebracht haben.«

»Nein. Er wird nichts unternehmen.« Luke sah den leise piependen Roboter streng an. »Ich hoffe, er hat seine Lektion gelernt. Es ist nicht nötig –«

Ohne Warnung sprang Artoo plötzlich vom Boden hoch – keine geringe Leistung, wenn man die Schwäche der Federmechanismen in seinen drei dicken Beinen bedachte. Sein zylindrischer Körper drehte und wand sich, während er eine wilde Symphonie von Pfiffen, Huplauten und elektronischen Ausrufen hervorbrachte.

Luke war müde, nicht erschrocken.

»Was ist? Was hat er denn jetzt wieder?« Er begann zu verstehen, daß Threepios Geduld sich erschöpfte. Er hatte nun selbst auch von dem verschrobenen Instrument ziemlich genug.

Unzweifelhaft hatte das Artoo-Gerät das Holo des Mädchens nur zufällig aufgeschnappt und es dazu benützt, Luke dazu zu bewegen, daß er seine Hemmanlage entfernte. Threepios Einstellung war wohl die richtige. Immerhin, sobald Luke die Schaltungen justiert und die Logikkupplungen gereinigt haben würde, würde ein durchaus nützliches Landwirtschaftsgerät daraus werden. Nur... wenn das der Fall war, weshalb schaute Threepio sich dann so sorgenvoll um?

»O je, Sir. Artoo behauptet, da seien mehrere Wesen unbekannter Art, die sich von Südosten nähern.«

Das *konnte* ein weiterer Versuch Artoos sein, sie abzulenken, aber Luke durfte die Warnung nicht in den Wind schlagen. Augenblicklich riß er das Gewehr von der Schulter und schaltete die Energiezelle ein. Er suchte den Horizont in der bezeichneten Richtung ab und sah nichts. Aber Sandleute waren schließlich Experten darin, sich unsichtbar zu machen.

Luke begriff plötzlich, wie weit sie hinausgefahren waren, welche Strecke der Landgleiter an diesem Morgen zurückgelegt hatte.

»Ich war noch nie hier«, sagte er zu Threepio. »Hier draußen leben ausgesprochen seltsame Wesen. Nicht alle sind schon klassifiziert. Es ist besser, keines als ungefährlich zu betrachten, bis das Gegenteil bewiesen ist. Wenn es natürlich etwas völlig Neues wäre...« Seine Neugier regte sich. Außerdem war das Ganze wahrscheinlich doch nur wieder ein Manöver von Artoo Detoo. »Sehen wir uns das an«, entschied er. Das Gewehr im Anschlag, trat er immerhin vorsichtig vor und führte Threepio auf den Kamm einer hohen Düne in der Nähe. Gleichzeitig achtete er darauf, Artoo nicht aus den Augen zu lassen.

Oben auf dem Kamm legte er sich hin und tauschte das Gewehr gegen das Makroglas aus. Unten breitete sich eine andere Schlucht vor ihnen aus, zu einer verwitterten Wand aus Rostbraun und Ocker aufsteigend. Er ließ den Blick langsam über den Canyonboden gleiten und entdeckte überraschend zwei angebundene Gestalten. Banthas – und ohne Reiter!

»Haben Sie etwas gesagt, Sir?« keuchte Threepio, der sich hinter Luke heraufplagte. Seine Lokomotoren waren für solche Kletter- und Steigausflüge nicht gerüstet.

»Wirklich Banthas«, flüsterte Luke über die Schulter, ohne in der Erregung des Augenblicks zu bedenken, daß Threepio einen Bantha nicht von einem Panda würde unterscheiden können.

Er blickte wieder durch das Fernglas und verstellte es ein wenig.

»Warte... Sandleute, natürlich. Ich sehe einen.«

Etwas Dunkles verstellte ihm plötzlich den Blick. Im ersten Augenblick dachte er, ein Stein könnte sich vor ihn geschoben haben. Gereizt ließ er das Glas sinken und streckte die Hand aus, um das Hindernis wegzuschieben. Seine Hand berührte etwas, das sich anfühlte wie weiches Metall.

Es war ein bandagiertes Bein, so dick, wie die beiden von Luke zusammen. Entsetzt blickte er auf... und hinauf. Die hochragende Gestalt, die ihn anfunkelte, war kein Jawa. Sie war scheinbar aus dem Sand emporgewachsen.

Threepio trat erschrocken einen Schritt zurück und fand keinen Boden unter den Füßen. Während Kreisel protestierend aufheulten, stürzte der große Roboter rückwärts die Düne hinunter. Luke, wie festgebannt an seinem Platz, hörte verklingendes Klappern und Rattern, als Threepio hinter ihm den steilen Hang hinunterpurzelte.

Als der Augenblick der Konfrontation vorüberging, stieß der Tusken einen erschreckenden Grunzlaut, in dem sich Wut und Freude mischten, aus und ließ seine schwere Gaderffii hinuntersausen. Die zweischneidige Axt hätte Lukes Schädel säuberlich in zwei Hälften gespalten, wenn Luke nicht mit einer Bewegung, die mehr instinktiv als berechnet war, das Gewehr hochgerissen hätte. Seine Waffe lenkte den Schlag ab, war aber damit ein- für allemal ruiniert. Die riesige Axt zerschmetterte den Lauf und machte Metallkonfetti aus den empfindlichen Innenteilen der Waffe.

Luke warf sich nach hinten und sah sich am Rande eines steilen Absturzes. Der Räuber folgte ihm langsam, die Waffe hoch über den lumpenumhüllten Kopf erhoben. Er stieß ein grausiges, kicherndes Lachen aus, und das Geräusch klang wegen der Vermummung durch den gitterartigen Sandfilter nur um so unmenschlicher.

Luke versuchte, seine Lage objektiv einzuschätzen, wie man es ihm in der Überlebens-Schule beigebracht hatte. Der Haken dabei war, daß sein Mund ausgetrocknet, seine Hände zittrig und er selbst als Ganzes gelähmt vor Furcht war. Den Räuber vor sich, einen wahrscheinlich tödlichen Abgrund hinter sich, gab er auf. Irgend etwas in seinem Inneren übernahm das Kommando und entschied sich für die am wenigsten schmerzhafte Reaktion. Er wurde ohnmächtig.

Keiner der Räuber bemerkte Artoo Detoo, als der kleine Roboter sich in eine Nische in der Felswand nahe beim Landgleiter zwängte. Einer von ihnen trug die leblose Gestalt Lukes. Er warf den bewußtlosen jungen Mann vor dem Gleiter auf den Boden und gesellte sich zu seinen Genossen, die sich über das offene Fahrzeug hermachten.

Vorräte und Ersatzteile wurden in alle Richtungen geschleudert. Von Zeit zu Zeit unterbrach man die Plünderung, wenn mehrere Tusken sich um ein besonderes Stück Beute stritten oder rauften.

Unerwartet hörte das Gebalge auf, und mit erschreckender Geschwindigkeit wurden die Tusken Teil der Wüstenlandschaft, in alle Richtungen starrend.

Eine verlorene Brise fegte träge den Canyon herab. Fern im Westen heulte etwas. Ein rollendes, dröhnendes Surren wurde von den Schluchtwänden als Echo zurückgeworfen und kroch nervös eine Riesenskala rauf und runter.

Die Sandleute verharrten noch einen Augenblick, dann stießen sie laute Grunzlaute und Schreckenstöne aus, während sie in fliegender Hast die Flucht von dem weithin sichtbaren Landgleiter ergriffen.

Das furchtbare Heulen ertönte wieder, diesmal näher. Inzwischen waren die Sandleute schon auf halbem Weg zu ihren Banthas, die ebenso erschrocken, nichts als fliehen wollten und an ihren Fesseln zerrten.

Wenngleich das Geräusch Artoo Detoo nichts bedeutete, versuchte der kleine Roboter trotzdem, sich noch tiefer in die Nische hineinzupressen. Das dröhnende Heulen kam näher. Nach der Reaktion der Sandleute zu urteilen, mußte hinter diesem rollenden Schrei etwas Monströses stecken, das jeder Beschreibung spottete. Etwas Ungeheuerliches und Mordlustiges, das nicht den Verstand besitzen mochte, zwischen eßbarem Organischen und nicht eßbaren Maschinen zu unterscheiden.

Nicht einmal der Staub auf ihrem Weg blieb, um anzuzeigen,

wo die Tusken-Räuber nur Minuten zuvor das Innere des Landgleiters zerlegt hatten. Artoo Detoo schaltete alle Funktionen bis auf die wesentlichen ab, bemüht, Geräusche und Licht möglichst zu verringern, als ein rhythmisch rauschendes Geräusch langsam hörbar wurde. Das Wesen erschien über dem Kamm einer nahen Düne, unterwegs zum Landgleiter...

5

Es war groß, aber keineswegs ungeheuerlich. Artoo runzelte innerlich die Stirn, als er die Optik überprüfte und sein Inneres wieder in Betrieb nahm.

Das Monster sah einem alten Mann sehr ähnlich. Er trug einen abgenutzten Umhang und wallende Gewänder, behängt mit ein paar kleinen Gurten, Säcken und unkenntlichen Instrumenten. Artoo suchte die Spur des Menschen ab, entdeckte aber kein Anzeichen für einen ihm folgenden Alptraum. Der Mann wirkte auch nicht bedroht. Eigentlich sieht er vergnügt aus, dachte Artoo.

Es war unmöglich, festzustellen, wo die Kleidung des seltsamen Ankömmlings aufhörte und seine Haut begann. Das alte Gesicht ging in den sandbedeckten Stoff über, und sein Bart schien nur eine Fortsetzung der losen Falten auf seiner Brust zu sein.

Andeutungen eines extremen Klimas von anderer Art als in der Wüste, nämlich von äußerster Kälte und Feuchtigkeit, waren in das faltige Gesicht gegraben. Ein Haken von Nase, wie ein Felsvorsprung, ragte aus einem Gewirr von Falten und Narben heraus. Die Augen daneben waren von flüssigem Kristallazur. Der Mann lächelte durch Sand und Staub und Bart und kniff beim Anblick der regungslosen Gestalt neben dem Landgleiter die Augen zusammen.

Überzeugt davon, daß die Sandleute Opfer einer akustischen Täuschung geworden waren – wobei er einfach unberücksichtigt ließ, daß er selbst sie auch wahrgenommen hatte – und gleichermaßen davon überzeugt, daß dieser Fremde Luke nichts Böses wollte, schob sich Artoo ein wenig vor, um besser sehen zu können. Das Geräusch eines kleinen Steins, den er verschoben hatte, war für seine elektronischen Sensoren kaum wahrnehmbar, aber der Mann fuhr herum, als sei er angeschossen worden. Er starrte direkt in Artoos Nische, immer noch sanft lächelnd.

»Hallo«, rief er mit tiefer, überraschend fröhlicher Stimme. »Komm her, mein kleiner Freund. Kein Grund, Angst zu haben.«

In dieser Stimme war etwas Aufrichtiges und Beruhigendes. Außerdem war die Verbindung selbst mit einem unbekannten Menschen der Isolierung in dieser Wüstenei vorzuziehen. Artoo watschelte hinaus in den Sonnenschein und ging hinüber zu der Stelle, wo Luke am Boden lag. Der faßartige Körper des Roboters beugte sich vor, und er untersuchte die schlaffe Gestalt. Aus seinem Inneren drangen Pfiffe und besorgte Pieplaute.

Der alte Mann trat hinzu, bückte sich und berührte Lukes Stirn und Schläfe. Nach kurzer Zeit regte sich der Bewußtlose und lallte wie ein träumender Schläfer.

»Keine Sorge«, sagte der Mensch zu Artoo, »er wird in Ordnung sein.«

Wie um diese Meinung zu bestätigen, blinzelte Luke, starrte verständnislos nach oben und murmelte: »Was ist passiert?«

»Nur Ruhe, mein Sohn«, sagte der Mann und ging in die Hocke. »Sie haben einen anstrengenden Tag hinter sich.« Wieder blitzte das jungenhafte Grinsen auf. »Sie haben ein Riesenglück, daß Ihr Kopf noch da ist, wo er hingehört.«

Luke schaute sich um und richtete dann den Blick auf das alte Gesicht über ihm. Das Wiedererkennen leistete Wunder der Regeneration für seine Verfassung.

»Ben – Sie müssen es sein!« Eine plötzliche Erinnerung veranlaßte ihn, sich ängstlich umzublicken, aber von Sandleuten war keine Spur mehr zu sehen. Langsam setzte er sich auf. »Ben Kenobi... bin ich froh, Sie zu treffen!«

Der alte Mann stand auf und ließ den Blick über den Canyonboden und den gewellten Randkamm schweifen. Ein Fuß scharrte im Sand.

»Die Jundland-Wüsten darf man nicht leichthin durchqueren. Es ist der irregeleitete Reisende, der die Gastfreundschaft der Tusken anlockt.« Sein Blick kehrte zum Patienten zurück. »Sagen Sie, junger Mann, was führt Sie so weit ins Nichts hinaus?«

Luke zeigte auf Artoo Detoo.

»Der kleine Roboter da. Ich dachte zuerst, er sei verrückt geworden, als er behauptete, nach einem früheren Inhaber zu suchen. Jetzt glaube ich das nicht mehr. Ich habe noch nie eine solche Treue bei einem Roboter gesehen – ob irregeleitet oder nicht. Man kann ihn offenbar nicht aufhalten; er hat sich sogar dazu hinreißen lassen, mich hereinzulegen.« Luke schaute nach oben. »Er behauptet, Eigentum von jemandem zu sein, der Obi-wan Kenobi heißt.« Luke paßte genau auf, aber der Mann zeigte keine Reaktion. »Ist das ein Verwandter von Ihnen? Mein Onkel glaubt, daß es ihn wirklich gegeben hat. Oder ist das nur ein unwichtiges Stück wirrer Information, das versehentlich in seine Leistungsspeicher geraten ist?«

Ein nachdenkliches Stirnrunzeln veränderte das sandgegerbte Gesicht erstaunlich. Kenobi schien über die Frage nachzusinnen, während er sich zerstreut den strähnigen Bart kraulte.

»Obi-wan Kenobi«, wiederholte er. »Obi-wan... nun, das ist ein Name, den ich lange nicht mehr gehört habe. Sehr lange. Höchst merkwürdig.«

»Mein Onkel hat gesagt, er sei tot«, sagte Luke.

»Oh, tot ist er nicht«, verbesserte ihn Kenobi leichthin. »Noch nicht, noch nicht.«

Luke erhob sich aufgeregt. Die Tusken-Räuber waren vergessen.

»Dann kennen Sie ihn also?«

Ein Lächeln erstaunlicher Jugendlichkeit überflog die Collage aus runzliger Haut und Bart.

»Natürlich kenne ich ihn; ich bin es selbst, wie Sie vermutlich schon geargwöhnt haben, Luke. Aber den Namen *Obi-wan* trage ich seit einer Urzeit nicht mehr.«

»Dann gehört der Roboter also Ihnen, wie er behauptet hat«, meinte Luke und deutete auf Artoo Detoo.

»Nun, das ist das Sonderbare«, gestand Kenobi rätselnd, während er den stummen Roboter betrachtete. »Ich kann mich nicht erinnern, einen Roboter besessen zu haben, schon gar nicht ein modernes Artoo-Gerät. Höchst interessant, höchst interessant.« Irgend etwas lenkte den Blick des alten Mannes plötzlich zur Kante naher Klippen. »Ich halte es für das Beste, wenn wir Ihren Landgleiter benützen. Die Sandleute sind hartnäckig, wir müssen damit rechnen, daß sie bald in größerer Zahl wieder auftauchen. Ein Landgleiter ist eine Beute, auf die sie nicht gern verzichten, und schließlich sind sie keine Jawas.« Kenobi legte beide Hände auf seltsame Weise an den Mund, atmete tief ein und stieß ein unirdisches Heulen aus, bei dem Luke zusammenschreckte. »Das müßte irgendwelche Nachzügler noch eine Weile in Trab halten«, sagte der alte Mann zufrieden.

»Das ist ein Krayt-Drachenschrei!« Luke gaffte ihn verblüfft an. »Wie haben Sie das gemacht?«

»Ich zeige es Ihnen einmal, mein Sohn. Es ist nicht sehr schwer. Man braucht nur die richtige Fingerstellung, geübte Stimmbänder und sehr viel Luft. Wenn Sie ein Bürokrat des Imperiums wären, könnte ich es Ihnen sofort beibringen, aber Sie sind keiner.« Er starrte wieder zur Klippe hinauf. »Und ich glaube, das ist auch nicht die Zeit und der Ort dafür.«

»Dagegen sage ich nichts.« Luke rieb sich den Hinterkopf. »Fangen wir an.«

In diesem Augenblick stieß Artoo ein klagendes Schrillen aus und fuhr herum. Luke konnte das elektronische Geräusch nicht übersetzen, aber plötzlich begriff er den Anlaß dafür.

»Threepio«, rief Luke besorgt. Artoo entfernte sich bereits vom Landgleiter, so schnell er konnte. »Kommen Sie, Ben.«

Der kleine Roboter führte sie zum Rand einer großen Sandgrube, blieb dort stehen, zeigte hinunter und quietschte traurig. Luke sah, wohin Artoo deutete, dann stieg er vorsichtig den glatten, wandernden Hang hinab, während Kenobi mühelos folgte.

Threepio lag im Sand unten am Hang, den er hinabgestürzt war. Sein Rumpf war verbeult und verbogen. Ein Arm lag abgebrochen und verkrümmt daneben.

»*Threepio!*« rief Luke. Keine Antwort. Er schüttelte den Androiden, aber ohne Erfolg. Luke öffnete eine Klappe an der Rückseite des Roboters und betätigte ein paarmal einen versteckten Schalter. Ein leises Summen begann, verstummte, begann von neuem und wurde zu einem normalen Surren.

Threepio drehte sich mit seinem verbliebenen Arm herum und setzte sich auf.

»Wo bin ich?« murmelte er, während seine Photorezeptoren klar wurden. Dann erkannte er Luke. »Oh, es tut mir leid, Sir. Ich muß einen falschen Schritt getan haben.«

»Du hast Glück, daß deine Hauptschaltungen noch funktionieren«, sagte Luke. Er blickte bedeutungsvoll hinauf zur Klippe. »Kannst du stehen? Wir müssen hier weg, bevor die Sandleute zurückkommen.«

Servomotoren heulten protestierend auf, bis Threepio darauf verzichtete, sich anzustrengen.

»Ich glaube nicht, daß ich es schaffe. Gehen Sie nur, Master Luke. Es hat keinen Sinn, wenn Sie meinetwegen ein Risiko eingehen. Ich bin erledigt.«

»Nein, bist du nicht«, erwiderte Luke sofort, auf unerklärliche Weise von dieser neu erworbenen Maschine berührt. Aber Threepio war schließlich auch keines der stummen Arbeitsgeräte, mit denen Luke es sonst zu tun hatte. »Was soll das heißen?«

»Es ist logisch«, teilte ihm Threepio mit.

»Defätistisch.«

Mit Lukes und Ben Kenobis Hilfe gelang es dem verbeulten Androiden schließlich, sich aufzurichten. Der kleine Artoo schaute vom Rand der Grube aus zu.

Mitten am Hang blieb Kenobi plötzlich stehen und schnupperte argwöhnisch. »Schnell. Sie sind wieder unterwegs.«

Luke versuchte gleichzeitig auf die Felsen in der Umgebung und seine Schritte zu achten, während er sich abmühte, Threepio aus der Grube herauszuschleppen.

Die Einrichtung von Ben Kenobis wohlverborgener Höhle war spartanisch, trotzdem wirkte die Behausung behaglich. Den meisten Leuten hätte sie nicht genügt, so, wie sie den besonderen eklektischen Geschmack ihres Besitzers widerspiegelte. Der Wohnbereich strahlte eine Atmosphäre bescheidenen Komforts aus, bei der mehr Wert auf geistige Bequemlichkeit gelegt wurde, als auf jene des ungeschickten menschlichen Körpers.

Sie hatten den Canyon räumen können, bevor die Tusken-Räuber in großer Zahl zurückkamen. Unter Kenobis Anleitung hatte Luke eine so verwirrende Spur hinterlassen, daß nicht einmal ein mit besonders guter Spürnase ausgestatteter Jawa ihr hätte folgen können.

Luke versagte es sich mehrere Stunden lang, sich den Verlockungen der Höhle Kenobis zu überlassen. Statt dessen blieb er in der Ecke, die als enge, aber vollständig ausgestattete Werkstätte eingerichtet war, und arbeitete daran, Threepios abgetrennten Arm zu reparieren.

Zum Glück hatten die automatischen Überlastungs-Entkuppler unter der enormen Anstrengung nachgegeben und die elektronischen Nerven und Ganglien ohne eigentlichen Schaden abgetrennt. Die Reparatur war deshalb einfach eine Sache, den Arm wieder an der Schulter anzubringen und die Selbstanschlüsse zu aktivieren.

Während Luke damit beschäftigt war, befaßte sich Kenobi mit Artoo Detoo. Der gedrungene Roboter hockte passiv auf dem kühlen Höhlenboden, während der alte Mann an seinem metallenen Inneren herumbastelte. Schließlich setzte Kenobi sich mit einem zufriedenen Brummen auf und klappte die offenen Tafeln am runden Kopf des Roboters zu.

»Und jetzt wollen wir sehen, ob wir erfahren, was du bist, mein kleiner Freund, und woher du kommst.«

Luke war ohnehin fast fertig, und Kenobis Worte genügten, um ihn aus dem Werkstattbereich zu locken.

»Ich habe einen Teil der Mitteilung gesehen«, begann er, »und ich –«

Wieder wurde das auffallende Bild auf den Raum vor der Vorderseite des kleinen Roboters projiziert. Luke verstummte, erneut entzückt von der rätselhaften Schönheit des Mädchens.

»Ja, ich glaube, so geht es«, murmelte Kenobi nachdenklich. Das Bild blieb flackernd erhalten, was auf ein hastig zusammengestelltes Band hindeutete. Aber es war jetzt viel schärfer als beim ersten Male, wie Luke bewundernd feststellte.

»General Obi-wan Kenobi«, sagte die melodiöse Stimme, »ich stelle mich im Namen der Weltfamilie Alderaan und der Allianz zur Neubildung der Republik vor. Ich dringe in Ihre Einsamkeit auf Bitten meines Vaters vor, Bail Organa, Vizekönig und Erster Vorsitzender des Systems Alderaan.«

Kenobi hörte sich diese ungewöhnliche Mitteilung an, während Lukes Augen aus ihren Höhlen zu treten drohten.

»Vor Jahren haben Sie der Alten Republik in den Klon-Kriegen gedient, General«, fuhr die Stimme fort. »Nun bittet Sie mein Vater, uns in unserer verzweifeltsten Stunde erneut zu helfen. Er möchte, daß Sie zu ihm nach Alderaan kommen. Sie *müssen* zu ihm kommen.

Ich bedaure, daß ich nicht in der Lage bin, Ihnen die Bitte meines Vaters persönlich zu überbringen. Meine Mission, mich persönlich mit Ihnen zu treffen, ist gescheitert. Daher bin ich gezwungen, diese Methode der Verständigung anzuwenden.

Information, die für das Überleben der Allianz von lebenswichtiger Bedeutung ist, wurde im Gehirn dieses Detoo-Roboters gespeichert. Mein Vater weiß, wie er sie erlangen kann. Ich flehe Sie an, dafür zu sorgen, daß das Gerät sicher nach Alderaan befördert wird.« Sie machte eine Pause, und als sie fortfuhr, klangen ihre Worte hastiger und weniger förmlich. »Sie *müssen* mir helfen, Obi-wan Kenobi. Sie sind meine letzte Hoffnung. Ich wurde von Agenten des Imperiums gefangengenommen. Von mir werden sie nichts erfahren. Alles, was es zu wissen gibt, ist verschlossen in den Gedächtnisspeichern dieses Roboters. Lassen Sie uns nicht im Stich, Obi-wan Kenobi. Lassen Sie *mich* nicht im Stich.« Eine kleine Wolke dreidimensionaler statischer Störungen trat an die Stelle des Bildes, dann verschwand es ganz. Artoo Detoo sah erwartungsvoll zu Kenobi auf.

Der alte Mann. Der verrückte Zauberkünstler. Der Wüstentramp und Sonderling, von dem sein Onkel und alle anderen schon wußten, seitdem Luke denken konnte.

Wenn die atemlose, von Angst geprägte Botschaft der jungen Frau auf Kenobi irgendeine Wirkung gehabt hatte, ließ er sich das nicht anmerken. Er lehnte sich an die Felswand und strich nachdenklich seinen Bart, während er langsam an einer Wasserpfeife in freigestalteter Form aus mattem Chrom sog.

Luke rief sich das schlichte und doch so wunderbare Abbild ins Gedächtnis zurück.

»Sie ist so – so –« Seine Farmerherkunft lieferte ihm die erforderlichen Worte nicht. Plötzlich riß er die Augen auf und sah den alten Mann ungläubig an. »General Kenobi, Sie haben in den Klon-Kriegen gekämpft? Aber... das ist doch schon so lange her.«

»Hm, ja«, gab Kenobi zu, so beiläufig, als spreche er über das Rezept für Shang-Eintopf. »Ist wohl eine Weile her. Ich bin einmal Jedi-Ritter gewesen. Wie Ihr Vater«, sagte er und sah den Jungen prüfend an.

»Ein Jedi-Ritter«, wiederholte Luke. Dann sah er sein Gegenüber verwirrt an. »Aber mein Vater hat nicht in den Klon-Kriegen gekämpft. Er war kein Ritter – nur Navigator in einem Raumfrachter.«

Kenobi lächelte, ohne das Mundstück der Pfeife loszulassen.

»Das hat Ihnen jedenfalls Ihr Onkel erzählt.« Seine Aufmerksamkeit ging plötzlich in eine andere Richtung. »Owen Lars stimmte mit den Ideen und Ansichten oder mit der Lebensanschauung Ihres Vaters nicht überein. Er meinte, Ihr Vater hätte hier auf Tatooine bleiben und sich nicht einmischen sollen in...« Wieder das scheinbar gleichgültige Achselzucken. »Nun, er meinte, er hätte hierbleiben und sich um seine Landwirtschaft kümmern sollen.«

Luke sagte nichts und saß angespannt da, als der alte Mann Bruchstücke einer Lebensgeschichte erzählte, die Luke nur in der Verzerrung durch seinen Onkel kennengelernt hatte.

»Owen fürchtete immer, das abenteuerliche Leben Ihres Vaters könne Sie beeinflussen und aus Anchorhead fortlocken.« Er schüttelte den Kopf. »Viel von einem Farmer hatte Ihr Vater nicht, fürchte ich.«

»Ich hätte ihn gern gekannt«, flüsterte Luke schließlich.

»Er war der beste Pilot, den ich je kennengelernt habe«, fuhr Kenobi fort, »und ein kluger Kämpfer. Die Macht... der Instinkt in ihm waren stark.« Für eine kurze Sekunde wirkte Kenobi wahrhaft alt. »Und er war ein guter Freund.« Plötzlich kehrte aber das jungenhafte Zwinkern wieder in die scharfblickenden Augen zurück, gemeinsam mit dem natürlichen Humor des alten Mannes. »Wie ich höre, sind Sie auch kein schlechter Pilot. Pilotieren und Navigieren sind nicht vererbbar, aber eine Anzahl von Dingen, die gemeinsam einen Kleinschiff-Piloten ausmachen, die könnten Sie geerbt haben. Immerhin, sogar einer Ente muß man das Schwimmen beibringen.«

»Was ist eine Ente?« fragte Luke neugierig.

»Schon gut. In vieler Beziehung sind Sie Ihrem Vater sehr ähnlich, wissen Sie.« Kenobis unverhüllt forschender Blick machte Luke nervös. »Seit ich Sie das letztemal gesehen habe, sind Sie ziemlich erwachsen geworden.«

Luke hatte keine Antwort darauf und wartete stumm, als Kenobi wieder in tiefe Nachdenklichkeit versank. Nach einer Weile regte sich der alte Mann, der offenbar zu einer wichtigen Entscheidung gelangt war.

»Das alles erinnert mich daran, daß ich hier etwas für Sie habe«, erklärte er. Er stand auf, ging zu einer großen altmodischen Truhe und kramte darin herum. Alle möglichen interessanten Dinge wurden herausgenommen und weggeschoben und wieder hineingelegt.

»Wenn Sie alt genug wären«, sagte Kenobi, »wollte Ihr Vater Ihnen das geben... falls ich das verflixte Ding jemals finde. Ich habe schon einmal versucht, es Ihnen zu bringen, aber Ihr Onkel wollte das nicht zulassen. Er glaubte, Sie würden dadurch nur auf verrückte Ideen kommen und am Ende dem alten Obi-wan in irgendeinen idealistischen Kreuzzug folgen.

Sehen Sie, Luke, das war der Punkt, in dem Ihr Vater und Ihr Onkel grundverschiedener Meinung waren. Lars ist nicht der Mensch, sich vom Idealismus ins Geschäft pfuschen zu lassen, während Ihr Vater die Frage nicht einmal der Diskussion für wert hielt. Seine Entscheidung in solchen Dingen wurde gefällt wie beim Pilotieren – instinktiv.«

Luke nickte. Er hatte nun alle Sandkörnchen entfernt und schaute sich nach einem letzten Bauteil um, der in Threepios Inneres eingefügt werden mußte. Er fand den Hemm-Modul, öffnete die Halteklammern in der Maschine und machte sich daran, ihn wieder anzuschließen. Threepio verfolgte die Arbeit und schien zusammenzuzucken.

Luke starrte lange in die Photorezeptoren aus Metall und Kunststoff, dann legte er den Modul auf die Werkbank und schloß die Brustplatte des Roboters. Threepio sagte nichts.

Hinter ihnen ertönte ein Brummlaut, und als Luke sich umdrehte, sah er Kenobi mit erfreutem Gesicht auf sich zukommen. Er gab Luke ein kleines, harmlos aussehendes Gerät, das der junge Mann interessiert betrachtete.

Es bestand hauptsächlich aus einem kurzen, dicken Handgriff mit zwei kleinen Schaltern. Über dem Kolben befand sich eine runde Metallscheibe, im Durchmesser kaum größer als Lukes Handfläche. Eine Anzahl fremdartiger, edelsteinähnlicher Teile war in Griff und Scheibe eingelassen, einschließlich der kleinsten Energiezelle, die Luke je gesehen hatte. Die Rückseite der Scheibe war spiegelhell poliert. Was Luke jedoch am meisten verwirrte, war die Energiezelle. Was immer das Ding auch sein mochte, es erforderte, wie man aus dem Leistungsmuster der Zelle ersehen konnte, sehr viel Energie.

Trotz der Tatsache, daß der Apparat seinem Vater schon gehört hatte, sah es aus wie neu. Kenobi hatte ihn offenbar gut gepflegt. Nur eine Anzahl winziger Kratzer am Handgriff deutete auf früheren Gebrauch hin.

»Sir?« sagte eine vertraute Stimme, die Luke eine Weile nicht mehr gehört hatte.

»Was?« fragte Luke überrascht.

»Wenn Sie mich nicht brauchen«, erklärte Threepio, »werde ich mich eine Weile abschalten. Das erlaubt den Armatur-Nerven eine schnellere Heilung, und ich bin ohnehin für innere Selbstreinigung fällig.«

»Sicher, nur zu«, sagte Luke zerstreut und beugte sich wieder über das rätselhafte Gerät. Threepio hinter ihm verstummte, und das Leuchten in seinen Augen erlosch vorübergehend. Luke fiel auf, daß Kenobi ihn interessiert beobachtete. »Was ist das?« fragte er endlich, trotz all seiner Überlegungen nicht fähig, das

Gerät zu identifizieren.

»Der Lichtsäbel Ihres Vaters«, erwiderte Kenobi. »Solche Säbel waren früher einmal häufig im Gebrauch und sind es, in gewissen galaktischen Gegenden, heute noch.«

Luke untersuchte die Regler am Griff, dann berührte er versuchsweise einen farbigen Knopf oben am Spiegelknauf. Augenblicklich erzeugte die Scheibe einen blau-weißen Strahl von der Dicke seines Daumens. Er war gebündelt bis zur Undurchsichtigkeit und etwas über einen Meter lang. Er verblaßte nicht, sondern blieb am anderen Ende so grell und scharf wie an der Scheibe. Seltsamerweise spürte Luke keine Hitze daran; trotzdem hütete er sich, ihn zu berühren. Er wußte, was ein Lichtsäbel vermochte, obwohl er zuvor noch nie einen gesehen hatte. Dieser Säbel konnte ein Loch mitten durch die Felswand von Kenobis Höhle bohren – oder natürlich auch durch einen Menschen.

»Das war die herkömmliche Waffe eines Jedi-Ritters«, erläuterte Kenobi. »Nicht so plump und wahllos wie ein Strahler. Man braucht für die Anwendung mehr Geschicklichkeit als schlichtes Zielen. Eine elegante Waffe. Sie war gleichzeitig auch ein Symbol. Jeder kann einen Strahler oder einen Fusionsschneider gebrauchen – aber mit einem Lichtsäbel *geschickt* umzugehen, das erfordert mehr.« Kenobi ging in der Höhle auf und ab, während er weitersprach: »Seit über tausend Generationen waren die Jedi-Ritter die mächtigste und geachtetste Kraft in der Galaxis, Luke. Sie dienten als Wächter und Garanten für Frieden und Gerechtigkeit in der Alten Republik.«

Als Luke nicht fragte, was inzwischen aus ihnen geworden sei, hob Kenobi den Kopf und sah, daß der junge Mann ins Leere starrte und von den Erläuterungen des alten Mannes wenig oder nichts mitbekommen hatte. Manche Leute hätten Luke dafür gerügt, aber nicht Kenobi. Einfühlsamer als die meisten, wartete er geduldig, bis die Stille so stark auf Luke lastete, daß er wieder das Wort ergriff.

»Wie ist mein Vater gestorben?« fragte er langsam.

Kenobi zögerte, und Luke spürte, daß der alte Mann nicht gerne über dieses Thema sprach. Im Gegensatz zu Owen Lars war Kenobi jedoch nicht fähig, Zuflucht bei einer bequemen

Lüge zu suchen.

»Er ist verraten und ermordet worden«, sagte Kenobi ernst, »und zwar von einem sehr jungen Jedi namens Darth Vader.« Er sah Luke nicht an. »Ein Junge, den ich ausbildete. Einer meiner begabtesten Schüler... einer meiner größten Mißerfolge.« Kenobi ging wieder hin und her. »Vader gebrauchte die Ausbildung, die ich ihm gab, und die Kraft in ihm zum Bösen, um den späteren korrupten Kaisern zu helfen. Als die Jedi-Ritter aufgelöst, zerstreut oder tot waren, gab es für Vader nur noch wenige Gegner. Heute sind sie praktisch ausgestorben.« Ein unergründlicher Ausdruck huschte über Kenobis Gesicht. »In vieler Beziehung waren sie zu gut, zu vertrauensvoll. Sie setzten zuviel Vertrauen in die Stabilität der Republik und begriffen nicht, daß der Körper zwar gesund sein mochte, der Kopf aber erkrankte und schwach wurde und Manipulationen zugänglich war, deren sich der Kaiser bediente.

Ich wüßte gern, was Vader eigentlich wollte. Manchmal habe ich das Gefühl, er wartet nur ab und bereitet sich auf eine unbegreifliche Scheußlichkeit vor. Dessen ist fähig ein Mensch, der die Kraft beherrscht und von ihrer dunklen Seite verzehrt wird.«

Lukes Gesicht verzerrte sich vor Verwirrung.

»Eine Kraft? Das ist das zweitemal, daß Sie den Ausdruck erwähnen.«

Kenobi nickte.

»Manchmal vergesse ich, vor wem ich so dahinrede. Sagen wir einfach, die Kraft ist etwas, mit der ein Jedi sich einlassen muß. Sie ist zwar nie zureichend erklärt worden, aber manche Wissenschafter haben die Theorie aufgestellt, sie sei ein von Lebewesen erzeugtes Energiefeld. Die frühen Menschen haben ihr Vorhandensein vermutet, blieben aber Jahrtausende unwissend, was ihr Potential anging.

Nur bestimmte Einzelne konnten die Kraft erkennen als das, was sie war. Sie wurden aber unbarmherzig etikettiert: Scharlatane, Schwindler, Mystiker – und Schlimmeres. Noch weniger Menschen konnten sie anwenden. Da sie meist außerhalb ihrer primitiven Steuerung stand, war sie häufig zu mächtig für sie. Sie wurden von ihren Zeitgenossen mißverstanden – und Schlimmeres.« Kenobi machte mit beiden Armen eine weit ausholende Geste. »Die Kraft umgibt jeden einzelnen von uns. Manche glauben, daß *sie* unsere Handlungen bestimmt, und nicht umgekehrt. Das Wissen über die Kraft, und wie sie zu handhaben sei, war es, die dem Jedi seine besondere Macht verlieh.« Die Arme sanken herunter, und Kenobi starrte Luke an, bis der junge Mann verlegen mit den Füßen scharrte. Als der alte Mann weitersprach, geschah das in einem so lebhaften, jugendlichen Ton, daß Luke unwillkürlich zusammenzuckte. »Auch Sie müssen die Wege der Kraft lernen, Luke – wenn Sie mit mir nach Alderaan gehen wollen.«

»Alderaan!« Luke sprang auf und sah Kenobi verwirrt an. »Ich gehe nicht nach Alderaan. Ich weiß nicht einmal, wo Alderaan ist.« Verdunster, Androiden, Ernten... plötzlich schien die Umgebung sich um ihn zusammenzuschließen, und die vorher nur interessanten Möbelstücke und fremden Gegenstände wirkten jetzt eine Spur furchterregend. Er schaute sich um und versuchte dem durchdringenden Blick Ben Kenobis zu entgehen... des alten Ben... verrückten Ben... General Obi-wan... »Ich muß nach Hause«, murmelte er undeutlich. »Es ist spät. Ich bin ohnehin dran.« Ein Gedanke kam ihm plötzlich, und er wies auf den regungslosen Artoo Detoo. »Den Roboter können Sie behalten. Er scheint das zu wollen. Mir fällt schon etwas ein, was ich meinem Onkel sage – hoffentlich«, fügte er verloren hinzu.

»Ich brauche Ihre Hilfe, Luke«, erklärte Kenobi unbeirrbar. »Ich werde zu alt für derlei Dinge. Ich kann mich nicht mehr darauf verlassen, daß ich das auf meine Art richtig zu Ende führe. Der Auftrag ist viel zu wichtig.« Er wies mit einer Kopfbewegung auf Artoo Detoo. »Sie haben die Botschaft gehört und gesehen.«

»Aber... auf so etwas kann ich mich nicht einlassen«, wandte Luke ein. »Ich muß arbeiten, wir müssen die Ernte einbringen – auch wenn Onkel Owen vielleicht doch einmal nachgeben und ein paar Hilfskräfte einstellen möchte. Oder wenigstens eine. Aber ich kann nichts tun. Nicht jetzt. Außerdem ist das alles so weit von hier. Das Ganze geht mich ja wirklich nichts an.«

»Das hört sich an, als rede Ihr Onkel«, sagte Kenobi.

»Oh! Mein Onkel Owen... Wie soll ich ihm das alles erklären?«

Der alte Mann unterdrückte ein Lächeln, weil er wußte, daß Lukes Schicksal schon vorausbestimmt war. Er hatte sich entschieden, schon bevor Luke von der Art des Todes seines Vaters erfahren hatte. Es hatte festgestanden, bevor er die ganze Botschaft gehört hatte. Es war in der Natur der Dinge geregelt worden, als er zum erstenmal das flehende Bild der schönen Senatorin Organa gesehen hatte, unsicher projiziert von dem kleinen Roboter. Kenobi zuckte innerlich die Achseln. Vermutlich war es sogar schon festgelegt gewesen, bevor der Junge überhaupt geboren worden war. Nicht, daß Ben an Vorherbestimmung glaubte, aber er glaubte an Vererbung – und an die Kraft.

»Vergiß nicht, Luke, das Leiden *eines* Menschen ist das Leiden *aller*. Für die Ungerechtigkeit sind Entfernungen belanglos. Wenn das Böse nicht bald aufgehalten wird, greift es hinaus und erfaßt alle Menschen, ob sie sich dagegen gestellt haben oder nicht.«

»Ich könnte Sie ja immerhin bis Anchorhead mitnehmen«, meinte Luke nervös. »Von dort können Sie weiter nach Mos Eisley kommen, oder wohin Sie wollen.«

»Nun gut«, sagte Kenobi. »Das genügt fürs erste. Dann mußt du tun, was du für *richtig* hältst.«

Luke wandte sich völlig verwirrt ab.

»Gut. Im Augenblick fühle ich mich nicht besonders wohl...«

Das Gefängnisloch war tödlich düster, mit nur einem Minimum an Beleuchtung. Man konnte kaum genug sehen, um die schwarzen Metallwände und die hohe Decke zu erkennen. Die Zelle sollte das Gefühl der Hilflosigkeit eines Gefangenen bis zum Äußersten steigern, und diese Aufgabe erfüllte sie gut. So gut, daß die einzige Insassin erschrocken zusammenzuckte, als aus einer Ecke der Kammer ein Summen drang. Die Metalltür, die sich zu öffnen begann, war so dick wie ihr Körper – so als fürchte man, etwas weniger Massives könne von ihr mit bloßen Händen durchdrungen werden, dachte sie bitter.

Das Mädchen versuchte hinauszublicken und sah mehrere Wachen vor dem Eingang Aufstellung nehmen. Leia Organa sah sie trotzig an und wich an die Rückwand der Zelle zurück.

Ihr entschlossener Ausdruck verflog, als eine riesige schwarze Gestalt hereinkam, dahingleitend wie auf Raupenketten. Vaders Gegenwart zermalmte ihren Geist so gründlich, wie ein Elefant eine Eierschale zerdrückt. Dem Schurken folgte ein alter, drahtiger Mann, kaum weniger erschreckend, trotz seiner winzigen Erscheinung neben dem Schwarzen Lord.

Darth Vader gab jemandem vor der Tür ein Zeichen. Etwas, das wie eine riesige Biene summte, kam heran und schlüpfte in den Raum. Leia erstickte beim Anblick der schwarzen Metallkugel fast an ihrem eigenen Atem. Sie schwebte in der Luft auf unabhängigen Repulsoren, und aus der Wandung ragte ein Gewirr von Metallarmen, an denen sich zahlreiche empfindliche Instrumente befanden.

Leia betrachtete das Gerät voller Entsetzen. Sie hatte Gerüchte von solchen Maschinen gehört, aber nie geglaubt, daß die Techniker des Imperiums eine solche Ungeheuerlichkeit wirklich konstruieren würden. In seinem seelenlosen Gedächtnis waren alle Barbareien, alle verbürgten Scheußlichkeiten, die der Menschheit bekannt waren, vereint – und auch die von einigen fremden Rassen.

Vader und Tarkin blieben ruhig stehen und ließen ihr Zeit, den schwebenden Alptraum zu betrachten. Vor allem der Gouverneur gab sich nicht der Täuschung hin, die bloße Gegenwart der Apparatur werde sie dazu bringen, preiszugeben, was er wissen mußte. Nicht, daß die bevorstehende Sitzung besonders unerfreulich sein würde, dachte er. Aus solchen Begegnungen war immer Erleuchtung und Wissen zu gewinnen, und die Senatorin versprach ein höchst interessantes Subjekt zu sein.

Nachdem einige Zeit vergangen war, wies er auf die Maschine.

»Also, Senatorin Organa, Prinzessin Organa, nun werden wir über den Ort des Hauptstützpunkts der Rebellen sprechen.«

Die Maschine bewegte sich langsam auf sie zu, und das Summen schwoll an. Die gleichgültige Kugelform verdeckte Vader, den Gouverneur, den Rest der Zelle... das Licht...

Dumpfe Laute drangen durch die Zellenmauern und die dicke Tür hinaus in den Korridor. Sie störten kaum den Frieden und die Ruhe des Laufgangs, der an der versiegelten Kammer vorbeiführte. Trotzdem kamen die unmittelbar davor stehenden Wachen auf Ausreden, um sich so weit zu entfernen, daß diese seltsam modulierten Laute nicht mehr zu hören waren.

6

»Sehen Sie, da drüben, Luke«, sagte Kenobi und deutete nach Südwesten. Der Landgleiter fegte weiter über den Kiesboden der Wüste. »Rauch, möchte ich meinen.«

Luke warf einen Blick in die angezeigte Richtung.

»Ich sehe nichts, Sir.«

»Fahren wir trotzdem hinüber. Vielleicht ist jemand in Schwierigkeiten.«

Luke drehte das Steuer. Nach kurzer Zeit sah auch er die aufsteigenden Rauchkräusel, die Kenobi auf irgendeine Weise früher entdeckt hatte.

Der Landgleiter überwand eine kleine Steigung und schwebte einen sanften Abhang hinab in einen breiten, flachen Canyon, der erfüllt war von verkrümmten, verbrannten Formen, manche anorganisch, manche nicht. Genau in der Mitte dieses Gemetzels lag der geborstene Rumpf eines Jawa-Sandraupenschleppers wie ein gestrandeter Metallwal.

Luke brachte den Gleiter zum Stehen. Kenobi stieg mit ihm aus, und gemeinsam besichtigten sie die Überreste der Zerstörung.

Mehrere leichte Vertiefungen im Sand erregten Lukes Aufmerksamkeit. Er trat an sie heran und betrachtete sie kurz, bevor er Kenobi zurief: »Das scheinen tatsächlich die Sandleute gewesen zu sein. Hier sind Bantha-Abdrücke...« Luke sah etwas Metallenes im Sand schimmern. »Und da ist ein Stück von einer ihrer großen Äxte.« Er schüttelte verwirrt den Kopf. »Aber ich habe noch nie gehört, daß die Tusken etwas so Großes angreifen.« Er richtete sich auf und starrte an dem hochragenden, ausgebrannten Rumpf des Sandschleppers hinauf.

Kenobi war an ihm vorbeigegangen. Er untersuchte die breiten, riesigen Fußabdrücke im Sand.

»Haben sie auch nicht«, erklärte er beiläufig, »aber man wollte, daß wir – und jeder andere, der zufällig auf diesen Ort stößt – das annimmt.«

Luke trat zu ihm.

»Ich verstehe nicht, Sir.«

»Sehen Sie sich die Spuren genau an«, sagte der alte Mann und wies auf die Abdrücke. »Fällt Ihnen nicht etwas Merkwürdiges auf?« Luke schüttelte den Kopf. »Wer hier sich entfernt hat, ritt Banthas nebeneinander. Die Sandleute reiten die Tiere immer hintereinander, um fernen Beobachtern eine Schätzung ihrer zahlenmäßigen Kräfte zu erschweren.« Kenobi überließ es Luke, die parallel verlaufenden Spuren anzuglotzen, während er sich dem Sandschlepper zuwandte. Er zeigte, wo einzelne Feuerstöße Portale, Ketten und Tragstützen weggeschmolzen hatten.

»Sehen Sie sich die Präzision an, mit der die Feuerkraft eingesetzt wurde. So genau sind Sandleute nicht. Auf ganz Tatooine feuert und zerstört niemand mit dieser Wirkung.« Er drehte sich um und suchte den Horizont ab. Eine von den nahen Klippen barg ein Geheimnis – und eine Bedrohung. »Nur Truppen des Imperiums würden mit dieser Art kalter Präzision einen Angriff auf einen Sandschlepper unternehmen.«

Luke war zu einer der kleinen, verrenkten Leichen getreten und rollte sie mit dem Fuß auf den Rücken. Sein Gesicht verzerrte sich vor Ekel, als er sah, was aus dem armseligen Geschöpf geworden war. Er sagte:

»Das sind dieselben Jawas, die Onkel Owen und mir Artoo und Threepio verkauft haben. Ich erkenne das Umhangmuster bei dem hier. Weshalb metzeln Truppen des Imperiums Jawas und Sandleute nieder? Sie müssen ein paar Tusken getötet haben, um an die Banthas zu kommen.« Sein Gehirn arbeitete fieberhaft, und er spürte, wie er sich unnatürlich anspannte, als er auf den Landgleiter zurückschaute, vorbei an den rasch verrottenden Leichen der Jawas.

»Aber... wenn sie die Spur der Roboter zu den Jawas zurückverfolgt haben, mußten sie zuerst erfahren, an wen diese sie verkauft haben. Das würde sie auf die Fährte von...« Luke rannte wie ein Wahnsinniger zurück zum Landgleiter.

»Luke, warten Sie... warten Sie, Luke!« rief Kenobi. »Das ist zu gefährlich! Sie würden niemals...!«

Luke hörte nichts als das Brausen in seinen Ohren, spürte nichts als das Brennen in seinem Herzen. Er sprang in den Gleiter und riß gleichzeitig den Beschleuniger auf volle Kraft. In einer Explosion von Sand und Kies fegte er davon und ließ Kenobi und die beiden Roboter mitten zwischen den Leichen und dem noch rauchenden Wrack des Sandschleppers stehen.

Der Rauch, den Luke sah, als er sich der Heimstatt näherte, war von anderer Beschaffenheit als jener, der aus der Jawa-Maschine gedrungen war. Luke vergaß beinahe, den Motor des Landgleiters abzustellen, als er die Cockpitkanzel hochspringen ließ und sich hinauswarf. Schwarzer Rauch quoll stetig aus Löchern im Boden.

Diese Löcher waren sein Heim gewesen, das einzige Zuhause, das er je gekannt hatte. Jetzt hätten sie ebenso gut die Mäuler kleiner Vulkane sein können. Immer wieder versuchte er, durch die Zugänge an der Oberfläche in den unterirdischen Komplex einzudringen. Immer wieder trieb ihn die nach wie vor unerträgliche Hitze zurück.

Schwach taumelte er ins Freie, mit tränenden Augen. Halb blind wankte er zum Eingang der Garage. Auch dort brannte es. Aber vielleicht war es ihnen gelungen, mit dem zweiten Landgleiter zu entkommen.

»Tante Beru... Onkel Owen!« Es war schwer, in dem ätzenden Qualm etwas Genaues zu erkennen. Zwei rauchende Gestalten lagen unten im Tunnel, durch Tränen und Qualm kaum erkennbar. Sie sahen beinahe aus wie – Er kniff die Augen zusammen und wischte zornig darüber.

Nein.

Dann wirbelte er davon, fiel auf den Bauch und vergrub das Gesicht im Sand, um nicht mehr hinsehen zu müssen.

Der dreidimensionale Feststoff-Bildschirm füllte eine Wand des riesigen Raumes vom Boden bis zur Decke. Er zeigte eine Million Sternsysteme, einen winzigen Teil der Galaxis; aber trotzdem war es eine eindrucksvolle Darstellung.

Darunter, tief unten, stand die riesige Gestalt Darth Vaders, flankiert auf der einen Seite von Gouverneur Tarkin, auf der anderen von Admiral Motti und General Tagge, deren Feindschaft in der Feierlichkeit dieses Augenblicks vergessen war.

»Die letzte Überprüfung ist abgeschlossen«, teilte Motti mit. »Alle Systeme sind in Betrieb.« Er wandte sich an die anderen. »Welchen Kurs setzen wir als ersten?«

Vader schien nichts gehört zu haben, als er leise murmelte, halb zu sich selbst: »Sie verfügt über ein erstaunliches Maß an Beherrschung. Ihr Widerstand gegen den Befrager ist beträchtlich.« Er sah auf Tarkin hinunter. »Es wird einige Zeit dauern, bis wir nützliche Informationen aus ihr herausholen.«

»Ich habe die Methoden, die Sie empfehlen, stets als eher drollig empfunden, Vader.«

»Sie sind wirksam. Im Interesse einer Beschleunigung des Verfahrens bin ich jedoch für Ihre Vorschläge empfänglich.«

Tarkin wirkte nachdenklich.

»Eine solche Halsstarrigkeit kann man oft damit umgehen, daß man anderes bedroht als den unmittelbar Betroffenen.«

»Was meinen Sie damit?«

»Nur dies: Ich glaube, es wird Zeit, daß wir die volle Macht dieser Station unter Beweis stellen. Wir können das auf eine doppelt nützliche Art und Weise tun.« Er wandte sich an den aufmerksamen Motti: »Sagen Sie Ihren Programmierern, sie sollen einen Kurs zum Alderaan-System setzen.«

Kenobis Stolz hinderte ihn nicht daran, einen alten Schal um Nase und Mund zu wickeln, damit ihm wenigstens ein Teil des grausigen Gestanks des Riesenfeuers ferngehalten wurde. Artoo Detoo und Threepio besaßen zwar Riechsensoren, brauchten eine solche Abschirmung aber nicht. Selbst Threepio, der ausgerüstet war, unter angenehmen Düften zu unterscheiden, konnte, wenn er wollte, wählerisch sein.

 Die beiden Roboter halfen Kenobi, die letzten Leichen auf das lodernde Feuer zu werfen, dann traten sie zurück und verfolgten, wie die Toten verbrannten. Nicht, daß die Wüstenfledderer nicht den ausgebrannten Sandschlepper ebenso wirksam kahlgenagt hätten, aber Kenobi hielt an Werten fest, die den meisten modernen Menschen als archaisch erschienen wären. Er gedachte niemanden den Gebeinenagern und Kiesmaden zu überlassen, nicht einmal einen verdreckten Jawa.

Auf ein anschwellendes Dröhnen hin wandte Kenobi sich von den Überresten des abstoßenden Geschäfts ab und sah den Landgleiter herankommen, jetzt mit vernünftiger Geschwindigkeit, ganz anders als bei der Abfahrt. Das Fahrzeug wurde langsamer und schwebte in der Nähe, zeigte aber kein Anzeichen von Leben.

 Ben winkte den beiden Robotern und ging auf das Fahrzeug zu. Die Kanzel klappte auf; Luke saß regungslos auf dem Pilotensitz. Auf Kenobis fragenden Blick hin sah er nicht auf. Das allein genügte, um dem alten Mann zu verraten, was geschehen war.

 »Ich trauere mit Ihnen, Luke«, sagte er schließlich leise. »Es gab nichts, was Sie hätten tun können. Wären Sie dort gewesen, dann wären Sie jetzt auch tot, und die Roboter befänden sich in den Händen der Truppen. Nicht einmal die Kraft –«

 »Ihre Kraft soll der Teufel holen!« fauchte Luke plötzlich aufgebracht. Er fuhr herum und starrte Kenobi wütend an. Der Ausdruck auf seinem Gesicht gehörte zu einem viel älteren Mann. »Ich bringe Sie zum Raumflughafen bei Mos Eisley, Ben. Ich möchte mitkommen – nach Alderaan. Hier ist nichts mehr für mich übriggeblieben.« Er schaute hinaus in die Wüste und richtete den Blick auf etwas jenseits von Sand und Fels und Schluchtwänden. »Ich möchte lernen, ein Jedi zu werden, wie mein Vater. Ich will...« Er verstummte, als die Worte sich in seiner Kehle stauten.

 Kenobi schob sich ins Cockpit, legte eine Hand sanft auf die

Schulter des jungen Mannes und machte Platz für die beiden Roboter.

»Ich werde mein Bestes tun, um dafür zu sorgen, daß Sie bekommen, was Sie wollen, Luke. Und jetzt fahren wir nach Mos Eisley.«

Luke nickte und klappte die Kanzel zu. Der Landgleiter schwebte davon nach Südwesten, ließ den noch schwelenden Sandschlepper zurück, das Leichenfeuer der Jawas und das einzige Leben, das Luke gekannt hatte.

Luke und Ben stellten den Gleiter am Rand der Kalksandsteinklippe ab, gingen hinüber und starrten hinunter auf die kleinen, regelmäßigen Erhebungen in der sonnenverdörrten Ebene unter ihnen. Die willkürlich zusammengewürfelte Ansammlung von Leichtbeton-, Stein- und Plastikgebäuden breitete sich rings um eine zentrale Energie- und Wasserversorgungsanlage aus wie die Speichen eines Rades.

Eigentlich war die Stadt viel größer, als sie aussah, weil ein beträchtlicher Teil davon unter dem Boden lag. Die glatten, kreisrunden Vertiefungen von Abschußstationen, aus dieser Entfernung wie Bombenkrater wirkend, durchsetzten die Stadt.

Ein kräftiger Wind blies über den ausgelaugten Boden. Er fegte Luke den Sand um Füße und Beine, als er seine Schutzbrille zurechtrückte.

»Da ist er«, murmelte Kenobi, auf die wenig eindrucksvolle Ansammlung von Gebäuden weisend, »der Raumflughafen Mos Eisley – der ideale Ort für uns, unterzutauchen, während wir eine Passage suchen, die uns vom Planeten fortbringt. Auf ganz Tatooine gibt es keine üblere Häufung von schurkischen und verrufenen Typen. Das Imperium ist unseretwegen alarmiert, also müssen wir sehr vorsichtig sein, Luke. Die Bevölkerung von Mos Eisley sollte uns gut tarnen.«

»Ich bin zu allem bereit, Obi-wan.«

Möchte wissen, ob du begreifst, was das alles bedeuten kann, Luke, dachte Kenobi, aber er nickte nur, als er den Rückweg zum Landgleiter antrat.

Anders als in Anchorhead, gab es in Mos Eisley genügend

Leute, die in der Hitze des Tages unterwegs waren. Von Beginn erbaut, um den Erfordernissen eines ständigen Handels Genüge zu leisten, bot selbst das älteste der Gebäude in der Stadt Schutz vor den Doppelsonnen. Von außen wirkten die Häuser primitiv, und viele waren es auch. Oft tarnten aber auch Mauern und Bögen aus altem Stein modernste Doppelwände aus Durastahl, zwischen denen Kühlflüssigkeit zirkulierte.

Luke lenkte den Landgleiter durch die Außenbezirke der Stadt, als aus dem Nichts mehrere hohe, glänzende Gestalten auftauchten und einen Kreis um ihn bildeten. Einen panischen Augenblick lang überlegte er, ob er losschießen und durch Fußgänger und andere Fahrzeuge hindurchfegen sollte. Ein erstaunlich fester Griff um seinen Arm hielt ihn aber zurück und beruhigte ihn gleichzeitig. Er schaute hinüber zu Kenobi, der ihn warnend anlächelte.

Sie fuhren also mit normaler Stadtgeschwindigkeit weiter. Luke hoffte, daß die kaiserlichen Truppen sich um sie nicht kümmerten, aber er irrte sich. Einer der Soldaten hob eine gepanzerte Hand. Luke blieb nichts anderes übrig, als darauf zu reagieren. Er lenkte den Gleiter hinüber und merkte erst jetzt, welche Aufmerksamkeit neugierige Passanten ihnen schenkten. Schlimmer noch, es hatte den Anschein, daß der Soldat weniger auf Kenobi oder ihn selbst achtete, als auf die beiden regungslosen Roboter im Gleiter hinter ihm.

»Wie lange haben Sie diese Roboter schon?« fuhr ihn der Soldat an, der die Hand erhoben hatte. Auf höfliche Förmlichkeit schien man, wie es schien, verzichten zu wollen.

Luke sah ihn verständnislos an und sagte schließlich: »Drei oder vier Jahre, glaube ich.«

»Sie sind zu verkaufen, wenn Sie sie haben wollen – und der Preis ist günstig«, warf Kenobi ein, glaubhaft den Wüstenhändler spielend, der aus ahnungslosen Kaiserlichen ein paar schnelle Krediteinheiten herausholen wollte.

Der Soldat, der das Kommando hatte, würdigte ihn keiner Antwort. Vielmehr betrachtete er mit großer Gründlichkeit die Unterseite des Landgleiters.

»Seid ihr vom Süden heraufgekommen?« fragte er.

»Nein... nein«, erwiderte Luke hastig, »wir leben im Westen, in der Nähe von Bestine.«

»Bestine?« murmelte der Soldat und ging um den Gleiter herum nach vorne. Luke zwang sich dazu, starr geradeaus zu blicken. Schließlich beendete die gepanzerte Gestalt ihre Besichtigung. Der Soldat trat ganz nah an Luke heran und fauchte: »Zeigen Sie mir Ihren Ausweis.«

Der Mann mußte sein Entsetzen und seine Nervosität inzwischen gewiß spüren, dachte Luke verzweifelt. Sein noch nicht so alter Entschluß, es mit allem aufzunehmen, war unter dem starren Blick dieses Berufssoldaten bereits zu nichts zerronnen. Er wußte, was geschehen würde, wenn sie einen Blick auf seinen Ausweis warfen, in dem der Ort seiner Wohnung und die Namen seiner nächsten Verwandten standen. In seinem Kopf schien sich ein Summen auszubreiten; er fühlte sich einer Ohnmacht nahe.

Kenobi hatte sich hinübergebeugt und sprach in aller Ruhe mit dem Soldaten.

»Sie brauchen seinen Ausweis nicht zu sehen«, teilte der alte Mann dem Soldaten mit einer äußerst merkwürdigen Stimme mit.

Der Offizier starrte ihn leer an und wiederholte, so, als verstehe sich das von selbst: »Ich brauche seinen Ausweis nicht zu sehen.« Seine Reaktion war der von Kenobi genau entgegengesetzt; seine Stimme klang normal, aber seine Miene wirkte sonderbar.

»Das sind nicht die Roboter, die ihr sucht«, erklärte ihm Kenobi liebenswürdig.

»Das sind nicht die Roboter, die wir suchen.«

»Er kann seinen Geschäften nachgehen.«

»Sie können Ihren Geschäften nachgehen«, teilte der Offizier mit der Metallmaske Luke mit.

Der Ausdruck von Erleichterung, der sich über Lukes Gesicht ausbreitete, hätte so verräterisch sein müssen wie vorher seine Nervosität, aber der Offizier beachtete ihn nicht mehr.

»Er kann weiterfahren«, sagte Kenobi.

»Fahren Sie weiter!« befahl der Offizier Luke.

Unfähig, zu entscheiden, ob er salutieren, nicken oder sich bei dem Mann bedanken sollte, begnügte Luke sich damit, den Beschleuniger zu betätigen. Der Landgleiter schwebte vorwärts und entfernte sich aus dem Kreis der Soldaten. Als sie um eine Ecke biegen wollten, riskierte Luke einen Blick nach hinten. Der Offizier, der sie überprüft hatte, schien mit einigen Kameraden zu diskutieren.

Luke sah auf zu seinem hochgewachsenen Begleiter und wollte etwas sagen. Kenobi schüttelte nur langsam den Kopf und lächelte. Luke unterdrückte seine Neugier und konzentrierte sich darauf, den Gleiter durch immer enger werdende Straßen zu steuern.

Kenobi schien ungefähr zu wissen, wohin sie unterwegs waren. Luke betrachtete die baufälligen Häuser und die Personen, an denen sie vorbeiglitten. Sie hatten den ältesten Teil von Mos Eisley erreicht, also das Viertel, in dem die alten Laster noch am stärksten florierten.

Kenobi hob die Hand, und Luke hielt vor einem der ersten Blockhäuser des ursprünglichen Raumflughafens. Es war umgebaut worden zu einem Wirtshaus, dessen Gäste durch die unterschiedliche Art der Beförderungsmittel, mit denen sie gekommen waren, gekennzeichnet wurden. Manche von ihnen erkannte Luke, von anderen hatte er nur gerüchteweise gehört. Der Gasthof selbst mußte, wie er an der Anlage des Gebäudes erkannte, zum Teil unter der Oberfläche liegen.

Als das staubige, aber noch immer elegante Fahrzeug an einen freien Platz glitt, tauchte plötzlich ein Jawa auf und ließ gierige Hände über die Metallwände gleiten. Luke beugte sich hinaus und fuhr den Sub-Menschen an, der sofort davonhuschte.

»Ich kann diese Jawas nicht leiden«, murmelte Threepio hochmütig. »Ekelhafte Kreaturen.«

Lukes Gedanken waren immer noch mit der gefährlichen Kontrolle durch die kaiserliche Patrouille beschäftigt. Er sagte zu Kenobi:

»Ich kann nicht verstehen, wie wir an diesen Soldaten vorbeigekommen sind. Ich dachte, wir sind so gut wie tot.«

»Die Kraft ist im Geist, Luke, und kann manchmal dazu gebraucht werden, andere zu beeinflussen. Sie ist ein mächtiger

Verbündeter. Aber wenn Sie sie kennenlernen, werden Sie entdecken, daß sie auch eine Gefahr sein kann.«

Luke nickte, ohne wirklich zu begreifen, und deutete auf das heruntergekommene, wenn auch offensichtlich beliebte Gasthaus.

»Glauben Sie wirklich, wir finden hier einen Piloten, der fähig ist, uns bis nach Alderaan zu bringen?«

Kenobi stieg aus.

»Die meisten guten, unabhängigen Frachterpiloten frequentieren das Lokal, obwohl viele sich Besseres leisten könnten. Hier können sie frei sprechen. Inzwischen hätten Sie eigentlich lernen müssen, Luke, daß man Leistung und Aussehen nicht gleichsetzen darf.« Luke sah die schäbige Kleidung des Alten mit neuen Augen und schämte sich. »Aber seien Sie vorsichtig. Es kann hier sehr rauh zugehen.«

Luke kniff die Augen zusammen, als sie das Haus betraten. Im Innern war es dunkler, als ihm lieb war. Vielleicht waren die Stammgäste Tageslicht nicht gewöhnt oder wollten nicht genau gesehen werden. Luke kam nicht auf den Gedanken, daß das halbdunkle Innere zusammen mit dem hell erleuchteten Eingang allen Anwesenden gestattete, jeden Neuankömmling zu betrachten, bevor er sie sehen konnte.

Luke ging hinein und staunte über die Vielfalt an Wesen, die sich an der Bar versammelt hatten. Es gab einäugige Wesen und tausendäugige, Wesen mit Schuppen, Wesen mit Fellen, und manche mit einer Haut, die je nach ihren gerade vorherrschenden Gefühlen sich kräuselte und die Konsistenz zu wechseln schien.

In der Nähe der Bar selbst schwebte ein riesiges Insektenwesen, das Luke nur als drohenden Schatten wahrnahm. Es bildete einen Gegensatz zu zwei der größten Frauen, die Luke je gesehen hatte. Sie gehörten zu den am normalsten aussehenden der unglaublichen Versammlung von Menschen, die sich frei unter den fremdartigen Wesen bewegten. Fühler, Klauen und Hände umfaßten Trinkgefäße verschiedener Formen und Größen. Die Unterhaltung war ein unaufhörliches Gewirr von menschlichen und fremden Zungen.

Kenobi beugte sich zu Luke und wies auf das andere Ende der

Theke. Eine kleine Gruppe robust aussehender Menschen stand dort, trinkend, lachend und Geschichten zweifelhaften Inhalts austauschend.

»Corellaner – wahrscheinlich Piraten.«

»Ich dachte, wir suchen einen unabhängigen Frachterkapitän, der sein eigenes Schiff vermietet«, flüsterte Luke.

»Das tun wir, junger Mann, das tun wir«, bestätigte Kenobi. »Und unter dieser Gruppe muß es den einen oder anderen geeigneten Mann geben. Es ist nur so, daß in der corellanischen Terminologie die Unterscheidung, wem welche Fracht gehört, von Zeit zu Zeit ein wenig verwischt wird. Warten Sie hier auf mich.«

Luke nickte und sah Kenobi nach, der sich durch die Menge zwängte. Der Argwohn der Corellaner bei seiner Annäherung verschwand sofort, als er sich mit ihnen auf ein Gespräch einließ.

Irgend etwas packte Luke an der Schulter und riß ihn herum.

»He.« Er schaute sich um, versuchte seine Fassung wiederzugewinnen, und starrte hinauf zu einem riesigen Menschen. An der Kleidung sah Luke, daß das der Barkellner sein mußte, wenn nicht gar der Besitzer dieses Wirtshauses.

»Die Sorte wird hier nicht bedient«, knurrte die Gestalt aufgebracht.

»Was?« sagte Luke dumpf. Er hatte sich von seinem plötzlichen Eintreten in die Kulturen von einem Dutzend verschiedener Rassen noch nicht erholt. Der Betrieb hier war so ganz anders als der im Billardzimmer hinter der Energiestation von Anchorhead.

»Ihre Roboter«, sagte der Riese ungeduldig und deutete mit einem dicken Daumen auf die beiden. Luke blickte in die angegebene Richtung und sah Artoo und Threepio ruhig dabeistehen. »Die müssen draußen warten. Hier haben sie nichts zu suchen. Ich habe nur was für Organiks«, schloß er, »nicht für Mechaniks.«

Luke gefiel der Gedanke, Threepio und Artoo hinauszuwerfen, gar nicht, aber er wußte nicht, wie er mit dem Problem anders fertig werden sollte. Der Barkellner oder Wirt schien nicht von der Sorte zu sein, die Vernunftgründen zugänglich war, und als Luke sich nach dem alten Ben umsah, bemerkte er, daß dieser sich angeregt mit einem der Corellaner unterhielt.

Inzwischen hatte die Diskussion die Aufmerksamkeit mehrerer grausig aussehender Typen erregt, die zufällig in Hörweite waren. Alle betrachteten Luke und die beiden Roboter ausgesprochen unfreundlich.

»Ja, gewiß«, sagte Luke, dem klar wurde, daß das nicht die Zeit oder der Ort war, sich für die Rechte der Roboter zu schlagen. »Es tut mir leid.« Er sah zu Threepio hinüber. »Bleibt lieber draußen beim Gleiter. Wir wollen hier keine Schwierigkeiten.«

»Da gebe ich Ihnen völlig recht, Sir«, sagte Threepio. »Ich spüre im Augenblick ohnehin kein Bedürfnis der Schmierung.« Der große Roboter strebte eilig dem Ausgang zu, gefolgt von dem watschelnden Artoo.

Für den Riesen war die Sache damit erledigt, aber nun sah Luke sich als Zielscheibe unerwünschter Aufmerksamkeit. Er bemerkte schlagartig seine Isolierung und kam sich vor, als ruhe im Moment jedes Auge auf ihm, als spöttelten menschliche und andere Wesen und tuschelten heimlich über ihn.

Er versuchte eine Haltung ruhiger Zuversicht zu bewahren, richtete den Blick wieder auf den alten Ben und zuckte zusammen, als er sah, mit wem der Alte jetzt sprach. Der Corellaner war nicht mehr da. Statt dessen unterhielt sich Kenobi mit einem hochragenden Anthropoiden, der beim Lächeln ein enormes Gebiß zeigte.

Luke hatte von Wookies gehört, aber nie damit gerechnet, einen zu Gesicht zu bekommen, geschweige denn einen kennenzulernen. Mit einem fast komischen Quasi-Affengesicht sah der Wookie alles andere als sanftmütig aus. Auch die großen, glühenden, gelben Augen waren nicht geeignet, die erschreckende Erscheinung zu mildern. Der massive Rumpf war vollkommen mit weichem, dichtem, rostfarbenem Pelz bedeckt. Weniger ansprechend wirkten zwei verchromte Patronengurte mit tödlichen Projektilen von einer Art, die Luke nicht kannte. Abgesehen davon trugen die Wookies nur mehr wenig.

Nicht, daß jemand über die Art der Wesen, sich zu kleiden, gelacht haben würde. Luke sah, daß andere Gäste sich um die riesige Gestalt drängten und schoben, ohne ihr je zu nah zu kommen. Nur der alte Ben schien ihn nicht zu fürchten – Ben, der sich mit dem Wookie in seiner eigenen Sprache unterhielt, eindringlich und leise röhrend wie ein Eingeborener.

Im Verlauf des Gesprächs hatte der Alte Gelegenheit, in Lukes Richtung zu weisen. Einmal starrte der riesige Anthropoid Luke direkt an und stieß ein schrecklich heulendes Lachen aus.

Verärgert über die Rolle, die er im Gespräch der beiden offenbar spielte, drehte Luke sich um und tat so, als beachte er die ganze Unterhaltung nicht mehr. Er mochte dem Wesen unrecht tun, aber er bezweifelte, daß das schaudererregende Lachen gutmütig und freundlich gemeint war.

Er konnte einfach nicht begreifen, was Ben von dem Monster wollte, oder weshalb er seine Zeit in gutturaler Unterhaltung mit ihm verschwendete, statt mit den jetzt verschwundenen Corellanern zu verhandeln. Er setzte sich hin und schlürfte sein Getränk in hochmütigem Schweigen, während sein Blick über die Menge glitt, in der Hoffnung, einem Auge zu begegnen, das keine Angriffslust verriet.

Plötzlich stieß ihn von hinten jemand grob an, so daß er beinahe zu Boden stürzte. Er drehte sich zornig um, aber seine Wut verrauchte rasch. Er sah sich einem großen, kantigen Ungeheuer mit vielen Augen und unbestimmtem Ursprung gegenüber.

»*Negola dewaghi wuldagger?*« blubberte die Erscheinung herausfordernd.

Luke hatte dergleichen noch nie gesehen; er kannte weder die Gattung noch die Sprache. Das Schnattern mochte die Einladung zu einem Kampf sein, oder die Bitte, ein Glas mitzutrinken, oder ein Angebot zur Eheschließung. Jedenfalls konnte Luke an der Art, wie das Wesen auf seinen Fußsäulen schwankte, erkennen, daß es zuviel von dem geschluckt hatte, was es als angenehmes Rauschmittel betrachtet haben mochte.

Da Luke nicht wußte, was er sonst tun sollte, versuchte er sich wieder seinem eigenen Getränk zuzuwenden und das Wesen geflissentlich zu ignorieren. Darauf hüpfte ein Ding – eine Kreuzung zwischen einem südamerikanischen Wasserschwein und einem kleinen Pavian – herüber und stellte – oder hockte – sich neben das schwankende Vielauge. Ein kleiner, schäbig aussehender Mensch kam hinzu und legte brüderlich den Arm um das schnuffelnde Ding.

»Er mag Sie nicht«, teilte der kurzbeinige Mensch Luke mit überraschend tiefer Stimme mit.

»Das tut mir leid«, gestand Luke und wünschte sich inbrünstig an einen anderen Ort.

»Ich mag Sie auch nicht«, fuhr der lächelnde kleine Mann mit seiner überraschend tiefen Stimme fort.

»Ich sagte schon, es tut mir leid.«

Ob durch das Gespräch mit dem nagetierähnlichen Wesen oder durch die Überdosis Fusel, das Appartementhaus für unstete Augäpfel begann sich jedenfalls offenkundig zu erregen. Es beugte sich vor, beinahe auf Luke hinabkippend, und spie ihm einen Strom unverständlichen Geschwafels entgegen. Luke fühlte die Augen einer Zuschauermenge auf sich gerichtet und wurde immer nervöser.

»›Leid‹«, äffte ihn der Mensch höhnend nach, ganz deutlich selbst auch erheblich bezecht. »Wollen Sie uns beleidigen? Seien Sie bloß vorsichtig. Wir werden alle gesucht.« Er zeigte auf seine trunkenen Kumpane. »Mir ist in zwölf verschiedenen Systemen die Todesstrafe sicher.«

»Dann werde ich vorsichtig sein«, murmelte Luke.

Der kleine Mann grinste breit.

»Sie werden tot sein.«

Daraufhin stieß der Nager ein lautes Knurren aus. Es war entweder ein Signal oder eine Warnung, weil alles Menschliche und Andersartige, das an der Theke gelehnt hatte, augenblicklich zurückwich und freien Raum rund um Luke und seine Gegner schuf.

Luke versuchte, die Situation zu retten, und zwang sich zu einem munteren Lächeln, das ihm aber rasch verging, als er sah, daß die Drei ihre Handfeuerwaffen lockerten. Er hätte nicht nur nicht mit allen dreien fertig werden können, er wußte nicht einmal, was das für tödliche Geräte waren.

»Der Kleine lohnt den Aufwand nicht«, sagte eine ruhige Stimme. Luke hob verblüfft den Kopf. Er hatte Kenobi nicht neben sich herankommen hören. »Seid friedlich, ich lade euch alle ein...«

Als Erwiderung keckerte das massige Monstrum auf gräßliche Weise und schwang einen mächtigen Arm. Er traf Luke, der unvorbereitet war, an der Schläfe und schleuderte ihn rotierend durch den Raum, so daß er durch Tische brach und einen großen Krug, gefüllt mit einer stinkenden Flüssigkeit, zerschmetterte.

Die Zuschauer wichen weiter zurück, und einige gaben Grunz- und warnende Schnaublaute von sich, als das betrunkene Ungeheuer aus dem Tragbeutel eine gefährlich aussehende Pistole zog. Es wedelte damit in Kenobis Richtung.

Das erweckte den bis dahin neutralen Riesen an der Bar zum Leben. Er stürmte ungeschickt um die Theke, wild mit den Händen gestikulierend, aber trotzdem darauf bedacht, außer Reichweite zu bleiben.

»Keine Strahler, keine Strahler! Nicht in meinem Laden!«

Das Nagetierwesen schnatterte ihn drohend an, während das waffenschwingende Vielauge nur ein warnendes Grunzen für ihn übrig hatte.

Im gleichen Augenblick, in welchem die Waffe und die Aufmerksamkeit des Monstrums nicht auf ihn gerichtet waren, hatte die Hand des Alten die Scheibe an seiner Hüfte erreicht. Der gedrungene Mensch begann zu brüllen, als im Halbdunkel der Wirtschaft ein grelles, blau-weißes Licht auftauchte.

Der Schrei blieb unvollendet. Er erstarb in einem Blinzeln. Als das Blinzeln vorbei war, lag der Mann stöhnend und wimmernd neben der Bar und starrte seinen Armstumpf an.

Zwischen dem Beginn seines Schreis und dem Ende des Blinzelns war das Nagerwesen genau in der Mitte in zwei Hälften geteilt worden, die links und rechts herabfielen. Das riesige Multiaugenwesen starrte den alten Menschen noch immer betäubt an, der regungslos vor ihm stand, den leuchtenden Lichtsäbel auf eine merkwürdige Weise über den Kopf erhoben. Die Chrompistole des Wesens knallte einmal und riß ein Loch in die Tür. Dann brach der Rumpf so säuberlich auseinander wie der des Nagers, die beiden verätzten Teile fielen in entgegengesetzter

Richtung hinab und lagen bewegungslos auf dem kalten Steinboden.

Erst dann gab Kenobi so etwas wie einen Seufzer von sich; erst dann schien er aufzuatmen. Er ließ den Lichtsäbel sinken, riß ihn in einem reflexartigen Salut kurz hoch, und dann ruhte die abgeschaltete Waffe wieder harmlos an seiner Hüfte.

Diese letzte Bewegung setzte der Totenstille, die im Raum geherrscht hatte, ein Ende. Die Unterhaltung ging weiter, wie das Rutschen von Körpern auf Stühlen, das Scharren von Krügen und Bechern und anderen Trinkgefäßen auf Tischplatten. Der Barmensch und einige Gehilfen tauchten auf, um die häßlichen Leichen hinauszutragen, während der verstümmelte Mann wortlos in der Menge untertauchte, entschlossen, sich mit dem Stumpf seines Schießarms noch für einen Glückspilz zu halten.

Allem Anschein nach war das Lokal zu seinem früheren Zustand zurückgekehrt, mit einer kleinen Ausnahme. Dem alten Ben Kenobi wurde an der Theke respektvoll Platz eingeräumt.

Luke hörte das wieder anschwellende Stimmengewirr kaum. Er war von der Schnelligkeit des Kampfes und den unvermuteten Fähigkeiten des alten Mannes noch immer tief aufgewühlt. Als seine Gedanken langsam klarer wurden und er zu Kenobi zurückging, hörte er Fetzen der Gespräche ringsum. Zum großen Teil drehten sie sich voll Bewunderung um die Sauberkeit und Endgültigkeit des Kampfes.

»Sie sind verletzt, Luke«, sagte Kenobi fürsorglich.

Luke betastete die Beule, die ihm das große Wesen zugefügt hatte.

»Ich...« fing er an, aber der alte Ben winkte ab. So, als sei nichts geschehen, wies er auf den behaarten Koloß, der sich durch die Menge auf sie zuzwängte.

»Das ist Chewbacca«, erklärte er, als der Anthropoid neben sie trat. »Er ist Erster Offizier auf einem Schiff, das unseren Bedürfnissen entsprechen könnte. Er bringt uns jetzt zum Kapitän und Eigentümer.«

»Hier herüber«, knurrte der Wookie – jedenfalls klang es für Luke so. Außerdem war die Geste des riesigen Wesens nicht mißzuverstehen. Sie drangen tiefer in den Raum vor, und der

Wookie zerteilte die Menge wie ein Kiessturm, der Schluchten ins Gestein schneidet.

Draußen vor dem Gebäude lief Threepio nervös vor dem Landgleiter auf und ab. Artoo Detoo, scheinbar ungerührt, führte eine elektronische Unterhaltung mit einem grellroten R 2-Gerät, das einem anderen Gast des Lokals gehörte.

»Was kann sie nur so lange aufhalten? Sie sind hier, um ein Schiff zu mieten – nicht eine ganze Flotte.« Threepio blieb plötzlich stehen und bedeutete Artoo mit einer Geste, zu schweigen. Zwei Soldaten des Imperiums waren aufgetaucht, und zu ihnen stieß ein ungepflegter Mensch, der beinahe gleichzeitig aus dem Haus getreten war.

»Das gefällt mir nicht«, murmelte der große Android.

Luke hatte von einem vorbeigetragenen Tablett das Getränk eines anderen an sich genommen, während sie nach hinten gingen. Er trank mit dem Schwindelgefühl einer Person, die sich unter himmlischem Schutz wähnt. In Gesellschaft von Kenobi und dem Riesen-Wookie entstand das zuversichtliche Gefühl in ihm, daß niemand mehr im Lokal ihn auch nur mit einem bösen Blick bedenken würde.

In einer hinteren Nische stießen sie auf einen jungen Mann mit scharfen Zügen, der vielleicht fünf Jahre älter war als Luke, vielleicht auch ein Dutzend – es war schwer zu beurteilen. Er zeigte die Offenheit des absolut Selbstsicheren – oder des irrsinnig Unbekümmerten. Als sie herankamen, schickte der Mann das humanoide Mädchen, das auf seinem Schoß saß, mit ein paar geflüsterten Worten fort, die auf ihrem Gesicht ein breites, wenn auch un-menschliches Grinsen erzeugten.

Der Wookie Chewbacca knurrte dem Mann etwas zu, und dieser nickte und sah freundlich zu den Neuankömmlingen auf.

»Mit dem Säbel gehen Sie recht geschickt um, Alter. In diesem Teil des Imperiums sieht man dergleichen Fechtkunst nicht mehr oft.« Er nahm einen erstaunlichen Schluck aus seinem Krug. »Ich bin Han Solo, Kapitän der ›Millennium Falcon‹.« Plötzlich wurde er ganz sachlich. »Chewie sagt mir, daß Sie eine Passage zum System Alderaan suchen.«

»Richtig, mein Sohn. Wenn es ein schnelles Schiff ist«, sagte Kenobi. Solo regte sich über die Anrede ›Sohn‹ nicht auf.

»Schnelles Schiff? Soll das heißen, daß Sie von der ›Millennium Falcon‹ noch nie etwas *gehört* haben?«

Kenobi wirkte belustigt.

»Hätte ich denn etwas hören müssen?«

»Die ›Millenium Falcon‹ ist das Schiff, das die Kessel-Strecke in weniger als zwölf Standard-Zeitbruchteilen zurückgelegt hat!« sagte Solo empört. »Ich bin kaiserlichen Sternschiffen und corellanischen Kreuzern entwischt. Ich glaube, es ist schnell genug für Sie, Alter.« Sein Zorn legte sich rasch wieder. »Was für eine Fracht haben Sie?«

»Nur Passagiere. Ich selbst, der junge Mann und zwei Roboter – ungeprüft.«

»Ungeprüft.« Solo betrachtete seinen Krug und hob schließlich den Kopf. »Örtliche Probleme?«

»Sagen wir nur, wir möchten Verwicklungen mit dem Imperium vermeiden«, erwiderte Kenobi leichthin.

»Heutzutage kann das recht schwierig sein. Kostet Sie zusätzlich eine Kleinigkeit.« Er rechnete im stillen. »Alles in allem ungefähr Zehntausend. Im voraus.« Mit einem Lächeln fügte er hinzu: »Und keine Fragen.«

Luke starrte den Piloten an.

»Zehntausend! Dafür könnten wir ja fast Ihr Schiff kaufen.«

Solo zuckte die Achseln.

»Vielleicht, vielleicht auch nicht. Aber könnten Sie es auch fliegen?«

»Darauf können Sie sich verlassen«, gab Luke zurück und stand auf. »Ich bin selbst kein schlechter Pilot. Ich –«

Wieder die feste Hand auf seinem Arm.

»So viel haben wir nicht bei uns«, erklärte Kenobi. »Aber wir könnten Ihnen jetzt Zweitausend geben, und weitere Fünfzehntausend, wenn wir Alderaan erreichen.«

Solo beugte sich zweifelnd vor.

»Fünfzehntausend... Sie können wirklich so viel Geld in die Hand bekommen?«

»Ich verspreche es – von der Regierung auf Alderaan selbst. Im schlimmsten Fall haben Sie ein ehrliches Honorar bekommen: Zweitausend.«

Aber das letzte schien Solo nicht gehört zu haben.

»Siebzehntausend... Also gut, ich gehe das Risiko ein. Sie haben ein Schiff. Was Verwicklungen mit dem Imperium angeht, sollten Sie hier lieber verschwinden, sonst nützt Ihnen nicht einmal die ›Millenium Falcon‹ etwas.« Er wies mit dem Kopf auf den Eingang des Gasthofs und sagte schnell: »Dockbucht 94, gleich morgen früh.«

Vier Soldaten hatten das Lokal betreten, und ihre Blicke wanderten hastig von Tisch zu Tisch, von Nische zu Nische. Unter der Menge erhob sich Gemurmel, aber sobald das Auge eines der schwerbewaffneten Soldaten die Aufbegehrenden traf, wurde es wieder still.

Der Offizier trat an die Theke und stellte dem Riesen an der Bar ein paar kurze Fragen. Der Riese zögerte einen Augenblick, dann deutete er auf eine Stelle ganz hinten im Raum. Dabei weiteten sich seine Augen ein wenig. Die des Offiziers blieben unergründlich.

Die Nische war leer.

7

Luke und Ben verstauten Artoo Detoo hinten im Gleiter, während Threepio Ausschau nach weiteren Soldaten hielt.

»Wenn Solos Schiff so gut ist, wie er behauptet, müßte alles klappen«, meinte der alte Mann zufrieden.

»Aber Zweitausend – und noch einmal Fünfzehntausend, wenn wir Alderaan erreichen!«

»Es sind nicht die Fünfzehn, die mir Sorgen machen, sondern die ersten Zwei«, meinte Kenobi. »Ich fürchte, Sie müssen Ihren Gleiter verkaufen.«

Luke ließ den Blick über den Landgleiter schweifen, aber der

Kitzel, den dieser einmal bei ihm erzeugt hatte, war dahin – dahin mit anderen Dingen, über die man besser nicht nachdachte.

»Schon gut«, sagte er zu Kenobi. »Ich glaube nicht, daß ich ihn noch einmal brauche.«

Von ihrem Beobachtungsposten in einer anderen Nische verfolgten Solo und Chewbacca, wie die Soldaten durch das Lokal gingen. Zwei von ihnen warfen dem Corellaner einen prüfenden Blick zu. Chewbacca knurrte, und die beiden Soldaten beschleunigten ihre Schritte etwas.

Solo grinste spöttisch und wandte sich seinem Partner zu.

»Chewie, diese Charter könnte uns retten. Siebzehntausend!« Er schüttelte verwundert den Kopf. »Die beiden müssen wirklich verzweifelt sein. Möchte wissen, weshalb sie gesucht werden. Aber ich stelle, wie vereinbart, keine Fragen. Sie bezahlen genug dafür. Machen wir uns auf den Weg – von selbst checkt sich die ›Falcon‹ nicht durch.«

»Irgendein bestimmtes Ziel, Solo?«

Der Corellaner konnte die Stimme nicht identifizieren, so, wie sie aus einem elektronischen Dolmetscher kam. Aber es war nicht schwer, sich über den Sprecher oder die Waffe im klaren zu sein, die Solo in die Seite gestoßen wurde.

Das Wesen war ungefähr mannsgroß und zweibeinig, aber sein Kopf stammte aus einem Delirium nach einem Magenkrampf. Er besaß riesengroße Augen mit stumpfen Facetten, vorquellend in einem erbsengrünen Gesicht. Ein Kamm von kurzen Stacheln überragte den hohen Schädel, während Nasenlöcher und Mund in einer tapirartigen Schnauze zusammengefaßt waren.

»Um genau zu sein, ich war eben dabei, zu deinem Boß zu gehen«, erwiderte Solo langsam. »Du kannst Jabba sagen, daß ich das Geld habe, das ich ihm schulde.«

»Das haben Sie gestern auch gesagt – und vorige Woche – und die Woche davor. Es ist zu spät, Solo. Ich gehe nicht mehr mit einem weiteren Märchen von Ihnen zu Jabba zurück.«

»Aber diesmal habe ich das Geld wirklich!« protestierte Solo.

»Fein, dann nehme ich es gleich mit.«

Solo setzte sich langsam. Jabbas Gehilfen neigten dazu, mit

nervösen Abzugsfingern ausgestattet zu sein. Das Wesen setzte sich ihm gegenüber, und die Mündung der gefährlichen, kleinen Pistole entfernte sich keinen Augenblick von Solos Brust.

»Ich habe es nicht dabei. Sag Jabba –«

»Ich glaube, es ist zu spät. Jabba möchte lieber Ihr Schiff haben.«

»Nur über meine Leiche«, sagte Solo unwirsch.

Das Wesen war nicht beeindruckt.

»Wenn Sie darauf bestehen. Kommen Sie mit mir hinaus, oder muß ich hier ein Ende machen?«

»Ich glaube nicht, daß die hier einen weiteren Todesfall wünschen«, betonte Solo.

Etwas, das ein Lachen sein mochte, drang aus dem Übersetzungsgerät des Wesens.

»Würde denen kaum auffallen. Stehen Sie auf, Solo! Darauf habe ich mich schon lange gefreut. Sie haben mich zum letztenmal vor Jabba mit Ihren frommen Ausreden blamiert.«

»Ich glaube, du hast recht.«

Licht und Lärm erfüllten die kleine Ecke des Lokals, und als wieder Ruhe einkehrte, war alles, was von dem öligen Fremdwesen übrig geblieben war, ein rauchender, schleimiger Fleck auf dem Steinboden.

Solo zog die Hand mit der rauchenden Waffe unter dem Tisch hervor und erntete nachdenkliche Blicke von einigen Gästen und schnalzende Laute von den Erfahreneren. Sie hatten gewußt, daß das Wesen seinen tödlichen Fehler begangen hatte, indem es zuließ, daß Solo die Hände verstecken konnte.

»Es gehört schon weit mehr dazu als deinesgleichen, mich zu erledigen. Jabba the Hut hat immer schon gespart, wenn es darum ging, Gehilfen, die auf Draht sind, einzustellen.« Solo verließ die Nische und warf dem Kellner eine Handvoll Münzen zu, als er und Chewbacca hinausgingen. »Entschuldigen Sie den Unrat. Kann mal passieren.«

Schwerbewaffnete Soldaten hasteten durch die schmale Gasse und funkelten von Zeit zu Zeit die dunkel gekleideten Wesen an, die exotische Waren an schäbigen, kleinen Ständen verkauften.

Hier in den Innenbezirken von Mos Eisley waren die Mauern hoch und schmal, so daß die Gasse fast zu einem Tunnel wurde.

Niemand antwortete mit zornigen Blicken; niemand schrie Beschimpfungen oder murmelte Verwünschungen vor sich hin. Die gepanzerten Gestalten bewegten sich mit der Autorität des Imperiums, die Handfeuerwaffen auffällig zur Schau gestellt und einsatzbereit. Ringsumher kauerten Menschen, Nicht-Menschen und Roboter in abfallübersäten Eingängen. Zwischen Haufen von Schmutz und Müll tauschten sie Informationen aus und schlossen Geschäfte von zweifelhafter Legalität ab.

Ein heißer Wind fegte durch die Gasse, und die Soldaten schlossen ihre Reihen. Ihre Präzision und Ordnung tarnte ihr Unbehagen gegenüber einer derart engen Umgebung.

Ein Soldat prüfte eine Tür, fand sie aber fest verschlossen und verriegelt. Ein sandverkrusteter Mensch, der in der Nähe herumschlurfte, bedachte den Soldaten mit einer halbirren Tirade. Der Soldat zuckte innerlich die Achseln und warf dem verrückten Menschen einen erbosten Blick zu, bevor er seinen Kameraden nachsetzte, um sie wieder einzuholen.

Als der Trupp weit genug entfernt war, öffnete sich die Tür einen Spalt, und ein metallenes Gesicht guckte heraus. Unter Threepios Bein versuchte sich ein gedrungener Zylinder hindurchzudrängen, um auch etwas zu sehen.

»Ich wäre lieber mit Master Luke gegangen, als hier bei dir zu bleiben. Aber Befehl ist Befehl. Ich weiß zwar nicht, worum es im einzelnen geht, aber ich bin überzeugt davon, daß das deine Schuld sein muß«, sagte Threepio.

Artoo antwortete mit etwas nahezu Unmöglichem: einem kichernden Piepen.

»Überleg dir, was du sagst«, warnte die größere Maschine.

Die Anzahl alter Landgleiter und anders angetriebener Transportmittel auf dem staubigen Platz, die noch beweglich waren, konnte man an den Fingern einer Hand abzählen. Aber das war nicht Lukes und Bens Sorge, als sie mit dem hochgewachsenen, ein wenig insektenhaften Besitzer handelten. Sie waren nicht hier, um zu kaufen, sondern um zu verkaufen.

Keiner der Vorbeigehenden warf den Feilschenden auch nur

einen neugierigen Blick zu. Ähnliche Geschäfte, die Außenstehende nichts angingen, fanden täglich in Mos Eisley zu hunderten statt.

Schließlich gab es keine Bitten oder Drohungen mehr auszutauschen. Der Händler beschloß den Handel, indem er Luke eine Anzahl kleiner Metallstücke gab, so, als verteile er Fläschchen mit seinem eigenen Blut. Luke und das Insektoid verabschiedeten sich förmlich voneinander, dann trennten sie sich, jeder in der Meinung, den anderen übervorteilt zu haben.

»Er sagte, mehr komme auf keinen Fall in Frage. Seit der XP 38 herausgekommen sei, bestehe einfach kein Bedarf mehr«, meinte Luke seufzend.

»Machen Sie kein so enttäuschtes Gesicht«, antwortete Kenobi. »Was Sie bekommen haben, reicht aus. Ich habe genug, um den Rest abzudecken.«

Sie verließen die Hauptstraße, bogen in eine Gasse ein und gingen an einem kleinen Roboter vorbei, der einen Schwarm von Wesen vorantrieb, die abgemagerten Ameisenbären glichen. Als sie um die Ecke bogen, reckte Luke den Hals, um noch einmal einen Blick auf den alten Landgleiter zu werfen. Es kam einer letzten Verbindung mit dem früheren Leben gleich. Dann blieb keine Zeit mehr, sich umzuschauen.

Etwas Kurzes, Kleines, das unter all seinen Hüllen menschlich sein mochte, trat aus den Schatten, als sie die Ecke hinter sich ließen. Es starrte ihnen noch lange nach, nachdem sie schon hinter einer Biegung verschwunden waren.

Der Dockbucht-Eingang zu dem kleinen, untertassenförmigen Raumschiff war gänzlich umringt von einem halben Dutzend Menschen und Fremdwesen, von denen die ersteren die groteskeren Geschöpfe waren. Ein großer wandelnder Bottich aus Muskeln und Fett, überragt von einem zottigen, narbenübersäten Schädel, betrachtete den Halbkreis bewaffneter Attentäter mit Befriedigung. Er trat aus der Mitte heraus und rief zum Schiff hinüber: »Kommen Sie heraus, Solo! Wir haben Sie umzingelt.«

»Dann seht ihr aber in die falsche Richtung«, sagte eine ruhige Stimme.

Jabba the Hut sprang hoch – schon für sich war das ein bemerkenswerter Anblick. Auch seine Gehilfen wirbelten herum – und sahen Han Solo und Chewbacca hinter sich stehen.

»Ich habe bereits auf Sie gewartet, wissen Sie, Jabba.«

»Damit habe ich fast gerechnet«, erwiderte Jabba, einesteils erfreut, andernteils verunsichert davon, daß weder Solo noch der große Wookie bewaffnet zu sein schienen.

»Ich bin nicht der Typ, der davonläuft«, sagte Solo.

»Davonläuft? Wovor davonläuft?« gab Jabba zurück. Das Fehlen sichtbarer Waffen beunruhigte Jabba mehr, als er es sich selbst zugeben wollte. Hier war etwas Merkwürdiges im Gange, und es war besser, keine voreiligen Schritte zu unternehmen, bis er entdeckte, was nicht in Ordnung war. »Han, mein Junge, manchmal enttäuschen Sie mich. Ich möchte nur wissen, warum Sie nicht gezahlt haben... was schon lange fällig war. Und weshalb Sie den armen Greedo haben niedersengen müssen. Nach allem, was Sie und ich gemeinsam durchgemacht haben...«

Solo grinste schief.

»Geben Sie's auf, Jabba. In Ihrem Körper gibt es nicht einmal genug Gefühl, um ein verwaistes Bakterium zu wärmen. Was Greedo angeht, so haben Sie ihn hingeschickt, damit er mich umbringt.«

»Aber, Han«, protestierte Jabba erstaunt, »warum sollte ich das tun? Sie sind der beste Schmuggler in der Branche. Sie sind viel zu wertvoll, um umgelegt zu werden. Greedo hat nur meine natürliche Besorgnis über Ihre Verzögerungen zum Ausdruck gebracht. Er wollte sie nicht töten.«

»Ich glaube, er dachte anders. Schicken Sie nächstesmal nicht einen von diesen bezahlten Kerlen. Wenn Sie etwas zu sagen haben, dann kommen Sie selbst zu mir.«

Jabba schüttelte den Kopf, und seine Hängebacken schwankten – träge, fleischige Echos seiner gespielten Trauer.

»Han, Han – wenn Sie nur nicht diese Ladung Gewürze hätten abkippen müssen. Sie verstehen... ich kann einfach keine Ausnahme machen. Wie sähe ich aus, wenn jeder Pilot, der für mich schmuggelt, beim Auftauchen eines Kaiserlichen Kriegsschiffes gleich seine Ladung wegkippt? Und wenn er mir dann einfach leere Taschen zeigt, wenn ich Entschädigung verlange? Das sind keine guten Geschäfte. Ich kann großzügig und nachsichtig sein – aber nicht bis hin zum Bankrott.«

»Wissen Sie, manchmal werde sogar ich geentert, Jabba. Dachten Sie, ich hätte die Gewürze weggekippt, weil ich sie nicht mehr riechen konnte? Ich hatte keine andere Wahl.« Wieder das spöttische Lächeln. »Wie Sie sagen, bin ich zu wertvoll, um niedergesengt zu werden. Aber ich habe jetzt einen Charter-Auftrag und kann zurückzahlen, mit einem kleinen Aufschlag dazu. Ich brauche nur noch etwas Zeit. Ich kann Ihnen als Vorschuß Tausend geben, den Rest in drei Wochen.«

Die unförmige Gestalt schien zu überlegen, dann galten ihre nächsten Worte nicht Solo, sondern ihren Mietlingen.

»Steckt die Strahler weg!« Ihr Blick richtete sich auf den wachsamen Corellaner. »Han, mein Junge, ich mache das nur, weil Sie der Beste sind und ich Sie eines Tages wieder brauche. Veranlaßt von der Größe meiner Seele und einem verzeihenden Herzen – und für, sagen wir, zusätzliche zwanzig Prozent –, gebe ich Ihnen noch ein bißchen Zeit. Aber das ist das letztemal. Wenn Sie mich wieder enttäuschen, setze ich einen Preis auf Ihren Kopf aus, der so groß ist, daß Sie für den Rest Ihres Lebens sich nicht mehr in die Nähe eines zivilisierten Systems wagen können, weil in jedem Ihr Name und Ihr Gesicht Männern bekannt sein werden, die Ihnen mit Wonne für ein Zehntel dessen, was ich ihnen biete, die Därme aus dem Leib schneiden.«

»Ich bin froh, daß wir beide mein wahres Interesse im Auge haben«, erwiderte Solo liebenswürdig, als er und Chewbacca an den starrenden Augen von Jabbas Gehilfen vorbeigingen. »Keine Sorge, Jabba, ich bezahle. Aber nicht, weil Sie mir drohen. Ich bezahle, weil mir das... ein Vergnügen ist.«

»Sie fangen an, die Raumflughafen-Zentrale zu durchsuchen«, erklärte der Commander, der abwechselnd ein paar Schritte laufen und dann wieder gehen mußte, um mit Darth Vader auf gleicher Höhe zu bleiben. Der Schwarze Lord war tief in Gedanken, als er durch einen der Korridore der Kampfstation schritt, gefolgt von mehreren Adjutanten. »Die Meldungen laufen eben jetzt langsam ein«, fuhr der Commander fort. »Es ist nur eine Frage der Zeit, bis wir die Roboter haben.«

»Schicken Sie mehr Leute hin, wenn es sein muß. Die Proteste des lokalen Gouverneurs lassen Sie unbeachtet – ich muß diese Roboter haben. Die Hoffnung unserer Gefangenen gründet darauf, daß diese Daten gegen uns verwendet werden. Darauf stützt sich auch ihr Widerstand gegen die Gehirnsonden.«

»Ich verstehe Lord Vader. Bis dahin müssen wir unsere Zeit mit Gouverneur Tarkins unsinnigem Plan vergeuden, ihren Widerstand zu brechen.«

»Da ist Dockbucht 94«, sagte Luke zu Kenobi und den Robotern, die sich ihnen wieder angeschlossen hatten, »und da ist Chewbacca. Er scheint sich über irgend etwas aufzuregen.«

Die Vier beschleunigten ihre Schritte. Keiner von ihnen bemerkte die kleine, dunkel gekleidete Gestalt, die ihnen vom Transporterplatz gefolgt war.

Das Wesen trat in einen Eingang und zog einen winzigen Sender aus einem Beutel. Der Sender sah viel zu neu und modern aus, um in der Hand eines so heruntergekommenen Exemplars zu sein, aber der Besitzer sprach mit ruhiger Sicherheit hinein.

Dockbucht 94 unterschied sich, wie Luke feststellte, nicht von einer ganzen Anzahl anderer Dockbuchten in Mos Eisley, die sich nicht scheuten, diesen hochtrabenden Namen zu tragen. Sie bestand hauptsächlich aus einer Einfahrtsrampe und einer riesigen Grube im Felsboden. Sie diente als Strahlradius für die Wirkung des einfachen Anti-Schwerkraft-Antriebs, der alle Raumfahrzeuge aus dem Schwerefeld des Planeten hob.

Die Mathematik des Raumantriebs war sogar für Luke einfach genug. Anti-Schwerkraft konnte nur funktionieren, wenn es eine ausreichend starke Schwerkraftquelle gab, von der sie sich abstoßen konnte – wie auf einem Planeten –, während Überlichtflug nur stattfinden konnte, wenn ein Schiff sich außerhalb eines solchen Schwerefeldes befand. Daher die Notwendigkeit für das Doppel-Antriebssystem bei allen Raumfahrzeugen, die für den Flug zwischen Systemen geeignet waren.

Die Grube von Dockbucht 94 war so unpräzise angelegt und

so heruntergekommen wie die meisten in Mos Eisley. Die steil abfallenden Wände bröckelten an vielen Stellen ab, statt so glatt poliert zu sein wie auf stärker bevölkerten Welten. Luke fand aber, daß die Bucht den perfekten Rahmen für das Raumfahrzeug bot, auf das Chewbacca sie zuführte.

Das verbeulte Ellipsoid, das man nur ungenau als Schiff bezeichnen konnte, schien aus alten Rumpfteilen und Komponenten zusammengesetzt zu sein, die von anderen Fahrzeugen als nicht mehr brauchbar aufgegeben worden waren. Sich dieses Fahrzeug als weltraumtüchtig vorzustellen, hätte ihn veranlaßt, in hysterisches Gelächter auszubrechen – wäre die Lage nicht so ernst gewesen. Aber sich auszumalen, daß sie in diesem armseligen Ding nach Alderaan fliegen sollten...

»Was für ein Schrotthaufen«, murmelte er schließlich, als er seine Gefühle nicht länger unterdrücken konnte. Sie gingen die Rampe hinauf zur offenen Einstiegluke. »Das Ding schafft es niemals in den Hyperraum.«

Kenobi gab keinen Kommentar, sondern deutete nur auf die Luke, wo ihnen eine Gestalt entgegenkam.

Entweder verfügte Solo über ein übernatürlich scharfes Gehör, oder er war die Reaktion gewöhnt, die der Anblick der ›Millennium Falcon‹ bei potentiellen Passagieren hervorrief.

»Sie sieht vielleicht nicht besonders aus«, gestand er, als sie herankamen, »aber man kann sich auf die ›Falcon‹ verlassen. Ich habe ein paar einzigartige Umbauten selbst vorgenommen. Außer dem Pilotieren bastle ich auch gern. Sie macht Nullkommafünf Faktoren über der Lichtgeschwindigkeit.«

Luke kratzte sich am Kopf, als er sich bemühte, das Fahrzeug im Licht der Behauptungen seines Eigentümers neu einzuschätzen. Entweder war der Corellaner der größte Lügner auf dieser Seite des galaktischen Zentrums, oder in dem Schiff steckte wirklich eine ganze Menge mehr, als man ihm ansah. Luke dachte wieder einmal an die Ermahnung Kenobis, sich nicht nur vom Äußeren eines Gegenstandes leiten zu lassen, und beschloß, mit dem Urteil über Schiff und Piloten zu warten, bis er beide in Aktion gesehen hatte.

Chewbacca war zunächst am Eingang zur Dockbucht zurückgeblieben. Nun stürmte er die Rampe hinauf, ein haariger Wirbelwind, und schwatzte erregt auf Solo ein. Der Pilot sah ihn gelassen an, nickte von Zeit zu Zeit und knurrte dann eine kurze Antwort. Der Wookie stürzte in das Schiff und schaute sich nur kurz um, um die anderen mit heftigen Gesten dazu aufzufordern, ihm zu folgen.

Luke wollte ein paar Fragen stellen, aber Kenobi trieb ihn bereits die Rampe hinauf. Die Roboter folgten ihnen.

Im Innern war Luke ein wenig erstaunt, als er den massigen Chewbacca sich in einen Pilotensessel zwängen und quetschen sah, der trotz Umbauten seiner mächtigen Gestalt noch immer nicht gewachsen zu sein schien. Der Wookie legte ein paar winzige Hebel um, mit Fingern, die für diese Aufgabe viel zu groß und plump zu sein schienen. Die mächtigen Pranken glitten aber mit erstaunlicher Anmut über die Steuerkonsole.

Irgendwo tief im Schiff begann ein dumpfes Pulsieren, als die Maschinen eingeschaltet wurden. Luke und Ben schnallten sich auf den freien Sitzen im Hauptkorridor an.

Vor den Eingang zur Dockbucht schob sich eine lange, ledrige Schnauze aus schwarzen Stoffalten, und irgendwo in den Tiefen beiderseits dieses gewaltigen Vorsprungs starrten wache Augen heraus. Sie drehten sich, zusammen mit dem ganzen Kopf, als eine Abteilung von acht Soldaten heranstürmte. Es war keineswegs eine Überraschung, als die Abteilung sofort auf die rätselhafte Gestalt zueilte, die dem Anführer etwas zuflüsterte, wobei sie auf die Dockbucht zeigte.

Die Mitteilung mußte elektrisierend gewesen sein. Die Soldaten schalteten ihre Waffen ein, legten an und stürmten den Buchteingang.

Ein Funkeln von Licht auf bewegtem Metall fiel Solo auf, als die unwillkommenen Umrisse der ersten Soldaten sich zeigten. Solo hielt es für unwahrscheinlich, daß sie sich zu einem ruhigen Gespräch herbeilassen würden. Sein Verdacht bestätigte sich, bevor er den Mund auftun und gegen ihr Eindringen protestieren konnte, als mehrere auf die Knie sanken und das Feuer auf ihn eröffneten. Solo sprang ins Schiff zurück, drehte sich um und schrie: »Chewie – Abschirmung, schnell! Nichts wie weg hier!«

Ein kehliges Brüllen der Bestätigung drang zu ihm.

Solo zog seine eigene Pistole und gab, relativ gesichert in seiner Luke, ein paar Salven ab. Als die Soldaten entdeckten, daß ihre Beute weder hilflos war noch schlief, sprangen sie in Deckung.

Das tiefe Dröhnen wurde zu einem Schrillen, dann zu einem ohrenbetäubenden Heulen, als Solos Hand die Schnelltaste drückte. Augenblicklich klappte der Lukendeckel zu.

Als die Soldaten auf dem Rückzug aus dem Eingang zur Dockbucht hetzten, prallten sie mit einer zweiten Abteilung zusammen, die eben eintraf. Einer der Soldaten versuchte mit heftigen Gesten dem Offizier der zweiten Abteilung zu erklären, was in der Bucht geschehen war.

Der keuchende Soldat hatte kaum zu Ende gesprochen, als der Offizier einen Klein-Kommunikator herausriß und hineinschrie: »Flugdeck... sie versuchen zu entkommen! Schickt alles, was ihr habt, hinter dem Schiff her.«

In ganz Mos Eisley wurde Alarm gegeben, der sich von Dockbucht 94 aus in konzentrischen Ringen ausbreitete.

Mehrere Soldaten, die eine Gasse durchstöberten, reagierten zum gleichen Zeitpunkt auf den Großalarm, als sie einen kleinen Frachter elegant in den klaren, blauen Himmel über Mos Eisley aufsteigen sahen. Er schrumpfte zu Stecknadelkopfgröße, bevor einer von ihnen auf den Gedanken kam, auf ihn zu zielen.

Luke und Ben öffneten bereits ihre Beschleunigungsgurte, als Solo an ihnen vorbeiging zum Cockpit, mit dem federnden, lokkeren Schritt des erfahrenen Raumpiloten. Vorne begann er sofort, Skalen und Meßgeräte abzulesen. Auf dem Sitz neben ihm knurrte und brummte Chewbacca wie ein schlecht getunter Gleitermotor. Er drehte den Kopf von seinen Instrumenten zur Seite und deutete mit einem massiven Finger auf den Peilschirm.

Solo warf kurz einen Blick darauf und wandte sich gereizt wieder seiner eigenen Konsole zu.

»Ich weiß, ich weiß... sieht nach zwei, vielleicht drei Zerstörern aus. Irgend jemand kann unsere Passagiere auf den Tod nicht leiden. Diesmal haben wir uns eine verdammt heiße Kartoffel ausgesucht. Versuch, sie auf irgendeine Weise hinzuhalten, bis ich die Programmierung für den Überlicht-Sprung fertig habe. Die Ablenk-Schirme auf Maximalschutz stellen!« Mit diesen Anweisungen beendete er das Gespräch mit dem riesigen Wookie, während seine Hände über die Tastatur der Computereingabe glitten. Solo drehte sich nicht einmal um, als eine kleine, zylindrische Gestalt im Eingang hinter ihm auftauchte. Artoo Detoo schrillte ein paar Bemerkungen, dann hastete er davon.

Heckkameras zeigten das gleißende Zitronenauge von Tatooine, das hinter ihnen rasch schrumpfte. Es ging aber nicht schnell genug, um die drei Lichtpunkte verschwinden zu lassen, die an die Existenz der verfolgenden Kriegsschiffe des Imperiums erinnerten.

Obwohl Solo Artoo nicht beachtet hatte, drehte er sich herum und bestätigte dadurch seinen menschlichen Passagieren, daß er ihr Kommen wahrgenommen hatte.

»Aus verschiedenen Richtungen verfolgen uns noch zwei«, teilte er ihnen nach einem Blick auf die unbarmherzigen Instrumente mit. »Sie werden versuchen, uns einzukesseln, bevor wir springen können. Fünf Schiffe... Was habt ihr zwei getan, um solche Gesellschaft anzulocken?«

»Können Sie ihnen nicht entwischen?« fragte Luke sarkastisch, ohne auf die Frage des Piloten einzugehen. »Ich dachte, Sie hätten gesagt, das Ding sei schnell.«

»Halten Sie sich zurück, junger Mann, sonst können Sie heimsegeln. Zum einen sind es zu viele. Aber wir sind dennoch in Sicherheit, sobald wir den Sprung in den Hyperraum geschafft haben.« Er grinste vielsagend. »Kein Mensch kann bei Überlichtgeschwindigkeit ein anderes Schiff genau anpeilen. Dazu kenne ich noch ein paar Tricks, mit denen man hartnäckige Verfolger abschütteln kann. Wenn ich nur gewußt hätte, daß ihr beide gar so beliebt seid.«

»Warum?« antwortete Luke herausfordernd. »Hätten Sie uns dann nicht mitgenommen?«

»Das ist nicht gesagt«, erwiderte der Corellaner, ohne sich aus der Reserve locken zu lassen. »Aber der Fahrpreis für euch wäre ganz beachtlich in die Höhe geschnellt.«

Luke hatte eine Antwort schon auf der Zunge. Sie unterblieb, als er instinktiv die Arme hochriß, um sich vor einem grellroten Blitz zu schützen, der dem schwarzen Weltraum vor dem Sichtfenster vorübergehend das Aussehen der Oberfläche einer Sonne verlieh. Kenobi, Solo und sogar Chewbacca folgten seinem Beispiel, da die Nähe der Explosion beinahe die phototrope Abschirmung durchbrach.

»Jetzt fängt es an, interessant zu werden«, murmelte Solo.

»Wie lange noch, bis Sie den Sprung machen können?« fragte Kenobi ruhig, anscheinend unberührt davon, daß sie jeden Augenblick aufhören konnten, zu existieren.

»Wir befinden uns noch im Schwerefeld von Tatooine«, lautete die kühle Antwort. »Es wird noch einige Minuten dauern, bis der Navigationscomputer das ausgleichen und einen korrekten Sprung bewirken kann. Ich könnte seine Entscheidung abändern, aber der Hyper-Antrieb würde dabei wohl in die Binsen gehen. Dann hätte ich außer euch Vieren noch eine hübsche Ladung Schrottmetall.«

»Ein paar Minuten«, stieß Luke hervor und starrte auf die Bildschirme. »Bei der Geschwindigkeit, mit der sie aufholen...«

»Der Flug durch den Hyperraum hat nichts mit dem Besprühen von Getreidefeldern zu tun, mein Junge. Haben Sie schon einmal versucht, einen Hyperraum-Sprung zu berechnen?« Luke mußte den Kopf schütteln. »Keine Kleinigkeit. Wäre hübsch, wenn wir uns übereilen und direkt durch einen Stern oder irgendeine andere freundliche Raumerscheinung wie ein Schwarzes Loch fliegen würden. Dann wäre unsere Reise gleich zu Ende.«

Neue Explosionen flammten in nächster Nähe auf, trotz der angestrengten Bemühungen Chewbaccas, den Feuerstößen auszuweichen. An Solos Konsole begann ein rotes Warnlämpchen zu blinken.

»Was ist das?« fragte Luke nervös.

»Wir verlieren einen Ablenk-Schirm«, teilte ihm Solo mit der Miene eines Mannes mit, dem ein Zahn gezogen werden soll.

»Schnallt euch lieber wieder an. Wir stehen unmittelbar vor dem Sprung. Es könnte unangenehm werden, wenn wir im falschen Augenblick einen Beinahe-Treffer erhalten.«

Im Hauptfrachtraum war Threepio durch Metallarme, stärker als alle Beschleunigungsgurte, schon fest auf seinem Platz verankert. Artoo schwankte unter den Druckwellen der zunehmend stärkeren Energiestöße gegen die Ablenkschirme des Schiffes hin und her.

»War dieser Flug wirklich notwendig?« murmelte der große Roboter verzweifelt. »Ich hatte ganz vergessen, wie sehr ich den Raumflug verabscheue.« Er verstummte, als Luke und Ben auftauchten und sich in ihren Sitz wieder festschnallten.

Seltsamerweise dachte Luke an einen Hund, der ihm einmal gehört hatte, als etwas unendlich Mächtiges mit der Kraft eines gefallenen Engels am Rumpf des Raumschiffes zerrte.

Admiral Motti betrat den stillen Konferenzsaal, von den Linearlampen an den Wänden Streifen im Gesicht. Sein Blick richtete sich auf die Stelle, wo der Gouverneur vor dem gebogenen Wandschirm stand. Er verbeugte sich knapp. Trotz der Evidenz des kleinen, grünen Juwels von Welt auf dem Schirm erklärte er formell: »Wir haben das System Alderaan erreicht und erwarten Ihre Befehle.«

Die Tür gab ein Signal, und Tarkin reagierte mit einer scheinbar sanften Geste. »Warten Sie noch einen Augenblick, Motti!«

Die Tür öffnete sich, und Leia Organa kam herein, flankiert von zwei bewaffneten Bewachern, gefolgt von Darth Vader.

»Ich bin –«, begann Tarkin.

»Ich weiß, wer Sie sind«, fauchte sie, »Gouverneur Tarkin. Ich hatte erwartet, daß Sie Vaders Hundeleine in der Hand halten. Ich glaubte, Ihren einmaligen Gestank zu bemerken, als ich an Bord gebracht wurde.«

»Charmant bis zum letzten«, erklärte Tarkin auf eine Weise, die verriet, daß er alles andere als erfreut war. »Sie wissen nicht, wie schwer es mir gefallen ist, den Befehl für Ihre Terminierung zu unterzeichnen.« Sein Ausdruck verwandelte sich in den einer gespielten Trauer. »Hätten Sie mit uns zusammengearbeitet, dann hätte die Sache vielleicht ganz anders ausgesehen. Lord Vader hat mir mitgeteilt, daß Ihr Widerstand gegen unsere traditionellen Methoden der Befragung –«

»Folterung, meinen Sie«, konterte sie mit schwankender Stimme.

»Wir wollen uns nicht mit Haarspaltereien aufhalten«, sagte Tarkin lächelnd.

»Es wundert mich, daß Sie den Mut haben, die Verantwortung für die Ausgabe des Befehls selbst zu übernehmen.«

Tarkin seufzte widerwillig.

»Ich bin ein Mann, der treu seiner Sache dient, und gönne mir nur wenige Vergnügungen. Eine davon ist, daß ich Sie vor Ihrer Hinrichtung als Gast bei einer kleinen Zeremonie sehen möchte. Sie wird die Kampfbereitschaft dieser Station bestätigen und gleichzeitig eine neue Ära technischer Überlegenheit des Imperiums einleiten. Diese Station ist das letzte Bindeglied in der neugeschmiedeten Imperiums-Kette, mit der die eine Million Systeme des galaktischen Reiches ein für allemal zusammengeschmiedet werden. Ihre unbedeutende Allianz wird für uns nicht mehr von Wichtigkeit sein. Nach der heutigen Demonstration wird es niemand mehr wagen, den Dekreten des Imperiums Widerstand zu leisten, nicht einmal der Senat.«

Organa sah ihn verächtlich an.

»Gewalt wird das Imperium nicht zusammenhalten. Gewalt hat noch nie etwas auf Dauer zusammengehalten. Je fester Ihr Griff wird, desto mehr Systeme werden Ihnen durch die Finger gleiten. Sie sind ein Narr, Gouverneur, und Narren ersticken oft an ihrem eigenen Wahn.«

Tarkin zeigte ein Totenkopflächeln, sein Gesicht war die Fassade eines gebleichten Schädels.

»Es wird interessant sein, zu sehen, welche Art des Hinscheidens Lord Vader für Sie vorgesehen hat. Ich bin sicher, daß es Ihnen – und ihm – entsprechen wird.

Aber bevor Sie uns verlassen, müssen wir die Macht dieser Station ein für allemal demonstrieren, und zwar auf eine schlüssige Art und Weise. In gewisser Beziehung haben Sie die Wahl des Themas für diese Vorführung bestimmt. Da Sie keine Neigung gezeigt haben, uns den Ort der Rebellenfestung zu verraten, habe ich es für angemessen gehalten, als Ersatzzielscheibe Ihren Heimatplaneten Alderaan auszuwählen.«

»Nein! Das können Sie nicht tun! Alderaan ist eine friedliche Welt, ohne stehende Armeen. Sie können nicht...«

Tarkins Augen glitzerten.

»Ziehen Sie ein anderes Ziel vor? Ein militärisches, vielleicht? Wir sind zugänglich... benennen Sie das System.« Er zuckte betont die Achseln. »Derlei Spiele ermüden mich. Zum letztenmal, wo ist der Hauptstützpunkt der Rebellen?«

Über einen verborgenen Lautsprecher teilte eine Stimme mit, daß man in Anti-Schwerkraft-Reichweite von Alderaan gekommen sei – annähernd sechs Planetendurchmesser. Das genügte, um bei Organa zu erreichen, was sämtliche infernalischen Martern Vaders nicht geschafft hatten.

»Dantooine«, flüsterte sie, starrte auf das Deck und gab jede weitere Vortäuschung von Trotz auf. »Sie sind in Dantooine.«

Tarkin stieß einen Seufzer der Erleichterung aus, dann wandte er sich an die schwarze Gestalt.

»Sehen Sie, Lord Vader? Sie kann also doch vernünftig sein. Man braucht die Frage nur richtig zu formulieren, um die erwünschte Antwort zu erhalten.« Er wandte sich an die anderen Offiziere. »Nach Abschluß unserer kleinen Tests hier beeilen wir uns, nach Dantooine zu fliegen. Sie können fortfahren, meine Herren.«

Tarkins Worte, so beiläufig geäußert, brauchten einige Sekunden, bis sie Wirkung zeigten.

»*Was?*« stieß Organa schließlich hervor.

»Dantooine«, sagte Tarkin und betrachtete seine Fingernägel, »ist von den Zentren des Imperiums zu weit entfernt, um als Zielscheibe einer wirksamen Demonstration dienen zu können. Sie werden verstehen, daß wir eine widerspenstige Welt brauchen, die viel zentraler gelegen ist, damit sich die Meldungen über unsere Macht schnell durch das Imperium verbreiten. Aber keine Angst. Mit Ihren Freunden auf Dantooine befassen wir uns auch noch so schnell wie möglich.«

»Aber Sie haben doch gesagt...« wandte Organa ein.

»Die einzigen Worte, die Bedeutung haben, sind immer die zuletzt gesprochenen«, erklärte Tarkin mit schneidender Stimme. »Wir werden die Zerstörung Alderaans wie geplant durchführen. Dann werden Sie mit uns den Genuß haben, zuzusehen, wie wir die Zentrale dieser stupiden und nutzlosen Rebellion auf Dantooine vernichten.« Er machte eine Geste zu den zwei Soldaten links und rechts neben ihr. »Begleitet sie zur Beobachtungs-Etage und sorgt dafür, daß sie unbehindert alles sehen kann«, sagte er lächelnd.

8

Solo war damit beschäftigt, die Anzeigen der Skalen und Meßgeräte im Frachtraum zu überprüfen. Von Zeit zu Zeit führte er ein kleines Kästchen an verschiedenen Sensoren vorbei, prüfte die Resultate und schnalzte vor Vergnügen.

»Sie brauchen sich um Ihre Freunde vom Imperium keine Sorgen mehr zu machen«, sagte er zu Luke und Ben. »Jetzt können sie uns nie mehr orten. Hab' doch gesagt, daß wir sie abhängen.«

Kenobi nickte nur kurz, da er gerade dabei war, Luke etwas zu erläutern.

»Brauchen sich ja nicht gleich alle bei mir zu bedanken«, brummte Solo ein wenig verletzt. »Jedenfalls berechnet der Navigationscomputer unsere Ankunft in einer Umlaufbahn um Alderaan für Nullzwei nullnull. Ich fürchte, nach diesem kleinen Abenteuer muß ich wieder eine neue Lizenz fälschen.« Er kümmerte sich wieder um seine Instrumente und ging an einem kleinen, kreisrunden Tisch vorbei. Die Platte war bedeckt mit kleinen, von unten beleuchteten Quadraten, während sich an den Seiten Computermonitoren befanden. Winzige, dreidimensionale Figuren wurden aus verschiedenen Quadraten über die Tischplatte projiziert.

Chewbacca saß über eine Tischseite gebeugt, das Kinn auf die großen Hände gestützt. Seine riesigen Augen glühten, die Gesichtsbehaarung war nach oben verzogen, und er vermittelte ganz den Eindruck, mit sich sehr zufrieden zu sein.

Jedenfalls so lange, bis Artoo Detoo, ihm gegenüber, einen kurzen Klauenarm hob und in seinen Computermonitor etwas eintastete. Eine der Figuren ging plötzlich über das Brett zu einem anderen Quadrat und blieb dort stehen.

Ein Audruck von Verwirrung, dann von Zorn huschte über das Gesicht des Wookies, als er die neue Stellung studierte. Er funkelte über den Tisch hinweg und überfiel die harmlose Maschine mit einem Strom von wütendem Geschimpfe. Artoo konnte zur Antwort nur piepen, aber Threepio mischte sich im Namen seines weniger sprachbegabten Begleiters bald ein und begann mit dem riesigen Anthropoiden zu streiten.

»Er hat einen zulässigen Zug getan. Ihr Gebrüll hilft Ihnen da auch nichts.«

Solo schaute über die Schulter und runzelte die Stirn.

»Gib nach. Dein Freund ist ohnehin weit voraus. Es ist nicht klug, einen Wookie zu reizen.«

»Ich kann diese Einstellung verstehen, Sir«, gab Threepio zurück, »aber hier geht es ums Prinzip. Es gibt gewisse Grundsätze, an die sich jedes denkende Wesen halten muß. Wenn man hier aus irgendeinem Grund, inklusive Einschüchterung, Kompromisse schließt, verzichtet man auf sein Recht, intelligent genannt zu werden.«

»Ich hoffe, ihr denkt beide daran«, sagte Solo, »wenn Chewbacca dir und deinem Freund die Arme ausreißt.«

»Außerdem ist es aber ein klares Zeichen schlechten Sportgeists, wenn man habgierig ist oder jemanden ausnützt, der sich in einer schwächeren Position befindet«, fuhr Threepio unbeirrt fort.

Das entlockte Artoo ein zorniges Schrillen, und die beiden Roboter gerieten sofort in einen heftigen elektronischen Streit, während Chewbacca abwechselnd auf die beiden einplärrte und gelegentlich mit den Händen durch die durchsichtigen Figuren fuhr, die geduldig auf dem Brett warteten.

Luke nahm von der Auseinandersetzung nichts wahr. Er stand

mitten im Frachtraum und hielt einen eingeschalteten Lichtsäbel über dem Kopf. Ein leises Summen drang aus dem alten Instrument, während Luke unter Ben Kenobis prüfendem Blick Ausfälle machte und Stöße parierte. Solo blickte von Zeit zu Zeit auf Lukes ungeschickte Bewegungen und machte einen selbstzufriedenen Eindruck.

»Nein, Luke, Ihre Hiebe und Stöße müssen fließen, nicht so abgehackt kommen«, sagte Kenobi ruhig. »Vergessen Sie nicht, die Kraft ist allgegenwärtig. Sie hüllt Sie ein und strahlt von Ihnen aus. Ein Jedi-Kämpfer kann die Kraft als etwas Körperliches wirklich spüren.«

»Dann ist sie also ein Energiefeld?« sagte Luke.

»Sie ist ein Energiefeld und mehr«, fuhr Kenobi in beinahe mystischem Ton fort. »Eine Aura, die gleichzeitig lenkt und gehorcht. Ein Nichts, das Wunder vollbringen kann.« Er wirkte einen Augenblick nachdenklich. »Niemand, nicht einmal die Jedi-Wissenschaftler, war je in der Lage, die Kraft wahrhaft zu definieren. Möglicherweise wird es auch in Zukunft nie jemandem gelingen. Manchmal liegt in den Erklärungen der Kraft ebenso viel Magie wie Wissenschaft. Aber was ist ein Magier anderes als ein praktizierender Theoretiker? Also, versuchen wir es noch einmal.« Der alte Mann hielt eine silberne Kugel von der Größe einer Männerfaust in der Hand. Sie war bedeckt von dünnen Fühlern, manche so zart wie die einer Motte. Er warf sie auf Luke und verfolgte, wie sie zwei Meter vor dem Gesicht des jungen Mannes zum Stillstand kam.

Luke machte sich bereit, als die Kugel ihn langsam umkreiste, und wandte sich ihr zu, als sie eine neue Position einnahm. Plötzlich zuckte sie blitzschnell vor, nur um, einen Meter entfernt, wieder zu erstarren. Luke fiel auf die Finte nicht herein, und die Kugel wich zurück.

Luke bewegte sich langsam seitwärts, bestrebt, um die vorderen Sensoren der Kugel herumzukommen, und holte mit dem Säbel zum Schlag aus. In diesem Augenblick huschte die Kugel *hinter* ihn. Ein dünner Strahl roten Lichts zuckte aus einem der Fühler zu Lukes Oberschenkel und warf ihn auf das Deck, als er den Säbel herumriß – zu spät.

Luke rieb sich den prickelnden, gefühllosen Schenkel und versuchte das spöttische Lachen Solos zu ignorieren.

»Hokuspokus-Religionen und archaische Waffen sind kein Ersatz für eine gute Strahlerpistole im Gürtel«, meinte der Pilot verächtlich.

»Sie glauben nicht an die Kraft?« sagte Luke, als er sich wieder aufraffte. Die betäubende Wirkung des Strahls ließ schnell nach.

»Ich bin von einem Ende dieser Galaxis zum anderen gekommen«, prahlte der Pilot, »und ich habe viele merkwürdige Dinge gesehen. Zu viele, um glauben zu können, daß es so etwas wie diese ›Kraft‹ geben könnte. Zu viele, um zu meinen, daß die Handlungen einer Person von dergleichen bestimmt werden. *Ich* bestimme mein Schicksal – nicht ein halb mystisches Energiefeld.« Er wies auf Kenobi. »Ich würde ihm an Ihrer Stelle nicht so blind folgen. Er ist ein gerissener alter Mann, voll undurchsichtiger Tricks und Bosheiten. Es könnte sein, daß er Sie zu seinen eigenen Zwecken benutzt.«

Kenobi lächelte nur sanft und wandte sich Luke wieder zu.

»Ich schlage vor, daß Sie es noch einmal versuchen, Luke«, sagte er ruhig. »Sie müssen sich bemühen, Ihre Handlungen von bewußter Steuerung zu lösen. Versuchen Sie, sich nicht auf etwas Konkretes zu konzentrieren, optisch oder geistig. Sie müssen Ihr Denken treiben lassen, treiben, nur dann können Sie die Kraft einsetzen. Sie müssen in einen Zustand gelangen, in dem Sie auf das reagieren, was Sie spüren, nicht auf das, was Sie vorher denken. Sie müssen aufhören mit dem Nachdenken, sich entspannen, nicht denken... sich treiben lassen... frei... frei...«

Die Stimme des alten Mannes war zu einem hypnotisierenden Summen herabgesunken. Als er verstummte, huschte die Chromkugel auf Luke zu. Betäubt von Kenobis hypnotischem Tonfall, sah Luke sie nicht angreifen. Es war zweifelhaft, ob er überhaupt etwas mit einiger Klarheit sah. Aber als die Kugel herankam, fuhr er mit erstaunlicher Geschwindigkeit herum, der Säbel schwang auf sonderbare Weise hinauf und hinaus. Der rote Strahl, den die Kugel aussandte, wurde elegant abgelenkt. Das Surren verstummte, und die Kugel fiel auf das Deck, ganz ohne Leben.

Blinzelnd, als erwache er aus einem kurzen Schlaf, starrte Luke die regungslose Fernsteuerungskugel verblüfft an.

»Sehen Sie, Sie können es«, sagte Kenobi. »Lehren kann man nur bis zu einer gewissen Grenze. Jetzt müssen Sie lernen, die Kraft in Sie einzulassen, wenn Sie sie brauchen, so daß Sie lernen können, sie bewußt zu gebrauchen.« Kenobi holte hinter einem Schrank einen großen Helm hervor und ging damit auf Luke zu. Er stülpte ihm den Helm über den Kopf und nahm ihm damit vollkommen die Sicht.

»Ich kann nichts sehen«, murmelte Luke, drehte sich herum und zwang Kenobi damit, aus der Reichweite des gefährlich wedelnden Säbels zu treten. »Wie soll ich da kämpfen?«

»Mit der Kraft«, erklärte der alte Ben. »Sie haben die Sonde nicht wirklich ›gesehen‹, als diese es das letztemal auf Ihre Beine abgesehen hatte, und den Strahl trotzdem pariert. Versuchen Sie, diese Empfindung wieder durch sich hindurchfließen zu lassen.«

»Das *kann* ich nicht«, stöhnte Luke. »Ich werde wieder getroffen.«

»Nicht, wenn Sie zulassen, daß Sie auf *sich* vertrauen«, erklärte Kenobi beharrlich, auch wenn es für Luke nicht überzeugend klang. »Das ist der einzige Weg, Gewißheit zu bekommen, daß Sie sich ganz auf die Kraft verlassen.«

Kenobi bemerkte, daß der skeptische Corellaner sich umgedreht hatte, um zuzusehen, und er zögerte einen Augenblick. Es tat Luke nicht gut, daß der selbstgefällige Pilot jedesmal lachte, wenn ein Fehler vorkam. Aber den Jungen zu verzärteln, würde auch nicht helfen, und außerdem blieb keine Zeit dafür. Wirf ihn ins Wasser, in der Hoffnung, daß er schwimmen kann, ermahnte sich Ben.

Er beugte sich über die Chromkugel und berührte einen Regler daran. Dann warf er sie in die Höhe. Sie flog in hohem Bogen auf Luke zu. Mitten im Sturz abbremsend, fiel sie wie ein Stein auf das Deck herab. Luke schwang den Säbel in ihre Richtung. Der Versuch war zwar lobenswert, aber bei weitem nicht schnell genug. Wieder erglühte der kleine Fühler. Diesmal traf die blutrote Nadel Luke genau am Hosenboden. Es war zwar kein lähmender Hieb, aber er tat weh, und Luke stieß einen Schrei aus, als er herumfuhr und seinen unsichtbaren Quälgeist zu treffen versuchte.

»Entspannen!« drängte Ben. »Seien Sie frei. Versuchen Sie, Ihre Augen und Ohren zu gebrauchen. Hören Sie auf, etwas vorherzubestimmen und gebrauchen Sie den Rest Ihres Gehirns.«

Der junge Mann wurde plötzlich still, unter leichtem Schwanken. Die Sonde war immer noch hinter ihm. Sie wechselte die Richtung erneut, setzte zum Sturzflug an und feuerte.

Im selben Augenblick zuckte der Lichtsäbel herum, so zielgenau wie in der Bewegung geschickt, um den Blitz abzulenken. Diesmal fiel die Kugel nicht regungslos auf das Deck, sondern wich drei Meter zurück und schwebte dort in der Luft.

Luke nahm wahr, daß das Surren der Fernsonde nicht mehr in seinen Ohren klang, und guckte vorsichtig unter dem Helm hervor. Schweiß und Erschöpfung zeichneten sein Gesicht.

»Habe ich –?«

»Ich sagte doch, Sie können es«, erwiderte Kenobi vergnügt. »Sobald Sie einmal anfangen, Ihrem inneren Ich zu vertrauen, sind Sie nicht mehr aufzuhalten. Ich habe Ihnen gesagt, daß viel von Ihrem Vater in Ihnen steckt.«

»Ich würde es Glück nennen«, schnaubte Solo, als er die Überprüfung seiner Instrumente abschloß.

»Nach meiner Erfahrung gibt es so etwas wie Glück nicht, mein junger Freund – nur überaus günstige Anpassungen vielfacher Faktoren, um die Ereignisse zu seinen Gunsten zu beeinflussen.«

»Nennen Sie es, wie Sie wollen«, meinte der Corellaner gleichgültig, »aber gut gegen ein mechanisches Fernsteuergerät ist eine Sache, gut gegen eine lebendige Bedrohung eine andere.« Während seiner Worte hatte ein kleines Lämpchen an der anderen Seite der Kabine zu blinken begonnen. Chewbacca bemerkte es und rief Solo etwas zu.

Solo blickte auf die Konsole und teilte seinen Passagieren mit: »Wir nähern uns Alderaan. Wir werden bald abbremsen und wieder unter die Lichtgeschwindigkeit gehen. Komm, Chewie.«

Der Wookie erhob sich vom Spieltisch und folgte seinem Partner zum Cockpit. Luke sah ihnen nach, aber seine Gedanken waren nicht bei ihrer bevorstehenden Ankunft auf Alderaan. Er war ganz und gar mit sich selbst beschäftigt.

»Wissen Sie«, murmelte er, »ich habe wirklich etwas gespürt. Ich konnte die Umrisse der Sonde fast ›sehen‹.« Er wies auf das schwebende Gerät hinter ihm.

Kenobis Stimme klang ernst, als er antwortete.

»Luke, Sie haben den ersten Schritt in ein größeres Universum getan.«

Dutzende summender, surrender Instrumente ließen das Cockpit des Frachters wie einen geschäftigen Bienenkorb erscheinen. Solo und Chewbacca starrten gebannt auf die wichtigsten dieser Instrumente.

»Stetig... Achtung, Chewie.« Solo betätigte einige Regler. »Bereit zur Unterlichtgeschwindigkeit... fertig... los, Chewie.«

Der Wookie drehte etwas an der Konsole. Gleichzeitig zog Solo einen vergleichsweise großen Hebel zurück. Schlagartig verlangsamten sich die langen Streifen des Doppler-verzerrten Sternenlichts zu Bindestrichformen, dann schließlich zu vertrauten Feuerblitzen. Eine Skala auf der Konsole zeigte Null.

Riesige Klumpen glühenden Gesteins tauchten aus dem Nichts auf, von den Ablenkschirmen des Schiffes im letzten Augenblick vertrieben. Die Belastung ließ die ›Millennium Falcon‹ heftig erzittern.

»Was, zum...?« stieß Solo entgeistert hervor. Chewbacca neben ihm äußerte sich nicht, als er einige Hebel umlegte und andere auf ›Ein‹ stellte. Nur die Tatsache, daß der stets vorsichtige Solo immer mit eingeschalteten Ablenkschirmen aus dem Überlichtflug auftauchte – nur für den Fall, daß irgendein Mißgünstiger ihn erwarten mochte –, hatte den Frachter vor augenblicklicher Vernichtung gerettet.

Luke bemühte sich, das Gleichgewicht zu halten, als er ins Cockpit kam.

»Was ist los?«

»Wir befinden uns wieder im Normal-Raum«, erwiderte Solo, »sind aber mitten in den schlimmsten Asteroidensturm geraten, den ich je gesehen habe. Er ist auf keiner unserer Karten verzeichnet.« Er starrte angestrengt auf einige Meßgeräte. »Dem galaktischen Atlas zufolge ist unsere Position richtig. Nur eines fehlt: Alderaan.«

»Fehlt? Aber – das ist doch verrückt!«

»Ich will mich nicht mit Ihnen streiten«, erwiderte der Corellaner grimmig, »aber sehen Sie selbst.« Er deutete auf das Sichtfenster. »Ich habe die Koordinaten dreimal überprüft, und der Navigationscomputer ist in Ordnung. Wir müßten einen Planetendurchmesser von der Oberfläche entfernt sein. Das Leuchten des Planeten sollte das ganze Cockpit erfüllen, aber – da draußen ist nichts. Nichts als Gesteinsbrocken.« Er schwieg einen Augenblick. »Nach der Menge freier Energie da draußen, und der Masse fester Bruchstücke, würde ich vermuten, daß Alderaan... zerblasen worden ist. Völlig zerblasen.«

»Vernichtet«, flüsterte Luke, überwältigt von dem unheimlichen Bild, das eine derart unvorstellbare Katastrophe hervorrief. »Aber wie?«

»Das Imperium«, erklärte eine feste Stimme. Ben Kenobi war hinter Luke herangekommen, und seine Aufmerksamkeit wurde von der Leere draußen ebenso in Bann geschlagen, wie das Denken der anderen.

»Nein.« Solo schüttelte langsam den Kopf. Sogar er war auf seine Weise auch betäubt von der Ungeheuerlichkeit dessen, was der alte Mann behauptete. Daß eine menschliche Hand für die Vernichtung einer ganzen Bevölkerung verantwortlich war, für die eines ganzen Planeten...

»Nein... das könnte die ganze Flotte des Imperiums nicht getan haben. Es würde tausend Schiffe erfordern, mit einer größeren Feuerkraft, als es sie je gegeben hat«, setzte Solo hinzu.

»Ich frage mich, ob wir nicht das Weite suchen sollten«, murmelte Luke und mühte sich, über die Ränder des Sichtfensters hinaus zu sehen. »Wenn es nun doch das Imperium war...«

»Ich weiß nicht, was hier geschehen ist«, schimpfte der wütende Wookie, »aber eines kann ich euch sagen. Das Imperium ist nicht –«

Gedämpfte Alarmsignale schrillten, und auf der Steuerkonsole blinkte im gleichen Rhythmus eine Lampe. Solo beugte sich über die entsprechenden Instrumente.

»Ein Raumschiff«, sagte er. »Den Typ kann ich noch nicht erkennen.«

»Vielleicht Überlebende – jemand, der weiß, was geschehen ist«, sagte Luke hoffnungsvoll.

Ben Kenobis nächste Worte räumten mit solchen Hoffnungen auf.

»Das ist ein Kriegsschiff des Imperiums, ein Jäger.«

Chewbacca stieß einen wütenden Bellaut aus. Vor dem Sichtfenster erblühte eine riesige Blume der Zerstörung und warf den Frachter hin und her. Eine kleine Kugel mit Doppelflügeln raste am Cockpitfenster vorbei.

»Er ist uns gefolgt!« schrie Luke.

»Von Tatooine? Ausgeschlossen«, sagte Solo ungläubig. »Nicht im Hyperraum.«

Kenobi betrachtete den Umriß auf dem Peilschirm.

»Sie haben völlig recht, Han. Das ist der Kurzstrecken-Spurjäger.«

»Aber wo kommt er her?« rief der Corellaner. »Es gibt hier in der Nähe keine Stützpunkte des Imperiums. Er kann kein Spurjäger sein.«

»Sie haben ihn vorbeifliegen sehen.«

»Ich weiß. Er sah aus wie ein Spurjäger – aber wo ist der Stützpunkt?«

»Er hat es sehr eilig, wegzukommen«, meinte Luke, den Blick auf den Bildschirm gerichtet. »Egal, wohin er fliegt, wenn er uns identifiziert, sind wir in der Klemme.«

»Nicht, solange ich da bin«, sagte Solo. »Chewie, stör seinen Funk. Setz einen Verfolgungskurs.«

»Es wäre besser, ihn ziehen zu lassen«, erklärte Kenobi nachdenklich. »Er ist schon zu weit entfernt.«

»Nicht mehr lange.«

Es folgten einige Minuten, in denen das Cockpit von angespannter Stille erfüllt war. Alle Augen hafteten an Peilschirm und Sichtfenster.

Zuerst versuchte der Jäger einen komplizierten Ausweichkurs, ohne Erfolg. Der überraschend wendige Frachter blieb ihm nah auf den Fersen und holte immer weiter auf. Der Jägerpilot hatte bemerkt, daß er seinen Verfolgern nicht entkommen konnte, flog aber trotzdem mit vollem Schub.

Von ihnen leuchtete einer der zahllosen Sterne immer greller. Luke runzelte die Stirn. Sie flogen schnell, aber bei weitem nicht so schnell, daß ein Himmelskörper so rasch heller werden konnte. Irgend etwas ergab hier keinen Sinn.

»Unmöglich, daß ein so kleiner Jäger allein derart tief im Weltraum ist«, meinte Solo.

»Er muß sich verirrt haben, gehörte vielleicht zu einem Konvoi oder dergleichen«, vermutete Luke.

»Na, er wird jedenfalls nicht lange genug da sein, um jemandem von uns zu berichten«, sagte Solo händereibend. »In ein, zwei Minuten haben wir ihn.«

Der Stern vor ihnen wurde immer heller, und das Leuchten schien aus dem Inneren zu kommen. Er nahm einen kreisrunden Umriß an.

»Er fliegt auf den kleinen Mond da zu«, murmelte Luke.

»Das Imperium muß dort einen Außenposten haben«, räumte Solo ein. »Obwohl Alderaan nach dem Atlas keine Monde hatte.« Er zuckte die Achseln. »In der galaktischen Topographie war ich nie sehr bewandert. Mich interessieren nur Welten und Monde, auf denen es Kunden gibt. Aber ich glaube, ich kann ihn einholen, bevor er hinkommt; er ist fast schon in Reichweite.«

Sie rückten immer näher heran. Mit der Zeit wurden Krater und Berge auf dem Mond sichtbar. Sie hatten jedoch etwas höchst Sonderbares an sich. Die Krater waren im Umriß viel zu regelmäßig, die Berge viel zu steil, Schluchten und Täler unmöglich schnurgerade und gleichförmig. Diese Erhebungen und Vertiefungen waren nicht durch Vulkantätigkeit entstanden.

»Das ist kein Mond«, flüsterte Kenobi. »Das ist eine Raumstation.«

»Aber für eine Raumstation ist sie viel zu groß«, wandte Solo ein. »Diese Größe! Sie kann nicht künstlich sein – ausgeschlossen!«

»Ich habe ein ganz merkwürdiges Gefühl dabei«, sagte Luke.

Plötzlich schrie der sonst so ruhige Kenobi: »Umkehren! Weg von hier!«

»Ja, ich glaube, Sie haben recht, Alter. Voller Umkehrschub, Chewie.«

Der Wookie beugte sich über die Konsole, und der Frachter schien langsamer zu werden, als er eine weite Kurve beschrieb. Der winzige Jäger fegte auf die gigantische Station zu, bis er von der ungeheuren Masse verschluckt zu werden schien.

Chewbacca schnatterte etwas, als das Schiff sich aufbäumte und unsichtbare Kräfte abzuwehren schien.

»Zusatzschub!« befahl Solo.

Meßgeräte heulten protestierend auf, und der Reihe nach schienen alle Instrumente an der Steuerkonsole einzeln oder paarweise toll zu werden. So sehr Solo sich auch anstrengte, er konnte nicht verhindern, daß die Oberfläche der titanischen Station immer größer und größer wurde – bis sie den Himmel ausfüllte.

Luke starrte entsetzt auf Hilfsanlagen von Bergesgröße, auf Parabolantennen, gewaltiger als ganz Mos Eisley.

»Warum fliegen wir immer noch darauf zu?«

»Zu spät«, flüsterte Kenobi. Ein Blick auf Solo bestätigte seine Besorgnis.

»Wir sind in einem Schleppstrahl gefangen – dem stärksten, den ich je erlebt habe. Er zerrt uns hinein«, murmelte der Pilot.

»Sie meinen, Sie können nichts dagegen tun?« fragte Luke entsetzt.

Solo warf einen Blick auf die überlasteten Instrumente und schüttelte den Kopf.

»Nicht gegen diese Energie. Ich bin selbst auf voller Kraft, mein Junge, und das Schiff weicht vom Kurs nicht den Bruchteil eines Grades ab. Es hat keinen Zweck. Ich muß abschalten, sonst schmilzt unser Antrieb. Aber ohne Gegenwehr saugen die uns nicht an wie ein Häufchen Staub!« Er wollte den Pilotensitz verlassen, wurde aber von einer alten und doch kraftvollen Hand zurückgehalten. Ein Ausdruck tiefster Sorge lag auf dem Gesicht des alten Mannes – und doch auch eine Spur von etwas weniger Düsterem.

»Wenn es ein Kampf ist, den man nicht gewinnen kann – nun,

mein Sohn, dann gibt es für den Kampf immer noch Alternativen...«

Die wahre Größe der Kampfstation trat in Erscheinung, als der Frachter immer näher herangezogen wurde. Rund um den Äquator der Station verlief eine künstliche Reihe metallener Berge, Andockhäfen, die lockende Finger fast zwei Kilometer über die Oberfläche hinausreckten.

Die ›Millennium Falcon‹, jetzt nur noch ein winziges Stäubchen vor dem grauen Hintergrund der Station, wurde von einem der stählernen Pseudoarme angesaugt und endlich davon verschluckt. Ein See aus Metall verschloß den Zugang, und der Frachter verschwand, als habe es ihn nie gegeben.

Vader starrte auf die willkürliche Anhäufung von Sternen auf der Karte im Konferenzraum, während Tarkin und Admiral Motti sich in der Nähe unterhielten. Interessanterweise schien der erste Gebrauch der mächtigsten Zerstörungsmaschine, die je gebaut wurde, keinerlei Einfluß gehabt zu haben auf die Karte, die selbst nur einen winzigen Bruchteil dieses Bereichs einer Galaxis von bescheidener Größe darstellte.

Es hätte einer Mikro-Zerlegung eines Teils dieser Karte bedurft, um jene geringe Verringerung der Raummasse anzuzeigen, die durch das Verschwinden Alderaans verursacht wurde.

Trotz ihrer Fortschritte und komplizierten technologischen Methoden der Vernichtung blieben die Handlungen der Menschheit für ein gleichgültiges, unvorstellbar riesiges Universum immer noch unbemerkt. Wenn Vaders großartigste Pläne je reifen sollten, würde sich das aber alles ändern.

Vader war sich der Tatsache wohl bewußt, daß das Wunderbare und Unermeßliche den beiden Männern, die hinter ihm schnatterten, trotz ihrer Intelligenz verschlossen blieb. Tarkin und Motti waren begabt und ehrgeizig, aber sie sahen die Dinge nur im Maßstab menschlicher Winzigkeit. Schade, dachte Vader, daß sie nicht die entsprechende Weitsicht besaßen.

Aber schließlich war keiner der beiden ein Schwarzer Lord, so daß man von ihnen kaum mehr verlangen konnte. Die beiden waren jetzt nützlich, aber eines Tages würden sie, wie Alderaan, beseitigt werden müssen. Im Augenblick konnte er es sich aber noch nicht leisten, sie zu ignorieren. Lieber wäre ihm eine Gesellschaft von Gleichgestellten gewesen, er mußte jedoch widerwillig einräumen, daß es zu diesem Zeitpunkt keine Gleichgestellten gab.

Nichtsdestoweniger wandte er sich ihnen zu und mischte sich in das Gespräch ein:

»Die Abwehrsysteme auf Alderaan waren trotz der gegenteiligen Behauptungen der Senatorin so stark wie nur irgendwo im Imperium. Ich möchte folgern, daß unsere Demonstration ebenso eindrucksvoll wie gründlich war.«

Tarkin nickte.

»Der Senat wird in diesem Augenblick über unsere Aktion unterrichtet. Wir werden bald in der Lage sein, die Vernichtung der Allianz selbst bekanntzugeben, sobald wir uns mit ihrem militärischen Hauptstützpunkt befaßt haben. Seitdem die Hauptquelle für ihre Versorgung, also Alderaan, versiegt ist, wird der Rest dieser Systeme mit sezessionistischen Neigungen sich schnell genug anpassen, Sie werden sehen.« Tarkin drehte sich um, als ein Offizier hereinkam. »Ja, was gibt es, Cass?«

Der unglückliche Offizier trug den Ausdruck einer Maus zur Schau, der man die Schelle umgehängt hatte, um vor der Katze zu warnen.

»Gouverneur, die Vorausspäher haben Dantooine erreicht und umkreist. Sie haben die Überreste eines Rebellen-Stützpunkts gefunden... aber man schätzt, daß er schon vor einiger Zeit aufgegeben wurde. Möglicherweise vor Jahren. Man fährt fort mit einer ausführlichen Überprüfung des ganzen Systems.«

Tarkin schien einem Schlaganfall nahe zu sein, als sein Gesicht sich dunkelrot verfärbte.

»Sie hat gelogen! Sie hat uns angelogen!«

Niemand konnte es sehen, aber es hatte den Anschein, als lächle Vader hinter seiner Maske.

»Dann hatte ich also doch recht. Ich habe Ihnen gesagt, sie wird die Rebellion nie verraten – es sei denn, sie glaubte, ihr Geständnis könnte uns bei dem ganzen Prozeß vernichten.«

»Terminiert sie sofort!« Der Gouverneur war kaum fähig,

Worte hervorzubringen.

»Beruhigen Sie sich, Tarkin«, riet Vader. »Sie wollen unsere einzige Verbindung zum wahren Rebellen-Stützpunkt so leichthin zerschneiden? Sie kann uns noch von Nutzen sein.«

»*Pah!* Sie haben es eben selbst gesagt, Vader: Wir bekommen nichts mehr aus ihr heraus. Ich finde diese verborgene Festung, und wenn ich alle Sternsysteme in diesem Sektor vernichten muß. Ich –«

Ein leiser, aber beharrlicher Pfeifton unterbrach ihn.

»Ja, was ist?« knurrte er gereizt.

Über einen unsichtbaren Lautsprecher meldete eine Stimme: »Sir, wir haben einen kleinen Frachter gefangen, der in die Überreste von Alderaan hineingeflogen ist. Eine Standardüberprüfung ergibt, daß seine Kennzeichen offenbar dem Schiff entsprechen, das die Quarantäne in Mos Eisley, System Tatooine, durchbrochen hat und in den Hyperraum übergetreten ist, bevor die Blockadeschiffe dort es einholen konnten.«

Tarkin fragte verwundert: »Mos Eisley? Tatooine? Was soll das? Worum geht es, Vader?«

»Es bedeutet, daß die letzte unserer ungeklärten Schwierigkeiten in Kürze behoben werden kann. Jemand hat offenbar die vermißten Datenbänder erhalten und erfahren, wer sie geliefert hat, sowie versucht, sie ihr wiederzugeben. Wir sollten in der Lage sein, das Zusammentreffen mit der Senatorin zu arrangieren.«

Tarkin wollte etwas sagen, zögerte und nickte dann beipflichtend. »Wie günstig. Ich überlasse das Ihnen, Vader.«

Der Schwarze Lord verbeugte sich knapp, was Tarkin mit einem lässigen Gruß beantwortete. Dann drehte er sich auf dem Absatz um und schritt hinaus, während Motti entgeistert von einem zum anderen sah.

Der Frachter lag teilnahmslos im Dockhangar der riesigen Bucht. Dreißig bewaffnete Soldaten standen vor der in das Schiff führenden herabgelassenen Hauptrampe. Sie nahmen Haltung an, als Vader und ein Commander sich näherten. Vader blieb vor der Rampe stehen und betrachtete das Fahrzeug, als ein Offizier und mehrere Soldaten vortraten.

»Auf unsere wiederholten Signale kam keine Antwort, Sir, so daß wir die Rampe von außen betätigt haben. Wir sind weder über Kommunikator noch persönlich mit den Insassen in Verbindung getreten«, meldete der Offizier.

»Schicken Sie Ihre Leute hinein!« befahl Vader.

Der Offizier drehte sich um und gab den Befehl an einen Unteroffizier weiter, der ihn lautstark wiederholte. Eine Anzahl der schwer gepanzerten Soldaten marschierte die Rampe hinauf und betrat den Vorraum. Sie rückte mit beträchtlicher Vorsicht vor.

Im Innern deckten zwei Mann einen dritten, als er weiterging. Auf diese Weise in Dreiergruppen unterwegs, schwärmten sie rasch durch das Schiff aus. Korridore hallten dumpf unter den Schritten metallumkleideter Füße, und Türen glitten bereitwillig zur Seite.

»Leer«, erklärte der führende Sergeant schließlich erstaunt. »Cockpit überprüfen.«

Mehrere Soldaten traten vor und öffneten die Tür, nur um zu entdecken, daß die Pilotensessel so leer waren wie das ganze Schiff. Die Steuerung war abgeschaltet, alle Systeme standen still. Ein einziges Lämpchen an der Konsole blinkte träge. Der Sergeant ging darauf zu, erkannte die Quelle des Signals und schaltete die entsprechende Anlage ein. Auf einem nahen Bildschirm tauchte ein Computerergebnis auf. Er studierte es gründlich, dann drehte er sich herum, um seinen Vorgesetzten zu unterrichten, der an der Hauptluke wartete.

Der Offizier lauschte aufmerksam, bevor er sich umdrehte und zu dem Commander und Vader hinunterrief: »Es ist niemand an Bord, Sirs. Das Schiff ist völlig verlassen. Dem Logbuch zufolge hat die Besatzung das Schiff gleich nach dem Start verlassen und es auf automatischen Kurs nach Alderaan gesetzt.«

»Möglicherweise ein Ablenkungsmanöver«, sagte der Commander. »Dann könnten sie noch auf Tatooine sein.«

»Möglich«, räumte Vader widerstrebend ein.

»Mehrere der Rettungskapseln sind abgestoßen worden«, fuhr der Offizier fort.

»Haben Sie Roboter an Bord gefunden?« rief Vader hinauf.
»Nein, Sir – nichts. Wenn es welche gegeben hat, müssen sie zusammen mit der organischen Besatzung das Schiff aufgegeben haben.«
Vader zögerte. Als er weitersprach, klang seine Stimme zweifelnd.
»Das wirkt nicht plausibel. Schicken Sie ein vollausgerüstetes Prüfteam an Bord. Ich wünsche, daß jeder Zentimeter dieses Schiffes gründlich abgesucht wird. Sorgen Sie so schnell wie möglich dafür.« Damit drehte er sich um und ging aus dem Hangar, bedrückt von dem ärgerlichen Gefühl, daß er etwas von entscheidender Wichtigkeit übersah.
Die übrigen Soldaten wurden von dem Offizier weggeschickt. An Bord des Frachters gab eine letzte, einsame Gestalt es auf, den Raum unter den Cockpitkonsolen zu untersuchen und begab sich auch hinaus zu ihren Kameraden. Der Soldat wollte herunter von diesem Geisterschiff und in die Sicherheit der vertrauten Kaserne zurück. Seine schweren Schritte hallten durch den verlassenen Frachter.
Unten verklangen die gedämpften Laute des Offiziers, der letzte Befehle erteilte, und im Innern wurde es völlig still. Dann rumorte es irgendwo unter dem Boden.
Plötzlich entstand auch Bewegung. Zwei Metallklappen schossen hoch, zwei zerzauste Köpfe erschienen. Han Solo und Luke schauten sich hastig um, dann atmeten sie ein wenig auf, als sich zeigte, daß das Schiff so leer war, wie es wirkte.
»Ein Glück, daß Sie diese Abteile eingebaut haben«, meinte Luke.
»Was dachten Sie, wo ich Schmuggelware aufbewahre, im Hauptfrachtraum?« gab Solo zurück. »Ich gebe aber zu, daß ich nicht damit gerechnet habe, mich jemals selbst darin schmuggeln zu müssen.« Er zuckte bei einem plötzlichen Geräusch zusammen, aber es war nur eine weitere Platte, die hochgeklappt wurde. »Das ist albern. Das wird nie funktionieren. Selbst wenn ich starten und an dem geschlossenen Deckel vorbeikönnte« – er zeigte mit dem Daumen nach oben – »kämen wir nie aus dem Schleppstrahl heraus.«

Eine Platte hob sich und das Gesicht eines grinsenden alten Mannes kam zum Vorschein.

»Überlassen Sie das mir!«

»Ich habe schon befürchtet, daß Sie so etwas sagen«, murmelte Solo. »Sie sind ein verdammter Narr, Kenobi.«

Der alte Ben grinste.

»Was ist dann ein Mann, der sich von einem Narren hat anwerben lassen?«

Solo brummte etwas vor sich hin, als sie aus den Verstecken heraufstiegen, Chewbacca mit sehr viel Geschimpfe und Mühe.

Zwei Techniker waren an der Rampe erschienen. Sie meldeten sich bei den zwei gelangweilten Wachen.

»Das Schiff steht euch ganz zur Verfügung«, sagte einer von den Soldaten. »Wenn die Kameras etwas zeigen, meldet euch sofort.«

Die Männer nickten und mühten sich, die schwere Ausrüstung die Rampe hinaufzuschleppen. Als sie im Innern verschwanden, ertönte augenblicklich ein lautes Krachen. Die beiden Wachen fuhren herum und hörten eine Stimme rufen: »He, ihr da unten, könnt ihr uns schnell mal helfen?«

Einer der Soldaten sah seinen Begleiter an, der die Achseln zuckte. Sie stiegen beide die Rampe hinauf und murrten über die Unbeholfenheit bloßer Techniker. Auch sie waren kaum ins Schiff getreten, als abermals ein Krachen durch die Gänge hallte.

Das Fehlen der beiden Soldaten fiel aber bald danach auf. Ein Portal-Offizier, der ans Fenster eines kleinen Kommandobüros in der Nähe des Frachtereingangs trat, schaute hinaus und zog die Brauen zusammen, als er keine Spur von den Wachen sah. Betroffen, aber noch nicht alarmiert, trat er an eine Sprechanlage und sprach hinein, während er das Schiff anstarrte: »THX 1138, warum sind Sie nicht auf Ihrem Posten? THX 1138, hören Sie mich?«

Im Lautsprecher rauschte es nur.

»THX 1138, warum antworten Sie nicht?« Der Offizier wurde nervös, als eine gepanzerte Gestalt die Rampe herunterkam und ihm zuwinkte. Sie deutete auf den Teil des Helms, der sein rechtes Ohr bedeckte, und klopfte darauf, um anzuzeigen, daß die

Sprechanlage dort nicht funktionierte.

Der Offizier schüttelte verärgert den Kopf, warf seinem eifrig tätigen Adjutanten einen gereizten Blick zu und ging zur Tür.

»Übernehmen Sie hier! Wieder mal ein defekter Sender. Ich werde sehen, was ich tun kann.« Er öffnete die Tür, trat einen Schritt vor – und taumelte entsetzt zurück.

Eine riesige, behaarte Gestalt füllte den Eingang aus. Chewbacca war es. Er schlug den erstarrten Offizier unter ohrenbetäubendem Geheul mit einem Schlag seiner kochtopfgroßen Faust nieder.

Der Adjutant war schon auf den Beinen und griff nach seiner Pistole, als ein dünner Energiestrahl durch seinen Körper zuckte und sein Herz traf. Solo klappte das Visier seines Helms auf, schloß es aber wieder, als er dem Wookie in den Raum folgte. Kenobi und die Roboter zwängten sich hinter ihm herein, und Luke, ebenfalls schon in der Panzerung eines der erledigten Soldaten, bildete die Nachhut.

Luke schaute sich nervös um, als er die Tür hinter ihnen schloß, und sagte zu Solo:

»Ein Wunder, daß nicht schon die ganze Station auf uns aufmerksam geworden ist, bei Chewbaccas Geheul und Ihrem Geknalle.«

»Sie sollen nur kommen!« sagte Solo, von ihrem bisherigen Erfolg aufgeputscht. »Ich ziehe einen offenen Kampf dieser Herumschleicherei vor.«

»Vielleicht haben *Sie* es eilig, umgelegt zu werden«, knurrte Luke, »aber *ich* nicht. Die Herumschleicherei hat uns bisher am Leben erhalten.«

Der Corellaner sah Luke mürrisch an, schwieg aber.

Sie verfolgten, wie Kenobi eine unfaßbar komplizierte Computerkonsole mit der Geschicklichkeit und Zuversicht einer Person bediente, die es seit langem gewöhnt war, mit modernsten Maschinen umzugehen. Sofort leuchtete ein Bildschirm mit einer Karte der Sektionen in der Kampfstation auf. Der alte Mann beugte sich vor und studierte sie gründlich.

Inzwischen waren Threepio und Artoo an eine ebenso komplizierte Steuertafel getreten. Artoo erstarrte plötzlich und zeigte mit wilden Pfeiflauten einen Fund an. Solo und Luke, die die vorübergehende Meinungsverschiedenheit hinsichtlich der Taktik vergaßen, liefen zu den Robotern. Chewbacca beschäftigte sich damit, den Offizier an den Zehen aufzuhängen.

»Schließen wir Artoo an«, schlug Kenobi vor, von seinem Platz an dem großen Bildschirm aufblickend. »Er sollte Informationen aus dem ganzen Stationsnetz ziehen können. Mal sehen, ob er herausbekommt, wo die Stromanlage für den Schleppstrahl ist.«

»Warum den Strahl nicht einfach von hier aus abschalten, Sir?« fragte Luke.

»Was – damit sie uns sofort wieder am Kragen haben, bevor wir eine Schiffslänge aus der Dockbucht sind?« antwortete Solo höhnisch.

Luke machte ein betretenes Gesicht.

»Oh. Daran hatte ich nicht gedacht.«

»Wir müssen den Schlepper an der Energiequelle beschädigen, um ungeschoren entkommen zu können, Luke«, sagte der alte Ben ruhig, als Artoo einen Klauenarm in die offene Computerhülse steckte, die er gefunden hatte. Augenblicklich leuchtete auf der Tafel vor ihm eine Galaxie von Lichtern auf, und der Raum war erfüllt vom Summen vieler Maschinen, die mit höchster Leistung arbeiteten.

Einige Minuten vergingen, während der kleine Roboter wie ein metallener Schwamm Informationen aufsaugte. Dann ließ das Summen nach, und Artoo drehte sich um und schrillte den anderen etwas zu.

»Er hat es gefunden, Sir!« rief Threepio aufgeregt und fuhr fort:

»Der Schleppstrahl ist an sieben Stellen an die Hauptreaktoren gekoppelt. Die meisten Daten dazu sind nur beschränkt zugänglich, aber er wird versuchen, das Entscheidende auf den Monitor zu bringen.«

Kenobi richtete den Blick von dem größeren Schirm auf einen kleinen Monitor neben Artoo. Daten rasten darüber hinweg, schneller, als Luke sie verfolgen konnte, aber Kenobi schien trotzdem damit etwas anfangen zu können.

»Ich glaube nicht, daß ihr mir da auf irgendeine Weise helfen könnt«, erklärte Kenobi. »Ich muß alleine gehen.«

»Paßt mir gut«, sagte Solo sofort. »Ich habe auf dieser Reise schon mehr getan, als ich erwartet hätte. Aber ich glaube, daß mehr dazu gehört als Ihre Magie, um den Schleppstrahl abzustellen, Alter.«

Luke wollte aber mit von der Partie sein.

»Ich möchte mitgehen.«

»Hat keinen Sinn, Luke. Das erfordert Fähigkeiten, die Sie noch nicht beherrschen. Bleiben Sie hier, passen Sie auf die Roboter auf, und warten Sie auf meine Zeichen. Diese müssen den Rebellen-Streitkräften überbracht werden, oder es erleiden noch viele Welten das Schicksal Alderaans. Vertrauen Sie auf die **Kraft**, Luke – und warten Sie!« Nach einem letzten Blick auf den Informationsfluß im Monitor rückte Kenobi den Lichtsäbel an seiner Hüfte zurecht, trat an die Tür, schob sie auf, schaute einmal links, einmal rechts, und verschwand durch einen langen, grell beleuchteten Korridor.

Als er fort war, knurrte Chewbacca etwas, und Solo nickte.

»Du sagst es, Chewie!« Er wandte sich an Luke. »Wo haben Sie das alte Fossil ausgegraben?«

»Ben Kenobi – *General* Kenobi – ist ein großer Mann«, protestierte Luke empört.

»Groß darin, uns in Schwierigkeiten zu bringen«, schnaubte Solo. »›General‹, daß ich nicht lache! Er wird uns hier nicht herausholen!«

»Haben Sie eine bessere Idee?« fragte Luke ihn herausfordernd.

»Alles wäre besser, als hier einfach zu warten, bis sie kommen und uns holen. Wenn wir –«

Von der Computerkonsole drang ein hysterisches Pfeifen und Tuten herüber. Luke eilte auf Artoo Detoo zu. Der kleine Roboter hüpfte auf seinen Stummelbeinen herum.

»Was ist denn?« fragte Luke Threepio.

Der größere Roboter wirkte selbst verwirrt.

»Ich fürchte, ich verstehe es auch nicht, Sir. Er sagt: ›Ich habe sie gefunden‹ und wiederholt ständig: ›Sie ist hier, sie ist hier!‹«

»Wer? Wen hat er gefunden?«

Artoo richtete sein flaches, blinkendes Gesicht auf Luke und pfiff verzweifelt.

»Prinzessin Leia«, teilte Threepio mit, nachdem er aufmerksam zugehört hatte. »Senatorin Organa – das scheint ein- und dieselbe Person zu sein. Ich glaube, es könnte jene Person in der Aufzeichnung sein, die er mitbrachte.«

Das dreidimensionale Bild einer unbeschreiblichen Schönheit erstand wieder vor Lukes innerem Auge.

»Die Prinzessin? Sie ist hier?«

Angelockt von der Aufregung schlenderte Solo heran.

»Prinzessin? Was heißt das? Wovon redet ihr?«

»Wo? Wo ist sie?« fragte Luke atemlos, ohne Solo auch nur zu beachten.

Artoo pfiff weiter, während Threepio übersetzte:

»Etage 5, Gefängnisblock AA 23. Den Informationen zufolge ist sie für langsame Terminierung vorgesehen.«

»Nein! Wir müssen etwas tun!« schrie Luke.

»Wovon redet ihr drei eigentlich?« wiederholte Solo gereizt.

»Sie ist diejenige, die Artoo Detoo die Botschaft einprogrammiert hat«, erklärte Luke hastig, »nämlich die, die wir nach Alderaan bringen wollten. Wir müssen ihr helfen.«

»Halt, Augenblick mal!« warnte Solo. »Das geht mir alles viel zu schnell. Kommen Sie auf keine seltsamen Ideen. Als ich sagte, ich hätte keine besseren Einfälle, meinte ich das ernst. Der Alte hat gesagt, wir sollen hier warten. Davon bin ich zwar nicht begeistert, doch ich halte es immer noch für besser, als wie ein Verrückter durch dieses Labyrinth hier zu jagen.«

»Aber Ben hatte keine Ahnung, daß sie hier ist«, sagte Luke, halb flehend, halb wütend. »Ich bin sicher, daß er seinen Plan geändert hätte, wenn er das wüßte.« Aus Sorge wurde Nachdenklichkeit. »Wenn wir herauskriegen könnten, wie man zu diesem Gefängnisblock kommt...«

»Kommt nicht in Frage – ich gehe in keinen Gefängnisblock des Imperiums.«

»Wenn wir nichts tun, richtet man sie hin. Vor einer Minute haben Sie noch gesagt, Sie lehnen es ab, hier einfach herumzusitzen und darauf zu warten, daß man Sie gefangennimmt. Jetzt wieder wollen Sie aber genau nichts anderes tun als hier herumsitzen. Oder nicht, Han?«

»In ein Gefängnis zu marschieren, war nicht das, was mir vorschwebte. Wir werden da wahrscheinlich sowieso landen – warum es auch noch beschleunigen?«

»Aber man wird sie hinrichten!«

»Lieber sie als mich.«

»Wo bleibt Ihr Gefühl für Ritterlichkeit, Han?«

»Soviel ich mich erinnere, habe ich es gegen einen zehnkarätigen Chrysopras und drei Flaschen guten Kognaks hergegeben, vor fünf Jahren auf Commenor.«

»Ich habe sie gesehen«, sagte Luke verzweifelt. »Sie ist wunderschön.« – »Das Leben auch.«

»Sie ist eine reiche und mächtige Senatorin«, drängte Luke, in der Hoffnung, ein Appell an Solos niedrigere Instinkte könnte wirkungsvoller sein. »Wenn wir sie retten könnten, wäre eine große Belohnung gewiß.«

»Äh... reich?« Dann machte Solo ein verächtliches Gesicht. »Warten Sie mal... Belohnung von wem? Von der Regierung auf Alderaan?« Er wies mit einer weit ausholenden Armbewegung auf den Hangar und meinte damit den Raum, wo Alderaan einst seine Bahn gezogen hatte.

Luke dachte fieberhaft nach.

»Wenn sie hier festgehalten wird und hingerichtet werden soll, heißt das, daß sie in irgendeiner Weise eine Gefahr für diejenigen sein muß, die Alderaan vernichtet haben, für jene also, die diese Station hier bauten. Sie können sich darauf verlassen, daß es damit zusammenhängt, daß das Imperium eine Herrschaft krasser Unterdrückung einführt.

Ich will Ihnen sagen, wer für ihre Rettung bezahlen wird, und für die Informationen, die sie besitzt. Der Senat, die Rebellen-Allianz, und jeder Konzern, der mit Alderaan in Geschäftsbeziehungen gestanden hat. Sie könnte die einzige überlebende Erbin des Reichtums im gesamten System sein, soweit er sich außerhalb dieser einen Welt befindet! Die Belohnung wäre vielleicht weitaus größer, als Sie sie sich vorstellen können.«

»Ich weiß nicht... ich kann mir allerhand vorstellen.« Er warf einen Blick auf Chewbacca, der eine knappe Antwort grunzte. Solo ließ sich davon umstimmen. »Also gut, wir versuchen es. Aber ich hoffe um Ihretwillen, daß Sie mit der Belohnung recht haben. Wie sieht Ihr Plan aus?«

Luke wirkte für einen Augenblick hilflos. Seine ganze Energie war bis jetzt darauf gerichtet gewesen, Solo und Chewbacca zur Teilnahme an einem Rettungsversuch zu bewegen. Als das nun erreicht war, begriff er, daß er keine Ahnung hatte, wie er vorgehen sollte. Er hatte sich daran gewöhnt, daß Solo und der alte Ben Anweisungen gaben. Nun hing aber der nächste Schritt von ihm selbst ab.

Sein Blick fiel auf einige Metallringe am Gürtel von Solos Panzerung.

»Geben Sie mir die Handfesseln und sagen Sie Chewbacca, er soll herkommen.«

Solo überreichte Luke die dünnen, jedoch völlig unzerreißbaren Handschellen und winkte Chewbacca. Der Wookie stampfte heran und blieb vor Luke stehen.

»Ich lege Ihnen die Dinger jetzt an«, begann Luke und wollte mit den Fesseln hinter den Wookie treten, »und –«

Chewbacca erzeugte tief in der Kehle einen gepreßten Laut, und Luke zuckte unwillkürlich zurück.

»Also«, begann er von neuem, »Han wird Ihnen die Dinger jetzt anlegen, und...« Verlegen reichte er Solo die Fesseln. Er war sich der glühenden Augen des riesigen Anthropoiden nur zu deutlich bewußt.

Solo trat mit einem schlauen Lächeln vor.

»Keine Sorge, Chewie. Ich glaube, ich weiß, was er im Sinn hat.«

Die Handfesseln reichten kaum um die dicken Handgelenke. Trotz der scheinbaren Zuversicht seines Partners zeigte der Wookie einen sorgenvollen, ängstlichen Ausdruck, als die Fesseln einschnappten.

Threepio wandte sich an Luke: »Entschuldigen Sie die Frage, Sir, aber, äh – was sollen Artoo und ich machen, wenn uns in Ihrer Abwesenheit hier jemand entdeckt?«

»Hoffen, daß der Betreffende keine Strahlerpistole hat«, gab Solo zurück.
Threepios Tonfall zeigte, daß er die Antwort nicht witzig fand.
»Sehr beruhigend!«
Solo und Luke waren zu sehr mit ihrer bevorstehenden Mission beschäftigt, um sich mit dem besorgten Roboter noch näher zu befassen. Sie rückten ihre Helme zurecht, dann gingen sie, Chewbacca in der Mitte, einen echt deprimierten Ausdruck im Gesicht, den Korridor entlang, durch den Ben Kenobi verschwunden war.

9

Je tiefer sie in das Innere der gigantischen Station eindrangen, desto schwerer fiel es ihnen, eine Haltung der Nonchalance zu bewahren. Zum Glück war aber zu erwarten, daß jene, denen bei den beiden gepanzerten Soldaten vielleicht eine gewisse Nervosität auffallen würde, trotzdem keinen Verdacht schöpften, angesichts des riesigen, gefährlichen Wookie-Gefangenen.
Je weiter sie kamen, desto belebter wurde es. Soldaten, Bürokraten, Techniker und Roboter hasteten vorbei. Beschäftigt von ihren eigenen Aufgaben ließen sie das Dreigespann unbeachtet, und nur ein paar warfen dem Wookie neugierige Blicke zu.
Sie erreichten schließlich eine lange Reihe von Aufzügen. Luke seufzte erleichtert. Der computergesteuerte Lift mußte in der Lage sein, sie auf einen gesprochenen Befehl hin praktisch in jeden Teil der Station zu befördern.
Es gab einen beunruhigenden Augenblick, als ein subalterner Funktionär zu laufen begann, um noch in den Aufzug zu gelangen. Solo winkte heftig ab, und der andere trat, ohne Widerspruch zu erheben, ans nächste Liftrohr.
Luke studierte die Steuertafel und gab sich Mühe, es gleichzeitig informiert und bedeutsam klingen zu lassen, als er in das Sprechgitter knurrte. Stattdessen wirkte aber seine Stimme ner-

vös und ängstlich, doch der Lift war ein reines Reaktionsgerät, nicht darauf programmiert, die Angemessenheit der mündlich mitgeteilten Gefühle zu überprüfen. Die Tür schloß sich, und sie waren unterwegs. Nach, wie es schien, Stunden, in Wirklichkeit nach Minuten, ging die Tür auf, und sie traten in den Sicherheitsbereich hinaus.

Luke hatte gehofft, daß sie auf etwas wie die altmodischen, vergitterten Zellen stoßen würden, die auch auf Tatooine verwendet wurden, in Städten wie Mos Eisley. Stattdessen sahen sie aber nur schmale Rampen an einem bodenlosen Lüftungsschacht. Diese Laufgänge erstreckten sich in mehreren Stockwerken übereinander parallel zu glatten, gewölbten Wänden mit gesichtslosen Haftzellen.

Genervt von der Erkenntnis, daß sie umso eher mit Zwischenfällen rechnen mußten, je länger sie wie erstarrt dastanden, fragte sich Luke verzweifelt nach einem Aktionsplan.

»Das wird nicht klappen«, flüsterte Solo, zu ihm gebeugt.

»Warum haben Sie das nicht vorher gesagt?« zischte Luke, von Furcht und Enttäuschung gepeinigt.

»Ich glaube, das *habe* ich. Ich –«

»Pssst!«

Solo verstummte, als Lukes schlimmste Befürchtungen sich bewahrheiteten. Ein hochgewachsener, grimmig aussehender Offizier kam auf sie zu. Er runzelte die Stirn, als er den stummen Chewbacca betrachtete.

»Wo wollt ihr beiden mit dem Kerl hin?«

Luke erwiderte in seiner Verzweiflung beinahe instinktiv: »Gefangenenverlegung von Block TS 138.«

Der Offizier wirkte verwirrt.

»Ich bin nicht verständigt worden. Das muß ich erst klären.« Er drehte sich um und ging zu einer kleinen Konsole, in die er seine Frage eintippte. Luke und Han sondierten hastig die Lage. Ihre Blicke glitten über Alarmanlagen, Energiegatter und ferngesteuerte Photosensoren bis zu den drei anderen Wachen in diesem Bereich.

Solo nickte Luke zu, während er Chewbaccas Fesseln löste.

Dann flüsterte er dem Wookie etwas ins Ohr. Ein nervenzerreißendes Gebrüll ließ den Korridor erbeben, als Chewbacca beide Hände hochriß und Solos Gewehr packte.

»Vorsicht!« schrie Solo in gespieltem Entsetzen. »Er hat sich befreit! Er wird uns alle zerreißen!«

Er und Luke rissen ihre Strahlerpistolen heraus und feuerten auf den Wookie. Ihre Reaktion war hervorragend, ihre Einsatzfreude lobenswert, ihre Zielsicherheit aber miserabel. Kein einziger Schuß saß auch nur in der Nähe des Haken schlagenden Wookie. Statt dessen zerstrahlten sie automatische Kameras, Energiegatter-Auslöser und die drei fassungslosen Wachen.

Dadurch fiel dem verantwortlichen Offizier denn doch auf, daß die scheinbar miserable Treffsicherheit der beiden Soldaten ein bißchen zu wirksam war. Er wollte gerade Großalarm geben, als ein Strahl aus Lukes Pistole ihn in seiner Körpermitte traf.

Solo lief zu der eingeschalteten Sprechanlage, die sorgenvolle Fragen kreischte. Anscheinend gab es zwischen diesem Haftsektor und anderen Bereichen nicht nur akustische, sondern auch optische Verbindung.

Er beachtete die Flut von Drohungen und Fragen nicht, sondern prüfte den Hauptplan an der Tafel daneben.

»Wir müssen herausbekommen, in welcher Zelle die Prinzessin sitzt. Es muß ein Dutzend Stockwerke geben, und – Da ist sie! Zelle 2187! Los – Chewie und ich halten sie hier auf!«

Luke nickte knapp und hetzte den schmalen Laufgang entlang.

Nachdem Solo dem Wookie bedeutet hatte, sich dort aufzustellen, wo er die Lifte bestreuen konnte, atmete er tief ein und reagierte auf die pausenlosen Rufe der Sprechanlage.

»Alles unter Kontrolle«, sagte er ins Mikrofon, bemüht, mit unbesorgter Stimme zu sprechen. »Lage normal.«

»Hat sich aber nicht so angehört«, fauchte ein Organ, das Ausflüchte zu dulden nicht gewöhnt schien. »Was war los?«

»Äh, hm, einer der Wachtposten hatte einen Waffendefekt«, stammelte Solo, als seine Sicherheit sich in Nervosität auflöste. »Kein Problem mehr – es geht uns allen gut, danke. Und Ihnen?«

»Wir schicken eine Abteilung hinauf«, erklärte die Stimme plötzlich.

Han konnte den Argwohn am anderen Ende der Leitung fast riechen. Was sollte er sagen? Mit einer Pistole in der Hand vermochte er sich besser auszudrücken.

»Negativ – negativ. Wir haben ein Energieleck. Lassen Sie uns ein paar Minuten Zeit, es abzudichten. Großes Leck – sehr gefährlich.«

»Waffendefekt, Energieleck... Wer sind Sie? Was für einer Einheit gehören Sie an?«

Solo richtete die Pistole auf die Steuertafeln und zerblies die Instrumente zu stummen Fetzen.

»War ohnehin eine dumme Unterhaltung«, murmelte er. Er drehte sich um und schrie durch den Korridor: »Beeilung, Luke! Wir bekommen Gesellschaft!«

Luke hörte es, war aber voll damit ausgelastet, von Zelle zu Zelle zu stürmen und die über jeder Tür leuchtenden Ziffern abzulesen. Zelle 2187 schien es nicht zu geben. Aber es gab sie, und er fand sie, gerade, als er schon aufgeben und es eine Etage tiefer versuchen wollte.

Einen langen Augenblick betrachtete er die nackte, glatte, gewölbte Metallwand. Er stellte seine Pistole auf Maximalleistung und eröffnete das Feuer auf die Tür, in der Hoffnung, die Waffe werde ihm nicht in der Hand zerschmelzen, bevor er die Wand durchschnitten hatte. Als die Pistole so heiß geworden war, daß er sie nicht mehr festhalten konnte, warf er sie von Hand zu Hand. Dabei hatte der Rauch Zeit, sich zu lichten, und er stellte mit einiger Überraschung fest, daß die Tür weggesprengt worden war.

Mit verständnisloser Miene durch den Rauch starrend, sah er die junge Frau, deren Bild Artoo Detoo vor, wie es Luke schien, einigen Jahrhunderten in einer Garage auf Tatooine wiedergegeben hatte.

Sie ist noch viel schöner als ihr Abbild, dachte Luke, der sie wie betäubt angaffte.

»Sie sind – noch schöner – als ich –«

Verwirrung und Unsicherheit in ihrem Gesicht wichen Betroffenheit und dann Ungeduld.

»Sind Sie für einen Sturmsoldaten nicht etwas klein?« meinte sie schließlich.

»Was? Ach so – die Uniform.« Er nahm den Helm ab und gewann gleichzeitig ein wenig von seiner Fassung zurück. »Ich bin gekommen, um Sie zu retten. Ich bin Luke Skywalker.«

»Wie bitte?« fragte sie ungläubig.

»Ich sagte, ich bin gekommen, um Sie zu retten. Ben Kenobi ist bei mir. Wir haben Ihre beiden Roboter –«

Die Unsicherheit wurde, als er den Namen des alten Mannes erwähnte, sofort durch Hoffnung ersetzt.

»Ben Kenobi!« Sie schaute an Luke vorbei, auf der Suche nach dem Jedi. »Wo ist er? Obi-wan!«

Gouverneur Tarkin beobachtete Darth Vader, der in dem sonst leeren Konferenzsaal mit schnellen Schritten hin- und herging. Schließlich blieb der Schwarze Lord stehen und schaute sich um, als ertöne in der Nähe eine große Glocke, die nur er hören konnte.

»Er ist hier«, erklärte Vader leidenschaftslos.

Tarkin sah ihn verblüfft an. »Obi-wan Kenobi! Das ist unmöglich. Wie kommen Sie darauf?«

»Eine Regung in der Kraft, von einer Art, wie ich sie nur in Gegenwart meines alten Meisters gespürt habe. Sie ist unübersehbar.«

»Er – er muß doch sicher längst tot sein.«

Vader zögerte, als ihn der Eindruck, den er gehabt hatte, plötzlich verließ.

»Vielleicht... Jetzt ist es fort. Es war nur eine ganz kurze Empfindung.«

»Die Jedi sind ausgestorben«, erklärte Tarkin mit Entschiedenheit. »Ihr Feuer ist vor Jahrzehnten erstickt worden. Sie, mein Freund, sind der einzige, was von ihnen übriggeblieben ist.«

Eine Lampe an der Sprechanlage leuchtete auf.

»Ja?« sagte Tarkin.

»Wir haben einen Notalarm im Haftblock AA 23.«

»Die Prinzessin!« stieß Tarkin hervor, als er aufsprang. Vader

fuhr herum und versuchte, durch die Wände hindurchzublicken.
»Ich wußte es – Obi-wan *ist* hier. Ich wußte, daß mir eine Regung in der Kraft von solcher Heftigkeit nicht entgehen konnte.«
»Alle Bereiche in Alarmzustand versetzen«, befahl Tarkin über die Sprechanlage, dann drehte er sich um und starrte Vader an. »Wenn Sie recht haben, darf er nicht entkommen.«
»Eine Flucht mag nicht in der Absicht Obi-wan Kenobis liegen«, erwiderte Vader, bemüht, seine Empfindungen unter Kontrolle zu bringen. »Er ist der letzte der Jedi – und der größte. Die Gefahr, die er für uns darstellt, darf nicht unterschätzt werden – aber nur ich kann mit ihm fertig werden.« Sein Kopf zuckte herum, und sein Blick ruhte starr auf Tarkin. »Allein!«

Luke und Leia hatten sich auf den Rückweg durch den Korridor gemacht, als eine Reihe gleißender Explosionen durch den Laufgang vor ihnen fetzte. Mehrere Soldaten hatten durch den Lift heraufzukommen versucht, waren aber einer nach dem anderen von Chewbacca zerstrahlt worden. Die Aufzüge verschmähend, hatten andere ein klaffendes Loch in eine Wand gesprengt. Die Öffnung war zu groß, als daß Solo und der Wookie sie ganz abzudecken vermocht hätten. Zu zweit und zu dritt erreichten deshalb die kaiserlichen Truppen den Haftblock.

Han und Chewbacca zogen sich durch den Laufgang zurück und stießen auf Luke und die Prinzessin.

»Auf diesem Weg können wir nicht zurück!« sagte Solo gepreßt, das Gesicht vor Erregung und Sorge gerötet.

»Dann hat es den Anschein, als sei es denen gelungen, uns den einzigen Fluchtweg abzuschneiden«, erklärte Leia. »Das ist ein Haftblock, wissen Sie. Die werden nicht mit besonders vielen Ausgängen gebaut.«

Solo drehte sich schweratmend herum und sah sie an.

»Ich bitte um Verzeihung, Hoheit«, sagte er sarkastisch, »aber vielleicht wären Sie lieber wieder in Ihrer Zelle?«

Sie drehte den Kopf mit ausdrucksloser Miene zur Seite.

»Es muß einen anderen Weg nach draußen geben«, murmelte Luke, zog einen kleinen Sender aus der Tasche und regelte sorgfältig die Frequenz ein. »See Threepio... See Threepio!«

Eine vertraute Stimme meldete sich erfreulich prompt:

»Ja, Sir?«

»Wir sind hier abgeschnitten. Gibt es *irgend*einen anderen Weg, der aus dem Gefängnisbereich herausführt – irgendeinen?«

Aus dem winzigen Gitter drang ein Rauschen, während Solo und Chewbacca die gegnerischen Soldaten am anderen Ende des Laufgangs in Schach hielten.

»Wie war das?... Habe nicht verstanden.«

Im Kommandobüro pfiff und schrillte Artoo Detoo wild, als Threepio an Reglern drehte und sich bemühte, eine klare Verständigung herzustellen.

»Ich sagte, alle Systeme sind über Ihre Anwesenheit unterrichtet und alarmiert, Sir. Der Haupteingang scheint der einzige Weg zu sein, der in den Zellenblock hinein- und wieder herausführt.« Threepio betätigte die Computereingabe, und auf den Bildschirmen liefen Daten ab. »Alle anderen Informationen über diesen Bereich sind nur bedingt zugänglich.«

Jemand begann an die verschlossene Tür des Büros zu pochen – zuerst gemäßigt, und, als sich nichts rührte, mit größerer Heftigkeit.

»O nein!« stöhnte Threepio.

Der Rauch im Zellenkorridor war jetzt so dicht, daß Solo und Chewbacca ihre Ziele nur noch schwer ausmachen konnten. Das war für sie jedoch auch von Vorteil, weil sie inzwischen eine große Übermacht gegen sich hatten und der Qualm die Treffsicherheit der Soldaten im selben Maß behinderte.

Immer wieder versuchte einer der Soldaten näherzurücken. Unter den Feuerstößen der beiden Schmuggler zog er sich aber rasch wieder in den anwachsenden Haufen entmutigter Gestalten am Rampenboden zurück.

Energieblitze zuckten unablässig wild durch den Block, als Luke näher an Solo herantrat.

»Es gibt keinen anderen Weg nach draußen!« schrie er mit aller Kraft um das ohrenbetäubende Brausen zu übertönen.

»Tja, sie rücken immer weiter vor. Was machen wir nun?«

»Schöne Rettung«, beschwerte sich eine gereizte Stimme hinter ihnen. Die beiden Männer drehten sich um und sahen, daß die angewiderte Prinzessin sie mit majestätischer Mißbilligung anblickte. »Hatten Sie keinen Plan, wie Sie hinauskommen wollten, als Sie hier eingedrungen sind?«

Solo wies mit dem Kinn auf Luke.

»Er ist hier das Hirn, Süße.«

Luke zwang sich ein verlegenes Lächeln ab und zuckte hilflos die Achseln. Er drehte sich herum, um wieder zu schießen, aber bevor er das tun konnte, hatte die Prinzessin ihm die Pistole aus der Hand gerissen.

»He!« Luke riß die Augen auf, als sie an der Wand entlang zu einem kleinen Gitter ging. Sie richtete die Pistole auf dieses und feuerte.

Solo starrte sie ungläubig an.

»Was soll denn das?«

»Offenbar hängt es von mir ab, euch den Hals zu retten. Hinein in den Müllschacht, Jungs!«

Während die anderen noch verblüfft zusahen, sprang sie mit den Füßen voraus in die Öffnung und verschwand. Chewbacca knurrte drohend, aber Solo schüttelte langsam den Kopf.

»Nein, Chewie, ich will nicht, daß du sie zerfetzt. Ich bin mir noch nicht sicher bei ihr. Entweder fange ich an, sie zu mögen, oder ich bringe sie selbst um.« Der Wookie schnaubte etwas, und Solo brüllte ihn an: »Hinein mit dir, du behaarter Trottel! Ist mir egal, was du riechst. Jetzt ist nicht die Zeit, mir zimperlich zu kommen.« Solo schubste den widerstrebenden Wookie zu der winzigen Öffnung und half ihm, sich hineinzuzwängen. Als der Riese verschwunden war, folgte ihm der Corellaner. Luke feuerte eine letzte Salve von Blitzen ab, mehr in der Hoffnung, verhüllende Rauchwolken zu erzeugen, als mit der Aussicht, etwas zu treffen, dann glitt auch er in den Schacht und war fort.

Da die Soldaten in einem derart engen Raum nicht weitere Verluste hinnehmen wollten, waren sie übereingekommen, das Eintreffen von Verstärkungen und schwereren Waffen abzuwarten. Außerdem wußten sie ihre Gegner in einer Falle, und trotz aller Hingabe war keiner darauf erpicht, unnötig das Leben zu verlieren.

Die Kammer, in die Luke stürzte, war nur trüb erleuchtet. Nicht, daß man Licht brauchte, um den Inhalt zu erkennen. Luke roch den Unrat lange, bevor er hineingekippt wurde. Mindestens zu einem Viertel war der Müllraum mit glitschigem Abfall gefüllt, der zum größten Teil schon so verfault war, daß es Luke nahezu den Atem verschlug.

Solo stolperte am Rand des Raums entlang, rutschte aus und versank bis zu den Knien im Morast, während er versuchte, einen Ausgang zu finden. Alles, was er entdeckte, war eine kleine Luke mit massivem Deckel, den er aufzustemmen versuchte. Ohne Erfolg.

»Der Müllschacht war eine wunderbare Idee«, teilte er der Prinzessin ironisch mit und wischte sich den Schweiß von der Stirn. »Was für einen unglaublichen Gestank Sie da entdeckt haben. Leider können wir nicht auf einem dahintreibenden Geruch hinausreiten, und einen anderen Ausweg scheint es nicht zu geben. Es sei denn, ich bekomme diese Luke auf.« Er trat zurück, zog die Pistole und feuerte auf den Deckel. Der Blitz heulte augenblicklich im ganzen Raum herum, während alle im Müll Deckung suchten. Dann detonierte der Blitz beinahe über ihnen.

Leia, die gar nicht mehr würdevoll wirkte, tauchte als erste aus den stinkenden Haufen auf.

»Stecken Sie das Ding weg«, sagte sie grimmig zu Solo, »sonst bringen Sie uns noch alle um.«

»Ja, Euer Ehren«, murmelte Solo mit höhnischer Unterwürfigkeit. Er steckte die Waffe aber nicht ein, als er zu dem offenen Schacht über ihnen hinaufblickte. »Unsere Freunde werden nicht lange brauchen, bis sie dahinterkommen, was aus uns geworden ist.«

Wie zur Antwort erfüllte ein durchdringendes, schreckliches Stöhnen den Raum. Es schien von irgendwo unter ihnen zu kommen. Chewbacca stieß seinerseits ein entsetztes Heulen aus und versuchte, sich an eine Wand zu pressen. Luke zog seine Pistole und starrte angestrengt auf diverse faulige Klumpen, sah aber nichts.

»Was war das?« fragte Solo.

»Ich bin mir nicht sicher.« Luke zuckte plötzlich zusammen

und schaute hinten an sich herunter. »Ich glaube, da ist eben etwas an mir vorbeigeglitten. Vorsicht –« Mit erschreckender Plötzlichkeit verschwand Luke unter dem Müll.

»Es hat Luke erwischt!« rief die Prinzessin. »Es hat ihn hinuntergezogen!«

Solo schaute sich verzweifelt nach einem Ziel um.

Luke tauchte wieder auf, so abrupt, wie er verschwunden war – und mit ihm ein Teil von etwas anderem. Ein dicker, weißer Tentakel hatte sich um seinen Hals geschlungen.

»Schießt, bringt es um!« kreischte Luke.

»Schießt! Ich kann es nicht mal sehen!« rief Solo.

Wieder wurde Luke von dem, woran der grausige Greifarm befestigt war, hinuntergesogen. Solo starrte hilflos auf die faulende Oberfläche.

Von fern erklang das Dröhnen schwerer Maschinen, und zwei gegenüberliegende Wände der Kammer rückten einige Zentimeter aufeinander zu. Das Dröhnen hörte auf, und es wurde wieder still. Luke tauchte unerwartet nah bei Solo auf, erhob sich aus dem Dreck und rieb sich die Striemen an seinem Hals.

»Was ist daraus geworden?« fragte Leia und blickte argwöhnisch auf den unbewegten Müll.

Luke wirkte völlig verblüfft.

»Ich weiß es nicht. Es hatte mich – und dann war ich plötzlich frei. Es ließ mich einfach los und verschwand. Vielleicht habe ich ihm nicht übel genug gerochen.«

»Ich habe da ein ganz schlechtes Gefühl«, murrte Solo.

Wieder erfüllte das ferne Dröhnen den Raum; wieder rückten die Wände aufeinander zu. Diesmal schienen jedoch weder das Geräusch noch die Bewegung aufhören zu wollen.

»Steht nicht einfach da und gafft einander an!« drängte die Prinzessin. »Versucht irgend etwas dazwischenzuzwängen.«

Aber was? Sie fanden nichts. Der weiche Müll ließ nicht den nötigen Widerstand erwarten.

Luke zog seinen Kommunikator heraus und rief hinein: »Threepio... Threepio, melden!«

Auch nach einer angemessenen Pause kam keine Antwort. Luke sah seine Begleiter sorgenvoll an.

»Ich weiß nicht, warum er sich nicht meldet.« Er versuchte es noch einmal. »See Threepio, melden! Hörst du mich?«

»See Threepio«, rief die dumpfe Stimme immer wieder, »Threepio, melden!« Es war Lukes Stimme, und sie tönte leise zwischen den Summgeräuschen des kleinen Handsprechgeräts auf der verlassenen Computerkonsole. Bis auf die regelmäßigen Hilferufe war es im Kommandobüro still.

Eine gewaltige Explosion erstickte die gedämpften Hilferufe. Sie blies die Tür durch den ganzen Raum und schleuderte Metallfragmente in alle Richtungen. Mehrere davon trafen das Sprechgerät, warfen es auf den Boden und schnitten Luke das Wort mitten im Satz ab.

Unmittelbar danach kamen vier gepanzerte und kampfbereite Soldaten durch das gesprengte Portal herein. Der erste Überblick zeigte ihnen, daß das Büro leer war – bis sie aus einem der hohen Vorratsschränke an der Rückseite des Raumes eine dumpfe, angstvolle Stimme hörten: »Hilfe, Hilfe! Laßt uns heraus!«

Mehrere Soldaten bückten sich, um die regungslosen Körper des Offiziers und seines Adjutanten zu untersuchen, während andere den Schrank, aus dem gesprochen wurde, öffneten. Zwei Roboter, der eine groß und humanoid, der andere rein mechanisch und dreibeinig, traten heraus. Der größere erweckte den Eindruck, vor Angst halb von Sinnen zu sein.

»Das sind Wahnsinnige, sage ich Ihnen, Wahnsinnige!« Er wies erregt zum Eingang. »Ich glaube, sie sprachen davon, daß sie zum Gefängnisbereich wollten. Sie sind eben gegangen. Wenn ihr euch beeilt, holt ihr sie vielleicht noch ein. Dorthin, dorthin!«

Zwei von den Soldaten im Büro drängten zu denen im Korridor hinaus und eilten mit ihnen davon. Zurück blieben zwei Bewacher. Sie ignorierten die Roboter völlig, als sie besprachen, was geschehen sein mochte.

»Durch die ganze Aufregung sind die Schaltungen in meinem Begleiter hier überlastet«, erläuterte Threepio ruhig. »Wenn es Ihnen nichts ausmacht, möchte ich ihn gerne zum Wartungsbereich hinunterbringen.«

»Hmm?« Einer der Bewacher sah gleichgültig auf und nickte dem Roboter zu. Threepio und Artoo hasteten zur Tür hinaus, ohne sich noch einmal umzusehen. Als sie verschwunden waren, fiel dem Soldaten ein, daß der größere der beiden Roboter von einem Typ war, den er vorher noch nie gesehen hatte. Er zuckte die Achseln. Kein Wunder, in einer so riesigen Station.

»Das war zu knapp«, murmelte Threepio, als sie durch den leeren Korridor eilten. »Jetzt müssen wir eine andere Informationskonsole finden und dich wieder anschließen, oder alles ist verloren.«

Die Müllkammer wurde unbarmherzig kleiner, die glatt eingepaßten Metallwände bewegten sich mit gleichgültiger Unaufhaltsamkeit aufeinander zu. Größere Stücke Abfall führten ein Konzert von Knall- und Platzgeräuschen auf, das zu einem letzten, rauschenden Kreszendo anschwoll.

Chewbacca winselte armselig, während er mit seiner ganzen Kraft bestrebt war, eine der Wände zurückzuhalten. Er sah aus wie ein Sisyphus im Pelz, das letztemal unterwegs mit dem Stein.

»Eines steht fest«, meinte Solo dumpf. »Wir werden alle viel dünner sein. Das könnte sich als neue Abmagerungsmethode empfehlen. Der einzige Haken dabei ist die Endgültigkeit.«

Luke holte Luft und schüttelte wütend den unschuldigen Kommunikator. »Was kann Threepio zugestoßen sein?«

»Versucht es noch einmal mit der Luke«, riet Leia. »Das ist unsere einzige Hoffnung.«

Solo schirmte die Augen ab und tat es. Der unwirksame Blitz fegte durch die schrumpfende Kammer.

Die Servicenische war unbesetzt; anscheinend waren alle Leute von der Unruhe fortgelockt worden. Nachdem Threepio sich vorsichtig umgesehen hatte, winkte er Artoo. Gemeinsam suchten sie die vielen Service-Tafeln hastig ab. Artoo stieß einen Pfiff aus, er war fündig geworden. Threepio wartete ungeduldig, als der kleine Roboter den Anschlußarm behutsam in die offene Fassung steckte.

Ein superschneller Wirbel elektronischer Laute strömte aus

dem Sprechgitter des Roboters. Threepio bremste ihn.
»Warte doch, langsam!« Die Geräusche wurden leiser und ruhiger. »Schon besser. Wo sind sie? Was ist? O nein! Da kommen sie nur noch als Flüssigkeit heraus!«

Den in der Falle sitzenden Insassen des Müllraums blieb kein ganzer Meter zum Leben mehr. Leia und Solo hatten sich zur Seite drehen müssen und standen einander gegenüber. Jeder hochmütige Ausdruck war aus dem Gesicht der Prinzessin verschwunden. Sie griff nach Solos Hand und umklammerte sie krampfhaft, als sie die erste Berührung der zusammenrückenden Wände spürte.

Luke war hingefallen und lag auf der Seite, bemüht, den Kopf über dem steigenden Schlamm zu halten, als sein Kommunikator zu summen begann.

»Threepio!«
»Sind Sie da, Sir?« erwiderte der Android. »Wir hatten einige kleine Probleme. Sie würden nicht glauben –«
»Schnauze, Threepio!« brüllte Luke in das Gerät. »Und schalt alle Abfallanlagen im Gefängnisbereich oder unmittelbar darunter ab. Verstanden? Schalt die Abfall –«

Augenblicke später griff sich Threepio entsetzt an seinen Kopf, als ein gräßliches Kreischen und Brüllen aus dem Gerät klang.

»Nein, schalt sie *alle* ab!« flehte er Artoo an. »Schnell! Oh, hör dir das an – sie sterben, Artoo! Ich verfluche meinen Metallkörper. Ich war nicht schnell genug. Es war meine Schuld. Mein armer Herr – sie alle... nein, nein, *nein*!«

Das Schreien und Plärren ging aber unverhältnismäßig lange weiter. In Wirklichkeit waren es Rufe der Erleichterung. Die Kammerwände waren automatisch auf Artoos Schließbefehl auseinandergegangen.

»Artoo, Threepio«, brüllte Luke in das Sprechgerät, »es ist in Ordnung, wir sind in Ordnung! Versteht ihr mich? Es ist uns nichts passiert – ihr habt es großartig gemacht!« Er wischte angeekelt an dem klebrigen Schleim herum und ging zur Luke, so schnell er konnte, bückte sich, kratzte zusammengepreßten Ab-

fall weg, las die dort eingelassene Nummer ab und forderte Threepio auf:
»Öffnet die Druckluke mit der Nummer 366-117891!«
»Ja, Sir«, sagte Threepio.
Es waren vielleicht die erfreulichsten Worte, die Luke je gehört hatte.

10

Der Service-Graben, gefüllt mit Stromkabeln und Schaltleitungen, die aus den Tiefen heraufkamen und am Himmel verschwanden, schien Hunderte von Kilometern tief zu sein. Der schmale Laufgang an einer Seite sah aus wie ein gestärkter Faden, an einen glühenden Ozean geklebt. Er war kaum breit genug für einen Menschen.

Ein Mann schob sich auf dem gefährlichen Laufgang dahin, den Blick auf etwas vor sich gerichtet, nicht auf den ungeheuren metallenen Abgrund unter sich. Das Knacken riesiger Schaltgeräte hallte, als stamme es von gefangenen Leviathanen in der riesigen Weite, unermüdlich, nie schlafend.

Zwei dicke Kabel vereinigten sich an einer Tafel. Sie war abgesperrt, aber nach genauer Betrachtung der Seitenflächen und der Ober- und Unterseite drückte Ben Kenobi an eine ganz bestimmte Stelle, und die Klappe sprang auf. Darunter zeigte sich ein blinkender Computer-Terminal.

Mit ebensolcher Sorgfalt nahm Kenobi dort mehrere Veränderungen vor. Seine Handgriffe wurden belohnt, als verschiedene Anzeigen an der Tafel von Rot auf Blau schalteten.

Ohne Vorwarnung öffnete sich eine Zugangstür in seiner Nähe hinter ihm. Er klappte den Terminal schnell zu und glitt tiefer in die Schatten. Ein Trupp von Soldaten war im Eingang aufgetaucht, und der kommandierende Offizier trat bis auf zwei Meter an die regungslose, verborgene Gestalt heran.

»Sichert diesen Bereich, bis der Alarmzustand aufgehoben ist!«

Als sie ausschwärmten, verschmolz Kenobi mit der Dunkelheit.

Chewbacca grunzte und ächzte und schaffte es nur mit Mühe, seinen mächtigen Rumpf durch die Lukenöffnung zu zwängen, unterstützt von Luke und Solo.
Der Korridor, in den sie hinausgetreten waren, sah staubig aus. Er machte den Eindruck, als sei er seit dem Bau der Station nicht mehr benützt worden. Wahrscheinlich war es nur ein Wartungsflur. Luke hatte keine Ahnung, wo sie sich befanden.
Hinter ihnen klatschte etwas mit einem Knall an die Wand, und Luke schrie eine Warnung, als ein langer, glitschiger Arm sich durch die Luke schlängelte und im offenen Korridor beutegierig herumpeitschte. Solo zielte mit der Pistole darauf, während Leia an dem vor Schreck halb gelähmten Chewbacca vorbeizuschlüpfen versuchte.
»Schaff mir einer diesen großen, wandelnden Haarteppich aus dem Weg.« Plötzlich bemerkte sie, was Solo vorhatte. »Nein, warten Sie! Das hört man!«
Solo beachtete sie nicht und feuerte auf die Luke. Der Energiestrahl wurde mit einem dumpfen Grollen belohnt, als eine Lawine aus berstender Wandung und Deckenträgern das Wesen in der Kammer praktisch unter sich begrub.
Verstärkt durch den engen Korridor hallten und rollten die Geräusche noch lange weiter. Luke schüttelte ärgerlich den Kopf, als ihm klar wurde, daß einer wie dieser Solo, der mit der Mündung einer Waffe sprach, nicht immer vernünftig handelte. Bis jetzt hatte er zu dem Corellaner auf irgendeine Weise aufgesehen, aber der Blödsinn, auf den Lukenausgang zu feuern, machte dem ein Ende.
Überraschend war die Reaktion der Prinzessin.
»Hören Sie«, sagte sie zu Solo, »ich weiß nicht, wo Sie hergekommen sind, aber ich bin Ihnen dankbar.« Fast beiläufig warf sie auch Luke einen Blick zu und ergänzte: »Ihnen beiden.« Sie wandte sich wieder an Solo: »Aber von jetzt an tun Sie, was ich Ihnen sage.«
Solo glotzte sie an. Diesmal wollte sich sein selbstzufriedenes

Lächeln nicht einstellen.

»Hören Sie, Eure Heiligkeit«, stieß er schließlich hervor, »eines wollen wir gleich klarstellen. Ich nehme Befehle nur von einer einzigen Person entgegen – von mir selbst!«

»Ein Wunder, daß Sie noch am Leben sind«, gab sie zurück.

Solo sah Luke an, wollte etwas sagen, zögerte und schüttelte nur langsam den Kopf, sagte aber dann doch:

»Keine Belohnung ist das wert. Ich weiß nicht, ob es genug Geld im Universum gibt, um auszugleichen, daß man sie am Hals hat... He, langsam!«

Leia verschwand hinter einer Biegung im Korridor, und sie hetzten ihr nach, um sie einzuholen.

Das halbe Dutzend Soldaten, das sich um den Eingang zum Energie-Graben drängte, interessierte sich mehr dafür, über die merkwürdigen Vorfälle im Gefängnisbereich zu diskutieren, als ihrer derzeitigen langweiligen Pflicht, ihre Umgebung scharf im Auge zu behalten, Aufmerksamkeit zu schenken. Sie waren so vertieft in ihre Spekulationen über den Anlaß für die Unruhe, daß sie den geisterhaften Schatten hinter sich nicht bemerkten. Er glitt von einer dunklen Stelle zur anderen, wie ein nächtliches Raubtier, erstarrte, wenn einer der Soldaten sich halb herumdrehte, glitt weiter, als schwebe er in der Luft.

Einige Minuten später zog einer der Soldaten die Stirn in seinem Helm kraus und wandte sich der Stelle zu, wo er in der Nähe des Zugangs zum Hauptflur eine Bewegung erkannt zu haben glaubte. Da war aber nichts als ein undefinierbares Etwas, das der geisterhafte Kenobi hinterlassen hatte. Mit einem sehr unbehaglichen Gefühl, aber verständlicherweise nicht gern bereit, Halluzinationen einzugestehen, wandte der Soldat sich wieder der prosaischeren Unterhaltung seiner Kameraden zu.

Jemand entdeckte endlich die beiden bewußtlosen Wachen in den Spinden an Bord des gekaperten Frachters und befreite sie von ihren Fesseln, aber die beiden Männer schliefen trotz aller Versuche, sie zu wecken, weiter.

Unter der Aufsicht mehrerer wütender Offiziere trugen Soldaten ihre beiden ungepanzerten Kameraden die Rampe hinunter zum nächsten Lazarett. Unterwegs kamen sie an zwei Gestalten vorbei, die aber hinter einer geöffneten Service-Tafel versteckt waren. Threepio und Artoo blieben dadurch unbemerkt.

Als die Soldaten wieder verschwunden waren, entfernte Artoo schnell eine Manschettenhülle und schob seinen Sensorarm in die Öffnung. Auf seinem Gesicht fingen Lichter wild zu tanzen an, und Rauch drang aus mehreren Nähten am Rumpf des kleinen Roboters, bevor Threepio den Arm in einer verzweifelten Anstrengung herausreißen konnte.

Augenblicklich hörte es auf zu rauchen, und das wilde Blinken ließ nach. Artoo gab ein paar schwache Pfeiftöne von sich, erfolgreich den Eindruck eines Menschen erweckend, der mit einem Glas leichten Weines gerechnet und statt dessen einen Riesenschluck neunzigprozentigen Alkohols erwischt hat.

»Na, paß beim nächstenmal besser auf, wo du deine Sensoren hineinsteckst«, rügte Threepio seinen Begleiter. »Du hättest dir dein ganzes Inneres versengen können.« Er starrte die Fassung an. »Das ist ein Stromauslaß, Dummkopf, kein Informations-Terminal.«

Artoo schrillte klagend eine Selbstbemitleidung. Gemeinsam suchten sie nach dem richtigen Auslaß.

Luke, Solo, Chewbacca und die Prinzessin erreichten das Ende eines leeren Korridors. Er hörte als Sackgasse an einem großen Fenster mit Blick auf einen Hangar auf. Sie konnten den Frachter unter sich stehen sehen.

Luke zog sein Sprechgerät heraus und schaute sich mit zunehmender Nervosität um, als er hineinsprach: »See Threepio... hörst du mich?«

Es gab eine bedrohliche Pause, dann kam Antwort:

»Ich höre Sie, Sir. Wir mußten den Bereich um das Kommandobüro verlassen.«

»Seid ihr beide in Sicherheit?«

»Im Augenblick ja, wenngleich ich mir auf ein hohes Alter wenig Aussichten einräume. Wir sind im Haupthangar, dem Schiff gegenüber.«

Luke blickte überrascht zum Fenster.

»Ich kann euch nicht sehen – wir müssen genau über euch sein. Wartet. Wir kommen zu euch, sobald wir können.« Er schaltete ab und lächelte plötzlich über Threepios Hinweis auf sein ›hohes Alter‹. Manchmal war der große Android menschlicher als die Leute.

»Möchte wissen, ob es dem Alten gelungen ist, die Schleppstrahlquelle abzuschalten«, murmelte Solo, während er die Szenerie unter sich betrachtete. Zehn, zwölf Soldaten gingen im Frachter aus und ein. »In das Schiff zurückzukommen, wird ungefähr so sein, als durchfliege man die fünf Feuerringe von Fornax.«

Leia Organa drehte den Kopf und warf Solo einen überraschten Blick zu.

»Mit diesem Wrack seid ihr hergekommen? Ihr seid mutiger, als ich dachte.«

Solo, gleichzeitig gelobt und beleidigt, wußte nicht recht, wie er reagieren sollte. Er begnügte sich damit, ihr einen erbosten Blick zuzuwerfen, als sie durch den Korridor zurückgingen, mit Chewbacca als Nachhut.

Sie bogen um eine Ecke, und die drei Menschen blieben wie angewurzelt stehen, ebenso wie die zwanzig Soldaten, die auf sie zumarschiert waren. Solo reagierte ganz natürlich – also, ohne zu überlegen – riß die Pistole heraus und griff den Trupp an, in mehreren Sprachen brüllend und heulend, was seine Lunge hergab.

Erschrocken durch die völlig unerwartete Attacke, und in der fälschlichen Annahme, der Angreifer wisse, was er tue, wichen die Soldaten zurück. Mehrere wilde Schüsse aus der Pistole des Corellaners riefen eine totale Panik hervor. Die Soldaten verloren Zusammenhalt und Fassung, stürzten auseinander und rasten durch den Korridor davon.

Trunken von seinem eigenen Mut, setzte Solo die Verfolgung fort und drehte nur den Kopf, um Luke zuzurufen: »Lauft zum Schiff! Um die da kümmere ich mich!«

»Sind Sie übergeschnappt?« brüllte Luke. »Wohin wollen

Sie?«

Aber Solo war schon um eine Biegung gestürmt.

Beunruhigt vom Verschwinden seines Partners, stieß Chewbacca ein röhrendes, unsicheres Heulen aus und hetzte ihm nach. Leia und Luke standen allein im leeren Korridor.

»Vielleicht war ich zu streng zu Ihrem Freund«, erklärte sie widerstrebend. »Mutig ist er ganz gewiß.«

»Ein Idiot ist er ganz gewiß!« sagte Luke wütend. »Ich weiß nicht, was es uns nützen soll, wenn er umgebracht wird.«

Alarmgeschrill ertönte plötzlich hinter und unter ihnen.

»Jetzt ist es passiert«, knurrte Luke unwirsch. »Gehen wir.« Gemeinsam machten sie sich auf die Suche nach einem Weg zum Hangar-Deck.

Solo setzte seinen Ansturm gegen alles Feindliche fort, lief, so schnell er konnte, durch den langen Gang, brüllte und schwenkte seine Pistole. Ab und zu feuerte er einen Schuß ab, dessen Wirkung eher psychologischer als materieller Natur war.

Die Hälfte der Soldaten hatte sich schon in verschiedene Nebentunnels und Korridore verstreut. Die zehn Gegner, denen er auf den Fersen war, rannten immer noch Hals über Kopf vor ihm davon und erwiderten sein Feuer nur sporadisch. Dann liefen sie in eine Sackgasse und sahen sich gezwungen umzukehren und sich zum Kampf zu stellen.

Solo sah, daß die zehn Soldaten angehalten hatten, und verlangsamte auch seine Schritte, bis er endlich stehenblieb. Der Corellaner und die Soldaten starrten einander stumm an. Mehrere Gegner glotzten nicht Han an, sondern sahen an ihm vorbei.

Solo fiel plötzlich ein, daß er ganz allein war, und der gleiche Gedanke kam auch den Soldaten, denen er gegenüberstand. Gewehre und Pistolen wurden emporgerissen. Solo trat einen Schritt zurück, feuerte einen Schuß ab und machte kehrt, um wie ein Wahnsinniger davonzustürzen.

Chewbacca hörte das Pfeifen und Wummern von feuernden Energiewaffen, als er leichtfüßig durch den Korridor stürmte. Die Geräusche hatten aber etwas Merkwürdiges an sich: sie hörten sich an, als kämen sie näher, statt sich zu entfernen.

Er überlegte, was er tun sollte, als Solo um eine Ecke gerannt kam und ihn beinahe niederrannte. Der Wookie sah zehn Soldaten auf Solos Fersen und beschloß, seine Fragen auf einen günstigeren Augenblick zu verschieben. Er wandte sich auch zur Flucht und hetzte hinter Solo her.

Luke packte die Prinzessin und zog sie in eine Nische. Sie wollte sich gerade umdrehen und ihn anherrschen, als sie Marschtritt hörte und sich tiefer in die Nische preßte.

Eine Abteilung Soldaten kam vorbei, auf den Alarm reagierend, der noch immer gleichmäßig schrillte. Luke schaute den Soldaten nach und versuchte wieder zu Atem zu kommen.

»Unsere einzige Hoffnung, das Schiff zu erreichen, liegt darin, es von der anderen Hangarseite aus zu versuchen. Die wissen schon, daß hier jemand ist.« Luke ging durch den Korridor zurück und winkte Leia.

Zwei Wachen tauchten am anderen Ende des Ganges auf, blieben stehen und zeigten auf sie. Luke und Leia wirbelten herum und liefen den Weg zurück, den sie gekommen waren. Ein größerer Trupp lief um die Biegung am jenseitigen Ende und stürmte auf sie zu.

Vorne und hinten blockiert, suchten sie verzweifelt nach einem anderen Fluchtweg. Dann entdeckte Leia den engen Nebentunnel und machte Luke darauf aufmerksam.

Luke feuerte auf jene Verfolger, die ihnen am nächsten waren, und hetzte mit ihr in den schmalen Gang. Hinter ihnen ertönte das Geschrei der Verfolger ohrenbetäubend laut in der engen Passage. Aber wenigstens verringerten sich dadurch auch die Möglichkeiten der Soldaten, ihr Feuer auf sie zu konzentrieren.

Eine massive offene Lukentür tauchte vor ihnen auf. Das Licht dahinter war merklich dunkler, und Lukes Hoffnungen stiegen. Wenn sie die Luke nur kurz schließen und sich dahinter irgendwo verbergen konnten, mochten sie Aussicht haben, ihre ärgsten Verfolger abzuschütteln.

Aber die Luke blieb offen und zeigte keine Neigung, sich automatisch zu schließen. Luke wollte gerade einen Fluch ausstoßen, als er plötzlich unter den Zehen keinen Boden mehr spürte.

Er ruderte verzweifelt, um sein Gleichgewicht wiederzufinden, und erreichte das gerade in dem Augenblick, in dem die Prinzessin von hinten auf ihn prallte, ihn dadurch noch einmal in höchste Gefahr bringend.

Der Laufgang war nämlich nur noch ein abgehacktes Stück, das in die leere Luft ragte. Ein kalter Luftzug wehte Luke ins Gesicht, als er Wände betrachtete, die über ihm zu unsichtbaren Höhen aufragten und unter ihm in unergründliche Tiefen abstürzten. Der Service-Schacht diente dazu, die Luft in der Station umzuwälzen und zu erneuern.

Im Augenblick war Luke zu verängstigt und besorgt, um auf die Prinzessin zornig zu sein, die sie beide beinahe in den Abgrund hinabgestürzt hätte. Außerdem hatte er auch noch auf andere Gefahren zu achten. Ein Energiestrahl explodierte über ihren Köpfen, Metallsplitter fegten herum.

»Ich glaube, wir haben die falsche Abzweigung genommen«, murmelte er, erwiderte das Feuer der näherrückenden Soldaten und erhellte den engen Korridor hinter ihnen mit den Flammen der Zerstörung.

Auf der anderen Seite des Abgrunds zeigte sich eine offene Luke. Diese hätte aber ebenso gut ein Lichtjahr entfernt sein können. Leia suchte am Rand der Türöffnung und entdeckte eine Taste, die sie hastig drückte. Die Lukentür hinter ihnen schloß sich mit dröhnendem Krachen. Wenigstens schützte sie das nun vor dem Feuer der nachrückenden Soldaten. Dafür balancierten die beiden Flüchtlinge aber gefährlich auf einem kleinen Stück Laufgang, das ihnen nur noch geblieben und kaum einen Quadratmeter groß war. Wenn der kümmerliche Rest sich unerwartet auch noch in die Wand zurückziehen sollte, würden sie vom Inneren der Kampfstation mehr zu sehen bekommen, als ihnen lieb war.

Luke bedeutete der Prinzessin, so weit wie möglich zur Seite zu treten, und richtete die Pistole auf die Lukensteuerung. Ein kurzer Energiestoß ließ die Steuerung mit der Wand verschmelzen und sorgte dafür, daß die Tür von der anderen Seite her nicht so einfach geöffnet werden konnte. Dann wandte Luke seine Aufmerksamkeit dem gewaltigen Abgrund zu, der ihren Weg zum Zugang gegenüber blockierte. Die Öffnung winkte einladend – ein kleines, gelbes Rechteck der Freiheit.

Nur das leise Rauschen der Luft unter ihnen war hörbar, bis Luke meinte: »Das ist zwar eine Abschirmtür, aber lange wird sie die Kerle nicht aufhalten.«

»Wir müssen auf irgendeine Weise hinüber«, sagte Leia und untersuchte die Metallkante um die geschlossene Tür von neuem. »Suchen Sie die Steuerung für das Ausfahren der Brücke.«

Verzweifeltes Nachforschen erbrachte aber nichts, und hinter der verriegelten Tür war ein bedrohliches Hämmern und Zischen zu hören. Ein kleiner weißer Punkt tauchte in der Mitte der Metallfläche auf, dehnte sich aus und begann zu rauchen.

»Sie kommen durch!« stöhnte Luke.

Die Prinzessin drehte sich vorsichtig um und starrte über den Abgrund.

»Das muß eine Einzelbrücke sein, mit der Steuerung nur auf der anderen Seite.«

Luke griff hinauf zu der Stelle am Türblatt, wo sich die unerreichbare Steuerung befand, als seine Hand sich in einem Gegenstand an seinem Gürtel verfing. Ein frustrierter Blick nach unten zeigte die Ursache – und löste so etwas wie praktische Verrücktheit aus.

Das in enge Windungen zusammengelegte Kabel war dünn und sah zerbrechlich aus, aber es war eine Allzweckleine, wie sie vom Militär benützt wurde, und sie hätte sogar Chewbaccas Gewicht leicht getragen. Leia und ihn selbst mußte sie spielend tragen können. Er zog das Kabel aus der Gürtelklemme, schätzte die Länge ab und verglich sie mit der Breite des Abgrunds. Sie reichte ohne weiteres hinüber.

»Was nun?« fragte die Prinzessin neugierig.

Luke antwortete nicht. Statt dessen zog er ein kleines, aber schweres Energiegerät aus dem Traggürtel seiner Panzerung und knotete ein Ende des Kabels daran fest. Er vergewisserte sich, daß die Befestigung standhielt und trat so nahe an den Rand ihres unsicheren Standplatzes heran, wie es ging.

Er wirbelte das beschwerte Ende in immer größer werdenden Kreisen herum und ließ es über den Abgrund fliegen. Es traf einen Vorsprung zylindrischer Leitungen auf der anderen Seite und fiel hinunter. Mit erzwungener Geduld holte er die lockere Leine wieder ein und spulte sie zum erneuten Versuch auf.

Abermals kreiste das beschwerte Ende in immer weiteren Spiralen, wieder schleuderte er es über den Schlund hinüber. Inzwischen konnte er die zunehmende Hitze schon hinter sich spüren, die Hitze von der schmelzenden Tür.

Diesmal wickelte sich das schwere Ende um oben herausragende Rohre, schlang sich mehrmals herum und rutschte, mit der Batterie voraus, in einen Spalt dazwischen. Er beugte sich zurück, zerrte und riß an dem Kabel, versuchte sein ganzes Gewicht daran zu hängen. Das Kabel zeigte keine Neigung zu reißen.

Er wickelte sich das andere Ende mehrmals um die Hüften und den rechten Arm, streckte die Hand aus und zog die Prinzessin an sich heran. Die Lukentür hinter ihnen war inzwischen weißglühend geworden, und flüssiges Metall rann an den Seiten herunter.

Etwas Warmes, Weiches berührte Lukes Lippen und jagte einen Stromstoß durch alle seine Nerven. Er blickte schockiert auf die Prinzessin hinunter und spürte, wie sein Mund von dem Kuß noch immer prickelte.

»Nur als Glücksbringer«, murmelte sie mit einem schwachen, beinahe verlegenen Lächeln, als sie die Arme um ihn legte. »Wir werden Glück brauchen.«

Luke packte das dünne Kabel mit der linken Hand so fest er konnte, legte die rechte darüber, atmete tief ein und sprang hinaus ins Leere. Wenn er den Bogen ihrer Schwingung falsch berechnet hatte, würden sie die offene Luke verfehlen und an die Metallwand links oder rechts daneben oder darunter prallen. Wenn das passierte, bezweifelte er, die Leine festhalten zu können.

Der Flug, bei dem ihm das Herz stehenblieb, dauerte weniger lang, als er erwartet hatte. Einen Augenblick später befand Luke sich auf der anderen Seite und kroch hastig auf den Knien vorwärts, um dafür zu sorgen, daß sie nicht in den Abgrund zurückstürzten. Leia ließ ihn genau im richtigen Augenblick los, rollte vorwärts in den offenen Eingang und sprang gewandt auf, während Luke sich bemühte, von dem Kabel freizukommen.

Aus einem fernen Heulen wurde ein lautes Zischen, dann ein hallendes Ächzen, als die Tür auf der anderen Seite nachgab. Sie fiel nach innen und stürzte in die Tiefe hinunter.

Ein paar Blitze trafen die Wand nebenan. Luke richtete seine Waffe auf die erfolglosen Soldaten und erwiderte das Feuer, während Leia ihn in den Korridor hineinzog.

Hinter der Tür drückte er sofort auf die Schließtaste, und die Tür klappte zu. Es würden ihnen wenigstens einige Minuten bleiben, in denen sie nicht befürchten mußten, von hinten getroffen zu werden.

Solo und seinem Wookie-Partner war es gelungen, einen Teil ihrer Verfolger abzuschütteln, aber es hatte den Anschein, daß stets neue Soldaten auftauchten, wenn sie anderen entkommen waren. Es gab keinen Zweifel mehr: alles in der Station suchte sie.

Vor ihnen schloß sich eine Reihe von Abschirmtüren.

»Schnell, Chewie!« drängte Solo.

Chewbacca brummte etwas und schnaufte wie ein überforderter Motor. Trotz seiner ungeheuren Stärke war der Wookie für lange Sprints nicht gebaut. Nur seine Riesenschritte hatten es ihm ermöglicht, auf gleicher Höhe mit dem agilen Corellaner zu bleiben. Chewbacca ließ in einer der Türen eine Handvoll Haare zurück, aber sie schlüpften beide hinein, bevor die fünf Platten zuklappten.

»Das müßte sie eine Weile aufhalten«, rief Solo triumphierend. Der Wookie blickte pessimistisch, aber sein Partner strahlte geradezu vor Zuversicht und behauptete:

»Natürlich kann ich das Schiff von hier aus finden – Corellaner verirren sich nicht!« Der Wookie knurrte ein wenig anklagend. Solo zuckte die Achseln. »Tocneppil zählt nicht; er war kein Corellaner. Außerdem war ich betrunken.«

Ben Kenobi duckte sich in die Schatten eines engen Tunnels und schien mit der Metallwand zu verschmelzen, als ein großer

Trupp Soldaten an ihm vorbeistürmte. Er verharrte einen Augenblick, um sich zu vergewissern, daß alle vorbeigeeilt waren, dann huschte er durch den Korridor. Er bemerkte die schwarze Silhouette nicht, die weit hinter ihm das Licht verdeckte.

Kenobi war einer Patrouille nach der anderen ausgewichen, auf dem Rückweg zu der Dockbucht mit dem Frachter. Noch zwei Biegungen, und er mußte am Hangar sein. Was er dann tun würde, hing davon ab, wie es um seine Schutzbefohlenen stand.

Daß Luke, der abenteuerlustige Corellaner und sein Partner etwas anderes getan haben könnten, als still vor sich hinzudösen, argwöhnte er schon wegen der starken Aktivitäten, die er hatte beobachten müssen, während er den Rückweg vom Energiegraben angetreten hatte. Diese vielen Einheiten waren sicherlich nicht alle unterwegs gewesen, nur um ihn zu jagen!

Ben spürte vor sich etwas und schlich langsamer weiter. Dieses Etwas wirkte halb vertraut, wie eine geistige Aura, über deren Ursprung er sich nicht ganz im klaren war.

Dann trat die Gestalt vor ihm heraus und blockierte den Zugang zum Hangar, der keine fünf Meter entfernt war. Umriß und Größe der Gestalt entzogen dem Rätsel den Boden. Es war die Reife des Geistes, von Kenobi wahrgenommen, die ihn zunächst beirrt hatte. Seine Hand legte sich wie von selbst auf den Knauf seines abgeschalteten Säbels.

»Ich habe lange gewartet, Obi-wan Kenobi«, erklärte Darth Vader mit feierlicher Stimme. »Endlich begegnen wir uns wieder. Der Kreis ist geschlossen.« Kenobi spürte hinter der grausigen Maske Befriedigung. »Die Präsenz, die ich vor kurzem gespürt habe, konnten nur Sie gewesen sein.«

Kenobi betrachtete die Riesengestalt, die ihm den Weg versperrte, und nickte langsam. Er machte den Eindruck, eher neugierig als beeindruckt zu sein.

»Du hast immer noch viel zu lernen.«

»Sie sind einmal mein Lehrer gewesen«, gab Vader zu, »und ich habe viel von Ihnen gelernt. Aber die Zeit des Lernens ist längst vorbei, und jetzt bin ich der Meister.«

Die Logik, die das fehlende Bindeglied in seinem überaus begabten Schüler darstellte, hatte sich immer noch nicht eingestellt. Mit Vernunft war hier nichts auszurichten, das wußte Kenobi. Er entzündete seinen Lichtsäbel und nahm die Haltung des Kampfbereiten ein. Die Bewegung erfolgte mit der Leichtigkeit und Eleganz eines Tänzers.

Vader ahmte sie nach, aber eher ungeschickt. Es folgten einige Minuten ohne jede Bewegung, und die beiden Männer starrten einander unverwandt an, so, als warteten sie auf das richtige, noch unausgesprochene Signal.

Kenobi zuckte kurz mit den Lidern, schüttelte den Kopf und versuchte, blanke Augen zu bekommen, da sie ihm ein wenig zu tränen begonnen hatten. Auf seiner Stirn bildete sich Schweiß, und seine Lider zuckten wieder.

»Ihre Kräfte sind schwach«, stellte Vader ausdruckslos fest. »Alter Mann, Sie hätten nie zurückkommen sollen. Ihr Ende wird dadurch weniger friedlich sein, als Sie es sich vielleicht gewünscht haben.«

»Du spürst nur einen Teil der Kraft, Darth«, murmelte Kenobi mit der Sicherheit eines Menschen, für den der Tod nur eine Empfindung mehr ist, wie der Schlaf, die Liebe oder die Berührung einer Kerze. »Nach wie vor erkennst du ihre Wirklichkeit so wenig, wie ein Utensil den Geschmack von Nahrung wahrnimmt.«

Mit einer Bewegung von unfaßbarer Schnelligkeit für jemanden, der so alt war, stieß Kenobi auf die riesige Gestalt zu. Vader parierte aber den Strahl mit gleicher Geschwindigkeit und führte einen Nachstoß, den Kenobi kaum abzufangen vermochte. Wieder ein Parieren, und Kenobi konterte erneut und nützte die Gelegenheit, um den Schwarzen Lord herumzuhuschen.

Sie tauschten Hiebe aus, während der alte Mann immer weiter in Richtung Hangar zurückwich. Einmal, als die beiden Lichtsäbel ineinander verkeilt waren, erzeugte die Wechselwirkung der beiden Energiefelder ein heftiges Funken und Blitzen. Aus den überlasteten Energiegeräten ertönte ein leises Summen, als jeder der Säbel sich anstrengte, den anderen zu überwinden.

Threepio schob den Kopf um den Eingang zur Dockbucht und

zählte besorgt die Anzahl der Soldaten, die sich um den verlassenen Frachter drängten.

»Wo können sie sein? Oh, oh.« Er zuckte gerade rechtzeitig zurück, als einer der Wachtposten in seine Richtung sah. Ein zweiter, vorsichtigerer Spähversuch erbrachte mehr. Der Roboter beobachtete, daß Han Solo und Chewbacca sich auf der anderen Seite des Hangars an die Wand eines Tunnels preßten.

Solo war ebenso betroffen, als er sah, wie viele Wächter es waren.

»Sind wir von der Party nicht gerade weggegangen?« murmelte er.

Chewbacca grunzte, und die beiden drehten sich um, atmeten aber auf und ließen ihre Waffen sinken, als sie Luke und die Prinzessin erblickten.

»Was hat euch aufgehalten?« spöttelte Solo ohne jedes Lächeln.

»Wir sind auf ein paar alte Freunde gestoßen«, erklärte Leia keuchend.

Luke starrte zum Frachter hinüber.

»Ist das Schiff in Ordnung?«

»Scheint so«, erwiderte Solo. »Es sieht nicht aus, als hätten sie irgend etwas entfernt oder sich am Antrieb zu schaffen gemacht. Das Problem wird sein, hinzukommen.«

Leia deutete plötzlich auf einen der Tunnels gegenüber.

»Da, seht!«

Beleuchtet von Flammen zusammenprallender Energiefelder näherten sich Ben Kenobi und Darth Vader langsam dem Hangar. Der Kampf erregte allgemeine Aufmerksamkeit. Sämtliche Soldaten drängten heran, um die Auseinandersetzung der Olympier besser verfolgen zu können.

»Jetzt kommt unsere Chance«, sagte Solo und trat vor.

Alle sieben Soldaten, die das Schiff bewachten, setzten sich in Bewegung und liefen auf die beiden Kämpfer zu, entschlossen, notfalls dem Schwarzen Lord beizustehen. Threepio zuckte gerade noch rechtzeitig zurück, als sie an ihm vorbeistürmten. Er drückte sich in die Nische und herrschte seinen Begleiter an: »Zieh den Arm raus, Artoo! Wir gehen!« Nachdem das Artoo-

Gerät den Sensorarm aus der Manschette gezogen hatte, schoben die beiden Roboter sich langsam hinaus in die offene Bucht.

Kenobi hörte den nahenden Lärm und warf kurz einen Blick in den Hangar. Der Trupp, der auf ihn zustürmte, zeigte ihm deutlich, daß er in der Falle saß.

Vader nutzte den kurzen Moment sofort, um seinen Säbel heruntersausen zu lassen. Kenobi gelang es aber auf irgendeine Weise, den Hieb abzulenken, gleichzeitig parierend und sich im Kreis drehend.

»Ihre Geschicklichkeit besitzen Sie noch, aber Ihre Kraft läßt nach. Bereiten Sie sich darauf vor, der Kraft zu begegnen, Obiwan.«

Kenobi schätzte die Entfernung zwischen den heranhetzenden Soldaten und sich ab, dann sah er Vader mitleidig an.

»Das ist ein Kampf, den du nicht gewinnen kannst, Darth. Deine Macht ist reifer geworden seit meinem Unterricht, aber auch ich habe viel dazugelernt, seitdem wir uns getrennt haben. Wenn meine Klinge ihr Ziel findet, wirst du aufhören zu existieren. Aber wenn du mich triffst, werde ich nur um so mächtiger. Denk an meine Worte.«

»Ihre Philosophien verwirren mich nicht mehr, Obi-wan«, knurrte Vader verächtlich. »Jetzt bin ich der Meister.« Wieder sprang er vor und fintierte, dann ließ er den Säbel in einem tödlichen Bogen hinuntersausen. Er traf und zerschnitt den alten Mann säuberlich in zwei Hälften. Es gab ein kurzes Aufblitzen, als Kenobis Mantel in zwei Hälften auf das Deck flatterte.

Aber Kenobi befand sich nicht in ihm. Mißtrauisch gegenüber trickreichen Finten, stocherte Vader mit dem Säbel in den leeren Gewandhälften herum. Von dem alten Mann war keine Spur zu sehen. Er war verschwunden, als habe es ihn nie gegeben.

Die Soldaten kamen langsamer heran und suchten gemeinsam mit Vader die Stelle ab, wo Kenobi Sekunden zuvor noch gestanden hatte. Einige flüsterten miteinander, und es gab Anzeichen, daß manchen fröstelte.

Als die Soldaten herumgefahren und zum gegenüberliegenden Tunnel gestürzt waren, machten Solo und die anderen sich sofort

auf den Weg zum Sternschiff – bis Luke sah, wie Kenobi in der Mitte zerteilt wurde. Augenblicklich änderte er die Richtung und lief auf die Soldaten zu.

»Ben!« kreischte er und feuerte blindlings auf die Truppen. Solo fluchte, drehte sich aber auch herum und schoß, um Luke zu unterstützen.

Einer der Energieblitze traf den Auslöser der Tunnel-Sprengtür. Da die Notverankerung brach, explodierte die schwere Tür förmlich. Die Soldaten und Vader sprangen zur Seite – die Wachen in die Bucht, Vader zurück, auf die andere Seite der Tür.

Solo hatte gewendet und war auf den Eingang zum Schiff zugeeilt, aber er blieb stehen, als er Luke auf die Soldaten zustürzen sah.

»Es ist zu spät!« schrie Leia. »Es ist vorbei!«

»Nein!« brüllte Luke, halb schluchzend.

Eine vertraute und doch veränderte Stimme hallte in seinem Ohr... Bens Stimme.

»Luke – hören Sie zu!« war alles, was sie sagte.

Verwirrt drehte Luke sich herum, auf der Suche nach dem Ursprung dieser Ermahnung. Er sah nur Leia, die ihm winkte, als sie Artoo und Threepio die Rampe hinauf folgte.

»Kommen Sie! Es bleibt keine Zeit mehr!«

Zögernd, noch immer mit der Stimme, die er sich einbildete, beschäftigt – bildete er sie sich ein? – zielte Luke und schoß noch ein paar Soldaten nieder, bevor er herumwirbelte und sich in den Frachter zurückzog.

11

Betäubt wankte Luke durch das Schiff nach vorn. Er nahm das Fauchen der Energieblitze kaum wahr, die zu schwach waren, um die Ablenkschirme des Schiffes zu durchdringen, und harmlos davor explodierten. Seine eigene Sicherheit bedeutete ihm im Augenblick sehr wenig. Mit verschleierten Augen starrte er vor sich hin, als Chewbacca und Solo sich über die Steuerkonsolen beugten.

»Ich hoffe, daß es dem alten Mann gelungen ist, den Schleppstrahl abzuschalten«, sagte der Corellaner, »sonst wird das ein sehr kurzer Flug.«

Luke beachtete ihn nicht, ging zurück in den Frachtraum, sank in einen Sessel und bedeckte das Gesicht mit den Händen. Leia Organa sah ihn eine Weile still an, dann zog sie den Umhang aus, trat zu ihm und legte ihn ihm um die Schultern.

»Sie hätten nichts tun können«, flüsterte sie tröstend. »Es war zu schnell vorbei.«

»Ich kann nicht glauben, daß er tot ist«, erwiderte Luke kaum vernehmbar. »Ich kann nicht.«

Solo rückte an einem Hebel und starrte nervös nach vorn. Die massiven Hangartore waren dafür konstruiert, sich bei Annäherung jedes Raumfahrzeugs zu öffnen. Diese Sicherheitseinrichtung diente jetzt dazu, ihre Flucht zu ermöglichen, als der Frachter durch die Öffnung hinausglitt in den Weltraum.

»Nichts«, sagte Solo seufzend und las mehrere Instrumente mit tiefer Befriedigung ab. »Kein Erg von Anziehungskraft zu spüren. Er hat es wirklich geschafft.«

Chewbacca brummte etwas, und der Pilot richtete seine Aufmerksamkeit auf andere Geräte.

»Richtig, Chewie. Ich habe vorübergehend vergessen, daß es noch andere Methoden gibt, uns zur Umkehr zu zwingen.« Seine Zähne blitzten, als er entschlossen grinste. »Aber die einzige Art, wie sie uns in dieses wandernde Grabgewölbe zurückbekommen, ist: in Stücken. – Übernimm, Chewie.« Er fuhr herum und lief hinaus. »Kommen Sie mit«, rief er Luke zu, als er den Frachtraum erreichte. »Wir haben es noch nicht hinter uns.«

Luke antwortete nicht, rührte sich nicht, und Leia sah Solo zornig an.

»Lassen Sie ihn in Ruhe! Können Sie nicht sehen, was ihm der alte Mann bedeutet hat?«

Eine Explosion erschütterte das Schiff und warf Solo beinahe zu Boden.

»Na und? Der alte Mann hat sich geopfert, damit wir entkommen können. Wollen Sie darauf verzichten, Luke? Wollen Sie, daß Kenobi sich umsonst geopfert hat?«

Luke hob den Kopf und starrte den Corellaner blind an. Nein, nicht ganz blind... Da funkelte etwas zu Altes und Gefährliches in seinen Augen. Wortlos warf er den Umhang ab und ging auf Solo zu.

Solo lächelte ihn aufmunternd an und zeigte auf einen schmalen Korridor. Luke blickte in die angegebene Richtung, lächelte grimmig und stürzte hinein, während Solo in die andere Richtung lief.

Luke fand sich in einer großen, rotierenden Rundkanzel, die aus dem Schiff herausragte. Ein langes, bedrohlich aussehendes Rohr, dessen Zweck klar ersichtlich war, ragte aus dem Scheitelpunkt der durchsichtigen Halbkugel. Luke ließ sich auf dem Sitz nieder und warf hastige Blicke auf die Bedienungskonsole. Hier einschalten, dort der Abzug... Er hatte mit solchen Waffen schon tausendmal Feuergefechte bestanden – in seinen Träumen.

Vorne suchten Chewbacca und Leia die fleckige Grube draußen nach den angreifenden Jägern ab, die sich auf verschiedenen Bildschirmen als Feuerpünktchen näherten. Chewbacca knurrte plötzlich kehlig und riß gleichzeitig an mehreren Hebeln, während Leia aufschrie:

»Da kommen sie!«

Das Feld der Sterne wirbelte um Luke, als ein Spurjäger des Imperiums auf ihn zuschoß und dann über seinem Kopf davonraste und verschwand. Der Jägerpilot zog die Brauen zusammen in seinem winzigen Cockpit, als der vermeintlich hilflose Frachter außer Reichweite fegte. Er betätigte seine Steuerung und schwang sich in weitem Bogen hoch, um das fliehende Schiff erneut abzufangen.

Solo feuerte auf einen anderen Jäger, dessen Pilot den Motor beinahe aus der Verankerung riß, als er verzweifelt versuchte, den mächtigen Energieblitzen auszuweichen. Dabei führten ihn seine wilden Manöver unter dem Frachter hindurch und auf der anderen Seite wieder herauf. Während er noch den Blendungsschirm über die Augen zog, eröffnete Luke das Feuer auf ihn.

Chewbacca achtete abwechselnd auf die Instrumente und die

Peilschirme, während Leia sich anstrengte, ferne Sterne von nahen Killern zu unterscheiden.

Zwei Jäger setzten gleichzeitig zum Sturzflug auf den wirbelnden, in Spiralen taumelnden Frachter an und versuchten ihre Waffen auf das unerwartet so manövrierfähige Schiff zu richten. Solo feuerte auf die herabstürzenden Kugeln, und Luke fiel eine Sekunde danach mit seiner Waffe ein. Die beiden Jäger beschossen das Sternschiff und rasten vorbei.

»Sie kommen zu schnell heran!« brüllte Luke in sein Sprechgerät.

Ein anderer feindlicher Energieblitz traf den Frachter vorne und wurde gerade noch von den Ablenkschirmen abgefangen. Das Cockpit bebte heftig, und Instrumente heulten protestierend auf über die Menge an Energie, die sie messen und ausgleichen sollten.

Chewbacca murrte etwas, und Leia murmelte leise eine Antwort, so, als könne sie ihn fast verstehen.

Ein anderer Raumjäger feuerte Salven auf den Frachter ab, und diesmal durchdrang ein Blitz den überlasteten Ablenkschirm und traf den Rumpf des Schiffes. Wenngleich teilweise abgelenkt, verfügte er noch über genügend Wucht, um im Hauptgang eine große Steuertafel wegzusprengen, so daß ein Regen von Funken und Rauch sich in alle Richtungen ergoß. Artoo Detoo ging unbeirrt auf das kleine Inferno zu, als das Schiff seitwärts kippte und den weniger stabilen Threepio in einen Schrank voller Chip-Schaltungen warf.

Im Cockpit blinkte ein Warnlicht. Chewbacca knurrte Leia etwas zu, die ihn sorgenvoll anblickte und sich wünschte, die Wookie-Sprache zu verstehen.

Dann stieß ein Raumjäger auf den beschädigten Frachter herab, genau in Lukes Fadenkreuz. Mit Lippen, die sich lautlos bewegten, feuerte Luke. Das unglaublich wendige kleine Raumfahrzeug hetzte davon, aber als es unten vorbeikam, verfolgte Solo es auf der Stelle und sandte eine Feuerspur hinterher. Schlagartig explodierte der Raumjäger in einem unglaublich grellen, vielfarbigen Blitz und schleuderte Myriaden Teilchen überhitzten Metalls in alle Richtungen des Kosmos.

Solo fuhr herum und winkte Luke triumphierend zu, der freudig zurückwinkte. Dann beugten sie sich wieder über ihre Waffen, als der nächste Jäger über den Frachterrumpf hinwegsauste und auf die Sendeantenne feuerte.

In der Mitte des Hauptgangs loderten wütende Flammen um eine kurzbeinige, zylindrische Gestalt. Aus Artoo Detoos Kopf sprühte ein dünnes, weißes Pulverspray. Das Feuer zuckte überall zurück, wo es vom Sprühregen getroffen wurde.

Luke versuchte sich zu entspannen, hatte aber keine Zeit dazu. Automatisch, fast ohne es wahrzunehmen, schoß er auf einen abfliegenden Raumjäger. Er traf und sah vor der Kanzel die flammenden Bruchstücke des gegnerischen Raumfahrzeugs eine Lichtkugel bilden.

Leia achtete im Cockpit genau auf die verschiedenen Instrumente und suchte dazwischen den Himmel nach weiteren Schiffen ab. Sie sprach in ein nahes Mikrofon:

»Es sind noch zwei davon draußen. Die Seitenmonitoren und den Ablenkschirm steuerbord scheinen wir verloren zu haben.«

»Keine Sorge«, sagte Solo, so hoffnungsvoll wie zuversichtlich, »das Schiff hält sich.« Er starrte die Rumpffinnenwand flehend an. »Hörst du, Schiff? Reiß dich ja zusammen! Chewie, versuch, sie auf Backbordseite zu halten! Wenn wir –« Er mußte abbrechen, als ein Spurjäger aus dem Nichts aufzutauchen schien und Energiestrahlen dem Piloten entgegenfauchten. Auf der anderen Seite des Frachters tauchte der Begleitjäger auf, und Luke feuerte unablässig, nicht achtend der ungeheuren Energie, die ihm zugeschleudert wurde. Im letztmöglichen Augenblick, bevor der Jäger außer Reichweite gelangen konnte, drehte Luke die Mündung der Waffe minimal und zog den Abzug durch. Der Raumjäger verwandelte sich in eine blitzschnell anschwellende Kugelwolke aus leuchtendem Staub. Der andere Jäger schien die verminderten Aussichten zu bedenken, drehte ab und floh mit Höchstgeschwindigkeit.

»Wir haben es geschafft!« rief Leia, drehte sich um und umarmte den verblüfften Wookie. Er knurrte sie an – ganz leise.

Darth Vader trat in den Kontrollraum, wo Gouverneur Tarkin

auf einen riesigen, grell leuchtenden Bildschirm starrte. Er zeigte ein Sternenmeer, aber es war nicht der großartige Anblick, der den Gouverneur im Augenblick beschäftigte. Er schaute sich kaum um, als Vader hereinkam.

»Sind sie entkommen?« fragte der Schwarze Lord.

»Sie haben den Sprung in den Hyperraum eben hinter sich gebracht. Zweifellos gratulieren sie sich gerade in diesem Moment zu ihrem Erfolg.« Tarkin drehte sich nach Vader um, mit einem warnenden Unterton in der Stimme. »Ich gehe auf Ihr Drängen hin ein enormes Risiko ein, Vader. Ich hoffe nur, daß das wirklich von Erfolg gekrönt ist. Sind Sie sicher, daß der Peilstrahl an Bord ihres Schiffes funktioniert?«

Vader strahlte hinter der spiegelnden schwarzen Maske Zuversicht aus.

»Keine Sorge. Dieser Tag wird uns noch lange in Erinnerung bleiben. Er war schon Zeuge der endgültigen Auslöschung der Jedi. Bald wird er auch das Ende der Allianz und der Rebellion sehen.«

Solo tauschte den Platz mit Chewbacca; der Wookie war froh, den Platz an der Steuerkonsole aufgeben zu dürfen. Als der Corellaner das Ausmaß der Schäden überprüfen wollte, kam Leia mit entschlossener Miene an ihm vorbei.

»Was meinen Sie, Mädchen?« sagte Solo selbstsicher. »Nicht schlecht, diese Rettung. Wissen Sie, manchmal setze ich mich selbst in Erstaunen.«

»Gut«, antwortete sie lachend. »Aber merken Sie sich, das Entscheidende ist jetzt nicht meine Sicherheit, sondern die Tatsache, daß die Information im R2-Roboter noch intakt ist.«

»Was schleppt der Roboter denn eigentlich so Wichtiges mit sich herum?«

»Die vollständigen technischen Pläne der Kampfstation. Ich hoffe nur, daß man eine Schwachstelle findet, wenn die Daten geprüft werden. Bis dahin, bis die Station selbst vernichtet ist, müssen wir weitermachen. Der Krieg ist noch nicht vorbei.«

»Für mich schon«, widersprach der Pilot. »Ich gehöre nicht zu der Mission für euren Aufstand. Mich interessiert das Wirtschaftliche, nicht die Politik. Geschäfte kann man unter jeder Regierung machen. Deshalb erwarte ich von Ihnen, Prinzessin, auch, gut dafür bezahlt zu werden, daß ich mein Schiff und meine Haut riskiere.«

»Über Ihre Belohnung brauchen Sie sich keine Sorgen zu machen«, versicherte sie ihm und wandte sich ab. »Wenn Geld das ist, was Sie lieben... werden Sie das auch bekommen.« Als sie das Cockpit verließ, sah sie Luke kommen und sagte im Vorbeigehen leise: »Ihr Freund ist wirklich ein Söldner. Ich frage mich, ob er überhaupt ein Ideal kennt.«

Luke blickte ihr nach, bis sie im großen Frachtraum verschwunden war, dann flüsterte er: »Aber ich... ich kenne ein Ideal.« Dann trat er ins Cockpit und setzte sich auf den Sessel, den Chewbacca eben freigegeben hatte.

»Was halten Sie von ihr, Han?«

Solo zögerte keinen Augenblick.

»Ich gebe mir Mühe, nicht über sie nachzudenken.«

Luke hatte eigentlich nicht die Absicht gehabt, seine Reaktion laut werden zu lassen, aber Solo hörte sein gemurmeltes »gut« trotzdem.

»Immerhin«, fuhr Solo fort, »zu ihrer Frechheit hat sie auch eine gehörige Portion Schwung. Ich weiß nicht, halten Sie es für möglich, daß eine Prinzessin und ein Mann wie ich...?«

»Nein«, fiel ihm Luke scharf ins Wort und wandte sich ab.

Solo belächelte die Eifersucht des jungen Mannes, im Innersten unsicher, ob er diese Bemerkung gemacht hatte, um seinen naiven Freund zu hänseln – oder weil er sie gar ernst meinte.

Javin war keine bewohnbare Welt. Der gigantische Gasriese war gemustert mit pastellfarbenen Wolkenformationen in großer Höhe. Hier und dort wurde die sanft leuchtende Atmosphäre verformt von Zyklonstürmen mit Windgeschwindigkeiten um sechshundert Kilometer in der Stunde, die wirbelnde Gase aus der Troposphäre Javins heraufsogen. Es war eine Welt nachklingender Schönheit und schnellen Todes für jeden, der versuchen mochte, ihren vergleichsweise kleinen Kern vereister Flüssigkeit zu durchdringen.

Mehrere der zahlreichen Monde des Riesenplaneten waren jedoch selbst planetengroß, und von diesen konnten drei humanoides Leben tragen. Besonders einladend war der von den Entdeckern des Systems als Nummer Vier bezeichnete Satellit. Er leuchtete im Mondhalsband Javins wie ein Smaragd, reich an pflanzlichem und tierischem Leben. Unter den Welten, die menschliche Besiedlung gestatteten, war er jedoch nicht aufgeführt. Javin lag von den besiedelten Regionen der Galaxis zu weit ab.

Vielleicht war dieser Grund, oder beide, oder eine Kombination von noch unbekannten Ursachen ausschlaggebend für jene Rasse, die sich einmal aus den Urwäldern von Satellit Vier hervorgewagt hatte, nur um still zu verschwinden, lange bevor der erste menschliche Forscher den Fuß auf die kleine Welt gesetzt hatte. Man wußte wenig von dieser Rasse, außer, daß sie eine Anzahl eindrucksvoller Monumente hinterlassen hatte, und daß sie eine der vielen Rassen gewesen war, die zu den Sternen gestrebt, aber zu kurz gegriffen hatte.

Alles, was blieb, waren nun die Hügel und laubumhüllten Klumpen, gebildet von urwaldüberwachsenen Gebäuden. Aber obwohl sie in den Staub zurückgesunken waren, erfüllten ihre Gebilde und ihre Welt weiterhin einen wichtigen Zweck.

Fremdartige Schreie und weithin wahrnehmbare Stöhnlaute tönten von allen Bäumen und Wäldchen; Knurren und Heulen und seltsames Schnarren wurden laut, von Wesen, die sich damit begnügten, im verfilzten Dickicht zu bleiben. So oft die Morgendämmerung über den vierten Mond hereinbrach, einen seiner langen Tage ankündigend, hallte ein wilder Chor von Kreisch- und unheimlich auf- und abschwellenden Brülllauten durch den dichten Nebel.

An einem bestimmten Ort wurden noch sonderbarere Geräusche laut. Hier befand sich das eindrucksvollste der Gebäude, die eine verschwundene Rasse gen Himmel errichtet hatte. Es war ein Tempel, ein Bau in Pyramidenform, so kolossal, daß es undenkbar erschien, er könne ohne die Hilfe moderner gravitonischer Bautechniken errichtet worden sein. Dabei deutete alles nur auf einfache Maschinen hin, auf Hand-Technologie – und vielleicht auf fremdartige, längst verlorengegangene Geräte. Während die Wissenschaft dieser Mondbewohner sie, was den Raumflug anging, in eine Sackgasse geführt hatte, war es ihnen andererseits gelungen, mehrere Entdeckungen zu machen, die in bestimmter Weise ähnliche Leistungen des Imperiums übertrumpften – eine davon betraf eine phantastische Methode, riesige Steinblöcke aus der Mondrinde zu schneiden und zu transportieren.

Aus diesen gigantischen, massiven Felsblöcken war der Tempel erbaut worden. Der Dschungel hatte sogar seine ungeheure Höhe überwuchert und ihn in sattes Braun und Grün gekleidet. Nur unten am Sockel, an der Tempelfassade, öffnete sich der Urwald und zeigte einen langen, dunklen Eingang, geschaffen von den Erbauern, und vergrößert, um die Bedürfnisse der jetzigen Bewohner zu erfüllen.

Eine winzige Maschine, deren glatte Metallwände und silberne Farbe aus dem wuchernden Grün hervorstachen, tauchte im Wald auf. Sie summte wie ein dicker, aufgedunsener Käfer, als sie ihre Passagiere zum offenen Tempelsockel beförderte. Sie überquerte eine gewaltige Lichtung und wurde bald darauf von dem dunklen Schlund in der Fassade des hochragenden Bauwerks verschlungen. Der Dschungel lag wieder wie vorher da, erfüllt vom Gebrüll und Gekreische einer unsichtbaren Fauna.

Die eigentlichen Erbauer hätten das Innere ihres Tempels nicht wiedererkannt. Genietetes Metall hatte das Gestein ersetzt, und gegossene Trennwände ersetzten Holz. Sie hätten auch die in den Felsboden gegrabenen Schichten nicht sehen können, Schichten, die Hangar um Hangar enthielten, verbunden durch leistungsstarke Aufzüge.

Ein Landgleiter kam im Tempel, dessen erste Etage der oberste dieser mit Raumschiffen angefüllten Hangars war, langsam zum Stehen. Der Motor verstummte, als das Fahrzeug auf den Boden herabsank. Eine laute Gruppe von Menschen, die in der Nähe wartete, lief auf das Fahrzeug zu.

Zum Glück stieg Leia Organa schnell aus dem Gleiter, sonst hätte sie der Mann, der ihn als erster erreichte, einfach herausgezogen, so groß war seine Freude über ihren Anblick. Sie mußte sich aber auch so noch seiner erwehren, als er sie mit solcher Vehemenz an sich preßte, daß sie beinahe erstickt wäre, während seine Begleiter sie lautstark begrüßten.

»Sie sind in Sicherheit! Wir hatten befürchtet, Sie wären umgekommen.« Plötzlich faßte er sich, trat zurück und verbeugte sich förmlich. »Als wir von Alderaan erfuhren, fürchteten wir, daß Sie... mit der ganzen Bevölkerung umgekommen wären.«

»Das ist bereits alles Geschichte, Commander Willard«, sagte sie. »Wir haben eine Zukunft, für die wir leben müssen. Alderaan und seine Menschen sind ausgelöscht.« Ihre Stimme nahm eine bittere Kälte an, erschreckend bei einer so zerbrechlich aussehenden Person. »Wir müssen dafür sorgen, daß sich so etwas nicht wiederholt.«

»Wir haben nicht viel Zeit für unsere Trauer, Commander«, fuhr sie nach einer kleinen Pause fort. »Die Kampfstation hat unsere Spur hierher sicherlich verfolgt.«

Solo wollte etwas einwenden, aber sie brachte ihn mit einem strengen Blick zum Schweigen und setzte hinzu:

»Das ist die einzige Erklärung für unsere so leicht gelungene Flucht. Sie haben uns nur vier Raumjäger nachgeschickt. Sie hätten ebenso gut hundert starten lassen können.«

Leia zeigte auf Artoo Detoo.

»Ihr müßt, um einen Angriffsplan zu entwerfen, die Informationen anwenden, die in diesem R2-Roboter enthalten sind. Das ist unsere einzige Hoffnung. Die Station selbst ist mächtiger, als irgend jemand ahnen konnte.« Ihre Stimme wurde leiser. »Wenn die Daten keine Schwäche aufzeigen, wird sie nicht aufzuhalten sein.«

Luke bekam nun einen Anblick geboten, der in seiner Erfahrung, ja in der Erfahrung der meisten Menschen, einzigartig war. Mehrere Techniker der Rebellen traten auf Artoo Detoo zu, stellten sich um ihn herum auf und hoben ihn hoch. Das war das erste- und vermutlich auch das letztemal, daß er erlebte, wie ein Roboter respektvoll von Menschen getragen wurde.

Theoretisch vermochte keine Waffe den ungewöhnlich dichten

Fels des uralten Tempels zu durchdringen, aber Luke hatte die zerfetzten Überreste Alderaans gesehen und wußte, daß der ganze Mond für die Leute in der unfaßbaren Kampfstation nicht mehr als ein kleines Problem in der Umwandlung von Masse zu Energie darstellen würde.

Der zufriedene Artoo Detoo ruhte bequem an einem Ehrenplatz; von seinem Körper gingen Computer- und Datenbankanschlüsse in schier endloser Zahl aus. Auf einer Vielzahl von Bildschirmen und Terminals in der Nähe wurde die technische Information, die auf dem sub-mikroskopischen Magnetband aufgezeichnet war, vom Gehirn des Roboters abgespielt.

Zunächst wurde der Datenstrom von leistungsfähigeren Computergehirnen verlangsamt und verarbeitet, dann reichten diese die wesentlichen Informationen an menschliche Analytiker zur genauen Bewertung weiter.

Die ganze Zeit über stand See Threepio in Artoos Nähe und staunte darüber, wie so viele komplexe Daten im Gehirn eines so schlichten Roboters gespeichert sein konnten.

Der zentrale Einsatzraum lag tief im Inneren des Tempels. Der lange, niedrige Saal wurde beherrscht von einem großen Podest und einem riesigen Elektronik-Bildschirm. Piloten, Navigatoren und vereinzelte Artoo-Geräte nahmen die Plätze ein. Ungeduldig und sich fehl am Platze vorkommend, standen Han Solo und Chewbacca weit entfernt von der Bühne mit ihrer Versammlung von Offizieren und Senatoren. Solos Blick suchte in der Versammlung Luke. Trotz scharfer, vom gesunden Menschenverstand diktierter Ermahnungen hatte sich der verrückte junge Mann unter die regulären Piloten gemischt. Solo konnte Luke nicht finden, erkannte jedoch die Prinzessin, die sich mit einem ordengeschmückten alten Mann unterhielt.

Als ein hochgewachsener, würdevoller Herr mit zu vielen Toten auf dem Gewissen an den Bildschirm trat, richtete Solo den Blick auf ihn, wie alle anderen im Saal. Erwartungsvolles Schweigen breitete sich aus, General Jan Dodonna rückte das Mikrofon an seiner Brust zurecht und wies auf die kleine Gruppe, die in seiner Nähe saß.

»Sie kennen alle diese Leute«, erklärte er mit ruhiger Kraft. »Sie sind die Senatoren und Generäle der Welten, die uns unterstützt haben, ob heimlich oder offen. Sie sind erschienen, um in dem Augenblick bei uns zu sein, der durchaus der entscheidende sein könnte.« Er ließ den Blick über die Menge gleiten, die gebannt an seinen Lippen hing und fuhr fort:

»Die Kampfstation des Imperiums, von der Sie nun alle gehört haben, nähert sich von der anderen Seite Javins und seiner Sonne. Sie muß aufgehalten werden – ein für allemal – bevor sie diesen Mond erreicht, bevor sie ihre Waffe auf uns richten kann, wie gegen Alderaan.« Ein Raunen ging bei der Erwähnung dieser so kaltblütig zerstörten Welt durch die Menge. »Die Station ist stark abgeschirmt«, fuhr Dodonna fort, »und sie verfügt über mehr Feuerkraft als die Hälfte der kaiserlichen Flotte. Ihre Abwehr wurde aber darauf ausgerichtet, Angriffe von sehr großen, mächtigen Raumschiffen abzublocken. Ein kleiner Ein- oder Zweimann-Raumjäger sollte in der Lage sein, die Abschirmungen zu durchbrechen.«

Ein schlanker, drahtiger Mann, der aussah wie ein älterer Han Solo, stand auf. Dodonna sah ihn an.

»Was gibt es, Leitung Rot?«

Der Mann wies auf den Bildschirm, der ein Computerschema der Kampfstation zeigte.

»Entschuldigen Sie die Frage, Sir, aber was sollen unsere Kleinjäger gegen dieses Ding da ausrichten?«

Dodonna überlegte.

»Nun, das Imperium glaubt, ein Einmann-Jäger sei für nichts eine Bedrohung, außer für ein anderes kleines Schiff wie einen Spurjäger, sonst hätte man undurchdringlichere Abschirmungen geschaffen. Anscheinend ist man davon überzeugt, daß die Abwehrwaffen alle leichten Attacken abschlagen können.

Eine Analyse der von Prinzessin Leia gelieferten Pläne hat jedoch ergeben, was nach unserer Meinung eine Schwachstelle in der Konstruktion der Station ist: Ein großes Raumschiff könnte nicht in ihre Nähe gelangen, aber ein X- oder Y-Flügel-Jäger könnte es schaffen.

Es handelt sich um einen kleinen Thermalabgas-Ausgang.

Seine Größe untertreibt seine Bedeutung, da er ein unabgeschirmter Schacht zu sein scheint, der unmittelbar in das Hauptreaktorsystem führt, das die Station mit Energie versorgt. Da er als Notauslaß für überschüssige Hitze bei Überproduktion der Reaktoren dient, würde eine Partikelabschirmung seinen Nutzen vereiteln. Ein direkter Treffer würde eine Kettenreaktion auslösen, die zur Vernichtung der Station führen müßte.«

Ungläubiges Murmeln ging durch die Reihen. Je erfahrener die Piloten waren, desto skeptischer zeigten sie sich.

»Ich habe nicht gesagt, daß es einfach für Sie werden würde«, erklärte Dodonna. Er deutete auf den Bildschirm. »Sie müssen in diesem Schacht direkt hinunterstoßen, im Energiegraben in Horizontalflug übergehen und an der Oberfläche bis zu diesem Punkt fliegen. Das Ziel hat einen Durchmesser von nur zwei Metern. Es wird eines genauen Auftreffens bei exakt neunzig Grad bedürfen, um die Reaktoranlage zu erreichen. Und nur ein direkter Treffer wird die vollständige Reaktion auslösen.

Ich habe gesagt, der Auslaß besitze keine Partikelabschirmung. Er ist jedoch völlig gegen Strahlung abgeschirmt. Das bedeutet: keine Energiestrahlen! Sie werden Protontorpedos verwenden müssen!«

Ein paar Piloten lachten trocken. Einer von ihnen, ein halbwüchsiger Jägerjockei, saß neben Luke. Er trug den unwahrscheinlichen Namen Wegde Antilles. Artoo Detoo war ebenfalls zur Stelle und saß neben einem zweiten Artoo-Roboter, der einen langen Pfiff der Hoffnungslosigkeit ausstieß.

»Ein Zweimeter-Ziel bei Höchstgeschwindigkeit – und noch dazu mit einem Torpedo«, schnaubte Antilles. »Das schafft nicht einmal der Computer.«

»Unmöglich ist es trotzdem nicht«, wandte Luke ein. »Ich habe zu Hause mit meiner T 16 Womp-Ratten genau getroffen. Sie sind nicht viel größer als zwei Meter.«

»So, wirklich?« fragte der flott uniformierte Junge spöttisch. »Sag mal, hat es, als du diesen Tieren nachgehetzt bist, noch tausend andere – wie nennst du sie? – ›Womp-Ratten‹ gegeben, die mit Energiegewehren bewaffnet waren und auf dich geschossen haben?« Er schüttelte traurig den Kopf. »Bei der Feuerkraft der

Station, die auf uns gerichtet sein wird, braucht man ein bißchen mehr als Bauern-Scharfschützen, glaub mir.«

Als ob er Antilles' Pessimismus bestätigen wollte, deutete Dodonna auf eine Reihe von Lichtern an dem sich ständig verändernden Schema.

»Achten Sie besonders auf diese Stellungen. An den Breitenachsen ist die Feuerkraft von großer Konzentration, außerdem gibt es rund um die Pole starke Batterien.

Außerdem werden die Feldgeneratoren vermutlich sehr viel Verzerrung erzeugen, vor allem im Graben und in seiner Nähe. Ich schätze, daß die Manövrierfähigkeit in diesem Sektor unter Nullkommadrei liegen wird.«

Das rief unter den Zuhörern erneutes Gemurmel, Ächzen und Stöhnen hervor.

»Vergessen Sie nicht«, hub der General wieder an, »Sie müssen einen direkten Treffer landen. Das Geschwader Gelb wird Rot beim ersten Angriff decken. Grün übernimmt die Deckung von Blau beim zweiten. Noch Fragen?«

Ein gedämpftes Summen erfüllte den Saal. Ein Mann stand auf, schlank und gutaussehend – fast zu gutaussehend, so schien es, um bereit zu sein, sein Leben für etwas so Abstraktes wie die Freiheit wegwerfen zu wollen.

»Was ist, wenn beide Angriffe scheitern? Was geschieht dann?«

Dodonna lächelte schief.

»Ein ›dann‹ wird es nicht geben.« Der Pilot nickte langsam und setzte sich.

»Sonst noch jemand?« fragte Dodonna. Es blieb still, und die Zuschauer schienen voller Erwartung zu sein. »Dann steigen Sie in Ihre Schiffe, und möge die Kraft Sie begleiten.«

Wie Öl, das aus einer flachen Schüssel rinnt, erhoben sich die Reihen von Männern, Frauen und Maschinen und strömten zu den Ausgängen.

Aufzüge summten geschäftig und hoben ständig neue, tödliche Raumfahrzeuge aus den Tiefen empor zum Bereitstellungsraum im Haupthangar des Tempels, als Luke, Threepio und Artoo

Detoo zum Hangareingang gingen. Weder die hin- und hereilenden Besatzungen noch die Bodenmannschaften, noch die Piloten bei ihrer letzten Überprüfung, noch die riesigen Funken, die aufstoben, als Energiekupplungen gelöst wurden, beschäftigten im Augenblick Lukes Aufmerksamkeit. Statt dessen interessierte er sich für das, was zwei ihm viel vertrautere Figuren taten.

Solo und Chewbacca luden einen Stapel kleiner Stahlkassetten auf einen gepanzerten Landgleiter. Sie waren in ihre Beschäftigung völlig vertieft und beachteten nicht, was um sie herum vorging.

Solo hob kurz den Kopf, als Luke und die Roboter herankamen, dann arbeitete er weiter. Luke sah traurig zu, während in seinem Inneren widersprüchliche Gefühle wirr miteinander stritten. Solo war eingebildet, unbekümmert, unduldsam und selbstzufrieden. Er war auch tapfer, fast tollkühn, erfahren und immer fröhlich. Die Kombination machte einen verwirrenden Freund aus ihm – aber doch einen Freund.

»Sie haben Ihre Belohnung bekommen«, meinte Luke schließlich und zeigte auf die Kassetten. Solo nickte nur. »Und jetzt gehen Sie also?«

»Richtig, mein Junge. Ich muß alte Schulden begleichen, und selbst wenn das nicht der Fall wäre, glaube ich kaum, daß ich närrisch genug wäre, mich hier noch länger aufzuhalten.« Er sah Luke abschätzend an. »Wenn es hart hergeht, sind Sie recht tüchtig. Warum kommen Sie nicht mit mir? Ich könnte Sie gebrauchen.«

Das habgierige Glitzern in Solos Augen machte Luke nur wütend.

»Warum sehen Sie sich nicht um und nehmen einmal etwas anderes als sich selbst wahr? Sie wissen, was hier geschehen wird. Die Leute hier sind im Druck und könnten einen guten Piloten gebrauchen. Aber Sie wenden sich einfach ab.«

Solo schien von Lukes Tirade nicht beeindruckt.

»Was nützt einem eine Belohnung, die man nicht ausgeben kann? Die Kampfstation anzugreifen, ist nicht das, was ich mir unter einer mutigen Tat vorstelle – es ist eher Selbstmord.«

»Ja... Passen Sie gut auf sich auf, Han«, sagte Luke leise und wandte sich ab. »Aber dazu muß ich Sie nicht ermahnen, das ist ja genau das, was Sie am besten beherrschen, nicht?« Er ging zurück in den Hangar, begleitet von den beiden Robotern.

Solo blickte ihm nach, zögerte und rief dann: »He, Luke... möge die Kraft Sie begleiten!« Luke drehte sich um und sah, daß Solo ihm zuzwinkerte. Luke nickte, dann verschwand er zwischen den Maschinen und Mechanikern.

Solo wandte sich wieder seiner Arbeit zu, hob eine Kassette auf – und erstarrte, als er sah, wie Chewbacca ihn musterte.

»Was gaffst du denn so, Unhold? Ich weiß, was ich tue. Mach weiter!«

Der Wookie beugte sich langsam wieder über die Kisten, ohne seinen Partner aus den Augen zu lassen.

Die zornigen Gedanken an Solo traten in den Hintergrund, als Luke die zierliche, schlanke Gestalt neben seinem Schiff sah – dem Schiff, das ihm zugeteilt worden war.

»Sind Sie sicher, daß es das ist, was Sie wollen?« fragte ihn Prinzessin Leia. »Es könnte eine tödliche Sache für Sie sein.«

Lukes Blick glitt über den schlanken, gefährlichen Raumjäger. Ruhig sagte er: »Wir werden sehen.«

»Worüber sprachen Sie mit Solo?« fragte Leia.

Luke sah sie achselzuckend an.

»Ich dachte, er würde es sich noch überlegen. Ich hoffte, er würde sich uns anschließen.«

»Jeder muß seinen eigenen Weg gehen«, erwiderte sie und zuckte ebenfalls die Achseln. »Niemand kann ihn für einen anderen bestimmen. Han Solo hat nicht unsere Dinge im Auge. Ich würde mir wünschen, daß es anders wäre, aber ich bringe es nicht über mich, ihn zu verdammen.« Sie stellte sich auf die Zehenspitzen, gab Luke einen kurzen, fast verlegenen Kuß und drehte sich um. »Möge die Kraft sie begleiten.«

»Ich wünschte mir nur, daß Ben hier wäre«, murmelte Luke, als er sich seinem Schiff zuwandte.

Er dachte so angestrengt an Kenobi, die Prinzessin und Han, daß er die hochgewachsene Gestalt, die ihn am Arm packte, zuerst gar nicht wahrnahm. Er drehte sich zornig um, aber aus dem Zorn wurde höchste Überraschung, als er den anderen erkannte.

»Luke!« rief der etwas Ältere. »Ich glaube es einfach nicht! Wie kommst du denn hierher? Fliegst du mit uns hinaus?«

»Biggs!« Luke umarmte seinen Freund herzlich. »Natürlich bin ich mit dabei.« Sein Lächeln verblaßte ein wenig. »Ich habe keine Wahl mehr.« Dann hellte sich sein Gesicht wieder auf. »Hör zu, ich muß dir viel erzählen...«

Der Lärm, die Freude, das Gelächter der beiden stand im merklichen Gegensatz zu der Ernsthaftigkeit, mit der die anderen Männer und Frauen im Hangar ihrer Arbeit nachgingen. Luke und Biggs erregten die Aufmerksamkeit eines älteren, kriegserfahrenen Mannes, den die jüngeren Piloten nur als Leitung Blau kannten.

Sein Gesicht widerspiegelte Neugier, als er auf die beiden jüngeren Männer zuging. Es war ein Gesicht, durchglüht von demselben Feuer, das in seinen Augen flackerte, ein Brand, entzündet nicht von revolutionärer Leidenschaft, sondern von den vielen Jahren, in denen er Ungerechtigkeit erlebt hatte. Hinter der väterlichen Miene tobte ein wilder Dämon.

Jetzt interessierten den Alten diese beiden jungen Männer, die in wenigen Stunden Partikel zu Eis erstarrten Fleisches hoch über Javin sein konnten. Einer von ihnen war ihm bekannt.

»Sind Sie nicht Luke Skywalker? Haben Sie auf der Inkom T65 geübt?«

»Sir«, sagte Biggs, bevor sein Freund antworten konnte, »Luke ist der beste Buschpilot in den Randterritorien.«

Der ältere Mann klopfte Luke lächelnd auf die Schulter, als sie seinen Raumjäger betrachteten.

»Darauf kann man auch stolz sein. Ich habe selbst über tausend Flugstunden in einem Inkom-Himmelhüpfer.« Er schwieg einen Augenblick. »Ich bin einmal Ihrem Vater begegnet, als ich noch sehr jung war, Luke. Er war ein großer Pilot. Sie werden sich da draußen gut halten. Wenn Sie nur halb soviel Talent haben wie Ihr Vater, wird das ganz gewiß der Fall sein.«

»Danke, Sir. Ich werde mir Mühe geben.«

»Ein großer Unterschied zwischen einer X-Flügel-T65 und

einem Himmelhüpfer besteht nicht«, fuhr Leitung Blau fort. Sein Lächeln wirkte plötzlich wild. »Nur ist die Nutzlast von etwas anderer Art.« Er ließ sie allein und strebte seinem eigenen Raumjäger zu. Luke hätte ihm gerne hundert Fragen gestellt und hatte nicht einmal die Zeit für eine gehabt.

»Ich muß zu meinem eigenen Schiff, Luke. Hör zu, du erzählst mir alles, wenn wir zurückkommen, ja?« sagte Biggs.

»Gut. Ich hab' dir doch gesagt, daß ich eines Tages hier sein werde.«

»Richtig.« Sein Freund schloß seinen Kampfanzug. »Es wird sein wie in alten Zeiten, Luke. Wir sind zwei Sternschnuppen, die keiner aufhalten kann.«

Luke lachte. Mit dieser gegenseitigen Versicherung hatten sie sich stets aufgemuntert, wenn sie hinter den abblätternden, zernarbten Gebäuden von Anchorhead Sternschiffe aus Sandhügeln und Baumstämmen gesteuert hatten... vor vielen Jahren.

Wieder wandte Luke sich seinem Schiff zu und bewunderte es. Trotz der Aussage des älteren Mannes fand er, daß es nicht viel Ähnlichkeit mit einem Himmelhüpfer gab. Artoo Detoo wurde in die R 2-Steckhülse hinter dem Cockpit hineingeschoben. Eine einsame metallene Gestalt stand unter der Maschine, verfolgte die Arbeiten und scharrte nervös herum.

»Halt dich gut«, sagte See Threepio zu dem kleineren Roboter. »Du mußt zurückkommen. Wenn du nicht zurückkommst, wen soll ich denn dann anbrüllen?« Bei Threepio kam diese Frage einem überwältigenden Gefühlsausbruch gleich.

Artoo pfiff zuversichtlich zu seinem Freund herunter, als Luke hinaufstieg. Weiter unten im Hangar sah Luke schon Leitung Blau im Beschleunigungssessel sitzen und seiner Bodenmannschaft ein Zeichen geben. Weiteres Röhren verstärkte das ohnehin schon ungeheure Getöse im Hangar, als Schiff um Schiff den Antrieb einschaltete. Der dröhnende Donner im umschlossenen Tempelbereich war von einer überwältigenden Kraft.

Luke schlüpfte ins Cockpit und studierte die Steuerung, als die Bodenmechaniker ihn mittels Kabeln und Anschlüssen mit der Maschine verbanden. Seine Zuversicht wuchs. Die Instrumentierung war bewußt einfach gehalten und glich, wie Leitung Blau angedeutet hatte, der seines alten Himmelhüpfers in der Tat beträchtlich.

Etwas klopfte an seinen Helm, und er blickte nach links, wo der Chef des Bodenteams sich zu ihm beugte und schreien mußte, um das ohrenbetäubende Heulen vieler Motoren zu übertönen:

»Ihr R 2 scheint ein bißchen stark mitgenommen zu sein. Wollen Sie einen anderen?«

Luke schaute sich kurz nach dem Roboter um, bevor er antwortete. Artoo Detoo sah aus wie ein fester Bestandteil des Jägers.

»Auf keinen Fall. Der Roboter und ich haben gemeinsam sehr viel durchgemacht. Alles klar, Artoo?«

Der Roboter antwortete mit einem beruhigenden Pfiff.

Als der Bodenmechaniker heruntersprang, schloß Luke die letzte Überprüfung der Instrumente ab. Langsam kam ihm zum Bewußtsein, was er und die anderen vorhatten. Nicht, daß seine persönlichen Gefühle gegen seine Entscheidung, sich dem großen Kampf anzuschließen, aufkamen. Er war nicht länger ein Einzelner, der allein dafür da zu sein schien, seine persönlichen Bedürfnisse zu befriedigen. Jetzt verband ihn etwas mit allen anderen Männern und Frauen in diesem Hangar.

Rings um ihn fanden, überall verstreut, Abschiedsszenen statt – manche ernst, manche spaßig, alle mit der Maske der Effizienz vor dem wahren Gefühl. Luke wandte sich von einer Stelle ab, wo ein Pilot eine Mechanikerin, vielleicht eine Schwester oder Ehefrau oder auch eine Freundin, mit einem leidenschaftlichen Kuß verabschiedete.

Er fragte sich, wie viele von ihnen ihre eigene kleine Rechnung mit dem Imperium zu begleichen hatten. In seinem Helm schnarrte etwas. Er drückte auf einen kleinen Hebel. Die Maschine begann zu rollen, langsam, aber mit zunehmender Geschwindigkeit, auf den gähnenden Eingang des Tempels zu.

12

Leia Organa saß stumm vor dem großen Bildschirm, der Javin und seine Monde zeigte. Ein großer, roter Punkt bewegte sich mit gleichbleibender Geschwindigkeit auf den vierten Satelliten zu. Dodonna und mehrere andere Befehlshaber der Allianz standen hinter ihr, den Blick wie gebannt auf den Schirm gerichtet. Um den vierten Mond tauchten winzige grüne Punkte auf und vereinigten sich zu kleinen Wolken, wie schwebende, smaragdene Mücken.

Dodonna legte die Hand auf ihre Schulter. »Der rote Punkt stellt das Vorrücken der Kampfstation in das System Javin dar.«

»Unsere Schiffe sind alle gestartet«, erklärte ein Commander hinter ihm.

Ein einzelner Mann stand allein in dem zylindrischen Saal, auf der Spitze eines papierdünnen Turms verankert. Durch fest montierte Elektroteleskope blickend, war er der einzige sichtbare Repräsentant der ungeheuren, unter dem grünen Dschungel verborgenen Technologie.

Von den höchsten Baumwipfeln drangen gedämpfte Schreie, klang uriges Gurgeln zu ihm. Manches wirkte erschreckend, aber nichts wies so sehr auf gezügelte Macht wie die vier silbernen Sternschiffe, die über dem Beobachter heranschossen. In enger Formation fegten sie durch feuchte Luft und verschwanden binnen Sekunden in der morgendlichen Wolkendecke hoch am Himmel. Schallschatten ließen Sekunden später die Bäume erzittern, in einem vergeblichen Versuch, die Motoren einzuholen, von denen sie hervorgebracht worden waren.

Die Raumjäger formierten sich zu Angriffsgruppen in X- und Y-Flügel-Geschwadern und entfernten sich vom Mond, hinaus, durch und vorbei an der ozeanischen Atmosphäre von Javin, um sich dem technologischen Henker zu stellen.

Der Mann, der die Begegnung zwischen Luke und Biggs verfolgt hatte, klappte das Blendvisier herunter und rückte seine halb automatische, halb auf Handbedienung eingestellte Zielvorrichtung zurecht, während er die Maschinen links und rechts seines Jägers überblickte.

»Geschwader Blau«, sagte er ins Mikrofon, »hier spricht Leitung Blau. Selektoren einregulieren und melden. Annäherung an Ziel bei einskommadrei...«

Vor ihnen begann die grelle Kugel, die wie einer der Monde Javins aussah, aber keiner war, immer gleißender zu leuchten. Sie gab ein unheimliches, metallisches Glühen von sich, das keinerlei Ähnlichkeit mit dem Licht eines natürlichen Satelliten hatte. Während der Geschwaderführer zusah, wie die riesige Kampfstation um den Rand von Javin herumschwebte, dachte er zurück an die vergangenen Jahre, an die unzähligen Ungerechtigkeiten, an die Unschuldigen, die zum Verhör abgeholt worden und nie mehr zurückgekommen waren – an alles Böse, das eine immer korruptere und gewissenlosere Imperiums-Regierung auf dem Gewissen hatte.

»Das wär's, Jungs«, sagte er ins Mikrofon. »Blau Zwei, Sie sind zu weit außen. Kommen Sie näher ran, Wedge.«

Der junge Pilot, den Luke im Einsatzraum des Tempels kennengelernt hatte, blickte nach Steuerbord und wieder auf seine Instrumente. Er runzelte die Stirn und schob sich näher heran.

»Verzeihung, Chef. Mein Peilgerät scheint ein bißchen abzuweichen. Muß auf Handschaltung gehen.«

»Verstanden, Blau Zwei. Achten Sie drauf. An alle: Fertigmachen zum Einschalten der S-Folien für Angriff.«

Eine nach der anderen, von Luke und Biggs, Wedge und den anderen Angehörigen des Angriffgeschwaders Blau, kamen die Meldungen zurück.

Fertigmachen«...

»Einschalten«, befahl Leitung Blau, als John D. und Piggy angezeigt hatten, daß sie bereit waren.

Die Doppelflügel an den X-Jägern teilten sich wie schmale Samenkörner. Jeder Raumjäger zeigte nun vier Flügel; die tragflächenmontierten Waffen und vier Motoren für maximale Feuerkraft und Manövrierfähigkeit waren bereit.

Die Station des Imperiums vor ihnen wuchs weiter. Merkmale der Oberfläche wurden erkennbar, und die Piloten sahen Dockbuchten, Sendeantennen und andere Berge und Schluchten von

Menschenhand.

Als Luke sich zum zweitenmal der bedrohlichen schwarzen Kugel näherte, schlug sein Puls schneller.

Irgend etwas begann sein Schiff zu stoßen, so, als sei er wieder in seinem Himmelhüpfer und ringe mit den unberechenbaren Winden von Tatooine. Er erlebte einen unangenehmen Augenblick der Unsicherheit, bis die beruhigende Stimme von Leitung Blau in seinen Ohren ertönte:

»Wir fliegen durch die Außenabschirmung von denen. Festhalten! Schwebesteuerung sperren und die eigenen Ablenkschirme einschalten!«

Das Schütteln und Schleudern hielt an, wurde schlimmer. Luke, der nicht wußte, wie er dagegen vorgehen sollte, tat genau, was richtig war: er behielt die Fassung und hielt sich an die Anweisungen. Dann verschwand die Turbulenz, und die tödliche kalte Friedlichkeit des Weltraums kehrte zurück.

»Das war's, wir sind durch«, sagte Leitung Blau ruhig. »Alle Frequenzen Ruhe, bis wir sie erreicht haben. Es sieht nicht so aus, als rechneten sie mit großem Widerstand.«

Obwohl die Hälfte der großen Station im Schatten blieb, waren sie schon nahe genug, um auf der Oberfläche einzelne Lichter unterscheiden zu können. Ein Schiff, das Phasen wie ein Mond durchlaufen konnte... wieder staunte Luke über die irregeleitete Einfallskraft und Leistung, die hinter dieser Konstruktion steckten. Tausende von Lichtern, auf der gewölbten Weite verstreut, erweckten den Eindruck einer fliegenden Stadt.

Einige von Lukes Kameraden, die der Station zum erstenmal begegneten, waren sogar noch tiefer beeindruckt.

»Seht euch an, wie groß das Ding ist!« stieß Wedge Antilles über die eingeschaltete Sprechanlage hervor.

»Blau Zwei, Schnauze halten!« knurrte Leitung Blau. »Auf Angriffsgeschwindigkeit beschleunigen!«

Grimmige Entschlossenheit zeigte sich in Lukes Miene, als er einige Schalter über seinem Kopf betätigte und das Computerzielgerät justierte. Artoo Detoo starrte auf die näherkommende Station und dachte unübersetzbare elektronische Gedanken.

Leitung Blau verglich die Station mit dem Ort ihres empfohlenen Zielgebiets.

»Leitung Rot«, rief er ins Mikrofon, »hier ist Leitung Blau. Wir sind in Position; Sie können anfliegen. Der Auslaßschacht ist weiter nördlich. Wir beschäftigen die Burschen hier unten schon.«

Leitung Rot war körperlich das genaue Gegenstück zu Lukes Geschwaderkommodore. Er sah aus, wie man sich einen Kreditbuchhalter vorstellte – klein, zierlich, scheu. Seine Fähigkeiten und seine Entschlossenheit jedoch waren um nichts geringer als die seines Gegenstücks und alten Freundes.

»Wir machen uns auf den Weg zum Zielschacht, Dutch. Greift ein, falls etwas schiefgeht.«

»Verstanden, Leitung Rot«, erwiderte der andere. »Wir überfliegen die Äquatorachse und versuchen, das Hauptfeuer auf uns zu ziehen. Möge die Kraft euch begleiten.«

Aus dem sich nähernden Pulk scherten zwei Geschwader aus. Die X-Flügel-Schiffe stürzten sich hinab auf die Rundung der Station tief unten, während die Y-Schiffe hinab- und über ihre Oberfläche nach Norden kurvten.

Im Innern der Station begannen Alarmsirenen ein klagendes, lärmendes Geheul, als die langsam reagierende Besatzung begriff, daß die unüberwindliche Festung tatsächlich einem organisierten Angriff ausgesetzt war. Admiral Motti und seine Taktiker hatten angenommen, der Widerstand der Rebellen werde sich auf eine massive Verteidigung des Mondes selbst beschränken.

Die Leistungsfähigkeit der imperialen Maschinerie stand aber im Begriff, dieses strategische Versehen auszugleichen. Soldaten stürmten zu den riesigen Waffenstellungen. Servoanlagen dröhnten, als mächtige Motoren die gigantischen Geräte feuerbereit machten. Bald hüllte ein Netz der Vernichtung die Station ein, als Energiewaffen, elektrische Blitze und Explosivkörper die sich nähernden Rebellenschiffe empfingen.

»Hier Blau Fünf«, sagte Luke in sein Mikrofon, als er mit seinem Schiff in den Sturzflug überging, um die elektronischen Voraussagegeräte zu verwirren. Die graue Oberfläche der Kampfstation fegte an seinen Sichtfenstern vorbei. »Ich greife an.«

»Bin hinter dir, Blau Fünf«, tönte eine Stimme in seinem Ohr, die er als die von Biggs erkannte.

Das Ziel in Lukes Visier war so stabil, wie das der Verteidiger in der Station unangreifbar. Blitze zuckten aus den Waffen des kleinen Raumjägers. Einer löste einen Großbrand auf der verschatteten Oberfläche aus, der lodern würde, bis die Besatzung der Station die Luftzufuhr zum beschädigten Sektor abschalten konnte.

Lukes Freude verwandelte sich aber in Entsetzen, als er begriff, daß er mit seiner Maschine nicht mehr rechtzeitig würde ausweichen können, um zu verhindern, daß er durch den Feuerball unbekannter Zusammensetzung flog.

»Hochziehen, Luke, hochziehen!« schrie Biggs.

Aber trotz der Befehle, den Kurs zu ändern, wollten die automatischen Anlagen die nötige Zentrifugalkraft nicht liefern. Lukes Jäger stürzte hinab in die sich ausdehnende Kugel überhitzter Gase.

Dann war er hindurch und frei, auf der anderen Seite. Die schnelle Überprüfung der Steuerung erlaubte ihm, aufzuatmen. Der Flug durch die ungeheure Hitze war so schnell vor sich gegangen, daß nichts Wichtiges beschädigt worden war, wenngleich schwarze Verkohlungsstreifen an allen vier Tragflächen bezeugten, wie knapp er davongekommen war.

Höllenblumen erblühten rings um sein Schiff, als er es in engem Bogen hoch- und herumzog.

»Alles in Ordnung, Luke?« fragte Biggs besorgt.

»Wäre fast ein bißchen geröstet worden, aber mir fehlt nichts.«

Eine andere, strenge Stimme meldete sich.

»Blau Fünf«, warnte der Geschwaderkommodore, »lassen Sie sich lieber mehr Zeit, sonst vernichten Sie nicht nur den Gegner, sondern sich selbst auch.«

»Ja, Sir. Jetzt komme ich zurecht. Wie Sie ganz richtig sagten – es ist nicht ganz genau so wie in einem Himmelhüpfer.«

Energieblitze und sonnengrelle Strahlen erzeugten weiterhin ein chromatisches Labyrinth im Weltraum über der Station, als die Rebellenjäger kreuz und quer über ihre Oberfläche huschten und auf alles feuerten, das sich als lohnendes Ziel darbot. Zwei von den winzigen Maschinen konzentrierten sich auf ein Energie-Terminal. Es explodierte und schleuderte flächenblitzgroße elektrische Lichtbogen aus dem Inneren der Station.

Im Inneren wurden Soldaten, Roboter und Geräte von Nachexplosionen in alle Richtungen gefegt, als die Wirkung der Sprengung sich über Schächte und Leitungen ausbreitete. Wo die Explosion ein Loch in die Rumpfwand gerissen hatte, saugte die entweichende Luft hilflose Soldaten und Roboter hinaus in ein bodenloses, schwarzes Grab.

Darth Vader ging von Stellung zu Stellung, eine Gestalt schwarzer Ruhe inmitten des Chaos. Ein gehetzter Commander eilte auf ihn zu und meldete atemlos: »Lord Vader, wir zählen mindestens dreißig von ihnen, zwei Typen. Sie sind so klein und schnell, daß die montierten Waffen ihnen nicht exakt folgen können. Sie weichen den Voraussagegeräten immer wieder aus.«

»Alle Spurjäger-Besatzungen zu ihren Maschinen! Wir müssen hinaus und sie Schiff für Schiff vernichten!«

In vielen Hangars leuchteten rote Lampen auf, und Alarmanlagen schrillten. Bodenmannschaften arbeiteten fieberhaft, um die Schiffe startbereit zu machen, während die Piloten in ihren Kombinationen nach Helmen und Geräten griffen.

»Luke«, sagte der Kommodore, als er ungeschoren durch einen Feuerregen fegte, »geben Sie mir Bescheid, wenn Sie wieder bereit sind.«

»Bin schon unterwegs.«

»Aufpassen«, drängte die Stimme über die Sprechanlage. »Von der Steuerbordseite des Ablenkturms kommt starker Beschuß.«

»Schon gesehen, keine Sorge«, erwiderte Luke zuversichtlich. Er drehte sich während des Sturzflugs um die eigene Achse und raste erneut über Metallhorizonte. Antennen und kleine, herausragende Stellungen gingen in Flammen auf, als Blitze aus seinen Tragflächenenden mit tödlicher Genauigkeit trafen.

Er grinste und zog die Maschine hoch, während gleißende Energielinien den Raum durchzuckten, wo er eben noch gewesen war. Der und jener sollte ihn holen, wenn das nicht doch wie bei der Jagd auf die Womp-Ratten zu Hause in den Schluchten von Tatooine war.

Biggs folgte Luke mit einer gleichartigen Attacke, während die Piloten in der Station zum Start ansetzten. In den vielen Hangars hetzten Techniker umher, lösten Stromkabel und nahmen verzweifelt letzte Überprüfungen vor.

Besondere Aufmerksamkeit galt einem ganz bestimmten Raumjäger auf einer der vordersten Startpositionen, demjenigen, in den Darth Vader sich nur mit allergrößter Anstrengung hineinzwängen hatte können.

Die Atmosphäre der Befehlszentrale im Tempel war von nervöser Erwartung beherrscht. Gelegentliche Summtöne vom blinkenden Hauptkampf-Bildschirm klangen lauter als das Gemurmel hoffnungsvoller Menschen, die sich bemühten, einander Mut zuzusprechen. In der Nähe einer entlegenen Ecke der Ballung flackernder Lichter beugte sich ein Techniker tiefer über seine Instrumente, bevor er in sein Mikrofon sagte: »Geschwaderführer – Achtung! Geschwaderführer – Achtung! Wir haben neue Signale von der Rückseite der Station. Feindliche Abfangjäger unterwegs.«

Luke hörte die Meldung gleichzeitig mit den anderen. Er begann den Himmel nach den vorausgesagten Jagdschiffen des Imperiums abzusuchen, dann blickte er auf seine Instrumente.

»Mein Gerät zeigt nichts an. Ich kann nichts sehen.«

»Weiterhin Sichtprüfung«, befahl Leitung Blau. »Bei diesem Energiegewirr sind die da, bevor Ihr Peilgerät etwas anzeigt. Vergessen Sie nicht, die können alle Instrumente an Bord zerstören, nur Ihre Augen nicht.«

Luke nickte und sah auch schon einen Gegner, der eine X-Flügel-Maschine verfolgte – ein X-Schiff mit einer Nummer, die Luke sofort erkannte.

»Biggs!« schrie er. »Du hast einen aufgelesen. Hinter dir – Vorsicht!«

»Ich kann ihn nicht sehen«, stieß sein Freund erschrocken hervor. »Wo ist er? Ich sehe ihn nicht.«

Luke konnte nichts tun, als Biggs' Schiff von der Oberfläche der Station davon – und in den Weltraum hinaufschoß, verfolgt von dem gegnerischen Raumjäger. Das feindliche Schiff feuerte beharrlich, und die Blitzstrahlen schienen sich dem Rumpf von Biggs' Jäger immer mehr zu nähern.

»Er sitzt mir im Nacken«, tönte es in Lukes Cockpit. »Ich kann ihn nicht abschütteln.« Biggs fegte mit wilden Manövern zurück zur Station, aber der verfolgende Pilot zeigte keinerlei Neigung, sich abhängen zu lassen.

»Durchhalten, Biggs!« rief Luke und riß sein Schiff so steil herum, daß die Gyrogeräte aufheulten. »Ich komme!«

Der gegnerische Pilot hatte sich in die Hetzjagd auf Biggs so verbissen, daß er Luke nicht bemerkte, der sein Schiff rotieren ließ, aus dem tarnenden Grau unten heraufschoß und sich hinter den Feind setzte.

Das elektronische Fadenkreuz stellte sich nach den Computerangaben ein, und Luke feuerte wiederholt. Es gab eine kleine Explosion im Raum – winzig im Vergleich zu den ungeheuren Energiemengen, die von den Stellungen auf der Oberfläche der Kampfstation hinausgeschleudert wurden – aber die Explosion war für drei Leute von besonderer Bedeutung: für Luke, für Biggs, und vor allem für den Piloten des Spurjägers, der mit seinem Schiff verdampft wurde.

»Hab ihn!« murmelte Luke.

»Ich hab einen! Ich hab einen!« dröhnte ein weniger zurückhaltender Triumphschrei aus der Bordsprechanlage. Luke identifizierte die Stimme als die eines jungen Piloten, der John D. genannt wurde. Ja, da hetzte Blau Sechs einen anderen Raumjäger des Imperiums über die Metallandschaft. Strahlen zuckten ununterbrochen aus dem X-Schiff, bis der Spurjäger auseinanderbarst und blattartige, glitzernde Metallfragmente in alle Richtungen geschleudert wurden.

»Gut gemacht, Blau Sechs«, sagte der Kommodore. Dann

fügte er hastig hinzu: »Achtung, Sie haben einen hinter sich.«
Das strahlende Lächeln auf dem Gesicht des jungen Mannes im Cockpit verschwand augenblicklich, als er sich umschaute, ohne seinen Verfolger entdecken zu können. In der Nähe flammte etwas, so nah, daß sein Sichtfenster an Steuerbord platzte. Dann ein Treffer in noch größerer Nähe, und das Innere des jetzt offenen Cockpits wurde zu einem Flammenmeer.

»Ich bin getroffen, bin getroffen!« Das war alles, was er noch schreien konnte, bevor ihn der Tod ereilte. Der Kommodore, weit darüber und seitlich abseits, sah, wie John D.'s Schiff als glühende Kugel aufleuchtete. Seine Lippen mochten ein wenig weißer geworden sein, das war alles an Reaktion, was er zeigte. Er hatte wichtigere Dinge zu bedenken.

Auf dem vierten Mond Javins begann in diesem Augenblick ein großer Bildschirm zu flackern und zu erlöschen, wie John D. Sekunden zuvor. Besorgte Techniker liefen durcheinander. Einer von ihnen sah Leia, die aufmerksamen Befehlshaber und einen großen, bronzefarbenen Roboter bedrückt an.

»Der Hoch-Band-Empfänger ist ausgefallen. Es wird eine Weile dauern, bis er repariert ist...«

»Tun Sie, was Sie können!« fauchte Leia. »Schalten Sie auf akustischen Empfang allein!«

Jemand hörte es, und im nächsten Augenblick war der Raum erfüllt von den Geräuschen der fernen Schlacht und den Stimmen der Kämpfenden.

»Näher ran, Blau Zwei, näher ran!« sagte der Kommodore. »Achten Sie auf die Türme!«

»Starker Beschuß, Chef«, tönte die Stimme von Wedge Antilles, »bei dreiundzwanzig Grad.«

»Sehe ich. Hochziehen, hochziehen! Wir stoßen auf Sperrfeuer.«

»Ich kann es nicht glauben«, stammelte Biggs. »Solche Feuerkraft habe ich noch nie erlebt!«

»Wegziehen, Blau Fünf, wegziehen!« Eine Pause, dann: »Luke, hören Sie mich? Luke?«

»Alles in Ordnung, Chef«, erwiderte Luke. »Ich habe ein Ziel. Ich nehm es mir vor.«

»Da unten ist zu viel los, Luke«, sagte Biggs. »Steig aus! Verstanden, Luke? Zieh weg!«

»Brechen Sie ab, Luke!« befahl der Kommodore. »Das Sperrfeuer ist zu stark. Luke, ich wiederhole, brechen Sie ab! Ich kann ihn nicht sehen. Blau Zwei, sehen Sie Blau Fünf?«

»Negativ«, erwiderte Wedge sofort. »Hier ist eine Feuerzone, die man kaum für möglich hält. Meine Kameras sind gestört. Blau Fünf, wo sind Sie? Luke, alles in Ordnung?«

»Es hat ihn erwischt«, sagte Biggs tonlos. Dann wurde seine Stimme lauter. »Nein, wartet... da ist er! Scheint einen leichten Flossenschaden zu haben, aber der Junge ist in Ordnung.«

Erleichterung machte sich in der Befehlszentrale breit, am auffälligsten im Gesicht der zierlichsten, schönsten Senatorin, die anwesend war.

In der Kampfstation wurden erschöpfte und von dem Dröhnen der großen Geschütze halb taube Soldaten durch frische Truppen ersetzt. Keiner hatte Zeit, sich zu fragen, wie der Kampf stand, und im Augenblick kümmerte es auch keinen besonders, eine Einstellung, die sie mit allen einfachen Soldaten seit Beginn der Geschichte gemein hatten.

Luke fegte tollkühn in niedriger Höhe über die Oberfläche der Station, die Aufmerksamkeit ganz auf einen fernen Metallausläufer gerichtet.

»In der Nähe bleiben, Blau Fünf«, sagte der Kommodore. »Wo wollen Sie hin?«

»Ich habe ausgemacht, was nach einem Seitenstabilisator aussieht«, erwiderte Luke. »Den nehme ich mir mal vor.«

»Aufpassen, Blau Fünf. Starker Beschuß in Ihrem Bereich.«

Luke beachtete die Warnung nicht und raste mit dem Raumjäger direkt auf den seltsam geformten Vorsprung zu. Seine Entschlossenheit wurde belohnt, als er ihn, nachdem er eine Salve abgefeuert, in einem spektakulären Feuerball explodieren sah.

»Erwischt!« sagte er. »Fliege weiter südlich zum nächsten.«

In der Tempelfestung der Rebellen lauschte Leia gebannt. Sie schien gleichzeitig zornig und ängstlich zu sein. Schließlich drehte sie sich nach Threepio um und murmelte: »Warum geht Luke so viele Risiken ein?« Der große Android antwortete nicht.

»Aufpassen, Luke!« rief Biggs. »Aufpassen! Jäger über dir, die angreifen!«

Leia strengte sich an, das, was sie nun hören konnte, auch optisch zu sehen und sich auszumalen. Sie war nicht die einzige, die das tat.

»Hilf ihm, Artoo«, flüsterte Threepio vor sich hin, »und sieh zu, daß du durchhältst.«

Luke setzte seinen Sturzflug selbst dann noch fort, als er sich umblickte und den von Biggs signalisierten Feind knapp hinter sich sah. Widerwillig zog er aber dann doch die Maschine von der Oberfläche der Station hoch und verzichtete auf sein Ziel. Sein Verfolger, ein erstklassiger Pilot, holte dennoch auf.

»Ich kann ihn nicht abschütteln«, meldete Luke.

Durch den Himmel raste etwas auf die beiden Schiffe zu.

»Bin schon hinter ihm, Luke!« schrie Wedge Antilles. »Durchhalten!«

Luke brauchte nicht lange zu warten. Wedges Zielsicherheit ließ nichts zu wünschen übrig, und der Spurjäger verschwand kurz danach in einem gleißenden Lichtschein.

»Danke, Wedge«, murmelte Luke und atmete auf.

»Gut gemacht, Wedge«, sagte Biggs. »Blau Vier, ich greife an. Deckung, Porkins.«

»Bin schon dabei, Blau Drei«, meldete der andere Pilot.

Biggs flog an und feuerte aus allen Rohren. Niemand konnte danach genau sagen, was er getroffen hatte, aber der kleine Turm, der unter seinen Energiestrahlen explodierte, war offenkundig von größerer Wichtigkeit als vermutet.

Eine Reihe unmittelbar aufeinanderfolgender Explosionen pflanzte sich über einen großen Sektor der Stationsoberfläche hinweg fort, von einem Terminal zum nächsten. Biggs war schon über dieses Gebiet hinausgeschossen, aber sein Begleiter, in einigem Abstand hinter ihm, bekam eine volle Dosis der Energie ab, die unten freigesetzt worden war.

»Ich habe ein Problem«, meldete Porkins. »Mein Energieumwandler dreht durch.« Das war eine Untertreibung. Sämtliche Instrumente in seinem Cockpit waren gleichzeitig in Raserei verfallen.

»Aussteigen – aussteigen, Blau Vier«, riet Biggs. »Blau Vier, verstanden?«

»Es geht schon«, sagte Porkins. »Ich kann sie halten. Machen Sie mir ein wenig Platz, Biggs.«

»Sie sind zu tief!« schrie sein Begleiter. »Hochziehen, hochziehen!«

Da die Instrumente keine brauchbaren Anzeigen mehr lieferten, war Porkins mit seinem Schiff von einer der großen, schwerfälligen Energiekanonen auf der Oberfläche leicht zu verfolgen. Sie tat, was ihre Konstrukteure vorgesehen hatten. Porkins' Untergang war so glorios wie plötzlich.

In Polnähe der Station war es vergleichsweise ruhig. Die Attacken der Geschwader Blau und Grün auf den Äquator waren so heftig gewesen, daß die Abwehr der Station sich dorthin konzentriert hatte. Der Kommodore des Geschwaders Rot betrachtete den falschen Frieden mit düsterem Mißtrauen, denn er wußte, daß die Ruhe nicht lange anhalten konnte.

»Leitung Blau, hier Leitung Rot«, sagte er ins Mikrofon. »Wir greifen an. Der Auslaßschacht ist ausgemacht und markiert. Keine Flak, und auch noch keine feindlichen Maschinen hier oben. Sieht so aus, als könnten wir es zumindest einmal ungestört versuchen.«

»Verstanden, Leitung Rot«, erwiderte sein Gegenstück. »Wir werden versuchen, sie hier unten zu beschäftigen.«

Drei Y-Flügel-Jäger stürzten von den Sternen herab auf die Oberfläche der Kampfstation zu. Im letztmöglichen Augenblick schwenkten sie ab und tauchten in einen tiefen Canyon, einen von vielen, die den Nordpol des Todesplaneten durchzogen. Metallene Wälle fegten auf drei Seiten an ihnen vorbei.

Der Kommodore des roten Geschwaders schaute sich um und konnte keine feindlichen Maschinen entdecken. Er drehte an einem Regler und sagte zu seinen Leuten: »Es geht los, Jungs. Vergeßt nicht, wenn ihr glaubt, ihr seid ganz nah dran, dann müßt ihr noch näher hin, bevor ihr den Stein schmeißt. Alle Energie auf die vorderen Ablenkschirme – ganz egal, mit was sie euch von der Seite bewerfen. Darum können wir uns jetzt nicht kümmern.«

Einheiten der Station, die am Graben stationiert waren, wurden unsanft darauf aufmerksam gemacht, daß ihr bislang unbeachteter Bereich angegriffen wurde. Sie reagierten schnell, und nach kurzer Zeit rasten den anfliegenden Raumjägern Energieblitze in immer dichteren Schwärmen entgegen. Ab und zu explodierte einer davon in der Nähe der rasenden Y-Schiffe und beutelte sie, ohne aber ernstliche Schäden anzurichten.

»Bißchen aggressiv, die Burschen, wie?« sagte Rot Zwei.

Der Kommodore reagierte gelassen.

»Wie viele Geschütze schätzen Sie, Rot Fünf?«

Rot Fünf, bei den meisten Rebellenpiloten als Pops bekannt, brachte es auf irgendeine Weise fertig, die Abwehrkräfte am Graben abzuschätzen, während er gleichzeitig seinen Jäger durch den Feuerhagel steuerte. Sein Helm war von den Einwirkungen zu vieler Kämpfe, als daß ein einziger sie eigentlich alle hätte überstehen dürfen, fast bis zur Unbrauchbarkeit verbeult.

»Ungefähr zwanzig Batterien, würde ich sagen«, meldete er schließlich, »manche an der Oberfläche, andere in den Türmen.«

Der Kommodore quittierte die Meldung mit einem Brummlaut und zog die Computer-Zielscheibe vors Gesicht. Die Maschine wurde von Explosionen im Raum geschüttelt.

»Umschalten auf Zielcomputer«, sagte er.

»Rot Zwei«, kam eine Meldung, »Computer angeschlossen, und ich habe ein Signal.« Die Stimme des Piloten klang erregt.

Aber der Senior-Pilot unter den Rebellen, Rot Fünf, war erwartungsvoll kühl und zuversichtlich – auch wenn es sich nicht so anhörte, als er vor sich hinmurmelte: »Kein Zweifel, das wird so eine Sache werden.«

Unerwartet hörte das Abwehrfeuer aus den Geschützstellungen auf. Eine unheimliche Stille lag über dem Graben, während die Oberfläche weiterhin an den dahinfegenden Y-Schiffen vorbeihuschte.

»Was ist denn?« stieß Rot Zwei hervor und schaute sich besorgt um. »Sie haben aufgehört. Warum?«

»Gefällt mir nicht«, knurrte der Kommodore. Aber nichts behinderte jetzt ihren Anflug, es gab keine Energieblitze, denen man ausweichen mußte.

Es war Pops, der als erster die Finte des Gegners richtig einschätzte.

»Heck-Ablenkschirme verstärken«, sagte er. »Auf feindliche Jäger achten.«

»Genau getroffen, Pops«, bestätigte der Kommodore nach einem Blick auf die Instrumente. »Da kommen sie. Drei Stück bei zweihundertzehn.«

Eine mechanische Stimme leierte die schrumpfende Entfernung zu ihrem Ziel herunter, aber sie schrumpfte nicht schnell genug.

»Hier unten sind wir lebendige Zielscheiben«, meinte er nervös.

»Nützt nichts, wir müssen das durchsteh'n«, erklärte der Alte. »Wir können uns nicht verteidigen und gleichzeitig auf das Ziel losgehen.« Er kämpfte alte Reflexe nieder, als sein Bildschirm drei Spurjäger in enger Formation zeigte, die fast vertikal auf sie herabstürzten.

»Drei-acht-eins-null-vier«, sagte Darth Vader, die Hände ruhig am Steuerknüppel. Die Sterne huschten hinter ihm vorbei. »Die übernehme ich selbst. Gebt mir Deckung.«

Rot Zwei starb als erster. Der junge Pilot wußte nie, was ihn traf, sah seinen Henker nicht. Trotz seiner Erfahrung war der Kommodore des roten Geschwaders einer Panik nahe, als er sah, wie sein Begleiter in Flammen aufging.

»Wir sitzen hier in der Falle. Kein Manövrierraum – die Grabenwände sind zu nah. Wir müssen das einfach auflockern. Wir –«

»Am Ziel bleiben«, ermahnte eine ältere Stimme. »Am Ziel bleiben.«

Der Kommodore fand Aufmunterung in Pops Worten, aber es kostete ihn alle Mühe, die näherrückenden Spurjäger nicht zu beachten, als die beiden verbliebenen Y-Schiffe dem Ziel weiter entgegenrasten.

Vader, über ihnen, gestattete sich einen Augenblick undisziplinierter Freude, als er seinen Zielcomputer neu justierte. Die Rebellenschiffe flogen unbeirrt und ohne Ausweichmanöver weiter. Wieder berührte Vader die Abzugstaste.

Im Helm des Kommodore kreischte etwas, und seine Instrumente gingen in Flammen auf.

»Hat keinen Sinn«, schrie er ins Mikrofon. »Ich bin getroffen. Ich bin getroffen...!«

Ein zweites Y-Schiff explodierte, wurde zu einem Ball verdampfenden Metalls und schleuderte ein paar Splitter über den Graben. Diesen Verlust vermochte nicht einmal mehr Rot Fünf zu verkraften. Er betätigte die Steuerung, und sein Raumjäger zog in einer weiten Kurve hinaus aus dem Graben. Der führende Feindjäger hinter ihm setzte die Verfolgung fort.

»Rot Fünf an Leitung Blau«, sagte er. »Breche Angriff unter schwerem Beschuß ab. Spurjäger unvermittelt aufgetaucht. Ich kann nicht – warten –«

Hinter ihm feuerte ein stummer, unbarmherziger Gegner erneut. Die ersten Blitze trafen, gerade als Pops hoch genug gestiegen war, um zu Ausweichmanövern ansetzen zu können. Er hatte ein paar Sekunden zu lange gezögert.

Ein Energiestrahl durchsengte seinen Backbordmotor und entzündete das Gas in ihm. Der Motor explodierte und riß Steuerelemente und Stabilisatoren mit. Unfähig, das auszugleichen, stürzte das außer Kontrolle geratene Y-Schiff in weitem Bogen auf die Oberfläche der Station hinab.

»Alles in Ordnung, Rot Fünf?« rief eine sorgenvolle Stimme über das Bordsprechsystem.

»Hab' Tiree verloren... hab' Dutch verloren«, sagte Pops langsam mit müder Stimme. »Sie tauchen hinter einem auf, und im Graben kann man nicht ausweichen. Tut mir leid... jetzt seid ihr dran. Adieu, Dave...«

Es war die letzte von vielen Meldungen eines Veteranen.

Der Kommodore des blauen Geschwaders zwang sich zu einer Ruhe, die er nicht empfand, während er versuchte, die Gedanken an den Tod seines alten Freundes beiseitezuschieben.

»Geschwader Blau, hier ist Leitung Blau. Sammelplatz bei Punkt Sechsvierteins. Alle Maschinen melden.«

»Leitung Blau, hier Blau Zehn. Verstanden.«

»Hier Blau Zwei«, bestätigte Wedge. »Komme auf Sie zu.«

Luke wartete darauf, daß er an die Reihe kam, sich zu melden, als an seinem Armaturenbrett etwas schrillte. Ein Blick nach hinten bestätigte die elektronische Warnung. Er sah einen Raumjäger des Imperiums hinter sich auftauchen.

»Hier Blau Fünf«, meldete er und riß seine Maschine hin und her, um den Spurjäger abzuschütteln. »Ich habe hier ein Problem. Melde mich bald.« Er zog das Schiff in steilem Sturzflug zur metallenen Oberfläche hinunter, dann riß er sie abrupt hoch, um dem Abwehrfeuer zu entgehen. Die beiden Manöver reichten aber nicht aus, um den Verfolger abzuschütteln.

»Ich sehe dich, Luke!« rief Biggs beruhigend. »Bleib dran!«

Luke schaute hinauf und hinunter und seitwärts, aber von seinem Freund war nichts zu sehen.

»Verdammt, Biggs, wo bist du denn?«

Etwas tauchte auf, nicht seitwärts oder hinter ihm, sondern fast genau vor ihm. Es war grell und bewegte sich unglaublich schnell, und dann feuerte es über ihn hinweg. Der feindliche Pilot, völlig überrascht, begriff zu spät, was geschehen war, als seine Maschine zerbarst.

Luke lenkte den Jäger in Richtung Sammelplatz herum, während Biggs über ihm vorbeischoß.

»Gut gemacht, Biggs. Ich bin auch drauf hereingefallen.«

»Ich fange eben erst an«, sagte sein Freund, während er seine Maschine wild herumriß, um dem Bodenfeuer zu entgehen. Er tauchte über Lukes Schulter auf und drehte eine Siegerrolle.

Hinter Javins gigantischer Kugel beendete Dodonna eine angespannte Diskussion mit mehreren seiner Hauptberater, dann trat er an den Fernsender.

»Leitung Blau, hier ist Basis Eins. Angriff genau vorbereiten. Ihre Begleitmaschinen sollen zurückbleiben und Sie decken. Die Hälfte Ihres Geschwaders bleibt außer Reichweite, für den nächsten Anflug.«

»Verstanden, Basis Eins«, kam die Antwort. »Blau Zehn, Blau Zwölf, schließen Sie an.«

Zwei Schiffe fegten heran und nahmen den Kommodore in die Mitte. Er vergewisserte sich, daß sie für den Anflug richtig eingestellt waren und teilte die anderen für den Fall ein, daß der Angriff scheitern sollte.

»Blau Fünf, hier spricht Leitung Blau. Luke, nehmen Sie Blau Zwei und Drei mit. Halten Sie sich hier vom Sperrfeuer fern und warten Sie mein Signal für Ihren Anflug ab.«

»Verstanden, Leitung Blau«, bestätigte Luke und bemühte sich, seinen Herzschlag zu beruhigen. »Möge die Kraft Sie begleiten. Biggs, Wedge, los!« Gemeinsam bildeten die drei Raumjäger eine enge Formation hoch über dem noch immer tobenden Kampf zwischen den anderen Rebellenschiffen der Geschwader Grün und Gelb und den Kanonieren der Station.

Der Horizont schwankte vor dem Kommodore, als er seinen Anflug auf die Oberfläche der Station begann.

»Blau Zehn, Blau Zwölf, zurückbleiben, bis wir die Jäger finden, dann geben Sie mir Deckung.«

Alle drei X-Schiffe erreichten die Oberfläche, gingen in den Horizontalflug über und rasten in den Graben hinab. Seine Begleiter blieben immer weiter zurück, bis der Kommodore in der riesigen, grauen Kluft allein zu sein schien.

Kein Abwehrfeuer empfing ihn, als er auf das ferne Ziel zuraste. Er ertappte sich dabei, daß er immer wieder nervös nach hinten blickte, immer wieder auf dieselben Instrumente starrte.

»Sieht nicht normal aus«, murmelte er.

Blau Zehn wirkte ebenso besorgt.

»Inzwischen müßten Sie das Ziel anpeilen können.«

»Ich weiß. Die Verzerrungen hier sind unglaublich. Ich glaube, meine Instrumente zeigen falsch an. Ist das der richtige Graben?«

Plötzlich zuckten blendend-weiße Lichtstreifen vorbei, als die Grabenabwehr das Feuer eröffnete. Beinahe-Treffer schüttelten die Angreifer durch. Am fernen Ende des Grabens beherrschte ein riesiger Turm die Bergkette aus Metall und spie ungeheure Mengen Energie auf die herannahenden Schiffe.

»Mit dem Turm da vorne wird es nicht leicht sein«, erklärte der Kommodore grimmig. »Fertigmachen zum Näherrücken, sobald ich es sage.«

Schlagartig hörten die Energieblitze auf, und im Graben war es wieder still und dunkel.

»Jetzt geht es los«, sagte der Kommodore und versuchte den Angriff von oben rechtzeitig zu erkennen, der ja kommen mußte. »Haltet die Augen offen.«

»Alle Nah- und Fernpeilgeräte Fehlanzeige«, meldete Blau Zehn gepreßt. »Die Störungen sind hier zu stark. Blau Fünf, können *Sie* etwas erkennen?«

Lukes Aufmerksamkeit war auf die Oberfläche der Station gerichtet.

»Keine Spur von – wartet mal!« Drei rasch dahinfliegende Lichtpunkte fielen ihm auf. »Da sind sie. Anflug bei Nulldreifünf.«

Blau Zehn drehte sich um und blickte in die angegebene Richtung. Die Sonne funkelte auf Leitflossen, als die Spurjäger herabtauchten.

»Ich sehe sie.«

»Es ist der richtige Graben«, sagte der Kommodore, als sein Peilgerät plötzlich rhythmisch zu schrillen begann. Er justierte seine Zielinstrumente und zog das Visier herunter.

»Ich bin fast in Reichweite. Zielbereit... kommt rasch näher! Haltet sie mir nur ein paar Sekunden vom Leib – beschäftigt sie!«

Aber Darth Vader stellte sein Zielgerät bereits ein, als er wie ein Stein auf den Graben herabfiel.

»Formation schließen! Ich übernehme das selbst!«

Blau Zwölf fiel als erster aus, beide Motoren zerschossen. Eine geringe Abweichung in der Flugrichtung, und sein Schiff prallte an die Grabenwand. Blau Zehn verlangsamte und beschleunigte, schwankte bedrohlich, konnte aber innerhalb der engen Metallwände wenig unternehmen.

»Ich kann sie nicht lange halten. Feuern Sie lieber, solange es noch geht, Leitung Blau – wir rücken immer näher.«

Der Kommodore war vollauf damit beschäftigt, zwei Kreise in seinem Zielvisier zur Deckung zu bringen.

»Wir sind fast da. Ruhig, ganz ruhig...«

Blau Zehn schaute sich verzweifelt um.

»Sie sind direkt hinter mir!«

Der Kommodore wunderte sich selbst darüber, wie ruhig er blieb. Das lag zum Teil am Zielgerät, das ihm gestattete, sich auf winzige, abstrakte Bilder zu konzentrieren und alles andere fernzuhalten, so daß er nichts anderes wahrnahm.

»Fast am Ziel, fast am Ziel...« flüsterte er. Dann deckten sich die beiden Kreise, leuchteten rot auf, und in seinem Helm summte es. »Torpedos los, Torpedos los.«

Unmittelbar danach feuerte Blau Zehn die eigenen Geschosse ab. Die beiden Jäger fegten steil empor, dem Grabenende gerade noch ausweichend, als hinter ihnen Explosionswolken aufglühten.

»Ein Treffer! Wir haben es geschafft!« schrie Blau Zehn wie von Sinnen.

Der Kommodore sagte schleppend: »Nein, wir haben es nicht geschafft. Sie sind nicht hineingelangt, sondern vor dem Schacht explodiert.«

Die Enttäuschung brachte ihnen den Tod, als sie nicht auf das achteten, was hinter ihnen vorging. Drei Spurjäger tauchten im verblassenden Licht hinter den Explosionswolken auf. Blau Zehn erlag Vaders Präzisionsfeuer, dann veränderte der Schwarze Lord ein wenig den Kurs, um sich hinter den Kommodore zu setzen.

»Ich übernehme auch den letzten«, sagte er kalt. »Ihr beiden könnt umkehren.«

Luke versuchte, die Angreifer in den glühenden Gasen unter sich zu erkennen, als er die Stimme des Kommodore hörte.

»Blau Fünf, hier Leitung Blau. Gehen Sie in Position, Luke! Greifen Sie an – bleiben Sie tief unten und warten Sie, bis Sie genau darüber sind. Es wird nicht leicht sein.«

»Alles in Ordnung?«

»Sie sind hinter mir – aber ich schüttle sie ab.«

»Blau Fünf an Gruppe Blau«, sagte Luke, »dann mal los!« Die drei Schiffe lösten sich von den anderen und stürzten zum Grabensektor hinab.

Inzwischen gelang es Vader endlich, seine Beute zu treffen, mit einem Streifblitz, der trotzdem kleine, heftige Explosionen in einem Motor auslöste. Das R 2-Gerät kroch zurück zur beschädigten Tragfläche und bemühte sich, den beschädigten Antrieb zu reparieren.

»R 2, Hauptzufuhr zu Steuerbordmotor Eins abschalten«, befahl der Kommodore ruhig, während er resigniert auf Instrumente starrte, die Unmögliches anzeigten. »Festhalten, das könnte ziemlich rauh werden.«

Luke sah, daß der Kommodore Schwierigkeiten hatte.

»Wir sind genau über Ihnen, Leitung Blau«, sagte er. »Gehen Sie auf Nullnullfünf, und wir decken Sie.«

»Ich habe meinen oberen Steuerbordmotor verloren«, wurde geantwortet.

»Wir kommen zu Ihnen herunter.«

»Negativ, negativ. Bleiben Sie, wo Sie sind, und bereiten Sie Ihren Angriff vor!«

»Sind Sie sicher, daß Sie es schaffen?«

»Ich denke schon... Warten Sie eine Minute!«

Es dauerte keine ganze Minute, bevor das taumelnde X-Schiff des Kommodore auf der Station zerschellte.

Luke verfolgte, wie die gewaltige Explosion sich unter ihm ausbreitete, kannte ohne jeden Zweifel ihre Ursache, spürte zum erstenmal die Hilflosigkeit seiner Lage.

»Wir haben eben den Kommodore verloren«, murmelte er geistesabwesend, ohne sich darum zu kümmern, ob man ihn über die Sprechanlage hören konnte.

Auf Javin Vier stand Leia Organa auf und begann nervös hin- und herzugehen. Ihre sonst gepflegten Fingernägel waren zerbissen, das einzige äußere Zeichen für ihre Anspannung. Ihre Miene verriet, wieviel Angst und Sorge in ihr waren.

»Können sie weitermachen?« fragte sie Dodonna.

»Sie müssen«, sagte der General leise.

»Aber wir haben so *viele* verloren. Wie wollen sie sich neu sammeln, ohne Leitung Blau und Rot?«

Dodonna wollte antworten, blieb aber stumm, als Stimmen aus den Lautsprechern tönten.

»Anschließen, Wedge«, sagte Luke, Tausende von Kilometern entfernt. »Biggs, wo bist du?«

»Komme hinter dir heran.«

»Okay, Chef, wir sind in Position«, meldete Wedge nach kurzer Zeit.

Dodonnas Blick richtete sich auf Leia. Seine Besorgnis war unverkennbar.

Die drei X-Schiffe flogen eng nebeneinander zur Oberfläche der Station. Luke studierte seine Instrumente und rang wild mit einem Steuerelement, das defekt zu sein schien.

Eine Stimme tönte in seinen Ohren. Es war eine jung-alte Stimme, eine vertraute: ruhig, selbstsicher, zuversichtlich und beruhigend – eine Stimme, der er in der Wüste Tatooines und im Innern der Station vor langer Zeit aufmerksam gelauscht hatte.

»Vertrau auf deine Gefühle, Luke«, das war alles, was die Stimme Kenobis sagte.

Luke klopfte auf seinen Helm, ungewiß, ob er wirklich etwas gehört hatte oder nicht. Jetzt war aber nicht die Zeit für Selbstversenkung. Der stählerne Horizont der Station hinter ihm kippte.

»Wedge, Biggs, wir greifen an«, sagte er. »Volle Kraft voraus! Gebt euch nicht lange damit ab, den Graben zu finden und dann zu beschleunigen. Vielleicht bleiben die Spurjäger dann zu weit hinter uns.«

»Wir halten soviel Abstand, daß wir dich decken können«, sagte Biggs. »Kannst du bei der Geschwindigkeit rechtzeitig hochziehen?«

»Machst du Witze?« antwortete Luke mit gespielter Empörung, als sie zur Oberfläche hinabstürzten. »Das wird genau wie im Beggars-Canyon zu Hause.«

»Bin dabei, *Chef*«, erklärte Wedge, den Titel zum erstenmal betonend. »Los...«

Mit hoher Geschwindigkeit rasten die drei kleinen Jagdmaschinen auf die leuchtende Oberfläche zu und gingen *nach* dem letzten Augenblick in Horizontalflug über. Luke huschte so tief über den Rumpf der Station hinweg, daß ein Tragflächenende eine hochragende Antenne streifte und sie zerschnitt. Augenblicklich waren sie in ein Geflecht von Energieblitzen und

Sprenggeschossen eingehüllt, das sich noch verstärkte, als sie in den Graben hinabfauchten.

»Wir scheinen sie durcheinandergebracht zu haben«, meinte Biggs leise lachend und behandelte den tödlichen Energieausstoß, als sei er eine Vorführung, die zu ihrer Belustigung abgehalten wurde.

»Sehr gut«, sagte Luke, überrascht von der klaren Sicht. »Ich kann alles sehen.«

Wedge war nicht ganz so zuversichtlich, als er seine Instrumente ablas.

»Mein Peilgerät zeigt den Turm, aber die Auslaßöffnung kann ich nicht ausmachen. Sie muß verdammt klein sein. Seid ihr sicher, daß der Computer das Ziel berechnen kann?«

»Hoffentlich«, murmelte Biggs.

Luke äußerte keine Meinung – er war zu sehr damit beschäftigt, den Kurs durch die von explodierenden Blitzen hervorgerufene Turbulenz zu halten. Dann hörte das Abwehrfeuer wie auf Kommando auf. Er schaute sich um nach den Spurjägern, sah aber nichts.

Seine Hand hob sich, um das Zielvisier herunterzuklappen, dann zögerte er einen Augenblick. Er preßte die Lippen zusammen und schob das Visier vor die Augen.

»Aufpassen«, warnte er seine Kameraden.

»Was ist mit dem Turm?« fragte Wedge sorgenvoll.

»Kümmert euch um die Jäger«, knurrte Luke. »Ich kümmere mich um den Turm.«

Sie fegten weiter und rückten dem Ziel von Sekunde zu Sekunde näher. Wedge starrte nach oben, und seine Augen weiteten sich.

»Da kommen sie – Nullnulldrei!«

Vader justierte seine Steuerung, als einer seiner Begleiter die Funkstille während des Angriffs brach.

»Die fliegen viel zu schnell an – da kommen sie nie rechtzeitig heraus.«

»Dabeibleiben!« befahl Vader.

»Die sind zu schnell für die Peilung«, erklärte der andere Pilot voll Überzeugung.

Vader betrachtete einige Instrumente und stellte fest, daß seine Sensoren die Schätzung des anderen bestätigten.

»Die müssen langsamer werden, bevor sie den Turm erreichen.«

Luke starrte durch das Zielvisier.

»Fast da.« Sekunden vergingen, und die beiden Kreise schoben sich übereinander. Sein Finger krümmte sich um den Abzug. »Torpedos los! Hochziehen, hochziehen!«

Zwei mächtige Explosionen erschütterten den Graben, weit neben der winzigen Öffnung. Drei Spurjäger schossen aus dem sich rasch verdünnenden Feuerball und hetzten den im Rückzug befindlichen Rebellen nach.

»Erledigt sie«, sagte Vader leise.

Luke entdeckte die Verfolger zur selben Zeit wie seine Begleiter.

»Wedge, Biggs, auseinander – nur so schütteln wir sie ab!«

Die drei Schiffe stürzten zur Station hinunter und jagten plötzlich in drei verschiedenen Richtungen auseinander. Alle drei Spurjäger wendeten und flogen Luke nach.

Vader feuerte auf das wild hin- und herzuckende Schiff, verfehlte und runzelte die Stirn.

»Bei dem ist die Kraft sehr stark. Seltsam. Den übernehme ich selbst.«

Luke huschte zwischen Abwehrtürmen hindurch und schlängelte sich eng zwischen Dockbuchten herum, alles ohne Erfolg. Ein einzelner Spurjäger blieb ihm auf den Fersen. Ein Energieblitz streifte eine Tragfläche, in der Nähe des Motors, der Funken zu sprühen begann. Luke versuchte alles, um auszugleichen und die volle Kontrolle wiederzugewinnen.

Bemüht, seinem Verfolger zu entgehen, flog er wieder in einen Graben hinab.

»Ich bin getroffen«, meldete er, »aber nicht schwer. Artoo, sieh zu, was du machen kannst.«

Der kleine Roboter löste die Verankerung und machte sich über den beschädigten Motor her, während Energieblitze in bedrohlicher Nähe vorbeizischten.

»Festhalten«, warnte Luke, während er um hochragende

Türme herumflog, in einem wilden Doppeltanz mit dem verfolgenden Schiff.

Das Sperrfeuer setzte sich fort, während Luke Richtung und Geschwindigkeit unablässig wechselte. Eine Reihe von Anzeigern am Armaturenbrett wechselte langsam die Farbe; drei wichtige Meßzeiger kehrten in ihre Ausgangsstellung zurück.

»Ich glaube, du hast es geschafft, Artoo«, sagte Luke dankbar.

»Ich glaube – ja, richtig. Versuch, das festzuklammern, damit es sich nicht wieder lösen kann.«

Artoo schrillte zur Antwort, während Luke das wirbelnde Panorama hinter und über ihnen studierte.

»Ich glaube, die Spurjäger haben wir auch abgehängt. Gruppe Blau, hier Blau Fünf. Seid ihr klargekommen?« Er betätigte einige Hebel, und das X-Schiff schoß aus dem Graben empor, noch immer verfolgt vom Bodenfeuer.

»Ich warte hier oben, Chef«, sagte Wedge. »Ich kann Sie nicht sehen.«

»Bin unterwegs. Blau Drei, klargekommen? Biggs?«

»Ich hatte Schwierigkeiten«, erwiderte sein Freund, »aber ich glaube, ich habe ihn abgehängt.«

Auf Biggs' Bildschirm zeigte sich plötzlich etwas. Ein Blick nach hinten bestätigte, daß der Spurjäger, der ihn seit einigen Minuten verfolgte, wieder aufgetaucht war. Er fegte wieder zur Station hinunter.

»Nein, noch nicht«, sagte Biggs ins Mikrofon. »Abwarten, Luke, ich komme gleich.«

Eine dünne, mechanische Stimme tönte aus den Lautsprechern.

»Festhalten, Artoo, festhalten!«

Im Hauptquartier innerhalb des Tempels wandte Threepio sich von den forschenden menschlichen Gesichtern ab, die ihn anstarrten.

Während Luke hoch über der Station dahinraste, näherte sich ein anderes X-Schiff. Er erkannte Wedges Maschine und suchte besorgt nach seinem Freund.

»Wir fliegen an, Biggs – komm herauf! Biggs, alles in Ordnung? Biggs!« Von dem anderen Raumjäger war nichts zu sehen.

»Wedge, sehen Sie ihn irgendwo?«

In der durchsichtigen Kanzel des Schiffes neben ihm wurde betrübt ein behelmter Kopf geschüttelt.

»Nichts«, sagte Wedge. »Warten wir noch. Er kommt schon.«

Luke schaute sich bedrückt um, blickte auf einige Instrumente und kam zu einem Entschluß.

»Wir können nicht warten. Wir müssen jetzt anfliegen. Ich glaube nicht, daß er es geschafft hat.«

»He, Jungs«, rief eine Stimme, »worauf wartet ihr denn?«

Lukes Kopf zuckte nach rechts, und er sah einen Raumjäger vorbeihuschen.

»Den alten Biggs braucht ihr nicht so schnell aufzugeben«, tönte es aus dem Lautsprecher, als die Gestalt im X-Schiff sich nach ihnen umschaute.

Im zentralen Kontrollraum der Kampfstation eilte ein nervöser Offizier auf eine Gestalt vor dem riesigen Bildschirm zu und wedelte mit einem Bündel Computerdaten.

»Sir, wir haben eine Analyse ihres Angriffsplans fertig. Es besteht eine Gefahr. Sollen wir den Kampf abbrechen oder Evakuierungspläne ins Auge fassen? Ihr Schiff steht startbereit.«

Gouverneur Tarkin starrte den Offizier ungläubig an.

»Evakuieren?« brüllte er. »Im Augenblick unseres Triumphs? Wir sind im Begriff, die letzten Überreste der Allianz zu vernichten, und Sie sprechen von Evakuierung? Sie überschätzen ihre Chancen gewaltig... Raus hier!«

Überwältigt von der Wut des Gouverneurs, drehte sich der Offizier rasch um und verließ den Raum.

»Wir greifen an«, erklärte Luke und setzte zum Sturzflug an. Wedge und Biggs folgten ihm.

»Los – Luke«, hörte er eine Stimme, die er schon einmal gehört hatte, sagen. Wieder klopfte er auf den Helm und schaute sich um. Es klang, als stehe der Sprecher genau hinter ihm. Aber da war nichts, nur stummes Metall und schweigsame Instrumente. Verwirrt beugte sich Luke wieder über die Steuerung.

Erneut griffen Energiestrahlen nach ihnen und fegten an beiden Seiten vorbei, als die Oberfläche der Station ihnen entgegenraste. Das Abwehrfeuer war aber nicht der Grund für das Erzittern, das Luke wahrnahm. Mehrere kritische Meßzeiger gerieten wieder in die Gefahrenzone.

Er beugte sich zum Roboter zurück.

»Artoo, die Stabilisatoren müssen sich wieder gelockert haben. Sieh zu, ob du sie nicht wieder montieren kannst – ich brauche volle Kontrolle.«

Der kleine Roboter machte sich wieder auf den Weg, ohne auf das heftige Schütteln, auf die Energiestrahlen und Explosionen zu achten, die den Raum rings um sie erhellten.

Zusätzliche, pausenlose Explosionen schüttelten die drei Raumjäger, als sie in den Graben hinabstürzten. Wedge und Biggs blieben zurück, um Luke Deckung zu geben, als er das Zielvisier herunterklappte.

Zum zweitenmal erfüllte ihn ein seltsames Zögern. Seine Hand bewegte sich noch langsamer, als er das Gerät schließlich herunterzog, fast so, als seien die Nerven miteinander im Widerstreit. Wie erwartet, hörten die Energieblitze auf und er fegte unbehindert durch den Graben.

»Noch einmal von vorn«, sagte Wedge, als er drei Spurjäger entdeckte, die von oben auf sie herabstürzten.

Biggs und Wedge kreuzten sich hinter Luke immer wieder, bestrebt, das Feuer von ihm fortzulenken und die Verfolger zu verwirren. Ein Spurjäger ignorierte die Manöver und holte immer mehr auf.

Luke starrte in das Zielgerät – dann griff er langsam hinauf, um es hochzuklappen. Eine lange Minute starrte er das abgeschaltete Visier an, wie hypnotisiert. Plötzlich klappte er es herunter und betrachtete den winzigen Bildschirm, als dieser die sich verschiebenden Verhältnisse zwischen X-Schiff und näherrückender Auslaßöffnung wiedergab.

»Beeil dich, Luke!« rief Biggs, während er sein Schiff gerade noch rechtzeitig herumriß, um einem mörderischen Strahl zu entgehen. »Diesmal rücken sie schneller an. Wir können sie nicht mehr lange halten.«

Mit unmenschlicher Präzision drückte Darth Vader wieder auf

die Abzugstaste seiner Maschine. Ein lauter, verzweifelter Schrei gellte aus den Lautsprechern und verschmolz mit einem letzten Aufkreischen von zerfetzendem Metall, als Biggs' Raumjäger zu Milliarden glühender Splitter zerbarst, die in den Graben hinabregneten.

Wedge hörte die Explosion über Lautsprecher und suchte hinter sich verzweifelt nach den Verfolgern.

»Wir haben Biggs verloren«, brüllte er ins Mikrofon.

Luke antwortete nicht sofort. Seine Augen waren feucht, und er wischte sie sich zornig. Sie behinderten ihn beim Ablesen der Zieldaten.

»Wir sind zwei Sternschnuppen, Biggs«, flüsterte er heiser, »und uns hält keiner auf.« Sein Schiff schwankte von einem Beinahe-Treffer, und er gab seinem letzten Begleiter Anweisungen, mit einer Stimme, die selbst seinen Ohren fremd klang:

»Anschließen, Wedge! Da hinten können Sie nichts mehr ausrichten. Artoo, versuch, mir etwas mehr Saft für die Heck-Ablenkschirme zu geben!«

Das Artoo-Gerät beeilte sich, den Befehl auszuführen, während Wedge neben Lukes Schiff auftauchte. Auch die verfolgenden Spurjäger beschleunigten.

»Ich bin am Führenden«, teilte Vader seinen Soldaten mit. »Ihr übernehmt den anderen.«

Luke flog kurz vor Wedge, etwas Backbord. Energieblitze von den Verfolgern zuckten knapp über sie hinweg. Die beiden Männer kreuzten immer wieder ihre Wege, bemüht, ein möglichst verwirrendes Ziel zu bieten.

Wedge rang mit seiner Steuerung, als mehrere kleine Blitze und Funken sein Armaturenbrett erhellten. Eine Tafel wurde herausgesprengt und hinterließ geschmolzene Schlacke. Auf irgendeine Weise gelang es Wedge trotzdem, die Herrschaft über den Raumjäger zu behalten.

»Ich habe einen schweren Defekt, Luke. Ich kann nicht weiter.«

»Okay, Wedge, ziehen Sie weg!«

Wedge murmelte: »Tut mir leid«, und fegte aus dem Graben empor.

Vader, der seine ganze Aufmerksamkeit auf das Schiff vor sich konzentrierte, begann zu feuern.

Luke sah die beinahe tödliche Explosion, die knapp hinter ihm erfolgte, nicht. Er hatte auch keine Zeit, die rauchende Hülle verkrümmten Metalls zu betrachten, die nun neben einem der Motoren mitflog. Die Arme des kleinen Roboters erschlafften.

Alle drei Spurjäger setzten der X-Maschine im Graben nach. Es konnte sich nur um Augenblicke handeln, bis einer von ihnen den hin- und herzuckenden Jäger mit einem Feuerstoß erledigte. Aber dann waren es nur noch zwei Verfolger. Der dritte war zu einem sich ausdehnenden Zylinder von Bruchstücken geworden, die an die Wände der Schlucht prasselten.

Vaders einziger Begleiter, den er noch hatte, schaute sich in Panik nach dem Ursprung der Zerstörung um. Dieselben Verzerrungsfelder, die sich auf die Instrumente der Rebellen auswirkten, störten nun auch die Anlagen der Spurjäger.

Erst als der Frachter die Sonne vor ihnen ganz verdeckte, wurde die neue Bedrohung sichtbar. Es war ein corellanisches Frachtschiff, viel größer als ein Raumjäger, und es stürzte direkt auf den Graben zu. Aber auf eine seltsame Weise verhielt es sich nicht wie ein Frachtschiff.

Wer immer das Raumfahrzeug steuerte, mußte besinnungslos oder irrsinnig geworden sein, entschied der Stationspilot. Verzweifelt justierte er seine Steuerung, um dem voraussehbaren Zusammenprall zu entgehen. Der Frachter fegte knapp oberhalb vorbei, aber beim Ausweichen geriet der Spurjägerpilot zu weit auf eine Seite.

Eine kleine Explosion folgte, als zwei große Leitflossen der beiden Spurjäger sich ineinander verhakten. Nutzlos in sein Mikrofon schreiend, taumelte der Pilot auf eine Grabenwand zu. Er berührte sie aber nicht, denn sein Schiff ging vor dem Anprall in Flammen auf.

Auf der anderen Seite begann Darth Vaders Schiff hilflos zu torkeln. Unbeeindruckt vom finsteren Toben des Schwarzen Lords zeigten die Instrumente wahrheitsgemäß an, was sich abspielte. Völlig außer Kontrolle geratend, wirbelte das winzige

Schiff in der entgegengesetzten Richtung davon – hinaus in die endlosen Weiten des Weltraums.

Wer an der Steuerung des Frachters saß, war weder besinnungslos noch verrückt – nun, vielleicht ein klein wenig von Sinnen, aber trotzdem voll beherrscht. Das Schiff flog hoch über den Graben hinaus und deckte Luke von oben.

»Alles klar, junger Mann«, teilte ihm eine vertraute Stimme mit. »Sprengen Sie das Ding endlich, damit wir nach Hause können.« Dem aufmunternden Zuspruch folgte ein ermunterndes Grunzen, das nur von einem besonders mächtigen Wookie stammen konnte.

Luke schaute durch das Kanzeldach hinauf und lächelte. Aber sein Lächeln verschwand, als er sich dem Zielvisier wieder zuwandte. In seinem Kopf prickelte es.

»Luke... vertrau mir«, sagte das Prickeln, zum drittenmal Worte formend. Er starrte ins Visier. Die Auslaßöffnung glitt wieder auf den Zielkreis zu, wie schon einmal – als er sie verfehlt hatte. Er zögerte, aber diesmal nur kurz, dann klappte er den Zielschirm weg. Er schloß die Augen und schien vor sich hinzumurmeln, so, als spreche er mit etwas Unsichtbarem. Mit der Sicherheit eines Blinden in vertrauter Umgebung führte Luke einen Daumen über einige Hebel, dann berührte er einen. Bald danach tönte eine sorgenvolle Stimme aus den Lautsprechern in das Cockpit.

»Basis Eins an Blau Fünf, Ihr Zielgerät ist abgeschaltet. Was ist passiert?«

»Nichts«, murmelte Luke kaum hörbar. »Gar nichts.« Er blinzelte und rieb sich die Augen. War er eingeschlafen? Er schaute sich um und sah, daß er den Graben verlassen hatte und in den Weltraum zurückflog. Ein Blick nach draußen zeigte den vertrauten Umriß von Han Solos Schiff, das ihm nachflog. Ein zweiter Blick auf die Armaturen ergab, daß er seine letzten Torpedos abgeschossen hatte, obwohl er sich nicht daran erinnern konnte. Aber getan mußte er es haben.

Aus den Lautsprechern drang wildes Geschrei.

»Sie haben es geschafft! Sie haben es geschafft!« brüllte Wedge immer wieder. »Ich glaube, sie sind genau hineingeflogen.«

»Guter Schuß, junger Mann«, lobte Solo und mußte die Stimme erheben, um Chewbaccas Geheul zu übertönen.

Fernes, dumpfes Grollen tönte herüber und ließ Lukes Schiff erzittern, ein Zeichen für den Erfolg. Er mußte die Torpedos abgeschossen haben, nicht wahr? Langsam gewann er seine Fassung wieder und sagte:

»Bin froh... daß Sie dabei waren und es gesehen haben. Und jetzt möglichst viel Entfernung zwischen uns und dem Ding, bevor es auseinanderfliegt. Ich hoffe, Wedge hatte recht.«

Mehrere X- und Y-Schiffe und ein verbeulter Frachter fegten von der Kampfstation davon, hinaus zur fernen Wölbung Javins.

Hinter ihnen bezeichneten kleine Blitze verblassenden Lichts die schrumpfende Station. Ohne Vorwarnung tauchte an ihrer Stelle am Himmel etwas auf, das greller war als der glühende Gasriese, greller als die weit entfernte Sonne. Ein paar Sekunden lang wurde die ewige Nacht zum Tag. Niemand wagte, den Blick direkt darauf zu richten. Nicht einmal die auf Höchstleistung geschalteten Abschirmungen konnten den furchtbaren Glast trüben.

Der Raum füllte sich vorübergehend mit Trillionen mikroskopisch kleiner Metallteilchen, die durch die freigesetzte Energie einer kleinen künstlichen Sonne an den fliehenden Schiffen vorbeigejagt wurden. Der kollabierte Überrest der Station würde sich mehrere Tage lang selbst verzehren und für diese kurze Zeitspanne das eindrucksvollste Grabmal in dieser Ecke des Kosmos darstellen.

13

Ein jubelndes, feierndes Gedränge von Technikern, Mechanikern und anderen Bewohnern des Allianz-Hauptquartiers umschwärmte jeden der Raumjäger, als er landete und in den Tempelhangar rollte. Einige der anderen überlebenden Piloten waren bereits ausgestiegen und warteten auf Luke, um ihn zu begrüßen.

Auf der anderen Seite der Maschine war die Menschenmenge

viel kleiner und stiller. Sie bestand aus zwei Technikern und einem großen Androiden, der sorgenvoll zusah, als die Menschen auf den schwarz versengten Jäger stiegen und einen schwer verbrannten metallenen Rumpf herunterhoben.

»O je! Artoo?« klagte Threepio und beugte sich über den verkohlten Roboter. »Kannst du mich hören? So sag doch etwas.« Sein Blick richtete sich auf einen der Techniker. »Ihr könnt ihn doch reparieren, oder?«

»Wir werden unser Bestes tun.« Der Mann betrachtete das verdampfte Metall, die heraushängenden Bauteile. »Er ist schwer mitgenommen.«

»Ihr müßt ihn reparieren! Sir, wenn eine meiner Schaltungen oder Modulen von Nutzen sein kann, ich gebe sie gerne...«

Sie entfernten sich langsam, ohne den Lärm und die Aufregung ringsum zu beachten. Zwischen den Robotern und den Menschen, die sie reparierten, bestand ein ganz besonderes Verhältnis. Jeder nahm am Schicksal des anderen teil, und manchmal war die Grenzlinie zwischen Mensch und Maschine undeutlicher, als viele zugeben wollten.

Das Zentrum der karnevalähnlichen Atmosphäre bildeten drei Gestalten, die sich darin zu übertreffen suchten, die anderen in höchsten Tönen zu rühmen. Gefährlich waren allerdings die Händedrucke und das Schulterklopfen des Wookie. Man lachte, als er ein verlegenes Gesicht machte, nachdem er Luke beinahe plattgedrückt hatte.

»Ich wußte, daß ihr zurückkommt«, schrie Luke. »Ich wußte es einfach! Ich wäre nur noch Staub, wenn Sie nicht plötzlich zur Stelle gewesen wären, Han!«

Solo hatte nichts von seiner Selbstzufriedenheit verloren.

»Na, ich konnte ja wohl nicht zulassen, daß ein Farmerjunge ganz allein gegen die Station antrat. Außerdem ging es mir gegen den Strich, zuzulassen, daß am Ende Sie ganz allein den Ruhm und die Belohnung ernten würden, Luke.«

Als das Gelächter aufbrandete, stürzte eine biegsame Gestalt mit wehenden Gewändern auf Luke zu.

»Sie haben es geschafft, Luke, Sie haben es geschafft!« rief Leia. Sie fiel in seine Arme und preßte ihn an sich, als er sie herumwirbelte. Dann lief sie zu Solo und umarmte auch ihn. Der Corellaner war, wie man hatte annehmen dürfen, nicht ganz so verlegen wie Luke.

Betroffen über die Verehrung, die man ihm entgegenbrachte, wandte Luke sich ab. Er blickte dankbar auf den halb demolierten Raumjäger, dann wanderte sein Blick hinauf zu der hohen Decke. Einen Moment lang glaubte er, so etwas wie einen glücklichen Seufzer zu hören, ein Aufatmen, das ein verrückter alter Mann in Sekunden der Freude manchmal hatte hören lassen. Natürlich stammte das wohl nur von dem eindringenden heißen Wind einer dampfenden Dschungelwelt, aber Luke lächelte trotzdem über das, was er da oben zu hören glaubte.

Es gab viele Räume in dem riesigen Tempel, die von den Technikern der Allianz für den modernen Gebrauch umgebaut worden waren. Aber selbst bei ihren verzweifelten Bedürfnissen hatten die Architekten den alten Thronsaal in seiner klaren und klassischen Schönheit belassen, wie er war, und ihn nur von Dschungelgewächsen und Schutt gereinigt.

Zum erstenmal seit Jahrtausenden war nun dieser große Raum gefüllt. Hunderte von Rebellensoldaten und Technikern standen auf dem alten Steinboden versammelt, ein letztesmal vereinigt, bevor sie sich zerstreuten, um neue Posten anzutreten oder auf ferne Heimatwelten zurückzukehren. Zum erstenmal vereinigten sich auch die massierten Reihen gebügelter Uniformen und polierter Halbpanzerungen zu einer mächtigen Demonstration der Allianz.

Die Banner vieler Welten, die der Rebellion ihre Unterstützung gegeben hatten, flatterten in der leichten Brise. Am anderen Ende eines langen, offenen Mittelgangs saß eine Gestalt in Weiß, und auf dem Gewand sah man Sardonyxwellen – Leia Organas Amtstracht.

Mehrere Figuren erschienen auf der gegenüberliegenden Seite. Die eine, riesengroß und behaart, schien sofort Deckung suchen zu wollen, wurde aber von ihrem Begleiter mitgezerrt. Luke, Han, Chewie und Threepio brauchten einige Minuten, um den ganzen Weg zurückzulegen.

Sie blieben vor Leia stehen, und Luke erkannte unter den anderen Würdenträgern, die in der Nähe saßen, General Dodonna. Es gab eine kurze Pause, dann gesellte sich ein schimmerndes, vertrautes Artoo-Gerät zu der Gruppe und trat zu dem fassungslosen Threepio.

Chewbacca scharrte nervös mit den Füßen und ließ nur zu deutlich erkennen, daß er sich an einen anderen Ort wünschte. Solo beschwichtigte ihn, als Leia aufstand und vortrat. Im gleichen Augenblick senkten sich alle Fahnen, und die ganze Versammlung wandte sich dem Podest zu.

Sie legte etwas Schweres, Goldenes um Solos Hals, dann um den von Chewbacca – wozu sie sich auf die Zehen stellen mußte – und schließlich um den von Luke. Dann gab sie den Versammelten ein Zeichen, und die starre Disziplin löste sich auf, als alle Männer, Frauen und Roboter Gelegenheit erhielten, ihren Gefühlen freien Lauf zu lassen.

Umtost von Jubelrufen und Triumphgeschrei, stellte Luke fest, daß er weder an seine Zukunft bei der Allianz noch an die Chance dachte, mit Han Solo und Chewbacca abenteuerliche Flüge zu unternehmen. Statt dessen sah er seine ganze Aufmerksamkeit von der strahlenden Leia Organa in Anspruch genommen, auch wenn Solo einmal behauptet hatte, so etwas halte er nicht für möglich.

Sie bemerkte seinen wie gebannt an ihr haftenden Blick, aber diesmal lächelte sie nur.

Das Imperium
schlägt zurück

Titel der amerikanischen Originalausgabe:
The Empire strikes back. Star Wars.

Aus dem Amerikanischen übertragen
von Tony Westermayr

Originalverlag: Ballantine Books, New York

© der Originalausgabe 1980
by Black Falcon Ltd.
This translation published by arrangement with
Ballantine Books, a Division of Random House, Inc.

1

»Also, *das* nenn' ich kalt!« Luke Skywalkers Stimme brach das Schweigen, das er sich auferlegt hatte, seitdem er vor Stunden von dem neu eingerichteten Rebellen-Stützpunkt aufgebrochen war. Er ritt auf einem Tauntaun, dem einzigen weiteren lebenden Wesen außer ihm, so weit das Auge reichte. Er fühlte sich müde und allein, und der Klang seiner Stimme erschreckte ihn geradezu.

Luke und die anderen Mitglieder der Rebellen-Allianz wechselten sich darin ab, die weiße Ödfläche von Hoth zu erkunden, um die nötigen Informationen über ihre neue Heimat zu sammeln. Stets kehrten sie mit den gleichen gemischten Gefühlen von Beruhigung und Verlassenheit zurück: Nichts stand im Widerspruch zu ihren zuerst gemachten Beobachtungen, daß nämlich auf diesem kalten Planeten keine Form von intelligentem Leben existierte. Alles, was Luke auf seinen einsamen Ausflügen gesehen hatte, waren sterile weiße Ebenen und blaugetönte Gebirgszüge, die sich im Dunst des fernen Horizonts aufzulösen schienen.

Luke lächelte hinter dem maskenartigen grauen Tuch, das ihn vor den eisigen Winden Hoths schützte. Er starrte durch die Schutzbrille auf die Eiswüste und zog sich die pelzgefütterte Mütze tiefer ins Gesicht.

Er lächelte ein wenig schief, als er sich die amtlichen Ermittler im Dienst des Imperiums vorstellte. Die Galaxis wimmelt von Niederlassungen irgendwelcher Kolonisatoren, denen weder die Angelegenheiten des Reiches noch dessen Widersacher, die Rebellen-Allianz, etwas bedeuteten. Aber ein Siedler müßte verrückt sein, seinen Grund und Boden auf Hoth zu suchen. Dieser Planet hat niemandem etwas zu bieten – außer den Rebellen.

Die Allianz der Rebellen hatte vor knapp einem Monat einen Vorposten auf dieser Eiswelt eingerichtet. Luke war im Stützpunkt wohlbekannt. Er wurde, obwohl kaum dreiundzwanzig Jahre alt, von anderen Rebellensoldaten *Commander* Skywalker genannt. Der Titel bereitete ihm ein wenig Unbehagen. Nichtsdestoweniger befehligte er eine Abteilung kampferfahrener Leute. So viel war in letzter Zeit mit Luke geschehen, er hatte sich sehr verändert. Er konnte selbst kaum glauben, daß er vor erst drei Jahren noch ein staunender Bauernjunge auf seiner Heimatwelt Tatooine gewesen war.

Der jugendliche Commander trieb sein Tauntaun an.

»Los, Mädel«, drängte er.

Der graue Leib der Schnee-Echse war durch einen dicken Pelz vor der Kälte geschützt. Das Tier galoppierte auf muskelstarken Hinterbeinen. Die dreizehigen Füße liefen in große, gebogene Krallen aus, die Schneewolken hochstäubten. Der lamaartige Kopf des Tauntaun war vorgeschoben, der geringelte Schwanz gestreckt, als das Wesen nun den Eishang hinaufstürmte. Der gehörnte Kopf des Tieres drehte sich im böigen Eiswind, der um seine zottige Schnauze schnob.

Luke wünschte sich das Ende seiner Mission herbei. Trotz der dickgepolsterten Kleidung aus den Lagern der Rebellen schien sein Körper fast erstarrt zu sein. Nun ja, er war aus freien Stücken hier. Er hatte sich freiwillig erboten, über die Eisfelder zu reiten und nach anderen Lebensformen Ausschau zu halten. Er fröstelte, als er auf die langen Schatten blickte, die er und das Tier warfen. Der Wind wird stärker, dachte er. Und wenn es Nacht wird, bringen die Eiswinde unerträglich niedrige Temperaturen mit sich. Er hatte gute Lust, vorzeitig zum Stützpunkt zurückzukehren, doch er wußte, wie wichtig es war, endgültige Gewißheit darüber zu erlangen, daß die Rebellen auf Hoth allein waren.

Das Tauntaun schlug einen Haken nach rechts und warf Luke dabei fast ab. Er mußte sich noch immer Mühe geben, sich an diese unberechenbaren Tiere zu gewöhnen.

»Nichts für ungut«, sagte er zu seinem Reittier, »aber im

Cockpit meines alten, zuverlässigen Landgleiters wäre mir wesentlich wohler.«

Für die jetzt zu bewältigende Aufgabe war ein Tauntaun jedoch trotz vieler Nachteile das geeignetste und praktischste Transportmittel, das es auf Hoth gab.

Als das Tier den Kamm eines anderen Eishangs erreichte, brachte Luke es zum Stehen. Er nahm seine dunkle Schutzbrille ab und kniff sekundenlang die Augen zusammen, bis sie sich an das grelle Schneeglitzern gewöhnten.

Plötzlich wurde seine Aufmerksamkeit vom Auftauchen eines Objekts abgelenkt, das durch den Himmel huschte und eine sich rasch auflösende Rauchspur hinterließ, als es zum dunstigen Horizont hinabsank. Lukes behandschuhte Faust zuckte zu seinem Werkzeuggürtel und umfaßte den Elektro-Feldstecher. Seine Besorgnis trieb eine innere Kälte in ihm hoch, die sich mit Hoths Außentemperatur durchaus messen konnte. Was er gesehen hatte, konnte von Menschenhand geschaffen, vielleicht sogar vom Imperium ausgeschickt worden sein. Der junge Commander verfolgte den feurigen Weg des Objekts mit gespannter Aufmerksamkeit, bis dieses auf den weißen Boden prallte und sich im eigenen Explosionsblitz auflöste.

Beim Knall der Explosion schüttelte sich Lukes Tauntaun. Ein furchterregendes Knurren drang aus der stumpfen Schnauze. Nervös begann es im Schnee zu scharren. Luke tätschelte den Kopf des Tieres und versuchte es zu beruhigen. Er konnte seine eigene Stimme im Toben des Windes kaum hören, als er rief: »Nur ruhig, Mädel, das war wieder nur ein Meteorit!«

Das Tier beruhigte sich, und Luke hob den Kommunikator an den Mund.

»Echo Drei an Echo Sieben. Han, alter Freund, hörst du mich?«

Im Lautsprecher knackte es, dann übertönte eine vertraute Stimme die Störungen.

»Bist du das, Kleiner? Was gibt's?«

Die Stimme klang ein wenig älter und schärfer als die von

Luke. Für Augenblicke erinnerte Luke sich schmunzelnd der ersten Begegnung mit dem Weltraumschmuggler aus dem corellanischen Sektor in dem dunklen, von Fremdwesen überfüllten Gasthaus am Raumflughafen auf Tatooine.

»Ich bin mit meinem Rundritt fertig und habe keinerlei Lebenszeichen wahrnehmen können«, sagte Luke, den Mund dicht ans Sprechgerät gepreßt.

»Auf dieser Eiskugel gibt es nicht so viel Leben, um auch nur einen Raumkreuzer damit zu füllen«, erwiderte Han in dem Versuch, den gellenden Sturm zu übertönen. »Meine Merkzeichen sind gesetzt. Ich kehre zum Stützpunkt zurück.«

»Bis gleich«, sagte Luke. Sein Blick war immer noch auf die schwarze, sich drehende Rauchsäule gerichtet, die von einem dunklen Punkt in der Ferne aufstieg. »Ein Meteorit ist hier ganz in der Nähe abgestürzt, und ich möchte ihn mir ansehen. Es dauert nicht lange.«

Luke schaltete sein Funkgerät ab und richtete seine Aufmerksamkeit auf das Tauntaun. Das Reptil trabte hin und her und verlagerte sein Gewicht von einem Fuß auf den anderen. Es stieß ein kehliges Brüllen aus, das Furcht auszudrücken schien.

»Brrr, Mädel!« sagte Luke und tätschelte den Kopf des Tieres. »Was ist los... schnupperst du was? Da draußen ist nichts.« Aber auch er wurde unruhig, zum erstenmal, seit er sich von dem versteckten Rebellen-Stützpunkt aus auf den Weg gemacht hatte. Wenn er etwas über diese Schnee-Echsen wußte, so vor allem, daß sie über scharfe Sinne verfügten. Das Tier versuchte ohne Frage, Luke klarzumachen, daß in der Nähe etwas lauerte, eine Gefahr womöglich.

Luke verlor keine Zeit, zog einen kleinen Gegenstand aus dem Arbeitsgürtel und drehte an der Miniatursteuerung. Das Gerät war empfindlich genug, um selbst schwächste Lebenszeichen anzupeilen, indem es Körpertemperatur und Ausstrahlung innerer Organsysteme auffing. Doch als Luke jetzt die Messungen ablas, begriff er auch schon, daß es weder nötig noch zeitlich möglich war, dies noch fortzusetzen.

Ein Schatten huschte eineinhalb Meter über ihm hinweg. Luke fuhr herum, und plötzlich schien es, als wäre die Landschaft selbst lebendig geworden. Eine riesige, weißbepelzte Masse, perfekt getarnt vor den langgezogenen Schneehügeln, stürzte sich auf ihn.

»Du Mißgeburt von...«

Lukes Hand vermochte den Strahler nicht mehr herauszuziehen. Die gewaltige Klaue des Wampa-Eiswesens traf ihn hart im Gesicht und schleuderte ihn vom Tauntaun in den verharschten Schnee.

Luke verlor sofort das Bewußtsein, so daß er weder die kläglichen Schreie des Tauntauns noch die plötzliche Stille wahrnahm, die auf das Geräusch gebrochener Genickwirbel folgte. Er spürte auch nicht, wie sein Fuß von dem riesenhaften, behaarten Angreifer gepackt und sein Körper wie eine leblose Puppe über die schneebedeckte Ebene gezerrt wurde.

Schwarzer Rauch stieg noch immer aus der Vertiefung am Hang hervor, dort, wo das fliegende Objekt abgestürzt war. Die Rauchwolken waren seit dem Aufprall bedeutend dünner geworden. Sie verzogen sich, vom eisigen Wind gepeitscht, nunmehr über einem schwelenden Krater hinweg.

Im Krater regte sich etwas.

Zuerst gab es nur ein Geräusch, ein summendes, eher mechanisches Geräusch, das an Stärke zunahm, als wolle es mit dem Heulen des Windes wetteifern.

Dann bewegte sich etwas, das, als es sich langsam aus dem Krater erhob, grell im Nachmittagslicht funkelte.

Das Objekt schien eine Form fremden organischen Lebens zu sein, der Kopf ein aus vielen Wölbungen bestehendes, totenschädelartiges Schrecknis; die dunklen Wulstaugen richteten ihren kalten Blick auf die Eiswüste. Als das Ding sich weiter aus dem Krater erhob, zeigte sich jedoch deutlich, daß es sich um eine Maschine handelte; sie besaß einen großen, zylindrischen ›Körper‹, verbunden mit einem kugelförmigen Kopf, ausgestattet mit

Kameras, Sensoren und Metallfortsätzen, von denen einige in hummerscherenartige Greifwerkzeuge ausliefen.

Die Maschine schwebte über dem rauchenden Krater und schob ihre Fortsätze in verschiedene Richtungen hinaus. Dann wurde in den mechanischen Systemen ein Signal ausgelöst, und die Maschine glitt über die Eisebene hinweg.

Der schwarze Sondendroid verschwand bald am fernen Horizont.

Ein anderer Reiter, dicht vermummt, raste auf einem gefleckten grauen Tauntaun über die Schneehänge von Hoth auf die Operationsbasis der Rebellen zu.

Die Augen des Mannes blickten metallisch kalt und ohne Anteilnahme auf die stumpfgrauen Kuppeln, die zahllosen Geschütztürme und die gigantischen Stromgeneratoren, die einzigen Anzeichen zivilisierten Lebens auf dieser Welt. Han Solo zügelte seine Schnee-Echse und lenkte sie in den Eingang der kolossalen Eishöhle.

Han fand die relative Wärme in den ausgedehnten Höhlenräumen sehr begrüßenswert. Sie wurde hervorgerufen durch Heizanlagen der Rebellen, die die Wärmeleistung aus den großen Generatoren im Freien bezogen. Dieser unterirdische Stützpunkt war zugleich eine natürliche Eishöhle und ein Labyrinth rechtwinklig verlaufender, weißer Tunnels. Rebellen-Laser hatten sie aus einem massiven Eisberg herausgesprengt. Der Corellaner hatte schon trostlosere Höllenlöcher in der Galaxis gesehen, konnte sich im Augenblick aber nicht so recht erinnern, wo.

Er stieg von seinem Tauntaun, dann schaute er sich um und beobachtete das Treiben im Inneren der Riesenhöhle. Wohin er auch blickte, wurde geschleppt, montiert, repariert. Rebellen in grauen Uniformen eilten hin und her, um Vorräte zu entladen und Geräte zu justieren. Und überall schienen Roboter, zumeist R-2-Modelle und Energiedroiden, durch die Eiskorridore zu rollen oder zu gehen, um ihre zahllosen Aufgaben zu erfüllen.

Han begann sich zu fragen, ob das Älterwerden mehr Nachsicht mit sich brachte. Zu Anfang hatte er kein persönliches Interesse an der Sache der Rebellen aufgebracht und keine Loyalität empfunden. Seine schließliche Verwicklung in den Konflikt zwischen Imperium und Rebellen-Allianz begann als rein geschäftliche Transaktion, mit dem Verkauf seiner Dienste und dem Einsatz seines Raumschiffs, der ›Millennium Falcon‹. Die Aufgabe war einfach genug erschienen: Nichts weiter, als Ben Kenobi, den jungen Luke und zwei Droiden zum System Alderaan zu fliegen. Wie hätte Han damals wissen sollen, daß er auch aufgerufen sein würde, Prinzessin Leia von der furchterregendsten Kampfstation des Imperiums, dem Todes-Stern, zu retten?

Prinzessin Leia Organa...

Je mehr Solo über sie nachdachte, desto deutlicher wurde ihm, wieviel Schwierigkeiten er sich eingehandelt hatte, als er beschloß, Ben Kenobis Geld anzunehmen. Alles, was Han ursprünglich hatte tun wollen, war, sein Honorar einzustreichen und zurückzufliegen, um ein paar Schulden abzubezahlen, die wie ein sturzbereiter Meteor über ihm schwebten. Nicht im Traum hatte er jemals daran gedacht, ein Held zu werden.

Und trotzdem hatte ihn etwas veranlaßt, zu bleiben und sich Luke und seinen verrückten Rebellen-Freunden anzuschließen, als sie den bereits zur Legende gewordenen Angriff auf den Stern des Todes unternahmen. Was dieses Etwas sein mochte, konnte Han im Augenblick nicht entscheiden.

Nun, lange nach der Vernichtung des Kampfsterns, hielt Han sich immer noch bei der Rebellen-Allianz auf und leistete seinen Beitrag, diesen Stützpunkt auf Hoth einzurichten, vermutlich dem trostlosesten aller Planeten in der ganzen Galaxis. Aber das würde sich ändern, sagte er sich. Was ihn persönlich anging, so würden sich Han Solos Wege und die der Rebellen in Kürze trennen.

Er ging rasch durch das unterirdische Hangar-Deck, wo einige Kampfschiffe der Rebellen abgestellt waren und von Männern in Grau, unterstützt von Androiden unterschiedlicher Konstruktion, gewartet wurden. Von der größten Bedeutung für Han war das untertassenförmige Frachtschiff, das auf seinen neu montierten Landestützen ruhte. Dieses Schiff, das größte im Hangar, hatte sich ein paar neue Beulen im Metallrumpf zugezogen, seitdem Han mit Skywalker und Kenobi zusammengegangen war. Die ›Millennium Falcon‹ war aber nicht für ihren äußeren Eindruck berühmt, sondern für ihre Schnelligkeit: Das Frachtschiff war nach wie vor das schnellste Raumfahrzeug, das je die Kessel-Strecke bewältigt hatte und den Raumjägern des Imperiums entronnen war.

Ein großer Teil des Erfolges, den die ›Falcon‹ für sich verbuchen konnte, war auf die perfekte Wartung zurückzuführen. Gerade jetzt war sie den zottigen Händen eines zwei Meter hohen Berges von braunem Haar anvertraut; Das Gesicht dieses Wesens war derzeit hinter einer Schweißermaske verborgen.

Chewbacca, Han Solos riesenhafter Wookie-Kopilot, reparierte das zentrale Hebewerk der ›Millennium Falcon‹, als er Solo herankommen sah. Der Wookie unterbrach seine Arbeit und klappte die Schutzmaske hoch, sein Pelzgesicht entblößend. Ein Knurren – nur wenigen Nicht-Wookies im Universum verständlich – dröhnte aus seinem Mund mit den scharfen, spitzen Zähnen.

Han Solo gehörte zu den wenigen.

»*Kalt* ist überhaupt kein Ausdruck, Chewie«, erwiderte der Corellaner. »Ich ließe mich lieber jeden Tag auf einen ordentlichen Kampf ein als auf dieses Versteckspiel und die Kälte!« Er sah die Rauchfäden von den neu eingeschweißten Metallplatten aufsteigen. »Wie kommst du mit dem Hebewerk voran?«

Chewbacca antwortete mit einem Wookie-Brummen.

»Ja, gut«, sagte Han, der den Wunsch seines Freundes, in den Weltraum zurückzukehren, zu irgendeinem anderen Planeten, solange es nur nicht Hoth war, voll und ganz billigte. »Ich erstatte Meldung, dann helfe ich dir. Wenn die Hebeanlagen montiert sind, verschwinden wir.«

Der Wookie gluckste freudig und kehrte an seine Arbeit zurück, während Han durch die künstliche Eishöhle weiterging.

Die Kommandozentrale war vollgepfropft mit elektronischen Anlagen und Monitorgeräten, die bis zur Eisdecke hinaufreichten. Wie im Hangar drängte sich auch hier Rebellen-Personal. Der Raum war voll von Controllern, Soldaten, Mechanikern – neben Droiden verschiedener Größe und Konstruktion, alle eifrig bestrebt, aus der Höhle einen brauchbaren Stützpunkt als Ersatz für den auf Yavin zu machen.

Der Mann, zu dem Han Solo wollte, saß an einer großen Steuerkonsole, seine Aufmerksamkeit war auf einen Computer-Bildschirm gerichtet, über den grellfarbige Textzeilen liefen. Rieekan, der die Uniform eines Rebellen-Generals trug, richtete sich auf, als Solo herantrat.

»General, in diesem Gebiet gibt es keine Spur von Leben«, meldete Han. »Die Perimeter-Markierungen sind aber alle gesetzt, so daß Sie sofort über jeden Besuch unterrichtet werden.«

Wie stets brachte Han Solos kesse Art General Rieekan nicht einmal zum Lächeln. Doch Rieekan bewunderte an dem jungen Mann, daß er sich bei den Rebellen eine Art inoffizielle Mitgliedschaft erworben hatte. Solos Fähigkeiten beeindruckten ihn in einem solchen Maße, daß er häufig im stillen erwog, ihm ehrenhalber ein Offizierspatent anzutragen.

»Hat sich Commander Skywalker schon gemeldet?« fragte der General.

»Er überprüft einen Meteoriten, der in seiner Nähe abgestürzt ist«, antwortete Han. »Er wird bald da sein.«

Rieekan warf einen Blick auf einen der neu angeschlossenen Radarschirme und studierte die flackernden Lichtzeichen.

»Bei der starken Meteoritentätigkeit in diesem System wird es schwerfallen, sich nähernde Raumschiffe auszumachen.«

»General, ich...« Han zögerte. »Ich glaube, es wird Zeit für mich, weiterzuziehen.«

Hans Aufmerksamkeit richtete sich plötzlich von General Rieekan weg auf eine näherkommende Gestalt. Ihr Gang war gleichzeitig anmutig und entschlossen. Die weichen Züge der jungen Frau schienen zu ihrer weißen Kampfuniform nicht zu passen. Selbst auf diese Entfernung konnte Han erkennen, daß Prinzessin Leia nervös war.

»Sie sind ein guter Kämpfer«, sagte der General zu Solo. »Ich würde Sie ungern verlieren.«

»Danke, General. Auf meinen Kopf steht ein Preis. Wenn ich Jabba the Hut nicht bezahle, bin ich ein Toter auf Urlaub.«

»Es ist nicht leicht, mit einer Todesdrohung zu leben«, begann der Offizier, als Han sich Prinzessin Leia zuwandte. Solo war kein sentimentaler Mensch, aber seine Gefühle drohten ihn in diesem Augenblick zu übermannen.

»Dann wird es wohl Zeit, sich zu verabschieden, Hoheit.« Er verstummte, unsicher, wie die Prinzessin reagieren würde.

»Richtig«, sagte Leia kalt. Aus ihrer Zurückhaltung wurde rasch unverhohlener Zorn.

Han schüttelte den Kopf. Schon vor sehr langer Zeit hatte er sich damit abgefunden, daß alles Weibliche – Säugetiere, Reptilien oder welche biologische Gattung auch immer – sein bescheidenes Fassungsvermögen bei weitem überforderte. Laß sie lieber im Rätselhaften, hatte er sich oft gesagt.

Doch seit kurzem war Han zu der Auffassung gekommen, im ganzen Kosmos gäbe es wenigstens ein weibliches Wesen, das er zumindest anfing zu begreifen. Aber hatte er sich in diesem Punkt nicht schon oft genug geirrt?

»Na«, sagte Han, »werden Sie mir nur nicht sentimental. Bis dann, Prinzessin.«

Er drehte sich auf dem Absatz um und schritt durch den stillen Korridor, der zur Kommandozentrale führte. Sein Ziel war das Hangardeck, wo ein Riesen-Wookie und ein Schmuggler-Frachter – zwei Dinge, von denen er etwas verstand – auf ihn warteten. Er gedachte sich nicht aufhalten zu lassen.

»Han!« Leia kam ihm atemlos nachgelaufen.

Er blieb stehen, drehte sich um und sah sie kühl an.

»Ja, Hoheit?«

»Ich dachte, Sie hätten beschlossen zu bleiben.« Leias Stimme schien aufrichtige Besorgnis zu verraten, aber ganz war Han seiner Sache nicht sicher.

»Der Kopfjäger, dem wir auf Ord Mantell über den Weg gelaufen sind, hat mich bekehrt.«

»Weiß Luke es schon?« fragte sie.

»Er wird es wissen, sobald er zurückkommt«, erwiderte Han knurrig.

Prinzessin Leias Augen verengten sich. Sie sah ihn mit jenem prüfenden Blick an, den er bereits kannte. Einen Augenblick lang kam Han sich wie einer der Eiszapfen auf der Oberfläche des Planeten vor.

»Sehen Sie mich nicht so an«, sagte er scharf. »Mit jedem Tag suchen mehr Kopfjäger nach mir. Ich gedenke, an Jabba zurückzuzahlen, bevor er noch mehr von seinen ferngesteuerten Gank-Killern schickt, oder was ihm sonst noch alles einfällt. Ich muß mich beeilen. Der Kopfpreis, der auf mich gesetzt ist, muß weg, solange ich noch einen Kopf *habe*.«

Leia war von seinen Worten offensichtlich sehr betroffen. Han sah, daß sie sich Sorge um ihn machte, daß sie vielleicht sogar noch ein wenig mehr empfand.

»Aber wir brauchen Sie doch«, sagte sie.

»Wir?«

»Ja.«

»Und was ist mit *Ihnen*?« Han betonte das letzte Wort, ohne so recht zu wissen, warum er das tat. Vielleicht war es etwas, das er die ganze Zeit über hatte sagen wollen, ohne den Mut aufzubringen – nein, die *Dummheit*, verbesserte er sich –, seinen Gefühlen den nötigen Ausdruck zu verleihen. Im Augenblick hatte er nicht viel zu verlieren, einerlei, wie sie darauf reagieren mochte.

»Ich?« fragte sie heftig. »Ich weiß nicht, was Sie meinen.«

Han Solo schüttelte abermals den Kopf.

»Nein, wahrscheinlich wissen Sie es wirklich nicht!«

»Was genau *soll* ich eigentlich wissen?« Wieder klang Zorn in ihrer Stimme, vielleicht deshalb, weil sie allmählich begriff, dachte Han.

Er lächelte.

»Daß Sie – wenn es nach Ihren Gefühlen ginge – mein Hierbleiben wünschen.«

Die Prinzessin schien beruhigt.

»Hm, ja, Sie sind eine große Hilfe gewesen«, sagte sie. Nach einer Pause fuhr sie fort: »...für uns. Sie sind der geborene Führer –«

Aber Han ließ sie nicht ausreden und schnitt ihr das Wort ab.

»Nein, Verehrteste. Das ist es nicht.«

Leia starrte Han ins Gesicht, und ihre Augen verrieten, daß sie endgültig begriff. Sie begann zu lachen.

»Sie bilden sich allerhand ein.«

»Tue ich das? Ich glaubte, Sie hätten befürchtet, ich würde Sie verlassen, ohne Ihnen auch nur einen...« Hans Blick richtete sich auf ihre Lippen, »...Kuß zu geben.«

Ihr Lachen wurde lauter.

»Ebenso gern würde ich einen Wookie küssen.«

»Das kann ich arrangieren.« Er trat näher an sie heran; selbst im kalten Licht der Eishöhle sah sie strahlend aus. »Ein langer Kuß würde Ihnen nicht schaden, glauben Sie mir. Sie waren bisher so damit beschäftigt, Befehle zu erteilen, daß Sie vergessen haben, eine Frau zu sein. Wenn Sie sich einmal darauf besonnen hätten, wäre ich gern behilflich gewesen. Aber jetzt ist es zu spät, mein Schatz. Ihre beste Gelegenheit fliegt davon.«

»Ich glaube, das überlebe ich«, erwiderte sie gereizt.

»Dann viel Glück!«

»Sie kümmert es ja nicht einmal, wenn die –«

Er wußte, was sie sagen wollte, und ließ sie nicht ausreden.

»Verschonen Sie mich bitte!« unterbrach er sie. »Erzählen Sie mir nichts mehr von der Rebellion. Das ist alles, woran Sie denken. Sie sind so kalt wie dieser Planet hier.«

»Und Sie wollen wohl Wärmespender sein?«

»Gewiß, wenn ich daran interessiert wäre. Aber ich glaube nicht, daß es mir viel Spaß machen würde.« Han trat zurück und sah sie von oben herab an. »Wir werden uns wiedersehen«, sagte

er. »Vielleicht sind Sie bis dahin ein wenig aufgetaut.«
Ihr Ausdruck hatte sich abrupt verändert. Solo hatte selbst Killer freundlicher dreinblicken sehen.
»Sie haben Manieren wie ein Bantha«, fauchte sie, »nur sind die vornehmer. Viel Glück auf dem Flug, Superpilot!« Prinzessin Leia wandte sich ab und eilte durch den Korridor davon.

2

Die Temperatur auf der Oberfläche von Hoth war gesunken. Trotz der eisigen Luft schwebte der Sondendroid des Imperiums gemächlich über die schneeverwehten Felder und Hügel dahin, während seine in alle Richtungen ausgefahrenen Sensoren noch immer nach Lebenszeichen forschten.

Die Hitzesensoren des Roboters reagierten plötzlich. Er hatte in der Umgebung eine Wärmequelle entdeckt, und Wärme war ein brauchbarer Hinweis auf Leben. Der Kopf drehte sich auf seiner Achse, die empfindlichen Augenwülste registrierten die Richtung, aus der die Wärmestrahlung kam.

Automatisch regulierte der Sondenroboter seine Geschwindigkeit und begann blitzschnell über die Eisfelder hinwegzurasen.

Die insektenartige Maschine wurde erst langsamer, als sie sich einem Schneeberg näherte, der größer war als der Droid selbst. Die Tastgeräte des Roboters verzeichneten die Größe des Haufens – fast einskommaacht Meter hoch, unglaubliche sechs Meter lang. Aber die Größe des Haufens war nur von zweitrangiger Bedeutung. Was in Wahrheit verblüffte, wenn eine Überwachungsmaschine überhaupt verblüfft werden konnte, war die Wärmemenge, die von diesem Hügel ausging. Das Wesen unter dem Schneehaufen mußte außerordentlich gut gegen die Kälte geschützt sein.

Ein dünner, bläulich-weißer Lichtstrahl schoß aus einem der Roboter-Fortsätze heraus. Die starke Hitze bohrte sich in den weißen Hügel und schleuderte glitzernde Schneeflocken in alle Richtungen.

Der Haufen begann zu beben und sich zu schütteln. Was immer auch unter dem Hügel liegen mochte, der Prüflaserstrahl des Roboters hatte es aufgestört. Schnee fiel in großen Klumpen von dem sonderbaren Hügel, an dessen einem Ende jetzt zwei Augen aus dem Weiß blickten.

Riesengroße, gelbe Augen richteten sich wie zwei Feuerspeere auf das mechanische Wesen, das seinen schmerzhaften Strahl weiterhin aussandte. Die Augen glühten voller Haß auf das merkwürdige Gebilde, das die Ruhe dieses Wesens gestört hatte.

Der Hügel bäumte sich auf, mit einem Brüllen, das beinahe die akustischen Sensoren des Sondendroiden zerstörte.

Der Roboter surrte einige Meter zurück. Noch nie zuvor hatte er mit einem Wampa-Eiswesen zu tun gehabt; die Computerschaltungen empfahlen vorsichtigen Umgang mit dem Tier.

Der Droid regulierte die Stärke seines Laserstrahls. Sekundenbruchteile später hatte der Strahl die höchste Intensität erreicht. Die Maschine zielte mit dem Laser auf das Monstrum und hüllte es in eine riesige Flammen- und Rauchwolke. Augenblicke danach wurden die wenigen noch verbliebenen Partikel des Wampa vom Eiswind verweht.

Der Rauch löste sich auf und ließ keinen Hinweis darauf zurück – sah man von einer Vertiefung im Schnee ab –, daß dort je ein Lebewesen gelegen hatte.

Aber sein Vorhandensein war im Gedächtnisspeicher des Sondendroiden registriert, der seine programmierte Mission fortsetzte.

Das Brüllen eines anderen Wampa-Eiswesens brachte den zerschlagenen jungen Rebellen-Commander endlich wieder zur Besinnung.

Lukes Kopf schien vor Schmerzen zerspringen zu wollen. Mit

unendlicher Mühe führte er seine gepeinigten Augen zusammen und erkannte, daß er sich in einer Eisschlucht befand, deren schroffe Wände das verblassende Dämmerlicht widerspiegelten.

Er entdeckte plötzlich, daß er mit dem Kopf nach unten hing und seine Fingerspitzen etwa dreißig Zentimeter über dem schneebedeckten Boden baumelten. Seine Fußknöchel waren gefühllos. Er verrenkte sich den Hals und sah, daß seine Füße in Eis eingefroren von der Decke hingen und sich an seinen Beinen Eisstalaktiten bildeten. Er spürte die erstarrte Maske seines am Gesicht geronnenen Blutes, wo das Wampa-Eiswesen brutal zugeschlagen hatte.

Wieder hörte Luke die bestialischen Stöhnlaute mit verstärkter Kraft durch die tiefe, schmale Eisschlucht hallen. Das Gebrüll des Ungeheuers war ohrenbetäubend. Er fragte sich, was ihm zuerst den Garaus machen würde, die Kälte oder die Fangzähne und Klauen der Bestie, die in der Schlucht wohnte.

Ich muß mich befreien, dachte er, ich muß von diesem Eis loskommen. Seine Kraft war noch nicht völlig zurückgekehrt, aber er zog sich mit einer gewaltigen Anstrengung hoch und griff nach den Fesseln. Noch immer zu schwach, vermochte Luke das Eis nicht zu zerschlagen und fiel wieder in seine baumelnde Stellung zurück.

Entspannen, befahl er sich. Entspannen.

Die Eismauern knirschten unter dem immer lauter anschwellenden Gebrüll des sich nähernden Wesens. Seine Füße zermalmten den Eisboden und kamen auf erschreckende Weise immer näher. Es würde nicht lange dauern, bis das zottige weiße Monstrum auftauchen und den frierenden jungen Soldaten in der Dunkelheit seines Bauches wärmen würde.

Lukes Blick schweifte ratlos hin und her, und endlich entdeckte er den Stapel Ausrüstungsgegenstände, die er mitgebracht hatte, und die jetzt wirr am Boden durcheinanderlagen. Die Apparaturen befanden sich einen unüberbrückbaren Meter außerhalb seiner Reichweite. Und darunter war ein Gerät, das sein ganzes Denken beanspruchte – ein dicker Handkolben mit zwei kleinen Schaltern und einer Metallscheibe darüber. Der Gegenstand hatte einmal seinem Vater gehört, einem früheren Jedi-Ritter, der vom jungen Darth Vader verraten und ermordet worden war. Aber nun gehörte er Luke. Er hatte ihn von Ben Kenobi erhalten, um ihn mit Ehren gegen die imperiale Tyrannei zu führen.

Verzweifelt versuchte Luke seinen gepeinigten Körper herumzureißen, nur soviel, um den am Boden liegenden Lichtsäbel zu erreichen. Aber die lähmende Eiseskälte verlangsamte alle seine Reflexe und schwächte seinen Körper. Luke begann schon, sich mit seinem Schicksal abzufinden, als er das fauchende, zischende Wampa-Eiswesen näherkommen hörte.

Sein letzter Hoffnungsfunke schien schon zu erlöschen, als er plötzlich etwas Überwältigendes in seiner Nähe spürte.

Es war nicht die Nähe des Riesenwesens, das diese Schlucht beherrschte.

Es war die beruhigende geistige Kraft, die Luke in Augenblicken der Belastung oder Gefahr oftmals überkam. Die Kraft, die er zum erstenmal verspürt hatte, als der alte Ben – wieder in seiner Jedi-Rolle von Obi-wan Kenobi – sich ins körperlose Nichts auflöste, kurz nachdem Darth Vaders Lichtsäbel ihn niedergemäht hatte. Die Kraft, die manchmal einer vertrauten Stimme glich, ein fast lautloses Flüstern, das unmittelbar zu Lukes Verstand sprach.

»Luke!« Da war das geheimnisvolle Flüstern wieder. »Denk an den Lichtsäbel in deiner Hand.«

Die Worte dröhnten in Lukes bereits schmerzendem Kopf. Dann spürte er eine plötzliche Rückkehr seiner Körperkräfte, ein Gefühl der Zuversicht, das ihn dazu trieb, trotz seiner scheinbar hoffnungslosen Lage weiterzukämpfen. Sein Blick blieb an dem Lichtsäbel haften.

Er streckte seine schmerzende Hand aus. Seine Glieder waren von der eisigen Starre schon befallen. Er schloß die Augen, um sich ganz zu konzentrieren. Aber die Waffe war immer noch außer Reichweite. Er wußte, daß es, um den Lichtsäbel zu erreichen, mehr bedurfte als einer körperlichen Anstrengung.

Ich muß mich entspannen, sagte sich Luke. Ich muß ganz ruhig sein...

Seine Gedanken überschlugen sich, als er die Worte seines körperlosen Führers hörte.

»Laß die Kraft strömen, Luke.«

Die Kraft!

Luke sah die gorillaähnliche Erscheinung des Wampa-Eiswesens aufragen, die erhobenen Arme mit riesigen, blinkenden Klauen. Zum erstenmal konnte er das Affengesicht sehen, und er schauderte beim Anblick der widderartigen Hörner und des bebenden Unterkiefers mit den vorstehenden Fangzähnen.

Aber dann schob Luke den Gedanken an die Bestie von sich. Er hörte auf, sich seiner Waffe entgegenzumühen, sein Körper entspannte sich und erschlaffte, sein Geist wurde aufnahmefähig für den Rat seines Lehrers. Schon spürte er, wie ihn das Energiefeld durchdrang, erzeugt von allen lebenden Wesen, die der Weltenbau zusammenhält.

Wie Kenobi es ihn gelehrt hatte, lag die Kraft jetzt nutzungsbereit in Lukes Innerem.

Das Wampa-Eiswesen spreizte seine scharfen Klauen und wankte auf den baumelnden jungen Mann zu. Plötzlich zuckte der Lichtsäbel wie durch Zauberei in Lukes Hand. Augenblicklich drückte er einen farbigen Knopf an der Waffe, und ein klingenartiger Strahl, der seine Eisfesseln augenblicklich löste, schnellte heraus.

Als Luke, die Waffe in der Hand, auf den Boden hintersprang, trat die ihn hoch überragende Bestie einen vorsichtigen Schritt zurück. Die schwefelgrauen Augen blinzelten überrascht auf den summenden Lichtstrahl. Dieser Anblick verblüffte offenbar das primitive Hirn des Monsters.

Obwohl ihm jede Bewegung schwerfiel, raffte Luke sich auf und schwenkte seinen Lichtsäbel vor der schneeweißen Masse von Muskeln und Haaren, trieb sie noch einen Schritt zurück. Dann ließ er die Waffe niedersausen und durchschnitt das Fell des Ungeheuers mit der Lichtklinge. Das Wampa-Eiswesen schrie gellend auf. Sein grauenhaftes Gebrüll erschütterte die ganze Schlucht. Es drehte sich um und wankte hastig davon, bis es mit der Landschaft verschmolz.

Der Himmel war merklich dunkler geworden, und mit der nahenden Dunkelheit kam auch der kältere Wind. Die Kraft war mit Luke, aber selbst diese geheimnisvolle Macht konnte ihn jetzt nicht wärmen. Jeder Schritt, den er tat, als er aus der Schlucht taumelte, wurde zur Qual. Schließlich stolperte er, während die Dunkelheit hereinbrach, eine Schneeböschung hinab und war bereits bewußtlos, bevor er noch unten ankam.

Im Haupthangar-Dock unter der Oberfläche machte Chewie die ›Millennium Falcon‹ startbereit. Er blickte von seiner Arbeit auf und sah zwei recht sonderbare Gestalten, die gerade um eine Ecke bogen und sich unter die Rebellen im Inneren des Hangars mischten.

Keine der beiden Gestalten war menschlich, obschon eine davon eine gewisse menschliche Form besaß und wie ein Mann in goldener Ritterrüstung aussah. Ihre Bewegungen waren exakt, beinahe zu exakt, als sie nun steif durch den Korridor klirrte. Der Begleiter brauchte keine menschenähnlichen Beine, um vorwärtszukommen, denn er rollte mit seinem kleineren, faßartigen Körper auf Miniaturrädern behende dahin.

Der kleinere der beiden Droiden piepte und pfiff aufgeregt.

»Das ist doch nicht meine Schuld, du Blechbüchse«, sagte der große, anthropomorphe Droid und gestikulierte mit einer Metallhand. »Ich habe dich nicht gebeten, den Thermalheizer einzuschalten. Ich habe nur erwähnt, daß es in ihrer Kammer eiskalt ist. Aber das soll es ja sein. Wie sollen wir nur alle ihre Sachen trocknen? ... Ah, da sind wir.«

Threepio, der goldene Android, blieb stehen, um seine optischen Sensoren auf die ›Millennium Falcon‹ zu richten.

Artoo Detoo, der andere Roboter, zog Räder und Vorderbeine ein und stellte seinen dicken Metalleib auf den Boden. Die

Sensoren des kleineren Roboters registrierten die vertrauten Gestalten von Han Solo und seinem Wookie-Begleiter, die am Hebewerk des Frachtschiffes arbeiteten.

»Master Solo, Sir«, sagte Threepio, der als einziger der beiden Roboter mit einer imitierten menschlichen Stimme ausgestattet war. »Dürfte ich ein Wort mit Ihnen wechseln?«

Han war nicht erbaut über diese Störung.

»Was gibt es?«

»Prinzessin Leia hat versucht, Sie mit dem Kommunikator zu erreichen«, teilte Threepio mit. »Aber der scheint nicht zu funktionieren.«

Han wußte es besser.

»Ich habe ihn abgeschaltet«, sagte er knapp, während er weiterarbeitete. »Was will Ihre Königliche Heiligkeit?«

Threepios akustische Sensoren fingen den Sarkasmus in Han Solos Stimme auf, wußten aber nichts damit anzufangen. Der Roboter ahmte eine menschliche Geste nach, als er hinzufügte: »Sie sucht Master Luke und nahm an, er sei hier bei Ihnen. Niemand scheint zu wissen –«

»Luke ist immer noch nicht zurück?« Han geriet sofort in Sorge. Er konnte sehen, daß der Himmel vor dem Eingang der Eishöhle dunkel geworden war, seitdem er und Chewbacca gemeinsam an der ›Millennium Falcon‹ arbeiteten. Han wußte genau, wie stark nach Einbruch der Nacht die Temperaturen auf der Oberfläche des Planeten fielen, und daß die Eisstürme tödlich sein konnten.

Er sprang, ohne sich nach dem Wookie auch nur umzusehen, vom Hebewerk der ›Falcon‹.

»Schraub alles fest, Chewie. Deckoffizier!« brüllte Han, dann führte er das Sprechgerät an den Mund und sagte: »Sicherheitskontrolle, hat sich Commander Skywalker schon gemeldet?«

Als die Antwort verneinend ausfiel, machte Han ein finsteres Gesicht.

Der Deckoffizier und sein Adjutant eilten auf Solo zu.

»Ist Commander Skywalker immer noch nicht eingetroffen?«

fragte Han gepreßt.

»Ich habe ihn nicht gesehen«, erwiderte der Deckoffizier. »Es ist möglich, daß er durch Eingang Süd hereingekommen ist.«

»Nachprüfen!« schnauzte Solo, obschon er gar nicht befugt war, Befehle zu erteilen. »Es ist dringend.«

Als der Deckoffizier und sein Mitarbeiter sich umwandten und durch den Korridor davoneilten, stieß Artoo einen besorgten Pfiff aus, der fragend anschwoll.

»Ich weiß nichts, Artoo«, erwiderte Threepio steif, dann drehte er Oberkörper und Kopf in Han Solos Richtung. »Sir, darf ich wissen, was vorgeht?«

In Han stieg Zorn hoch, als er den Roboter anknurrte.

»Erzähl deiner kostbaren Prinzessin, daß Luke wahrscheinlich schon tot ist, falls er nicht bald hier auftaucht.«

Artoo begann daraufhin hysterische Pfeiftöne von sich zu geben, und sein erschrockener goldener Partner rief: »O nein!«

Als Han Solo in den Haupttunnel stürzte, herrschte dort reges Treiben. Er sah zwei Rebellen-Soldaten alle körperliche Kraft aufbieten, um ein nervöses Tauntaun zu bändigen, das sich loszureißen versuchte.

Vom anderen Ende her lief der Deckoffizier in den Korridor, und sein Blick schweifte unruhig umher, bis er Solo entdeckte.

»Sir«, sagte er keuchend, »Commander Skywalker ist nicht durch Eingang Süd hereingekommen. Es könnte sein, daß er vergessen hat, sich zurückzumelden.«

»Kaum«, knurrte Han. »Sind die Gleiter fertig?«

»Immer noch nicht«, antwortete der andere. »Es erweist sich als außerordentlich schwierig, sie der Kälte anzupassen. Vielleicht morgen –«

Han winkte ab. Es blieb keine Zeit, sich mit Maschinen abzugeben, die versagen konnten und wohl auch würden. »Wir müssen mit Tauntauns hinaus. Ich übernehme Sektor Vier.«

»Die Temperatur sinkt zu schnell.«

»Allerdings«, gab Solo zurück, »und Luke ist draußen.«

»Ich übernehme Sektor Zwölf«, erbot sich der andere. »Die

Zentrale soll Schirm Alpha einschalten.«

Han wußte jedoch, daß keine Zeit für die Zentrale blieb, ihre Monitorkameras einzusetzen, nicht, wenn Luke irgendwo auf den trostlosen Ebenen dort draußen schon im Sterben lag. Er zwängte sich durch das Gedränge der Rebellen-Truppe, ergriff die Zügel eines dressierten Tauntauns und sprang auf den Rücken des Tieres.

»Die Nachtstürme werden einsetzen, bevor einer von euch die erste Markierung erreicht«, warnte der Deckoffizier.

»Dann sehen wir uns in der Hölle wieder«, knurrte Han, zerrte am Zügel und lenkte das Tier zur Höhle hinaus.

Es schneite stark, als Han Solo auf seinem Tauntaun durch die Einöde jagte. Die Nacht senkte sich herab, und der Wind heulte und stach durch seine dicke Kleidung. Er wußte, daß er als Eiszapfen für Luke nutzlos sein würde. Er mußte darum den jungen Mann möglichst bald entdecken.

Das Tauntaun spürte bereits die Wirkung des Temperatursturzes. Nicht einmal seine schützenden Fettschichten und der verfilzte graue Pelz konnten es nach Einbruch der Dunkelheit vor den Elementen schützen. Das Tier begann bereits qualvoll zu keuchen.

Han betete darum, daß die Schnee-Echse nicht zusammenbrach, jedenfalls nicht, bevor er Luke gefunden hatte.

Er trieb sein Reittier an und jagte es über die eisige, sturmgepeitschte Ebene.

Eine andere Erscheinung glitt über den Schnee hinweg, ein Metallkörper, der über dem gefrorenen Boden dahinschwebte.

Der Sondendroid erstarrte kurz im Flug, und die Sensoren peilten in die Runde, dann sank der Roboter langsam herab und setzte am Boden auf. Mehrere Fortsätze lösten sich vom Metallrumpf, wobei sie den Schnee abwarfen, der dort liegengeblieben war.

Rund um den Roboter begann etwas Form anzunehmen, ein

pulsierendes Leuchten, das die Maschine wie mit einer durchsichtigen Kuppel überwölbte. Das Kraftfeld verfestigte sich rasch und stieß den dahingepeitschten Schnee ab, der über den Rumpf des Droiden fegte.

Augenblicke später erlosch das Leuchten, und der Schnee bildete in kurzer Zeit eine weiße Hülle, die den Droiden und seine schützenden Kraftfelder völlig umgab.

Das Tauntaun rannte mit höchster Geschwindigkeit dahin, gewiß zu schnell, bedachte man die Entfernung, die es zurückgelegt hatte, und die unerträglich eisige Luft. Es keuchte nicht mehr, sondern begann klagend zu stöhnen, seine Füße wurden zunehmend unsicherer. Han bedauerte es, das Tauntaun so quälen zu müssen, aber im Augenblick war Lukes Leben wichtiger.

Er konnte im zunehmenden Schneewirbel kaum noch etwas erkennen. Verzweifelt suchte er nach einer Unterbrechung in der endlosen Ebene, nach einem dunklen Punkt, der Luke sein mochte. Aber außer den dunkelnden Weiten von Schnee und Eis war nichts zu sehen.

Aber ein Geräusch war vernehmbar.

Han zog die Zügel an und brachte das Tauntaun abrupt zum Stehen. Er hatte zwar noch keine Gewißheit, aber es schien doch noch ein anderes Geräusch zu geben als nur das Geheul des Windes, der über ihn hinwegpfiff. Er strengte seine Augen an, dann trieb er das Tauntaun vorwärts und zwang es, über das Schneefeld zu galoppieren.

Luke hätte eine Leiche sein können, Nahrung für Aasfresser, sobald der Morgen dämmerte.

Aber aus irgendeinem Grund war er noch am Leben, wenngleich nur schwach und mit letzter Widerstandskraft sich gegen die peitschenden Nachtstürme wehrend. Mühsam zog Luke sich aus dem Schnee hoch, um vom Eisorkan sofort wieder niedergeworfen zu werden. Der Gedanke an die Ironie des Schicksals durchzuckte ihn – ein Bauernjunge von Tatooine, herangewachsen, um bei der Vernichtung des Kampfsterns mitzuwirken, einsam in einer eiserstarrten, fremdartigen Wüste, um darin umzukommen.

Luke brauchte seine letzten Kraftreserven, um sich einen halben Meter weiterzuschleppen. Dann brach er zusammen und versank in den immer höher aufgetürmten Schneeverwehungen.

»Ich kann nicht...« sagte er, obwohl doch niemand da war, der ihn hören konnte.

Und doch hörte ihn jemand, auch wenn dieses Wesen unsichtbar war.

»Du mußt.« Die Worte drangen in Lukes Bewußtsein. »Luke, schau mich an!«

Luke konnte sich diesem Befehl nicht widersetzen; die Macht der leise gesprochenen Worte war zu groß.

Mit großer Mühe hob er den Kopf und sah vor sich, was er für eine Halluzination halten mußte. Da stand, von der Kälte nicht berührt, in dem einfachen Gewand, das er auch in der heißen Wüste von Tatooine getragen, Ben Kenobi.

Lukes Kehle war wie zugeschnürt.

Die Erscheinung sprach mit ruhiger Bestimmtheit.

»Du mußt überleben, Luke.«

Der junge Commander fand die Kraft, seine Lippen zu bewegen.

»Mir ist so kalt... so kalt...«

»Du mußt zum Dagobah-System«, wies ihn die geisterhafte Erscheinung Ben Kenobis an. »Du wirst bei Yoda, dem Jedi-Meister, lernen, der mich unterrichtet hat.«

Luke lauschte und streckte die Hand aus, um die Erscheinung zu berühren.

»Luke«, sagte die Stimme. »Du bist unsere einzige Hoffnung.«

Unsere einzige Hoffnung.

Luke war verstört, aber bevor er die Kraft fand, eine Erklärung zu fordern, verblaßte die Gestalt. Als der letzte Schimmer vergangen war, glaubte Luke ein Tauntaun näher kommen zu sehen, auf dem ein Mensch saß. Die Schnee-Echse trabte unsicheren

Schritts. Sie und der Reiter waren noch zu weit entfernt, als daß Luke hätte erkennen können, wer der Mann war.

Verzweifelt rief der junge Rebellen-Commander noch einmal: »Ben?«, bevor er wieder das Bewußtsein verlor.

Die Schnee-Echse konnte auf ihren Saurier-Hinterbeinen kaum noch stehen, als Han Solo das Tier anhielt und abstieg.

Han starrte voll Entsetzen auf die schneebedeckte, fast steifgefrorene Gestalt, die wie tot vor ihm am Boden lag.

»Los, Freund«, sagte er scharf, »du bist noch nicht tot. Gib ein Lebenszeichen.«

Han konnte keine Bewegung wahrnehmen. Er sah, daß Lukes Gesicht vom Schnee fast ganz bedeckt und übel zugerichtet war. Er rieb es zwischen beiden Händen. Dabei war er bemüht, die Wunden nicht zu berühren.

»Mach nicht solche Sachen, Luke. Du bist noch nicht dran.«

Endlich nahm er eine Reaktion wahr. Ein leises Stöhnen, über dem Windgeheul kaum vernehmbar, genügte, um Han Solos Lebensgeister anzuregen.

Han grinste erleichtert.

»Ich wußte doch, daß du mich nicht sitzen läßt. Wir müssen dich hier rausholen.«

Han wußte, daß Lukes – und seine eigene – Rettung davon abhing, wie schnell das Tauntaun noch laufen konnte. Er hob Luke hoch und trug die schlaffe Gestalt zu dem Tier, aber bevor er den Bewußtlosen hochhieven konnte, brüllte das Tauntaun gepeinigt auf und stürzte zu Boden. Han ließ Luke auf den Schnee gleiten und hastete zu ihm hinüber. Das Tauntaun gab noch einen letzten Laut von sich, kein Brüllen oder Fauchen, nur ein schwaches Rasseln, dann verstummte es.

Han tastete mit klammen Fingern fieberhaft das Fell des Tieres ab und fand kein Lebenszeichen.

»Tot wie ein Triton-Mond«, sagte er, obwohl er wußte, daß Luke ihn nicht hörte. »Viel Zeit bleibt uns nicht mehr.«

Er lehnte Luke an den Bauch der toten Schnee-Echse und

machte sich an die Arbeit. Vielleicht kam es einem Sakrileg gleich, dachte er, die Lieblingswaffe eines Jedi-Ritters zu diesem Zweck zu gebrauchen, aber im Augenblick war Lukes Lichtsäbel das geeignetste und wirksamste Werkzeug, die dicke Haut des Tauntauns aufzuschneiden.

Zu Anfang fühlte sich die Waffe in seiner Hand seltsam an, aber dann schnitt er den Kadaver des Tieres vom zottigen Kopf bis zu den schuppenbedeckten Hinterbeinen auf. Er schnitt eine Grimasse, als aus den dampfenden Eingeweiden ein abscheulicher Gestank aufstieg. Es gab nicht viel, was so übel roch wie die Gedärme einer Schnee-Echse, sagte er sich. Ohne lange zu überlegen, schleuderte er das glitschige Zeug weit weg in den Schnee.

Als der Tierkadaver völlig ausgeweidet war, schob Solo seinen Freund in die warme, fellbedeckte Haut.

»Ich weiß, das riecht nicht gut, Luke, aber da erfrierst du wenigstens nicht.«

Aus dem Kadaver der Schnee-Echse stieg eine weitere Wolke Gestanks auf.

»Pfui!« knurrte Han, den es zu würgen begann. »Nur gut, daß du nichts merkst, Freund.«

Es blieb nicht viel Zeit. Solos erstarrende Hände griffen nach dem Versorgungspack auf dem Rücken des Tauntaun und suchten darin, bis sie den Schutzzelt-Behälter fanden.

Bevor er auspackte, hob er den Kommunikator an den Mund.

»Basis Echo, hören Sie mich?«

Keine Antwort.

»Das Ding ist nutzlos!«

Der Himmel hatte sich drohend verdunkelt, und der Sturm wurde so heftig, daß auch das Atmen schwerfiel. Han mühte sich, den Behälter zu öffnen, und begann den einen Ausrüstungsgegenstand aufzubauen, der sie beide schützen mochte – und sei es nur für kurze Zeit.

»Wenn ich das Zelt nicht schnell genug hochkriege«, knurrte er, »wird Jabba seine Kopfjäger nicht mehr brauchen.«

3

Artoo Detoo stand vor dem Eingang zu dem geheimen Rebellen-Eishangar, bedeckt mit einer Schneeschicht. Sein innerer Zeitmechanismus wußte, daß er schon lange hier stand, und seine optischen Sensoren verrieten ihm, daß der Himmel schwarz geworden war.

Das R-2-Gerät achtete jedoch nur auf seine eingebauten Sondierungssensoren, die noch immer Signale über die Eisfelder aussandten. Seine lange, pausenlose Sensor-Suche nach den vermißten Luke Skywalker und Han Solo hatte bisher nicht das geringste Ergebnis gebracht.

Der dicke Droid begann nervös zu piepen, als Threepio mit steifen Schritten durch den Schnee auf ihn zustampfte.

»Artoo«, sagte der goldene Roboter und knickte den Oberkörper in den Hüftgelenken ab, »du kannst nichts mehr tun. Du mußt hereinkommen.« Threepio richtete sich auf und schien zu schaudern, als der Nachtsturm über seine schimmernde Hülle hinwegfegte. »Artoo, meine Gelenke frieren ein. Würdest du dich freundlicherweise... beeilen...?« Aber bevor er noch ganz ausgesprochen hatte, hastete Threepio bereits zum Hangareingang zurück.

Der Himmel über Hoth war nachtschwarz geworden. Prinzessin Leia stand im Eingang des Rebellenstützpunktes und starrte sorgenvoll hinaus. Sie fröstelte im Sturmwind, während sie die Dunkelheit mit ihren Blicken zu durchdringen versuchte. In der Nähe stand Major Derlin, gleichfalls mit sorgenzerfurchter Miene.

Nicht weit davon entfernt saß der Riesen-Wookie. Er hob den Mähnenkopf, als die beiden Roboter hereinkamen.

»Artoo hat keine Signale wahrnehmen können«, sagte Threepio. »Er meint aber, seine Reichweite sei so begrenzt, daß wir die Hoffnung noch nicht aufgeben sollten.« Aus Threepios künstlicher Stimme war jedoch wenig Zuversicht herauszuhören.

Leia nickte dem Androiden zu, antwortete aber nicht. Ihre Gedanken galten nur den beiden Vermißten. Was sie dabei besonders beunruhigte, war, daß sie vor allem an einen schwarzhaarigen Corellaner dachte, dessen Reden man nicht immer wörtlich nehmen durfte.

Major Derlin wandte sich an einen Leutnant, der Meldung erstattete.

»Alle Patrouillen bis auf Solo und Skywalker sind zurück, Sir.«

Der Major schaute zu Prinzessin Leia hinüber.

»Hoheit«, sagte er dumpf, »heute nacht kann nichts mehr unternommen werden. Die Temperatur sinkt zu rasch. Die Panzertore müssen geschlossen werden. Es tut mir leid.« Derlin wartete einen Augenblick, dann wandte er sich dem Leutnant zu. »Schließen Sie die Tore.«

Der Rebellenoffizier wandte sich ab, um den Befehl auszuführen. In der Eishöhle schien es noch kälter zu werden, als der Wookie einen klagenden Ruf ausstieß.

»Die Gleiter sollten morgen früh einsatzbereit sein«, sagte der Major zu Leia. »Das wird die Suche erleichtern.«

»Besteht denn überhaupt eine Aussicht, daß sie bis morgen früh überleben?« fragte Leia stockend.

»Eine geringe«, erwiderte Major Derlin mit grimmiger Aufrichtigkeit, »dennoch – sie besteht.«

Artoo reagierte auf die Worte des Majors und begann mit den Miniaturcomputern in seinem faßartigen Metalleib zu arbeiten. Es dauerte nur Augenblicke, eine Vielzahl von mathematischen Berechnungen anzustellen, und er kündigte das Ergebnis mit einer Reihe triumphierender Pieptöne an.

»Hoheit«, sagte Threepio als Dolmetsch, »Artoo meint, die Chancen stünden 725 zu 1 gegen ein Überleben.« Der Droid neigte sich dem kleineren Roboter zu und sagte mürrisch: »So genau hätten wir es eigentlich nicht wissen wollen.«

Niemand reagierte auf Threepios Feststellung. Geraume Zeit herrschte lastendes Schweigen. Es wurde nur vom hallenden

Klirren der Panzertüren gestört, die für die Nacht geschlossen wurden. Es war, als hätte eine herzlose Gottheit die hier versammelte Gruppe endgültig von den beiden Männern in der Eiswüste getrennt und mit einem gigantischen Gongschlag ihr Schicksal besiegelt.

Wieder heulte Chewbacca gequält auf.

Und ein stummes Gebet, auf einer zerstörten Welt mit Namen ›Alderaan‹ oft gesprochen, ging durch Leias Gemüt.

Die Sonne, die über dem nördlichen Horizont von Hoth heraufkam, war trüb, aber ihr Licht führte der eisigen Oberfläche des Planeten doch ein wenig Wärme zu. Der Schimmer kroch über die Schneehügel, kämpfte gegen die dunklen Vertiefungen der Eisschluchten und erreichte endlich die einzige völlig runde Wölbung auf dem Planeten.

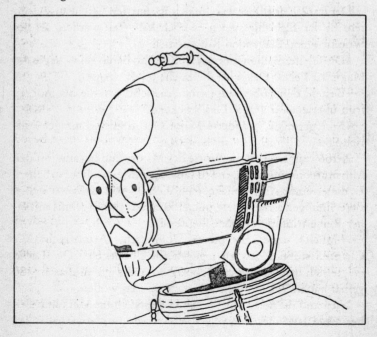

Die Erhebung war von solch perfekter Rundung, daß sie ihre Entstehung einer anderen Kraft als der Natur verdanken mußte. Sie begann sich zu bewegen, während der Himmel stetig heller wurde. Jeder Beobachter wäre tief erstaunt gewesen, als die Schneekuppel aufzubrechen schien und ihre weiße Hülle in einer großen, weißen Wolke in die Luft jagte.

Die summende Maschine zog ihre Sensorarme ein, und das massive Gerät erhob sich langsam von seinem eisigen, weißen Bett.

Der Sondenroboter erhob sich in die Luft, verharrte einen Augenblick und schwebte dann weiter über die schneebedeckte Ebene.

Noch etwas anderes war in die Morgenluft der Eiswelt vorgedrungen – ein vergleichsweise kleines, stumpfnasiges Fahrzeug mit dunklen Kanzelfenstern und Laserkanonen auf beiden Seiten. Der Schneegleiter der Rebellen war dick gepanzert und für Kampfhandlungen auf der Oberfläche des Planeten gedacht, aber an diesem Morgen befand er sich auf einer Erkundungsfahrt, als er über die weiße Landschaft dahinraste, den Konturen der Schneeverwehungen folgend.

Der Schneegleiter war eigentlich für zwei Mann Besatzung gedacht, aber Zev saß alleine im Fahrzeug. Sein Blick suchte die Einöde im Umkreis ab. Er hoffte zu finden, was er suchte, bevor er schneeblind wurde.

Schließlich hörte er ein leises Piepsignal.

»Basis Echo«, schrie er triumphierend in sein Funkgerät, »ich habe etwas! Nicht viel, aber es könnte ein Lebenszeichen sein. Sektor Vier-Sechs-Eins-Vier bei Acht-Acht-Zwo. Ich bin schon unterwegs.«

Während die weiße Unendlichkeit der Landschaft unter ihm dahinfegte, schaltete der Rebellenpilot sein Funkgerät auf eine andere Frequenz.

»Echo Drei, hier Strolch Zwei. Hören Sie mich? Commander Skywalker, hier ist Strolch Zwei.«

Das einzige, was er im Lautsprecher hörte, war ein Rauschen. Aber dann wurde eine Stimme vernehmbar, ganz fern und undeutlich.

»Nett von euch, daß ihr vorbeikommt«, sagte sie. »Hoffentlich haben wir euch nicht zu früh aus den Betten geholt.«

Zev grinste, als er die sarkastische Stimme Han Solos hörte. Er schaltete um auf den Stützpunktsender.

»Basis Echo, hier Strolch Zwei«, meldete er erregt. »Ich habe sie gefunden. Ich wiederhole...«

Während er die Meldung durchgab, justierte er die Feinpeilung für die Signale, die auf seinen Monitorschirmen in der Kanzel blinkten. Er setzte die Geschwindigkeit noch weiter herab und zog den Gleiter bis fast auf die Oberfläche des Planeten hinunter, wo er jetzt deutlich ein kleines Objekt in der endlosen, weißen Weite erkennen konnte.

Das Objekt, ein tragbares Rebellen-Schutzzelt, stand auf einer Schneeverwehung. An der dem Wind zugewandten Seite hatte sich der Schnee aufgetürmt, und an der Oberseite der Verwehung lehnte eine selbstgebastelte Funkantenne.

Aber ein willkommenerer Anblick als dies alles war die vertraute Gestalt vor dem Schutzzelt, die wild mit den Armen ruderte.

Als Zev zur Landung ansetzte, empfand er überwältigende Dankbarkeit dafür, daß wenigstens einer der Vermißten noch lebte.

Nur ein dickes Glasfenster trennte den mißhandelten, fast steifgefrorenen Körper Luke Skywalkers von vier seiner wachsamen Freunde.

Han Solo, die relative Wärme des Rebellen-Lazaretts genießend, stand neben Leia, seinem Wookie-Kopiloten, Artoo Detoo und Threepio. Han atmete erleichtert auf. Er wußte, daß der junge Commander endlich außer Lebensgefahr war und sich in den fähigsten mechanischen Händen befand.

Luke hing senkrecht in einem durchsichtigen Zylinder, eine

Atemmaske mit Mikrophon über Nase und Mund. Der Chirurgie-Droid, Too Onebee, kümmerte sich um den jungen Mann mit dem Geschick eines der besten menschlichen Ärzte. Unterstützt wurde er von seinem Medizinassistenz-Droiden FX 1 und einer Garnitur von Zylindern, Kabeln und Fortsätzen unter einer Metallkappe. Der Chirurgie-Droid betätigte einen Schalter, durch den sich eine gallertartige rote Flüssigkeit über seinen Patienten ergoß. Han wußte, daß dieses Bacta Wunder zu wirken vermochte, selbst bei Patienten in so schlechter Verfassung wie Luke.

Als der brodelnde Stoff seinen Körper einhüllte, begann Luke sich aufzubäumen und zu phantasieren.

»Vorsicht«, stöhnte er, »…Schneewesen… Gefährlich… Yoda… geh nach Yoda… einzige Hoffnung…«

Han hatte nicht die geringste Ahnung, was sein Freund meinte, und Chewbacca, den das Lallen des jungen Mannes ebenso bestürzte, stieß einen fragenden Wookie-Laut aus.

»Ich kann ihn auch nicht verstehen, Chewie«, erwiderte Han.

Threepio meinte hoffnungsvoll: »Ich glaube, er ist noch nicht ganz bei sich, wenn Sie verstehen, was ich meine. Es wäre höchst bedauerlich, wenn Master Luke einen Kurzschluß erleiden sollte.«

»Dem Jungen ist etwas begegnet«, erklärte Han, »und das war nicht nur die Kälte.«

»Wenn wir nur wüßten, was für Wesen er meint«, sagte Leia und warf einen Blick auf den grimmig vor sich hinstarrenden Solo. »Wir haben die Sicherheitsmaßnahmen verdoppelt, Han«, fuhr sie fort und versuchte ihm zu danken. »Ich weiß nicht, wie –«

»Lassen Sie nur«, sagte er brüsk. Das einzige, was ihn in diesem Augenblick beschäftigte, war sein Freund, der dort eingehüllt in roter Bacta-Gelatine hing.

Lukes Körper wurde in der grellfarbenen Flüssigkeit gebadet, und die heilende Wirkung des Bacta setzte ein. Eine Zeitlang sah es so aus, als wolle Luke sich gegen den heilenden Fluß des durchsichtigen Breis wehren, dann verstummte er endlich, erschlaffte und überließ sich dem Einfluß des Bacta. Too Onebee wandte sich von dem Menschen ab, der seiner Obhut anvertraut worden war. Er wandte den totenschädelartigen Kopf zu Solo und den anderen, die durch das Fenster blickten.

»Commander Skywalker befand sich im Dormo-Schock, aber er reagiert gut auf die Bacta«, teilte der Roboter mit. »Er schwebt nicht mehr in Lebensgefahr.«

Die Worte des Chirurgieroboters lösten die Spannung sofort. Leia seufzte erleichtert, und Chewbacca brummte anerkennend.

Luke wußte nicht, wie lange er im Delirium gewesen war. Nun hatte er Verstand und Sinne wieder beisammen. Er setzte sich in seinem Krankenbett auf. Was für eine Erleichterung, dachte er, wieder richtige Luft zu atmen, und sei sie noch so kalt.

Ein Medi-Droid entfernte den Schutzverband von seinem Gesicht. Er konnte wieder sehen und nahm nun wahr, daß jemand an seinem Bett stand. Langsam erkannte er das Gesicht von Prinzessin Leia. Sie trat auf ihn zu und strich ihm sanft die Haare aus den Augen.

»Die Bacta wirken gut«, sagte sie, seine heilenden Wunden betrachtend. »In ein, zwei Tagen sollten die Narben verschwunden sein. Haben Sie noch Schmerzen?«

Die Tür ging auf. Artoo piepste freudig, als er auf Luke zurollte, und auch Threepio näherte sich klirrend dem Bett.

»Master Luke, es ist schön, Sie wieder in Funktion zu sehen.«

»Danke, Threepio.«

Artoo gab eine Reihe von Pfeif- und Zwitscherlauten von sich.

»Auch Artoo gibt hiermit seiner Erleichterung Ausdruck«, übersetzte Threepio.

Luke freute sich über die Fürsorglichkeit der Roboter. Bevor er jedoch etwas erwidern konnte, gab es neuerdings eine Unterbrechung.

»Hallo, Kleiner«, begrüßte ihn Han Solo ungestüm, als er und Chewbacca hereinstürmten.

Der Wookie knurrte einen freundlichen Gruß.

»Du siehst kräftig genug aus, um mit einem Gundark zu raufen«, sagte Han.

Luke fühlte sich auch so.

»Das habe ich dir zu verdanken.«

»Zum zweitenmal, junger Mann.« Han grinste die Prinzessin breit an. »Nun, Euer Gnaden«, sagte er spöttisch, »es sieht so aus, als hätten Sie dafür gesorgt, mich noch eine Weile hierzubehalten.«

»Ich hatte nichts damit zu tun«, sagte Leia hitzig, erbost über Hans Selbstgefälligkeit. »General Rieekan hält es für zu gefährlich, daß irgendein Schiff das System verläßt, bevor die Generatoren einsatzbereit sind.«

»Hört sich gut an«, meinte Han, »aber ich glaube, Sie können es einfach nicht ertragen, mich nicht an Ihrer Seite zu wissen.«

»Ich weiß nicht, woher Sie Ihre Wahnvorstellungen beziehen«, gab sie schroff zurück.

Chewbacca amüsierte sich über den Wortwechsel zwischen zwei der eigenwilligsten Menschen, die er je kennengelernt hatte, und lachte dröhnend.

»Lach nur, du Pelzgeschöpf«, sagte Han gutmütig. »Du hast uns ja im Korridor Süd nicht gesehen.«

Bisher hatte Luke kaum zugehört. Han und die Prinzessin gerieten oft genug aneinander. Der Hinweis auf den Korridor Süd erweckte jedoch seine Neugier, und er sah Leia fragend an.

»Sie hat ihren wahren Gefühlen für mich Ausdruck gegeben«, fuhr Han fort und feixte, als er die Röte auf den Wangen der Prinzessin sah. »Hören Sie mal, Hoheit, das können Sie doch nicht schon vergessen haben!«

»Sie miserabler, eingebildeter, schwachsinniger, abgerissener Nerf-Hirt...« stieß sie wütend hervor.

»Wer sieht abgerissen aus?« fragte er grinsend. »Ich will Ihnen was sagen, Herzchen, ich muß ziemlich genau ins Schwarze getroffen haben, wenn Sie so böse werden. Findest du nicht, Luke?«

»Ja«, sagte der junge Mann im Bett und starrte die Prinzessin erstaunt an, »es hat ganz... den Anschein.«

Leia sah zu Luke hinüber. Der Widerstreit ihrer Gefühle spiegelte sich deutlich auf ihrem Gesicht wider. Etwas Verwundbares, beinahe Kindliches lag in den großen Augen, aber dann fiel die Maske der Unnahbarkeit wieder über das zarte Gesicht.

»So, hat es das?« sagte sie. »Von Frauen verstehen Sie wohl nicht sehr viel, wie?«

Luke gab ihr im stillen recht. Er war erst recht ihrer Meinung, als Leia sich vorbeugte und ihn auf den Mund küßte. Dann drehte sie sich auf dem Absatz um, schritt hinaus und warf die Tür hinter sich zu. Die anderen – Menschen, Wookie und Droiden – starrten einander sprachlos an.

In der Ferne hörte man Alarmanlagen in den unterirdischen Korridoren schrillen.

General Rieekan und sein Chefcontroller besprachen sich in der Kommandozentrale, als Han Solo und Chewbacca hereineilten. Prinzessin Leia und Threepio, die dem General und seinem Ratgeber zugehört hatten, wandten sich um.

Ein Warnsignal gellte von der riesigen Konsole hinter Rieekan herüber.

»General«, rief der Sensor-Controller.

General Rieekan blickte mit grimmiger Konzentration auf die Bildschirme. Plötzlich sah er ein blinkendes Signal aufleuchten.

»Prinzessin«, sagte er, »ich glaube, wir bekommen Besuch.«

Leia, Han, Chewbacca und Threepio traten näher heran und beobachteten die piependen Monitorschirme.

»Wir haben in Zone Zwölf etwas aufgefangen. Es ist unterwegs nach Osten«, sagte Rieekan.

»Was es auch sein mag, es ist aus Metall«, erklärte der Sensor-Offizier.

Leias Augen weiteten sich.

»Dann kann es keines der Wesen sein, die Luke überfallen haben?«

»Kann es etwas von uns sein?« fragte Han. »Ein Gleiter?«
Der Sensor-Controller schüttelte den Kopf.
»Nein, es hat kein Signal.« Dann wurde bei einem anderen Monitor ein Geräusch hörbar. »Warten Sie, etwas ganz Schwaches...«
Threepio näherte sich in steifer Haltung der Konsole. Seine Hörsensoren stellten sich auf die fremden Signale ein.
»Ich bin mit über sechzig Millionen Formen der Kommunikation vertraut, Sir«, sagte er, »aber ich muß zugeben, daß ist etwas Neues. Muß verschlüsselt sein oder –«
Die Stimme eines Rebellensoldaten tönte aus der Funkanlage.
»Hier Echo Station Drei-Acht. Das unidentifizierte Objekt ist angepeilt. Es kommt gerade über den Grat. Wir sollten Sichtverbindung in wenigen –« Plötzlich klang die Stimme angstvoll. »Was soll –? O nein!«
Es knackte und rauschte, dann brach die Verbindung gänzlich ab.
Han zog die Brauen zusammen.
»Was es auch sein mag«, sagte er, »freundlich gesinnt ist das nicht. Sehen wir es uns an. Komm, Chewie.«
Bevor noch Han und Chewbacca den Raum verlassen hatten, entsandte General Rieekan Strolch Zehn und Zwölf zu Station Drei-Acht.

Der gigantische Stern-Zerstörer nahm in der Flotte des Imperators eine tödliche Vorrangstellung ein. Das schlanke, langgezogene Raumschiff war größer und sah noch bedrohlicher aus als selbst die fünf keilförmigen Stern-Zerstörer, die ihn beschützten. Gemeinsam waren diese sechs Raumfahrzeuge die gefürchtetsten und verheerendsten Kriegsschiffe in der Galaxis, die alles, was zu nah an ihre Waffen herankam, in kosmischen Schrott verwandeln konnten.
Die Stern-Zerstörer waren umgeben von einer Reihe kleinerer Kampfschiffe, und zwischen dieser gewaltigen Weltraum-Armada rasten die berüchtigten Spurjäger dahin.

Im Herzen jedes Angehörigen dieses Todesgeschwaders herrschte höchste Zuversicht, vor allem unter der Besatzung des riesigen zentralen Stern-Zerstörers. Aber in ihren Seelen lauerte noch etwas anderes: Furcht – Furcht schon vor dem Klang der vertrauten schweren Schritte, die durch das gigantenhafte Schiff hallten. Alle Besatzungsmitglieder grauten sich vor diesen Schritten und fröstelten, sooft sie sie hörten, bevor der vielgefürchtete, aber auch hochgeachtete Führer auftauchte.

Darth Vader, der Schwarze Lord der Sith, betrat, alle anderen überragend, in seinem schwarzen Umhang und mit der schwarzen Maske, das Haupt-Kontrolldeck, und die Männer ringsum verstummten. Einen schier endlosen Augenblick lang hörte man nichts als die Geräusche von den Steueranlagen des Schiffes und das laute Rasseln der Atemmaske, die der nachtschwarze Lord trug.

Als Darth Vader das endlose Sternenmeer betrachtete, stürzte Captain Piett über die große Kommandobrücke auf den gedrungenen, bösartig aussehenden Admiral Ozzel mit einer Nachricht zu.

»Ich glaube, wir haben etwas gefunden, Admiral«, sagte er nervös, während sein Blick zwischen Ozzel und dem Schwarzen Lord hin- und herzuckte.

»Ja, Captain?« Der Admiral war ein Mann von grenzenlosem Selbstvertrauen, der sich in Gegenwart seines vermummten Vorgesetzten keineswegs unbehaglich fühlte.

»Die Meldung, die wir hier haben, ist nur ein Bruchstück, von einem Sondendroiden im System Hoth. Aber es ist die beste Spur seit –«

»Wir haben die Galaxis von Tausenden von Sondendroiden absuchen lassen«, unterbrach ihn Ozzel zornig. »Ich verlange Beweise, keine Spuren. Ich habe nicht die Absicht, von einer Seite der Galaxis zur anderen –«

Die Gestalt in Schwarz näherte sich plötzlich den beiden.

»Sie haben etwas gefunden?« fragte der Mann. Seine Stimme klang ein wenig verzerrt unter der Atemmaske.

Captain Piett sah seinen obersten Vorgesetzten, der ihm wie ein schwarzgekleideter, allmächtiger Gott vorkam, respektvoll an.

»Ja, Sir«, sagte Piett langsam und bedächtig. »Wir haben visuelle Daten. Das System soll keinerlei menschliche Lebensformen beherbergen...«

Aber Vader hörte dem Captain nicht mehr zu. Sein Maskengesicht richtete sich auf einen der Bildschirme – dort fegte eine kleine Staffel von Rebellen-Schneegleitern über die weißen Felder.

»Das sind sie«, dröhnte Darth Vaders Stimme.

»Mylord«, protestierte Admiral Ozzel, »es gibt so viele unregistrierte Siedlungen. Es könnten Schmuggler sein –«

»Das sind sie!« sagte der ehemalige Jedi-Ritter und ballte eine schwarzumkleidete Faust. »Und – Skywalker ist bei ihnen. Holen Sie die Patrouillenschiffe zurück und nehmen Sie Kurs auf das System Hoth.« Vader wandte sich an einen Offizier, der eine grüne Uniform mit dazu passender Mütze trug. »General Veers«, sagte der Schwarze Lord, »Ihre Leute sollen sich bereithalten.«

Darth Vader hatte kaum ausgesprochen, als seine Untergebenen sich daranmachten, seinen furchterregenden Plan in die Tat umzusetzen.

Der Sondendroid des Galaktischen Imperiums schob eine lange Antenne aus dem Insektenkopf und verbreitete ein durchdringendes Hochfrequenz-Signal. Die Sensoren des Roboters hatten auf eine Lebensform hinter einer riesigen Schneedüne reagiert und das Auftauchen eines braunen Wookie-Kopfes und das Geräusch eines tief aus der Kehle kommenden Knurrens registriert. Die in den Sonden-Roboter eingebauten Strahler richteten sich auf den Pelzriesen. Bevor der Roboter jedoch Gelegenheit hatte zu feuern, schoß hinter dem Sondendroiden ein roter Strahl aus einer Pistole und streifte den schwarzpolierten Rumpf.

Han Solo duckte sich hinter einen Schneehaufen, sah, daß Chewbacca in Deckung blieb, und verfolgte, wie der Roboter in der Luft zu ihm herumwirbelte. Bis jetzt wirkte das Ablenkungsmanöver, und nun war *er* die Zielscheibe. Han war kaum außer Schußweite, als die schwebende Maschine zu feuern begann und Schneeklumpen aus der Kante einer Düne fetzte. Han drückte erneut ab und traf sie mit dem Strahl seiner Waffe genau in der Mitte. Er hörte ein schrilles Heulen aus der tödlich getroffenen Maschine dringen. Dann zerbarst der Sondendroid des Imperiums in zahllose flammende Partikel.

»...ich fürchte, es ist nicht viel übriggeblieben«, sagte Han über Funk, als er seinen Bericht an den Stützpunkt abschloß.

Prinzessin Leia und General Rieekan saßen noch immer an der Konsole, von der aus sie ständig mit Han Verbindung gehalten hatten.

»Was ist es?« fragte Leia.

»Eine Art Droid«, gab Han zurück. »Ich habe gar nicht so intensiv geschossen. Er muß eine Selbstzerstörungs-Anlage gehabt haben.«

Leia schwieg kurze Zeit, während sie über diese unwillkommene Mitteilung nachdachte.

»Vom Imperium«, sagte sie schließlich dumpf.

»Wenn das zutrifft, weiß man, daß wir hier sind«, sagte Han warnend.

General Rieekan schüttelte langsam den Kopf.

»Wir werden evakuieren müssen.«

4

Sechs bedrohliche Umrisse erschienen aus dem schwarzen Weltraum über Hoth und verharrten wie riesige Dämonen der Vernichtung, bereit, die Furien ihrer Waffen loszulassen. Im Inneren des größten der sechs Stern-Zerstörer saß Darth Vader allein in einem kleinen, kugelförmigen Raum. Ein einzelner Lichtstrahl schimmerte auf seinem schwarzen Helm, während er regungslos in seiner erhöhten Meditationskammer saß.

Als General Veers herankam, öffnete die Kugel sich langsam. Die obere Hälfte klappte auf wie ein mechanischer Kiefer mit vorstehenden Zähnen. Veers schien die schwarze Gestalt in dem maulartigen Behältnis kaum lebendig zu sein, obschon eine starke Aura des Bösen von ihr ausging und den Offizier frösteln ließ.

Veers trat unsicher einen Schritt vorwärts. Er hatte eine Meldung zu überbringen, war aber bereit, notfalls Stunden zu warten, um Vaders Meditationen nicht zu stören.

Vader ergriff jedoch sofort das Wort.

»Was gibt es, Veers?«

»Mylord«, sagte der General, seine Worte mit Bedacht wählend, »die Flotte ist zur Unterlichtgeschwindigkeit zurückgekehrt. Die Abtastung hat ein Energiefeld geortet, das ein Gebiet des sechsten Planeten im System Hoth schützt. Das Feld ist stark genug, jeder Bombardierung standzuhalten.«

Vader erhob sich zu seiner vollen Höhe von zwei Metern, sein Umhang fegte über den Boden.

»Der Rebellen-Abschaum weiß also, daß wir hier sind.« Wutentbrannt ballte er die Fäuste in den schwarzen Handschuhen. »Admiral Ozzel ist zu nah am System aus dem Hyperraum getreten.«

»Er glaubte, Überraschung sei eine klügere —«

»Er ist ebenso ungeschickt wie dumm«, fuhr Vader schweratmend dazwischen. »Eine direkte Bombardierung durch das Feld ist unmöglich. Machen Sie Ihre Truppen für einen Angriff auf der Oberfläche bereit.«

General Veers drehte sich auf dem Absatz um und marschierte hinaus, einen aufgebrachten Darth Vader zurücklassend. In der Kammer schaltete Vader einen großen Bildschirm ein, der die riesige Kommandobrücke seines Stern-Zerstörers zeigte.

Admiral Ozzel reagierte auf Vaders Anruf, trat vor, und sein Gesicht füllte den Monitorschirm des Schwarzen Lords fast völlig aus.

»Lord Vader, die Flotte ist zur Unterlicht–«

»Captain Piett«, sagte Vader, ohne den Admiral zu beachten.

Der Captain trat sofort vor, während der Admiral einen Schritt zurückwankte und seine Hand automatisch an die Kehle griff.

»Ja, Mylord«, sagte Piett respektvoll.

Ozzel rang nach Luft, während seine Kehle sich, wie im Griff unsichtbarer Klauen, zusammenzuschnüren begann.

»Bereiten Sie die Landung von Eingreiftruppen außerhalb des Energiefeldes vor«, befahl Vader. »Dann lassen Sie die Flotte ausschwärmen, damit nichts den Planeten zu verlassen vermag. Sie übernehmen das Kommando, Admiral Piett.«

Piett war von dieser Neuigkeit gleichermaßen betroffen und erfreut. Als er sich umdrehte, um die Befehle auszuführen, sah er eine Gestalt, zu der er eines Tages selbst werden mochte. Ozzels Gesicht war auf gräßliche Weise verzerrt, als er nach einem letzten Luftzug rang; dann brach er tot zusammen.

Das Galaktische Imperium hatte das System Hoth erreicht.

Rebellen-Truppen stürzten an ihre Kampfstationen, als die Warnanlagen in den Eistunnels schrillten. Bodenmannschaften und Droiden aller Größen und Arten beteiligten sich, die ihnen zugeteilten Aufgaben zu übernehmen und sich der Bedrohung durch das Imperium zu stellen.

Die gepanzerten Schneegleiter waren aufgetankt und warteten in Angriffsformation, um zum Haupteingang hinauszufegen. Inzwischen sprach im Hangar Prinzessin Leia zu einer kleinen Gruppe von Kampfpiloten.

»Die großen Transportschiffe fliegen, sobald sie beladen sind. Nur zwei Raumjäger als Begleitung für jedes Schiff. Die Energieabschirmung kann nur für den Bruchteil einer Sekunde geöffnet werden, also müßt ihr ganz nah an den Transportern bleiben.«

Hobbie, ein Rebellen-Veteran vieler Schlachten, sah die Prinzessin sorgenvoll an.

»Zwei Jäger gegen einen Stern-Zerstörer?«

»Die Ionenkanone wird mehrere Salven abgeben, was alle Schiffe zerstören sollte, die euch im Weg sind«, erklärte Leia. »Wenn ihr das Energiefeld hinter euch habt, fliegt ihr zum Sammelpunkt. Viel Glück!«

Hobbie und die anderen Piloten liefen zu den Kanzeln ihrer Raumjäger.

Inzwischen arbeitete Han fieberhaft daran, eine Hebeanlage an die ›Millennium Falcon‹ zu schweißen. Er beendete rasch die Arbeit, sprang auf den Boden und schaltete sein Sprechgerät ein.

»Alles klar, Chewie«, sagte er zu der behaarten Gestalt an der Steuerung der ›Falcon‹, »versuch's mal.«

In diesem Augenblick ging Leia an ihm vorbei und warf ihm einen zornigen Blick zu. Han starrte sie selbstzufrieden an, während die Hebeanlagen des Frachtschiffs sich vom Boden hoben, worauf die rechte Stütze wild zu schwanken begann, halb abbrach und krachend hinunterstürzte.

Er wandte sich von Leia ab und sah noch aus dem Augenwinkel, daß sie spöttisch eine Braue hochzog.

»Halt, Chewie«, knurrte Han in seinen kleinen Sender.

Die ›Rächer‹, einer der keilförmigen Stern-Zerstörer der Galaktischen Armada, schwebte wie ein mechanischer Todesengel im Sternenmeer über dem Planeten Hoth. Als das riesige Schiff näher an die düstere Eiswelt heranflog, wurde die Oberfläche durch die Fenster, die sich hundert Meter und mehr die gewaltige Kommandobrücke des Kriegsschiffs entlangzogen, deutlich sichtbar.

Kapitän Needa, Kommandant der ›Rächer‹, schaute zu einem der Fenster hinaus und betrachtete gerade eingehend den Planeten, als ein Controller an ihn herantrat.

»Sir, ein Rebellen-Schiff nähert sich unserem Sektor.«

»Gut«, erwiderte Needa mit funkelnden Augen. »Unsere erste Beute heute.«

»Ihr erstes Ziel werden die Stromgeneratoren sein«, sagte General Rieekan zur Prinzessin.

»Erster Transport, Zone Drei, nähert sich der Abschirmung«, sagte einer der Rebellen-Controller, ein helleuchtendes Lichtsignal verfolgend, das nur ein imperialer Stern-Zerstörer sein konnte.

»Fertigmachen zur Öffnung«, sagte ein Radartechniker.

»Ionen-Leitstand, Achtung«, rief eine andere Stimme.

Eine riesige Metallkugel auf der eisigen Oberfläche von Hoth drehte sich und richtete die gigantische Turmkanone zum Himmel.

»Feuer!« befahl General Rieekan.

Zwei rote Strahlen zerstörerischer Energie zuckten zum eisigen Himmel empor. Sie überholten das erste Transportschiff der Rebellen und fegten auf den gewaltigen Stern-Zerstörer zu.

Die beiden roten Blitze trafen das ungeheure Schiff und zerfetzten seinen Kommandoturm. Explosionen, ausgelöst von dem Treffer, begannen die gewaltige fliegende Festung zu erschüttern. Sie geriet außer Kontrolle. Der Stern-Zerstörer stürzte in die Tiefen des Weltraums, während der Transporter und seine beiden Begleitmaschinen das Weite suchten.

Luke Skywalker machte sich bereit, zog seine dicke Schutzkleidung an und beobachtete die Piloten, Bordschützen und R-2-Geräte, die hin- und hereilten, um ihre jeweilige Aufgabe zu erfüllen. Luke ging hinüber zu der Reihe von Schneegleitern, die zum Einsatz bereitstanden. Auf seinem Weg blieb der junge Commander am Heck der ›Millennium Falcon‹ stehen, wo Han Solo und Chewbacca verbissen am rechten Hebefuß arbeiteten.

»Chewie«, rief Luke, »paß gut auf dich auf. Und kümmer dich um den Burschen da, ja?«

Der Wookie knurrte ein Abschiedswort und umarmte Luke, bevor er mit seiner Arbeit fortfuhr.

Luke und Han sahen einander an.

»Ich hoffe, du machst deinen Frieden mit Jabba«, sagte Luke

nach einer Weile.

»Mach die Kerle fertig, Kleiner«, gab der Corellaner zurück.

Der junge Commander ging weiter, während Erinnerungen an gemeinsame Erlebnisse mit Han ihn bestürmten. Er blieb stehen und warf noch einen Blick auf die ›Falcon‹ und seinen Freund, der ihm nachblickte.

Als sie einander noch einmal ansahen, hob Chewbacca den Kopf. Er wußte, daß einer dem anderen das Beste wünschte, wohin ihr Weg sie auch führen mochte.

Die Lautsprecheranlage unterbrach ihre Gedankengänge. Sie verkündete gute Nachrichten.

»Erster Transport durchgekommen.«

Die im Hangar versammelten Männer jubelten. Luke wandte sich um und hastete zu seinem Schneegleiter. Dack, sein junger Bordschütze, erwartete ihn bereits.

»Wie fühlen Sie sich, Sir?« fragte Dack lebhaft.

»Wie neugeboren, Dack. Und Sie?«

Dack strahlte.

»Ganz so, als könnte ich es allein mit dem gesamten Imperium aufnehmen.«

»Ja«, sagte Luke leise, »ich weiß, was Sie meinen.« Es lagen zwar nur ein paar Jahre Altersunterschied zwischen ihnen, aber Luke kam sich in diesem Augenblick vor, als sei er hundert Jahre alt.

Prinzessin Leias Stimme tönte aus den Lautsprechern.

»Achtung, Gleiter-Piloten... beim Rückzugssignal am Südhang sammeln. Ihre Jäger werden für den Start vorbereitet. Code Eins-Fünf wird durchgegeben, sobald die Evakuierung abgeschlossen ist.«

Threepio und Artoo standen mitten im Gedränge, als die Piloten sich fertig machten. Der goldene Android kippte ein wenig nach vorn, als er seine Sensoren auf den kleinen R-2-Roboter richtete. Die Schatten, die über Threepios Gesicht glitten, erweckten den Eindruck, als runzle er die Stirn.

»Woran liegt es, daß alles auseinanderfällt, gerade wenn man meint, alles hätte sich eingespielt?« sagte er. Er beugte sich vor und legte die Hand auf den Rumpf des anderen Roboters. »Paß gut auf Master Luke auf. Und auf dich auch.«

Artoo pfiff und tutete zum Abschied, dann rollte er durch den Eiskorridor davon. Threepio winkte steif, während er seinen dicken treuen Freund davongleiten sah.

Einem Beobachter hätte es so scheinen mögen, als würden Threepios Augen feucht, schließlich war es nicht das erstemal, daß ein Tropfen Öl vor seine optischen Sensoren geriet.

Der Roboter in Menschengestalt drehte sich endlich um und ging in die entgegengesetzte Richtung.

5

Niemand auf Hoth nahm das Geräusch zunächst wahr. Es kam aus zu weiter Ferne, aber es übertönte bald den heulenden Wind. Doch die Rebellen-Soldaten waren viel zu beschäftigt, um hinzuhören. Sie waren ganz auf ihren Einsatz konzentriert.

In den Schneegräben schrien Rebellen-Offiziere ihre Befehle lauthals hinaus, damit sie sich über dem Sturm verständlich machen konnten. Soldaten beeilten sich, diese Befehle auszuführen, liefen mit schweren, panzerfaustartigen Waffen durch den Schnee und brachten die Todesstrahler auf den Eiskanten der Gräben in Stellung.

Die Stromgeneratoren der Rebellen in der Nähe der Geschütztürme begannen in Energieausbrüchen zu knacken, zu summen und zu knistern – der Strom reichte für den ganzen riesigen Komplex unter der Oberfläche. Aber über all dieser Geschäftigkeit und dem Lärm konnte man allmählich ein drohendes Stampfen näherkommen hören, unter welchem der gefrorene Boden erzitterte. Schließlich war es nah genug, um die Aufmerksamkeit eines Offiziers zu erregen. Der kniff die Augen zusammen und starrte in den Sturm, um den Ursprung dieses schweren, rhythmischen Geräusches zu erkennen. Auch andere Männer sahen von ihrer Arbeit auf und erkannten eine Anzahl heranrückender Punkte. Im tobenden Schneesturm schienen die kleinen Punkte langsam, aber stetig näherzukommen und dabei Schneewolken aufzuwirbeln.

Der Offizier hob sein Elektro-Fernglas an die Augen und richtete es auf die sich nähernden Objekte. Es mußten etwa ein Dutzend sein, die da beharrlich durch den Schnee herankamen, wie Wesen aus einer unbekannten Vergangenheit. Jedoch es waren Maschinen, die, riesigen Huftieren gleich, auf vier Gelenkbeinen daherstelzten.

Geher!

Der Offizier erschrak, als er die gepanzerten, für jedes Gelände geeigneten Geräte des Imperiums erkannte. Jede Maschine war mit Kanonen ausgestattet, die nach vorn wie die Hörner eines prähistorischen Ungetüms hervorragten. Wie mechanisierte Dickhäuter stapften die Geher dahin und feuerten aus ihren drehbaren Maschinengewehren und Kanonen.

Der Offizier griff nach seinem Funkgerät.

»Leitung Strolch... Sie kommen! Nullkommadrei.«

»Station Echo Fünf-Sieben, wir sind unterwegs.«

Während Luke Skywalker antwortete, spritzte eine Explosion Eis und Schnee über den Offizier und seine entsetzten Leute. Die Geher waren bereits in Schußweite. Die Soldaten wußten, daß ihre Aufgabe darin bestand, die Aufmerksamkeit der Todesmechanismen abzulenken, während die Transportschiffe abhoben. Doch keiner der Kämpfer wollte unter den Beinen oder Waffen dieser grauenhaften Maschinen sterben.

Grell orangerote und gelbe Flammenwolken fauchten aus den Waffen der Geher. Die Soldaten zielten nervös auf die Maschinen, und jeder einzelne von ihnen hatte das Gefühl, als durchstießen eisige, unsichtbare Finger seinen Körper.

Von den zwölf Schneegleitern übernahmen vier die Führung und fegten mit Vollgas auf den Feind zu. Eine Geh-Maschine feuerte und verfehlte die schräg heranrasenden Fahrzeuge nur knapp. Eine Salve verwandelte einen Gleiter in einen flammenden Feuerball, der den Himmel erhellte.

Luke sah, als er aus dem Kanzelfenster blickte, die Explosion. Es war der erste Totalverlust seines Geschwaders. Wutentbrannt feuerte Luke seine Bordwaffen auf eine Geh-Maschine ab, jedoch nur, um einem Hagel von Geschossen zu begegnen, die seinen Gleiter durchschüttelten.

Luke bekam das Fahrzeug wieder unter Kontrolle, und Strolch Drei, ein anderer Gleiter, schloß sich ihm an. Wie Insekten surrten sie um die unaufhaltsam dahinstapfenden Angriffsmaschinen herum, während andere Gleiter sich mit ihnen auf einen Schußwechsel einließen. Luke und Strolch Drei flitzten am ersten Geher vorbei, surrten auseinander und bogen nach rechts ab.

Luke sah den Horizont kippen, als er seinen Gleiter zwischen die Gelenkbeine des Gehers lenkte und unter der Monstermaschine wieder herausflog. Er ging in den Horizontalflug über und setzte sich mit seinem Begleiter in Verbindung.

»Strolch Leiter an Strolch Drei.«

»Verstehe Sie, Strolch Leiter«, bestätigte Wedge, der Pilot von Strolch Drei.

»Wedge«, sagte Luke ins Mikro, »teilen Sie Ihre Staffel paarweise auf.«

Lukes Schneegleiter zog eine Kurve, während Wedges Fahrzeug mit einem zweiten Gleiter in die entgegengesetzte Richtung davonflog.

Die Geher feuerten mit allen Waffen und marschierten weiter über den Schnee. Im Inneren einer der Angriffsmaschinen hatten zwei Piloten des Imperiums die Kanonen der Rebellen vor dem Weiß der Schneefelder entdeckt. Die Piloten begannen den Geher auf eine der Stellungen zuzulenken, als sie einen einzelnen Gleiter bemerkten, der mit aufblitzenden Bordwaffen unmittelbar auf sie zuflog. Eine gewaltige Explosion zuckte vor dem undurchdringlichen Fenster auf, und die Wolke verflog, als der durch den Rauch fegende Schneegleiter über ihr verschwand.

Als Luke vor dem Geher hochschnellte, schaute er sich nochmals genau um. Die Panzerung ist für Strahler zu stark, dachte er. Es *muß* eine andere Methode geben, diese schrecklichen Geräte anzugreifen; etwas anderes als Feuerkraft. Luke dachte kurz an die Tricks, die ein Bauernjunge wohl gegen ein wildes Tier anwenden mochte. Dann lenkte er seinen Schneegleiter zu einem neuerlichen Anflug gegen die Geher. Er hatte eine Entscheidung getroffen.

»Gruppe Strolch«, rief er in sein Funkgerät, »benützt eure Harpunen und Schleppkabel. Zielt auf die Beine. Das ist unsere einzige Hoffnung, sie aufzuhalten. Hobbie, sind Sie noch da?«

»Ja, Sir«, sagte die Stimme sofort.

»Also, ganz nah dabeibleiben.«

Lukes Gesicht verriet grimmige Entschlossenheit, als er sich mit Hobbie zu einer engen Formation zusammenschloß. Gemeinsam zogen sie einen Bogen und sanken auf die Oberfläche herab.

In Lukes Cockpit wurde Dack, sein Bordschütze, durch die abrupte Richtungsänderung durchgeschüttelt. Er versuchte die Harpunenkanone festzuhalten und schrie: »He, langsam! Luke, ich finde meine Gurte nicht.«

Explosionen rüttelten Lukes Gleiter durch und warfen ihn hin und her. Durch das Fenster konnte er einen anderen Geher sehen, offenbar unbeeindruckt vom Feuer der Bordwaffen. Die dahinstapfende Maschine wurde Lukes Ziel, als er in weitem Bogen herabflog. Der Geher feuerte direkt auf ihn, eine Mauer von Laserblitzen und Schrapnellen erzeugend.

»Festhalten, Dack«, schrie Luke, die Explosionen übertönend, »machen Sie sich bereit, das Schleppkabel abzufeuern.«

Eine schwere Druckwelle warf Lukes Gleiter hoch. Er bemühte sich, ihn wieder in die Gewalt zu bekommen, während er hin- und hertaumelte. Trotz der Kälte begann er heftig zu schwitzen, immer weiter bemüht, sein Fahrzeug wieder aufzurichten. Der Horizont vor ihm schien zu rotieren.

»Achtung, Dack, wir sind gleich da. Alles in Ordnung?«
Dack antwortete nicht. Luke drehte sich herum und sah, daß Hobbies Gleiter seinen Kurs neben ihm beibehielt, während sie den Explosionen auswichen. Er verrenkte sich den Hals und sah Dack mit blutüberströmter Stirn an der Steuerung hängen.
»Dack!«
Am Boden feuerten die Geschütztürme neben den Stromgeneratoren auf die marschierenden Maschinen, aber ohne erkennbare Wirkung. Waffen des Imperiums beschossen die gesamte Umgebung, fetzten den Schnee himmelwärts und blendeten ihre menschlichen Zielscheiben. Der Offizier, der die unfaßbaren Maschinen als erster gesehen hatte und mit seinen Leuten unermüdlich kämpfte, war auch einer der ersten, der von den tödlichen Strahlen eines Gehers niedergemäht wurde. Soldaten stürzten herbei, um ihn zu retten, aber es war zu spät; zu groß der Blutverlust, ein riesiger roter Fleck breitete sich im Schnee aus.

Die schüsselförmigen Geschütze in der Nähe der Stromgeneratoren feuerten weiter, aber trotz der gewaltigen Explosionen marschierten die Geher voran. Ein Gleiter stürzte sich heldenhaft zwischen zwei der Geh-Maschinen und wurde getroffen, ein gleißender Feuerball, der zu Boden stürzte.

Unter den Explosionen an der Oberfläche erzitterten die Mauern des Eishangars, tiefe Risse erschienen darin.

Han Solo und Chewbacca arbeiteten verzweifelt, um ihre Schweißarbeiten zu Ende zu bringen. Es war nicht zu übersehen, daß die sich immer mehr verbreiternden Risse bald die ganze Eisdecke zum Einsturz bringen mußten.

»Bei der ersten Gelegenheit müssen wir diese Kiste gründlich überholen«, sagte Han. Dabei war ihm klar, daß sie die ›Millennium Falcon‹ zuerst einmal aus dieser weißen Hölle würden retten müssen.

Während er und der Wookie sich abmühten, stürzten riesige Eisbrocken, losgelöst durch die Explosionen an der Oberfläche, herab. Prinzessin Leia wich ihnen nach Möglichkeit aus, indem sie Zuflucht im Kommandostand suchte.

»Ich bin nicht sicher, daß wir zwei Transportschiffe auf einmal schützen können«, sagte General Rieekan, als sie hereinkam.

»Es ist riskant«, erwiderte sie, »aber unsere Abwehr erlahmt.« Leia wußte, daß die Starts der Transportschiffe zuviel Zeit in Anspruch nahmen, daß sie beschleunigt werden mußten.

Rieekan rief einen Befehl in sein Sprechgerät.

»Startleitung, Abflüge beschleunigen...«

Während der General die Anweisung gab, wandte Leia sich an einen Offizier und sagte: »Fangen Sie an, den Rest der Bodenbesatzung zu evakuieren.« Aber es gab auch für sie keinen Zweifel daran, daß sie nur entkommen konnten, wenn die Streitkräfte der Rebellen auf der Oberfläche siegreich blieben.

Im kalten und engen Cockpit der führenden Geh-Maschine eilte General Veers zwischen seinen Piloten in Schneeanzügen hin und her.

»Wie groß ist die Entfernung zu den Stromgeneratoren?« fragte er.

Ohne den Blick von der Steuertafel abzuwenden, erwiderte einer der Piloten: »Sechs-Vier-Eins.«

Zufrieden griff Veers nach einem Elektro-Teleskop und blickte durch den Sucher, um die geschoßförmigen Generatoren und die sie verteidigenden Rebellen-Soldaten zu betrachten. Plötzlich begann der Geher unter dem Feuer der Rebellen heftig zu schwanken. Veers wurde zurückgeschleudert und sah, wie seine Piloten an der Steuerung alles versuchten, um einen Sturz der Maschine zu verhindern.

Schneegleiter Strolch Drei hatte den führenden Geher eben angegriffen. Wedge, der Pilot, stieß einen Siegesschrei aus, als er den Schaden sah, den seine Waffen hervorgerufen hatten.

Andere Schneegleiter fegten in entgegengesetzter Richtung an Wedge vorbei. Er lenkte sein Fahrzeug auf eine zweite wandelnde Todesmaschine zu. Als er sich dem Ungeheuer näherte, schrie Wedge: »Harpune los!«

Der Bordschütze drückte auf die Feuertaste, während sein Pilot den Gleiter tollkühn zwischen die Beine des Gehers lenkte. Die Harpune zischte hinten aus dem Gleiter, ein langes Kabel mit herausreißend.

»Kabel ab!« schrie der Bordschütze. »Los!«

Wedge sah die Harpune in eines der Metallbeine fetzen, das Kabel immer noch an seinem Gleiter befestigt. Er überprüfte seine Steuerung, dann riß er den Gleiter vor der Maschine herum, wendete, lenkte das Fahrzeug um eines der Hinterbeine, und das Kabel schlang sich wie ein Metallasso herum.

Bis jetzt funktionierte Lukes Plan, dachte Wedge. Er brauchte mit seinem Gleiter nur noch zum Heck der Gehmaschine zu fliegen. Wedge sah aus dem Augenwinkel Strolch Leiter vorbeifliegen, wie er gerade sein Manöver ausführte.

»Kabel ab!« rief der Bordschütze erneut, als Wedge an dem kabelumspannten Geher entlangflog.

Wedges Bordschütze drückte auf eine andere Taste, und das Kabel löste sich aus dem Heck des Gleiters.

Der Gleiter flog davon, und Wedge lachte, als er das Resultat ihrer Mühen sah. Der Geher versuchte mühsam weiterzukommen, aber das Kabel hatte sich in seinen Beinen völlig verhakt. Schließlich legte er sich auf die Seite und krachte zu Boden. Eis und Schnee stoben hoch.

»Strolch Leiter... Einer erledigt, Luke«, teilte Wedge seinem Begleiter mit.

»Das sehe ich, Wedge«, gab Commander Skywalker zurück. »Gut gemacht.«

In den Gräben jubelten die Rebellen-Truppen, als sie die Angriffs-Maschine hinstürzen sahen. Ein Offizier sprang aus dem Graben und gab seinen Leuten ein Zeichen. Er führte seine Soldaten zum Sturm gegen den am Boden liegenden Geher und erreichte das metallene Ungetüm, bevor auch nur ein einziger Imperiums-Soldat sich befreien konnte.

Die Rebellen wollten in den Geher eindringen, als er plötzlich von innen heraus explodierte. Große Metallsplitter flogen durch die Luft, und die Druckwelle schleuderte die Rebellen zu Boden.

Luke und Zev konnten die Zerstörung des Gehers sehen, als sie darüber hinwegflogen, wobei sie immer wieder Haken schlugen, um dem feindlichen Feuer zu entgehen. Als sie jetzt wieder zum Wenden ansetzten, wurden ihre Fahrzeuge von Explosionen aus den Kanonen der Geher erschüttert.

»Strolch Zwei, fertig machen«, sagte Luke und sah zu dem anderen Gleiter hinüber. »Harpune frei. Ich gebe Ihnen Deckung.«

Aber es gab eine weitere Explosion, die diesmal den Bug von Zevs Schiff beschädigte. Der Pilot konnte durch die Rauchwolke an seiner Windschutzscheibe kaum hinausblicken. Er kämpfte darum, seinen Gleiter in der Waagerechten zu halten, doch durch das Geschützfeuer wurde er immer wieder hin- und hergeworfen.

Die Sicht war so stark behindert, daß Zev erst im letzten Augenblick eine der riesigen Geh-Maschinen vor sich auftauchen sah. Der Pilot von Strolch Zwei spürte kurz einen stechenden Schmerz, dann zerbarst sein Gleiter, Rauch speiend, auf Kollisionskurs mit dem Geher und in lodernden Flammen. Nur sehr wenig von Zev und seinem Gleiter prallte noch am Boden auf.

Luke sah die Explosion und spürte Übelkeit. Trotzdem konnte er sich nicht mit seiner Trauer befassen, zumal jetzt nicht, wo so vieles von seiner Ruhe und seiner Führung abhing.

Er schaute sich verzweifelt um, dann sagte er in sein Mikrophon: »Wedge... Wedge... Strolch Drei. Harpune bereitmachen... anschließen zum nächsten Angriff...«

Bei den letzten Worten wurde Luke von einer heftigen Explosion erfaßt, die durch seinen Gleiter fetzte. Er rang mit der Steuerung, vergeblich bemüht, das Fahrzeug unter Kontrolle zu bringen. Er erschrak, als er die dichte, quellende Rauchspur bemerkte, die aus seinem Heck drang, und begriff im gleichen Augenblick, daß er mit seinem beschädigten Gleiter nicht in der Luft bleiben konnte. Zu allem Übel tauchte unmittelbar vor ihm ein Geher auf. Luke riß das Steuer herum, während sein Gleiter, eine Rauch- und Flammenspur hinter sich herziehend, abstürzte. Die Hitze in der Kanzel wurde nahezu unerträglich. Flammen züngelten im Inneren der Maschine hoch, leckten immer näher an Luke heran. Er setzte schließlich am Boden auf, rutschte dahin und krachte nur wenige Meter von einer der Geh-Maschinen des Imperiums in den Schnee.

Nach dem Aufprall versuchte Luke sich aus dem Cockpit zu befreien und entdeckte voller Entsetzen die riesige Geh-Maschine, die auf ihn zukam.

Luke nahm seine ganze Kraft zusammen, quetschte sich unter dem verbogenen Metall der Schalttafel heraus und schob sich nach oben. Auf irgendeine Weise gelang es ihm, die Luke halb zu öffnen und hinauszuklettern. Der Gleiter erzitterte unter jedem Elefantenschritt des näherkommenden Gehers. Luke hatte nicht erkannt, wie riesenhaft diese vierbeinigen Schrecknisse wirklich waren, bis er eine der Maschinen ohne den Schutz seines Fahrzeugs aus nächster Nähe sah.

Dann fiel ihm Dack ein, und er versuchte den Bewußtlosen herauszuziehen. Er mußte es aufgeben. Dack war eingezwängt, und der Geher hatte sie fast erreicht. Luke griff trotz der hochzüngelnden Flammen nochmals in seinen Gleiter und packte die Harpunenkanone.

Während er dem heranrückenden Behemoth entgegensah, hatte er plötzlich einen Einfall. Wieder griff er ins Cockpit und tastete nach einer an der Innenseite befestigten Landmine. Mit äußerster Kraftanstrengung spreizte er die Finger und packte zu.

Im letzten Augenblick sprang Luke zurück, gerade als die hochragende Maschine einen massiven Fuß hob, ihn fest auf den Gleiter setzte und plattquetschte.

Luke kauerte unmittelbar unter dem Geher und bewegte sich im gleichen Tempo mit, um den langsamen Tritten zu entgehen. Er hob den Kopf, spürte den kalten Sturmwind im Gesicht und studierte den gewaltigen Unterbauch des Monstrums.

Noch während er unter der Maschine mitlief, zielte er mit seiner Harpunenkanone und feuerte. Ein starker Magnet, befestigt an einem langen, dünnen Kabel, schoß heraus und blieb an der Unterseite der Maschine haften.

Luke rannte weiter und zerrte am Kabel, um sich zu vergewissern, daß es ihn tragen würde. Dann befestigte er die Kabeltrommel an seinem Gürtel und ließ sich vom Mechanismus hochziehen. Er baumelte am Unterbauch des Monstrums und konnte die anderen Geher und zwei Schneegleiter, umtost von Explosionen, weiterkämpfen sehen.

Luke kletterte hinauf zum Rumpf, wo er eine kleine Einstiegsluke gesehen hatte. Er trennte sie mit seinem Lasersäbel auf, öffnete die Luke, warf die Landmine hinein und ließ sich blitzschnell am Kabel hinab.

Als er das Ende des Kabels erreichte, stürzte er hart auf den Schnee und verlor das Bewußtsein. Eines der Hinterbeine des Gehers hatte ihn gestreift.

Als der Geher über ihn hinwegstieg und sich entfernte, fetzte plötzlich eine dumpfe Explosion durch sein Inneres. Die riesige Maschine krachte in den Fugen auseinander, Maschinenteile und Rumpfsplitter flogen in alle Richtungen. Die Kampfmaschine sank über den Resten ihrer vier Stelzenbeine zu einem rauchenden Schrotthaufen zusammen.

6

Die Kommandozentrale der Rebellen versuchte inmitten der Verwüstung, während Wände und Decke immer mehr Risse bildeten, weiterzuarbeiten. Rohre, durch die Sprengwirkung auseinandergerissen, spien heißen Wasserdampf. Der weiße Boden war übersät mit geborstenen Maschinen und Eisbrocken. Abgesehen vom fernen Grollen der Laserwaffen herrschte unheimliche Stille.

Noch immer befanden sich Angehörige der Rebellentruppen

im Dienst, einschließlich Prinzessin Leia, die die wenigen noch funktionierenden Monitorschirme beobachtete. Sie wollte die Gewißheit haben, daß die letzten Transportschiffe an der Armada des Imperiums vorbeigekommen waren und sich ihrem Sammelpunkt im All näherten.

Han Solo stürzte in die Zentrale und konnte gerade noch im letzten Augenblick ausweichen, als große Teile der Eisdecke herabstürzten. Einem riesigen Brocken folgte eine ganze Eislawine, die sich in der Nähe des Eingangs auf den Boden ergoß. Unbeirrt lief Han zur Konsole, wo Leia neben Threepio stand.

»Ich habe gehört, daß die Zentrale getroffen worden ist«, sagte Han besorgt. »Alles in Ordnung?«

Die Prinzessin nickte.

»Kommen Sie«, drängte er, bevor sie antworten konnte. »Sie müssen zu Ihrem Schiff.«

Leia sah erschöpft aus. Sie stand seit Stunden an den Bildschirmen und hatte dafür gesorgt, daß jeder sich an den für ihn vorgesehenen Posten begab. Han griff nach ihrer Hand und führte sie hinaus. Der Android folgte ihnen.

Leia gab eine letzte Anweisung an den Controller.

»Geben Sie das Codesignal für die Evakuierung... und sehen Sie zu, daß Sie zum Transportschiff kommen.«

Als Leia, Han und Threepio die Kommandozentrale hastig verließen, tönte, in den nahen verlassenen Eiskorridoren widerhallend, eine Stimme aus den Lautsprechern:

»Zurück, zurück! Den Rückzug sofort einleiten!«

»Los«, drängte Han mit einer Grimasse. »Wenn Sie sich nicht beeilen, kann Ihr Schiff nicht mehr starten.«

Die Wände bebten immer heftiger. Unaufhörlich stürzten Eisblöcke herab, während die drei zu den Schiffen eilten. Sie hatten den Hangar, wo Leias Transportschiff wartete, fast erreicht.

Doch als sie sich der Stelle näherten, fanden sie den Eingang zum Hangar durch Eis und Schnee versperrt.

Han begriff, daß sie einen anderen Weg zu Leias Fluchtschiff finden mußten – und zwar so schnell wie möglich.

Er führte die beiden zurück durch den Tunnel, sorgsam bemüht, den herabfallenden Eisbrocken auszuweichen. Dann schaltete er sein Sprechgerät ein.

»Transport C Eins Sieben!« schrie er in das kleine Mikro. »Wir kommen! Wartet!«

Sie waren bereits so nah am Hangar, daß sie hören konnten, wie Leias Schiff sich auf den Start vorbereitete. Wenn er sie nur noch einige Meter weit in Sicherheit führen konnte, war die Flucht der Prinzessin gewährleistet, und –

Die Höhle erbebte plötzlich unter dem ungeheuren Lärm, der durch die ganze Basis donnerte. Im nächsten Augenblick war die Decke vor ihnen herabgestürzt und bildete eine undurchdringliche Barriere zwischen ihnen und den Hangardocks. Sie starrten entsetzt auf die dichte, weiße Masse.

»Wir sind abgeschnitten«, schrie Han in seinen Kommunikator. Er wußte, daß keine Zeit damit verloren werden durfte, die Eisbarriere niederzuschmelzen oder zu sprengen, wenn das Transportschiff entkommen wollte. »Ihr müßt ohne Prinzessin Organa starten.« Er wandte sich ihr zu. »Wenn wir Glück haben, erreichen wir noch die ›Falcon‹.«

Die Prinzessin und Threepio folgten Han, als er auf eine andere Kammer zustürzte, in der Hoffnung, die ›Millennium Falcon‹ und seinen Wookie-Kopiloten nicht auch noch unter einer Eislawine begraben vorzufinden.

Der Rebellen-Offizier blickte hinaus auf das weiße Schlachtfeld und sah die verbleibenden Schneegleiter durch die Luft flitzen und die letzten Imperiums-Maschinen am Wrack des explodierten Gehers vorbeistapfen. Er schaltete sein Sprechgerät ein und hörte den Rückzugsbefehl. Als der Offizier seinen Leuten das Signal gab, sich in die Eishöhle zurückzuziehen, sah er den führenden Geher auf die Stromgeneratoren zuwanken.

Im Cockpit der Kampfmaschine trat General Veers an das Bullauge. Er konnte das Ziel unter sich genau sehen. Er studierte die knisternden Generatoren und beobachtete die Truppen, die sie verteidigten.

»Punkt Drei-Komma-Drei-Komma-Fünf... kommt in Reichweite, Sir«, meldete der Pilot.

Der General wandte sich an seinen Kampfoffizier.

»Alle Truppen aussteigen zum Bodenangriff«, sagte Veers. »Hauptziel: der Groß-Generator.«

Der führende Geher, flankiert von zwei anderen Riesenmaschinen, stampfte, aus allen Rohren feuernd, vorwärts, während die Rebellen sich zurückzogen.

Im Laserfeuer der angreifenden Geher flogen die Leiber der Rebellen-Soldaten durch die Luft. Viele Soldaten, denen es gelungen war, den tödlichen Laserstrahlen zu entkommen, wurden von den trampelnden Füßen der Maschinen erdrückt. Es stank nach Blut und verbranntem Fleisch, der Kampflärm hämmerte auf die Trommelfelle.

Auf der Flucht bemerkten die wenigen Überlebenden einen einsamen Schneegleiter, der davonflog, eine schwarze Rauchfahne hinter sich herziehend, während die Flammen aus dem Rumpf schlugen.

Obwohl der aus dem beschädigten Gleiter quellende Rauch seine Sicht beeinträchtigte, konnte Hobbie das Blutbad am Boden verfolgen. Seine Wunden, vom Laser eines Gehers verursacht, machten jede Bewegung zur Qual, die Bedienung des Steuers fast unmöglich. Wenn er nur noch so lange durchhielt, daß er zum Stützpunkt zurückkehren und einen Medi-Roboter aufsuchen konnte...

Nein, er bezweifelte, daß er so lange überleben würde. Er mußte sterben – davon war er nun überzeugt –, und die Männer in den Gräben würden auch bald tot sein, wenn zu ihrer Rettung nichts geschah.

General Veers, der dem Hauptquartier der imperialen Streitkräfte stolz berichtete, nahm den Anflug von Strolch Vier gar nicht wahr.

»Ja, Lord Vader. Ich habe die Haupt-Generatoren erreicht.

Das Energiefeld wird in Kürze abgeschaltet sein. Sie können mit der Landung beginnen.«

Als er seine Übertragung beendete, griff General Veers nach dem Elektro-Entfernungssucher und blickte in das Okular, um die Generatoren zu erfassen. Elektronische Fadenkreuze stellten sich den Informationen der Geher-Computer entsprechend darauf ein. Aber plötzlich verschwanden die Daten auf den kleinen Monitorschirmen auf rätselhafte Weise.

General Veers richtete sich verwirrt auf und blickte zu einem Fenster. Entsetzt zuckte er zurück, als er ein rauchendes Projektil direkt auf sein Cockpit zurasen sah.

Die anderen Piloten sahen den heranfegenden Gleiter ebenfalls und wußten, daß keine Zeit blieb, die riesige Kampfmaschine herumzudrehen.

»Er wird –«, begann einer der Piloten.

In diesem Augenblick krachte Hobbies brennender Gleiter wie eine bemannte Bombe durch das Cockpit des Gehers, und der Treibstoff explodierte. Eine Sekunde lang hörte man gellendes Pfeifen, dann flog alles auseinander. Die Maschine stürzte um.

Vielleicht war es der gewaltige Knall der Explosion in der Nähe, der Luke Skywalker wieder zu sich brachte. Noch völlig benommen hob er den Kopf aus dem Schnee. Er fühlte sich schwach und starr vor Kälte. Er hatte wohl bereits Erfrierungen davongetragen, dachte er müde. Er hatte keine Lust, wieder in das klebrige Bacta-Zeug gesteckt zu werden.

Er versuchte aufzustehen, fiel aber wieder in den Schnee zurück. Es blieb nur zu hoffen, daß keiner der Geher-Piloten ihn bemerkte.

Sein Kommunikator gab einen Pfeifton von sich. Er fand noch soviel Kraft, ihn einzuschalten.

»Rückzug der vorgeschobenen Einheiten abgeschlossen«, meldete eine Stimme.

Rückzug? dachte Luke. Dann mußten Leia und die anderen

entkommen sein! Der Kampf und die hohen Verluste waren also nicht umsonst gewesen. Sein Körper wurde von plötzlicher Wärme durchflutet. Er nahm alle seine Kräfte zusammen, um aufzustehen und den langen Marsch zu der fernen Eisformation anzutreten.

Wieder erschütterte eine Explosion das Hangardeck der Rebellen. Die Decke bekam einen gewaltigen Riß und begrub die ›Millennium Falcon‹ fast unter einer Eislawine. Die ganze Decke konnte jeden Augenblick einstürzen. Der einzig sichere Ort im Hangar schien unter dem Schiff selbst zu sein, wo Chewbacca schon ungeduldig die Rückkehr seines Kapitäns erwartete.

Der Wookie begann sich ernsthaft Sorgen zu machen. Wenn Han nicht bald auftauchte, würde die ›Falcon‹ hier ein eisiges Grab finden. Aber die Treue zu seinem Vorgesetzten hinderte den Wookie daran, allein mit dem Frachtschiff davonzufliegen.

Der Hangar begann heftig zu schwanken, als Chewbacca in der Nebenkammer Bewegung wahrnahm. Er legte den Kopf nach hinten und stieß ein mächtiges Gebrüll aus, das den Hangar erbeben ließ, als er Han Solo über Berge aus Eis und Schnee klettern und das Dock erreichen sah, gefolgt von Prinzessin Leia und dem sichtlich nervösen Androiden.

Nicht weit vom Hangar entfernt marschierten Sturmtruppen des Imperiums, geschützt durch weiße Helme und weiße Atemmasken, in die verlassenen Korridore. Bei ihnen befand sich ihr Anführer, die schwarzgekleidete Gestalt, die den Blick über die Verwüstung im Rebellen-Stützpunkt von Hoth gleiten ließ. Darth Vaders schwarze Erscheinung stach vor dem weißen Hintergrund besonders auffällig hervor. Während er durch die Eiskatakomben schritt, trat er gelegentlich beiseite, um herabstürzenden Eisblöcken auszuweichen, dann marschierte er mit so weit ausgreifenden Schritten voran, daß seine Sturmtruppen sich beeilen mußten, um Schritt zu halten.

Der untertassenförmige Frachter erzeugte ein Heulen, das langsam anschwoll. Han Solo stand im Cockpit der ›Falcon‹ an der Steuerung und fühlte sich endlich wieder heimisch. Er betätigte einen Schalter nach dem anderen und erwartete, daß an den Steuertafeln das vertraute Lichtmosaik aufleuchtete, aber nur einige der Lampen funktionierten.

Auch Chewbacca hatte bemerkt, daß etwas nicht in Ordnung war und gab einen besorgten Knurrlaut von sich, während Leia ein Meßgerät betrachtete, das gleichfalls nicht zu funktionieren schien.

»Was ist?« fragte Han besorgt.

Der Wookie schüttelte den Kopf.

»Hilft es vielleicht, wenn ich aussteige und schiebe?« fuhr Prinzessin Leia auf, die sich zu fragen begann, ob das Schiff des Corellaners nur von seiner Spucke zusammengehalten wurde.

»Keine Sorge, Euer Gnaden. Ich bringe das Ding schon so weit.«

Threepio klirrte herein und versuchte Han Solos Aufmerksamkeit auf sich zu lenken.

»Sir«, sagte er, »ich habe mir überlegt, ob ich nicht –« Aber seine Abtaster registrierten ein finsteres Gesicht. »Das hat Zeit«, schloß er.

Sturmtruppen des Imperiums, angeführt von dem rasch ausschreitenden Darth Vader, hetzten durch die Eiskorridore des Stützpunktes. Sie wurden schneller, als sie das leise Heulen des Ionenantriebs hörten. Vaders Körper spannte sich ein wenig, als er den Hangar erreichte und die vertrauten Umrisse der ›Millennium Falcon‹ erkannte.

Han Solo und Chewbacca versuchten im Inneren des Raumschiffes verzweifelt zu starten.

»Diese Blechbüchse wird uns nie an der Blockade vorbeibringen«, klagte Prinzessin Leia.

Han überhörte ihre Worte geflissentlich. Er überprüfte die Steuerung und mühte sich, Geduld zu bewahren, die seine Begleiterin längst verloren zu haben schien. Er betätigte einen Schalter nach dem anderen, ohne den hochmütigen Blick der Prinzessin zu beachten. Sie bezweifelte offenkundig, daß dieses Sammelsurium von Ersatzteilen und zusammengeschweißten Schrottstücken halten würde.

Han drückte auf einen Knopf der Sprechanlage.

»Chewie... los, los!« Dann zwinkerte er Leia zu und sagte: »Die Blechbüchse hat noch ein paar Überraschungen in sich.«

»Es sollte mich wundern, wenn wir uns überhaupt bewegen«, erwiderte Leia bissig.

Bevor Han eine scharfe Antwort geben konnte, wurde die ›Falcon‹ von einem Laserblitz getroffen. Sie starrten hinaus und sahen eine Abteilung der Imperium-Sturmtruppen mit gezogenen Waffen in den Eishangar stürzen. Han wußte, daß der verbeulte Rumpf der ›Falcon‹ diesen Handfeuerwaffen widerstehen konnte aber kaum der panzerfaustartigen Waffe, die zwei der Männer hastig aufbauten.

»Chewie!« brüllte Han, während er sich im Pilotensessel anschnallte. Inzwischen ließ sich eine ziemlich bedrückte junge

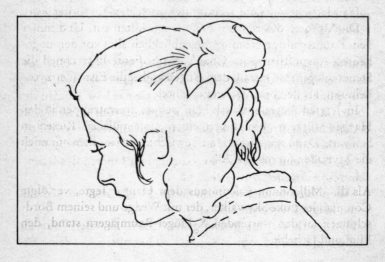

Frau im Navigatorensessel nieder.

Vor der ›Millennium Falcon‹ arbeiteten Sturmtruppler mit militärischer Präzision, um ihre große Kanone aufzubauen, während hinter ihnen die Hangartüren aufgingen. Eine der starken Laserwaffen der ›Falcon‹ schob sich aus dem Rumpf, drehte sich und zielte auf die Sturmtruppen.

Han handelte sofort, um den Gegnern zuvorzukommen. Ohne Zögern ließ er einen Blitz aus der Laserkanone schießen. Die Explosion schleuderte die gepanzerten Körper durch den ganzen Hangar.

Chewbacca stürzte ins Cockpit.

»Wir müssen einfach umschalten«, sagte Han, »und das Beste hoffen.«

Der Wookie sprang auf den Kopiloten-Sitz, als vor dem Fenster neben ihm ein Laserblitz aufzuckte. Er schrie empört auf, riß einen Hebel zurück, und tief im Inneren der ›Falcon‹ sprang endlich der Antrieb an.

Der Corellaner grinste zur Prinzessin hinüber.

»Eines Tages liegen Sie doch falsch«, sagte sie resigniert, »und ich möchte dabeisein, um das zu erleben.«

Han lächelte nur und wandte sich an seinen Kopiloten.

Die Motoren des riesigen Frachters brüllten auf. Und hinter dem Raumschiff zerschmolz augenblicklich alles vor den ungeheuren Auspuffflammen. Chewbacca bediente blitzschnell die Steueranlagen und sah aus dem Augenwinkel die Eismauern vorbeirasen, als der Frachter emporschoß...

Im letzten Augenblick sah Han weitere Sturmtruppen in den Hangar stürzen, gefolgt von einem unheimlichen Riesen in Schwarz. Dann war alles wie ausgewischt, und sie sahen nur noch die Myriaden Sterne des Alls...

Als die ›Millennium Falcon‹ aus dem Hangar fegte, verfolgte Commander Luke Skywalker, der mit Wedge und seinem Bordschützen an den wartenden X-Flügel-Raumjägern stand, den Flug und lächelte.

»Wenigstens ist Han entkommen«, sagte Luke. Die drei Männer drückten sich die Hand und gingen zu ihren Jägern.
»Viel Glück, Luke«, sagte Wedge, als sie sich trennten. »Wir sehen uns am Sammelpunkt.«
Luke winkte noch einmal, als er auf seinen X-Flügler zuging. Er kam sich inmitten dieser Berge von Schnee und Eis plötzlich sehr einsam vor. Han und die Prinzessin waren fort...
Dann drang plötzlich ein Pfeifen an sein Ohr.
»Artoo!« rief er. »Bist du das?«
In dem Sockel, der eigens für diese nützlichen R-2-Geräte montiert worden war, saß der kleine, faßförmige Roboter; sein Kopf guckte oben aus dem Schiff heraus. Artoo hatte die herannahende Gestalt abgetastet und erleichtert gepfiffen, als seine Computer ihm mitteilten, daß es Luke war. Der junge Commander war ebenso erleichtert, den Roboter wiederzufinden, der ihn auf so vielen seiner Abenteuer begleitet hatte.
Als er ins Cockpit kletterte und sich an die Steuerung setzte, konnte Luke hören, wie Wedges Raumjäger zum Himmel emporfegte, dem Sammelpunkt der Rebellen entgegen.
»Mach schon und hör auf, dich aufzuregen«, sagte Luke, als Artoo besorgte Pfeiflaute von sich gab.
Sein Schiff war das letzte der Rebellen, das einen geheimen Vorposten in der Revolution gegen die Tyrannei des Imperiums verließ.

Darth Vaders rabenschwarze Erscheinung schritt rasch durch die Überreste der Rebellen-Eisfestung. Er zwang seine Begleiter, ihm nachzuhasten. Als sie durch die Korridore marschierten, stürzte Admiral Piett seinem Vorgesetzten nach.
»Siebzehn Schiffe zerstört«, meldete er dem Schwarzen Lord. »Wir wissen nicht, wie viele entkommen sind.«
Ohne den Kopf zu drehen, fauchte Vader: »Die ›Millennium Falcon‹?«
»Unsere Peilabtaster verfolgen das Schiff«, sagte Piett zögernd.

Vader wandte sich zu dem Admiral um, den ein Schauder überlief.

»Ich will dieses Schiff haben«, zischte der Schwarze Lord.

Der Eisplanet schrumpfte schnell zu einem schwach leuchtenden Punkt, als die ›Millennium Falcon‹ in den Weltraum fegte. Bald war er verschwunden und auch seine Sonne nur noch ein Punkt unter vielen.

Aber die ›Falcon‹ war auf ihrer Flucht nicht allein. Sie wurde verfolgt von einer Flotte des Imperiums, zu der drei Stern-Zerstörer und ein halbes Dutzend Spurjäger gehörten. Die Jäger flogen voraus und holten gegen die ›Falcon‹ auf.

Chewbacca brüllte über dem Donnern des Antriebs. Das Schiff begann zu taumeln, als es beschossen wurde.

»Ich weiß, ich weiß, ich sehe sie«, schrie Han. Er hatte alle Hände voll zu tun, um das Schiff in der Gewalt zu behalten.

»Was sehen Sie?« sagte Leia.

Han deutete zum Fenster hinaus, auf zwei grell leuchtende Punkte.

»Zwei weitere Stern-Zerstörer, und sie halten direkt auf uns zu.«

»Ich bin froh, daß Sie gesagt haben, es gäbe kein Problem«, erklärte sie mit sarkastischem Unterton, »sonst würde ich mir Sorgen machen.«

Das Schiff wankte unter dem beharrlichen Feuer der Spurjäger. Threepio fiel es schwer, sein Gleichgewicht zu halten, als er ins Cockpit zurückkehrte. Sein Metallrumpf krachte an die Wände, als er sich Solo näherte.

»Sir«, sagte er zögernd, »ich frage mich...«

Han sah ihn drohend an.

»Entweder hältst du den Mund oder schaltest dich ab«, warnte er den Roboter, der sofort verstummte.

Immer noch bemüht, die ›Falcon‹ durch das Laserfeuer zu steuern, wandte der Pilot sich dem Wookie zu.

»Chewie, wie gut hält der Deflektor-Schild?«

Der Kopilot betätigte einen Schalter über sich und bellte eine Antwort, die Han als positiv bewertete.

»Gut«, sagte er. »Bei Unterlichtgeschwindigkeit mögen sie schneller sein, aber wir können sie trotzdem ausmanövrieren. Festhalten!« Der Corellaner änderte abrupt den Kurs.

Die beiden Stern-Zerstörer des Imperiums waren fast auf Schußweite an die ›Falcon‹ herangekommen; die Verfolger in den Spurjägern und die ›Rächer‹, der dritte Stern-Zerstörer, waren ebenfalls bedrohlich nah. Han sah keine andere Möglichkeit, als die ›Falcon‹ in einem Winkel von neunzig Grad abstürzen zu lassen.

Leia und Chewbacca spürten den Magen in der Kehle, als das Frachtschiff wie ein Stein senkrecht hinabfiel. Der arme Threepio mußte blitzschnell seine inneren Mechanismen umstellen, wollte er auf den Metallbeinen bleiben.

Han vermutete, daß seine Besatzung ihn für einen toll gewordenen Weltraum-Jockey hielt, als er das Schiff zu solchen Manövern zwang. Er hatte jedoch ein Ziel im Auge. Da die ›Falcon‹ nicht mehr zwischen ihnen war, befanden sich die beiden Stern-Zerstörer auf direktem Kollisionskurs mit der ›Rächer‹. Er brauchte sich nur noch zurückzulehnen und zuzuschauen.

Durch alle drei Stern-Zerstörer gellten Alarmglocken. Die mächtigen, schwerfälligen Schiffe konnten auf solche Notsituationen nicht schnell genug reagieren. Mühsam begann einer der Zerstörer nach links auszuweichen, um einen Zusammenstoß mit der ›Rächer‹ zu vermeiden. Bei dem hastig eingeleiteten Manöver streifte er das Schwesterschiff, und die beiden Raumfestungen wurden wild durcheinandergerüttelt. Die beschädigten Zerstörer begannen durch das All zu treiben, während die ›Rächer‹ die Verfolgung der ›Millennium Falcon‹ und ihres ganz unverkennbar geistesgestörten Piloten fortsetzte.

Zwei erledigt, dachte Han. Aber da war immer noch das Quartett von Spurjägern hinter der ›Falcon‹, die unablässig mit ihren Laserkanonen feuerten. Allerdings glaubte Han, ihnen entkommen zu können. Das Frachtschiff wurde von den Laserblitzen der Jäger geschüttelt, und Leia mußte sich festhalten, um nicht aus dem Sitz gekippt zu werden.

»Das hat sie ein bißchen aufgehalten!« triumphierte Han. »Chewie, fertig machen für den Sprung zur Lichtgeschwindigkeit.«

Sie durften keinen Augenblick verlieren – die Lasersalven kamen in immer dichterer Folge, die Spurjäger waren noch näher herangekommen.

»Sie sitzen uns fast schon im Nacken«, sagte Leia, die endlich wieder sprechen konnte.

Han sah sie mit funkelnden Augen an.

»So? Dann passen Sie mal auf!«

Er stieß den Hyperraum-Hebel nach vorn, bestrebt, zu entkommen, aber auch entschlossen, der Prinzessin mit seiner Klugheit und der Leistung seines Schiffes zu imponieren. Aber nichts rührte sich. Die Sterne, die jetzt undeutliche Striche hätten sein sollen, waren still leuchtende Punkte geblieben.

»Worauf soll ich aufpassen?« fragte Leia.

Statt zu antworten, betätigte Han die LG-Steuerung ein zweites Mal, erneut ohne Erfolg.

»Ich glaube, wir sind in Schwierigkeiten«, murmelte er. Seine Kehle schnürte sich zu. ›Schwierigkeiten‹ war eine krasse Untertreibung.

»Wenn ich mir die Bemerkung erlauben darf«, sagte Threepio, »mir ist vorhin aufgefallen, daß das gesamte Para-Lichtsystem beschädigt zu sein scheint.«

Chewbacca legte den Kopf zurück und stieß einen gequälten Schrei aus.

»Wir sind in Schwierigkeiten«, wiederholte Han.

Rings um sie verstärkte sich das Laserfeuer. Die ›Millennium Falcon‹ konnte nur mit höchster Unterlichtgeschwindigkeit weiterfliegen, als sie in die Tiefen des Weltraums hineinraste, verfolgt von einem Rudel Spurjägern und einem gigantischen Stern-Zerstörer des Imperiums.

7

Das doppelte Tragflächenpaar von Luke Skywalkers X-Flügeljäger klappte zusammen zu einem einzigen Paar, als die kleine, wendige Maschine von dem Planeten aus Schnee und Eis davonfegte.

Unterwegs hatte der junge Commander Gelegenheit, über die Ereignisse der letzten Tage nachzudenken. Er ließ sich die rätselhaften Worte der Erscheinung Ben Kenobis durch den Kopf gehen, dachte an seine Freundschaft mit Han Solo und an die unklare Beziehung zu Prinzessin Leia Organa. Es gab nur eine Entscheidung. Er warf einen letzten Blick auf den kleinen Eisplaneten und wußte, daß es keine Umkehr mehr gab.

Luke betätigte eine Reihe von Hebeln an seiner Steuertafel, flog mit dem X-Flügler einen weiten Bogen und sah den Himmel vorbeiziehen, als er nun mit Höchstbeschleunigung in eine andere Richtung flog. Er brachte seine Maschine wieder in eine gerade Lage, als Artoo in seinem Sockel zu pfeifen und piepen begann.

Der Miniaturcomputer in Lukes Raumschiff, der die Droidensprache übersetzte, vermittelte die Nachricht des kleinen Roboters auf einen Bildschirm.

»Es ist alles in Ordnung, Artoo«, sagte Luke. »Ich schlage nur einen anderen Kurs ein.«

Der kleine Roboter pfiff erregt weiter, und Luke las den Text auf dem Schirm ab.

»Nein«, sagte er, »wir treffen uns nicht mit den anderen.«

Die Antwort verblüffte Artoo, der sofort schrille Töne von sich gab.

»Wir fliegen zum System Dagobah«, sagte Luke.

Wieder trillerte der Roboter, als er die Treibstoffmenge des X-Flüglers berechnete.

»Wir haben Energie genug.«

Artoo ließ eine längere, auf- und abschwellende Reihe von

Tut- und Pfeiflauten hören.

»Sie brauchen uns dort nicht«, erwiderte Luke auf die Frage des Roboters nach dem vereinbarten Zusammentreffen der Rebellen-Streitkräfte.

Mit leiseren Tönen gab Artoo einen Hinweis auf Prinzessin Leias Befehl.

»Ich akzeptiere den Befehl nicht!« rief Luke ungeduldig. »Und jetzt sei still!«

Artoo verstummte. Luke war schließlich Commander der Rebellen-Allianz und konnte als solcher Befehle der Prinzessin widerrufen. Der Pilot nahm einige kleinere Justierungen an der Steueranlage vor, als Artoo sich wieder meldete.

»Ja, Artoo?« sagte Luke seufzend.

Diesmal erzeugte der Roboter eine Folge leiser, bedächtiger Töne. Er wollte Luke nicht aufbringen, aber die Resultate seiner Computerberechnungen waren wichtig genug, um mitgeteilt zu werden.

»Ja, Artoo, ich weiß, daß das System Dagobah auf keiner unserer Navigationskarten erscheint. Mach dir keine Sorgen. Es ist da.«

Das R-2-Gerät summte sorgenvoll.

»Ich bin ganz sicher«, erwiderte der junge Mann, bemüht, seinen mechanischen Begleiter zu beruhigen. »Verlaß dich auf mich.«

Ob Artoo dem menschlichen Wesen an der Steuerung des X-Flüglers vertraute oder nicht, er gab nur einen schwachen Seufzer von sich. Einen Augenblick lang blieb er still, als denke er nach, dann tutete er wieder.

»Ja, Artoo?«

Die nächste Äußerung des Roboters wirkte noch bedächtiger, man hätte beinahe sagen können, taktvoll. Artoo hatte offenbar nicht die Absicht, den Menschen zu beleidigen, dem er sich anvertraut hatte. Aber bestand nicht die Möglichkeit, so überlegte der Roboter, daß das Gehirn des Menschen einen kleinen Defekt hatte? Schließlich hatte er lange Zeit in den Schneedünen von

Hoth gelegen. Oder, so lautete eine andere Möglichkeit, die Artoo kalkulierte, das Wampa-Eiswesen hatte ihn härter getroffen, als FX 1 hatte erkennen können.

»Nein«, sagte Luke, »keine Kopfschmerzen. Ich fühle mich sehr gut. Warum?«

Artoos Zirpen klang unschuldig.

»Keine Schwindelgefühle, nein, keine Schläfrigkeit. Sogar die Narben sind verschwunden.«

Die nächste Frage klang schriller.

»Nein, keine Sorge, Artoo. Ich möchte lieber eine Weile mit Handsteuerung fliegen.«

Der dicke Roboter gab schließlich ein Wimmern von sich, das ergeben klang. Luke amüsierte sich über die Sorgen, die Artoo sich um seine Gesundheit machte.

»Verlaß dich ruhig auf mich«, sagte Luke lächelnd. »Ich weiß, wohin ich will, und ich bringe uns sicher ans Ziel. Es ist nicht weit.«

Han Solo geriet in Verzweiflung. Die ›Falcon‹ hatte die vier Spurjäger und den riesenhaften Stern-Zerstörer noch immer nicht abschütteln können.

Solo raste hinunter in den Frachtraum und begann fieberhaft, die defekte Hyperantrieb-Anlage zu reparieren. Es war nahezu unmöglich, die feinen Eingriffe auszuführen, während die ›Falcon‹ von den Laserblitzen der angreifenden Gegner geschüttelt wurde.

Han rief seinem Kopiloten Anweisungen zu. Chewbacca überprüfte die Mechanismen, die Han nannte.

»Horizontalschub.«

Der Wookie gab einen Knurrlaut von sich. Die Anlage war in Ordnung.

»Schwemmdämpfer.«

Wieder ein Knurren. Auch dieser Bestandteil funktionierte.

»Chewie, gib mir die Hydroschlüssel.«

Chewbacca stürzte mit den Werkzeugen auf die Grube zu.

Han griff danach und sah seinen treuen Wookie-Freund an.

»Ich weiß nicht, wie wir uns aus dieser Klemme befreien sollen«, gestand er.

In diesem Augenblick ging ein Schlag durch das ganze Schiff. Die ›Falcon‹ kippte und begann sich zu drehen.

Chewbacca fauchte fragend.

Han versuchte sich festzuhalten und ließ die Hydroschlüssel fallen. Als er sein Gleichgewicht wiedergefunden hatte, schrie er, das Getöse übertönend: »Das war kein Lasertreffer! Irgend etwas hat uns gerammt!«

»Han... Han...«, rief Prinzessin Leia im Cockpit erregt. »Kommen Sie herauf!«

Han sprang aus der Grube und hetzte zusammen mit Chewbacca zurück zum Kommandostand. Was sie durch das Fenster sahen, erfüllte sie mit Betäubung.

»Asteroiden!«

Riesige Felsbrocken fegten durch den Weltraum, so weit sie blicken konnten. Als wäre die Gefahr, die ihnen von den Verfolgern drohte, nicht genug gewesen, dachte Han.

Er kehrte an seinen Pilotensitz zurück und übernahm die Steuerung. Sein Kopilot hatte sich gerade niedergelassen, als ein besonders großer Asteroid am Bug des Schiffes vorbeiraste.

Han wußte, daß er Ruhe bewahren mußte, wenn die nächsten Augenblicke nicht ihr Ende bedeuten sollten.

»Chewie«, sagte er, »Kurs Zwei-Sieben-Eins.«

Leia stockte der Atem. Sie wußte, was Han Solos Befehl bedeutete, und der tollkühne Plan bestürzte sie.

»Sie haben doch nicht vor, in das Asteroidenfeld hineinzufliegen?« fragte sie, in der Hoffnung, ihn mißverstanden zu haben.

»Keine Sorge! Da wagen die sich nicht hinterher!« rief er munter.

»Wenn ich Sie daran erinnern darf, Sir«, sagte Threepio vernünftig, »beträgt die Wahrscheinlichkeit erfolgreicher Navigation in einem Asteroidenfeld ungefähr 2467 zu 1.«

Niemand schien ihn zu beachten.

Prinzessin Leia zog die Brauen zusammen.

»Sie brauchen das nicht zu tun, um mich zu beeindrucken«, sagte sie, als die ›Falcon‹ wieder von einem Asteroiden durchgeschüttelt wurde.

Han war in Hochstimmung und ging auf ihre Bemerkungen nicht ein.

»Festhalten, Schatz«, sagte er lachend und umfaßte die Steuerung fester. »Jetzt wird mal richtig geflogen!«

Leia schnitt eine Grimasse, schnallte sich an und fand sich mit dem Unvermeidlichen ab.

Threepio murmelte Berechnungen vor sich hin, verstummte aber, als der Wookie sich umdrehte und ihn anknurrte.

Han konzentrierte sich einzig und allein darauf, seinen Plan auszuführen. Er wußte, daß er gelingen mußte – eine andere Möglichkeit gab es nicht mehr.

Mehr mit Instinkt, als nach den Instrumenten fliegend, steuerte Han sein Schiff durch den endlosen Regen von Felsbrocken. Er blickte hastig auf die Abtasterschirme und sah, daß die Spurjäger und die ›Rächer‹ die Jagd noch nicht aufgegeben hatten. Das würde ein Staatsbegräbnis werden, dachte er, während er die ›Falcon‹ durch den Asteroidenhagel lenkte.

Er blickte auf einen anderen Bildschirm und lächelte, als er einen Zusammenprall zwischen einem Asteroiden und einem Spurjäger zeigte. Die Explosion wurde auf dem Schirm als Lichtausbruch wiedergegeben. Keine Überlebenden, dachte Han.

Die Spurjäger-Piloten auf den Fersen des Frachtschiffs gehörten zu den besten des Imperiums, aber mit Han Solo konnten sie nicht konkurrieren. Entweder waren sie nicht so gut oder nicht verrückt genug. Nur ein Wahnsinniger konnte auf den Gedanken kommen, mit seinem Schiff einen Selbstmordflug durch dieses Asteroidengewimmel zu unternehmen. Verrückt oder nicht, die Piloten hatten keine andere Wahl, als hinterherzujagen. Es war immer noch besser, im Bombenhagel der Felsbrocken umzukommen, als ihrem schwarzen Herrn das Scheitern ihrer Mission mitteilen zu müssen.

Der mächtigste aller Stern-Zerstörer des Imperiums verließ das System Hoth, begleitet von zwei anderen Stern-Zerstörern und einem Schutzgeschwader von kleineren Kriegsschiffen.

Im Mutterschiff stand Admiral Piett vor Darth Vaders privater Meditationskammer. Die Tür öffnete sich langsam, bis Piett seinen schwarzgekleideten Herrn im Schatten stehen sehen konnte.

»Mylord«, sagte Piett ehrfürchtig.

»Kommen Sie herein, Admiral.«

Piett empfand tiefe Scheu, als er in den halbdunklen Raum trat und sich dem Schwarzen Lord der Sith näherte. Sein Herr war als Silhouette sichtbar, so daß Piett nur undeutlich die Umrisse eines Gerätes mit mechanischen Armen erkannte, die aus Vaders Kopf einen Atemschlauch zogen. Er schauderte, als er begriff, daß er wohl der erste war, der seinen Herrn je ohne Maske gesehen hatte.

Der Anblick war grauenerregend. Vader, der mit dem Rücken zu Piett stand, war von Kopf bis Fuß in Schwarz gekleidet, aber über seinem schwarzen Hals mit den Beschlägen schimmerte sein nackter Kopf. Der Admiral versuchte den Blick abzuwenden, aber krankhafte Neugier zwang ihn, den haarlosen, totenschädelähnlichen Kopf anzustarren, der mit einem Gewirr dicken Narbengewebes auf leichenblasser Haut bedeckt war. Piett durchzuckte der Gedanke, daß es einen hohen Preis kosten mochte, zu betrachten, was kein anderes Auge gesehen hatte. Die Roboterhände ergriffen den schwarzen Helm und schoben ihn vorsichtig über den Kopf des Schwarzen Lords.

Darth Vader drehte sich um.

»Unsere Schiffe haben die ›Millennium Falcon‹ gesichtet, Mylord«, meldete Admiral Piett. »Sie ist in ein Asteroidenfeld geflogen.«

»Asteroiden kümmern mich nicht, Admiral«, sagte Vader und ballte die Faust. »Ich will dieses Schiff haben. Ausreden gelten nicht. Wie lange brauchen Sie, bis Sie Skywalker und die anderen in der ›Millennium Falcon‹ haben?«

»Es wird bald sein, Lord Vader«, erwiderte der Admiral, zitternd vor Furcht.
»Ja, Admiral...«, sagte Vader langsam, »...bald.«

Zwei riesige Asteroiden fegten auf die ›Millennium Falcon‹ zu. Ihr Pilot vollführte ein tollkühnes Ausweichmanöver, das sie aus dem Weg der Asteroiden riß, wobei sie um ein Haar mit einem dritten zusammengeprallt wären.

Während die ›Falcon‹ zwischen den Asteroiden dahinraste, folgten ihr die drei Spurjäger in wilder Hetzjagd. Plötzlich wurde einer der Jäger von einem Felsbrocken gestreift und trudelte steuerlos davon. Die beiden anderen Jäger setzten die Verfolgung fort, begleitet von dem Stern-Zerstörer ›Rächer‹, der die Asteroiden vor sich mit Lasern zerstörte.

Han Solo konnte die Verfolger durch die Cockpit-Fenster erkennen, während er sein Raumfahrzeug herumriß, unter einem Asteroiden hindurchwischte und den Frachter wieder geradestellte. Die ›Millennium Falcon‹ war jedoch noch nicht außer Gefahr. Asteroiden strömten noch immer in endloser Folge an dem Schiff vorbei. Ein kleines Exemplar prallte mit lautem, widerhallendem Klirren vom Rumpf ab, erschreckte Chewbacca und veranlaßte Threepio, mit einer goldenen Hand seine Augenlinsen zu bedecken.

Han warf einen Blick auf Leia, die mit steinernem Gesicht hinausstarrte. Offenbar wünschte sie sich weit weg.

»Nun«, sagte er, »Sie wollten doch dabei sein, wenn ich einmal falsch liege.«

Sie sah ihn nicht an.

»Das nehme ich zurück.«

»Der Stern-Zerstörer wird langsamer«, erklärte Han nach einem Blick auf die Computerausgabe.

»Gut«, sagte sie knapp.

Draußen wimmelte es noch immer von Asteroiden.

»Wir werden pulverisiert, wenn das noch lange so geht«, meinte Han.

»Da bin ich dagegen«, erwiderte Leia trocken.
»Wir müssen aus dem Hagel heraus.«
»Sehr vernünftig.«
»Ich werde näher an einen der Großen heranfliegen«, fügte Han hinzu.
Das klang nicht vernünftig.
»Näher heran!« rief Threepio und warf die Arme hoch. Sein künstliches Gehirn konnte kaum verarbeiten, was seine Hör-Sensoren eben aufgenommen hatten.
»Näher heran!« wiederholte Leia entgeistert.
Chewbacca starrte seinen Piloten entsetzt an und knurrte.
Keiner von den dreien konnte begreifen, warum ihr Kapitän, der sein Leben aufs Spiel gesetzt hatte, um sie alle zu retten, nun versuchen wollte, sie zu Tode zu bringen! Han nahm ein paar Justierungen vor, lenkte die ›Millennium Falcon‹ zwischen ein paar große Asteroiden und hielt dann unmittelbar auf einen zu, der die Größe eines Mondes hatte.
Ein Schauer von kleineren Felsbrocken explodierte auf der zerklüfteten Oberfläche des Riesen-Asteroiden, als die ›Millennium Falcon‹, verfolgt von den Spurjägern, unmittelbar über dem Himmelskörper dahinraste. Es war, als husche man über die Oberfläche eines winzigen, unfruchtbaren, von allem Leben entblößten Planeten.
Han Solo steuerte sein Schiff mit höchster Präzision auf den nächsten Asteroidenriesen zu, den größten, den sie bisher gesehen hatten. Er rief all seine Erfahrung zu Hilfe, die seinen hervorragenden Ruf als Pilot in der Galaxis begründet hatte, und manövrierte den Frachter auf solche Weise, daß das einzige Objekt zwischen ihm und den Spurjägern der tödliche Felsglobus war.
Für Sekundenbruchteile flammte grelles Licht auf, dann war nichts mehr zu sehen. Die zerborstenen Überreste eines Spurjägers trieben in die Dunkelheit davon, und der gigantische Asteroid setzte seinen Weg unbeirrt fort.
Han spürte innerliche Wärme, als er das Schauspiel verfolgte.

Er lächelte triumphierend vor sich hin. Dann bemerkte er das Bild auf dem Hauptschirm seiner Steuerkonsole. Er stieß seinen Kopiloten an.

»Da«, sagte Han und wies auf den Schirm. »Chewie, Peilung. Sieht gut aus.«

»Was ist das?« fragte Leia.

Der Pilot der ›Falcon‹ beachtete sie nicht.

»Das sollte sich gut eignen«, meinte er.

Als sie an die Oberfläche des Asteroiden heranflogen, blickte Han auf das zerklüftete Gelände hinunter und erkannte ein schattenhaftes Gebiet, das wie ein Krater von immensen Ausmaßen aussah. Er lenkte die ›Falcon‹ zur Oberfläche hinunter und flog sie direkt in den Krater hinein, dessen schüsselförmige Wände plötzlich rings um sein Schiff aufragten.

Und noch immer hetzten zwei Spurjäger hinterher, feuerten ihre Laserkanonen ab und versuchten alle seine Manöver nachzuahmen.

Han Solo wußte, daß er trickreicher und tollkühner sein mußte als die tödlichen Verfolger, wenn er sie abschütteln wollte. Er entdeckte eine enge Felskluft und stellte die ›Millennium Falcon‹ auf die Kante. Das Schiff fegte seitwärts durch die tiefe Felsschlucht.

Wider Erwarten folgten ihm die beiden Spurjäger. Einer von ihnen erzeugte einen Funkenregen, als er die Mauern streifte.

Han drehte und kippte sein Schiff unaufhörlich, während er durch die enge Schlucht fegte. Hinter ihm flammte der schwarze Himmel auf, als die beiden Spurjäger zusammenprallten und auf dem Felsboden explodierten.

Han verringerte die Geschwindigkeit. Er war vor seinen Verfolgern immer noch nicht sicher. Er schaute sich um und entdeckte etwas Dunkles, eine gähnende Höhlenöffnung am Boden des Kraters, groß genug, um die ›Millennium Falcon‹ aufzunehmen – vielleicht. Wenn nicht, würden er und seine Besatzung es bald erfahren.

Han bremste das Schiff ab, kurvte in die Höhlenöffnung hinein und durch einen großen Tunnel, den er sich als ideales Versteck erhoffte. Er atmete tief, als das Frachtschiff von den Schatten verschluckt wurde.

Ein winziger X-Flügler näherte sich der Atmosphäre des Planeten Dagobah.

Als Luke Skywalker auf den Planeten zuflog, konnte er durch eine Schicht hochgetürmter Wolken einen Teil der gewölbten Oberfläche erkennen. Der Planet war unvermessen und praktisch unbekannt. Auf irgendeine Weise hatte Luke den Weg gefunden, obwohl er nicht sicher war, daß es seine Hand allein gewesen, die den Jäger gelenkt hatte. Luke atmete tief ein und steuerte das kleine Schiff in die weiße Nebelschicht.

Er konnte bis jetzt nicht das Geringste erkennen. Die Sicht war ihm durch das undurchdringliche Weiß vor den Kanzelfenstern seines X-Flüglers vollkommen verdeckt. Es blieb ihm nichts anderes übrig, als die Maschine allein mit den Instrumenten zu fliegen. Aber die Schirme registrierten nichts, obwohl Luke immer näher an den Planeten heranflog. Verzweifelt rang er mit der Steuerung; er vermochte nicht einmal mehr seine Höhe zu bestimmen.

Als ein Alarmton schrillte, fiel Artoo mit seinen Pfeif- und Warnlauten ein.

»Ich weiß, ich weiß!« schrie Luke. »Alle Schirme sind tot. Ich kann nichts sehen. Festhalten, ich löse den Landezyklus aus. Hoffen wir nur, daß unter uns wirklich etwas ist.«

Artoo quiekte heftig, aber das ohrenbetäubende Donnern der Bremsraketen übertönte ihn. Lukes Magen fiel in die Tiefe, während das Schiff hinunterraste. Er stemmte sich gegen die Rückenlehne, jeden Augenblick den Aufprall erwartend. Dann bäumte sich die Maschine auf, und Luke hörte ein unheimliches Geräusch, als sein dahinfegender Jäger Baumwipfel abzurasieren schien.

Als der X-Flügler kreischend zum Stehen kam, gab es einen Ruck, der den Piloten beinahe durch die Windschutzscheibe geschleudert hätte. Endlich sicher, daß er den Boden erreicht hatte, sank Luke im Sitz zurück und seufzte erleichtert. Er betätigte einen Hebel, der das Kanzeldach hochhob. Als er den Kopf hinausschob, um die fremde Welt in Augenschein zu nehmen, stockte ihm der Atem.

Der X-Flügler war ringsum von Nebelschwaden umgeben, und die grellen Landescheinwerfer drangen nicht weiter als wenige Meter. Lukes Augen gewöhnten sich langsam an das Halbdämmer. Er konnte nur undeutlich die verkrümmten Stämme und Äste grotesk aussehender Bäume erkennen. Er zog sich aus dem Cockpit, während Artoo seinen dicken Rumpf aus dem Sockel löste.

»Artoo«, sagte Luke, »du bleibst, während ich mich draußen umsehe.«

Die riesigen grauen Bäume hatten knorrige, verschlungene Wurzeln, die Luke hoch überragten, bevor sie sich zu Stämmen zusammenfügten. Er legte den Kopf zurück und konnte weit über sich die Äste sehen, die zusammen mit den tiefhängenden Wolken eine Art Dach zu bilden schienen. Vorsichtig kletterte Luke auf den langen Bug seines Schiffes und sah, daß er in einem kleinen, nebelumwallten Gewässer notgelandet war.

Artoo gab einen kurzen Pfiff von sich, dann klatschte es laut und wurde unmittelbar darauf still. Luke drehte sich um und sah die gewölbte Oberseite des Roboters unter der nebligen Oberfläche des Wassers verschwinden.

»Artoo! Artoo!« Luke kniete neben dem glatten Rumpf des kleinen Raumschiffs nieder und beugte sich sorgenvoll vor, um nach seinem mechanischen Freund zu suchen.

Das schwarze Wasser blieb völlig ruhig und ließ von dem kleinen R-2-Gerät nichts erkennen. Luke konnte nicht feststellen, wie tief dieser stille, trübe Teich sein mochte, aber er machte den Eindruck enormer Tiefe. Luke begriff plötzlich, daß er seinen Roboterfreund vielleicht nie mehr wiedersehen würde. In diesem Augenblick schob sich ein winziges Sehrohr aus dem Wasser, und Luke konnte ein schwaches, gurgelndes Piepen hören.

Was für ein Glück! dachte Luke, als er verfolgte, wie das Sehrohr sich einen Weg zum Ufer bahnte. Er lief auf dem Bug seines X-Flüglers entlang, und als das Ufer nur noch drei Meter entfernt war, sprang der junge Commander ins Wasser und watete an Land. Er schaute sich um und sah, daß Artoo noch immer das Wasser durchfurchte.

»Schnell, Artoo!« rief Luke.

Was immer es sein mochte, das plötzlich hinter Artoo herschwamm, es war zu schnell und im Nebel zu undeutlich, als daß Luke es genau hätte erkennen können. Alles, was er zu sehen vermochte, war ein riesiger schwarzer Umriß. Das Wesen hob sich für einen Augenblick hoch, dann tauchte es unter die Oberfläche und prallte gegen den Rumpf des kleinen Roboters, daß es nur so klirrte. Luke hörte den klagenden Hilferuf des Roboters, dann wurde es still...

Entsetzt stand Luke am Ufer und starrte in das schwarze, völlig unbewegte Wasser. Kurz darauf stiegen auf einmal ein paar verräterische Luftblasen an die Oberfläche. Lukes Herz begann heftig zu hämmern, als er sah, daß er zu nah am Wasser stand. Bevor er sich jedoch rühren konnte, wurde der kleine Roboter von dem unter der schwarzen Oberfläche lauernden Objekt regelrecht ausgespuckt. Artoo flog in hohem Bogen durch die Luft und krachte auf ein weiches, graues Moosbett.

»Artoo!« schrie Luke, als er auf ihn zustürzte. »Ist alles in Ordnung?« Luke war dankbar dafür, daß der schattenhafte Sumpfbewohner Metallroboter offenbar als ungenießbar ansah.

Der Roboter reagierte schwach mit einer Reihe leiser Pfeif- und Pieptöne.

»Wenn du meinst, daß es keine gute Idee war, hierherzukommen, fange ich an, dir recht zu geben«, räumte Luke ein und schaute sich in der trostlosen Umgebung um. Wenigstens hatte es auf der Eiswelt menschliche Gesellschaft gegeben, dachte er. Hier schien außer Artoo nichts zu existieren als dieser neblige Sumpf mit unsichtbaren Wesen, die wohl in der einfallenden Dunkelheit auf Beutezüge gingen.

Langsam wurde es immer dunkler. Luke schauderte im dichter werdenden Nebel, der ihn wie etwas Lebendiges einhüllte. Er half Artoo Detoo wieder hoch und wischte den Schlamm ab, der den zylindrischen Rumpf des Roboters bedeckte. Dabei hörte Luke von ferne unheimliche, unmenschliche Schreie. Er fröstelte, als er sich die Bestien vorstellte, die sie ausstießen.

Bis er Artoo gesäubert hatte, war der Himmel rabenschwarz geworden. Überall schienen bedrohliche Schatten zu lauern, und die fernen Schreie schienen näherzukommen. Er und Artoo schauten sich in dem geisterhaften Sumpfdschungel um, der sie umgab, und rückten ein wenig näher zusammen. Plötzlich sah Luke zwei winzige, bösartige Augen im Dickicht aufleuchten und unter dem Rascheln kleiner Füße auch wieder verschwinden.

Es fiel ihm schwer, an den Ratschlägen Ben Kenobis zu zweifeln, aber nun begann er sich doch zu fragen, ob der geisterhaften Erscheinung im wallenden Gewand nicht ein Irrtum unterlaufen war, als er ihn zu diesem Planeten mit seinem geheimnisvollen Jedi-Lehrer geführt hatte.

Er blickte hinüber zu seinem X-Flügler und ächzte, als er bemerkte, daß die untere Rumpfhälfte im schwarzen Wasser lag.

»Wie sollen wir das Ding wieder in die Luft bekommen?« sagte er dumpf. »Was machen wir überhaupt hier?«

Es überstieg Artoos Computerfähigkeiten, eine Antwort auf diese Fragen zu liefern, aber er gab immerhin einen tröstlichen Pieplaut von sich.

»Man kommt sich vor wie in einem Traum«, sagte Luke kopfschüttelnd. »Oder vielleicht verliere ich den Verstand.«

Fest stand nur eines: er müßte sich schon gewaltig anstrengen, wenn es ihm gelingen sollte, sich in eine noch absurdere Lage zu bringen.

8

Darth Vader wirkte wie eine mächtige, stumme Gottheit, als er auf dem Haupt-Kommandodeck seines titanenhaften Stern-Zerstörers stand.

Er starrte durch das große, rechteckige Fenster über dem Deck auf das wirbelnde Feld von Asteroiden, die an sein Schiff prasselten, während er durch den Raum glitt. Hunderte von Felsbrocken fegten an den Fenstern vorbei. Manche prallten gegeneinander und explodierten mit grellen Lichtblitzen.

Während Vader hinausblickte, barst eines seiner kleineren Schiffe unter dem Anprall eines gewaltigen Asteroiden. Unbewegt wandte er sich herum und betrachtete eine Reihe von zwanzig Hologrammen. Sie bildeten dreidimensional die Züge von zwanzig Schlachtschiff-Kommandanten des Imperiums nach. Das Abbild des Kommandanten, dessen Schiff soeben zerstört worden war, verblaßte rasch, fast ebenso schnell, wie die glühenden Partikel seines gesprengten Schiffes ins Nichts fegten.

Admiral Piett und ein Adjutant traten leise hinter ihren schwarzgekleideten Vorgesetzten, als Vader sich dem Bild in der Mitte der zwanzig Hologramme zuwandte, das durch Störungen immer wieder verschwand und neu auftauchte, während Kapitän Needa auf dem Stern-Zerstörer ›Rächer‹ Meldung erstattete.

Die ersten Worte Needas wurden von Rauschen übertönt, dann hörte man ihn sagen: »... war die letzte Gelegenheit, bei der sie auf unseren Peilgeräten auftauchten. Angesichts der Verluste, die wir haben hinnehmen müssen, gibt es kaum eine andere Möglichkeit, als daß auch sie vernichtet wurden.«

Vader war anderer Ansicht. Er kannte die Möglichkeiten der ›Millennium Falcon‹ und war mit den Fähigkeiten ihres selbstsicheren Piloten durchaus vertraut.

»Nein, Kapitän«, fauchte er zornig, »sie sind noch am Leben. Ich wünsche, daß alle verfügbaren Schiffe das Asteroidenfeld absuchen, bis sie gefunden werden.«

Als Vader diesen Befehl erteilt hatte, verblaßten die Bilder von Needa und den achtzehn anderen Kapitänen völlig. Als das letzte Hologramm verschwunden war, drehte sich der Schwarze Lord um.

»Was ist so wichtig, daß es nicht Zeit hat, Admiral?« fragte er herrisch. »Reden Sie!«

Das Gesicht des Admirals wurde bleich vor Furcht, und seine Stimme bebte ebenso wie sein Körper.

»Es war ... der Imperator.«

»Der Imperator?« wiederholte die Stimme hinter der schwarzen Atemmaske.

»Ja«, sagte der Admiral. »Er befiehlt Ihnen, sich mit ihm in Verbindung zu setzen.«

»Steuern Sie das Schiff aus dem Asteroidenfeld«, befahl Vader, »dahin, wo wir ungestört senden können.«

»Ja, Mylord.«

»Und übermitteln Sie die Signale in meine Privatkabine.«

Die ›Millennium Falcon‹ war in der völlig dunklen Höhle, in der es vor Feuchtigkeit tropfte, zum Stillstand gekommen. Die Besatzung der ›Falcon‹ stellte den Antrieb ab, bis das Fahrzeug lautlos am Boden lag.

Im Cockpit schalteten Han Solo und sein zottiger Kopilot die elektronischen Systeme ab. Bis auf die Notbeleuchtung erloschen alle Lichter. Es wurde im Inneren des Schiffes fast so dunkel wie in der Höhle selbst.

Han warf einen Blick auf Leia und grinste.

»Wird ganz romantisch hier.«

Chewbacca knurrte. Es gab zu tun, und der Wookie brauchte die ungeteilte Aufmerksamkeit seines Piloten, wenn sie den defekten Hyperantrieb reparieren wollten.

Gereizt wandte Han sich wieder seiner Arbeit zu.

»Was bist du denn so mürrisch?« fuhr er Chewbacca an.

Bevor der Wookie antworten konnte, trat Threepio an Han heran und stellte ihm eine Frage von großer Bedeutung – zumindest was ihn selbst anging.

»Sir, ich wage kaum zu fragen, aber schließt die Abschaltung aller Systeme außer den Notanlagen mich auch ein?«

Chewbacca drückte seine Meinung durch einen lautstarken bejahenden Brüllaut aus. Doch Han war da anderer Meinung.

»Nein«, sagte er, »wir brauchen dich als Verbindungsmann für die ›Falcon‹, damit wir herausbekommen, was mit unserem Hyperantrieb los ist.« Er schaute zur Prinzessin hinüber und fügte hinzu: »Wie gut können Sie mit einem Makroschweißer umgehen, Eure Hochwohlgeboren?«

Bevor Leia eine passende Antwort geben konnte, machte die ›Millennium Falcon‹ durch einen heftigen Aufprall einen Satz nach vorn. Alles, was nicht angeschraubt war, flog durch das Cockpit. Selbst Chewbacca, der laut aufheulte, hatte alle Mühe, sich im Sitz zu halten.

»Festhalten!« schrie Han. »Aufpassen!«

Threepio krachte an eine Wand. Als er sich wieder aufraffte, sagte er: »Sir, es ist durchaus möglich, daß dieser Asteroid nicht stabil ist.«

Han funkelte ihn grimmig an.

»Da bin ich aber froh, daß du da bist, um uns das mitzuteilen.«

Das Schiff wurde erneut hin- und hergeworfen.

Der Wookie schrie auf, Threepio taumelte zurück, und Leia wurde durch die Kabine geschleudert, direkt in die Arme Han Solos.

Die Stöße hörten ebenso schnell auf, wie sie gekommen waren. Leia fühlte sich aber immer noch von Solos Armen umfangen. Sie machte sich nicht los, und er hätte beinahe schwören mögen, daß sie ihn gerne so umarmte.

»Aber, Prinzessin«, sagte er freudig überrascht, »das kommt aber plötzlich.«

Sie bog sich zurück.

»Lassen Sie mich los«, sagte sie. »Sonst werde ich zornig.«

Han sah die wohlbekannte Arroganz in ihre Züge zurückkehren.

»Sie sehen aber gar nicht zornig aus«, meinte er.

»Wie sehe ich dann aus?«

»Wunderschön«, erwiderte er wahrheitsgemäß, von einem Gefühl bewegt, das ihn selbst überraschte.

Leia wurde plötzlich verlegen. Röte stieg in ihr Gesicht. Sie senkte den Blick, aber noch immer versuchte sie nicht, sich mit Gewalt loszureißen.

Han konnte sich nicht beherrschen und fügte hinzu: »Und erregt.«

Leia wurde wütend. Wieder zur zornigen Prinzessin und hochmütigen Befehlshaberin geworden, riß sie sich los und richtete sich auf.

»Bedaure, Kapitän«, sagte sie, zornrot im Gesicht, »von Ihnen festgehalten zu werden, kann mich kaum erregen.«

»Nun, ich hoffe, Sie erwarten auch nicht mehr«, erwiderte er, wütender über sich selbst als über ihre schneidende Bemerkung.

»Ich erwarte überhaupt nichts«, sagte Leia empört, »als in Ruhe gelassen zu werden.«

»Wenn Sie mir aus dem Weg gehen, können Sie sich darauf verlassen.«

Leia bemerkte verlegen, daß sie immer noch ganz nah vor ihm stand, und trat zur Seite. Sie versuchte das Thema zu wechseln.

»Halten Sie es nicht für an der Zeit, daß wir uns mit Ihrem Schiff befassen?«

Er runzelte die Stirn.

»Ganz recht«, sagte er kalt, ohne sie anzusehen.

Leia drehte sich auf dem Absatz um und verließ die Kabine. Han blieb noch einen Augenblick stehen, um sich zu fassen. Er sah hilflos zu Chewbacca und dem Androiden hinüber, die beide alles mit angehört hatten.

»Los, Chewie, reißen wir den fliegenden Schrotthaufen auseinander«, sagte er hastig.

Der Kopilot knurrte zustimmend und verließ zusammen mit seinem Kapitän das Cockpit. Als sie hinausgingen, schaute sich Han nach Threepio um, der entgeistert stehengeblieben war.

»Du auch, Goldfasan!«

»Ich muß gestehen«, murmelte der Roboter im Hinausschlurfen vor sich hin, »daß ich die Menschen manchmal wirklich nicht begreife.«

Die Scheinwerferstrahlen von Luke Skywalkers X-Flügel-Jäger durchbohrten die Dunkelheit des Sumpfplaneten. Das Schiff war noch tiefer ins schlammige Wasser gesunken, aber es ragte noch so weit über die Oberfläche hinaus, daß Luke alle benötigten Gegenstände aus den Lagerfächern holen konnte. Er wußte, daß es nicht mehr lange dauern würde, bis sein Schiff noch tiefer sank und vielleicht ganz unterging. Seine Aussichten zu überleben würden größer sein, wenn er von seiner Ausrüstung barg, was er nur tragen konnte.

Es war so dunkel geworden, daß Luke kaum noch etwas sah. Im dichten Urwald hörte er ein peitschendes Geräusch und fröstelte. Er griff nach seinem Strahler und nahm sich vor, alles niederzubrennen, was ihn von dorther angreifen mochte. Es kam jedoch nichts. So steckte er die Waffe wieder ein und befaßte sich weiter mit seiner Ausrüstung.

»Kannst du diese Energie vertragen?« fragte er Artoo, welcher geduldig auf seine Form von Nahrung wartete. Luke zog einen kleinen Fusionsofen aus einem Behälter und zündete ihn. Selbst das schwache Glühen des Geräts war willkommen. Dann griff Luke nach einem Stromkabel und schloß es an einem Vorsprung von Artoo an, der in etwa einer Nase glich.

Als Energie durch Artoos elektronische Eingeweide floß, pfiff der dicke Roboter erfreut vor sich hin.

Luke setzte sich und öffnete einen Behälter mit konservierter Nahrung. Während er zu essen begann, unterhielt er sich mit dem Roboter.

»Jetzt brauche ich nur noch diesen Yoda zu finden«, sagte er, »falls es ihn überhaupt gibt.« Nervös schaute er sich nach den Schatten des Dschungels um. Er fühlte sich geängstigt, elend und bedrängt von Zweifeln am Sinn seiner Suche. »Das scheint jedenfalls ein seltsamer Ort für einen Jedi-Meister zu sein«, meinte er. »Mir ist ziemlich mulmig.«

Dem Klang des Piepgeräusches nach zu schließen, das Artoo von sich gab, schien er Lukes Meinung über die Sumpfwelt voll und ganz zu teilen.

»Allerdings kommt mir die Umgebung auf irgendeine Weise bekannt vor«, fuhr Luke fort, während er weiter aß. »Ich habe das Gefühl –«

»Du hast das Gefühl –?«

Das war nicht Artoos Stimme! Luke sprang hoch und riß seine Pistole heraus, fuhr herum, starrte in die Dunkelheit und versuchte zu erkennen, woher die Worte gekommen waren.

Er sah unmittelbar vor sich ein winziges Wesen stehen. Luke trat überrascht zurück.

Das Wesen konnte nicht höher als einen halben Meter sein, blieb aber furchtlos vor dem ihn weit überragenden jungen Mann stehen, der seine große Laserpistole schwenkte.

Das kleine, runzlige Wesen war dem Alter nach schwer einzuschätzen. Das Gesicht war tief zerfurcht, von spitzen Elfenohren eingerahmt, die ihm ein unveränderlich jugendliches Aussehen verliehen. Lange, weiße Haare waren in der Mitte gescheitelt und hingen auf beiden Seiten des blauhäutigen Kopfes herab. Das Wesen war zweibeinig und stand auf kurzen Beinen, die in dreizehigen, beinahe reptilartigen Füßen ausliefen. Es trug Kleidungsstücke, so grau wie die Sumpfnebel, und so zerfetzt, daß sie ihm an Jahren nicht nachzustehen schienen.

Luke wußte nicht, ob er sich fürchten oder lachen sollte, aber als er in die vorquellenden Augen blickte und die freundliche Natur dieses Wesens erkannte, atmete er auf. Der Kleine wies auf die Pistole in Lukes Hand.

»Steck deine Waffe weg. Ich tue dir nichts«, sagte er.

Luke zögerte und steckte seine Pistole wieder ein, wobei er sich fragte, warum er überhaupt so prompt gehorchte.

»Ich frage mich, weshalb du hier bist?« sagte das Wesen.

»Ich suche jemand«, erwiderte Luke.

»Suchen? Suchen?« wiederholte das Wesen mit breitem Lächeln. »Du hast jemand gefunden, würde ich sagen. Wie? Ja!«
Luke konnte ein Lächeln nicht unterdrücken.
»Ja.«
»Ich kann dir helfen... ja... ja.«
Luke konnte es sich nicht erklären, aber er vertraute dem seltsamen Wesen, ohne so recht davon überzeugt zu sein, daß ein so winziges Ding ihm auch wirklich würde helfen können.
»Das glaube ich nicht«, sagte er leise. »Schau, ich suche einen großen Krieger.«
»Einen großen Krieger?« Das Wesen schüttelte den Kopf, daß die weißen Haare flogen. »Kriege machen nicht groß.«
Ein seltsamer Satz, dachte Luke, aber bevor er antworten konnte, sah er den winzigen Hominiden auf die geborgenen Ausrüstungskisten springen. Luke war entgeistert, als das Wesen in den Gegenständen wühlte, die Luke von Hoth mitgebracht hatte.
»He, weg da«, sagte er, von dem plötzlichen Einfall des Kleinen überrascht.
Artoo watschelte auf den Kistenstapel zu und quiekte mißbilligend, als er mit seinen Abtastern das kleine Wesen registrierte.
Die seltsame Erscheinung griff nach dem Behälter, in dem Lukes Essensreste lagen, und nahm einen Bissen davon.
»Hör mal, das ist mein Abendessen!« sagte Luke.
Das Wesen hatte kaum einen Bissen im Mund, als es ihn wieder ausspuckte, während sein faltiges Gesicht sich zusammenzog.
»Pfui-i!« sagte es spuckend. »Vielen Dank, nein. Wie kann man so groß werden, wenn man dergleichen ißt?« Es sah Luke von oben bis unten an.
Bevor der verblüffte junge Mann etwas erwidern konnte, warf das Wesen den Essensbehälter in Lukes Richtung und schob eine seiner kleinen, zierlichen Hände in eine andere Kiste.
»Hör mal, Freund«, sagte Luke, »wir wollten hier eigentlich nicht landen. Und wenn ich mit meinem Jäger aus der Pfütze starten könnte, würde ich das tun, aber es geht nicht. Also –«

»Du kannst mit deinem Schiff nicht starten? Hast du es schon versucht? Hast du es versucht?«

Luke mußte sich eingestehen, daß er es nicht versucht hatte, aber allein der Gedanke war absurd. Er hatte nicht die geeignete Ausrüstung, um –

In Lukes Kiste schien ein Gegenstand das Interesse des Wesens erweckt zu haben. Lukes Geduld war schließlich erschöpft, als er sah, daß der kleine Verrückte etwas aus der Kiste riß. Luke wußte, daß sein Überleben vom Inhalt der Kisten abhing, so griff er nach dem Gegenstand, aber das Wesen hielt ihn fest – eine kleine Energielampe, die er mit der blauhäutigen Hand fest umklammerte. Das Licht flammte auf.

»Gib her!« rief Luke.

Das Wesen wich vor ihm zurück.

»Für mich! Für mich! Oder ich helfe dir nicht.« Das Wesen umklammerte die Lampe und wich weiter zurück, bis es mit Artoo Detoo zusammenprallte.

»Ich will deine Hilfe nicht«, sagte Luke aufgebracht, als er herankam. »Ich will meine Lampe wiederhaben. Ich brauche sie in dem dreckigen Schlammloch.«

Luke begriff im gleichen Augenblick, daß er damit eine Beleidigung ausgesprochen hatte.

»Schlammloch? Dreckig? Das ist mein Zuhause!«

Während sie miteinander stritten, streckte Artoo langsam einen Metallarm aus. Plötzlich packte er die entwendete Lampe, und auf der Stelle rangen die beiden kleinen Gestalten um die Beute. Während sie hin- und herwankten, piepte Artoo empört.

»Für mich, für mich. Gib das her«, schrie das Wesen. Plötzlich schien es den ungleichen Kampf aufgeben zu wollen und tippte den Roboter mit einem blauen Finger an.

Artoo stieß einen quäkenden, erschrockenen Laut aus und ließ die Lampe sofort los.

Der Sieger lachte das leuchtende Ding in seinen Händen an und sagte immer wieder: »Für mich, für mich.«

Luke hatte genug von diesem Unsinn und erklärte dem Robo-

ter, daß der Kampf nun vorbei sein müsse:
»Okay, Artoo«, sagte er seufzend, »laß sie ihm. Verschwinde, Kleiner. Wir haben zu tun.«
»Nein, nein!« sagte das Wesen aufgeregt. »Ich bleibe und helfe dir, deinen Freund zu finden.«
»Ich suche keinen Freund«, sagte Luke, »ich suche einen Jedi-Meister.«
»Oh.« Die Augen des Wesens weiteten sich. »Einen Jedi-Meister. Das ist etwas anderes. Du suchst Yoda.«
Luke war verwundert, als er den Namen hörte, aber seine Skepsis blieb. Wie konnte ein Kobold wie dieser etwas von einem großen Lehrer der Jedi-Ritter wissen.
»Du kennst ihn?«
»Natürlich«, sagte das Männchen stolz. »Ich bringe euch zu ihm. Aber zuerst müssen wir essen. Gutes Essen. Kommt, kommt.«
Damit huschte das Wesen hinüber in die Schatten des Sumpfes. Die kleine Energielampe wurde in der Ferne trüb, während Luke immer noch dastand und den Kopf schüttelte. Zuerst wollte er dem Kleinen nicht folgen, und dann ertappte er sich doch dabei, daß er ihm in den Nebel nachlief.
Als Luke in den Dschungel eindrang, hörte er Artoo mit großer Lautstärke pfeifen und quäken. Luke drehte sich um und sah den kleinen Roboter ganz verloren neben dem Miniatur-Fusionsofen stehen.
»Bleib du lieber hier und paß auf das Lager auf«, sagte Luke.
Artoo wurde statt dessen immer aufgeregter und lauter.
»Artoo, nun beruhige dich«, sagte Luke, bevor er weiterlief. »Ich kann auf mich selber aufpassen. Keine Sorge, ja?«
Artoos elektronisches Gemurre wurde leiser, während Luke sich beeilte, seinen kleinen Führer einzuholen. Ich muß wirklich den Verstand verloren haben, dachte Luke, wenn ich dem seltsamen Geschöpf weiß der Teufel wohin folge. Aber es hatte Yodas Namen erwähnt, und Luke fühlte sich gedrängt, jede Hilfe anzunehmen, die ihm geboten wurde, damit er den Jedi-Meister fin-

den konnte. Er stolperte in der Dunkelheit über Unkrautbüschel und Wurzeln, während er dem flackernden Licht vor sich folgte.

Das Männchen schnatterte fröhlich, während es ihn durch den Sumpf führte: »He... sicher... he... ganz sicher... ja, versteht sich.« Dann begann es meckernd zu lachen.

Zwei Schlachtschiffe des Imperiums schwebten langsam über die Oberfläche des Asteroiden. Die ›Millennium Falcon‹ mußte hier irgendwo versteckt sein – aber wo?

Während die Schiffe über die Oberfläche des Asteroiden dahinfegten, warfen sie Bomben auf das zernarbte Gelände, in der Hoffnung, den Frachter dadurch aus dem Versteck locken zu können. Die Druckwellen der Bomben schüttelten zwar den Felsglobus, aber von der ›Falcon‹ war dennoch nichts zu sehen. Einer der Stern-Zerstörer warf einen riesigen Schatten über den Tunneleingang, aber die Abtaster des Schiffes bemerkten die sonderbare Öffnung in der gewölbten Felswand nicht.

In diesem Loch, in einem gewundenen Tunnel, den die Schergen des mächtigen Imperiums übersahen, lag das Frachtschiff. Es klirrte und vibrierte unter jeder Explosion, die den Asteroiden erschütterte.

Im Inneren des Schiffes arbeitete Chewbacca gehetzt an der Reparatur des Hyperantriebs. Er war in ein Abteil in der Decke geschlüpft, um an die Anschlußkabel heranzukommen. Als er die Auswirkungen der ersten Explosion spürte, schob er seinen Kopf durch das Gewirr der Drähte und schrie sorgenvoll auf.

Prinzessin Leia, die versuchte, ein defektes Ventil zu schweißen, hob den Kopf. Die Bombeneinschläge schienen immer näher zu kommen.

Threepio sah zu Leia auf und legte nervös den Kopf auf die Seite.

»O je«, sagte er, »sie haben uns gefunden.«

Alle blickten einander betreten an, blieben jedoch stumm, aus Angst, ihre Stimmen könnten hinausdringen und verraten, wo sie sich versteckt hielten. Wieder wurde das Schiff von einer

Druckwelle geschüttelt, aber ihre Wucht schien geringer zu sein.

»Sie fliegen weiter«, sagte Leia.

Han durchschaute die Taktik der Gegner.

»Sie versuchen nur, uns aufzuscheuchen«, meinte er. »Wir sind in Sicherheit, solange wir uns nicht wegrühren.«

»Wo habe ich das nur schon einmal gehört?« sagte Leia mit unschuldiger Miene.

Han beachtete ihren Sarkasmus nicht und ging an ihr vorbei, um weiterzuarbeiten. Der Durchgang im Frachtraum war jedoch so eng, daß er es nicht vermeiden konnte, sie zu streifen, als er sich vorbeizwängte – oder doch?

Die Prinzessin betrachtete ihn für Augenblicke mit gemischten Gefühlen, wie er sich an die Arbeit machte, dann beugte sie sich wieder über ihr Schweißgerät.

Threepio ignorierte diese menschlichen Eigenheiten. Er war vollauf damit beschäftigt, mit der ›Falcon‹ Verbindung zu halten und in Erfahrung zu bringen, was dem Hyperantrieb fehlte. Er stand an der Haupt-Steuertafel und gab für ihn völlig untypische Pfeif- und Summlaute von sich. Die Steuertafel antwortete.

»Wo ist Artoo, wenn ich ihn brauche?« sagte der goldene Roboter seufzend, als er die Antwort mühsam zusammensetzte.

»Wo Ihr Schiff Kommunikation gelernt hat, weiß ich nicht«, sagte Threepio zu Han, »seine Aussprache läßt jedenfalls zu wünschen übrig. Ich glaube, Sir, die Energiekoppelung an der Negativachse ist polarisiert. Ich fürchte, Sie werden das Teil ersetzen müssen.«

»Natürlich muß ich es ersetzen«, fauchte Han. Er schaute zu Chewbacca hinauf, der aus der Öffnung in der Decke herunterstarrte.

»Bau das neue Teil ein!« sagte er.

Er bemerkte, daß Leia die Schweißarbeit beendet hatte, aber das Ventil nicht anschließen konnte. Sie kämpfte mit einem Hebel, der sich einfach nicht bewegen ließ. Han ging zu ihr und wollte ihr helfen, aber sie drängte ihn zurück und mühte sich weiter.

»Hübsch langsam, Verehrungswürdige«, sagte er ironisch. »Ich wollte ja nur helfen.«

Leia bot ihre ganze Kraft auf, um den Hebel zu kippen, und sagte nur ruhig: »Würden Sie, bitte, aufhören, mich so albern anzureden?«

Han war überrascht. Er hatte mit einer schneidenden Antwort oder eisigem Schweigen gerechnet. Aber ihren Worten fehlte der höhnende Unterton, den er gewöhnt war. Wollte sie den unentwegten Machtkampf endlich beilegen?

»Gewiß«, erwiderte er ebenso ruhig.

»Sie machen es einem manchmal schwer«, sagte Leia und warf ihm einen Blick zu.

Er mußte ihr recht geben.

»Das ist wahr.« Dann fügte er hinzu: »Sie könnten aber auch ein bißchen netter sein. Geben Sie schon zu, daß Sie mich ab und zu ganz in Ordnung finden.«

Sie ließ den Hebel los und rieb sich die schmerzende Hand.

»Manchmal«, sagte sie mit einem leichten Lächeln, »vielleicht... gelegentlich, wenn Sie nicht den wilden Mann spielen.«

»Den wilden Mann?« Er lachte. »Das gefällt mir.« Er griff nach Leias Hand und begann sie zu massieren.

»Hören Sie auf«, sagte sie.

Han ließ ihre Hand nicht los.

»Womit soll ich aufhören?« fragte er leise.

Leia war verwirrt und verlegen, aber ihre Würde setzte sich durch.

»Aufhören!« sagte sie herrisch. »Meine Hände sind schmutzig.«

Han belächelte die schwache Ausrede, hielt ihre Hand fest und sah ihr in die Augen.

»Meine auch. Wovor haben Sie Angst?«

»Angst?« Sie erwiderte seinen Blick. »Daß ich mir die Hände schmutzig mache.«

»Deshalb zittern Sie?« fragte er. Er konnte spüren, daß seine Nähe und seine Berührung auf sie wirkten. Ihr Gesicht wurde weich. Er griff nach ihrer anderen Hand.

»Ich glaube, Sie mögen mich, *weil* ich ein wilder Mann bin«, sagte er. »Ich glaube, Sie haben in Ihrem Leben nicht genug wilde Männer gekannt.« Er zog sie langsam an sich.

Leia wehrte sich nicht. Sie sah ihn an. Er hatte nie besser ausgesehen, aber sie wollte nicht vergessen, daß sie die Prinzessin war.

»Ich mag zufällig *nette* Männer«, rügte sie leise.

»Und ich bin nicht nett?« neckte Han.

Chewbacca steckte den Kopf heraus und beobachtete die beiden unbemerkt.

»Ja, doch«, flüsterte sie, »aber Sie...«

Bevor sie weitersprechen konnte, zog Han Solo sie an sich und spürte das Zittern ihres Körpers, als er seine Lippen auf ihren Mund preßte. Der Kuß schien eine Ewigkeit zu dauern, als er ihren Körper langsam zurückbog. Diesmal wehrte sie sich nicht.

Als sie sich voneinander lösten, brauchte Leia einen Augenblick, um zu Atem zu kommen. Sie versuchte ihre Fassung wiederzufinden und entrüstet zu sein, aber es fiel ihr schwer, die passenden Worte zu finden.

»Na gut, Freund«, begann sie, »ich –« Doch dann verstummte sie plötzlich und ertappte sich dabei, daß sie ihn küßte und ihre Arme noch fester um ihn schlang als beim erstenmal.

Als ihre Lippen sich voneinander trennten, hielt Han die Prinzessin in seinen Armen fest, und sie sahen einander an. Einen langen Augenblick schien alles stillzustehen. Dann begann Leia sich, im Innersten aufgewühlt, von ihm loszumachen. Sie senkte den Blick, löste sich aus Hans Umarmung, fuhr herum und stürzte hinaus.

Han sah ihr stumm nach. Dann bemerkte er, daß der Wookie neugierig aus der Öffnung herunterstarrte.

»Okay, Chewie!« schrie er hinauf. »Hilf mir mal mit dem Hebel!«

Der Nebel wallte, von strömendem Regen getrieben, in Schwaden über den Sumpf. Ein R-2-Roboter hastete einsam durch den Dschungel und suchte seinen Herrn.

Artoo Detoos Sensoren übermittelten pausenlos Impulse an seine elektronischen Nervenenden. Beim leisesten Geräusch reagierte sein Hörsystem, vielleicht etwas zu stark, und sandte Informationen an das Computergehirn.

Für Artoo war es in diesem düsteren Urwald zu feucht. Er richtete seine optischen Sensoren auf ein sonderbares kleines, rundes Haus am Ufer eines schwarzen Sees. Der Roboter wurde von einem beinahe menschlichen Gefühl der Einsamkeit überwältigt. Er trat an das Fenster des winzigen Gebäudes und schaute hinein. Er hoffte, daß niemand im Inneren das leise Beben seines faßförmigen Rumpfes oder sein nervöses Wimmern wahrnahm.

Auf irgendeine Weise gelang es Luke Skywalker, sich in das winzige Haus zu quetschen, wo alles in der Größe auf den kleinen Bewohner abgestimmt war. Luke saß im Schneidersitz auf dem gestampften Lehmboden im Wohnraum und achtete darauf, sich nicht den Kopf an der niedrigen Decke anzustoßen. Vor ihm stand ein Tischchen. Er sah einige Behälter, die offenbar handgeschriebene Schriftrollen enthielten.

Das Wesen mit dem runzligen Gesicht stand in der Küche neben dem Wohnraum und stellte eine sonderbare Mahlzeit zusammen. Luke konnte von seinem Platz aus erkennen, wie der kleine Koch in dampfenden Töpfen rührte, dieses zerhackte, jenes zerschnitt, über alles Kräuter streute und hin- und herhuschte, um Teller auf den Tisch zu stellen.

Luke war auf der einen Seite fasziniert, auf der anderen war er mit seiner Geduld am Ende. Als das Wesen wieder einmal in den Wohnraum stürzte, sagte Luke: »Ich habe schon gesagt, daß ich nicht hungrig bin.«

»Nur Geduld«, sagte das Wesen und eilte in die dampfende Küche zurück. »Es ist Zeit zum Essen.«

Luke bemühte sich, höflich zu bleiben.

»Hör mal«, sagte er, »das riecht gut. Ich bin sicher, daß es großartig schmeckt. Aber ich verstehe nicht, warum wir nicht gleich zu Yoda gehen können.«

»Der Jedi ißt jetzt auch«, antwortete das Wesen.

Luke ließ sich nicht beschwichtigen.

»Dauert es lange, bis man dort ist? Wie weit ist es?«

»Nicht weit, nicht weit. Nur Geduld. Du wirst ihn bald sehen. Warum willst du ein Jedi werden?«

»Meinem Vater zuliebe, glaube ich«, sagte Luke, während er darüber nachdachte, daß er seinen Vater gar nicht genau gekannt hatte. Seine engste Verbindung zu ihm bestand eigentlich in dem Lichtsäbel, den Ben ihm vererbt hatte.

Luke bemerkte den merkwürdigen Ausdruck in den Augen des Wesens, als er seinen Vater erwähnte.

»Ah, dein Vater«, sagte das Wesen und setzte sich an den Tisch. »Ein mächtiger Jedi. Das war er. Ein mächtiger Jedi.«

Der junge Mann fragte sich, ob der andere ihn verspotten wollte.

»Woher willst du meinen Vater kennen?« fragte er aufgebracht. »Du weißt ja nicht einmal, wer ich bin.« Er schaute sich um und schüttelte den Kopf. »Ich weiß nicht, was ich überhaupt hier mache...« Dann fiel ihm auf, daß das Wesen sich abgewandt hatte und in eine Ecke des Raumes hineinsprach. Das ist der Gipfel! dachte Luke. Diese Witzfigur redet auch noch mit der Luft!

»Das hat keinen Sinn«, sagte das Wesen gereizt. »Das geht einfach nicht. Ich kann ihm nichts beibringen. Der Junge hat keine Geduld!«

Luke fuhr herum und starrte in dieselbe Richtung. *Nichts beibringen. Keine Geduld.* Er riß verwirrt die Augen auf, konnte aber noch immer nichts sehen. Dann ging ihm langsam ein Licht auf. Er wurde bereits erprobt, und von keinem anderen als Yoda selbst!

Aus der leeren Ecke des Raumes hörte Luke die sanfte, weise Stimme Ben Kenobis antworten.

»Er wird Geduld lernen«, sagte Ben.

»Viel Zorn ist in ihm«, sagte der zwerghafte Jedi-Lehrer.

»Wie in seinem Vater.«
»Das haben wir früher schon besprochen«, erklärte Kenobi.
Luke hielt es nicht mehr aus.
»Ich *kann* ein Jedi werden«, unterbrach er. Es bedeutete ihm mehr als alles andere, sich dieser Gruppe der Auserwählten anzuschließen, die für die Sache der Gerechtigkeit und des Friedens eintrat. »Ich bin bereit, Ben... Ben...« Der Junge wandte sich flehend seinem unsichtbaren Mentor zu, schaute sich im ganzen Zimmer um. Aber alles, was er sah, war Yoda, der ihm gegenübersaß.
»Bereit bist du?« fragte Yoda skeptisch. »Was weißt du von Bereitschaft? Seit achthundert Jahren bilde ich Jedi aus. Ich entscheide allein, wer dafür in Frage kommt.«
»Warum ich nicht?« fragte Luke gekränkt.
»Um Jedi zu werden, bedarf es der tiefsten Hingabe«, sagte Yoda ernst, »der größten Entschlossenheit.«
»Er kann es schaffen«, sagte Bens Stimme.
Yoda blickte auf den unsichtbaren Kenobi und wies auf den jungen Mann.
»Den habe ich lange genug beobachtet. Sein ganzes Leben hat er auf andere Dinge geachtet... auf den Horizont, den Himmel, die Zukunft. Nie war er in Gedanken bei dem, wo er sich befand, was er tat. Abenteuer und Aufregung.« Yoda sah Luke böse funkelnd an. »Ein Jedi sehnt sich nicht nach solchen Dingen.«
Luke versuchte sich zu verteidigen.
»Ich bin meinen Gefühlen gefolgt.«
»Du bist zu unbekümmert!« rief der Jedi-Meister.
»Er wird es lernen«, sagte Kenobis Stimme beruhigend.
»Er ist zu alt«, widersprach Yoda. »Ja. Zu alt, zu starr in seiner Art, um jetzt noch mit der Ausbildung zu beginnen.«
Luke glaubte aus Yodas Stimme dennoch eine gewisse Milde herauszuhören. Vielleicht bestand doch noch Aussicht, ihn umzustimmen.
»Ich habe viel gelernt«, sagte Luke. Er durfte jetzt nicht aufgeben. Er hatte einen zu weiten Weg zurückgelegt, zuviel ertragen,

zuviel verloren.

Yoda schien durch Luke hindurchzustarren, als er das sagte, so, als wolle der Meister erkennen, wieviel er wirklich gelernt hatte. Er wandte sich wieder an den unsichtbaren Kenobi.

»Wird er zu Ende bringen, was er anfängt?« fragte Yoda.

»Wir sind so weit gekommen«, antwortete Ben. »Er ist unsere einzige Hoffnung.«

»Ich werde euch nicht enttäuschen«, sagte Luke zu den beiden. »Ich habe keine Angst.« Und in diesem Augenblick hatte Luke das Gefühl, er könnte allem ohne Furcht gegenübertreten.

Aber Yoda teilte seinen Optimismus nicht.

»Du wirst sie haben, junger Freund«, sagte er. Er drehte sich langsam zu Luke herum und lächelte schief. »He. Du wirst sie haben.«

9

Nur ein einziges Wesen im ganzen Universum vermochte im düsteren Geist Darth Vaders noch Furcht zu erregen. Während er stumm und allein in seiner dunklen Kabine stand, wartete der Schwarze Lord der Sith auf den Besuch seines eigenen, von ihm gefürchteten Meisters.

Während er wartete, schwebte sein Stern-Zerstörer durch ein Meer von Sternen. Niemand im Schiff hätte es gewagt, Darth Vader in seiner Privatkabine zu stören. Wenn es doch einen Beobachter gegeben hätte, wäre ihm vielleicht ein kaum merkliches Beben der schwarzgekleideten Gestalt aufgefallen. Man hätte auf seinen Zügen sogar eine Spur von Entsetzen erkennen können, wäre jemand in der Lage gewesen, hinter die schwarze Atemmaske zu blicken.

Aber niemand näherte sich, und Vader blieb regungslos, während er einsam geduldige Wache hielt. Bald durchbrach ein seltsames elektronisches Heulen die Totenstille des Raumes, und ein flackerndes Licht schimmerte auf dem Umhang des Schwarzen Lords. Vader verbeugte sich tief vor seinem Gebieter.

Der Besucher erschien in Form eines Hologramms, das vor Vader entstand und ihn überragte. Die dreidimensionale Gestalt trug ein schlichtes, langes Gewand, das Gesicht war hinter einer riesigen Kapuze verborgen.

Als das Hologramm des Galaktischen Herrschers endlich zu sprechen begann, klang seine Stimme noch tiefer als die Vaders. Die Anwesenheit des Imperators war furchterregend genug, aber der Klang seiner Stimme ließ die Gestalt des Schwarzen Lords erbeben.

»Du kannst dich erheben, mein Diener«, befahl der Herrscher.

Vader richtete sich auf. Er wagte jedoch nicht in die Augen seines Herrn zu blicken und starrte auf die Spitzen seiner schwarzen Stiefel.

»Was befehlt Ihr, Herr?« fragte Vader mit der ganzen Ehrfurcht eines Priesters vor seinem Gott.

»Im Kraftfeld macht sich eine starke Störung bemerkbar«, sagte der Herrscher.

»Ich habe es gespürt«, erwiderte der Schwarze Lord ernst.

»Unsere Lage ist gefährdet«, fuhr der Herrscher fort. »Wir haben einen neuen Feind, der unseren Untergang herbeiführen könnte.«

»Unseren Untergang? Wer?«

»Skywalkers Sohn. Du mußt ihn vernichten, oder er wird unser Verderben sein.«

Skywalker!

Der Gedanke war unfaßbar. Wie konnte der Imperator sich mit diesem unbedeutenden jungen Mann befassen?

»Er ist kein Jedi«, sagte Vader. »Er ist nur ein Junge. Obi-wan kann ihm nicht soviel beigebracht haben –«

»Die Kraft ist stark in ihm«, unterbrach ihn der Herrscher. »Er muß vernichtet werden.«

Der Schwarze Lord überlegte. Vielleicht gab es eine andere

Methode, mit dem Jungen fertig zu werden, eine Methode, die der Sache des Imperiums förderlich war.

»Wenn man ihn umdrehen könnte, wäre er ein mächtiger Verbündeter«, gab Vader zu bedenken.

Der Imperator dachte eine Weile stumm nach.

Dann sagte er: »Ja... ja. Er wäre von hohem Vorteil. Ist das zu machen?«

Zum erstenmal bei dieser Zusammenkunft hob Vader den Kopf, um seinen Herrn anzublicken.

»Er wird sich uns anschließen oder sterben, Herr«, sagte er fest.

Damit war die Begegnung beendet. Vader kniete vor dem Galaktischen Herrscher nieder, der die Hand über seinen gehorsamen Diener hob. Im nächsten Augenblick war das Hologramm verschwunden. Darth Vader war allein, um einen Plan auszuarbeiten, der alle bisherigen an List übertraf.

Die Anzeigelampen an der Steuertafel warfen ein unheimliches Licht über das stille Cockpit der ›Millennium Falcon‹. Prinzessin Leias Gesicht wurde von einem schwachen Schimmer erhellt. Sie saß im Pilotensessel und dachte über Han nach.

Gedankenverloren fuhr sie mit der Hand über die Steuerkonsole. Sie wußte zwar, daß in ihr etwas aufgerührt worden war, aber sie war sich nicht sicher, ob sie das auf die Dauer zulassen wollte. Dabei stand nicht einmal fest, ob sie sich überhaupt wirksam dagegen zu wehren vermochte.

Auf einmal wurde ihre Aufmerksamkeit von einer vorbeihuschenden Bewegung vor dem Fenster beansprucht. Ein dunkler Umriß, zu Anfang zu schnell und zu schattenhaft, um identifiziert zu werden, raste auf die ›Falcon‹ zu. Im nächsten Augenblick hatte sie, wie es schien, mit einem weichen Saugfuß das Fenster berührt und sich daran festgesogen. Leia beugte sich vor, um die schwarzen, unregelmäßigen Umrisse zu betrachten. Als sie so zum Fenster hinausblickte, öffneten sich plötzlich vor ihr große, gelbe Augen und starrten sie an.

Leia zuckte entsetzt zurück und kippte in den Pilotensessel. Während sie sich noch zu fassen versuchte, hörte sie Schritte und einen unmenschlichen Schrei. Gleichzeitig verschwand die schwarze Masse mitsamt den gelben Augen in der Dunkelheit der Asteroidenhöhle.

Sie rang nach Atem, sprang aus dem Sessel und lief zum Frachtraum.

Die Besatzung der ›Falcon‹ brachte die Arbeit am Energiesystem zum Abschluß. Die Lichter flackerten schwach, dann leuchteten sie auf und brannten hell. Han nahm die letzten Anschlüsse vor und setzte eine Metallplatte ein, während der Wookie verfolgte, wie Threepio sich mit der Steuertafel verständigte.

»Hier ist alles in Ordnung«, meldete Threepio. »Ich glaube, es müßte klappen, wenn ich das so sagen darf.«

Die Prinzessin kam hereingestürzt.

»Da draußen ist etwas!« rief sie.

Han hob den Kopf.

»Wo?«

»Draußen in der Höhle.«

Sie hörten plötzlich ein lautes Pochen am Rumpf. Chewbacca sah auf und gab einen besorgten Laut von sich.

»Was es auch ist, es scheint hereinzuwollen«, erklärte Threepio nervös –

Solo stieg aus dem Frachtraum.

»Ich sehe es mir an.«

»Sind Sie verrückt?« Leia starrte ihn fassungslos an.

Das Pochen wurde lauter.

»Hören Sie, wir haben das Ding eben wieder in Gang gebracht«, sagte Han. »Ich denke nicht daran, es mir von irgendeinem Untier wieder beschädigen zu lassen.«

Bevor Leia protestieren konnte, hatte Han nach einer Atemmaske gegriffen und sie über den Kopf gezogen. Als er hinausging, eilte der Wookie ihm nach und holte seine eigene Atemmaske. Leia begriff, daß sie als Mitglied der Besatzung die Pflicht hatte, sie zu begleiten.

»Wenn es mehrere sind, brauchen Sie Hilfe«, sagte sie zum Kapitän.

Han sah sie liebevoll an, als sie eine dritte Atemmaske ergriff und über ihr Gesicht zog.

Sie stürzten hinaus, und der Android klagte in die Leere hinein: »Aber da bin ich ja jetzt ganz allein!«

Die Dunkelheit im Freien war undurchdringlich. Es roch muffig. Die drei Gestalten gingen vorsichtig um das Schiff herum. Bei jedem Schritt hörten sie beunruhigende Geräusche, ein Quietschen und Klatschen, das durch die tropfende Höhle hallte.

Es war zu dunkel, als daß man erkennen konnte, wo das unbekannte Wesen sich verbergen mochte. Sie wagten sich vorsichtig in die Dunkelheit hinein. Plötzlich gab Chewbacca, der im Dunkeln besser sah als die beiden anderen, einen Laut von sich und zeigte auf das Ding, das am Rumpf der ›Falcon‹ entlangglitt.

Eine formlose, wabbelnde Masse huschte, vom Ausruf des Wookies offenbar aufgeschreckt, über das Schiff hinweg. Han richtete seinen Strahler auf das Geschöpf und traf es mit einem Laserblitz. Das Wesen kreischte, schwankte und stürzte vom Raumschiff, um mit einem klatschenden Aufschlag vor den Füßen der Prinzessin zu landen.

Sie beugte sich vor, um die schwarze Masse genauer zu betrachten.

»Sieht aus wie ein Mynock«, sagte sie zu den beiden anderen.

Han blickte sich in der dunklen Höhle um.

»Davon gibt es gewiß noch mehr«, sagte er. »Sie sind immer in Gruppen unterwegs. Und nichts tun sie lieber, als sich an Raumschiffe zu heften. Genau das, was wir jetzt noch brauchen.«

Aber Leia interessierte sich mehr für die Beschaffenheit des Höhlenbodens. Die ganze Höhle kam ihr merkwürdig vor. Der Geruch war mit keinem anderen Geruch zu vergleichen, der Boden war sonderbar kalt und schien an den Füßen zu kleben.

Sie stampfte mit dem Fuß auf den Boden und spürte, wie er

nachgab.

»Der Asteroid hat eine seltsame Konsistenz«, sagte sie. »Seht euch den Boden an. Er sieht gar nicht aus wie Fels.«

Han kniete nieder, um den Boden genauer zu untersuchen. Er versuchte zu erkennen, wie weit er reichte, und welche Konturen die Höhle aufwies.

»Enorm viel Feuchtigkeit hier«, sagte er. Er stand auf, zielte mit dem Strahler auf die andere Seite der Höhle und feuerte auf das ferne Kreischen eines Mynocks; als der Blitz hinausschoß, begann die ganze Höhle zu schwanken, und der Boden bäumte sich auf.

»Das habe ich befürchtet«, schrie er. »Nichts wie weg hier!«

Chewbacca knurrte zustimmend und hetzte zur ›Millennium Falcon‹. Leia und Han rannten ihm nach und bedeckten ihre Gesichter mit den Händen, als ein Schwarm von Mynocks an ihnen vorbeiflog. Sie erreichten die ›Falcon‹ und stürmten die Rampe hinauf in das Schiff. Als sie alle an Bord waren, schloß Chewbacca die Luke und achtete darauf, daß keiner der Mynocks hineingelangen konnte.

»Chewie, Zündung!« schrie Han, als er und Leia durch den Frachtraum liefen. »Wir hauen ab!«

Chewbacca eilte zu seinem Sitz an der Steuerkonsole, während Han die Peilgeräte an der Steuertafel überprüfte.

Leia stürmte hinter ihm her und rief: »Sie würden uns entdecken, lange bevor wir die nötige Geschwindigkeit haben.«

Han schien sie nicht zu hören. Er überprüfte die Anlagen, dann drehte er sich um und wollte in das Cockpit stürzen. Als er an ihr vorbeikam, verriet seine Antwort jedoch, daß er sie genau gehört hatte.

»Wir haben keine Zeit, erst eine Sitzung einzuberufen und darüber zu diskutieren.«

Damit war er fort und erreichte seinen Pilotensessel, um die Antriebshebel zu bedienen. Im nächsten Augenblick dröhnte das Geheul der großen Motoren durch das Schiff.

Leia eilte ihm nach.

»Ich will keine Sitzung«, rief sie empört.

Er schien nicht auf sie zu achten. Das Beben in der Höhle ließ offenbar nach, aber Han war entschlossen, auf der Stelle zu starten.

Leia schnallte sich an.

»In diesem Asteroidenfeld können Sie den Sprung in den Hyperraum nicht machen«, rief sie.

Solo grinste sie über die Schulter an.

»Festhalten, Schatz«, sagte er. »Es geht los!«

»Aber das Beben hat aufgehört!«

Der Corellaner dachte nicht daran, sein Schiff zurückzuhalten. Das Raumfahrzeug war bereits in Bewegung und schwebte an den zerklüfteten Felsen des Tunnels vorbei. Plötzlich schrie Chewbacca entsetzt auf, als er zur Frontscheibe hinaussah.

Unmittelbar vor ihnen stand eine gezackte Reihe von Stalaktiten und Stalagmiten, die den ganzen Höhleneingang ausfüllte.

»Schon gesehen, Chewie!« rief Han. Er zog den Hebel zurück, und die ›Millennium Falcon‹ schoß vorwärts. »Festhalten!«

»Die Höhle stürzt ein!« kreischte Leia, als sie sah, wie die Öffnung kleiner wurde.

»Das ist keine Höhle.«

»Wa-as?«

Threepio begann vor Entsetzen zu stammeln.

»O nein, o nein! Wir sind am Ende. Leben Sie wohl, Hoheit. Leben Sie wohl, Kapitän.«

Leia starrte offenen Mundes auf die sich rasch nähernde Tunnelöffnung.

Han hatte recht; sie befanden sich nicht in einer Höhle. Als sie auf die Öffnung zuschwebten, zeigte sich, daß die weißen Mineralformationen gigantische Zähne waren. Und es ließ sich nicht übersehen, daß diese Zähne zuklappten, während sie aus diesem Riesenmaul flogen!

Chewbacca brüllte.

»Kippen, Chewie!«

Es war ein unfaßbares Manöver, aber Chewbacca reagierte sofort und schaffte wieder einmal das Unmögliche. Er kippte die ›Millennium Falcon‹ auf die Seite und beschleunigte auf die Mitte zwischen zweien dieser weißen Reißzähne zu. Und keine Sekunde zu früh, denn gerade, als die ›Falcon‹ aus diesem lebendigen Tunnel schoß, schlossen sich die Kiefer.

Das Schiff fegte durch die Felsschlucht des Asteroiden, verfolgt von der titanenhaften Weltraumschnecke. Die ungeheure rosarote Masse wollte nicht zulassen, daß ihr der Leckerbissen entging. Sie schob sich aus dem Krater, um das entfliehende Raumschiff zu verschlingen. Aber das Ungeheuer war zu langsam. In wenigen Augenblicken war das Frachtschiff hinaufgefegt, fort von dem schleimtriefenden Monster, hinaus in den Weltraum.

Und die ›Falcon‹ stürzte der nächsten Gefahr entgegen: erneut raste sie in das tödliche Asteroidenfeld.

Luke keuchte heftig. In diesem letzten seiner Ausdauertests war er fast völlig außer Atem geraten. Sein Jedi-Lehrer hatte ihn zu einem Marathonlauf durch den dichten Urwald des Sumpfplaneten hinausbefohlen. Yoda hatte Luke nicht nur hinausgeschickt, sondern sich auch als Passagier eingeladen. Während der Jedi-Anwärter in Ausbildung schwitzte und keuchte, beobachtete der kleine Jedi-Meister die Leistung seines Schülers von einem Beutel aus, den er Luke auf den Rücken geschnallt hatte.

Yoda schüttelte den Kopf und äußerte sich mißbilligend über die mangelnde Ausdauer des Jungen.

Bis sie in die Lichtung zurückkehrten, wo Artoo Detoo geduldig wartete, wurde Luke von seiner Erschöpfung fast überwältigt. Er stolperte in die Lichtung hinein, aber Yoda hatte noch etwas für ihn vorgesehen.

Bevor Luke zu Atem kam, warf der kleine Jedi auf seinem Rücken eine Metallstange vor Lukes Gesicht. Blitzschnell zündete Luke sein Laserschwert und hieb auf die Stange ein. Er war jedoch nicht schnell genug, und die Stange fiel unberührt zu Boden. Luke brach erschöpft zusammen.

»Ich kann nicht mehr«, stöhnte er, »...zu müde.«
Yoda ließ kein Zeichen von Mitleid erkennen.
»Wenn du ein Jedi wärst, lägen hier jetzt sieben Stücke«, sagte er.
Aber Luke wußte, daß er kein Jedi war – jedenfalls noch nicht. Und das strenge Ausbildungsprogramm seines Lehrers forderte ihm die letzten Kräfte ab.
»Ich dachte immer, ich wäre in bester Kondition«, keuchte er.
»Ja, aber nach welchem Maßstab? frage ich.« Der alte Meister schüttelte den Kopf. »Vergiß die alten Maßstäbe. Umlernen, umlernen!«
Luke spürte die ernsthafte Bereitschaft in sich, umzulernen und alles aufzunehmen, was der Jedi-Meister ihm beibrachte. Es war eine harte Ausbildung, aber im Lauf der Zeit nahm Lukes Kraft ebenso zu wie seine Fähigkeiten, und selbst sein skeptischer kleiner Ausbilder sah einen Hoffnungsschimmer. Aber leicht war es nicht.
Yoda hielt seinem Schützling lange Vorträge über die Jedi. Sie saßen unter den Bäumen bei Yodas kleinem Haus, und Luke lauschte allen Geschichten und Lektionen des Meisters mit großer Aufmerksamkeit. Während Luke zuhörte, kaute Yoda an seinem Gimerstab, einem kurzen Ast mit drei kleinen Zweigen an seinem oberen Ende.
Es gab körperliche Erprobungen aller Art. Ganz besonders arbeitete Luke daran, seinen Sprung zu vervollkommnen. Schließlich glaubte er sich imstande, Yoda vorzuführen, wie er sich verbessert hatte. Der Meister saß auf einem Baumstamm neben einem kleinen Teich und hörte jemand durch die Vegetation herankommen.
Plötzlich tauchte Luke auf der anderen Seite des Teichs auf und rannte auf das Wasser zu. Am Ufer machte er einen weiten Sprung auf Yoda zu, hoch über das Wasser emporsteigend. Er erreichte jedoch die andere Seite nicht und klatschte mit voller Wucht ins Wasser, so daß Yoda völlig naßgespritzt wurde.
Yodas blaue Lippen verzogen sich enttäuscht.

Aber Luke dachte nicht daran, aufzugeben. Er war entschlossen, ein Jedi zu werden, und gedachte alle Proben zu bestehen, gleichgültig, wie albern er sich bei jedem Versuch vorkommen mochte. Er beklagte sich daher nicht, als Yoda ihm befahl, sich auf den Kopf zu stellen. Luke tat es, zunächst etwas ungeschickt, und hob sich nach einigen Augenblicken schwankend auf die Hände. Es kam ihm vor, als befinde er sich schon stundenlang in dieser Haltung, aber all dies war weitaus weniger schwierig als zu Beginn seiner Ausbildung. Seine Konzentration hatte sich so verbessert, daß er das Gleichgewicht perfekt halten konnte, selbst wenn Yoda auf seinen Fußsohlen saß.

Aber das war nur ein Teil der Probe. Yoda gab Luke ein Zeichen, indem er mit dem Gimerstab auf Lukes Fuß klopfte. Langsam, vorsichtig und mit äußerster Konzentration nahm Luke eine Hand vom Boden. Sein Körper schwankte ein wenig, aber Luke hielt das Gleichgewicht und begann einen kleinen Stein hochzuheben. In diesem Augenblick kam ein pfeifendes und summendes R-2-Gerät auf ihn zugestürmt.

Luke kippte um, und Yoda sprang herab. Verärgert sagte der junge Jedi-Lehrling: »Ach, Artoo, was ist denn?«

Artoo Detoo rollte wild im Kreis herum, während er seine Botschaft loszuwerden versuchte. Luke sah den Roboter zum Rand des Sumpfs rollen. Er eilte ihm nach und begriff, was der Droid ihm mitteilen wollte.

Am Ufer stehend, sah Luke, daß der X-Flügler bis auf die Bugspitze im Wasser verschwunden war.

»O nein!« stöhnte Luke. »Jetzt bekommen wir das Ding nie mehr heraus.«

Yoda war zu ihnen getreten und stampfte gereizt mit dem Fuß auf.

»So sicher bist du?« rügte er. »Hast du es schon versucht? Bei dir heißt es immer ›das geht nicht‹. Hörst du nie zu, wenn ich etwas sage?« Sein kleines Gesicht war zornig verzerrt.

Luke blickte seinen Meister an und dann zweifelnd auf das versinkende Schiff.

»Meister«, sagte er skeptisch. »Felsbrocken hochstemmen ist eine Sache, und dies hier wieder eine andere.«
Yoda wurde nun wirklich wütend.
»Nein!« schrie er. »Es ist keine andere Sache! Die Unterschiede stecken nur in deinem Kopf. Wirf sie hinaus! Sie nützen dir nichts mehr.«
Luke vertraute auf seinen Meister. Wenn Yoda sagte, daß das möglich war, sollte er es versuchen. Er blickte auf den untergegangenen X-Jäger und machte sich bereit, seine ganze Konzentration zusammenzunehmen.
»Okay«, sagte er schließlich. »Ich versuche es.«
Wieder hatte er das Falsche gesagt.
»Nein«, sagte Yoda ungeduldig. »Nicht versuchen. *Tun, tun.* Oder nicht tun. Es gibt kein Versuchen.«
Luke schloß die Augen. Er versuchte, sich die Konturen, die Umrisse, das Gewicht seines X-Flüglers vorzustellen. Und er konzentrierte sich auf die Bewegung, die er vollführen würde, wenn er aus dem schlammigen Wasser emporstieg.
Als er sich konzentrierte, hörte er das Wasser brodeln und gurgeln, dann schob sich der Bug der Maschine heraus, immer höher, verharrte einen Augenblick und klatschte ins Wasser zurück.
Luke war wie ausgelaugt und rang nach Atem.
»Ich kann nicht«, sagte er bedrückt. »Es ist zu schwer.«
»Die Größe hat keine Bedeutung«, betonte Yoda. »Sie spielt keine Rolle. Sieh *mich* an. Beurteilst du *mich* nach der Größe?«
Luke senkte den Blick und schüttelte den Kopf.
»Das ist auch angebracht«, riet ihm der Jedi-Meister. »Denn mein Verbündeter ist die Kraft. Und sie ist mächtig. Das Leben erschafft sie und läßt sie wachsen. Ihre Energie umgibt uns und bindet uns. Wir sind leuchtende Wesen, nicht diese primitive Materie.« Er zwickte Luke in den Arm, dann machte er eine weit ausholende Geste. »Du mußt sie fühlen. Du mußt fühlen, wie es strömt. Spür die Kraft, die dich umgibt. Da«, sagte er und zeigte auf eine Stelle, »zwischen dir und mir und diesem Baum und die-

sem Felsblock.«

Während Yoda die Beschaffenheit der Kraft erläuterte, drehte Artoo immer wieder seinen Kopf, um erfolglos diese ›Kraft‹ mit seinen Abtastern zu erfassen. Er pfiff und piepte verwirrt.

»Ja, überall«, fuhr Yoda fort, ohne auf den kleinen Roboter zu achten. »Überall kann man sie spüren und einsetzen. Sogar zwischen dem Land hier und dem Schiff dort.«

Dann drehte Yoda sich herum und blickte auf den Sumpf. Das Wasser begann zu rauschen und zu wirbeln. Langsam tauchte aus dem brodelnden See der Bug des Jägers auf.

Luke sah entgeistert zu, als der X-Flügler sich mühelos aus dem Wasser erhob und zum Ufer schwebte.

Er schwor sich im stillen, nie mehr das Wort ›unmöglich‹ zu gebrauchen. Denn dort, auf seiner Baumwurzel, stand der winzige Yoda und hob ohne Anstrengung das Schiff aus dem Wasser an Land. Es war ein Anblick, den Luke fast nicht zu fassen vermochte. Aber er erkannte, daß dies ein nachdrückliches Beispiel der Jedi-Herrschaft über die Kraft war.

Artoo, ebenso verblüfft, aber nicht so philosophisch ausgerichtet, stieß eine Folge schriller Pfiffe aus, dann hetzte er davon und verbarg sich hinter Riesenwurzeln.

Der X-Flügler schwebte auf das Ufer und kam zum Stillstand.

Luke war außer sich vor Verwunderung und ging ehrfürchtig auf Yoda zu.

»Ich...« begann er stammelnd, »ich... ich kann es kaum glauben.«

»Das ist der Grund, warum du scheiterst«, erwiderte Yoda.

Verwirrt schüttelte Luke den Kopf und fragte sich, ob er je zum Rang eines Jedi aufsteigen würde.

Kopfjäger! Sie gehörten zu den verabscheuungswürdigsten Bewohnern der Galaxis, und unter dieser Klasse amoralischer, geldgieriger Wesen gab es Angehörige aller Arten. Es war ein abstoßender Beruf, der nur abstoßende Kreaturen anzog. Einige dieser Wesen waren von Darth Vader zusammengerufen worden und standen nun neben ihm auf der Brücke des Stern-Zerstörers.

Admiral Piett beobachtete die Gruppe aus einiger Entfernung, neben sich einen von Vaders Kapitänen. Sie sahen, daß der Schwarze Lord eine besonders bizarre Gruppe von Glücksrittern ausgewählt hatte, darunter Boosk, dessen schwammiges, gedunsenes Gesicht Vader mit riesengroßen, blutunterlaufenen Augen anglotzte. Neben Boosk standen Zuckuss und Dengar, zwei menschliche Wesen, von zahllosen, unaussprechlichen Abenteuern mit Narben übersät. Ein verbeulter und angelaufener Chromroboter namens IG 88 war ebenfalls mit von der Partie. Er stand neben dem berüchtigten Boba Fett. Boba Fett, ein menschlicher Kopfjäger, war bekannt für seine rücksichtslosen Methoden. Er trug einen mit Waffen gespickten, gepanzerten Raumanzug, von der Art, wie sie eine Gruppe bösartiger Krieger bevorzugte, welche während der Klon-Kriege von den Jedi-Rittern besiegt worden waren. Ein paar geflochtene Skalps vollendeten sein abstoßendes Äußeres. Der bloße Anblick von Boba Fett ließ den Admiral vor Ekel schaudern.

»Kopfjäger!« sagte Piett angewidert. »Warum zieht er sie bei? Die Rebellen werden uns nicht entkommen.«

Bevor der Kapitän etwas erwidern konnte, stürzte ein Controller auf den Admiral zu.

»Sir, wir haben ein Signal mit Vorrang vom Stern-Zerstörer ›Rächer‹«, sagte er drängend.

Admiral Piett überflog den Text, dann eilte er auf Darth Vader zu, wobei er dessen letzte Worte an die Gruppe der Kopfjäger mit anhörte.

»Derjenige, der die ›Millennium Falcon‹ findet, erhält eine hohe Prämie«, erklärte der Schwarze Lord. »Ihr könnt alle Methoden anwenden, die euch notwendig erscheinen, aber ich verlange Beweise. Keine totale Zerstörung.«

Darth Vader verstummte, als Admiral Piett auf ihn zuhastete.

»Mylord«, flüsterte der Admiral verzückt, »wir haben sie!«

10

Die ›Rächer‹ hatte die ›Millennium Falcon‹ sofort entdeckt, als das Frachtschiff von dem Riesen-Asteroiden heraufschoß.

Von diesem Augenblick an nahm das imperiale Raumschiff die Verfolgung wieder auf und feuerte aus allen Rohren auf den Frachter. Unbeirrt vom Hagel der Klein-Asteroiden an seinem Rumpf, jagte der Stern-Zerstörer dem kleineren Schiff unerbittlich nach.

Die ›Millennium Falcon‹, viel manövrierfähiger als das andere Schiff, fegte um die größeren Asteroiden herum, die ihr entgegenschossen. Der ›Falcon‹ gelang es, den Vorsprung vor der ›Rächer‹ zu halten, aber es war klar, daß die Verfolger nicht aufgeben würden.

Plötzlich tauchte ein ungeheuer großer Asteroid unmittelbar vor der ›Falcon‹ auf und raste dem Raumschiff mit unfaßbarer Geschwindigkeit entgegen. Das Schiff wich blitzschnell aus, und der Asteroid schnellte vorbei, um am Rumpf der ›Rächer‹ zu zerbersten.

Han Solo sah den Lichtschein der Explosion durch das Cockpit-Fenster. Das Raumfahrzeug, das ihnen folgte, schien völlig unverwundbar zu sein – aber er hatte keine Zeit, über die Unterschiede zwischen den beiden Schiffen nachzudenken. Er brauchte seine ganze Konzentration, um die Herrschaft über die ›Falcon‹ zu behalten und den Salven der Laserkanonen auszuweichen.

Prinzessin Leia verfolgte angespannt das Heranrasen der Asteroiden und das Aufblitzen der Laserwaffen in der Schwärze des Weltraums vor den Fenstern. Ihre Finger umklammerten die Armlehnen ihres Sessels. Sie hoffte wider besseres Wissen, daß sie lebend davonkommen würden.

Threepio beobachtete die piependen Signale auf einem Peil-Bildschirm und wandte sich an Han.

»Ich kann das Ende des Asteroidenfeldes erkennen, Sir«, sagte er.

»Gut. Sobald wir es hinter uns haben, schalten wir auf Hyperantrieb.« Han war davon überzeugt, daß der Stern-Zerstörer binnen Augenblicken um Lichtjahre zurückbleiben würde. Die Reparaturen in den Lichtgeschwindigkeits-Systemen des Frachters waren abgeschlossen, und nun kam es nur noch darauf an, das Schiff aus dem Asteroidenfeld in den leeren Weltraum zu lenken, wo es davonschießen konnte.

Chewbacca knurrte erregt, als er zum Fenster hinaussah und bemerkte, daß die Asteroidendichte bereits nachließ. Aber noch war ihre Flucht nicht gesichert, denn die ›Rächer‹ holte auf, und ihre Laserblitze bombardierten die ›Falcon‹, die hin- und hergeworfen wurde.

Han richtete das Schiff wieder gerade. Im nächsten Augenblick fegte die ›Falcon‹ aus dem Asteroidenfeld hinaus und in die friedliche, sternenbesetzte Leere des Weltraums hinaus. Chewbacca heulte freudig auf. Nun hieß es, die ›Rächer‹ weit zurückzulassen.

»Alles klar, Chewie«, sagte Han. »Nichts wie weg hier. Fertig machen zum Hypersprung. Die werden sich wundern. Festhalten...«

Alle spannten sich an, als Han den Hebel für den Hyperantrieb zurückzog. Aber wer sich wunderte, waren die Insassen der ›Millennium Falcon‹, vor allem der Kapitän selbst.

Nichts passierte.

Nichts!

Han riß verzweifelt am Hebel.

Das Schiff behielt seine Unterlichtgeschwindigkeit bei.

»Das darf nicht wahr sein!« schrie er in Panik.

Chewbacca war außer sich. Es kam selten vor, daß er die Geduld verlor, aber nun fauchte und brüllte er seinen Kapitän an.

»Kann nicht sein«, erwiderte Han dumpf, als er auf die Computerschirme blickte. »Ich habe die Transferschaltungen genau überprüft.«

Chewbacca gab wieder einen scharfen Laut von sich.

»Ich sage dir doch, daß ich nichts dafür kann«, gab Han zurück. »Ich weiß genau, daß ich nachgesehen habe.«

Leia seufzte tief.

»Keine Lichtgeschwindigkeit?« fragte sie resigniert.

»Sir«, warf Threepio ein, »wir haben den Heck-Deflektor-Schild verloren. Noch ein direkter Treffer am Heck, und wir sind erledigt.«

»Also«, sagte Leia und funkelte den Kapitän der ›Millennium Falcon‹ an, »was nun?«

Han begriff, daß er nur eine Wahl hatte. Es blieb keine Zeit, Pläne zu entwerfen oder Computerergebnisse zu vergleichen, nicht, wenn die ›Rächer‹ schon aus dem Asteroidenfeld gerast war und rasch aufholte. Er mußte instinktiv entscheiden und sich darauf verlassen, daß ihnen gar keine andere Alternative blieb.

»Scharf nach links, Chewie«, befahl er und zog einen Hebel an sich, während er zu seinem Kopiloten hinübersah. »Wir wenden.«

Nicht einmal Chewbacca war sich im klaren darüber, was Han vorhatte. Er knurrte verwirrt; vielleicht hatte er den Befehl mißverstanden.

»Du hast mich gehört!« schrie Han. »Wenden! Volle Energie Frontschild!« Diesmal gab es keinen Zweifel mehr, und Chewbacca gehorchte, obwohl er das selbstmörderische Manöver nicht begreifen konnte.

Die Prinzessin war fassungslos.

»Sie wollen sie angreifen?« stammelte sie ungläubig. Nun war jede Aussicht auf ein Überleben dahin, dachte sie. Konnte Han den Verstand tatsächlich verloren haben?

Threepio stellte mit seinem Computergehirn einige Berechnungen an und sagte zu Han Solo: »Sir, wenn ich darauf hinweisen darf, die Aussichten, einen Angriff auf einen Stern-Zerstörer des Imperiums zu überleben, stehen –«

Chewbacca fauchte den goldenen Androiden an, und Threepio verstummte. Niemand an Bord wollte jetzt statistische Angaben hören, zumal die ›Falcon‹ bereits in weitem Bogen wendete und dem Laser-Sperrfeuer des Gegners entgegenflog.

Solo konzentrierte sich ganz auf die Steuerung. Er hatte alle Mühe, den Salven zu entgehen, die ihm entgegenfetzten. Der Frachter schwankte und kippte noch immer auf direktem Weg dem Stern-Zerstörer entgegen.

Niemand in Han Solos kleinem Schiff hatte eine Ahnung davon, was er mit seinem Plan vorhatte.

»Er kommt zu tief heran!« rief der imperiale Deckoffizier, der kaum glauben konnte, was er sah.

Kapitän Needa und die Besatzung des Stern-Zerstörers stürzten auf die Brücke, um den selbstmörderischen Anflug der ›Millennium Falcon‹ zu verfolgen, während im ganzen Schiff die Alarmanlagen schrillten. Ein kleiner Frachter konnte nicht viel Schaden anrichten, wenn er mit einem Stern-Zerstörer zusammenprallte, aber es konnte viele Tote geben, wenn er durch die Fenster der Brücke raste.

Der Peiloffizier erstattete Meldung.

»Wir werden zusammenstoßen!« rief er erregt.

»Sind die Schilde in Aktion?« fragte Kapitän Needa. »Er muß wahnsinnig sein!«

»Achtung!« brüllte der Deckoffizier.

Die ›Falcon‹ fegte direkt auf die Brücke zu, und Offiziere und Besatzung der ›Rächer‹ warfen sich entsetzt zu Boden. Im allerletzten Augenblick wurde das Frachtschiff jedoch scharf hochgezogen.

Kapitän Needa und seine Leute hoben langsam die Köpfe. Alles, was sie draußen sahen, war ein friedliches Sternenmeer.

»Peilung«, befahl Needa. »Sie fliegen vielleicht ein zweitesmal an.«

Der Peiloffizier versuchte den Frachter auf seinen Bildschirmen zu finden, jedoch ohne Erfolg.

»Merkwürdig«, murmelte er.

»Was gibt es?« sagte Needa, als er auf die Peilgeräte zuging.

»Das Schiff taucht auf keinem unserer Schirme auf.«

»Es kann doch nicht verschwunden sein«, sagte der Kapitän entgeistert. »Glauben Sie, daß ein so kleines Schiff eine Tarnanlage besitzt?«

»Nein, Sir«, erwiderte der Deckoffizier. »Vielleicht sind sie im letzten Augenblick auf Lichtgeschwindigkeit übergegangen.«

Kapitän Needas Wut wuchs im selben Maß wie seine Verwirrung.

»Warum haben sie dann angegriffen? Sie hätten in den Hyperraum treten können, als sie das Asteroidenfeld verließen.«

»Tja, Sir, es gibt keine Spur von ihnen, egal, wie sie es gemacht haben«, gab der Offizier zurück. »Die einzig logische Erklärung wäre der Übergang zur Lichtgeschwindigkeit.«

Der Kapitän war fassungslos. Wie hatte sich diese Kiste von Raumschiff ihm entziehen können?

Ein Adjutant kam heran.

»Sir, Lord Vader verlangt einen Bericht über den Stand der Verfolgung«, erklärte er. »Was sollen wir ihm mitteilen?«

Needa straffte die Schultern. Die ›Millennium Falcon‹ entkommen zu lassen, war ein unverzeihlicher Fehler, und er wußte, daß er sich Vader stellen und ihm sein Scheitern eingestehen mußte.

»Ich trage die Verantwortung«, sagte er. »Machen Sie die Fährrakete bereit. Ich werde mich bei Lord Vader persönlich entschuldigen, wenn wir zusammentreffen. Wenden Sie und tasten Sie die Umgebung noch einmal ab.«

Die riesige ›Rächer‹ begann sich zu drehen, doch von der ›Millennium Falcon‹ war immer noch nichts zu sehen.

Die beiden leuchtenden Kugeln schwebten wie fremdartige Leuchtkäfer über Lukes Körper, der regungslos im Schlamm lag. Ein kleiner, faßförmiger Roboter stand schützend neben seinem hingestürzten Herrn und schob in regelmäßigen Abständen einen Metallarm hinaus, um nach den tanzenden Objekten zu schlagen, als wären sie Moskitos, aber die schwebenden Lichtkugeln wichen stets aus.

Artoo Detoo beugte sich über Lukes schlaffen Körper und pfiff, um ihn aufzuwecken. Luke, von den Ladungen der Energiekugeln in Bewußtlosigkeit versetzt, rührte sich jedoch nicht. Der Roboter wandte sich Yoda zu, der gelassen auf einem Baumstumpf saß, und begann den kleinen Jedi-Meister zornig anzupiepen.

Als keine Reaktion erfolgte, wandte Artoo sich wieder Luke zu. Seine elektronischen Schaltungen sagten ihm, daß es keinen Zweck hatte, Luke mit seinen Geräuschen wecken zu wollen. In seinem Metallrumpf wurde ein Notrettungssystem ausgelöst. Artoo schob eine kleine Metallelektrode hinaus und berührte damit Lukes Brust. Dabei gab der Roboter einen besorgten Laut von sich und erzeugte eine kleine elektrische Ladung, um Luke zu sich zu bringen. Der Brustkorb des jungen Mannes dehnte sich. Luke erwachte schlagartig.

Er blickte betäubt vor sich hin und schüttelte den Kopf, um klar zu werden. Er schaute sich um und rieb sich die Schultern, die von der Attacke der Späherkugeln Yodas schmerzten. Als er die Späher noch immer über sich schweben sah, machte er ein finsteres Gesicht. Er hörte Yoda in der Nähe leise lachen und blickte böse zu ihm hinüber.

»Konzentration, wie?« sagte Yoda lachend. »Konzentration!«

Luke war nicht in der Verfassung, Yodas Lächeln zu erwidern.

»Ich dachte, die Späher sind auf Betäubung eingestellt!« stieß er wütend hervor.

»Das sind sie«, erwiderte Yoda belustigt.

»Sie sind viel stärker, als ich es gewöhnt bin.« Luke betastete die schmerzende Schulter.

»Das würde keine Rolle spielen, wenn die Kraft dich durchströmte«, erklärte Yoda. »Du würdest höher springen, schneller laufen! Du mußt dich der Kraft öffnen.«

Der junge Mann hatte langsam genug von der anstrengenden Ausbildung, obwohl er sich noch nicht lange bemühte. Er war sehr nah daran gewesen, die Kraft zu erkennen – aber er war so oft gescheitert und hatte eingesehen, wie sehr sie sich ihm noch immer entzog. Aber Yodas stichelnde Worte genügten, um ihn aufspringen zu lassen. Er war es müde, so lange auf diese Kraft zu warten, bedrückt durch seinen mangelnden Erfolg und gereizt durch Yodas Art, ihn zu unterweisen.

Luke hob sein Laserschwert aus dem Schlamm auf und zündete es. Artoo Detoo sprang entsetzt davon.

»Ich bin jetzt geöffnet dafür!« schrie Luke. »Ich spüre es. Los, ihr kleinen Halunken!« Mit funkelnden Augen hob Luke seine Waffe und trat den Spähern entgegen. Sie surrten sofort davon und zogen sich zurück, um über Yodas Kopf zu schweben.

»Nein, nein«, rügte der Jedi-Meister und schüttelte den Kopf, daß seine weißen Haare flogen. »Das nützt nichts. Was du fühlst, ist Zorn.«

»Aber ich spüre die Kraft!« widersprach Luke aufgebracht.

»Zorn, Zorn, Angst, Aggression!« warnte Yoda. »Die dunkle Seite der Kraft, das sind sie. Sie strömen leicht... stellen sich schnell zum Kampf. Nimm dich in acht davor. Für die Macht, die sie bringen, wird ein hoher Preis gefordert.«

Luke ließ sein Schwert sinken und starrte Yoda verwirrt an.

»Preis?« sagte er. »Was meinst du?«

»Die dunkle Seite lockt«, sagte Yoda mit Nachdruck. »Aber wenn du den dunklen Weg einmal betrittst, wird er dein Schicksal für immer bestimmen. Er wird dich verzehren... wie Obiwans Schüler.«

Luke nickte. Er wußte, was Yoda meinte.

»Lord Vader«, sagte er. Nachdem er kurze Zeit nachgedacht hatte, fragte Luke: »Ist die dunkle Seite stärker?«

»Nein, nein. Leichter, schneller, verführerischer.«

»Aber wie unterscheide ich die gute Seite von der schlechten?« fragte Luke verwirrt.

»Du wirst es wissen«, erwiderte Yoda. »Wenn du dich in innerem Frieden befindest... ruhig, passiv. Ein Jedi gebraucht die Kraft für die Erkenntnis, nie für den Angriff.«

»Aber sag mir, warum —«

»Nein! Es gibt kein Warum. Ich werde dir nichts mehr sagen.

Reinige dein Gehirn von Fragen. Sei still, jetzt... in Frieden...«
Yodas Worte verklangen, aber seine Worte hatten eine hypnotische Wirkung auf Luke, der seine Proteste einstellte und sich nunmehr friedlich entspannte.

»Ja...« murmelte Yoda, »...ganz ruhig.«
Langsam schlossen sich Lukes Augen. Entspannen. Ruhig...
»Passiv...«
Luke hörte Yodas beruhigende Stimme und ließ sich von den Worten des Meisters leiten.

»Überlaß dich dem Frieden...«
Als Yoda sah, daß Luke völlig entspannt war, machte er eine kaum bemerkbare Geste, und die beiden Späher-Kugeln über seinem Kopf schossen auf Luke zu und sandten Betäubungsblitze aus.

Im selben Augenblick fuhr Luke hoch und zündete seinen Lasersäbel. Er sprang den Kugeln entgegen und begann mit voller Konzentration die Lichtblitze abzuwehren. Furchtlos stellte er sich dem Angriff und wich mit höchster Gewandtheit aus. Seine Sprünge waren höher als alle zuvor. Luke machte keine einzige überflüssige Bewegung, während er sich auf die Abwehr der Blitze konzentrierte.

Dann war der Angriff plötzlich zu Ende, so schnell wie er begonnen hatte. Die glühenden Kugeln kehrten zu Yoda zurück.

Artoo Detoo, der stets geduldige Beobachter, stieß einen elektronischen Seufzer aus.

Luke lächelte stolz und blickte zu Yoda hinüber.

»Du machst große Fortschritte, mein Junge«, bestätigte der Jedi-Meister. »Du wirst stärker.«

Luke freute sich über seine Leistung. Er sah Yoda an und wartete auf weitere Lobesworte, die aber ausblieben. Der Jedi-Meister blieb ruhig sitzen. Dann schwebten zwei weitere Späher-Kugeln hinter ihm herauf und schlossen sich den beiden ersten an.

Luke Skywalkers Lächeln schwand.

Zwei weißgepanzerte Sturmtruppler hoben Kapitän Needas leblosen Körper in Darth Vaders Stern-Zerstörer vom Boden auf.

Needa hatte gewußt, daß der Tod für ihn wohl unausweichlich sein würde, da er die ›Millennium Falcon‹ hatte entkommen lassen. Er hatte auch gewußt, daß er sich bei Vader melden und seine formelle Entschuldigung vorbringen mußte. Aber es gab beim Militär des Imperiums keine Gnade für Versager. Vader hatte angewidert befohlen, den Kapitän zu töten.

Der Schwarze Lord wandte sich ab. Admiral Piett und zwei seiner Kommandanten traten vor, um Meldung zu erstatten.

»Lord Vader«, sagte Piett, »unsere Schiffe haben die ganze Umgebung abgesucht und nichts gefunden. Die ›Millennium Falcon‹ hat zweifellos Lichtgeschwindigkeit erreicht. Sie befindet sich jetzt vermutlich auf der anderen Seite der Galaxis.«

Vader gab durch seine Atemmaske einen Zischlaut von sich.

»Alle Befehlsstellen alarmieren«, befahl er. »Berechnen Sie sämtliche möglichen Ziele entlang der letzten bekannten Flugbahn und lassen Sie die Flotte ausschwärmen. Lassen Sie mich nicht noch einmal im Stich, Admiral, ich habe genug!«

Admiral Piett dachte an den Kapitän der ›Rächer‹, den man gerade wie einen Sack Mehl hinausgetragen hatte. Und er erinnerte sich an den qualvollen Tod von Admiral Ozzel.

»Ja, Mylord«, sagte er, bemüht, seine Angst zu verbergen. »Wir werden sie finden.« Der Admiral wandte sich an einen Adjutanten. »Die Flotte soll ausschwärmen«, befahl er. Als der Adjutant davoneilte, huschte ein Schatten über Pietts Gesicht. Er war durchaus nicht davon überzeugt, daß er mehr Glück haben würde als Ozzel oder Needa.

Lord Vaders mächtiger Stern-Zerstörer schwebte majestätisch in den Weltraum hinein. Seine Schutzflotte kleinerer Raumfahrzeuge blieb in der Nähe, als die Armada des Imperiums den Zerstörer ›Rächer‹ zurückließ.

Niemand an Bord der ›Rächer‹ oder in Vaders ganzer Flotte hatte eine Ahnung davon, wie nah man der gesuchten Beute war.

Als die ›Rächer‹ davonglitt, um ihre Suche fortzusetzen, trug sie, an einer Seite des gigantischen Brückenturms, unbemerkt ein untertassenförmiges Frachtschiff mit – die ›Millennium Falcon‹.

Im Cockpit der ›Falcon‹ war alles still. Han Solo hatte sein Schiff abgeschaltet, alle Systeme so schnell stillgelegt, daß selbst der sonst so gesprächige Threepio schwieg. Der goldene Roboter stand erstarrt, einen verwunderten Ausdruck auf dem Metallgesicht.

»Sie hätten ihn warnen können, bevor Sie ihn abgeschaltet haben«, sagte die Prinzessin Leia mit einem Blick auf den Androiden, der wie eine Statue vor ihnen stand.

»A-ach, das tut mir aber leid!« sagte Han spöttisch. »Ich wollte Ihren Droiden nicht beleidigen. Glauben Sie, es ist leicht, gleichzeitig voll abzubremsen und alles abzuschalten?«

Leia zweifelte an Hans gesamter Strategie.

»Ich bin mir immer noch nicht im klaren darüber, was Sie erreicht haben.«

Er zuckte die Achseln. Sie wird bald dahinterkommen, dachte er; es hat einfach keine andere Wahl gegeben. Er wandte sich an seinen Kopiloten.

»Chewie, überprüf die manuelle Freigabe der Landeklauen.«

Der Wookie knurrte, zog sich aus dem Sessel und ging nach hinten.

Leia sah ihm nach und beobachtete, wie Chewbacca die Landeklauen löste, damit sie ohne Verzögerung starten konnten.

Sie schüttelte fassungslos den Kopf.

»Was haben Sie als nächstes vor?« fragte sie Han.

»Die Flotte zerstreut sich endlich«, erwiderte er und zeigte zum Bullauge hinaus. »Ich hoffe, daß man sich an das übliche Verfahren hält und den Abfall auswirft, bevor man in den Hyperraum übertritt.«

Die Prinzessin dachte kurze Zeit nach und begann zu lächeln. Der Verrückte vor ihr wußte vielleicht doch, was er tat. Beeindruckt tätschelte sie seinen Kopf.

»Nicht schlecht, Freund, nicht schlecht. Und dann?«

»Dann«, sagte Han, »müssen wir hier einen sicheren Hafen finden. Haben Sie vielleicht irgendeine Vorstellung?«

»Das kommt darauf an. Wo sind wir denn?«

»Hier«, sagte Han und deutete auf eine Anordnung kleiner Lichtpunkte, »in der Nähe des Systems Anoat.«

Leia erhob sich aus ihrem Sessel und trat zu ihm, um den Bildschirm zu betrachten.

»Seltsam«, sagte Han nach einer Pause. »Ich habe das Gefühl, daß ich in dieser Gegend schon gewesen bin. Ich muß in meinem Logbuch nachsehen.«

»Sie führen Logbücher?« Leia staunte. »Wie gut organisiert Sie alles haben«, neckte sie.

»Na ja, manchmal«, sagte er, während er in den Computerausdrucken kramte. »Aha, ich wußte es doch! Lando – das sollte wirklich interessant werden.«

»Von dem Planeten habe ich noch nie gehört.«

»Es ist kein Planet, sondern ein Mann. Lando Calrissian. Ein Spieler, Hochstapler, rundherum ein Gauner. Ein wilder Mann«, fügte er hinzu und zwinkerte der Prinzessin zu. »Genau Ihr Typ. Im System Bespin. Ziemlich weit, aber erreichbar.«

Leia blickte auf einen der Computermonitore.

»Eine Bergbau-Kolonie«, sagte sie.

»Eine Tibanna-Gasmine«, sagte Han. »Lando hat sie bei einem Sabak-Spiel gewonnen, oder behauptet es jedenfalls. Lando und ich kennen uns schon lange.«

»Können Sie ihm trauen?«

»Nein. Aber das Imperium liebt er auch nicht, soviel weiß ich.«

Der Wookie meldete sich über die Sprechanlage.

Han reagierte sofort und betätigte einige Hebel. Die Computerschirme flackerten mit neuen Daten. Han beugte sich vor, um zum Fenster hinauszuschauen.

»Ich sehe es, Chewie, ich sehe es«, sagte er. »Handauslösung vorbereiten.« Er wandte sich der Prinzessin zu. »Also los, Schatz.« Er lehnte sich zurück und lächelte sie einladend an.

Leia schüttelte den Kopf, dann lächelte sie flüchtig und küßte ihn schnell.

»Sie haben Ihre guten Seiten«, gab sie widerstrebend zu. »Nicht viele, aber Sie haben sie.«

Han begann sich an die zweifelhaften Komplimente der Prinzessin zu gewöhnen, und er konnte nicht einmal behaupten, daß sie ihm mißfielen. Mehr und mehr genoß er die Tatsache, daß sie seine Art von sarkastischem Humor übernahm. Dabei war er ziemlich sicher, daß ihr das ebenfalls Spaß machte.

»Laß los, Chewie«, rief er fröhlich.

Die Luke an der Unterseite der ›Rächer‹ öffnete sich gähnend, und als der galaktische Zerstörer in den Hyperraum davonfegte, spie er einen eigenen Gürtel künstlicher Asteroiden aus – Müll und Teile nicht mehr reparaturfähiger Maschinen, die sich in der schwarzen Leere des Alls verstreuten.

Versteckt im Abfall, kippte die ›Millennium Falcon‹ unentdeckt von dem großen Schiff mit dem Müll ab und wurde, als die ›Rächer‹ davonrauschte, weit zurückgelassen.

Endlich in Sicherheit, dachte Han Solo. Die ›Millennium Falcon‹ zündete ihren Ionenantrieb und raste durch den Strom dahintreibenden Abfalls einem anderen System entgegen.

Aber in dem verstreuten Müll war ein anderes Raumschiff verborgen.

Als die ›Falcon‹ davonbrauste, um das System Bespin zu erreichen, zündete dieses Schiff seinen eigenen Antrieb. Boba Fett, der berüchtigtste und gefürchtetste Kopfjäger in der Galaxis, wendete sein kleines Raumschiff von der Form eines Elefantenschädels, die ›Sklave I‹, und nahm die Verfolgung auf. Boba Fett hatte nicht vor, die ›Falcon‹ aus den Augen zu verlieren. Auf den Kopf des Piloten war ein zu hoher Preis gesetzt, und diese Belohnung wollte sich der furchterregende Kopfjäger auf keinen Fall entgehen lassen.

Luke hatte das Gefühl, weitere Fortschritte zu machen.

Er rannte – Yoda auf seinem Rücken – durch den Dschungel und sprang mit gazellenhafter Mühelosigkeit über Wurzeln und Büsche.

Luke hatte endlich damit begonnen, sich von der Empfindung des Stolzes freizumachen. Er fühlte sich unbelastet und öffnete sich ganz dem Erlebnis, die Kraft in sich aufnehmen zu können.

Als sein kleiner Lehrer eine silberne Stange vor Luke hinunterwarf, reagierte der junge Jedi-Schüler sofort. Blitzschnell zerhieb er die Stange in vier schimmernde Teile, bevor sie zu Boden fiel.

Yoda war erfreut und lächelte.

»Diesmal waren es vier! Du spürst die Kraft.«

Aber Luke war plötzlich abgelenkt. Er fühlte etwas Gefährliches, etwas Böses.

»Irgend etwas stimmt nicht«, sagte er zu Yoda. »Ich spüre Gefahr... Tod.«

Er schaute sich um und versuchte zu erkennen, woher das kam. Als er sich umdrehte, sah er einen riesigen, wild verschlungenen Baum, dessen geschwärzte, trockene Rinde bröckelte. Der Baum war umgeben von einem kleinen Teich, wo gigantische Wurzeln die Öffnung zu einer dunkel-unheimlichen Höhle bildeten.

Luke hob Yoda vorsichtig von seinem Rücken und stellte ihn auf den Boden. Gebannt starrte der Jedi-Schüler auf das schwarze Mißgebilde. Er atmete schwer und brachte eine Weile kein Wort heraus.

»Du hast mich mit Absicht hierhergebracht«, sagte er schließlich.

Yoda setzte sich auf eine knorrige Wurzel und steckte seinen Gimer-Stab in den Mund. Er sah Luke ruhig an und blieb stumm.

Luke fröstelte.

»Mir ist kalt«, sagte er, noch immer den Baum anstarrend.

»Dieser Baum ist von der dunklen Seite der Kraft erfüllt. Er ist ein Diener des Bösen. Du mußt hineingehen.«

Luke schauderte.

»Was ist im Inneren?« fragte er.

»Nur das, was du mit hineinnimmst«, sagte Yoda rätselhaft. Luke beobachtete Yoda argwöhnisch und richtete den Blick wieder auf den Baum. Er beschloß im stillen, seinen Mut, seine Lernbereitschaft zusammenzunehmen und in die Dunkelheit zu treten, um sich dem zu stellen, was ihn dort erwarten mochte. Mehr wollte er nicht –

Doch. Seinen Lichtsäbel würde er auch mitnehmen.

Luke zündete seine Waffe, watete durch das seichte Wasser des Teichs und näherte sich der dunklen Öffnung zwischen den riesigen, unheimlichen Wurzeln.

Aber die Stimme des Jedi-Meisters hielt ihn zurück.

»Deine Waffe«, sagte Yoda mißbilligend. »Du wirst sie nicht brauchen.«

Luke blieb stehen und starrte den Baum an. Völlig unbewaffnet in diese unheimliche Höhle treten? Soviel Luke bis jetzt auch gelernt hatte, dieser Probe fühlte er sich nicht ganz gewachsen. Er packte seinen Säbel fester und schüttelte den Kopf.

Yoda zuckte die Achseln und kaute gelassen an seinem Gimer-Zweig.

Luke atmete tief ein und betrat vorsichtig die groteske Baumhöhle.

Die Dunkelheit in der Höhle war so undurchdringlich, daß Luke sie an seiner Haut spüren konnte, so schwarz, daß das Licht seines Lasers rasch verschluckt wurde und kaum einen Meter weit reichte. Als er langsam weiterging, streiften schleimige, tropfende Wesen sein Gesicht, und die Feuchtigkeit des durchweichten Höhlenbodens drang durch seine Stiefel.

Während er in die Schwärze eindrang, begannen seine Augen sich an die Dunkelheit zu gewöhnen. Er sah einen Tunnel vor sich, aber als er darauf zuging, wurde er von einer dünnen, klebrigen Haut überzogen, die ihn völlig einhüllte. Die Masse haftete wie das Netz einer gigantischen Spinne an Lukes Körper. Luke hieb mit dem Lichtsäbel darauf ein, konnte sich endlich befreien und sich seinen Weg ins Höhleninnere bahnen.

Er hielt sein leuchtendes Schwert vor sich und entdeckte etwas am Boden, gegen das er sofort den Lichtsäbel richtete. Er beleuchtete einen schwarzen, schimmernden Käfer, so groß wie seine Hand. Im nächsten Augenblick huschte das Insekt an der schleimigen Wand hinauf, wo es von seinen Artgenossen wimmelte.

Lukes Atem stockte, und er trat zurück. Er überlegte, ob er den Ausgang suchen sollte, überwand sich aber und drang tiefer in die dunkle Höhle ein.

Er spürte, wie sich rings um ihn alles weitete. Vorsichtig schlich er weiter, seinen Lichtsäbel als Lampe gebrauchend. Er strengte sich an, in der Dunkelheit etwas zu entdecken oder zu erlauschen. Aber es war nicht das geringste Geräusch zu vernehmen.

Doch dann hörte er ein lautes Zischen.

Das Geräusch war ihm vertraut. Luke erstarrte. Er hatte das Zischen sogar in seinen Alpträumen vernommen; es klang nach dem mühsamen Atemholen eines Wesens, das einst ein Mensch gewesen war.

Und jetzt tauchte in der Dunkelheit ein Licht auf – die blaue Flamme eines gerade gezündeten Laserschwerts.

In dessen Schimmer sah Luke die hochragende Gestalt von Darth Vader, der die Waffe hob und sich auf ihn stürzte.

Vorbereitet durch seine disziplinierte Jedi-Ausbildung, war Luke auf dem Posten. Er hob den eigenen Lichtsäbel und wich aus, so daß Vaders Attacke ins Leere ging. Im selben Augenblick fuhr Luke herum und beschwor, Körper und Geist völlig konzentriert, die Kraft. Er spürte ihre Gewalt in sich, hob die Waffe und ließ sie auf Vaders Kopf niedersausen.

Mit einem einzigen, gewaltigen Hieb wurde dem Schwarzen Lord der Kopf vom Hals getrennt. Kopf und Helm krachten auf den Boden und rollten klirrend durch die Höhle. Während Luke entgeistert zusah, verschluckte die Dunkelheit Vaders Körper völlig. Dann blickte Luke auf den Helm hinunter, der unmittelbar vor ihm liegengeblieben war. Einen Augenblick lang blieb es völlig still. Dann platzte der Helm auseinander und spaltete sich in zwei Hälften.

Während Luke noch ungläubig die Augen aufriß, fiel der Helm auseinander und zeigte nicht das nur erahnte Gesicht Darth Vaders, sondern Lukes eigenes Gesicht, das zu ihm hinaufstarrte.

Angstvoll stöhnte er auf. Dann verschwand die geisterhafte Erscheinung ebenso plötzlich, wie sie aufgetaucht war.

Luke starrte auf die Stelle, wo Kopf und Helmstücke gelegen hatten. Seine Gedanken wirbelten durcheinander, seine Gefühle drohten ihn zu überwältigen.

Der Baum! sagte er sich. Das war alles ein Trick dieser grauenhaften Höhle, ein Blendwerk, inszeniert von Yoda, weil er mit einer Waffe in die Höhle getreten war.

Er fragte sich, ob er wirklich noch immer gegen sich selbst kämpfte oder ob er selbst eine so düstere und bösartige Gestalt wie Darth Vader werden könnte, ob er jetzt den Verlockungen der dunklen Seite der Kraft erlegen war.

Und er fragte sich, ob eine noch unheimlichere Bedeutung in dieser quälenden Vision verborgen lag.

Es dauerte lange, bevor Luke Skywalker aus der tiefen, dunklen Höhle wieder ans Licht treten konnte.

Inzwischen kaute der kleine Jedi-Meister, auf einer Wurzel sitzend, gelassen an seinem Gimer-Zweig.

11

Auf dem Gasplaneten Bespin dämmerte der Morgen.

Die ›Millennium Falcon‹ drang in die Atmosphäre des Planeten ein und fegte an mehreren Monden Bespins vorbei. Der Planet selbst schimmerte im gleichen sanften Rosarot der Morgendämmerung, die das Piraten-Sternenschiff färbte.

Das Schiff flog näher heran und wich aus, um eine wirbelnde Wolkenmasse zu umgehen, die den ganzen Planeten umgab.

Als Han Solo sein Schiff endlich durch die Wolken hinabzog, konnten er und seine Besatzung die Gaswelt Bespin zum erstenmal erkennen. Beim Flug durch die Wolken fiel ihnen auf, daß ihnen ein Flugobjekt folgte. Han erkannte das Fahrzeug als Doppel-Kapsel-Wolkenwagen, war aber überrascht, als das Flugobjekt sich seinem Frachter querstellte. Und plötzlich taumelte die ›Falcon‹, als Lasersalven ihren Rumpf trafen. Niemand im Schiff hatte eine solche Begrüßung erwartet.

Das andere Fahrzeug übermittelte über Funk eine von Störungen verzerrte Mitteilung.

»Nein«, fauchte Han, »ich habe keine Landeerlaubnis. Mein Kennzeichen lautet –«

Aber seine Worte wurden von starken atmosphärischen Störungen übertönt.

Der Doppel-Kapsel-Wagen war offenbar nicht bereit, Rauschen und Krachen als Antwort hinzunehmen. Er eröffnete wieder das Feuer auf die ›Falcon‹, daß das ganze Schiff erzitterte.

Eine deutlich vernehmbare Stimme tönte aus den Lautspre-

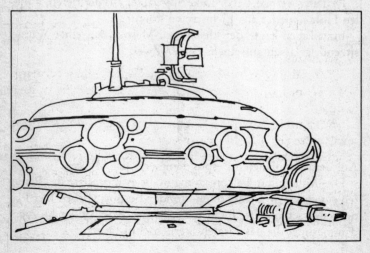

chern des Frachters: »Unternehmen Sie nichts. Jede aggressive Handlung führt zu Ihrer Vernichtung.«

Han hatte nicht die Absicht, aggressiv zu handeln. Bespin war ihre einzige Hoffnung auf Zuflucht, und er gedachte seine künftigen Gastgeber nicht gegen sich aufzubringen.

»Ziemlich empfindlich, die Leute, wie?« sagte Threepio, der wieder eingeschaltet worden war.

»Ich dachte, Sie sind hier bekannt«, rügte Leia mit einem argwöhnischen Blick auf Han.

»Nun ja«, sagte der Corellaner ausweichend, »das ist schon eine Weile her.«

Chewbacca knurrte und brüllte kurz, während er den Kopf schüttelte.

»Das ist sehr lange her«, erwiderte Han scharf. »Ich bin sicher, daß er das längst vergessen hat.« Aber er begann sich insgeheim zu fragen, ob Lando die Vergangenheit wirklich vergessen hatte...

»Landeerlaubnis auf Plattform 327. Jede Abweichung vom Kurs führt zu Ihrer –«

Han schaltete zornig das Funkgerät ab. Warum sprang man so unfreundlich mit ihm um? Er kam in friedlicher Absicht; konnte Lando nicht das Vergangene ruhen lassen? Chewbacca knurrte und sah zu Solo hinüber, der sich Leia und ihrem sorgenvollen Roboter zuwandte.

»Er wird uns helfen«, sagte er, um die beiden zu beruhigen. »Wir kennen uns wirklich schon sehr lange... im Ernst. Keine Sorge.«

»Wer macht sich denn überhaupt Sorgen?« antwortete sie, nicht ganz der Wahrheit entsprechend.

Inzwischen konnten sie die Wolkenstadt Bespin durch das Cockpit-Fenster erkennen. Die Stadt war riesengroß und schien in den Wolken zu schweben, als sie bei der Annäherung der ›Millennium Falcon‹ aus der weißen Atmosphäre auftauchte. Man konnte erkennen, daß das ganze Gefüge auf einer dünnen Stütze ruhte. Der Sockel dieser Stütze war ein riesiger, runder Reaktor, der durch ein Wolkenmeer zog.

Die ›Millennium Falcon‹ sank tiefer auf die Riesenstadt hinab und steuerte auf die Landeplattformen zu, vorbei an den hochragenden Türmen und Spitzen. Zwischen diesen Gebäuden flogen viele Wolkenwagen, mühelos durch den Nebel gleitend.

Han ließ die ›Falcon‹ sanft auf Plattform 327 niedersinken, und als die Ionenmotoren des Schiffes leiser wurden und verklangen, konnten der Kapitän und seine Besatzung das Empfangskomitee mit gezückten Waffen auf die Landeplattform zugehen sehen. Wie der gesamte Querschnitt der Wolkenstadtbevölkerung gehörten der Gruppe fremde Wesen, Droiden und Menschen aller Rassen und Typen an. Zu den Menschen gehörte der Anführer der Gruppe, Lando Calrissian.

Lando, ein gutaussehender Farbiger ungefähr in Han Solos Alter, trug elegante graue Hosen, ein blaues Hemd und einen wallenden blauen Umhang. Er stand auf der Plattform, ohne zu lächeln, und wartete darauf, daß die Besatzung der ›Falcon‹ ausstieg.

Han Solo und Prinzessin Leia erschienen, die Strahler im Anschlag, an der offenen Tür ihres Schiffes. Hinter ihnen stand der riesenhafte Wookie, seine Pistole in der Hand, einen Munitionsgurt über der linken Schulter.

Han sagte nichts. Er starrte die Leute an, die auf sie zukamen. Ein frischer Morgenwind fegte über den Boden, und Landos Cape flatterte hinter ihm auf wie große, dunkelblaue Flügel.

»Das gefällt mir nicht«, flüsterte Leia.

Han gefiel es auch nicht, aber das wollte er der Prinzessin nicht eingestehen.

»Es wird schon gutgehen«, sagte er leise. »Verlassen Sie sich auf mich. Aber halten Sie die Augen offen. Warten Sie hier.«

Han und Chewbacca ließen Leia zur Bewachung des Raumschiffs zurück und gingen die Rampe hinunter, Calrissian und seinem zusammengewürfelten Haufen entgegen. Die beiden Gruppen traten aufeinander zu, bis Han und Calrissian in einer Entfernung von drei Metern stehenblieben und einander anstarrten.

Schließlich schüttelte Calrissian den Kopf und sah Han an.

»Na, du gemeiner, hinterlistiger, nichtsnutziger Gauner«, sagte er grimmig.

»Ich kann dir alles erklären, alter Freund«, sagte Han hastig. »Du mußt mich nur anhören.«

Lando lächelte immer noch nicht, überraschte aber die ihn umgebenden Menschen ebenso wie die fremden Wesen, als er sagte: »Freut mich, dich zu sehen.«

Han zog skeptisch eine Braue hoch.

»Nichts für ungut?«

»Soll das ein Witz sein?« sagte Lando kalt.

Han wurde nervös. War ihm nun verziehen oder nicht? Die Begleiter Calrissians hatten ihre Waffen nicht sinken lassen, und Landos Haltung war völlig unklar. Han versuchte seine Besorgnis zu verbergen und sagte anerkennend: »Ich wußte ja immer, daß du ein Gentleman bist.«

Der andere grinste plötzlich.

»Na und ob«, sagte er lachend.

Han lachte erleichtert mit, und die beiden alten Freunde umarmten sich endlich.

Lando winkte dem Wookie zu, der hinter seinem Kapitän stand.

»Wie steht's, Chewbacca?« sagte er freundlich. »Du gibst dich also immer noch mit dem Spaßvogel hier ab?«

Der Wookie knurrte reserviert eine Begrüßung.

Calrissian wußte nicht recht, was er davon halten sollte.

»Klar«, sagte er unsicher. Aber seine Aufmerksamkeit wurde von dem zottigen Wesen abgelenkt, als er Leia die Rampe herunterkommen sah, gefolgt von ihrem Protokoll-Androiden, der sich argwöhnisch umschaute, als sie auf Lando und Han zugingen.

»Hallo! Was haben wir denn hier?« sagte Calrissian bewundernd. »Ich bin Lando Calrissian, Administrator dieser Anlage. Und wer sind Sie?«

»Sie können mich Leia nennen«, erwiderte Leia mit kühler Höflichkeit.

Lando verbeugte sich und küßte der Prinzessin die Hand.

»Und ich«, sagte ihr Begleiter, »bin Threepio, zuständig für die kybernetisch-menschliche Verbindung zu Ihren –«

Bevor Threepio noch zu Ende sprechen konnte, legte Han einen Arm um Landos Schulter und führte ihn von der Prinzessin fort.

»Sie ist unterwegs mit mir, Lando«, erklärte er seinem alten Freund, »und ich habe nicht die Absicht, sie als Einsatz im Spiel zu gebrauchen. Vergiß also lieber, daß es sie gibt.«

Lando schaute begehrlich über die Schulter, als er und Han die Landeplattform überquerten, gefolgt von Leia, Threepio und Chewbacca.

»Das wird nicht leicht sein, mein Freund«, sagte Lando bedauernd. Er sah Han an. »Was führt dich überhaupt hierher?«

»Reparaturen.«

Lando zeigte gespieltes Erschrecken.

»Was hast du mit meinem Schiff gemacht?« fragte er.

Han schaute sich grinsend nach Leia um.

»Die ›Falcon‹ gehörte früher einmal Lando«, sagte er. »Und ab und zu vergißt er, daß er sie ganz ehrlich an mich verloren hat.«

Lando zuckte die Achseln.

»Das Schiff hat mir mehr als einmal das Leben gerettet. Es ist der schnellste Schrotthaufen in der Galaxis. Was ist nicht in Ordnung damit?«

»Der Hyperantrieb.«

»Ich lasse meine Leute sofort damit anfangen«, sagte Lando. »Der Gedanke, die ›Falcon‹ ohne Herz zu wissen, bedrückt mich.«

Die Gruppe überquerte die schmale Brücke, die Landebereich und Stadt miteinander verband. Die Schönheit dieser Aussicht überwältigte die Ankömmlinge. Sie sahen zahllose kleine Plätze, umringt von Türmen, Säulen und Gebäuden. Die Bauten, aus denen Geschäfts- und Wohnbezirke der Wolkenstadt bestanden, schimmerten makellos weiß in der Morgensonne. Viele verschiedene Rassen bildeten die Bevölkerung der Stadt, und viele der Bewohner gingen jetzt neben den Besuchern durch die breiten Straßen.

»Was macht deine Grube?« sagte Han.

»Es geht nicht so gut, wie ich dachte«, erwiderte Calrissian. »Wir sind ein kleiner Vorposten und haben nicht alles, was wir brauchen. Ich hatte alle möglichen Nachschubprobleme, und...« Der Administrator bemerkte Han Solos belustigten Blick. »Was ist daran so komisch?«

»Nichts.« Han lachte leise in sich hinein. »Ich hätte nie geglaubt, daß in dem wilden Mann, den ich kannte, ein verantwortlicher Anführer und rechnender Geschäftsmann steckt.« Er mußte zugeben, daß er beeindruckt war. »Das steht dir gut.«

Lando sah seinen alten Freund nachdenklich an.

»Dich wiederzusehen, bringt allerhand alte Erinnerungen zurück.« Er schüttelte den Kopf und lächelte. »Ja, ich bin jetzt ein verantwortungsbewußter Mensch. Das ist der Preis für den Erfolg. Und weißt du was, Han? Du hast die ganze Zeit recht gehabt. Er wird überschätzt.«

Sie brachen beide in Gelächter aus, so daß einige Passanten die Köpfe nach ihnen umwandten.

Threepio blieb ein wenig zurück, fasziniert von dem Gedränge der fremden Wesen in den Straßen der Wolkenstadt, von den Schwebewagen, den grandiosen Gebäuden. Er drehte den Kopf hin und her und versuchte mit seinen Schaltungen alles aufzunehmen.

Während der goldene Android noch staunte, kam er an einer Tür vorbei. Er hörte, wie sie aufging, drehte den Kopf und sah ein silbernes Threepio-Gerät herauskommen, das stehenblieb und dem fremden Roboter nachblickte. Dann hörte er hinter der Tür ein gedämpftes Pfeifen und Piepen.

Er schaute hinein und sah im Vorraum einen vertraut aussehenden Droiden sitzen.

»Oh, ein Artoo!« sagte er erfreut. »Ich hatte beinahe vergessen, wie sie aussehen.«

Threepio trat durch die Tür und ging in das Zimmer. Augenblicklich spürte er, daß er und das Artoo-Gerät nicht allein waren. Er warf überrascht die goldenen Arme hoch.

»O je!« entfuhr es ihm. »Die sehen aus wie –«

Ein Laserstrahl traf ihn an der Brust und riß ihn auseinander. Seine Arme und Beine krachten an die Wand und stürzten zusammen mit dem Rest seines metallenen Körpers rauchend zu Boden.

Hinter ihm fiel die Tür zu.

In einiger Entfernung führte Lando die kleine Gruppe in seine Bürohalle und wies auf dies und jenes, was ihm sehenswert schien, während sie durch die weißen Korridore schritten. Keiner hatte Threepios Abwesenheit bemerkt. Plötzlich blieb Chewbacca stehen, schnupperte argwöhnisch und blickte hinter sich. Doch dann hob er die gewaltigen Schultern und folgte den anderen.

Luke war völlig ruhig. Selbst seine jetzige Haltung verursachte ihm keine Anspannung. Er fühlte keine Unsicherheit, kein Schwanken, nichts von den negativen Dingen, die er zu Anfang dabei empfunden hatte. Er stand sicher auf einer Hand und wußte, daß die Kraft mit ihm war.

Sein Meister Yoda saß gelassen auf den Sohlen von Lukes emporragenden Füßen. Luke konzentrierte sich unbeirrt auf seine Aufgabe und hob plötzlich vier Finger vom Boden. Ohne aus dem Gleichgewicht zu geraten, stand er allein auf dem Daumen.

Lukes Entschlossenheit hatte ihn erheblich weitergebracht. Er lernte begierig und ließ sich von den Proben, denen er durch Yoda unterzogen wurde, nicht mehr aus der Ruhe bringen. Mittlerweile war er überzeugt davon, daß er diesen Planeten als vollgültiger Jedi-Ritter verlassen würde, nur für die edelsten Aufgaben im Einsatz.

Luke wurde immer stärker durch die Kraft und vollbrachte wahre Wunder. Und Yoda freute sich über die Fortschritte seines Schülers. Einmal gebrauchte Luke, während Yoda dabeistand, die Kraft, um zwei große Ausrüstungskisten hochzustemmen und in der Luft schweben zu lassen. Yoda war sehr zufrieden, nahm aber wahr, daß Artoo Detoo diese offenbar unmögliche Erscheinung mit ungläubigen Pfeiflauten begleitete.

Da hob der Jedi-Meister die Hand und ließ mit Hilfe der Kraft den kleinen Roboter emporschweben.

Artoo hing in der Luft. Seine verwirrten inneren Schaltungen und Sensoren versuchten den unsichtbaren Einfluß auszumachen, der ihn dort festhielt. Dann spielte ihm die körperlose Hand einen neuen Streich: Der kleine Roboter wurde mitten in der Luft auf den Kopf gestellt. Seine weißen Beine strampelten verzweifelt, sein Kuppelkopf rotierte hilflos. Als Yoda die Hand senkte, begann der Roboter, zusammen mit den beiden Kisten, herabzusinken. Aber nur die Kisten krachten zu Boden. Artoo blieb in der Luft hängen.

Der Roboter drehte den Kopf und sah seinen jungen Herrn mit ausgestreckter Hand in der Nähe stehen und verhindern, daß Artoo abstürzte.

Yoda schüttelte den Kopf, beeindruckt von der blitzschnellen Reaktion seines Schülers.

Yoda sprang auf Lukes Arm, und die beiden wandten sich dem Haus zu. Aber sie hatten etwas vergessen: Artoo Detoo schwebte immer noch in der Luft und pfiff wild, um sich bemerkbar zu machen.

Yoda und Luke schlenderten davon, und Artoo hörte den Jedi-Meister hell auflachen, während der kleine Roboter langsam zu Boden sank.

Einige Zeit später, als die Abenddämmerung sich über den Sumpf ausbreitete, säuberte Artoo den Rumpf des X-Flüglers. Mit einem Schlauch, der vom Teich zu einer Öffnung in seinem Rumpf lief, spritzte der Roboter das kleine Raumschiff ab. Während er arbeitete, saßen Luke und Yoda in der Lichtung. Luke hatte die Augen geschlossen, um sich zu konzentrieren.

»Sei ruhig«, sagte Yoda. »Durch die Kraft wirst du sehen: andere Orte, andere Gedanken, die Zukunft, die Vergangenheit, längst entschwundene alte Freunde.«

Luke verlor das Bewußtsein seiner Körperlichkeit und ließ sich treiben.

»Mein Gehirn füllt sich mit so vielen Bildern.«

»Du mußt steuern. Steuere, was du siehst«, wies ihn der Jedi-Meister an. »Nicht zu leicht, nicht zu schnell.«

Luke schloß wieder die Augen, entspannte sich und begann die Bilder allmählich unter Kontrolle zu bringen. Endlich tauchte etwas auf, unklar, weiß, gestaltlos. Dann wurde das Bild deutlicher: eine Stadt, die in einem brodelnden weißen Meer schwebte.

»Ich sehe eine Stadt in den Wolken«, sagte er.

»Bespin«, erwiderte Yoda. »Ich sehe sie auch. Du hast dort Freunde, wie? Konzentriere dich, und du wirst sie sehen.«

Luke konzentrierte sich stärker, und die Stadt in den Wolken trat schärfer hervor. Er konnte Gestalten sehen, die ihm bekannt waren.

»Ich sehe sie!« rief Luke. Dann erfaßte ihn plötzlich körperliche und seelische Qual. »Sie haben Schmerzen. Sie leiden.«

»Es ist die Zukunft, die du siehst«, erklärte Yodas Stimme.

Die Zukunft, dachte Luke. Dann war der Schmerz, den er fühlte, seinen Freunden noch nicht zugefügt worden. Die Zukunft war vielleicht nicht unabänderlich.

»Werden sie sterben?« fragte er.

Yoda schüttelte den Kopf und hob die Schultern.

»Schwer zu erkennen. Die Zukunft ist stets in Bewegung.«

Luke öffnete wieder die Augen. Er stand auf und begann seine Ausrüstung einzusammeln.

»Sie sind meine Freunde«, sagte er, weil er glaubte, der Jedi-Meister könne ihn zurückhalten wollen.

»Und deshalb mußt du entscheiden, wie du ihnen am besten

dienst«, fügte Yoda hinzu. »Wenn du jetzt gehst, kannst du ihnen vielleicht helfen. Dennoch würdest du alles zerstören, für das sie gekämpft und gelitten haben.«

Seine Worte ließen Luke erstarren, dann sank der junge Mann zu Boden. Würde er wirklich alles zerstören, wofür er und auch sie sich eingesetzt hatten? Aber wie konnte er ihnen denn helfen?

Artoo erkannte die Verzweiflung seines Herrn und kam eilig herbeigerollt, um ihn zu trösten.

Chewbacca machte sich Sorgen um Threepio. Er verließ Han Solo und die anderen und begann, den Androiden zu suchen. Alles, wonach er sich richten konnte, waren seine Wookie-Instinkte, als er durch die unbekannten weißen Passagen und Gassen von Bespin eilte.

Chewbacca erreichte schließlich eine Art Halle in einem Gäßchen am Rande der Wolkenstadt. Er ging auf den Eingang zu und hörte das Klirren metallener Gegenstände, dazu das leise Knurren von Wesen, denen er noch nie begegnet war.

Die Halle, die er entdeckt hatte, war ein Abfall-Raum, wohin alle defekten Maschinen der Stadt und anderer Schrott gebracht wurden.

Mitten in dem Gewirr von Metallteilen und Drähten standen vier schweineähnliche Wesen. Weiße Haare wuchsen dicht auf ihren Köpfen und bedeckten teilweise noch ihre runzligen Schweinegesichter. Diese humanoiden Tiere – auf dem Planeten Agnotts genannt – rissen die Teile auseinander und warfen sie in eine Grube geschmolzenen Metalls.

Chewbacca betrat den Raum und sah, daß einer der Agnotts ein vertrautes Stück goldenen Metalls hochhob.

Das schweineähnliche Wesen hob bereits den Arm, um das abgetrennte Bein in die zischende Grube zu werfen, als Chewbacca es wild anbrüllte. Der Agnott ließ das Bein fallen und stürzte mit seinen Genossen voller Angst davon.

Der Wookie griff nach dem Metallbein und untersuchte es. Er hatte sich nicht geirrt. Er fauchte die geduckten Agnotts zornig an. Die Kreaturen zitterten und grunzten wie ein Rudel erschreckter Ferkel.

Die Sonne flutete in den kreisrunden Vorraum der Wohnungen, die man Han Solo und seiner Begleitung angewiesen hatte. Der Raum war weiß und mit Sofa und Tisch ausgestattet. Jede der vier Schiebetüren an der kreisrunden Wand führte in eine Wohnung.

Han beugte sich zum großen Erkerfenster hinaus, um das Panorama der Wolkenstadt zu betrachten. Der Anblick war atemberaubend, selbst für einen mit Eindrücken übersättigten Raumfahrer. Er sah die Schwebewagen zwischen den hohen Gebäuden dahinfliegen und schaute hinunter auf das Gewirr der Straßen, durch die die Bewohner dahineilten. Die kühle, klare Luft streifte sein Gesicht, und zumindest für den Augenblick fühlte er sich aller Sorgen ledig.

Hinter ihm öffnete sich eine Tür, und er sah Prinzessin Leia im Eingang ihrer Wohnung stehen. Sie sah schöner aus als je zuvor, ganz in Rot gekleidet, über den Schultern ein wolkenweißer Umhang, der bis zum Boden reichte. Ihr langes, schwarzes Haar, von Bändern gehalten, umrahmte ihr ovales Gesicht. Sie lächelte, als er sie verblüfft anblickte.

»Was starren Sie so?« fragte sie und wurde rot.

»Wer starrt?«

»Sie sehen albern aus«, sagte sie lachend.

»Sie sehen wunderbar aus.«

Leia senkte verlegen den Blick.

»Ist Threepio schon aufgetaucht?« fragte sie unvermittelt, um das Thema zu wechseln.

»Wie? Oh. Chewie hat sich aufgemacht, ihn zu suchen. Er ist schon zu lange fort, als daß er sich nur verirrt haben könnte.« Er klopfte auf das weichgepolsterte Sofa. »Kommen Sie her«, sagte er. »Ich will mir das ansehen.«

Sie überlegte kurz, dann setzte sie sich zu ihm auf das Sofa. Han war beglückt über ihr Entgegenkommen und beugte sich vor, um den Arm um sie zu legen. Aber bevor ihm das ganz gelungen war, sagte sie plötzlich: »Ich hoffe, Luke ist auch wirklich zur Flotte gestoßen.«

»Luke!« rief Han verärgert. Er nahm sich zusammen. »Ich bin sicher, daß er es geschafft hat«, meinte er beruhigend. »Wahrscheinlich sitzt er herum und fragt sich, was wir machen.« Er rückte näher heran, legte den Arm um ihre Schultern und zog sie an sich. Sie schien nichts dagegen zu haben. Aber bevor er sie küssen konnte, sprang eine der Türen auf. Chewbacca stapfte herein, eine große Kiste schleppend, die beunruhigend vertraut wirkende Metallteile enthielt, die Überreste Threepios. Der Wookie ließ die Kiste auf den Tisch fallen, gestikulierte und gab Knurrlaute von sich.

»Was ist passiert?« fragte Leia und beugte sich über die Kiste.

»Er hat Threepio in einer Schrottverarbeitung gefunden.«

Leia stockte der Atem.

»Entsetzlich! Chewie, kannst du ihn wieder zusammensetzen?«

Chewbacca betrachtete das Durcheinander von Roboterteilen, sah die Prinzessin an, zuckte die Achseln und heulte auf. Die Aufgabe erschien ihm nicht lösbar.

»Warum übergeben wir ihn nicht Lando, damit er ihn wieder zusammenbauen läßt?« schlug Han vor.

»Nein, danke«, sagte Leia kühl. »Hier stimmt etwas nicht. Ihr Freund Lando ist ja sehr charmant, aber ich traue ihm nicht.«

»Aber ich traue ihm«, sagte Han. »Hören Sie, ich erlaube nicht, daß Sie meinem Freund vorwerfen –«

Er wurde von einem Summen unterbrochen. Eine Tür ging auf, und Lando Calrissian kam herein. Er lächelte liebenswürdig und ging auf die kleine Gruppe zu.

»Verzeihung. Störe ich etwa?«

»Durchaus nicht«, sagte die Prinzessin von oben herab.

»Meine Liebe, Ihre Schönheit ist unvergleichlich«, sagte Lando, ohne sich beirren zu lassen. »Sie gehören wahrhaftig hier zu uns in die Wolken.«

Sie lächelte eisig.

»Danke.«

»Wie wäre es mit einer kleinen Erfrischung?«

Han mußte einräumen, daß er Hunger hatte, aber aus irgendeinem Grund, den er nicht erklären konnte, erfaßte ihn Argwohn gegen seinen Freund. Er konnte sich nicht erinnern, daß Calrissian jemals so höflich und glatt gewesen war. Vielleicht hatte Leia recht...

Seine Gedanken wurden unterbrochen von Chewbaccas begeistertem Aufbrüllen bei der Erwähnung von Essen. Der große Wookie leckte sich genießerisch die Lippen.

»Natürlich sind alle eingeladen«, sagte Lando.

Leia nahm Landos dargebotenen Arm, und als die Gruppe zur Tür ging, bemerkte Calrissian die Kiste mit den goldenen Roboterteilen.

»Probleme mit Ihrem Androiden?« fragte er.

Han und Leia tauschten einen Blick. Wenn Han Lando um Hilfe bei der Reparatur des Roboters bitten wollte, war dies nicht der richtige Augenblick.

»Ein Unfall«, brummte Han. »Wir werden schon fertig damit.«

Sie verließen den Vorraum, ohne sich noch weiter um die Überreste des Droiden zu kümmern.

Die Gruppe schlenderte durch die weißen Korridore, Leia zwischen Han und Lando. Solo behagte die Aussicht, mit Lando um Leias Gunst wetteifern zu müssen, durchaus nicht – zumal unter den jetzigen Umständen. Aber sie waren auf Landos Gastfreundschaft angewiesen. Eine andere Wahl blieb ihnen nicht.

Unterwegs schloß sich ihnen Landos persönlicher Mitarbeiter an, ein hochgewachsener, kahlköpfiger Mann in einer grauen Jacke mit gelben Ballonärmeln. Der Mitarbeiter trug ein kopfhörerartiges Gerät, das seinen Hinterkopf einhüllte und beide Ohren bedeckte. Er ging neben Chewbacca her, knapp hinter Han, Leia und Lando, und während sie auf Landos Speisesaal zugingen, erläuterte der Administrator die Regierungsform seines Planeten.

»Sie sehen also, daß wir eine freie Gemeinschaft sind und nicht unter die Rechtsprechung des Imperiums fallen«, erklärte Lando.

»Dann gehören Sie zur Bergbau-Gilde?« meinte Leia.

»Eigentlich nicht. Unser Unternehmen ist so klein, daß es nicht auffällt. Unser Handel ist größtenteils, nun... inoffizieller Art.«

Sie traten auf eine Veranda mit Blick über die spiralenförmig aufsteigende Wolkenstadt. Von hier aus sahen sie mehrere Flugwagen die herrlichen Turmgebäude der Stadt umkreisen. Es war ein beeindruckender Anblick.

»Ein wunderbarer Vorposten«, sagte Leia staunend.

»Ja, wir sind stolz darauf«, erwiderte Lando. »Sie werden feststellen, daß die Luft hier eine ganz besondere ist... sehr anregend.« Er lächelte Leia vielsagend an. »Sie könnten sich daran gewöhnen.«

Han entging Landos Verführerblick nicht.

»Wir haben nicht vor, so lange zu bleiben«, sagte er brüsk.

Leia zog eine Braue hoch und sah Han Solo von der Seite an.

»Ich fühle mich sehr wohl hier.«

Lando lachte leise und führte sie nach drinnen. Sie gingen auf den Speisesaal mit seinen massiven geschlossenen Türen zu. Als sie dicht davor stehenblieben, hob Chewbacca den Kopf und schnupperte argwöhnisch. Er wandte sich um und knurrte Han Solo an.

»Nicht jetzt, Chewie«, sagte Han abwehrend und richtete das Wort an Calrissian. »Lando, hast du keine Angst, daß das Imperium euch eines Tages auf die Schliche kommt und den Laden hier dichtmacht?«

»Das ist schon immer die Gefahr gewesen«, erwiderte der Administrator. »Sie schwebte wie ein Schatten über allem, was wir hier aufgebaut haben. Aber es haben sich Umstände ergeben, die unsere Sicherheit garantieren. Ich habe nämlich Abmachungen getroffen, die dafür sorgen, daß das Imperium sich für immer von hier fernhält.«

Damit öffneten sich die riesigen Türen, und Han begriff augenblicklich, was hinter diesen »Abmachungen« steckte. Am anderen Ende der langen Bankettafel stand Boba Fett, der Kopfjäger.

Fett stand neben einem Stuhl, auf dem die schwarze Verkörperung des Bösen selbst saß – Darth Vader. Der Schwarze Lord erhob sich langsam zu seiner vollen Größe von zwei Metern.

Han sah Lando erbittert an.

»Tut mir leid, mein Freund«, sagte Lando bedauernd. »Ich hatte keine Wahl. Sie sind kurz vor euch eingetroffen.«

»Mir tut es auch leid«, fauchte Han. Er riß den Strahler heraus, zielte auf die schwarze Gestalt und drückte ab.

Der Mann, der die Waffe von allen am schnellsten ziehen konnte, war jedoch nicht schnell genug, Vader zu überraschen. Bevor die Lichtblitze halb über den Tisch gezuckt waren, hob der Schwarze Lord die gepanzerte Hand und lenkte sie mühelos ab, so daß sie an der Wand in harmlosen weißen Funken explodierten.

Han traute seinen Augen nicht und versuchte noch einmal zu feuern. Bevor es ihm gelang, riß ihm etwas Unsichtbares, aber unglaublich Kraftvolles die Waffe aus der Hand und ließ sie auf Darth Vaders Faust zufliegen. Der Schwarze Lord legte den Strahler gelassen auf den Tisch.

Es zischte durch seine obsidianschwarze Maske, als er zu seinem Gegner sagte: »Wir wären geehrt, wenn Sie sich uns anschließen würden.«

Artoo Detoo spürte, wie der Regen auf seine Metallkuppel prasselte, als er durch die Schlammpfützen des Sumpfgebietes stapfte. Er war unterwegs, um Zuflucht in Yodas kleiner Hütte zu suchen. Bald erfaßten seine optischen Sensoren das goldene Licht hinter den Fenstern. Als er sich dem einladend wirkenden Haus näherte, verspürte er ungeheure Erleichterung, endlich aus dem anhaltenden Regen fortzukommen.

Als er jedoch versuchte hineinzugelangen, entdeckte er, daß sein starrer Rumpf nicht durch den Eingang paßte; er versuchte es einmal von dieser Seite, dann von jener, bis ihm endlich aufging, daß er einfach nicht die richtige Form hatte.

Er traute seinen Sensoren kaum. Als er ins Haus blickte, sah er eine geschäftige Gestalt in der Küche hin- und hereilen, in Töpfen rühren, manches kleinhacken, würzen und abschmekken.

Die Gestalt in Yodas kleiner Küche war aber nicht der Jedi-Meister, sondern sein Schüler.

Yoda saß, wie Artoo erkannte, einfach im Nebenraum und schaute leise vor sich hinlächelnd zu.

Luke hielt plötzlich in der Arbeit inne, als sei eine peinigende Vision vor ihm aufgestiegen.

Yoda bemerkte Lukes gequälten Ausdruck. Er beobachtete seinen Schüler. Hinter ihm tauchten jetzt drei leuchtende Späher-Kugeln auf und schossen lautlos durch die Luft, um sich auf den jungen Jedi zu stürzen. Luke fuhr sofort herum, in der einen Hand einen Topfdeckel, in der anderen einen Löffel.

Die Späher schossen einen Lichtblitz nach dem anderen auf Luke ab, aber er wehrte mit erstaunlicher Geschicklichkeit alle Angriffe ab. Er hieb einen Späher zur offenen Tür, von wo Artoo das Schauspiel verfolgte. Der treue Roboter sah die glühende Kugel jedoch zu spät, um ihr noch auszuweichen. Sie schleuderte ihn zu Boden, während er gellende Signale von sich gab.

Am späten Abend, nachdem der Schüler eine Reihe von Proben bestanden hatte, schlief Luke Skywalker schließlich todmüde vor Yodas Haus ein. Er schlief unruhig und warf sich stöhnend hin und her. Sein sorgenvoller Roboter stand dabei, fuhr einen Arm aus und zog die Decke über Luke, die dieser halb zurückgeschlagen hatte. Als Artoo davonrollte, begann Luke zu ächzen und zu stöhnen, als durchlebe er einen schrecklichen Alptraum.

Yoda hörte im Haus das Stöhnen und eilte zur Tür.

Luke fuhr aus dem Schlaf hoch. Er schaute sich wie betäubt

um und erblickte seinen Lehrer mit sorgenzerfurchter Miene am Eingang.

»Ich kann die Vision nicht vertreiben«, sagte er. »Meine Freunde... sie sind in Schwierigkeiten... und ich fühle, daß...«

»Luke, du darfst nicht gehen«, warnte Yoda.

»Aber Han und Leia werden sterben, wenn ich bleibe.«

»Das weißt du nicht.« Es war die Flüsterstimme Ben Kenobis, der jetzt vor ihnen auftauchte. Die hohe Gestalt stand schimmernd vor ihnen und sagte zu Luke: »Nicht einmal Yoda kann ihr Schicksal sehen.«

»Ich kann ihnen helfen!« entgegnete Luke störrisch.

»Du bist noch nicht bereit«, erwiderte Ben leise. »Du mußt noch viel lernen.«

»Ich spüre die Kraft«, sagte Luke.

»Aber du kannst sie nicht steuern. Das ist ein gefährliches Stadium für dich, Luke. Du bist den Verlockungen der dunklen Seite jetzt am stärksten ausgeliefert.«

»Ja, ja«, sagte Yoda. »Hör auf Obi-wan. Der Baum. Denk an dein Scheitern im Baum! Wie?«

Luke erinnerte sich gequält, obwohl er das Gefühl hatte, bei diesem Erlebnis viel Kraft und Einsicht gewonnen zu haben.

»Ich habe seitdem viel gelernt. Und ich komme wieder, um die Lehre abzuschließen. Das verspreche ich, Meister.«

»Du unterschätzt den Herrscher«, bedeutete ihm Ben ernst. »Er hat es auf dich abgesehen. Deshalb müssen deine Freunde leiden.«

»Und deshalb muß ich gehen«, sagte Luke.

»Ich denke nicht daran, dich an den Imperator zu verlieren, wie ich einst Vader verloren habe«, sagte Ben entschieden.

»Keine Sorge.«

»Nur ein voll ausgebildeter Jedi-Ritter, der sich mit der Kraft verbündet hat, wird Vader und seinen Herrscher besiegen«, betonte Ben. »Wenn du deine Ausbildung jetzt abbrichst, wenn du den leichten, schnellen Weg wählst – so, wie Vader es getan hat – wirst du ein Werkzeug des Bösen werden, und die Galaxis wird noch tiefer in einen Abgrund von Haß und Verzweiflung stürzen.«

»Sie müssen aufgehalten werden«, warf Yoda ein. »Verstehst du? Davon hängt alles ab.«

»Du bist der letzte Jedi, Luke. Du bist unsere einzige Hoffnung. Hab Geduld.«

»Und Han und Leia sollen geopfert werden?« fragte Luke ungläubig.

»Wenn du in Ehren hältst, wofür sie kämpfen«, sagte Yoda und schwieg einen langen Augenblick, »...ja!«

Lukes Qual schien unerträglich zu werden. Er konnte den Rat seiner beiden Mentoren mit seinen Gefühlen nicht in Einklang bringen. Seine Freunde schwebten in höchster Gefahr. Er mußte sie retten. Aber seine Lehrer glaubten, daß er noch nicht bereit sei, noch zu verwundbar, um den mächtigen Vader und seinen Herrscher zu überwinden, daß er seinen Freunden und sich selbst schaden und vielleicht für immer auf den Weg des Bösen geraten könnte.

Aber wie sollte er dieses Abstrakte fürchten, solange Han und Leia konkret waren und litten? Wie konnte er sich eingestehen, eine Gefahr für sich selbst zu fürchten, wenn seine Freunde tatsächlich in Lebensgefahr schwebten?

Für ihn gab es keinen Zweifel mehr, was er tun mußte.

Am nächsten Tag wurde es auf dem Sumpfplaneten schon dunkel, als Artoo Detoo sich hinter dem Cockpit von Lukes X-Flügler niederließ.

Yoda stand auf einer der Kisten und sah zu, wie Luke im Licht der Scheinwerfer seines Jägers die Ausrüstung in dessen Rumpf verlud.

»Ich kann dich nicht schützen, Luke«, sagte Ben Kenobi, der als Gestalt im wallenden Gewand sichtbar wurde. »Wenn du dich entschließt, Vader gegenüberzutreten, mußt du es allein tun. Sobald du diese Entscheidung getroffen hast, kann ich nicht mehr eingreifen.«

»Ich verstehe«, sagte Luke ruhig. Er wandte sich an seinen Roboter. »Artoo, die Energieumwandler zünden!«

Artoo, der die Energiekupplungen im Schiff bereits geöffnet hatte, pfiff zufrieden, erfreut darüber, diese trostlose Sumpfwelt verlassen zu können, die für einen Roboter nicht der geeignete Aufenthaltsort war.

»Luke«, sagte Ben, »gebrauche die Kraft nur zur Erkenntnis und zur Verteidigung, nicht als Waffe. Gib dem Haß und dem Zorn nicht nach. Sie führen auf die dunkle Seite.«

Luke nickte. Aber er hörte nur halb zu. Seine Gedanken galten der langen Reise und den schweren Aufgaben, die vor ihm lagen. Er mußte seine Freunde retten, deren Leben seinetwegen in Gefahr schwebte. Er kletterte in das Cockpit und blickte zu seinem kleinen Jedi-Meister herab.

Yoda machte sich schwere Sorgen um seinen Schützling.

»Vader ist stark«, warnte er. »Dein Schicksal ist ungewiß. Denk an das, was du gelernt hast. Achte auf alles, wirklich auf alles! Es kann deine Rettung sein.«

»Das werde ich, Meister Yoda«, versicherte Luke. »Ich werde es tun und komme wieder, um abzuschließen, was ich begonnen habe. Ich gebe dir mein Wort!«

Artoo schloß die Kanzel, und Luke ließ die Motoren an.

Yoda und Obi-wan Kenobi sahen zu, als der X-Flügler sich in Bewegung setzte.

»Ich hab' es dir gesagt«, erklärte Yoda bedrückt, als der Raumjäger in den Nebelhimmel hinaufstieg. »Er ist leichtsinnig. Jetzt wird alles nur noch schlimmer werden.«

»Der Junge ist unsere letzte Hoffnung«, sagte Ben Kenobi bewegt.

»Nein«, verbesserte Kenobis alter Lehrer mit wissendem Blick, »es gibt noch einen.«

Yoda hob den Kopf zum dunkelnden Himmel, wo Lukes Raumschiff zwischen den funkelnden Sternen nur noch ein kaum zu unterscheidender Lichtpunkt war.

12

Chewbacca glaubte den Verstand zu verlieren.

Die Gefängniszelle war von heißem, blendendem Licht durchflutet, das seine empfindlichen Wookie-Augen versengte. Nicht einmal seine riesigen Hände und zottigen Arme, die er auf sein Gesicht preßte, konnten ihn ganz vor dem Gleißen schützen.

Und zu allem Übel gellte ein schriller Pfeifton in die Zelle und quälte sein scharfes Gehör. Er brüllte vor Qual, aber seine kehligen Schreie gingen im durchdringend kreischenden Lärm unter.

Der Wookie lief in der engen Zelle hin und her. Er winselte klagend, hieb verzweifelt auf die dicken Mauern ein. Während er an der Wand herumhämmerte, hörte das Pfeifen, das seine Trommelfelle zu zerreißen drohte, plötzlich auf, das grelle Licht flackerte und erlosch.

Chewbacca taumelte, als die Qual nachließ, dann trat er an eine Wand, um festzustellen, ob sich jemand näherte, der ihn freilassen wollte. Die dicken Mauern ließen jedoch nichts hindurchdringen, und in seiner Wut hieb Chewbacca seine Riesenfaust an die Wand.

Die Mauer blieb jedoch unbeeinträchtigt und undurchdringlich, und Chewbacca begriff, daß es mehr als die rohe Kraft eines Wookies brauchte, um sie niederzureißen. So gab Chewbacca schließlich auf und schlurfte zum Bett, wo die Kiste mit den Threepio-Teilen lag.

Zuerst beiläufig, dann mit größerem Interesse, begann der Wookie in der Kiste zu kramen. Es dämmerte ihm, daß es doch möglich sein könnte, den zerlegten Androiden zu reparieren. Dabei würde nicht nur die Zeit vergehen, es konnte auch nur nützlich sein, Threepio wieder funktionsfähig zu wissen.

Er griff nach dem goldenen Kopf und blickte in die dunkel gewordenen Augen. Er hielt den Kopf fest und knurrte ein paar Worte, wie um den Roboter auf die Rückkehr zur Tätigkeit vorzubereiten – oder um die Enttäuschung über ein mögliches Scheitern schon jetzt auszudrücken.

Dann setzte der riesige Wookie mit großer Vorsicht den starrenden Kopf auf den goldenen Rumpf. Er begann mit Threepios Gewirr von Kabeln und Schaltungen zu experimentieren. Seine mechanischen Fähigkeiten waren bisher nur bei Reparaturen an der ›Millennium Falcon‹ auf die Probe gestellt worden, so daß er nicht wußte, ob er dieser schwierigen Aufgabe gewachsen war. Chewbacca zerrte und drückte an den Kabeln herum, verwirrt von dem komplizierten Mechanismus, als plötzlich Threepios Augen aufleuchteten.

Ein leises Heulen drang aus dem Inneren des Roboters. Es klang entfernt wie Threepios normale Stimme, aber so leise und so tief, daß man die Worte nicht verstehen konnte.

»Iiiiiim-peeeeer-iiii-uuuums-Stuuurm-truuuuppeeeen...«

Betroffen kratzte Chewbacca sich an seinem zottigen Kopf und studierte den demolierten Roboter. Er kam auf einen Gedanken und versuchte ein Kabel anders anzuschließen. Augenblicklich begann Threepio mit normaler Stimme zu sprechen. Was er zu sagen hatte, hörte sich wie Worte aus einem schlechten Traum an.

»Chewbacca!« rief der Kopf Threepios. »Vorsicht, Sturmtruppen des Imperiums verstecken sich in –« Er verstummte, als durchlebe er das Grauenhafte noch einmal, dann rief er: »O nein! Ich bin niedergeschossen worden!«

Chewbacca schüttelte mitfühlend den Kopf. Er konnte vorerst nichts anderes tun, als zu versuchen, Threepio wieder vollständig zusammenzubauen.

Es mochte durchaus sein, daß Han Solo zum erstenmal in seinem Leben aufschrie. Noch nie hatte er derart unerträgliche Schmerzen aushalten müssen. Er war auf eine Plattform geschnallt, die in einem Winkel von etwa fünfundvierzig Grad vom Boden emporragte. Elektrische Ströme von enormer Spannung zuckten in kurzen Abständen durch seinen Körper, jeder Stoß heftiger als der vorangegangene. Er bäumte sich auf, versuchte sich zu befreien, aber seine Qual war so entsetzlich, daß er alle Mühe hatte, bei Bewußtsein zu bleiben.

In der Nähe der Folterbank stand Darth Vader und beobachtete stumm Han Solos Martern. Er verriet keine Reaktion. Als er genug gesehen hatte, drehte der Schwarze Lord der sich windenden Gestalt den Rücken zu und verließ die Zelle. Die Tür glitt hinter ihm zu und dämpfte Han Solos Schreie.

Vor der Folterkammer wartete Boba Fett in Begleitung von Lando Calrissian und dem Adjutanten des Administrators auf Lord Vader.

Vader wandte sich Fett verächtlich zu.

»Kopfjäger«, sagte Vader zu dem Mann im Silberhelm mit der schwarzen Einfassung, »wenn du auf deine Belohnung wartest – das hat Zeit, bis ich Skywalker habe.«

Boba Fett schien das mit Gelassenheit aufzunehmen.

»Ich habe es nicht eilig, Lord Vader. Mir geht es darum, daß Kapitän Solo nicht beschädigt wird. Die Belohnung von Jabba the Hut verdoppelt sich, wenn er am Leben ist.«

»Seine Schmerzen sind beträchtlich, Kopfjäger«, zischte Vader, »aber er wird nicht umkommen.«

»Und was ist mit Leia und dem Wookie?« fragte Lando sorgenvoll.

»Sie werden feststellen, daß ihnen nichts geschehen ist«, erwiderte Vader. »Aber sie dürfen diese Stadt nie mehr verlassen«, fügte er entschieden hinzu.

»Das war nicht Teil unserer Abmachung«, wandte Calrissian ein, »so wenig wie Ihr Vorhaben, Han diesem Kopfjäger zu übergeben.«

»Vielleicht haben Sie das Gefühl, ungerecht behandelt worden zu sein«, sagte Vader sarkastisch.

»Nein«, sagte Lando und warf einen Blick auf seinen Mitarbeiter.

»Gut«, sagte Vader. »Es wäre höchst bedauerlich, wenn ich hier eine ständige Garnison einrichten müßte.«

Lando Calrissian senkte den Kopf und wartete, bis Darth Vader zusammen mit dem Kopfjäger in einem wartenden Aufzug verschwunden war. Der Administrator schritt mit seinem Adjutanten eilig durch den langen Korridor.

»Die Sache wird immer schlimmer«, klagte Lando.

»Vielleicht hätten Sie versuchen sollen, mit ihm zu verhandeln«, meinte der Adjutant.

Lando sah ihn grimmig an. Er begann einzusehen, daß ihm die Abmachung mit Darth Vader nichts einbrachte. Und überdies schadete sie Leuten, die er als Freunde betrachtet hatte.

»Ich habe kein gutes Gefühl«, murmelte er schließlich, so leise, daß ihn keiner von Vaders Spionen hören konnte.

Threepio begann sich allmählich wieder normal zu fühlen.

Der Wookie hatte eifrig an ihm gearbeitet. Es war schwierig, die vielen Anschlüsse des Androiden wiederherzustellen. Jetzt war er dahintergekommen, wie er die Gliedmaßen wieder anbringen mußte. Bis jetzt hatte er den Kopf angeschraubt und einen Arm angeschlossen. Die anderen Teile lagen noch auf dem Tisch, und aus den Gelenken hingen Drähte und Schaltungen.

Obwohl der Wookie fleißig arbeitete, begann der goldene Android sich zu beklagen.

»Irgend etwas ist nicht in Ordnung«, sagte er, »denn ich kann auf einmal nichts sehen.«

Chewbacca knurrte ungeduldig und vertauschte einen Anschluß in Threepios Hals. Endlich konnte der Roboter wieder sehen und seufzte erleichtert.

»Das ist schon besser.«

Aber viel besser war es auch nicht, als er den Blick auf seine Brust richtete und statt dessen seinen Rücken erblickte!

»Warten Sie –! O je! Was haben Sie gemacht? Ich bin verkehrt herum!« stieß Threepio hervor. »Das ist doch die Höhe! So etwas kann auch nur einem Zottelwesen wie Ihnen einfallen, meinen Kopf –«

Der Wookie knurrte drohend. Er hatte ganz vergessen, wie

nörglerisch dieser Android war. Und die Zelle war zu klein, als daß er sich noch mehr Gezeter hätte anhören mögen. Bevor Threepio wußte, wie ihm geschah, beugte sich der Wookie über ihn und zog einen Anschluß heraus. Das Nörgeln verstummte, und es wurde wieder still.

Dann näherte sich eine vertraute Witterung der Tür.

Der Wookie schnupperte und eilte zum Eingang.

Die Zellentür glitt summend zur Seite, und ein zerzauster, erschöpfter Han Solo wurde von zwei Sturmtrupplern hereingestoßen. Die Soldaten entfernten sich, und Chewbacca umarmte erleichtert seinen Freund. Han Solos Gesicht war bleich, seine Augen von dunklen Ringen umgeben. Er schien dem Zusammenbruch nahe zu sein. Chewbacca knurrte besorgt.

»Nein«, sagte Han schleppend, »es geht schon. Es geht schon.«

Die Tür ging wieder auf, und Prinzessin Leia wurde von den gepanzerten Soldaten hineingeschleudert. Sie trug immer noch ihren eleganten Umhang, sah aber, wie Han, müde und mitgenommen aus.

Als die Angehörigen der Sturmtruppen sich entfernten und die Tür sich schloß, half Chewbacca Leia hinüber zu Han. Die beiden sahen einander tief bewegt an, dann umarmten sie sich wie Verzweifelte und küßten sich.

Während Han sie festhielt, sagte Leia leise: »Warum tun sie das? Ich kann nicht begreifen, was sie vorhaben.«

Han sah sie verwirrt an.

»Sie haben mich auf dem Rost gebraten, aber mir keine Fragen gestellt.«

Dann ging die Tür wieder auf. Lando und zwei seiner Wachen aus der Wolkenstadt kamen herein.

»Verschwinde, Lando!« fauchte Han. Nur seine Kraftlosigkeit hinderte ihn daran, sich auf den verräterischen Freund zu stürzen.

»Halt mal kurz den Mund und hör zu«, fuhr ihn Lando an. »Ich tue, was ich kann, um euch das zu erleichtern.«

»Da bin ich aber neugierig«, sagte Han ätzend.
»Vader hat sich bereit erklärt, Leia und Chewie mir zu übergeben«, erklärte Lando. »Sie werden hierbleiben müssen, aber wenigstens passiert ihnen nichts.«
Leia stockte der Atem.
»Und was wird aus Han?«
Lando sah seinen Freund ernst an.
»Ich wußte nicht, daß ein Preis auf deinen Kopf steht. Vader überläßt dich dem Kopfjäger.«
Die Prinzessin sah Han angstvoll an.
»Du weißt überhaupt nicht viel, wenn du glaubst, daß Vader uns nicht umbringen will, bevor das alles vorbei ist«, sagte Han zu Calrissian.
»Er will euch nicht«, sagte Lando. »Er ist hinter jemand her, der Skywalker heißt.«
Die beiden Gefangenen starrten einander an.
»Luke?« sagte Han verwundert. »Ich verstehe nicht.«
Die Gedanken der Prinzessin überstürzten sich. Alle Einzelheiten begannen sich zu einem schrecklichen Mosaik zusammenzufügen. Ehemals hatte Vader es auf Leia abgesehen gehabt, ihrer politischen Bedeutung im Krieg zwischen Imperium und Rebellen-Allianz wegen. Nun beachtete er sie kaum noch und schien sie nur noch für eine einzige Funktion brauchen zu können.
»Lord Vader hat ihm eine Falle gestellt«, fügte Lando hinzu, »und –«
»Wir sind der Köder«, ergänzte Leia.
»All das, nur um den Jungen zu fassen?« sagte Han. »Was ist so bedeutsam an ihm?«
»Frag mich nicht, aber er ist unterwegs.«
»Luke kommt hierher?«
Lando Calrissian nickte.
»Du hast uns was Schönes eingebrockt«, knurrte Han. »Mein *Freund*!« Seine ganze Kraft kehrte plötzlich zurück. Er legte sie in einen Fausthieb, der Lando zurückschleuderte. Im nächsten

Augenblick schlugen die beiden ehemaligen Freunde wütend aufeinander ein. Landos Begleiter hoben ihre Lasergewehre und stießen mit den Kolben zu. Ein Hieb traf Han am Kinn und warf ihn durch den ganzen Raum. Das Blut lief ihm übers Gesicht.

Chewbacca begann wild zu knurren und ging auf die Leibwächter los. Als sie ihre Laserwaffen hoben, schrie Lando: »Nicht schießen!« Keuchend wandte er sich Han zu. »Ich habe für euch getan, was ich konnte«, sagte er. »Es tut mir leid, daß nicht mehr zu machen ist, aber ich habe meine eigenen Probleme.« Er wandte sich ab und sagte über die Schulter: »Ich habe schon mehr riskiert, als ich mir leisten kann.«

»Ja«, gab Han zurück, als er sich aufraffte, »du bist ein richtiger Held.«

Als Lando mit seiner Eskorte gegangen war, stützten Leia und Chewbacca den schwankenden Kapitän und führten ihn zu einer der Kojen. Er ließ sich mühsam nieder. Leia wischte sein blutendes Gesicht mit ihrem Umhang ab.

Plötzlich begann sie leise zu lachen.

»Sie haben wirklich ein besonderes Talent im Umgang mit anderen Leuten«, sagte sie neckend.

Artoo Detoos Kopf drehte sich auf seinem Rumpf, als die Abtaster die sternenbesetzte Leere des Bespin-Systems erfaßten.

Der X-Flügler war gerade in das System gerast und fegte wie ein großer, weißer Vogel durch den schwarzen Weltraum.

Das R-2-Gerät hatte seinem Piloten viel mitzuteilen. Die elektronischen Gedanken überstürzten sich fast und erschienen auf dem Cockpit-Schirm.

Luke machte ein grimmiges Gesicht, als er auf Artoos erste drängende Frage reagierte.

»Ja, ich bin sicher, daß Threepio bei ihnen ist«, sagte er.

Der kleine Roboter pfiff erregt.

»Nur Geduld«, sagte Luke beschwichtigend. »Wir sind ja bald da.«

Artoos rotierender Kopf erfaßte die majestätischen Sternhaufen, und eine innere Wärme erfüllte ihn, als der X-Flügel-Jäger wie ein Himmelspfeil auf einen Planeten mit einer Stadt in den Wolken zuraste.

Lando Calrissian und Darth Vader standen in der Nähe der hydraulischen Plattform in der riesigen Kohlenstoff-Kältekammer. Der Schwarze Lord schwieg, während Gehilfen umhereilten, um alles vorzubereiten.

Die hydraulische Plattform befand sich in einer tiefen Grube in der Mitte des Raumes, umgeben von zahllosen Dampfrohren und riesigen chemischen Tanks in verschiedenen Formen.

Vier gepanzerte Angehörige der Sturmtruppen hielten mit ihren Lasergewehren Wache.

Darth Vader schaute sich in der Kammer um, bevor er sich Calrissian zuwandte.

»Die Anlage ist primitiv«, sagte er, »aber unseren Bedürfnissen sollte sie entsprechen.«

Einer von Vaders Offizieren eilte auf den Schwarzen Lord zu.

»Lord Vader«, meldete er, »ein Schiff nähert sich – Klasse X-Flügler.«

»Gut«, sagte Vader kalt. »Skywalkers Kurs überwachen und Landung zulassen. Die Kammer wird bald für ihn bereitstehen.«

»Wir können diese Anlage nur für Kohlenstoff-Gefrierung verwenden«, sagte der Administrator der Wolkenstadt nervös. »Wenn Sie ihn da hineinstecken, könnte das sein Tod sein.«

Aber Vader hatte diese Möglichkeit bereits in Betracht gezogen. Er kannte eine Methode, die herausfand, wie leistungsfähig diese Gefrieranlage wirklich war.

»Ich wünsche nicht, daß die Beute des Imperators beschädigt wird. Wir wollen das zuerst ausprobieren.« Er winkte einem der Soldaten. »Bringt Solo herein«, befahl er.

Lando starrte den Schwarzen Lord an. Auf das unverhüllt Böse in diesem erschreckenden Geschöpf war er zuvor nicht gefaßt gewesen.

Der X-Flügel-Jäger raste herab und durchflog die dichte Wolkendecke um den Planeten.

Luke blickte mit wachsender Besorgnis auf seine Monitorschirme. Artoo besaß mehr Informationen, als auf seiner Steuertafel erschienen. Er tippte eine Frage an den Roboter ein.

»Hast du keine Patrouillenschiffe bemerkt?«

Artoo Detoo verneinte.

Luke kam zu der Überzeugung, daß seine Ankunft bislang unbemerkt geblieben war, und steuerte die Maschine auf die Stadt seiner beunruhigenden Vision zu.

Sechs der schweineähnlichen Agnotts bereiteten die Kohlenstoff-Gefrierkammer hastig für den Gebrauch vor, während Lando Calrissian und Darth Vader – der jetzt der eigentliche Herr der Wolkenstadt war – die Vorgänge verfolgten.

Die Agnotts huschten um die Gefrierplattform herum und ließen ein Gewirr von Rohren herab, das dem Aderngeflecht eines Titanen glich. Sie hoben die Karbonit-Schläuche und befestigten sie. Dann stemmten die sechs Humanoiden den schweren, sargähnlichen Behälter hoch und stellten ihn auf die Plattform.

Boba Fett kam mit einer Abteilung der Sturmtruppen hereingestürzt. Die Soldaten stießen Solo, Leia und den Wookie vor sich her in die Kammer. Auf den Rücken des Wookies war der halb zusammengebaute Threepio geschnallt, einen Arm und die Beine provisorisch an seinem Rumpf befestigt. Der Kopf des Androiden drehte sich verzweifelt hin und her.

Vader wandte sich an den Kopfjäger.

»Legen Sie ihn in die Gefrierkammer«, sagte er.

»Aber wenn er nicht überlebt?« fragte Boba Fett. »Er ist viel Geld für mich wert.«

»Das Imperium wird Sie für den Verlust entschädigen«, gab Vader zurück.

»Nein!« schrie Leia auf.

Chewbacca warf den Mähnenkopf zurück und heulte, dann stürzte er sich auf die Sturmtruppen, die Han Solo bewachten.

Threepio schrie in Panik auf und hob den einen funktionsfähigen Arm, um sein Gesicht zu schützen.

»Warte!« brüllte der Roboter. »Was machst du?«

Aber der Wookie rang mit den Soldaten, unbeirrt von ihrer Zahl oder den Angstschreien Threepios.

»O nein... Nicht schlagen!« flehte der Android und versuchte mit dem Arm seine nicht angeschlossenen Gliedmaßen zu schützen. »Nein! Er meint es nicht ernst! Beruhige dich, du zottiger Narr!«

Andere Soldaten stürzten herein und griffen in den Kampf ein. Sie hieben mit ihren Gewehrkolben auf den Wookie ein und trafen dabei auch Threepio.

»Au!« brüllte der Roboter. »*Ich* habe doch nichts getan!«

Die Sturmtruppen hatten Chewbacca überwältigt und wollten ihm die Gewehrkolben ins Gesicht stoßen, als Han schrie: »Chewie, nein! Hör auf, Chewbacca!«

Nur Han Solo konnte den tobenden Wookie zurückhalten. Han riß sich von den Soldaten los, die ihn festhielten, und stürmte auf die Kämpfenden zu.

Vader bedeutete seiner Leibwache, Han nicht zu behindern, und gab den Sturmtrupplern ein Zeichen, den Kampf einzustellen.

Han packte die dicken Unterarme seines zottigen Freundes, um ihn zu beruhigen, und sah ihn streng an.

Threepio war immer noch außer sich.

»O ja«, stammelte er, »aufhören... aufhören!« Dann seufzte er schwer. »Dem Himmel sei Dank!«

Han und Chewbacca standen einander gegenüber und starrten sich grimmig an. Sie umarmten sich heftig, dann sagte Han: »Spar dir deine Kraft für eine andere Gelegenheit, wenn die Chancen günstiger stehen, Freund.« Er zwinkerte ihm beruhigend zu, aber der Wookie wollte sich nicht beruhigen lassen und stieß einen klagenden Schrei aus.

»Ja, ich weiß«, sagte Han und versuchte zu grinsen. »Mir geht es genauso. Halt dich gut.« Han Solo wandte sich an einen der

Bewacher. »Kettet ihn lieber an, bis es vorbei ist.«

Chewbacca wehrte sich nicht, als die Sturmtruppler ihn fesselten. Han preßte seinen Partner noch einmal an sich, dann wandte er sich Prinzessin Leia zu. Er nahm sie in die Arme, und sie umklammerten sich verzweifelt. Leia küßte ihn voll Leidenschaft. Als sie sich voneinander lösten, standen Tränen in ihren Augen.

»Ich liebe dich«, sagte sie leise. »Vorher konnte ich es nicht sagen, aber es ist wahr.«

Er lächelte.

»Vergiß es nicht, ich komme wieder.« Sein Gesicht wurde weich und zärtlich, und er küßte sie sanft auf die Stirn.

Die Tränen liefen über ihre Wangen, als Han sich abwandte und ruhig und furchtlos auf die hydraulische Plattform zuging.

Die Agnotts eilten auf ihn zu, schoben ihn hinauf und fesselten ihm Arme und Beine. Er stand allein und hilflos auf der Plattform und richtete den Blick ein letztes Mal auf seine Freunde. Chewbacca sah seinen Freund tieftraurig an, Threepios Kopf ragte über die Schulter des Wookies und versuchte den Tapferen ein letztes Mal anzusehen. Calrissian verfolgte die Szene mit gequälter Miene. Und Leia blieb hoch aufgerichtet stehen, das Gesicht von Leid verzerrt.

Leia war das letzte Gesicht, das Han sah, als die hydraulische Plattform plötzlich hinabsank. Der Wookie schrie gellend auf.

Augenblicklich ergoß sich heiße Flüssigkeit in einer Sturzflut in die Grube. Chewbacca wandte sich ab, und Threepio konnte das Schauspiel besser verfolgen.

»Sie hüllen ihn in Karbonit«, meldete der Android. »Eine superharte Legierung. Viel besser als meine eigene. Er soll wohl gut geschützt sein... wenn er den Gefriervorgang übersteht.«

Chewbacca blickte über die Schulter auf Threepio und brachte ihn mit einem wütenden Knurren zum Schweigen.

Als die Flüssigkeit endlich hart wurde, hoben riesige Metallgreifer die schwelende Gestalt aus der Grube. Die Erscheinung, die sich rasch abkühlte, hatte menschliche Umrisse, aber keine Gesichtszüge. Sie sah aus wie eine unfertige Statue.

Einige der Schweinemenschen, die Hände geschützt durch dicke schwarze Handschuhe, näherten sich dem in Metall gegossenen Körper Han Solos und drehten den Block um. Als die Gestalt mit lautem metallischem Klirren auf die Plattform stürzte, hoben die Agnotts sie in den sargartigen Behälter. Dann befestigten sie daran ein kastenförmiges elektronisches Gerät und traten zurück.

Lando kniete nieder, drehte ein paar Schalter an dem Gerät und prüfte die Temperaturanzeige für Solos Körper. Er seufzte und nickte.

»Er lebt«, teilte er Han Solos angstvollen Freunden mit, »und befindet sich im Tiefschlaf.«

Darth Vader wandte sich an Boba Fett.

»Er gehört dir, Kopfjäger«, zischte er. »Bereitet die Kammer für Skywalker vor.«

»Er ist soeben gelandet, Mylord«, teilte ein Adjutant mit.

»Sorgt dafür, daß er hierherkommt.«

Lando wies auf Leia und Chewbacca und sagte zu Vader: »Ich übernehme jetzt, was mir gehört.« Er war entschlossen, die beiden fortzuschaffen, bevor der Schwarze Lord es sich anders überlegte.

»Nehmen Sie sie«, sagte Vader, »aber ich lasse Truppen hier, die sie bewachen.«

»Das widerspricht der Abmachung«, fuhr Lando auf. »Sie haben erklärt, das Imperium würde keine Einmischung in –«

»Ich ändere die Abmachung. Beten Sie darum, daß sie nicht noch schlechter für Sie ausfällt.«

Landos Kehle schnürte sich zu. Die Drohung sagte ihm, was mit ihm selbst geschehen würde, wenn er Vader in die Quere kam. Landos Hand zuckte zu seinem Hals hinauf, aber im nächsten Augenblick hörte das würgende Gefühl auf, und der Administrator wandte sich Leia und Chewbacca zu. So verzweifelt der Ausdruck in seinen Augen auch war – die beiden würdigten ihn keines Blickes.

Luke und Artoo gingen vorsichtig durch einen verlassenen Korridor.

Es beunruhigte Luke, daß sie nicht angehalten worden waren. Niemand hatte eine Landeerlaubnis, Ausweise oder sonstige Papiere verlangt, niemand nach dem Zweck ihres Besuches gefragt. In der Wolkenstadt schien niemand neugierig darauf zu sein, wer dieser junge Mann und sein kleiner Roboter sein mochten oder was sie hier wollten. Das Ganze machte einen bedrohlichen Eindruck, und Luke fühlte sich mehr als unbehaglich.

Plötzlich hörte er am anderen Ende des Korridors ein Geräusch. Luke blieb stehen und preßte sich an die Wand. Artoo, erfreut darüber, wieder unter vertraute Droiden und Menschen zu kommen, begann erregt zu pfeifen und zu piepsen. Luke warf ihm einen bösen Blick zu, und der kleine Roboter gab einen letzten quäkenden Laut von sich. Luke schaute um eine Ecke und sah aus einem Nebengang eine Gruppe herankommen. Angeführt wurde sie von einer imposanten Gestalt in verbeulter Panzerung mit Helm. Dahinter schoben zwei bewaffnete Posten aus der Wolkenstadt einen durchsichtigen Behälter durch den Korridor. Luke gewann den Eindruck, als enthielte er eine schwebende, menschenähnliche Gestalt, die einer Statue glich. Dem Behälter folgten zwei Angehörige der Sturmtruppen, die Luke entdeckten.

Sie zielten augenblicklich und begannen zu feuern.

Luke wich ihren Laserblitzen aus, und bevor sie weiterschießen konnten, feuerte er seinen Strahler ab und erzeugte zwei zischende Löcher in den Brustpanzern der Soldaten.

Als sie hinstürzten, schoben die beiden Bewacher die Figur im Behälter rasch in einen anderen Gang, und die gepanzerte Gestalt richtete den Strahler auf Luke und schoß einen tödlichen Blitz auf ihn ab. Der Strahl verfehlte Luke nur knapp. Er riß statt dessen aus der Wand einen Brocken, der in einen Regen staubähnlicher Teilchen zerfiel. Als der Staub sich verzogen hatte, blickte Luke um die Ecke und sah, daß der unbekannte Gegner, die Bewacher und der Behälter hinter einer dicken Metalltür verschwunden waren.

Luke hörte Geräusche hinter sich, fuhr herum und sah Leia, Chewbacca, Threepio und einen unbekannten Mann in einem Umhang durch einen anderen Korridor gehen, bewacht von einer Sturmtruppen-Abteilung.

Er winkte, um die Prinzessin auf sich aufmerksam zu machen. »Leia!«

»Luke, nein!« schrie sie angstvoll. »Das ist eine Falle!«

Luke ließ Artoo hinter sich und lief ihnen nach. Als er einen kleinen Vorraum erreichte, waren Leia und die anderen jedoch verschwunden. Luke hörte Artoo gellend pfeifen, als der Roboter auf den Vorraum zustürzte. Als Luke sich umdrehte, sah er vor dem entgeisterten Roboter eine riesige Metalltür krachend heruntersausen.

Luke war vom Hauptkorridor abgeschnitten, und als er sich umdrehte, um einen anderen Ausgang zu finden, fielen in den anderen Zugängen ebenfalls Metalltüren herunter.

Artoo blieb wie betäubt stehen. Wäre er nur ein kleines Stück weiter in den Vorraum gerollt, hätte die Tür ihn zu Schrottmetall zerquetscht. Er preßte die Metallnase an die Tür, dann pfiff er

erleichtert und entfernte sich in der entgegengesetzten Richtung.

Der Vorraum war voll zischender Rohre und Dampfwolken, die aus dem Boden quollen. Luke begann den Raum zu erkunden und bemerkte eine Öffnung über seinem Kopf. Wohin sie führte, konnte er nicht ahnen. Er trat vor, um besser hinaufsehen zu können. Da begann der Teil des Bodens, auf dem er stand, langsam in die Höhe zu steigen.

Luke fuhr mit der Hebeplattform hinauf, entschlossen, sich dem Feind zu stellen, den zu treffen er einen so weiten Weg zurückgelegt hatte.

Mit dem Strahler in der Hand fuhr Luke in die Gefrierkammer hinauf. Es war totenstill, bis auf das Zischen entweichenden Dampfes. Luke kam es vor, als sei er das einzige Lebewesen in diesem Raum voll fremdartiger Maschinen und chemischer Behälter, doch er spürte, daß er nicht allein war.

»Vader –« Er sagte den Namen vor sich hin, während er sich umschaute. »Lord Vader. Ich fühle, daß Sie da sind. Zeigen Sie sich. Oder fürchten Sie mich?« höhnte Luke.

Der Dampf begann in mächtigen Wolken aufzuquellen. Dann erschien Vader, unberührt von der sengenden Hitze, und schritt durch die zischenden Dämpfe, den schmalen Laufgang über der Kammer betretend, während sein schwarzer Umhang hinter ihm herschleifte.

Luke trat einen Schritt auf die dämonische Gestalt in Schwarz zu und steckte seinen Strahler ein. Er spürte, wie die Zuversicht in ihm hochflutete, und war bereit, dem Schwarzen Lord als Jedi gegenüberzutreten. Seinen Strahler brauchte er nicht. Er spürte, daß die Kraft mit ihm war und daß er endlich für diesen unausweichlichen Kampf bereit war. Langsam stieg er die Treppe zu Vader hinauf.

»Die Kraft ist mit dir, Skywalker«, sagte Darth Vader von oben, »aber ein Jedi bist du noch nicht.«

Vaders Worte jagten Luke einen Schauer über den Rücken. Er zögerte kurz und dachte an die Worte eines anderen Jedi-Ritters: ›Luke, gebrauch die Kraft nur zur Erkenntnis und zur Verteidigung, nicht als Waffe. Gib dem Haß und dem Zorn nicht nach. Sie führen auf die dunkle Seite.‹

Luke besann sich, schob alle Zweifel beiseite, umklammerte den glatten Griff seines Lichtsäbels und zündete blitzschnell die Laserklinge.

Im selben Augenblick hatte Vader sein Laserschwert gezündet und wartete ruhig auf den Angriff Skywalkers.

Sein ungeheurer Haß auf Vader trieb Luke dazu, sich wild auf ihn zu stürzen und die zischende Klinge auf Vader niedersausen zu lassen, aber der Schwarze Lord wehrte den Hieb mit einer Bewegung seiner Waffe mühelos ab.

Erneut griff Luke an. Erneut prallten ihre Energieklingen aufeinander.

Dann standen sie voreinander und starrten sich durch ihre gekreuzten Lichtsäbel einen endlosen Augenblick lang an.

13

Sechs Sturmtruppler bewachten Lando, Leia und Chewbacca, als sie durch die Innengänge der Wolkenstadt schritten. Sie erreichten eine Kreuzung, als zwölf von Landos Soldaten und sein Adjutant erschienen, um sie aufzuhalten.

»Code-Einheit Sieben«, sagte Lando, als er vor seinen Adjutanten trat.

In diesem Augenblick richteten die zwölf Mann ihre Laserwaffen auf die verblüfften Sturmtruppler, und Landos Adjutant nahm ihnen in aller Ruhe die Waffen ab. Er reichte eines der Gewehre Leia, ein anderes Lando, und wartete auf die nächste Anweisung.

»Haltet sie im Sicherheitsturm fest«, sagte der Administrator. »Unauffällig! Niemand darf etwas merken.«

Die Bewacher und Landos Adjutant, der die restlichen Waffen

trug, führten die Angehörigen der Sturmtruppe davon.
Leia hatte diese überraschende Wendung verwirrt verfolgt. Ihre Überraschung wuchs, als Lando, der Mann, der Han Solo verraten hatte, Chewbacca die Fesseln abnahm.

»Los«, sagte er drängend. »Wir müssen hier weg.«

Chewbaccas Hände waren frei, er fuhr herum, stieß einen markerschütternden Schrei aus und stürzte sich auf Lando, um ihn zu erwürgen.

»Nach allem, was Sie Han angetan haben«, sagte Leia, »traue ich Ihnen nicht so weit, daß –«

Lando versuchte sich verzweifelt aus Chewbaccas Würgegriff zu befreien und keuchte: »Ich hatte keine andere Wahl –«

Der Wookie brüllte ihn zornig an.

»Es besteht noch eine Chance, Han zu retten«, stieß Lando hervor. »Sie sind an der Plattform Ost.«

»Chewie«, sagte Leia schließlich, »laß ihn los!«

Chewbacca ließ widerstrebend die Hände sinken und funkelte Calrissian an, der nach Atem rang.

»Behalt ihn im Auge, Chewie«, sagte Leia, während der Wookie drohend knurrte.

»Ich habe das Gefühl, daß ich wieder einen großen Fehler mache«, murmelte Lando.

Das kleine R-2-Gerät lief im Korridor hin und her und peilte mit den Sensoren in alle Richtungen, um ein Signal seines Herrn oder überhaupt irgendein Lebenszeichen aufzufangen. Er erkannte, daß er sich verirrt hatte und nicht einmal mehr wußte, durch wie viele Gänge er gelaufen war.

Als Artoo Detoo um eine Ecke bog, entdeckte er eine Reihe von Gestalten, die den Gang heraufkamen. Piepsend und pfeifend machte er sich bemerkbar.

Seine Geräusche wurden von einem der Wesen bemerkt.

»Artoo... Artoo...« Es war Threepio!

Chewbacca, der den halb zusammengebauten Androiden immer noch herumschleppte, drehte sich schnell um und sah den gedrungenen Roboter heranrollen.

»Halt!« schrie Threepio, der seinen Freund nicht mehr sehen konnte. »Umdrehen, du Zottel-... Artoo, schnell! Wir versuchen, Han vor dem Kopfjäger zu retten!«

Artoo kam geräuschvoll herangerollt, und Threepio beantwortete geduldig seine Fragen.

»Ich weiß«, sagte er schließlich. »Aber Master Luke kann für sich selbst sorgen.« Jedenfalls redete Threepio sich das ein, während die Gruppe weitereilte, um Han zu finden.

Auf der Landeplattform Ost der Wolkenstadt schoben zwei Bewacher den erstarrten Körper Han Solos durch eine Luke in die ›Sklave Eins‹. Boba Fett stieg neben der Öffnung eine Leiter hinauf und bestieg sein Schiff. Als er im Cockpit saß, dichtete er das Raumfahrzeug ab, ließ die Motoren an, und das Schiff rollte über die Plattform, um zu starten.

Lando, Leia und Chewbacca hetzten auf die Plattform und sahen das Raumschiff abheben und in das Orangerot und Purpur des Sonnenuntergangs hineinfliegen. Chewbacca hob seinen Strahler und feuerte dem davonrasenden Raumschiff heulend hinterher.

»Es hat keinen Zweck«, sagte Lando. »Sie sind außer Reichweite.«

Alle bis auf Threepio starrten dem Raumschiff nach. Threepio war immer noch auf Chewbaccas Rücken festgebunden und erblickte etwas, das den anderen noch nicht aufgefallen war.

»Du meine Güte, nein«, rief er.

Auf die Gruppe stürzte eine Abteilung der Sturmtruppen zu, die Laserwaffen schon in Aktion. Der erste Blitz verfehlte Prinzessin Leia nur knapp. Lando erwiderte das Feuer sofort, und die roten und grünen Laserstrahlen zuckten wild durcheinander.

Artoo huschte zum Aufzug der Plattform und versteckte sich. Er schaute hinaus und beobachtete die Schießerei aus sicherer Entfernung.

Lando brüllte: »Los, weiter!«, stürzte zum offenen Lift und

feuerte unterwegs auf die Sturmtruppen.

Leia und Chewbacca folgten ihm nicht. Sie blieben, wo sie waren, und feuerten unablässig auf ihre Gegner. Die Soldaten brachen stöhnend zusammen, als ihre Panzerung an Brust, Armen und Bauch unter den tödlichen Treffern Leias und des Wookies barst.

Lando steckte den Kopf zum Aufzug hinaus und versuchte sie heranzuwinken, aber die beiden wirkten wie besessen, als sie für ihre Wut und den Verlust eines geliebten Menschen Vergeltung übten. Sie waren entschlossen, die Schergen des Galaktischen Imperiums ohne Rücksicht zu töten.

Threepio wünschte sich an einen anderen Ort. Da er aber das Weite nicht suchen konnte, blieb ihm nur, verzweifelt um Hilfe zu schreien.

»Artoo, hilf mir!« kreischte er. »Wie bin ich da nur hineingeraten? Am Rücken eines Wookie festgeschnallt zu sein, ist ein Schicksal, schlimmer als der Tod!«

»Hier herein!« schrie Lando. »Beeilt euch! Schnell!«

Leia und Chewbacca liefen auf ihn zu und wichen dem Laserfeuer aus, als sie in den wartenden Aufzug sprangen. Die Lifttüren schlossen sich. Sie sahen die überlebenden Soldaten auf sie zustürzen.

Lichtsäbel klirrten aneinander, als Luke Skywalker und Darth Vader auf der Plattform über der Kohlenstoff-Gefrierkammer miteinander kämpften.

Luke spürte, wie die Plattform unter jedem Hieb und Stoß und jeder Abwehr erzitterte. Er kämpfte unerschrocken weiter, denn mit jedem Stoß seines Säbels trieb er das Böse, das sich in Darth Vader verkörperte, zurück.

Vader wehrte Lukes Vorstöße mit seinem Lichtsäbel ab und sagte ruhig: »Die Angst erfaßt dich nicht. Du hast mehr gelernt, als ich dachte.«

»Sie werden merken, daß ich voller Überraschungen stecke«, gab Luke zurück, als er vorsprang.

»Ich auch«, erwiderte der Schwarze Lord gelassen.

Mit zwei blitzschnellen Bewegungen bekam Darth Vader Lukes Lichtsäbel zu fassen und schleuderte ihn davon. Ein Hieb von Vaders Energieklinge nach Lukes Füßen ließ diesen zurückspringen. Er verlor das Gleichgewicht und stürzte die Treppe hinunter.

Luke lag hingestreckt auf der Plattform, blickte hinauf und sah die unheimliche schwarze Gestalt an der Treppe über ihm aufragen. Dann stürzte die Gestalt auf ihn zu. Der Zobel-Umhang blähte sich in der Luft wie die Flügel einer riesigen Fledermaus.

Luke rollte blitzschnell zur Seite, ohne den Blick von Vader abzuwenden, als dieser lautlos neben ihm aufsprang.

»Deine Zukunft liegt bei mir, Skywalker«, zischte Vader. »Jetzt wirst du dich der dunklen Seite anschließen. Obi-wan wußte es.«

»Nein!« schrie Luke.

»Es gibt vieles, was Obi-wan dir nicht gesagt hat«, fuhr Vader fort. »Komm, ich werde deine Ausbildung abschließen.«

Vaders Ausstrahlung war unfaßbar stark; sie erschien Luke wie etwas Lebendiges.

Hör nicht auf ihn, sagte Luke zu sich selbst. Er versucht dich hereinzulegen, dich auf die dunkle Seite der Kraft zu ziehen, wie Ben es vorausgeahnt hat.

Luke wich vor dem näherkommenden Sith-Lord zurück. Hinter dem jungen Mann öffnete sich lautlos der hydraulische Lift.

»Lieber sterbe ich«, rief Luke.

»Das wird nicht nötig sein.« Der Schwarze Lord stürzte sich mit dem Lichtsäbel plötzlich auf Luke, so heftig, daß der junge Mann das Gleichgewicht verlor und in die gähnende Öffnung stürzte.

Vader wandte sich von der Gefriergrube ab und löschte, wie beiläufig, seinen Lichtsäbel.

»Viel zu einfach«, sagte er achselzuckend. »Vielleicht bist du doch nicht so stark, wie der Herrscher dachte.«

Geschmolzenes Metall begann sich hinter ihm in die Öffnung zu ergießen. Während er ihr noch den Rücken zuwandte, fegte etwas hinauf.

»Das wird sich zeigen«, sagte Luke ruhig.

Der Schwarze Lord fuhr herum. Das Opfer hätte in diesem Stadium des Gefrierprozesses keinesfalls in der Lage sein dürfen, zu sprechen! Vader schaute sich im Raum um, dann drehte er den behelmten Kopf nach oben zur Decke.

Luke hing an Schläuchen unter der Decke, nachdem er über fünf Meter hoch gesprungen war, um dem Karbonit zu entgehen.

»Eindrucksvoll«, räumte Vader ein. »Deine Behendigkeit ist erstaunlich.«

Luke sprang auf der anderen Seite der dampfenden Grube auf die Plattform herab. Er streckte die Hand aus, und sein Lichtsäbel, der am Boden lag, flog in seine Hand, augenblicklich gezündet.

Vaders Schwert leuchtete im selben Augenblick auf.

»Ben war ein guter Lehrer. Du hast deine Angst besiegt. Nun laß deinem Zorn freien Lauf. Ich habe deine Familie vernichtet. Nimm Rache.«

Aber diesmal war Luke vorsichtiger und beherrschter. Wenn er seinen Zorn unterdrücken konnte, wie es ihm mit seiner Angst gelungen war, würde er nicht zu überwinden sein.

Denk an deine Lehre, warnte Luke sich selbst. Denk an das, was Yoda dir beigebracht hat! Fort mit Haß und Zorn, laß die Kraft in dich dringen!

Er gewann die Oberhand über seine negativen Empfindungen und ging auf Vader zu, ohne dessen Worte zu beachten. Er griff an und begann ihn nach einem kurzen Schlagabtausch zurückzudrängen.

»Dein Haß kann dir die Macht verleihen, mich zu vernichten«, lockte Vader. »Nütz ihn.«

Luke begann zu begreifen, wie gefährlich dieser schwarze Feind war, und dachte: Ich werde kein Sklave für die dunkle Seite der Kraft werden. Behutsam näherte er sich Vader.

Als Luke herankam, wich Vader langsam zurück. Luke stürzte sich mit einem gewaltigen Hieb auf ihn, aber als Vader ihn abwehrte, verlor er das Gleichgewicht und stürzte an die dampfenden Rohre.

Lukes Knie knickten vor Erschöpfung fast ein. Er nahm seine ganze Kraft zusammen und trat an den Rand der Grube, um hineinzuschauen. Von Vader war nichts zu sehen. Luke schaltete seinen Lichtsäbel ab, steckte ihn in den Gürtel und ließ sich in die Grube hinab.

Er sprang auf den Boden der Vertiefung und sah sich in einem großen Steuer- und Wartungsraum über dem Reaktor, der die ganze Stadt mit Energie versorgte. Als er sich umschaute, erblickte er ein großes Fenster. Davor stand als Silhouette die regungslose Gestalt Darth Vaders.

Luke trat langsam näher und zündete erneut den Lichtsäbel.

Aber Vader schaltete seinen eigenen Lichtsäbel nicht ein und unternahm auch keinen Versuch, sich zu verteidigen, als Luke herankam. Die einzige Waffe des Schwarzen Lords war seine lockende Stimme.

»Greif an«, sagte er. »Vernichte mich.«

Luke zögerte verwirrt.

»Retten kannst du dich nur, wenn du Rache nimmst...«

Luke stand da wie angewurzelt. Sollte er handeln und die Kraft als Werkzeug der Rache nutzen? Oder sollte er den Kampf aufgeben und auf eine andere Gelegenheit hoffen, sich Vader zu stellen, wenn er sich besser in der Hand hatte?

Nein, wie konnte er die Gelegenheit vorbeigehen lassen, das Böse zu vernichten? Hier war seine Chance, hier und jetzt, und er durfte nicht zögern...

Sie würde vielleicht nie wiederkommen.

Luke packte den tödlichen Lichtsäbel mit beiden Händen, umfaßte den glatten Griff wie ein altes Kurzschwert und hob die Waffe, um den Hieb zu führen, der dieses maskierte Schreckensbild vernichten sollte.

Aber bevor er ausholen konnte, löste sich an der Wand hinter ihm ein großes Maschinenteil und flog auf seinen Rücken zu. Luke fuhr blitzschnell herum und zerhieb das Ding, dessen Hälften zu Boden fielen.

Ein zweiter Gegenstand schoß auf ihn zu, und wieder gebrauchte er die Kraft, um es abzuwehren. Das schwere Maschinenteil prallte ab wie von einem unsichtbaren Schild. Aber während Luke diesen riesigen Gegenstand noch abwehrte, kamen aus allen Richtungen Werkzeuge und Maschinenteile auf ihn zugerast, gefolgt von Kabeln, die sich aus den Wänden rissen und ihm funkensprühend entgegenpeitschten.

Bombardiert von allen Seiten, tat Luke, was er konnte, um die Attacken abzuwehren, aber er trug Treffer davon und spürte, wie das Blut an ihm herunterlief.

Ein großes Objekt streifte Lukes Körper. Es kam krachend in das große Fenster hineingestürzt, durch das jetzt der Sturmwind pfiff. Plötzlich wurde in dem Raum alles durcheinandergewirbelt, und der peitschende Wind erfaßte Luke wie eine große Faust, fegte heulend durch den Raum.

In der Mitte des Raumes stand still und triumphierend Darth Vader.

»Du bist besiegt«, sagte der Schwarze Lord. »Es ist sinnlos, sich zu wehren. Du wirst dich mir anschließen oder wie Obi-wan in den Tod gehen!«

Als Vader diese Worte sprach, flog ein letztes schweres Maschinenteil durch die Luft, prallte gegen den jungen Jedi und schleuderte ihn durch das geborstene Fenster. Alles ringsum verwischte sich, als der Wind ihn mitriß, bis es ihm gelang, sich mit einer Hand an einem Stahlträger festzuhalten.

Als der Sturm ein wenig nachließ und Luke wieder sehen konnte, begriff er, daß er am Ausleger des Reaktorschachts außerhalb des Kontrollraums hing. Er blickte hinunter und starrte in einen schier bodenlosen Abgrund. Schwindel erfaßte ihn. Er schloß krampfhaft die Augen, um nicht in Panik zu geraten.

Verglichen mit dem kapselartigen Reaktor, an dem er hing,

war Luke nicht mehr als ein Pünktchen sich aufbäumender Materie, während die Kapsel selbst – nur eine von vielen, die aus der kreisrunden, lichtübersäten Innenwand ragten – im Vergleich mit der riesigen Kammer nicht mehr als ein Punkt war.

Luke umklammerte den Träger fest mit einer Hand, vermochte den Lichtsäbel in den Gürtel zu stecken und den Träger dann mit beiden Händen zu fassen. Er zog sich hinauf, kletterte auf den Ausleger und stand auf, als er Darth Vader den Schacht herunterkommen sah.

Als Vader sich Luke näherte, begann die Lautsprecheranlage zu plärren. Die Worte hallten in den höhlenhaften Räumen wider.

»Flüchtlinge unterwegs nach Plattform 327. Alle Schiffe sichern. Alle Sicherheitskräfte alarmiert.«

Vader ging drohend auf Luke zu und sagte: »Deine Freunde werden nicht entkommen, und du auch nicht.«

Vader trat noch einen Schritt vor, und Luke hob den Lichtsäbel, um den Kampf fortzusetzen.

»Du bist besiegt«, erklärte Vader mit grauenhafter Sicherheit und Endgültigkeit. »Es ist zwecklos, sich zu wehren.«

Aber Luke wehrte sich trotzdem. Er stürzte sich auf den Schwarzen Lord und ließ die leuchtende Klinge niedersausen, die Vaders Panzer durchdrang und sein Fleisch versengte. Vader taumelte, und Luke hatte den Eindruck, daß er dabei Schmerzen erlitt. Doch nur für einen Augenblick – dann kam Vader wieder auf ihn zu.

»Laß dich nicht vernichten wie Obi-wan«, sagte er.

Luke atmete schwer und spürte kalten Schweiß auf der Stirn. Die Erwähnung von Bens Namen steigerte seine Entschlossenheit.

Ruhig, ermahnte er sich. Ruhig bleiben.

Die düstere Erscheinung ging auf dem schmalen Ausleger weiter auf ihn zu. Er schien das Leben des jungen Jedi zu fordern.

Oder seine Seele.

Lando, Leia, Chewbacca und die Droiden huschten durch einen Korridor. Sie bogen um eine Ecke und sahen die Tür zur Landeplattform offenstehen. Sie schauten hinein zur ›Millennium Falcon‹, die darauf wartete, sie fortzubringen. Aber plötzlich fiel die Tür zu. Sie sprangen in eine Nische und sahen eine Abteilung von Sturmtruppen mit aufblitzenden Laserwaffen heranstürmen. Aus Wänden und Türen wurden Fetzen herausgerissen und unter dem Aufprall der Energiestrahlen durch die Luft gewirbelt.

Chewbacca knurrte und erwiderte das Feuer der Sturmtruppen in ungebändigter Wut. Er deckte Leia, die verzweifelt an der Türsteuerung herumhämmerte. Die Tür wollte nicht aufgehen.

»Artoo!« rief Threepio. »Die Steuertafel. Du kannst über das Sperrsystem hinwegkommen.« Der Android wies auf die Tafel und drängte den kleinen Roboter zu einem Computersockel.

Artoo Detoo eilte auf die Steuertafel zu.

Lando wich den Laserblitzen aus und arbeitete verzweifelt daran, sein Sprechgerät an die Tafel anzuschließen.

»Hier Calrissian«, gab er über die Anlage bekannt. »Das Imperium besetzt die Stadt. Ich empfehle Evakuierung, bevor noch mehr feindliche Truppen hier eintreffen.«

Er schaltete ab. Lando wußte, daß er getan hatte, was er konnte, um seine Leute zu warnen; nun hatte er die Aufgabe, seine neuen Freunde sicher fortzubringen.

Inzwischen entfernte Artoo einen Anschlußdeckel und schob einen Computerarm in den Sockel. Der Roboter gab dabei einen kurzen Ton von sich, aus dem plötzlich ein gellender Schrei wurde. Er begann zu beben, überall leuchtete es grell an ihm auf. Aus allen seinen Öffnungen quoll Rauch. Lando riß Artoo blitzschnell aus dem Sockel. Als der Roboter sich abzukühlen begann, gab er ein paar klägliche Piepslaute von sich.

»Das nächste Mal paß besser auf«, sagte Threepio gereizt. »Ich kann Stromanschlüsse nicht von Computersockeln unterscheiden. Ich bin Dolmetscher –«

»Hat sonst jemand eine Idee?« schrie Leia, während sie auf die angreifenden Sturmtruppen feuerte.

»Los«, sagte Lando. »Wir versuchen es auf andere Weise.«

Der Wind, der durch den Reaktorschacht heulte, übertönte die Hiebe der aufeinanderklirrenden Lichtsäbel.

Luke huschte behende über den Ausleger und suchte Zuflucht unter einer riesigen Instrumententafel. Im nächsten Augenblick war aber auch Vader zur Stelle. Sein Lichtsäbel sauste wie eine tanzende Guillotine herab und durchtrennte die Anschlüsse der Tafel. Die ganze Anlage begann herabzustürzen, wurde aber vom Wind erfaßt und hochgerissen.

Ein Augenblick der Ablenkung genügte Vader. Als die Instrumententafel davonschwebte, warf Luke unwillkürlich einen Blick darauf. In dieser Sekunde zuckte die Klinge des Schwarzen Lords vor, schnitt in Lukes Hand und schleuderte den Lichtsäbel des jungen Mannes davon.

Der Schmerz war qualvoll. Luke roch den schrecklichen Geruch seines versengten Fleisches und preßte den Unterarm unter die Achselhöhle, um den Schmerz ertragen zu können. Er wich auf dem Ausleger zurück, bis er das äußerste Ende erreicht hatte, verfolgt von der schwarzgekleideten Erscheinung.

Schlagartig, unheildrohend, hörte der Wind auf. Und Luke erkannte, daß er am Ende seines Weges angelangt war.

»Es gibt kein Entkommen«, sagte der Schwarze Lord der Sith, Luke wie ein Todesengel überragend. »Zwing mich nicht, dich zu vernichten. Du bist erfüllt von der Kraft. Jetzt mußt du lernen, die dunkle Seite zu gebrauchen. Schließ dich mir an, und gemeinsam werden wir mächtiger sein als der Herrscher selber. Komm, ich beende deine Ausbildung, und wir werden miteinander über die Galaxis herrschen.«

Luke weigerte sich, auf die Verlockungen Vaders einzugehen.

»Ich werde mich Ihnen nie anschließen!«

»Wenn du nur eine Vorstellung von der Macht der dunklen Seite hättest«, fuhr Vader fort. »Obi-wan hat dir nie erzählt, was mit deinem Vater geschehen ist, nicht wahr?«

Luke geriet in Wut, als er seinen Vater erwähnen hörte.

»Er hat mir genug gesagt!« schrie er. »Er hat mir gesagt, daß Sie ihn getötet haben.«

»Nein«, erwiderte Vader ruhig. »Ich bin dein Vater.«

Luke starrte den schwarzgekleideten Lord betäubt und ungläubig an, dann zuckte er zurück. Die beiden starrten einander an, Vater und Sohn.

»Nein, nein! Das ist nicht wahr...« sagte Luke, der sich weigerte, zu glauben, was er eben gehört hatte. »Das ist unmöglich.«

»Erforsch deine Gefühle«, sagte Vader. »Du wirst wissen, daß es wahr ist.« Dann schaltete Vader seinen Lichtsäbel aus und streckte dem jungen Mann die Hand hin.

»Nein! Nein!« schrie Luke auf, verwirrt und entsetzt von Vaders Worten.

»Luke, du kannst den Imperator vernichten«, fuhr Vader fort. »Er hat das vorausgesehen. Es ist deine Bestimmung. Schließ dich mir an, und wir können gemeinsam als Vater und Sohn die Galaxis beherrschen. Komm mit mir. Es ist der einzige Weg.«

Luke wurde von Schwindel erfaßt. Alles schien sich endlich zusammenzufügen. Oder doch nicht? Er fragte sich, ob Vader die Wahrheit sagte, ob die Ausbildung bei Yoda, die Lehren des heiligmäßigen alten Ben, seine eigenen Bestrebungen, das Gute zu tun und das Böse zu verabscheuen, ob alles, wofür er sich eingesetzt hatte, nicht mehr als eine Lüge war.

Er wollte Vader nicht glauben, versuchte sich einzureden, daß Vader es war, der log – aber auf irgendeine Weise spürte er die Wahrheit in den Worten des Schwarzen Lords. Aber warum hatte Ben Kenobi ihn angelogen, wenn Darth Vader wirklich die Wahrheit sagte? *Warum?* schrie sein Verstand gellender als jeder Wind, den der Schwarze Lord gegen ihn einzusetzen vermochte.

Die Antwort schien keine Rolle mehr zu spielen.

Sein Vater.

Mit der Ruhe, die Ben und Yoda, der Jedi-Meister, ihn gelehrt hatten, traf Luke Skywalker seine letzte Entscheidung.

»Niemals!« schrie Luke, als er hinaustrat in die Leere. Der Abgrund unter ihm war so tief, als stürze er zu einer anderen Galaxis hinab.

Darth Vader trat an das Ende des Auslegers, um zu verfolgen, wie Luke davonstürzte. Ein heftiger Wind begann zu wehen und bauschte Vaders schwarzen Umhang, während er hinabstarrte.

Skywalkers Körper raste in die Tiefe, überschlug sich. Der verwundete Jedi streckte im Fallen verzweifelt die Hände aus, um irgend etwas zu ergreifen.

Der Schwarze Lord schaute zu, bis der Körper des Jungen an der Wand des Reaktorschachts von einem riesigen Abluftrohr angesaugt wurde. Als Luke verschwand, drehte Vader sich um und eilte davon.

Luke fegte durch den Abluftschacht und versuchte sich an den Wänden festzuhalten, um seinen Sturz abzubremsen, aber die glatten, schimmernden Wände hatten weder Öffnung noch Vorsprünge, an denen sich Luke hätte anklammern können.

Endlich erreichte er das Ende des tunnelartigen Rohrs und prallte mit den Füßen auf ein kreisrundes Gitter. Das Gitter, über einem offenbar bodenlosen Abgrund, wurde durch den Aufprall hinabgerissen, und er spürte, wie er durch die Öffnung hinausrutschte. Verzweifelt versuchte Luke sich an der glatten Wandung festzukrallen und schrie um Hilfe.

»Ben... Ben, hilf mir«, flehte er.

Während er noch aufschrie, glitten seine Finger ab, und sein Körper rutschte der gähnenden Öffnung entgegen.

Die Wolkenstadt befand sich in einem einzigen Chaos.

Als Lando Calrissians Mitteilung aus den Lautsprechern tönte, gerieten die Bewohner in Panik. Einige packten Habseligkeiten zusammen, andere stürzten augenblicklich auf die Straßen, um zu fliehen. Bald waren alle Straßen überfüllt mit davonstürzenden Menschen und fremden Wesen, die wild durch die Stadt flohen. Sturmtruppen liefen den flüchtenden Bewohnern nach und feuerten mit ihren Laserwaffen. Das Feuer wurde erwidert, und es kam zu heftigen Auseinandersetzungen.

In einem der zentralen Korridore der Stadt wehrten Lando, Leia und Chewbacca eine Abteilung Sturmtruppen ab und feuerten eine Lasersalve nach der anderen auf die Soldaten des Imperiums. Lando und seine Begleiter mußten unter allen Umständen ihre Stellung halten, denn sie hatten nunmehr einen anderen Eingang zur Landeplattform erreicht. Es kam nur darauf an, daß es Artoo gelang, die Tür zu öffnen.

Der kleine Roboter versuchte eine Platte von der Steuertafel dieser Tür zu entfernen, aber er konnte sich bei dem Lärm und den zuckenden Laserblitzen nur schwer auf seine Arbeit konzentrieren.

Aufgeregt piepte er vor sich hin, während er sich abmühte.

»Was redest du da?« rief Threepio. »Der Hyperantrieb auf der ›Millennium Falcon‹ interessiert uns nicht. Er ist repariert. Sag dem Computer nur, er soll die Tür öffnen.«

Als Lando, Leia und der Wookie sich zur Tür zurückzogen und dem dichten Laserfeuer auswichen, pfiff Artoo triumphierend, und die Tür sprang auf.

»Artoo, du hast es geschafft!« rief Threepio. Er hätte Beifall geklatscht, aber sein zweiter Arm fehlte. »Ich habe nie an dir gezweifelt.«

»Schnell«, schrie Lando, »oder wir schaffen es nie!«

Das hilfreiche R-2-Gerät war erneut zur Stelle. Als die anderen durch den Eingang hetzten, erzeugte der dicke Roboter einen dichten Nebel, der seine Freunde vor den angreifenden Sturmtruppen verbarg. Bevor die Wolke sich noch verzog, rannten Lando und die anderen schon auf die Plattform zu.

Die Sturmtruppen folgten und feuerten auf die kleine Gruppe von Flüchtlingen, die der ›Falcon‹ entgegenstürmten. Chewbacca und die Roboter bestiegen das Schiff, während Lando und Leia sie mit ihren Strahlern deckten und feindliche Soldaten niederschossen.

Als das gedämpfte Brüllen des Raumschiffs ertönte und zu einem ohrenbetäubenden Heulen anschwoll, feuerten Lando und Leia noch einige Energieblitze ab, sprangen die Rampe hinauf und warfen sich in das Piratenschiff, als die Hauptluke sich hinter ihnen schloß. Das Schiff setzte sich in Bewegung, und sie hörten, wie sich das Laserfeuer verstärkte, als wolle der ganze Planet auseinanderbersten.

Luke konnte sein Abrutschen aus der Röhre nicht mehr verhindern.

Er glitt die letzten Zentimeter hinaus und stürzte durch die Wolkenatmosphäre. Sein Körper wurde herumgewirbelt, und er ruderte mit den Armen, nach irgendeinem Halt greifend.

Nach einer Ewigkeit bekam er einen elektronischen Wetterhahn zu fassen, der aus der schüsselförmigen Unterseite der Wolkenstadt ragte. Der Wind zerrte an ihm, Wolken hüllten ihn ein, als er sich an der Wetterfahne festklammerte. Seine Kraft begann nachzulassen; er glaubte nicht, daß er sich, hoch über dem Gasplaneten hängend, noch lange würde festhalten können.

Im Cockpit der ›Millennium Falcon‹ war es still. Leia, die noch immer nach Atem rang, saß in Han Solos Pilotensessel. Die Gedanken an ihn bestürmten sie, aber sie versuchte sie wegzuschieben.

Hinter der Prinzessin stand erschöpft und stumm Lando Calrissian und starrte zum Fenster hinaus. Das Schiff setzte sich langsam in Bewegung und flog über die Plattform.

Der Wookie hatte sich in seinem Sessel niedergelassen und kippte eine Reihe von Schaltern. Die Steuertafel begann zu blinken. Chewbacca zog den Antriebshebel an sich und begann das Schiff hinaufzulenken, der Freiheit entgegen.

Wolken fegten an den Fenstern vorbei, und alle atmeten vor Erleichterung auf, als die ›Millennium Falcon‹ in den orangerot beleuchteten Abendhimmel raste.

Luke gelang es, ein Bein über die elektronische Wetterfahne zu ziehen, die sein Gewicht trug. Die Luft aus dem Absaugrohr fegte ihm entgegen und erschwerte es ihm, sich festzuhalten.

»Ben...«, stöhnte er gepeinigt. »Ben...«

Darth Vader betrat die leere Landeplattform und sah die ›Millennium Falcon‹ als Punkt in der Ferne verschwinden.
Er wandte sich seinen beiden Adjutanten zu.
»Bringt mein Schiff!« befahl er und schritt mit wallendem Umhang davon, um seine Reise vorzubereiten.

Irgendwo in der Nähe der Stütze, auf der die Wolkenstadt ruhte, konzentrierte Luke sich auf den einen Menschen, der ihm helfen konnte.
»Leia! Hilf mir!« schrie er. »Leia!«
Von dem Wetterhahn löste sich ein großes Stück und stürzte hinab in die Wolken. Luke klammerte sich fester an den Rest der Wetterfahne und versuchte sich im fauchenden Luftstrom festzuhalten.

»Sieht nach drei Raumjägern aus«, sagte Lando zu Chewbacca, als sie auf den Radarschirm blickten. »Wir können ihnen leicht entkommen«, fügte er hinzu. Er kannte die Fähigkeiten des Raumschiffes so gut wie Han Solo.
Dann wandte er sich Leia zu und beklagte das Ende seiner Herrschaft in der Wolkenstadt.
»Ich wußte, daß das schon lange zu schön gewesen ist, um wahr zu bleiben«, stöhnte er. »Es wird mir sehr fehlen.«
Leia schien wie betäubt. Sie sagte nichts, sondern starrte reglos ins Leere. Dann stieß sie wie in Trance hervor: »Luke?«, als hätte sie etwas gehört.
»Was?« sagte Lando.
»Wir müssen zurück«, rief sie. »Chewie, flieg an die Unterseite der Stadt.«
Lando glotzte nur noch fassungslos.
»Augenblick! Das kommt gar nicht in Frage!«
Der Wookie knurrte zustimmend.
»Kein Widerspruch«, sagte Leia entschieden. »Tu's. Das ist ein

Befehl!«

»Und die Raumjäger?« sagte Lando und deutete auf drei Spurjäger, die sich näherten. Er sah Chewbacca hilfesuchend an.

Chewbacca schüttelte den Kopf.

»Okay, okay«, sagte Lando resigniert.

Das Raumschiff wendete in den Wolken und raste zur Stadt zurück. Die drei Raumjäger verloren keine Zeit, dem Frachtschiff zu folgen, das einen selbstmörderischen Kurs eingeschlagen zu haben schien.

Luke Skywalker nahm von der Annäherung der ›Millennium Falcon‹ nichts wahr. Kaum bei Bewußtsein, gelang es ihm auf irgendeine Weise, sich an dem knarrenden und schwankenden Wetterhahn festzuhalten. Die Fahne bog sich unter seinem Gewicht, dann brach sie, und Luke stürzte hilflos hinab. Und diesmal gab es nichts, woran er sich würde festklammern können, das wußte er.

»Da!« schrie Lando und zeigte auf eine in der Ferne durch die Luft fliegende Gestalt. »Da stürzt jemand ab...«

Leia nahm sich zusammen. Sie wußte, daß sie alle in ihr Verderben stürzen würden, wenn sie in Panik geriet.

»Flieg unter ihn, Chewie«, befahl sie. »Das ist Luke.«

Chewbacca reagierte sofort und schob die ›Millennium Falcon‹ hinunter.

»Lando«, rief Leia, »öffnen Sie die Oberluke.«

Lando stürzte hinaus.

Chewbacca und Leia konnten Luke jetzt deutlich erkennen. Der Pilot steuerte das Raumschiff direkt auf ihn zu. Als Chewie die Geschwindigkeit stark verminderte, huschte die hinabstürzende Gestalt an der Windschutzscheibe vorbei und landete mit hartem Aufprall auf dem Rumpf.

Lando öffnete die Oberluke. In der Ferne konnte er die drei Spurjäger näherkommen sehen, deren Laserkanonen Blitze aussandten. Lando reckte sich zur Luke hinaus und packte den jungen Mann, um ihn hereinzuziehen. Ein Energieblitz streifte die

›Falcon‹, das Schiff schwankte, und Luke wäre beinahe abgerutscht, aber Lando packte seine Hand und hielt ihn fest.

Die ›Millennium Falcon‹ schoß von der Wolkenstadt davon und durch die wirbelnde Wolkendecke. Prinzessin Leia und der Wookie vollführten Ausweichmanöver, um dem blendend grellen Laserfeuer der Spurjäger zu entgehen. Rings um das Cockpit gab es Explosionen, der Lärm war ohrenbetäubend.

Leia schaltete die Sprechanlage ein.

»Lando, ist er in Ordnung?« rief sie. »Lando, hören Sie mich?«

Wie aus weiter Ferne hörte sie eine Stimme, die nicht Lando gehörte.

»Ich werd' es überleben«, sagte Luke schwach.

Leia und Chewbacca drehten sich um. Luke kam blutüberströmt und erschöpft herein, eine Decke um die Schultern, gestützt von Lando. Die Prinzessin sprang auf und umarmte ihn begeistert. Chewbacca, der noch immer versuchte, das Schiff vor den feuernden Spurjägern in Sicherheit zu bringen, warf den Kopf zurück und brüllte freudig auf.

Hinter der ›Falcon‹ blieb der Wolkenplanet zurück, aber die Spurjäger blieben dem Raumschiff auf den Fersen und feuerten unablässig.

Artoo Detoo stand schwankend im Frachtraum und setzte seinen goldenen Freund wieder zusammen, obwohl ihn die ständigen Treffer hin- und herwarfen.

»Sehr gut«, lobte der Android, als Artoo die Fehler korrigierte, die dem Wookie bei der Montage unterlaufen waren. »Fast so gut wie neu.« Sein zweiter Arm war beinahe völlig angeschlossen.

Artoo piepste angstvoll.

»Nein, Artoo, keine Sorge. Ich bin sicher, daß wir es diesmal schaffen.«

Lando, der im Cockpit saß, war nicht so optimistisch. Er sah die Warnlampen an der Konsole aufflammen, und plötzlich schrillten im ganzen Schiff Alarmanlagen. Lando preßte die Lippen zusammen.

»Die Deflektorschilde versagen«, sagte er.

Leia blickte über seine Schulter und sah auf dem Radarschirm ein großes Lichtzeichen auftauchen.

»Da ist noch ein Schiff«, sagte sie, »ein viel größeres. Es versucht uns den Weg abzuschneiden.«

Luke blickte hinaus auf die Sterne. Fast wie zu sich selbst sagte er: »Das ist Vader.«

Admiral Piett trat auf Vader zu, der auf der Brücke seines Stern-Zerstörers stand und zu den Fenstern hinausstarrte.

»Sie sind in wenigen Augenblicken im Bereich des Traktorstrahls«, meldete der Admiral.

»Und ihr Hyperantrieb ist außer Betrieb gesetzt?« fragte Vader.

»Gleich nachdem sie gefangengenommen wurden, Sir.«

»Gut«, sagte die riesenhafte schwarze Gestalt. »Fertig machen zum Entern. Waffen auf Betäubung einstellen.«

Der ›Millennium Falcon‹ war es bisher gelungen, den Attacken der Spurjäger zu entgehen. Aber bestand eine Möglichkeit, dem unheimlichen Stern-Zerstörer zu entkommen, der immer näher heranrückte?

»Wir haben keinen Raum für Fehler«, sagte Leia gepreßt, den Blick auf den Radarschirm gerichtet.

»Wenn meine Leute gesagt haben, daß sie das Schiff in Ordnung gebracht haben, dann ist das auch so«, versicherte Lando. »Wir haben keinen Grund zur Sorge.«

»Muß ich schon mal gehört haben«, murmelte Leia.

Das Schiff wurde wieder von einer Laserexplosion durchgeschüttelt, aber in diesem Augenblick begann an der Konsole eine grüne Lampe zu blinken.

»Die Koordinaten sind eingegeben, Chewie«, sagte Leia. »Jetzt oder nie.«

Der Wookie knurrte zustimmend. Er war bereit für die Flucht mit dem Hyperantrieb.

»Drücken!« schrie Lando.

Chewbacca zuckte die Achseln, wie um zu sagen, einen Versuch sei es wert. Er zog den LG-Hebel zurück, und die Ionenmotoren veränderten ihr Brüllen. Alle an Bord beteten, jeder auf seine Weise, darum, daß das System funktioniere. Sie hatten keine andere Möglichkeit, zu entkommen. Aber plötzlich erstarb das Geräusch, und Chewbacca heulte verzweifelt auf.

Der Hyperantrieb hatte sie erneut im Stich gelassen.

Und das Laserfeuer der Spurjäger wurde heftiger.

Darth Vader schaute von seinem Stern-Zerstörer aus zu, wie die Raumjäger die ›Millennium Falcon‹ unerbittlich beschossen. Vaders Schiff näherte sich der flüchtenden ›Falcon‹. Es konnte nicht mehr lange dauern, bis der Schwarze Lord Skywalker endgültig in seiner Gewalt hatte.

Und Luke spürte es auch. Er starrte still hinaus, wußte, daß Vader nah war, daß sein Sieg über den geschwächten Jedi bald vollständig sein würde. Sein Körper war zerschlagen, die Erschöpfung grenzenlos; sein Geist war bereit, sich zu ergeben. Es gab keinen Grund mehr, zu kämpfen, sich zu wehren.

»Ben«, flüsterte er verzweifelt, »warum hast du mir nichts gesagt?«

Lando versuchte die Steuerung zu bedienen, und Chewbacca sprang auf, um in den Frachtraum zu stürzen. Leia nahm seinen Platz ein und half Lando, die ›Falcon‹ durch das Feuer der Laserkanonen zu lenken.

Als der Wookie in den Frachtraum hetzte, kam er an Artoo vorbei, der sich immer noch mit Threepio beschäftigte. Das R-2-Gerät begann entgeistert zu piepsen, als es sah, wie der Wookie verzweifelt das Hyperantriebssystem zu reparieren versuchte.

»Ich habe gleich gesagt, wir sind erledigt!« schrie Threepio. »Der Lichtantrieb hat wieder versagt!«

Artoo pfiff vor sich hin, als er ein Bein anschloß.

»Woher willst du wissen, was nicht in Ordnung ist?« sagte

Threepio verächtlich. »Aua! Mein Fuß! Und quatsch nicht dauernd!«

Landos Stimme tönte aus dem Lautsprecher.

»Chewie, überprüfen Sie die sekundäre Abweichungssteuerung.«

Chewbacca ließ sich in die Vertiefung hinab. Er wollte mit einem gewaltigen Ruck eine Platte herausreißen, aber sie klemmte. Chewbacca schrie auf, packte sein Werkzeug und hieb mit aller Wucht auf die Platte ein.

Plötzlich besprühte die Konsole Lando und die Prinzessin mit einem Funkenregen. Sie zuckten zurück, aber Luke schien nicht zu bemerken, was rings um ihn vorging. Er ließ den Kopf hängen und starrte dumpf vor sich hin.

»Ich werde ihm nicht widerstehen können«, flüsterte er.

Wieder legte Lando die ›Falcon‹ auf die Seite und versuchte die Verfolger abzuschütteln, aber die Entfernung zwischen dem Frachter und den Raumjägern wurde immer geringer.

Im Frachtraum hetzte Artoo zu einer Instrumententafel, während Threepio empört auf einem Bein stehenbleiben mußte. Artoo arbeitete fieberhaft und verließ sich nur auf seine mechanischen Instinkte, um die Schaltungen umzuprogrammieren. Bei jedem Griff flammten grelle Lichter auf, und plötzlich tönte tief aus dem Hyperantrieb der ›Falcon‹ ein neues, machtvolles Summen durch das Schiff.

Der Frachter kippte plötzlich, und der pfeifende R-2-Roboter rollte über den Boden, kippte in die Öffnung und landete auf dem verblüfften Wookie.

Lando, der an der Konsole gestanden hatte, wurde an die Wand geschleudert. Während er hinstürzte, sah er jedoch noch, daß die Sterne vor den Fenstern zu blendenden Lichtstreifen geworden waren.

»Wir haben es geschafft!« brüllte er triumphierend.

Die ›Millennium Falcon‹ war erfolgreich in den Hyperraum eingetreten.

Darth Vader blieb stumm. Er starrte auf die schwarze Leere, wo einen Augenblick zuvor noch die ›Millennium Falcon‹ gewesen war. Sein dumpfes, düsteres Schweigen entsetzte die beiden Männer in seiner Nähe. Admiral Piett und sein Kapitän warteten, von Furcht gelähmt, und fragten sich, wie bald sie die unsichtbaren, eisenharten Krallen um ihre Kehlen spüren würden.

Aber der Schwarze Lord regte sich nicht. Er stand stumm und brütend da, die Hände hinter dem Rücken. Dann drehte er sich um und verließ langsam die Brücke, während sein schwarzer Umhang sich hinter ihm bauschte.

14

Die ›Millennium Falcon‹ war endlich an einen riesigen Kreuzer der Rebellen angedockt. In der Ferne schimmerte ein prächtiges rotes Leuchten, das von einem großen roten Stern ausging – ein Leuchten, das blutrotes Licht auf den verbeulten Rumpf eines kleinen Frachtschiffes warf.

Luke Skywalker saß im Lazarett des Sternkreuzers und wurde von dem Chirurgie-Droiden Too Onebee behandelt. Der junge Mann starrte nachdenklich vor sich hin, während Too Onebee seine Hand untersuchte.

Luke hob den Kopf und sah Leia mit Threepio und Artoo hereinkommen, die ihn nach seinem Befinden fragen und ihn ein wenig aufmuntern wollten. Aber Luke wußte, daß die beste Therapie, die es hier für ihn gab, die strahlende Erscheinung vor ihm war.

Prinzessin Leia lächelte. Ihre Augen waren groß und leuchteten. Sie sah genauso aus wie damals, als er sie das erstemal gesehen hatte – vor einer ganzen Lebensspanne, wie es schien –, von Artoo als Hologramm übertragen. Und in ihrem bodenlangen, hochgeschlossenen, strahlend weißen Kleid sah sie aus wie ein

Engel.

Luke hob die Hand und hielt sie Too Onebee hin. Der Chirurgie-Droid untersuchte die bionische Hand, die geschickt an Lukes Arm angebracht worden war. Dann wickelte er einen weichen, metallisierten Streifen um sie, führte ein kleines elektronisches Gerät heran und straffte den Streifen. Luke machte mit seiner neuen Hand eine Faust und spürte die heilende Wirkung von Too Onebees Gerät. Dann ließ er den Arm sinken.

Leia und die beiden Roboter traten an Luke heran, als eine Stimme aus dem Lautsprecher tönte. Es war Lando.

»Luke«, sagte die Stimme, »wir sind startbereit.«

Lando Calrissian saß im Pilotensitz der ›Millennium Falcon‹. Er hatte sein altes Schiff sehr vermißt. Nun war er wieder der Kapitän, aber er fühlte sich nicht wohl in seiner Haut. Chewbacca, neben ihm, bemerkte das Unbehagen des neuen Piloten, während er die Hebel betätigte, um den Startvorgang einzuleiten.

Lukes Stimme tönte zurück: »Wir sehen uns auf Tatooine.«

Lando beugte sich zum Mikrophon vor und sagte: »Keine Sorge, Leia, wir finden Han.«

Chewbacca knurrte seine Abschiedsworte ins Mikrophon – Worte, die Raum und Zeit überwinden und vielleicht ans Ohr Han Solos dringen konnten, einerlei, wohin der Kopfjäger ihn auch geschafft haben mochte.

Es war Luke, der das letzte Abschiedswort sprach, auch wenn es kein Lebewohl war.

»Paßt gut auf euch auf, Freunde«, sagte er. »Die Kraft möge mit euch sein.«

Leia stand allein am großen Rundfenster des Sternkreuzers vor dem Meer der Sterne und den schwebenden Schiffen der Raumflotte. Sie blickte auf den majestätischen roten Stern, der in der unendlichen schwarzen Weite loderte.

Luke trat neben sie, gefolgt von Threepio und Artoo. Er fühlte, was sie empfand, denn er wußte, wie entsetzlich ein solcher Verlust sein konnte.

Miteinander blickten sie zum einladenden Himmel hinauf, sahen die ›Millennium Falcon‹ aufsteigen und dann in einer anderen Richtung durch die Rebellenflotte schwebend davonfliegen. Bald hatte die ›Falcon‹ die Flotte weit hinter sich gelassen.

Es bedurfte in diesem Augenblick keiner Worte. Luke wußte, daß Leias Gedanken und ihr Herz bei Han waren, gleichgültig, wo er sein mochte oder welches Schicksal ihm bevorstand. Was seine eigene Bestimmung anging, so war er seiner Sache weniger sicher denn je zuvor – sogar bis zurück zu jener Zeit, als ein schlichter Bauernjunge auf einer fernen Welt zum erstenmal davon gehört hatte, daß es die Kraft gab. Er wußte nur, daß er zu Yoda zurückkehren und seine Ausbildung abschließen mußte, bevor er sich aufmachen konnte, Han zu retten.

Langsam legte er den Arm um Leia, und mit Threepio und Artoo blickten sie gemeinsam und entschlossen in den Weltraum, hinauf zu dem blutroten Stern.

Die Rückkehr der Jedi-Ritter

Titel der amerikanischen Originalausgabe:
Return of the Jedi

Aus dem Amerikanischen übertragen
von Tony Westermayr

Originalverlag: Ballantine Books, New York

© der Originalausgabe 1983
by Lucasfilm Ltd. (LFL)
This translation published by arrangement with
Ballantine Books, a Division of Random House, Inc.

Die tiefsten Tiefen des Weltraums. Da waren Länge und Breite und Höhe, und dann krümmten sich diese Dimensionen hinein in eine verzerrende Dunkelheit, meßbar nur an den glitzernden Sternen, die durch die Leere taumelten, bis in die Unendlichkeit hinein schrumpfend. Bis in die tiefste Tiefe.

Diese Sterne bezeichneten die Augenblicke des Alls. Es gab alternde Orangeglut, blaue Zwerge, gelbe Doppelriesen. Es gab zusammenstürzende Neutronensterne und zornige Supernovae, die in die eisige Leere hinausfauchten. Es gab kreißende Sterne, atmende Sterne, pulsierende Sterne und sterbende Sterne. Es gab den Todesstern.

Am nebelgefiederten Rand der Galaxis schwebte der Todesstern in stationärer Umlaufbahn über dem grünen Mond Endor – ein Mond, dessen Mutterplanet vor langer Zeit an einem unbekannten Desaster zugrunde gegangen und in unbekannten Reichen verschwunden war. Der Todesstern war die gepanzerte Kampfstation des Imperiums, beinahe zweimal so groß wie sein Vorgänger, den Rebellenstreitkräfte vor so vielen Jahren vernichtet hatten – beinahe zweimal so groß, aber mehr als doppelt so mächtig. Dabei erst halb fertig.

Eine halbe stahldunkle Kugel, hing er über der grünen Welt Endor. Tentakel unvollendeter Deckaufbauten krümmten sich dem lebenden Begleiter entgegen wie die tastenden Beine einer tödlichen Spinne.

Ein Stern-Zerstörer des Imperiums näherte sich mit Reisegeschwindigkeit der riesigen Raumstation. Er war gigantisch – eine Großstadt für sich –, bewegte sich aber mit bedächtiger Anmut wie eine ungeheure Seeschlange. Begleitet war er von Dutzenden Zwillings-Ionenmotor-Jägern – schwarzen, insektengleichen Kampfflugzeugen, die um das Schlachtschiff herum hin- und herfegten, aufklärend, sondierend, andockend, ständig neu sich gruppierend.

Lautlos öffnete sich die Hauptbucht des Schiffes. Ein kurzer Zündungsblitz, als eine Raumfähre des Imperiums aus der Dunkelheit des Inneren in die Dunkelheit des Weltraums glitt. Sie fegte mit ruhiger Zielbestimmtheit auf den halbfertigen Todesstern zu.

Der Fährenkapitän und sein Kopilot nahmen im Cockpit letzte Messungen vor und überwachten Sinkflugfunktionen. Eine Folge von Tätigkeiten, die sie schon tausend Mal hinter sich gebracht hatten; trotzdem lag eine gewisse Anspannung in der Luft. Der Kapitän betätigte den Sendeschalter und sprach in sein Minimikrophon.

»Kommandostation, hier ST 321. Codefreigabe Blau. Wir beginnen mit dem Anflug. Sicherheitsabschirmung abschalten.«

Aus dem Lautsprecher Rauschen und Knacken, dann die Stimme des Hafenmeisters: »Sicherheits-Ablenkschild wird abgeschaltet, wenn wir Bestätigung für Ihre Codemeldung haben. Bleiben Sie auf Empfang . . .«

Wieder herrschte Stille im Cockpit. Der Fährenkapitän biß sich in die Wangenschleimhaut, lächelte seinen Kopiloten nervös an und murmelte: »So schnell es geht, bitte – es darf nicht lange dauern. Er ist nicht in der rechten Stimmung, um zu warten . . .«

Die beiden vermieden es, nach hinten ins Passagierabteil der Fähre zu blicken, wo das Licht für das Landemanöver jetzt gelöscht war. Das unverwechselbare Geräusch des mechanischen Atmens aus dem Schatten des Abteils erfüllte die Kabine mit schreckenerregender Spannung.

Im Kontrollraum des Todessterns unter ihnen bewegten sich Lotsen an den Steuertafeln hin und her, überwachten den gesamten Raumverkehr im Gebiet, genehmigten Flugabläufe, teilten bestimmten Fahrzeugen bestimmte Flugbereiche zu. Der Schildkontrolleur erschrak bei einem Blick auf seinen Monitor; der Sichtschirm zeigte die Kampfstation selbst, den Mond Endor und ein Energiegeflecht – den Ablenkschirm –, das sich vom grünen Mond hinauserstreckte und den Todesstern einhüllte. Aber nun begann das Sicherheitsnetz sich aufzulösen, zurückzuziehen, eine klare

Gasse zu bilden, einen Kanal, durch den der Punkt, die Fähre des Imperiums, unbehindert auf die titanenhafte Raumstation zuflog.

Der Schildkontrolleur rief über den Bildschirm rasch seinen Vorgesetzten, ungewiß, wie er weiter verfahren sollte.

»Was gibt es?« fragte der Offizier scharf.

»Die Fähre hat eine Prioritätseinstufung Klasse Eins.« Er versuchte die Furcht in seiner Stimme durch Ungläubigkeit zu ersetzen.

Der Offizier warf nur einen kurzen Blick auf den Bildschirm, bevor er begriff, wer sich in der Fähre befand, und sagte halblaut zu sich selbst: »Vader!«

Er eilte am Sichtfenster vorbei, wo die Fähre schon im Anflug zu sehen war, und machte sich auf den Weg zur Andockbucht. Er wandte sich an den zuständigen Mann.

»Teilen Sie dem Kommandeur mit, daß Lord Vaders Fähre eingetroffen ist.«

Die Fähre lag still, zwergenhaft in den Gewölbeweiten der riesigen Andockbucht. Hunderte Soldaten hatten unten an der Fährrampe zu beiden Seiten Aufstellung genommen – die weißgepanzerten Sturmtruppen des Imperiums, Offiziere in grauen Uniformen, die rotgewandete Eliteeinheit der Imperiumsgarde. Sie standen stramm, als Moff Jerjerrod hereinkam.

Jerjerrod – hochgewachsen, mager, arrogant – war der Kommandeur des Todessterns. Er ging ohne Eile die Reihen der Soldaten entlang zur Fährrampe. Hast kannte Jerjerrod nicht, denn sie bedeutete den Wunsch, anderswo zu sein, und er war ein Mann, der ganz entschieden genau dort war, wo er sein wollte. Große Männer zeigten niemals Eile, pflegte er mit Vorliebe zu sagen; große Männer sorgten dafür, daß *andere* sich beeilten.

Trotzdem war Jerjerrod nicht ohne Ehrgeiz, und der Besuch einer Persönlichkeit wie dieses Großen Schwarzen Lords durfte nicht zu leichtgenommen werden. Er blieb deshalb an der Fährenöffnung stehen und wartete – mit Respekt, aber ohne Hast.

Plötzlich ging die Ausstiegsluke der Fähre auf. Die angetretenen Soldaten standen noch strammer. Zuerst nur Dunkelheit, dann kamen Schritte; man hörte die charakteristischen elektrischen

Atemzüge wie das Schnaufen einer Maschine; und endlich trat Darth Vader, Lord der Sith, aus der Dunkelheit.

Vader schritt die Rampe hinunter und betrachtete die Versammlung. Er blieb stehen, als er Jerjerrod erreichte. Der Kommandeur neigte den Kopf und lächelte.

»Lord Vader, das ist ein unerwartetes Vergnügen. Eure Gegenwart ehrt uns.«

»Wir können auf die Höflichkeiten verzichten, Kommandeur.« Vaders Stimme hallte wie aus der Tiefe eines Schachts. »Der Kaiser macht sich Sorgen um Ihre Fortschritte. Ich bin hier, um Sie in den Zeitplan zurückzubringen.«

Jerjerrod erblaßte. Solche Nachrichten hatte er nicht erwartet.

»Ich versichere Euch, Lord Vader, meine Leuten arbeiten, so schnell sie können.«

»Vielleicht kann ich ihre Fortschritte mit Methoden fördern, auf die Sie noch nicht gekommen sind«, knurrte Vader. Er hatte natürlich seine Methoden, das wußte man. Ganz bestimmte Methoden.

Jerjerrod zwang sich zur Ruhe, obwohl tief in seinem Inneren ein Anflug von Hast seine Kehle zuzuschnüren begann.

»Das wird nicht notwendig sein, Mylord. Ich sage Euch, die Station wird ohne Frage zum festgesetzten Zeitpunkt einsatzfähig sein.«

»Ich fürchte, der Kaiser teilt Ihre optimistische Einschätzung der Lage nicht.«

»Ich fürchte, er verlangt das Unmögliche«, meinte der Kommandeur.

»Vielleicht können Sie ihm das erklären, wenn er eintrifft.« Vaders Gesicht hinter der tödlich schwarzen Maske, die ihn schützte, blieb unsichtbar, aber die Boshaftigkeit in der elektronisch modulierten Stimme war unverkennbar.

Jerjerrods Gesicht wurde noch fahler.

»Der Kaiser kommt hierher?«

»Ja, Kommandeur. Und er wird mit Mißvergnügen quittieren, daß Sie hinter dem Zeitplan immer noch herhinken, wenn er ankommt.« Er sprach sehr laut, um die Drohung an alle weiterzugeben, die ihn hören konnten.

»Wir werden unsere Bemühungen verdoppeln, Lord Vader.« Er meinte es ernst. Legten nicht manchmal auch große Männer Eile an den Tag, zu Zeiten, wo es unvermeidbar war?

Vader senkte die Stimme wieder.

»Das hoffe ich, Kommandeur, um Ihretwillen. Der Kaiser wird keine weitere Verzögerung bei der endgültigen Vernichtung der gesetzlosen Rebellen hinnehmen. Und wir haben nun geheime Nachrichten.« Er sprach so leise weiter, daß nur Jerjerrod ihn verstehen konnte. »Die Rebellenflotte hat ihre gesamten Kräfte zu einer einzigen, riesigen Armada vereinigt. Der Zeitpunkt ist da, zu dem wir sie gnadenlos mit einem einzigen Schlag zermalmen können.«

Für den Bruchteil einer Sekunde schien Vaders Atmung sich zu beschleunigen, dann nahm sie ihren gemessenen Rhythmus wieder auf, als wehe ein kalter Wind.

1

Um die kleine Lehmhütte heulte der Sandsturm wie ein Tier, das nicht sterben wollte, in Todesqualen. Im Inneren klangen die Geräusche gedämpfter.

Es war kühler in der Hütte, stiller und dunkler. Während die Bestie draußen tobte, arbeitete hier in diesem Raum der Nuancen und Schatten eine verhüllte Gestalt.

Gebräunte Hände, geheimnisvolle Werkzeuge umfassend, ragten aus den Ärmeln eines Kuttengewandes. Die Gestalt kauerte arbeitend am Boden. Vor ihr lag eine scheibenförmige Apparatur fremdartigen Aussehens. Aus einem Ende ragten Drähte, in die glatte Oberfläche waren Symbole eingeritzt. Der Mann in der Kutte schloß das verdrahtete Ende an einem röhrenförmigen, glatten Griff an, zog einen organisch aussehenden Stecker hindurch und schraubte ihn mit einem anderen Werkzeug fest. Er winkte einem Schatten in der Ecke, der sich auf ihn zubewegte.

Zögernd rollte die undeutliche Erscheinung auf die verhüllte Gestalt zu.

»Wrrr-dit dwiit?« fragte das kleine R2-Gerät schüchtern, als es herankam und einen halben Meter vor dem Kuttenmann mit dem seltsamen Gerät stillstand.

Der Verhüllte winkte den Droiden noch näher heran. Artoo Detoo rollte blinkend das letzte Stück, und die Hände griffen nach seinem kleinen Kuppelkopf.

Der dünne Sand fauchte über die Dünen von Tatooine. Der Wind schien aus allen Richtungen gleichzeitig zu blasen, wirbelte an manchen Stellen wie ein Taifun, schnürte sich dort zu Windhosen, verharrte irgendwo regungslos, ohne Sinn, ohne Zweck.

Durch die Ockerwüste schlängelte sich eine Straße. Ihr Aussehen veränderte sich fortwährend. In diesem Augenblick unter Verwehungen ockergelben Sandes, im nächsten reingefegt oder von der Hitze der über ihr wabernden Luft wild verzerrt. Eine Straße, mehr Luftspiegelung als Wirklichkeit, aber trotz allem ein Weg, dem es zu folgen galt. Denn nur auf ihm war der Palast von Jabba, dem Hutt, zu erreichen.

Jabba war der übelste Gangster der ganzen Galaxis. Er hatte seine Finger überall, Schmuggel, Sklavenhandel, Mord; seine Helfershelfer waren über die Sterne verstreut. Er sammelte und erfand Abscheulichkeiten, sein Hof war eine Höhle unaussprechlicher Verrohung. Manche behaupteten, Jabba hätte sich Tatooine nur deshalb als Residenz ausgesucht, weil er nur auf diesem wasserlosen Schmelztiegel von Planeten Hoffnung haben konnte, seine Seele vor dem endgültigen Verrotten zu bewahren – hier mochte die ausgedörrte Sonne seine Körpersäfte zu schwärender Lauge verdicken.

Wie auch immer, es war ein Ort, von dem nur wenige Leute guter Gesinnung wußten, geschweige denn auf den Gedanken kamen, sich ihm zu nähern. Es war ein Ort des Bösen, wo auch der Tapferste unter dem ansteckenden Blick von Jabbas Verderbtheit seine Kräfte schwinden fühlte.

»Puut-wIHt biDUU gung uhbel DIHp!« erklärte Artoo Detoo.

»Natürlich mache ich mir Sorgen«, sagte See Threepio nervös. »Und du solltest es auch tun. Der arme Lando Calrissian ist von hier nie wiedergekehrt. Kannst du dir vorstellen, was man mit ihm angestellt hat?«

Artoo pfiff schüchtern.

Der goldene Droid watete steifbeinig durch einen wandernden Sandhügel und blieb plötzlich stehen, als Jabbas Palast in einiger Entfernung düster aufragte. Artoo prallte beinahe mit ihm zusammen und rutschte hastig zur Seite.

»Paß doch auf, Artoo.« See Threepio ging weiter, aber mit langsameren Schritten, während sein kleiner Freund neben ihm herrollte. Im Gehen sprach er aufgeregt weiter. »Warum konnte Chewbacca die Botschaft nicht selbst überbringen? Nein, immer, wenn es einen unmöglichen Auftrag gibt, kommen sie zu uns.

Keiner macht sich Gedanken über Droiden. Manchmal frage ich mich ehrlich, warum wir uns das alles gefallen lassen.«

Und so plapperte er weiter auf dem letzten trostlosen Straßenstück, bis sie endlich die Palasttore erreichten, massive Eisentüren, höher, als daß Threepio hätte hinaufblicken können – Teil einer Folge von Stein- und Eisenmauern, aufgetürmt zu gigantischen Zylindertürmen, die aus einem Berg von dichtgepreßtem Sand aufzuragen schienen.

Die beiden Droiden hielten an den bedrohlichen Toren furchtsam Ausschau nach Anzeichen von Leben oder irgendeinem Signalgerät, mit dem sie ihre Anwesenheit kundtun konnten. Da sie von alledem nichts entdecken konnten, raffte Threepio seine ganze Entschlußfreudigkeit zusammen – diese Funktion war ihm vor langer Zeit einprogrammiert worden –, klopfte dreimal vorsichtig an das dicke Metalltor, drehte sich rasch nach Artoo um und sagte: »Scheint niemand da zu sein. Wir kehren um und sagen es Master Luke.«

Plötzlich öffnete sich in der Tormitte eine kleine Luke. Ein dünner Automatenarm schnellte heraus. An ihm war ein großer, elektronischer Augapfel befestigt, der die beiden Droiden unverhüllt anstarrte. Der Augapfel begann zu sprechen.

»Ti tschuta hhat yadd!«

Threepio richtete sich stolz auf, obwohl in seinen Schaltungen manches bebte. Er blickte das Auge an, zeigte auf Artoo und dann auf sich selbst.

»Artoo Detoowha bo Seethrepiosha i tuta ott mischka Jabba du Hutt.«

Das Auge blickte rasch von einem Roboter zum anderen, zog sich dann durch das kleine Fenster zurück und warf die Luke zu.

»Bu-dIHp gaNUUng«, flüsterte Artoo sorgenvoll.

Threepio nickte.

»Ich glaube nicht, daß sie uns hineinlassen, Artoo. Wir gehen lieber.« Er wandte sich ab, während Artoo ein widerstrebendes Viertonsignal piepte.

Daraufhin entstand ein entsetzliches knirschendes Kreischen, und das massive Eisentor stieg in die Höhe. Die beiden Droiden sahen einander skeptisch an und starrten in die gähnende schwarze Höhlung, die sich vor ihnen auftat. Sie blieben stehen, wagten nicht einzutreten und nicht zurückzuweichen.

Aus der Dunkelheit brüllte die fremdartige Stimme des Auges sie an: »Natt tscha!«

Artoo piepte und rollte hinein in die Finsternis. Threepio zögerte noch, dann hastete er seinem untersetzten Freund nach.

»Artoo, warte auf mich!« Sie blieben gemeinsam im klaffenden Eingang stehen, während Threepio rügte: »Du verirrst dich noch!«

Die Riesentür fiel mit einem gigantischen Knall, der durch die dunkle Höhle hallte, hinter ihnen zu. Einen Augenblick lang standen die beiden erschrockenen Roboter da, ohne sich zu bewegen, dann traten sie stockend vor.

Im nächsten Augenblick hatten sie Gesellschaft – drei große Gamorrer-Wachen, ungeschlachte, Schweinen ähnliche Gestalten, deren tiefverwurzelter Haß auf Roboter allgemein bekannt war. Die Wachen führten die beiden Droiden durch den dunklen Korridor, ohne ihnen auch nur ein Nicken zu gönnen. Als sie den ersten schwach beleuchteten Flur erreichten, grunzte einer von ihnen einen Befehl. Artoo piepte Threepio nervös fragend an.

»Das willst du gar nicht wissen«, erwiderte der goldene Droid bedrückt. »Teil du nur Master Lukes Botschaft mit und sieh zu, daß wir hier schnell wieder hinauskommen.«

Bevor sie einen weiteren Schritt tun konnten, näherte sich aus der Dunkelheit eines Quergangs eine Gestalt. Bib Fortuna, der wenig elegante Majordomus von Jabbas verkommener Hofhaltung. Er war ein hochgewachsenes, humanoides Geschöpf mit Augen, die nur sahen, was notwendig war, und einem wallenden Gewand, das alles verhüllte. Aus seinem Hinterkopf ragten zwei dicke greifarmähnliche Fortsätze, die zu verschiedenen Zeiten Greif-, Sinnes- und Wahrnehmungsfunktionen übernehmen konnten. Er trug sie entweder dekorativ über die Schultern gebreitet oder ließ sie, wenn die Gleichgewichtslage es erforderte, hinter sich wie einen Doppelzopf gerade herabhängen.

Er lächelte mit schmalen Lippen, als er vor den beiden Robotern stehenblieb.

»Die wanna wanga.«

Threepio gab sich amtlich.

»Die wanna wanga. Wir überbringen eine Nachricht für deinen Herrn, den Hutt Jabba.« Artoo piepte einen Zusatz, worauf Threepio nickte und hinzufügte: »Und ein Geschenk.« Er dachte kurz nach, blickte so verwirrt, wie es einem Droiden möglich war, und flüsterte Artoo laut zu: »Geschenk, was für ein Geschenk denn?«

Bib schüttelte heftig den Kopf.

»Nee Jabba no schlechta. Me tschade su Gutie.« Er streckte Artoo die Hand hin.

Der kleine Droid wich scheu zurück, protestierte aber anhaltend.

»bDuuu II NGrwrrr Op dbuDIHup!«

»Artoo, gib es ihm!« drängte Threepio. Artoo konnte ja wirklich manchmal *zu* binär sein.

Daraufhin wurde Artoo entschieden trotzig und piepte Fortuna und Threepio an, als sei *beiden* die Programmierung gelöscht worden.

Threepio nickte schließlich, kaum zufrieden mit Artoos Antwort. Er lächelte Bib bedauernd an.

»Er sagt, auf Anweisung unseres Herrn dürfen wir es nur Jabba persönlich übergeben.« Bib erwog die Frage kurz, während Threepio mit seiner Erklärung fortfuhr. »Es tut mir schrecklich leid. Ich fürchte, er ist in diesen Dingen ungemein störrisch.« Es gelang ihm, einen geringschätzigen und doch liebevollen Ton in seine Stimme zu legen, während er den Kopf zu seinem kleinen Begleiter hinüberneigte.

Bib bedeutete ihnen mit einer Geste, ihm zu folgen.

»Natt tscha.« Er ging zurück in die Dunkelheit, die Droiden auf den Fersen, während die drei Gamorrer hinterherstapften.

Als See Threepio in die Dunkelheit hineinschritt, murmelte er dem stummen R2-Gerät zu: »Artoo, ich habe da ein ganz schlechtes Gefühl.«

See Threepio und Artoo Detoo standen am Eingang des Thronsaals und schauten hinein.

»Das ist unser Untergang«, jammerte Threepio und wünschte sich zum tausendsten Mal, die Augen schließen zu können.

Der Saal war von Höhlenwand zu Höhlenwand mit dem tierischen Abschaum des Alls gefüllt. Groteske Wesen aus den verkommensten Sternsystemen, trunken von gewürztem Alkohol und ihren eigenen stinkenden Ausdünstungen. Gamorrer, verkrümmte Menschen, Jawas – alle den niedrigsten Lüsten frönend oder lauthals bösartige Taten diskutierend. Und an der Vorderseite des Saales, auf einem Podest mit Blick auf die Lasterhöhle, lag Jabba, der Hutt.

Sein Schädel hatte die drei-, wenn nicht vierfache Größe eines Menschenkopfes. Seine Augen waren gelb und reptilhaft – seine Haut glich der einer Schlange und war zusätzlich mit einer dünnen Schmierschicht bedeckt. Hals hatte er keinen, sondern nur eine Folge von Kinnen, die sich schließlich hinauswölbten zu einem gewaltigen, aufgedunsenen Leib, bis zum Platzen mit gestohlenen Leckerbissen vollgestopft. Verkümmerte, beinahe nutzlose Arme ragten aus seinem Oberkörper, die klebrigen Finger seiner linken Hand umfaßten träge den Saugstiel seiner Wasserpfeife. Er hatte keine Haare. Sie waren ihm durch eine Kombination von Krankheiten ausgefallen. Er besaß keine Beine – sein Rumpf verschmälerte sich einfach zu einem langen, dicken Schlangenschwanz, der sich wie eine Rolle Sauerteig über die ganze Länge des Podiums erstreckte. Sein lippenloser Mund war breit und reichte fast von Ohr zu Ohr. Unaufhörlich rann sein Speichel. Er war ganz und gar widerlich.

An ihn gekettet mit einem Halsband war ein trauriges, hübsches Tanzmädchen, eine Angehörige von Fortunas Gattung, mit zwei trockenen, wohlgeformten Anhängseln, die aus ihrem Hinterkopf ragten und verlockend an ihrem nackten, kräftig gebauten Rücken herabhingen. Sie hieß Oola. Mit verlorenem Blick saß sie so weit entfernt, wie ihre Kette das zuließ, am anderen Ende des Podests.

In der Nähe von Jabbas Bauch kauerte ein kleines, affenähnliches Reptil namens Salacious Crumb, der alles auffing, was an Essen und

Klebrigem aus Jabbas Händen oder Mund fiel, und es mit ekligem Gekicher verschlang.

Lichtstrahlen von oben beleuchteten teilweise die trunkenen Höflinge, als Bib Fortuna durch den Saal zum Podest ging. Der Saal bestand aus einer endlosen Folge von Nischen in Nischen, so daß vieles von den Vorgängen doch nur als Spiel von Schatten und Bewegungen wahrzunehmen war. Als Fortuna den Thron erreichte, beugte er sich geziert vor und flüsterte ins Ohr des sabbelnden Monarchen. Jabbas Augen verengten sich zu Schlitzen ... dann winkte er mit einem irren Lachen, man möge die beiden entsetzten Droiden heranbringen.

»Bo schuda«, keuchte der Hutt und überließ sich einem Hustenanfall. Obschon er eine Reihe von Sprachen beherrschte, war es für ihn Ehrensache, nur Huttisch zu sprechen. Seine einzige Ehrensache.

Die bebenden Roboter huschten vor den abstoßenden Herrscher, wiewohl er in höchstem Maß gegen ihre zutiefst einprogrammierten Empfindungen verstieß.

»Die Nachricht, Artoo, die Nachricht«, drängte Threepio.

Artoo pfiff kurz. Ein Lichtstrahl zuckte aus seinem Kuppelkopf und ließ ein Hologramm von Luke Skywalker entstehen, das vor ihnen auf dem Boden stand. Rasch wurde das Licht-Bild mehr als drei Meter groß, bis der junge Jedi-Krieger die versammelte Menge überragte. Im Saal wurde es schlagartig still, als Lukes riesenhafte Erscheinung sich Geltung verschaffte.

»Sei gegrüßt, Erhabener«, sagte das Hologrammbild zu Jabba. »Erlaubt, daß ich mich vorstelle. Ich bin Luke Skywalker, Jedi-Ritter und Freund von Kapitän Solo. Ich suche nach um eine Audienz bei Eurer Erhabenheit und möchte um sein Leben verhandeln.« Auf diesen Satz hin brach der ganze Saal in Gelächter aus, das Jabba mit einer knappen Handbewegung unterbrach. Luke schwieg nicht lange. »Ich weiß, daß Ihr mächtig seid, gewaltiger Jabba, und Euer Zorn auf Solo ebenso mächtig sein muß. Ich bin aber sicher, daß wir zu einer Abmachung gelangen können, die zu unserer beider Vorteil gereicht. Als Zeichen meines guten Willens biete ich Euch als

Geschenk – diese beiden Droiden.«

Threepio zuckte zurück, als hätte er sich verbrannt.

»Was?! Was hat er gesagt?«

Luke fuhr fort: »... Beide sind fleißig und werden Euch gute Dienste leisten.« Damit verschwand das körperlose Hologramm.

Threepio wackelte verzweifelt mit dem Kopf.

»O nein, das kann nicht sein. Artoo, du mußt die falsche Nachricht abgespielt haben.«

Jabba lachte und sabberte.

Bib sagte auf huttisch: »Verhandeln, statt zu kämpfen? Er ist kein Jedi.«

Jabba nickte bestätigend. Noch immer breit grinsend, fauchte er Threepio an: »Nichts wird verhandelt. Ich habe nicht die Absicht, auf meine Lieblingsdekoration zu verzichten.« Mit einem grausigen Kichern blickte er zu der schwach beleuchteten Nische neben dem Thron hinüber; dort hing flach an der Wand die karbonisierte Gestalt Han Solos; Gesicht und Hände ragten aus dem kalten, harten Block, als greife eine Statue in einem Meer aus Stein hinaus.

Artoo und Threepio marschierten bedrückt durch den muffigen Tunnel, angetrieben von einem Gamorrer. Zu beiden Seiten reihten sich Verliese aneinander. Die unbeschreiblichen Schreie der Qual, die aus dem Inneren drangen, als die Droiden vorbeigingen, hallten vom Gestein wider und verklangen in den endlosen Katakomben. Von Zeit zu Zeit schoben sich eine Hand, eine Kralle, ein Greifarm zwischen den Gitterstäben hindurch, um nach den unglückseligen Droiden zu greifen.

Artoo piepte elend. Threepio schüttelte nur den Kopf.

»Was kann über Master Luke nur gekommen sein? Habe ich irgend etwas falsch gemacht? Er hat nie erkennen lassen, daß wir mit meiner Arbeit nicht zufrieden war...«

Sie näherten sich einer Tür am Ende des Korridors. Sie glitt automatisch zur Seite, und der Gamorrer stieß die beiden vorwärts. Im Inneren wurden sie von ohrenbetäubenden Maschinengeräuschen mißhandelt – knarrende Räder, knallende Zylinderköpfe,

Wasserhämmer, Motorengeheul – während unaufhörlich wabernde Dampfschwaden die Sicht einschränkten. Das mußte entweder der Kesselraum sein oder die programmierte Hölle.

Ein gepeinigtes elektronisches Kreischen, als zerreiße ein Getriebe, lenkte ihre Aufmerksamkeit in eine Ecke des Raumes. Aus dem Nebel trat EV-9D9, eine dünne, menschenähnliche Roboterin mit einigen beunruhigend menschlichen Bedürfnissen. In der Düsternis hinter Ninedenine konnte Threepio sehen, wie einem Droiden auf einem Streckbett die Beine abgerissen wurden, während ein zweiter Droid, mit dem Kopf nach unten hängend, rotglühende Eisen an den Füßen erdulden mußte; das elektronische Kreischen war von ihm ausgegangen, als die Sensorschaltungen in seiner Metallhaut in Todesqual zerschmolzen. Threepio krümmte sich bei dem Laut; seine eigene Verdrahtung knisterte mitfühlend vor statischer Elektrizität.

Ninedenine blieb vor Threepio stehen und hob erwartungsvoll die Zangenhände.

»Ah, Neuerwerbungen«, sagte sie mit tiefer Befriedigung. »Ich bin Eve Ninedenine, Chefin der Kyborg-Abteilung. Du bist ein Protokoll-Droid, nicht wahr?«

»Ich bin See Threepio, Mensch-Kyborg-Re-«

»Ja oder nein genügt«, sagte Ninedenine eisig.

»Hm, ja«, antwortete Threepio. Dieses Roboterwesen würde ein Problem werden, soviel stand schon fest – eine jener Droidinnen, die immer wieder beweisen mußte, daß sie an Droidentum alle anderen übertraf.

»Wie viele Sprachen sprichst du?« fuhr Ninedenine fort.

Na, da kann ich dienen, dachte Threepio. Er ließ sein würdevollstes, offizielles Vorstellungsband laufen.

»Ich beherrsche fließend mehr als sechs Millionen Arten der Kommunikation und kann –«

»Ausgezeichnet!« unterbrach ihn Ninedenine freudig. »Wir sind ohne Dolmetscher, seitdem der Herr in Zorn geraten ist bei einer Äußerung des letzten Protokolldroiden und ihn zerblasen hat.«

»Zerblasen!« rief Threepio klagend. Alles Protokollmäßige war von ihm abgefallen.

Ninedenine wandte sich an einen Schweineaufseher, der plötzlich aufgetaucht war.

»Der da wird ganz nützlich sein. Verpaß ihm einen Zähmungsbolzen und bring ihn wieder hinauf in den großen Audienzsaal.«

Der Aufseher grunzte und stieß Threepio grob zur Tür.

»Artoo, laß mich nicht allein!« rief Threepio, aber der Bewacher packte ihn und riß ihn mit; dann war er verschwunden.

Artoo stieß einen langgezogenen, klagenden Schrei aus, als Threepio verschleppt wurde. Dann drehte er sich zu Ninedenine herum und stieß viele wutentbrannte Pfeiflaute hintereinander aus.

Ninedenine lachte.

»Du bist ja ein lebhafter kleiner Kerl, wirst aber bald Respekt lernen. Ich kann dich auf dem Segelschiff des Herrn brauchen. Mehrere unserer Astrodroiden sind in letzter Zeit verschwunden – wohl gestohlen zum Ausschlachten. Ich glaube, da paßt du gut hinein.«

Der Droid auf dem Streckbett stieß einen gellenden Hochfrequenzschrei aus, Funken sprühten auf, dann war er stumm.

Der Hof von Jabba, dem Hutt, wand sich in bösartiger Ekstase. Oola, das wunderschöne, an Jabba gekettete Geschöpf, tanzte in der Mitte des Saales, während die betrunkenen Ungeheuer sie anfeuerten und mit obszönen Angeboten überhäuften. Threepio hielt sich argwöhnisch hinter dem Thron, bemüht, möglichst wenig aufzufallen. Von Zeit zu Zeit mußte er sich wegducken, um einer in seine Richtung geschleuderten Frucht zu entgehen, oder er mußte einem wegrollenden Körper ausweichen. Die meiste Zeit blieb er im Hintergrund, so gut es ging. Was sollte ein Protokoll-Droid anderes tun, wo von Protokoll so wenig die Rede war?

Jabba feixte lüstern durch den Rauch seiner Wasserpfeife und winkte Oola zu sich. Sie hörte sofort zu tanzen auf, einen angstvollen Ausdruck auf dem Gesicht, und wich kopfschüttelnd zurück. Offenbar hatte sie derartige Aufforderungen schon früher bekommen.

Jabba war wütend. Er zeigte in unmißverständlicher Weise auf einen Platz neben sich auf der Estrade.

»Da itha!« knurrte er.

Oola schüttelte heftiger den Kopf, ihr Gesicht war eine Maske des Entsetzens.

»Na tschuba negatori. Na! Na! Natuta . . .«

Jabba geriet außer sich. Aufgebracht zeigte er auf Oola.

»Boscka!«

Jabba drückte auf einen Knopf, während er Oolas Kette löste. Bevor sie fliehen konnte, klappte eine knirschende Falltür im Boden hinunter, und sie stürzte in die Grube darunter. Die Falltür klappte augenblicklich wieder zu. Ein Augenblick der Stille, gefolgt von einem gedämpften, grollenden Brüllen, gefolgt von einem Entsetzensschrei, dem wieder Stille folgte.

Jabba lachte, bis der Speichel verstärkt rann. Ein Dutzend Zecher stürzte zum Gitter, um den Tod der schönen Tänzerin zu beobachten.

Threepio schrumpfte noch mehr zusammen und suchte eine Stütze in der Karbonitgestalt Han Solos, die als Halbrelief über dem Boden hing. Da war nun wirklich ein Mensch ohne jede Empfindung für Protokollgerechtes, dachte Threepio wehmütig.

Seine Versonnenheit wurde unterbrochen von einer unnatürlichen Stille, die sich plötzlich über den Saal legte. Er hob den Kopf und sah Bib Fortuna durch die Menge gehen, begleitet von zwei Gamorrern, gefolgt von einem brutal aussehenden Kopfjäger mit Umhang und Helm, der seine Beute an der Leine führte: Chewbacca, der Wookie.

Threepio ächzte fassungslos.

»O nein! Chewbacca!« Die Zukunft sah wahrlich trostlos aus.

Bib murmelte einige Worte in Jabbas Ohr und zeigte auf den Kopfjäger und seinen Gefangenen. Jabba lauschte aufmerksam. Der Kopfjäger war ein Humanoid, klein und brutal. Um sein Wams war ein Patronengurt geschlungen, und ein Augenschlitz in seiner Helmmaske erweckte den Eindruck, er könne durch alles hindurchblicken. Er verbeugte sich tief und begann in fließendem Ubeso zu sprechen.

»Sei gegrüßt, Majestätischer. Ich bin Boushh.« Es war eine metallisch klingende Sprache, gut geeignet für die verdünnte Atmosphäre des Heimatplaneten, auf dem diese Nomadengattung sich entwickelt hatte.

Jabba antwortete in derselben Sprache, wenn auch sein Ubeso gestelzt und stockend klang.

»Endlich hat mir jemand den gewaltigen Chewbacca gebracht . . .« Er wollte fortfahren, stolperte aber über das Wort, das er gebrauchen wollte. Mit brüllendem Lachen wandte er sich an Threepio. »Wo ist mein Sprechdroid?« dröhnte er und winkte Threepio heran. Widerstrebend gehorchte der würdevolle Roboter.

Jabba befahl ihm jovial: »Begrüße unseren Söldnerfreund und frag ihn nach seinem Preis für den Wookie.«

Threepio übersetzte für den Kopfjäger. Boushh hörte aufmerksam zu, während er gleichzeitig die wilden Wesen im Saal in Augenschein nahm, mögliche Ausgänge, mögliche Geiseln, wunde Punkte. Vor allem fiel ihm Boba Fett in der Nähe der Tür auf, der Söldner mit der Stahlmaske, der Han Solo zur Strecke gebracht hatte.

Boushh nahm das alles in einem einzigen Augenblick zur Kenntnis, dann sagte er in seiner Muttersprache gleichmütig zu Threepio:

»Ich verlange fünfzigtausend, nicht weniger.«

Threepio dolmetschte halblaut für Jabba, der auf der Stelle einen Wutanfall bekam und mit einem einzigen Hieb seiner Schwanzpartie den goldenen Droiden vom Thronpodest fegte. Threepio krachte klappernd auf den Boden, wo er kurz liegenblieb, ungewiß, wie eine solche Situation protokollarisch zu behandeln sei.

Jabba tobte in kehligem Huttisch weiter, Boushh rückte seine Waffe zurecht. Threepio seufzte, stieg mühsam auf die Estrade zurück, faßte sich und begann Boushh in freier Übertragung zu vermitteln, was Jabba von sich gab.

»Fünfundzwanzigtausend, mehr will er nicht bezahlen . . .«, teilte Threepio mit.

Jabba winkte seinen Schweineaufsehern, Chewbacca zu ergreifen, während zwei Jawas Boushh in Schach hielten. Auch Boba Fett hob die Waffe. Jabba fügte ergänzend zur Übertragung durch Threepio hinzu: »Fünfundzwanzigtausend und dazu sein Leben.«

Threepio dolmetschte. Alles war still geworden, angespannt, unsicher. Schließlich sagte Boushh mit leiser Stimme zu Threepio: »Sag dem aufgedunsenen Müllsack, daß er mehr bieten muß, sonst puhlen sie sein Stinkfell aus allen Ritzen hier im Saal. Ich habe eine Thermalbombe in der Hand.«

Threepio richtete den Blick plötzlich scharf auf die kleine Silberkugel, die Boushh halb verdeckt in der linken Hand hielt. Sie ließ ein leises, bedrohliches Summen hören. Threepio blickte nervös auf Jabba; dann sah er wieder Boushh an.

Jabba fauchte den Droiden an: »Also? Was hat er gesagt?«

Threepio räusperte sich.

»Euer Hoheit, er, aäh . . . Er –«

»Heraus damit, Droid!« brüllte Jabba.

»O je«, entfuhr es Threepio. Er bereitete sich innerlich auf das Schlimmste vor, dann sprach er Jabba in makellosem Huttisch an. »Boushh bekundet höflich sein Nichteinverständnis mit Eurer Herrlichkeit und bittet Euch, den Betrag neu zu überdenken . . . oder er wirft die Thermalbombe, die er in der Hand hält.«

Augenblicklich ging ein erregtes Raunen durch den Saal. Alles wich einen Meter zurück, ganz so, als bringe das Schutz. Jabba starrte die Kugel in der Hand des Kopfjägers an. Sie begann zu leuchten. Die Zuschauer erstarrten.

Jabba blickte lange Sekunden bösartig auf den Kopfjäger. Dann ging langsam ein befriedigtes Grinsen über seinen riesigen, häßlichen Mund. Aus der Kloake seines Bauchs blubberte Lachen wie Gas aus einem Sumpf.

»Dieser Kopfjäger ist Abschaum, wie er mir behagt. Furchtlos und erfinderisch. Sag ihm Fünfunddreißigtausend, nicht mehr – und er soll es nicht zu weit treiben.«

Threepio fühlte sich angesichts dieser Wendung der Dinge gewaltig erleichtert. Er übersetzte für Boushh. Alles starrte gebannt auf den Kopfjäger, um seine Reaktion zu verfolgen; Schußwaffen waren in Bereitschaft.

Dann ließ Boushh einen Druckschalter an der Thermalbombe los, und sie erlosch.

»Sihbass«, sagte er mit einem Nicken.

»Er ist einverstanden«, sagte Threepio zu Jabba.

Die Menge jubelte; Jabba atmete auf.

»Komm, mein Freund, mach mit bei unsrem Fest. Ich finde vielleicht noch andere Aufträge für dich.«

Threepio dolmetschte, während die Festlichkeit in ihr wüstes Treiben zurückfiel.

Chewbacca knurrte halblaut, als die Gamorrer ihn fortführten. Er hatte gute Lust, ihnen die Köpfe aneinanderzuhauen, nur, weil sie so häßlich aussahen, oder um alle Anwesenden daran zu erinnern, was ein Wookie war – aber in Türnähe entdeckte er ein bekanntes Gesicht. Hinter einer Halbmaske aus Grubeneberzähnen verbarg sich ein Mensch in der Uniform eines Skiffsaufsehers – Lando Calrissian. Chewbacca ließ sich nichts anmerken und leistete auch keinen Widerstand, als der Bewacher ihn hinauszerrte.

Lando war es vor Monaten gelungen, in dieses Madennest einzudringen, um zu erkunden, ob es möglich sei, Solo aus Jabbas Händen zu befreien. Er hatte das aus mehreren wichtigen Gründen getan.

Erstens deshalb, weil er – zu Recht – das Gefühl hatte, es sei seine Schuld, daß Han sich in dieser mißlichen Lage befand, und er das wieder gutmachen wollte, freilich stets vorausgesetzt, daß er dabei nicht selbst zu Schaden kam. Hier aber unterzutauchen und wie einer der Piraten selbst zu wirken, war für Lando jedoch kein Problem – es gehörte zu seinem Lebensstil, als das aufzutreten, was er nicht war.

Zweitens wollte er sich mit Han Solos Freunden an der Spitze der Rebellenallianz zusammentun. Sie legten es darauf an, das Imperium zu schlagen, und er hatte sich in seinem ganzen Leben nie etwas dringlicher gewünscht als dies. Die Imperiumspolizei war ihm einmal zu oft in die Quere gekommen, also galt es, sich endlich zu revanchieren. Außerdem war Lando gerne mit Solos Verein im Bunde, weil diese Leute immer genau da zu stehen schienen, wo gegen das Imperium vorgegangen wurde.

Drittens hatte Prinzessin Leia ihn um Hilfe gebeten, und einer Prinzessin konnte er nichts abschlagen. Ganz abgesehen davon, daß man nicht wissen konnte, auf welche Weise sie eines Tages ihren Dank abstatten mochte.

Schließlich hätte Lando alles darauf verwettet, daß es nicht möglich sei, Han hier herauszuholen – und die Wette, der Lando hätte widerstehen können, war noch nicht erfunden.

So brachte er seine Tage damit zu, möglichst viel im Auge zu behalten und zu planen. Das tat er auch jetzt, als Chewie fortgeführt wurde – er schaute zu und tauchte dann unter.

Die Kapelle begann zu spielen, geleitet von einem blauen Heuler namens Max Rebo, der Schlappohren hatte. Tanzpaare strömten hinzu. Die Höflinge überbrüllten einander und schütteten noch mehr in sich hinein.

Boushh lehnte an einer Säule und besah sich die Vorgänge. Sein Blick ging gelassen durch den ganzen Saal, erfaßte die Tänzer, die Raucher, die Säufer, die Spieler . . . bis er auf einen ebenso kühlen Blick von der anderen Seite des Saales stieß. Boba Fett beobachtete ihn.

Boushh verlagerte ein wenig das Gewicht und wog die Waffe, die wie ein kleines Kind in seinen Armen lag. Boba Fett blieb regungslos, ein arrogantes Hohnlächeln hinter der unheimlichen Maske.

Schweinewachen führten Chewbacca durch den unbeleuchteten Verliesgang. Ein Greifarm schob sich aus einer der Gittertüren und berührte den sinnierenden Wookie.

»Rriiiarr!« brüllte er auf, und der Greifarm schoß in die Zelle zurück.

Die nächste Tür stand offen. Bevor Chewie sich umsah, wurde er von den Bewachern gemeinsam mit Schwung hineingeschleudert. Die Tür fiel krachend zu, er war allein im Dunkeln.

Er hob den Kopf und ließ einen langgezogenen, klagenden Heullaut ertönen, der hinaufgetragen wurde durch den ganzen Berg aus Eisen und Sand bis zum unendlich geduldigen Himmel.

Der Thronsaal war still, dunkel und leer. Die Nacht schob sich in die unratübersäten Ecken. Blut, Wein und Speichel befleckten den Boden, zerfetzte Kleidung hing an Lampen, Bewußtlose lagen zusammengekrümmt unter zerschlagenem Mobiliar. Das Fest war vorbei.

Eine dunkle Gestalt huschte lautlos durch die Schatten, verhielt hier an einer Säule, dort an einem Standbild. Der Mann schlich an den Wänden entlang durch den Raum, stieg einmal über eine schnarchende Yakfratze. Man hörte nie ein Geräusch. Das war Boushh, der Kopfjäger.

Er erreichte den verhängten Alkoven, neben dem der Block, der Han Solo war, getragen von einem Kraftfeld an der Wand hing. Boushh schaute sich verstohlen um, dann legte er einen Hebel nicht weit neben dem Karbonsarg um. Das Summen des Kraftfelds sank tiefer, der schwere Monolith glitt langsam auf den Boden hinab.

Boushh trat näher heran und betrachtete das erstarrte Gesicht des Raumpiraten. Er berührte Solos karbonversteinerte Wange verwundert wie einen seltenen, kostbaren Edelstein. Kalt und hart wie ein Diamant.

Einige Sekunden lang studierte er die Regler an der Seite des Blocks, dann betätigte er eine Reihe von Schaltern. Schließlich, nach einem letzten, zögernden Blick auf die lebende Statue vor sich, kippte er den Dekarbonisierhebel.

Das Gehäuse gab ein schrilles Geräusch von sich. Sorgenvoll blickte Boushh erneut in die Runde, um sich zu vergewissern, daß niemand lausche. Langsam begann die harte Schale über den Zügen von Solos Gesicht abzuschmelzen. Bald war der Überzug an der ganzen Vorderseite von Solos Körper verschwunden. Seine erhobenen Hände – so lange in stummem Protest erstarrt – fielen schlaff herab. Sein Gesicht entspannte sich zu einem Ausdruck, der mit nichts so viel Ähnlichkeit hatte wie mit einer Totenmaske. Boushh löste den leblosen Körper aus dem Gehäuse und ließ ihn langsam zu Boden gleiten.

Er führte den grausigen Helm nah an Solos Gesicht heran und versuchte angestrengt Lebenszeichen wahrzunehmen. Keine Atmung. Kein Puls.

Schlagartig riß Han die Augen auf und begann zu husten. Boushh stützte ihn, versuchte ihn zu beruhigen – noch waren Wachen unterwegs, die ihn hören mochten.

»Still!« flüsterte er. »Ganz ruhig.«

Han starrte mit zusammengekniffenen Augen zu der Gestalt über sich hinauf.

»Ich kann nichts sehen . . . Was ist – passiert?« Ihm war, man konnte es verstehen, die Orientierung verlorengegangen, nachdem er sechs Monate auf diesem Wüstenplaneten im Tiefschlaf verbracht hatte – für ihn eine Zeit ohne Ende. Es war eine grauenvolle Empfindung gewesen – so, als hätte er eine Ewigkeit lang versucht einzuatmen, sich zu bewegen, zu schreien, jeden Augenblick in bewußter, schmerzhafter Erstickung – und nun wurde er schlagartig in eine laute, schwarze, kalte Grube geworfen.

Seine Sinne überfielen ihn alle gleichzeitig. Die Luft biß mit tausend Eiszähnen in seine Haut; die Undurchsichtigkeit seines Sehens war nicht zu durchdringen; Wind schien mit Orkanstärke um seine Ohren zu tosen; er konnte nicht erkennen, was oben, was unten war; die zahllosen Gerüche, die sich auf seine Nase stürzten, erregten Übelkeit, die Speicheldrüsen wollten ihre Arbeit nicht einstellen, alle Knochen schmerzten – und dann kamen die Halluzinationen.

Bilder aus seiner Kindheit, von seinem letzten Frühstück, von vielen Piratenstücken . . . als wären alle Bilder und Erinnerungen seines Lebens in einen Luftballon zusammengepreßt, der Ballon platzte, und sie flatterten alle auf einmal heraus, wild durcheinander. Es war fast niederschmetternd, eine Flut, kaum zu verkraften für die Sinne, für das Gedächtnis. Menschen waren in den ersten Minuten nach der Dekarbonisierung wahnsinnig geworden, hoffnungslos, unheilbar wahnsinnig – hatten nie mehr die zehn Milliarden Einzelbilder in den Griff bekommen können, die eine Lebensspanne in eine Art zusammenhängender, auswählender Ordnung faßten.

Solo war nicht so leicht niederzuwerfen. Er schwamm auf dem Kamm dieser Springflut von Eindrücken, bis sie verebbte zu einer starken Dünung, den Großteil seiner Erinnerungen untergehen ließ, nur das neueste Treibgut im Schaum der Oberfläche zurücklassend: der Verrat durch Lando Calrissian, den er einst Freund genannt hatte; sein defektes Raumschiff; sein letzter Blick auf Leia; seine Gefangennahme durch Boba Fett, den Kopfjäger mit der Eisenmaske, der ...

Wo war er jetzt? Was war geschehen? Seine letzte Erinnerung betraf Fett, der zusah, wie er langsam versteinerte. War dies wieder Fett, der ihn auftaute, um ihm noch mehr Qualen zuzufügen? Die Luft brüllte in seinen Ohren, seine Atmung erschien ihm unregelmäßig, unnatürlich. Er schwenkte die Hand vor den Augen.

Boushh versuchte ihn zu beruhigen.

»Du bist frei vom Karbonit und hast die Übergangskrankheit. Dein Sehvermögen kommt bald wieder. Komm, wir müssen uns beeilen, wenn wir von hier fortkommen wollen.«

Reflexartig packte Han den Kopfjäger, betastete die Gitter-Gesichtsmaske, zog die Hände zurück.

»Ich gehe nirgends hin – ich weiß nicht einmal, wo ich bin.« Er begann plötzlich stark zu schwitzen, als sein Herz wieder Blut pumpte, und sein Verstand suchte nach Antworten. »Wer bist du überhaupt?« fragte er argwöhnisch. Vielleicht war es doch Boba Fett.

Der Kopfjäger hob die Hände und nahm den Helm ab. Darunter erschien das schöne Gesicht von Prinzessin Leia.

»Jemand, der dich liebt«, flüsterte sie, nahm sein Gesicht zart zwischen ihre Hände, die immer noch Handschuhe trugen, und küßte ihn lange auf den Mund.

2

Han strengte sich an, sie zu sehen, obwohl er die Augen eines Neugeborenen hatte.

»Leia! Wo sind wir?«

»In Jabbas Palast. Ich muß dich ganz schnell hier herausholen.«

Er setzte sich unsicher auf.

»Alles ist verschwommen ... Ich werde nicht viel helfen können ...«

Sie sah ihn einen langen Augenblick an, ihren blinden Geliebten – sie hatte Lichtjahre hinter sich gebracht, um ihn zu finden, ihr Leben aufs Spiel gesetzt, hart errungene Zeit verspielt, die von der Rebellion dringend gebraucht wurde, Zeit, die für persönliche Suchaktionen und private Wünsche wegzuwerfen sie sich eigentlich nicht leisten konnte ... aber sie liebte ihn.

Ihre Augen füllten sich mit Tränen.

»Wir schaffen es«, flüsterte sie.

Impulsiv umarmte und küßte sie ihn wieder. Auch er wurde schlagartig von Gefühlen durchflutet – zurück von den Toten, die schöne Prinzessin in seinen Armen, dabei, ihn aus dem Schlund des Untergangs zu reißen. Er fühlte sich überwältigt. Unfähig, sich zu bewegen, ja, zu sprechen, hielt er sie krampfhaft fest, die blinden Augen geschlossen vor all den scheußlichen Realitäten, die bald genug auf ihn hereinstürzen würden. Früher noch, als er erwartete.

Ein ekelerregend knarrendes Geräusch wurde hinter ihnen plötzlich nur allzu deutlich. Han öffnete die Augen, konnte aber immer noch nichts sehen. Leia blickte hinauf zu der Nische und riß entsetzt die Augen auf. Der Vorhang war zurückgezogen worden, und der ganze Bereich bestand vom Boden bis zur Decke aus einer Galerie der abscheulichsten Ungeheuer von Jabbas Hof – glotzend, sabbernd, schnaufend.

Leias Hand flog an ihren Mund.

»Was ist?« drängte Han. Irgend etwas war offenkundig ganz und gar nicht in Ordnung. Er starrte in seine eigene Schwärze hinein. Von der anderen Seite des Alkovens erhob sich ein gräßliches Keckern. Ein Hutt-Keckern.

Han preßte die Hände an den Kopf und schloß erneut die Augen, wie um das Unausweichliche nur noch einen Augenblick länger fernzuhalten.

»Dieses Lachen kenne ich.«

Der Vorhang auf der anderen Seite wurde aufgerissen. Dort saßen Jabba, Ishi Tib, Bib, Bobba und mehrere Wächter. Sie alle begannen zu lachen, lachten weiter, lachten, um zu strafen.

»So, so, was für ein rührender Anblick«, sagte Jabba säuselnd. »Han, mein Junge, dein Geschmack an Begleitern hat sich gebessert, wenn auch nicht dein Glück.«

Sogar blind konnte Solo schnell in seine Überredungskünste verfallen.

»Hör zu, Jabba, ich war unterwegs zu dir zurück, als ich ein bißchen abgelenkt wurde. Ich weiß, wir hatten Meinungsverschiedenheiten, aber ich bin sicher, wir kommen zu einer Einigung...«

Diesmal lachte Jabba wirklich in sich hinein.

»Dafür ist es zu spät, Solo. Du magst der beste Schmuggler im Geschäft gewesen sein, aber jetzt bist du Bantha-Futter.« Sein Lächeln verschwand, er winkte seinen Wächtern. »Packt ihn.«

Wachen packten Leia und Han. Sie zerrten den corellanischen Piraten davon, während Leia sich an Ort und Stelle weiter wehrte.

»Wie ich ihn töte, entscheide ich später«, murmelte Jabba.

»Ich bezahle das Dreifache«, rief Solo. »Jabba, du wirfst ein Vermögen weg. Sei kein Narr.« Dann war er verschwunden.

Lando trat aus den Reihen der Bewacher rasch hervor, griff nach Leia und wollte sie fortführen.

Jabba hielt sie auf.

»Warte! Bring sie zu mir.«

Lando und Leia blieben wie angewurzelt stehen. Lando wirkte angespannt, ungewiß, was zu tun sei. Es war noch nicht ganz an der Zeit, zu handeln. Die Chancen standen noch nicht ganz richtig. Er wußte, daß er einen wichtigen Trumpf in der Hand hatte, und diesen mußte man auszuspielen verstehen, wenn man gewinnen wollte.

»Ich komme schon zurecht«, flüsterte Leia.

»Da bin ich nicht so sicher«, erwiderte er. Aber der Augenblick war vorbei; jetzt war nichts mehr zu machen. Er und Ishi Tib, der Vogelechsler, schleppten die junge Prinzessin vor Jabba.

Threepio, der von seinem Platz hinter Jabba aus alles verfolgt hatte, konnte nicht mehr hinsehen. Er wandte sich in höchster Furcht ab.

Leia dagegen stand hochaufgerichtet vor dem abscheulichen Monarchen. Ihr Zorn war auf dem Höhepunkt. In der ganzen Galaxis herrschte Krieg, und hier auf diesem Staubklumpen von Planeten von diesem miserablen Geschöpf festgehalten zu werden, war mehr, als sie ertragen konnte. Trotzdem zwang sie ihre Stimme zur Ruhe, denn schließlich war sie eine Prinzessin.

»Wir haben mächtige Freunde, Jabba. Das wirst du bald bereuen...«

»Sicher, sicher«, brummte der alte Gangster erheitert, »aber inzwischen werde ich das Vergnügen deiner Gegenwart gründlich genießen.«

Er zog sie gierig an sich, bis ihre Gesichter nur Zentimeter voneinander entfernt waren, ihr Bauch an seine ölige Schlangenhaut gepreßt. Sie erwog, ihn auf der Stelle zu töten, hielt sich mit ihrer Wut aber zurück, weil der Rest des Abschaums hier sie vielleicht umbringen ließ, bevor sie zusammen mit Han entkommen konnte. Mit der Zeit würden sich die Aussichten gewiß verbessern. Sie schluckte also krampfhaft und ertrug vorübergehend diesen Schleimkoloß, so gut sie konnte.

Threepio spähte kurz heraus und zog sich sofort wieder zurück.

»O nein, ich kann nicht zusehen.«

Jabba, das Scheusal, schob seine dicke, tropfende Zunge zur Prinzessin hinaus und schlabberte ihr einen bestialischen Kuß mitten auf den Mund.

Han wurde unsanft in die Verlieszelle geworfen; die Tür fiel krachend hinter ihm ins Schloß. Er stürzte im Dunkeln zu Boden, raffte sich wieder auf und setzte sich an die Wand. Nachdem er ein paarmal mit der Faust auf den Boden geschlagen hatte, beruhigte er sich und versuchte seine Gedanken zu ordnen.

Dunkelheit. Ach, verdammt, blind war blind. Sinnlos, sich auf einem Meteoriten Mondtau zu wünschen. Aber es war einfach zum Verzweifeln, so aus der Tiefkühlung zu kommen, gerettet von der einen Person, die ...

Leia! Dem Sternenkapitän sank der Mut, als er daran dachte, was in diesem Augenblick mit ihr geschehen mochte. Wenn er nur gewußt hätte, wo er war. Versuchsweise klopfte er an die Mauer hinter sich. Massiver Fels.

Was konnte er tun? Vielleicht verhandeln. Aber was hatte er zu bieten? Dumme Frage, dachte er – wann habe ich schon einmal etwas besessen, bevor ich damit handeln konnte?

Aber was? Geld? Jabba hatte mehr, als er je zählen konnte. Vegnügungen? Für Jabba gab es kein größeres Vergnügen, als die Prinzessin zu schänden und Solo zu töten. Nein, es sah schlecht aus – sogar so schlecht, als könnte es gar nicht mehr schlechter werden.

Dann hörte er das Knurren. Ein tiefes, gewaltiges Knurrfauchen aus der dichten Schwärze in der hinteren Ecke der Zelle, das Knurren einer großen, wutentbrannten Bestie.

Die Haare an Solos Armen richteten sich auf. Er erhob sich, mit dem Rücken zur Wand.

»Scheine Gesellschaft zu haben«, murmelte er.

Das wilde Wesen brüllte ein irrsinniges »Groaarrrr!« und raste geradewegs auf Solo zu, packte ihn brutal um den Brustkorb, hob ihn vom Boden hoch und preßte ihm den Atem ab.

Han blieb einige lange Sekunden völlig regungslos. Er traute seinen Ohren nicht.

»Chewie, bist du das?!«

Der riesige Wookie bellte vor Freude.

Zum zweiten Mal in einer Stunde wurde Solo von Glücksgefühl überwältigt, aber hier aus einem ganz anderen Grund.

»Gut, gut, warte doch, du zerdrückst mich ja.«

Chewbacca setzte seinen Freund ab. Han griff hinauf und kraulte seinen Partner an der Brust; Chewie jaulte wie ein kleiner Hund.

»Hör mal, was geht hier überhaupt vor?« Han war sofort wieder im Gleis. Unfaßbar, dieser glückliche Zufall! Hier war jemand, mit dem er einen Plan schmieden konnte. Und nicht nur irgend jemand, sondern sein treuester Freund in der ganzen Galaxis.

Chewie brachte ihn in ausführlicher Rede auf den laufenden Stand.

»Arh ahrhch sphahrch rahr aurowhararr grop rahp ra.«

»Landos Plan? Was macht *er* hier?«

Chewie bellte ausgiebig.

Han schüttelte den Kopf.

»Ist Luke verrückt? Warum hast du auf ihn gehört? Der Kleine kann nicht mal auf sich selbst aufpassen, geschweige denn irgend jemanden retten.«

»Rauhr ahrhch ohff ahrahrrarauu rauh raunhghr grrgrrfr rf rf.«

»Ein Jedi-Ritter? Aber, aber. Ich spiele mal kurze Zeit nicht mit, und schon meint jeder . . .«

Chewbacca knurrte anhaltend.

Han nickte zweifelnd in die Dunkelheit.

»Das glaube ich erst, wenn ich es sehe –«, gab er zurück und marschierte voll gegen die Wand.

Das eiserne Haupttor von Jabbas Palast öffnete sich mit rauhem Scharren, geölt nur vom Sand und der Zeit. Draußen im Staubsturm stand Luke Skywalker und starrte in den schwarzen Höhleneingang.

Er trug das lange Gewand eines Jedi-Ritters, eigentlich eine Art Soutane, aber weder Schußwaffe noch Lichtsäbel. Er stand locker da, ohne Keckheit, und sah sich den Ort an, bevor er eintrat. Er war ein Mann geworden. Weiser als ein Mann, älter mehr durch den Verlust als durch die Jahre. Verlust von Illusionen, Verlust von Abhängigkeit. Verlust von Freunden an den Krieg. Verlust von Schlaf an die Strapaze. Verlust von Lachen. Verlust seiner Hand.

Aber von allen Verlusten, die er erlitten hatte, war der größte der, der aus dem Wissen und der tiefen Erkenntnis kam, daß er alles, was er wußte, nie mehr vergessen konnte. So viele Dinge, von denen er sich wünschte, sie nie gelernt zu haben. Er war gealtert unter der Last seines Wissens.

Wissen brachte natürlich Nutzen. Er war nicht mehr so impulsiv wie früher. Die Reife hatte ihm einen klaren Blick verliehen, einen Rahmen gestellt, in den er die Ereignisse seines Lebens einfügen konnte – ein Gerüst aus räumlichen und zeitlichen Koordinaten, die sein Dasein überspannten zurück zu den frühesten Erinnerungen und hinaus zu hundert Zukunftsalternativen. Ein Gerüst von Tiefen und Rätseln und Zwischenräumen, durch die Luke auf jedes neue Geschehnis in seinem Leben blicken und es im richtigen Licht sehen konnte. Ein Gerüst von Schatten und Ecken, das sich hinauszog bis zum Fluchtpunkt am Horizont von Lukes Denken. Und alle diese Schattenkästen, die den Dingen so viel Perspektive gaben ... nun, dieses Gerüst verlieh seinem Leben eine gewisse Dunkelheit.

Nichts Greifbares, versteht sich – und außerdem hätten manche behauptet, diese Schattierung statte seine Persönlichkeit mit einer gewissen Tiefe aus, wo sie vorher dürftiger gewesen war, ohne Dimension – wenngleich eine solche Unterstellung vermutlich von übersättigten Kritikern gekommen wäre, die eine übersättigte Zeit widerspiegelten. Nichtsdestoweniger gab es nun ein Maß an Düsternis.

Das Wissen vermittelte noch andere Vorteile: vernünftiges Denken, Manieren, Auswählen. Von ihnen allen war das Auswählen ein wahrhaft zweischneidiges Schwert, aber seine Vorteile hatte es trotzdem.

Überdies war er jetzt in der Kunst der Jedi geschult, wo er vorher nur ein verwöhnter Junge gewesen.

Er hatte mehr Bewußtsein.

Das waren gewiß alles wünschenswerte Eigenschaften, und Luke wußte so gut wie irgendeiner, daß alles wachsen muß, was lebt. Trotzdem, sie brachte eine gewisse Traurigkeit mit sich, die Summe all dieses Wissens. Ein gewisses Bedauern. Aber wer konnte es sich in solchen Zeiten leisten, ein Junge zu sein?

Luke ging mit entschlossenen Schritten in den Gewölbegang.

Beinahe augenblicklich traten zwei Gamorrer heran und versperrten ihm den Weg. Einer sprach in einem Ton, der keinen Widerspruch zuließ.

»No tschuba!«

Luke hob die Hand und zielte auf die Wächter. Bevor einer von ihnen eine Waffe zücken konnte, krallten sie beide die Hände um die eigenen Kehlen, erstickend, ächzend. Sie stürzten auf die Knie.

Luke ließ die Hand sinken und ging weiter. Die Wächter, die plötzlich wieder atmen konnten, sanken auf die vom Sand halb zugewehten Stufen. Sie folgten ihm nicht.

Als er um die nächste Ecke bog, kam Bib Fortuna Luke entgegen. Fortuna begann zu sprechen, als er auf den jungen Jedi zukam, aber Luke ging unbeirrt weiter, so daß Bib mitten im Satz umkehren und neben Skywalker herhasten mußte, um ein Gespräch führen zu können.

»Sie müssen der sein, den man Skywalker nennt. Seine Exzellenz empfängt Sie nicht.«

»Ich spreche mit Jabba jetzt.« Luke sagte es ganz ruhig, ohne den Schritt zu verhalten. Sie kamen an der nächsten Kreuzung an einigen Wächtern vorbei, die sich ihnen anschlossen.

»Der große Jabba schläft«, erklärte Bib. »Er hat mich angewiesen, Ihnen mitzuteilen, daß es keine Abmachungen geben wird –«

Luke blieb plötzlich stehen und starrte Bib an. Er hielt die Augen des Majordomus mit den seinen fest, hob kurz die Hand und drehte sie ein wenig nach innen.

»Du wirst mich jetzt zu Jabba bringen.«

Bib zögerte und legte den Kopf ein wenig schräg. Wie lauteten seine Befehle? Ah, ja, jetzt fiel es ihm ein.

»Ich bringe Sie jetzt zu Jabba.«

Er drehte sich um und ging durch den gewundenen Gang, der zum Thronsaal führte. Luke folgte ihm in die Düsternis.

»Du dienst deinem Herrn gut«, flüsterte er Bib ins Ohr.

»Ich diene meinem Herrn gut.« Bib nickte ohne Überzeugung.

»Du bist sicher, daß du belohnt wirst«, fügte Luke hinzu.

Bib lächelte selbstzufrieden.

»Ich bin sicher, daß ich belohnt werde.«

Als Bib und Luke Jabbas Hof betraten, ließ der ungeheure Lärm stark nach, ganz so, als hätte Lukes Anwesenheit eine abkühlende Wirkung. Jedermann spürte den Wandel.

Der Majordomus und der Jedi-Ritter näherten sich dem Thron. Luke sah Leia dort sitzen, neben Jabbas Bauch. Sie war am Hals angekettet und trug das überaus knappe Kostüm eines Tanzmädchens. Er spürte ihren Schmerz sofort, durch den ganzen Raum – aber er sagte nichts, sah sie nicht einmal an, schloß sich völlig ab gegen ihre Qual, denn er mußte seine Aufmerksamkeit ganz auf Jabba konzentrieren.

Leia ihrerseits spürte das sofort. Sie schloß ihre Gedanken vor Luke ab, um ihn nicht abzulenken, hielt das Denken aber gleichzeitig offen, um jeden Bruchteil an Information aufzunehmen, dessen sie bedurfte, um zu handeln. Sie fühlte sich aufgeladen mit Möglichkeiten.

Threepio spähte hinter dem Thron hervor, als Bib herankam. Zum ersten Mal seit vielen Tagen ging er sein Programm Hoffnung durch.

»Ah! Endlich kommt Master Luke, um mich von hier fortzubringen«, erklärte er strahlend.

Bib blieb stolz vor Jabba stehen.

»Herr, ich stelle vor: Luke Skywalker, Jedi-Ritter.«

»Ich habe dir gesagt, du sollst ihn nicht hereinlassen«, knurrte der Koloß auf huttisch.

»Ich muß sprechen dürfen«, sagte Luke leise, aber man hörte seine Worte im ganzen Saal.

»Er muß sprechen dürfen«, bestätigte Bib nachdenklich.

Jabba schlug Bib wütend ins Gesicht, daß er zu Boden stürzte.

»Schwachköpfiger Narr! Er wendet einen alten Jedi-Gedankentrick an!«

Luke ließ den ganzen Rest der bunt zusammengewürfelten Horde rings um sich in die Winkel seines Bewußtseins entschwinden, damit Jabba sein ganzes Denken ausfüllte.

»Du wirst Captain Solo und den Wookie zu mir bringen.«

Jabba lächelte grimmig.

»Deine Denkkräfte wirken bei mir nicht, mein Junge. Ich bin für deine menschlichen Denkmuster nicht empfänglich.« Er fügte hinzu, als sei ihm das eben erst eingefallen: »Ich habe deine Sorte schon getötet, als ein Jedi zu sein noch etwas zu bedeuten hatte.«

Luke veränderte seine innere und äußere Haltung ein wenig.

»Trotzdem nehme ich Captain Solo und seine Freunde mit. Du kannst hier entweder profitieren ... oder vernichtet werden. Die Wahl liegt bei dir, aber ich warne dich, meine Kräfte zu unterschätzen.« Er gebrauchte seine eigene Sprache, die Jabba gut verstand.

Jabba ließ das Lachen eines Löwen hören, den die Maus warnt.

Threepio, der diesem Wortwechsel gebannt gefolgt war, beugte sich vor, um Luke etwas zuzuflüstern.

»Master, Ihr steht auf – « Ein Wächter wurde jedoch aufmerksam und riß den besorgten Droiden an seinen Platz zurück.

Jabbas Lachen brach ab. Sein Gesicht wurde finster.

»Es wird keine Abmachung geben, junger Jedi. Ich werde mit Genuß zusehen, wie du stirbst.«

Luke hob die Hand. Eine Pistole zuckte aus dem Halfter eines nahen Wächters und landete in der Hand des Jedi. Luke richtete die Waffe auf Jabba.

Jabba zischte: »Boscka!«

Der Boden kippte plötzlich weg, Luke und sein Bewacher stürzten in eine Grube. Die Falltür schloß sich sofort wieder über ihnen. Alle Bestien am Hof stürzten zum Bodengitter und starrten hinunter.

»Luke!« schrie Leia auf. Es war, als hätte man einen Teil von ihr selbst abgerissen und mit ihm zusammen in die Grube hinuntergeschleudert. Sie wollte aufstehen, wurde aber von dem Schließring an ihrem Hals festgehalten. Aus allen Richtungen gleichzeitig kam rauhes, heiseres Gelächter und zerrte an ihren Nerven. Sie spannte den Körper zur Flucht.

Ein Wächter mit dem Aussehen eines Menschen berührte ihre Schulter. Sie sah ihn an. Es war Lando. Er schüttelte kaum merklich den Kopf. Nein. Unwillkürlich erschlafften ihre Muskeln. Er wußte, daß das der richtige Augenblick nicht war. Aber dafür waren jetzt die richtigen Karten im Spiel. Alle wichtigen Leute waren da – Luke, Han, Leia, Chewbacca ... und der Joker in Person – Lando. Er wollte unbedingt vermeiden, daß Leia das Blatt zeigte, bevor alle Einsätze auf dem Tisch lagen. Der Einsatz war zu hoch.

Unten im Loch stand Luke auf. Er stellte fest, daß er sich in einem großen, höhlenartigen Verlies befand. Die Wände waren aus schroffem Felsgestein mit lichtlosen Ritzen. Die halbzerkauten Knochen zahlloser Tiere lagen auf dem Boden verstreut. Es roch nach verfaultem Fleisch und Angstschweiß.

Acht Meter über sich sah er in der Decke das Eisengitter, durch das Jabbas ekelerregende Höflinge spähten.

Der Wächter neben ihm begann plötzlich ungehemmt zu schreien, als sich in der Höhlenwand eine Tür langsam zur Seite schob. Luke betrachtete seine Umgebung mit unerschütterlicher Ruhe, als er sein langes Gewand auszog bis auf die Jedi-Tunika, um mehr Bewegungsfreiheit zu haben. Er wich rückwärts rasch an die Wand zurück und kauerte dort wachsam.

Aus dem Seitengang erschien der Riesen-Rancor. Von der Größe eines Elefanten, wirkte er in irgendeiner Weise reptilartig und gleichzeitig unförmig wie ein Alptraum. Das riesige Kreischmaul stand asymmetrisch im Kopf, die Fangzähne und Klauen standen in keinem normalen Verhältnis zu seiner Größe. Ohne jeden Zweifel ein Mutant, die verkörperte hirnlose Wildheit.

Der Wächter riß die Pistole vom Lehmboden, wo sie hingefallen war, und begann Laserstöße auf das grauenhafte Ungeheuer abzufeuern. Das steigerte die Wut der Bestie nur noch. Sie kam schwankend auf den Wächter zu.

Der Wächter feuerte unaufhörlich. Die Bestie beachtete die Laserblitze nicht einmal, packte den von panischer Angst erfüllten Wächter, schob ihn zwischen die triefenden Kiefer und schlang ihn auf einmal hinunter. Die Zuschauer oben jubelten, lachten und warfen Münzen hinunter.

Das Monster drehte sich um und stürzte sich auf Luke, aber der Jedi-Ritter sprang mit einem Satz acht Meter in die Höhe und klammerte sich am Deckengitter fest. Die Menge begann zu buhen. Luke hangelte sich das Gitter entlang zur Ecke der Höhle, bemüht, nicht abzustürzen, während die Zuschauer weiter ihr Mißfallen kundtaten. Eine Hand rutschte am öligen Gitter ab, und er baumelte an der anderen über dem brüllenden Mutanten.

Zwei Jawas liefen oben über das Gitter. Sie hieben mit ihren Gewehrkolben auf Lukes Finger ein; wieder kreischte die Menge jubelnde Zustimmung.

Der Rancor hieb von unten mit den Pranken nach Luke, aber der Jedi hing gerade außer Reichweite. Plötzlich ließ Luke los und stürzte direkt auf das Auge des heulenden Monstrums, dann fiel er hinunter auf den Boden.

Der Rancor kreischte vor Schmerzen auf und taumelte, hieb auf sein eigenes Gesicht ein, als wolle er die Qualen mit brutaler Gewalt vertreiben. Er lief ein paar Mal im Kreis, dann entdeckte er Luke von neuem und griff an. Luke bückte sich und hob den langen Knochen eines früheren Opfers auf. Er schwenkte ihn hin und her. Das Galeriepublikum über ihm fand das lustig und brüllte vor Lachen.

Das Ungeheuer packte Luke und hob ihn hoch zu seinem speicheltriefenden Maul. Im allerletzten Augenblick jedoch stieß Luke den Knochen tief in den Rachen des Rancors und sprang auf den Boden hinunter, als die Bestie zu würgen begann. Der Rancor heulte und hieb um sich, rannte mit dem Kopf voraus an eine Mauer. Mehrere Felsen brachen ab und lösten eine Geröllawine aus, die Luke beinahe unter sich begrub, als er tief in einer Ritze nah am Boden kauerte. Die Menge klatschte rasenden Beifall.

Luke versuchte klar zu denken. Angst ist eine große Wolke, hatte Ben ihm oft erklärt. Sie macht das Kalte kälter und das Dunkle dunkler; aber laß sie emporsteigen, und sie löst sich auf. So ließ Luke sie über das Kreischen der Bestie vor sich hinaufsteigen und befaßte sich mit Möglichkeiten, das Wüten der armseligen Kreatur gegen diese selbst zu kehren.

Es war keine bösartige Bestie, soviel stand fest. Wäre es pure Bosheit gewesen, seine Abscheulichkeit hätte sich leicht gegen sich selbst richten können – das ganz und gar Böse sei am Ende stets selbstzerstörerisch, hatte Ben auch gesagt. Aber dieses Monster war nicht böse, nur dumm und schlecht behandelt. Hungrig und voller Schmerzen, schlug es nach allem, was in seine Nähe kam. Dies als das Böse zu betrachten, hätte für Luke bedeutet, seine eigenen dunklen Seiten auf das Wesen zu projizieren – es wäre falsch gewesen und hätte ihm ganz gewiß auch nicht aus seiner Lage geholfen.

Nein, er mußte klares Denken bewahren – das war alles – und das wilde Untier einfach übertölpeln, um es von seinem Elend zu erlösen.

Das Vorteilhafteste wäre gewesen, den Rancor auf die ganze Gesellschaft von Jabbas Hof loszulassen, aber für eine solche Möglichkeit sprach nicht viel. Als zweites erwog er, dem Untier die Mittel zu verschaffen, sich selbst zu töten und sich von seiner Qual zu befreien. Bedauerlicherweise war die Kreatur viel zu zornig, um den Trost des Nichtseins erkennen zu können. Schließlich begann Luke die Abmessungen der Höhle zu studieren, bemüht, einen konkreten Plan zu entwickeln.

Der Rancor hatte inzwischen den Knochen aus seinem Maul gerissen und scharrte wutentbrannt im Geröll, um den jungen Mann herauszuholen. Luke packte einen großen Felsbrocken und hieb ihn mit aller Kraft auf die Tatze des Ungeheuers. Als der Rancor erneut hochzuckte und vor Schmerzen brüllte, hetzte Luke zur Vorhöhle.

Er erreichte den Eingang und stürzte hinein. Vor ihm versperrte ein schweres Gittertor den Weg. Dahinter saßen die beiden Wärter des Rancors und aßen ihr Abendbrot. Sie hoben die Köpfe, als Luke auftauchte, standen auf und gingen zum Gitter.

Luke drehte sich um und sah das Monster wütend herankommen. Er wandte sich wieder dem Sperrgitter zu und versuchte es zu öffnen. Die Wärter stießen mit ihren zweizackigen Speeren zu, stocherten durch die Gitterstäbe nach ihm, lachten und kauten weiter, während der Rancor sich dem jungen Jedi näherte.

Luke wich zurück an die Seitenwand, als das Untier nach ihm griff. Plötzlich sah er die Steuertafel für die Gittertür an der gegenüberliegenden Wand in halber Höhe. Der Rancor betrat den

Käfigraum und wollte seinem Opfer den Rest geben. Luke riß schlagartig einen Totenschädel vom Boden hoch und schleuderte ihn nach der Sicherungstafel.

Die Tafel explodierte in einem Funkenregen, und die riesige eiserne Käfigtür kam auf den Schädel des Rancors heruntergesaust und zerschmetterte den Kopf, als sause eine Axt durch eine reife Melone.

Die Zuschauer hoch oben ächzten wie auf Kommando und verstummten. Sie waren fassungslos vor dieser bizarren Wendung der Ereignisse. Alle blickten auf Jabba, der vor Wut einem Schlaganfall nahe schien. Noch nie hatte er solchen Zorn empfunden. Leia versuchte ihre Freude zu verbergen, konnte ein Lächeln aber nicht unterdrücken, was Jabbas Wut noch mehr steigerte. Er fauchte seine Wächter an: »Holt ihn da raus. Bringt mir Solo und den Wookie. Sie werden diese Gemeinheit alle büßen.«

Unten in der Höhle blieb Luke ruhig stehen, als mehrere von Jabbas Schergen hereinstürzten, ihn in Fesseln schlugen und hinausschleppten.

Der Rancor-Wärter weinte ungehemmt und warf sich auf die Leiche seines toten Lieblings. Von diesem Tag an würde sein Leben ein sehr einsames sein.

Han und Chewie wurden vor den innerlich brodelnden Jabba geführt. Han sah immer noch schlecht und stolperte alle paar Schritte. Threepio stand hinter dem Hutt, von unerträglicher Angst erfüllt. Jabba hielt Leia an einer kurzen Leine und streichelte ihr Haar, um sich zu beruhigen. Unaufhörliches Gemurmel erfüllte den Raum, als der Pöbel Spekulationen darüber anstellte, was mit wem geschehen würde.

Mehrere Wachen – darunter Lando Calrissian – zerrten Luke im wilden Getümmel herein. Die Höflinge wichen auseinander wie ein ungebärdiges Meer, um ihnen Platz zu machen. Als auch Luke vor dem Thron stand, stieß er Solo mit einem Lächeln an.

»Schön, dich wiederzusehen, alter Freund.«

Solos Miene hellte sich auf. Die Reihe der Freunde, auf die er so unvermittelt stieß, schien kein Ende zu nehmen.

»Luke! Sitzt du jetzt auch in dieser Patsche?«

»Möchte sie nicht verpassen«, sagte Skywalker lächelnd. Einen kleinen Augenblick lang fühlte er sich wieder wie ein Junge.

»Na, und wie sehen wir aus?« Han zog die Brauen hoch.

»Genau wie immer«, sagte Luke.

»Sehr schön«, gab Solo halblaut zurück. Er fühlte sich völlig ruhig. Genau wie früher – aber eine Sekunde später überfiel ihn ein erschreckender Gedanke.

»Wo ist Leia? Ist sie ...«

Ihr Blick war auf ihn gerichtet gewesen, seitdem er den Raum betreten hatte – sie schützte seinen Lebensgeist mit dem ihren. Als er ihren Namen aussprach, reagierte sie sofort und rief von ihrem Platz an Jabbas Thron aus: »Mit mir ist alles in Ordnung, aber ich weiß nicht, wie lange ich euren sabbernden Freund hier noch zurückhalten kann.« Sie gab sich bewußt locker, um Solo zu beruhigen. Außerdem kam sie sich beim Anblick all ihrer Freunde nahezu unbesiegbar vor. Han, Luke, Chewie, Lando – sogar Threepio trieb sich irgendwo herum und versuchte in Vergessenheit zu geraten. Leia hätte beinahe laut aufgelacht, aber am liebsten hätte sie Jabba eins auf die Nase gegeben. Sie konnte sich kaum zurückhalten. Sie hätte zu gern ihre Freunde an sich gedrückt.

Plötzlich schrie Jabba so laut, daß augenblickliche Stille eintrat: »Sprechdroid!«

Threepio trat schüchtern vor und sprach mit einer verlegenen, zurückhaltenden Kopfbewegung die Gefangenen an.

»Seine Höchste Erhabenheit, der große Jabba von Hutt, hat bestimmt, daß ihr auf der Stelle zum Tode zu befördern seid.«

»Das ist gut«, sagte Solo laut. »Ich warte so ungern ...«

»Euer ungeheures Vergehen gegen Seine Majestät«, fuhr Threepio fort, »verlangt die qualvollste Form des Todes ...«

»Halbheiten haben keinen Sinn«, witzelte Solo. Jabba konnte manchmal ja zu gestelzt tun, und wenn hier das alte Goldbein seine Ankündigungen vermittelte ...

Gleichgültig, worum es sonst gehen mochte, Threepio *verab-*

scheute es einfach, unterbrochen zu werden. Er sammelte sich trotzdem und sprach weiter.

»Ihr werdet zum Dünenmeer gebracht, wo man euch in das Große Loch von Carkoon werfen wird –«

Han zog die Schultern hoch und sah Luke an.

»So schlecht hört sich das gar nicht an.«

Threepio beachtete die Unterbrechung nicht.

». . . wo der allmächtige Sarlacc haust. In seinem Bauch werdet ihr eine neue Dimension von Qual und Leiden kennenlernen, wenn ihr tausend Jahre langsam zerfallt.«

»Bei genauer Überlegung könnten wir darauf verzichten«, gab Solo zu bedenken. Tausend Jahre waren ein bißchen viel.

Chewie bellte Zustimmung aus vollem Herzen.

Luke lächelte nur.

»Du hättest auf eine Abmachung eingehen sollen, Jabba. Das ist der letzte Fehler, den du je begehen wirst.« Luke vermochte die Zufriedenheit in seiner Stimme nicht zu unterdrücken. Jabba ekelte ihn an. Er war der Blutsauger der Galaxis, saugte das Leben aus allem, was er berührte. Luke wollte den Schurken niederbrennen und war deshalb im Grunde froh darüber, daß Jabba sich auf kein Angebot einlassen wollte, denn nun konnte Luke seinen innersten Wunsch wahrmachen. Selbstverständlich war es sein Hauptziel, seine Freunde zu retten, an denen er so hing; es war dieser Gedanken, der ihn vor allem leitete. Aber dabei das Universum von diesem Gangsterkloß zu befreien – das war eine Aussicht, die Lukes Bestrebungen mit einem Anflug von schwarzer Befriedigung erfüllte.

Jabba keckerte bösartig.

»Schafft sie weg.« Endlich ein reines Vergnügen an einem sonst trostlosen Tag – den Sarlacc zu füttern, war das einzige, was ihm ebensoviel Spaß bereitete, wie dem Rancor Futter zu verschaffen. Armer Rancor.

Lauter Jubel erhob sich aus der Menge, als die Gefangenen fortgeschleppt wurden. Leia sah ihnen sorgenvoll nach, aber als sie kurz Lukes Gesicht mit einem Blick streifte, entdeckte sie tief erregt, daß es noch immer ein breites, echtes Lächeln zeigte. Sie seufzte tief, um ihre Zweifel zu verjagen.

Jabbas riesige Antischwerkraft-Segelbarke glitt langsam über die endlose Dünensee. Der sandgestrahlte Eisenrumpf knarrte in der leichten Brise, jeder Windstoß fuhr hustend in die beiden Riesensegel, so, als erleide sogar die Natur eine tödliche Krankheit, sobald sie mit Jabba in Berührung geriet. Er war jetzt mit dem Großteil seines Hofstaats unter Deck und verbarg die Fäulnis seines Geistes vor der reinigenden Sonne.

Neben der Barke schwebten in Formation zwei kleine Skiffs her – das eine ein Begleitboot mit sechs zerlumpt aussehenden Soldaten, das andere ein Kanonenskiff mit den Gefangenen: Han, Chewie, Luke. Sie waren alle gefesselt und umringt von bewaffneten Wächtern – Barada, zwei Weequays. Und Lando Calrissian.

Barada gehörte zu denen, die sich auf nichts einließen und dort, wo sie waren, für Ordnung sorgten. Er trug ein Langgewehr und schien sich nichts sehnlicher zu wünschen, als es sprechen zu hören.

Die Weequays waren sonderbare Geschöpfe mit Lederhaut und kahlen Köpfen bis auf einen Haarknoten in der Mitte, geflochten und zur Seite herabhängend. Niemand wußte genau, ob Weequay der Name ihres Stammes oder ihrer ganzen Gattung war, oder ob in ihrem Stamm alle Weequay hießen. Man wußte nur, daß diese beiden so gerufen wurden. Sie behandelten sämtliche anderen Wesen mit auffallender Gleichgültigkeit; nur zueinander waren sie freundlich, ja, sogar zartfühlend, aber wie Barada schienen sie nur darauf zu warten, daß die Gefangenen sich irgend etwas erlaubten.

Und Lando blieb natürlich stumm und in Bereitschaft; er wartete auf eine günstige Gelegenheit. Die Geschichte hier erinnerte ihn an den Lithium-Schwindel, den er auf Pesmenben IV organisiert hatte; er und seine Leute hatten die Dünen dort mit Lithiumkarbonat gespickt, um den dortigen Imperiumsgouverneur zu veranlassen, daß er den Planeten pachtete. Lando hatte sich als Bergwerksaufseher ohne Gewerkschaftsbindung ausgegeben und den Gouverneur veranlaßt, sich am Bootsboden auf den Bauch zu legen und das

Bestechungsgeld über Bord zu werfen, als die »Gewerkschaftsschläger« sie überfielen. Sie waren damals ungeschoren davongekommen; Lando rechnete damit, daß es hier nicht viel anders kommen würde, nur mochten sie gezwungen sein, auch noch die Wachen über Bord zu kippen.

Han spitzte die Ohren, weil seine Augen ihn immer noch im Stich ließen. Er äußerte sich mit tollkühner Rücksichtslosigkeit, um die Wachen zu beruhigen – damit sie sich an seine Ausdrucks- und Bewegungsweise gewöhnten und damit sie dann, wenn es Zeit für ihn wurde, wirklich zu handeln, ein bißchen zu lange brauchten, um sich auf den Angriff einzustellen. Und wie immer redete er natürlich auch, um sich reden zu hören.

»Ich glaube, ich sehe wieder besser«, sagte er und starrte mit zusammengekniffenen Augen auf den Sand. »Statt einem großen dunklen Fleck sehe ich einen großen hellen Fleck.«

»Du verpaßt gar nichts, glaub mir«, meinte Luke lächelnd. »Ich bin hier aufgewachsen.«

Luke dachte an seine Jugend auf Tatooine. Er hatte auf der Farm seines Onkels gelebt, war in seinem frisierten Landgleiter mit ein paar Freunden in der Gegend herumgefahren – Söhne von anderen Siedlern, die auf ihren einsamen, weit abgelegenen Höfen lebten. Hier gab es für junge Männer wahrhaftig nichts anderes zu tun, als über die monotonen Dünen zu schweben und den reizbaren Tusken auszuweichen, die den Sand bewachten, als sei er Goldstaub. Luke kannte das hier.

Er war Obi-Wan Kenobi hier begegnet, dem alten Ben Kenobi, dem Eremiten, der seit Menschengedenken in der Wildnis lebte. Er war der Mann, der Luke den Weg der Jedi gezeigt hatte.

Luke dachte jetzt mit großer Liebe und Trauer an ihn. Denn Ben war mehr als jeder andere der Urheber von Lukes Entdeckungen und Verlusten – und Entdeckungen von Verlusten.

Ben hatte Luke nach Mo Eisley gebracht, der Piratenstadt auf der Westhalbkugel von Tatooine, in die Kneipe, wo sie zuerst Han Solo und dann Chewbacca, den Wookie, kennengelernt hatten. Hatte ihn dort hingebracht, nachdem Leute vom Sturmtrupp des Imperiums auf der Suche nach den flüchtigen Droiden Artoo und Threepio Onkel Owen und Tante Beru ermordet hatten.

So hatte für Luke alles begonnen, hier auf Tatooine. Er kannte diese Welt wie einen ständig wiederkehrenden Traum, und er hatte geschworen, nie mehr hierher zurückzukehren.

»Ich bin hier aufgewachsen«, wiederholte er leise.

»Und jetzt werden wir hier sterben«, gab Solo zurück.

»Das hatte ich nicht vorgesehen.« Luke schüttelte sich, um aus seiner Versunkenheit aufzutauchen.

»Wenn das dein großer Plan ist, kann er mich vorerst nicht begeistern.«

»Jabbas Palast war zu gut bewacht. Ich mußte dich dort herausholen. Bleib nur in der Nähe von Chewie und Lando. Wir sorgen für alles.«

»Ich kann es kaum erwarten.« Solo hatte das lastende Gefühl, daß diese große Flucht von Lukes Überlegung abhing, daß er ein Jedi war – bestenfalls eine fragwürdige Sache, wenn man bedachte, daß es sich um eine ausgestorbene Bruderschaft handelte, eine Kraft oder Macht gebrauchend, an die er ohnehin nicht wirklich glaubte. Ein schnelles Raumschiff und ein guter Sprengstoff, das war es, woran Han glaubte, und er wünschte sich jetzt, er hätte beides hiergehabt.

Jabba saß in der Hauptkabine der Segelbarke, umgeben von seinem Hofstaat. Das Fest im Palast ging hier einfach weiter, wenn auch etwas schwankend, und schien auf eine Lynchparty hinauszulaufen. Blutdurst und Bösartigkeit lagen drohend in der Luft.

Threepio wußte sich nicht mehr zu helfen. Im Augenblick wurde er gezwungen, einen Streit zwischen Ephant Mon und Ree Yees zu dolmetschen, und zwar über eine Frage der Quark-Kriegführung, die er nicht ganz begriff. Ephant Mon, ein massiges, aufrechtes Dickhäuterwesen mit häßlicher Hauzahnschnauze, bezog – jedenfalls nach Threepios Meinung – eine unhaltbare Position. Auf seiner Schulter saß jedoch Salacious Crumb, der irre kleine Reptilaffe, der die Gewohnheit hatte, alles, was Ephant sagte, wörtlich zu wiederholen, was die Wucht von Ephants Einwänden wirksam verdoppelte.

Ephant schloß seinen Vortrag mit einem typisch angriffslustigen Schwur ab.

»Wuhssie jawamba buhg!«

Worauf Salacious nickte und hinzufügte: »Wuhssie jawamba buhg!«

Threepio wollte das Ree Yees, dem dreiäugigen Bocksgesicht, der schon völlig betrunken war, eigentlich nicht gern übersetzen, tat es aber doch.

Alle drei Augen weiteten sich vor Wut.

»Backawa! Backawa!« Ohne weitere Vorrede versetzte er Ephant Mon einen Faustschlag auf die Schnauze, daß dieser in einen Schwarm Tintenfisch-Köpfe flog.

See Threepio hatte das Gefühl, diese Reaktion bedürfe keiner Übersetzung, und nutzte die Gelegenheit, sich zu verdrücken, wo er prompt mit einem Getränke servierenden Kleinroboter zusammenprallte. Die Gläser flogen in alle Richtungen.

Der kleine Stummelroboter gab eine fließende Folge von zornigen Piep-, Hup- und Pfifflauten von sich, die Threepio sofort erkannte. Er blickte in grenzenloser Erleichterung hinunter.

»Artoo! Was machst du hier?«

»duuuhWIHP cgWHRRrreee bedshng.«

»Daß du Getränke servierst, sehe ich. Aber hier ist es gefährlich. Sie werden Master Luke hinrichten, und wenn wir nicht aufpassen, uns auch!«

Artoo ließ Pfiffe hören, ein wenig nonchalant, wie es Threepio vorkam.

»Deine Zuversicht möchte ich haben«, erwiderte er düster.

Jabba lachte, als er Ephant Man hinstürzen sah. Er sah gern zu, wenn geschlagen wurde. Am besten gefiel ihm, die Stolzen stürzen zu sehen.

Er zerrte mit seinen aufgedunsenen Fingern an der Kette, die zu Prinzessin Leias Halsband führte. Je mehr Widerstand er spürte, desto mehr sabberte er – bis er die sich wehrende, dürftig bekleidete Prinzessin wieder nah an sich herangezogen hatte.

»Nicht zu weit fort, Liebchen.«

Er zog sie ganz nah heran und zwang sie, aus seinem Glas zu trinken. Leia öffnete den Mund und verschloß ihre Gedanken. Freilich war es ekelerregend, aber es gab schlimmere Dinge, und im übrigen würde das nicht von Dauer sein.

Die schlimmeren Dinge kannte sie gut. Ihr Vergleichsmaßstab war die Nacht, in der sie von Darth Vader gefoltert worden war. Beinahe wäre sie zerbrochen. Der Schwarze Lord hatte nie erfahren, wie nah er daran gewesen war, von ihr zu erfahren, was er wissen wollte – wo sich der Rebellenstützpunkt befand. Er hatte sie eingefangen, kurz nachdem es ihr gelungen war, Artoo und Threepio um Hilfe zu schicken – hatte sie gefangen, zum Todesstern gebracht, ihr das Bewußtsein trübende Mittel einspritzen lassen ... und sie gefoltert.

Zuerst hatte er ihren Körper gemartert, mit Hilfe seiner leistungsfähigen Schmerz-Droiden. Nadeln, Nervendruckpunkte, Feuermesser, Elektrostöße. Sie hatte diese Qualen erduldet, wie sie jetzt Jabbas ekelerregende Berührung ertrug – aus einer natürlichen, inneren Stärke heraus.

Sie rutschte ein Stück von Jabba weg, als seine Aufmerksamkeit abgelenkt wurde, spähte hinaus durch die Lamellen der Jalousiefenster, starrte mit zusammengekniffenen Augen durch das stauberfüllte Sonnenlicht auf das Skiff, mit dem ihre Retter befördert wurden.

Es hielt an.

Der ganze Konvoi hielt über einer riesigen Sandgrube an. Die Segelbarke glitt zusammen mit dem Begleitboot neben die gigantische Bodenvertiefung. Das Boot der Gefangenen schwebte dagegen unmittelbar über der Grube, sieben Meter hoch in der Luft.

Unten in dem tiefen, umgestülpten Sandkegel krauste sich ein widerliches, schleimüberzogenes, rosarotes, membranartiges Loch, fast regungslos. Das Loch hatte zweieinhalb Meter Durchmesser und war umgeben von drei Reihen nach innen geneigter nadelspitzer Zähne. Am Schleim um die Ränder der Öffnung klebte Sand, der ab und zu in die schwarze Höhlung der Mitte rutschte.

Das war der Mund des Sarlacc.

Eine Eisenplanke wurde an der Bordwand des Gefangenenbootes

seitlich hinausgeschoben. Zwei Wächter nahmen Luke die Fesseln ab und stießen ihn unsanft auf die Planke hinaus, direkt über der Öffnung im Sand, die sich jetzt wellenförmig zu bewegen und mit gesteigerter Schleimsekretion zu speicheln begann, als rieche es das Fleisch, das es erhalten sollte.

Jabba zog mit seinem Gefolge auf das Beobachtungsdeck.

Luke rieb sich die Handgelenke, um die Blutzirkulation anzuregen. Die Hitze, die über der Wüste waberte, wärmte seine Seele – denn dies würde zuletzt stets seine Heimat bleiben. Geboren und aufgezogen in einem Bantha-Rudel. Er sah Leia an der Reling des großen Schiffes stehen und kniff ein Auge zu. Sie tat es ebenfalls.

Jabba winkte Threepio zu sich heran und murmelte dem goldenen Droiden Anweisungen zu. Threepio trat an das Funkgerät. Jabba hob den Arm, und der ganze Haufen bunt zusammengewürfelter intergalaktischer Piraten verstummte. Threepios Stimme erhob sich, verstärkt von den Lautsprechern.

»Seine Exzellenz hofft, daß ihr einen ehrenhaften Tod sterbt«, verkündete Threepio. Das paßte aber gar nicht. Irgend jemand hatte offenkundig das richtige Programm verlegt. Nichtsdestoweniger, er war nur ein Droid, seine Funktionen standen genau fest. Nur Dolmetschen, kein freier Wille, bitte. Er schüttelte den Kopf und fuhr fort: »Sollte einer von euch aber um Gnade flehen wollen, wird Jabba sich eure Bitten jetzt anhören.«

Han trat vor, um dem aufgedunsenen Schleimklotz seine letzten Gedanken mitzuteilen, wenn denn alles scheitern sollte.

»Sag diesem schleimigen Stück Wurmdreck –«

Leider war Han der Wüste zu- und dem Segelschiff abgewandt. Chewie griff hinüber und drehte Solo herum, so daß er nun dem Stück Wurmdreck gegenüberstand, das er ansprach.

Han nickte, ohne sich zu unterbrechen.

»... daß er von uns ein solches Vergnügen nicht zu erwarten hat.«

Chewie gab einige zustimmende Knurrlaute von sich.

Luke war bereit.

»Jabba, das ist deine letzte Chance«, schrie er. »Laß uns frei oder stirb.« Er warf einen raschen Blick auf Lando, der unauffällig ins Bootsheck getreten war. Jetzt ging es wohl los, dachte Lando. Sie würden einfach die Wächter über Bord werfen und vor den Augen aller davonfegen.

Die Ungeheuer auf der Barke lachten schreiend.

Während dieses Tumults rollte Artoo lautlos die Rampe zur Seite des Oberdecks hinauf.

Jabba hob die Hand. Sein Gefolge verstummte.

»Ich bin sicher, du hast recht, meine junger Jedi-Freund«, sagte er lächelnd. Dann drehte er den Daumen nach unten. »Hinein mit ihm.«

Die Zuschauer jubelten, als Luke von Weequay zum Ende der Planke gestoßen wurde. Luke blickte zu Artoo hinauf, der allein an der Reling stand, und salutierte flott. Auf dieses vereinbarte Signal hin öffnete sich in Artoos Kuppelkopf eine Klappe, ein Projektil schoß hoch in die Luft und flog in weitem Bogen über die Wüste.

Luke sprang von der Planke; ein neuer blutdürstiger Schrei aus vielen Kehlen. Nach Sekundenbruchteilen war Luke aber im freien Fall herumgewirbelt und hatte mit den Fingerspitzen das Ende der Planke gepackt. Das dünne Metall bog sich unter seinem Gewicht weit hinunter, nah daran, abzubrechen, dann katapultierte es ihn hoch. In der Luft schlug er einen Salto und landete mitten auf der Planke – dort, wo er eben gestanden hatte, nur hinter den verwirrten Wächtern. Beiläufig streckte er den Arm seitlich aus, die Handfläche nach oben – und plötzlich fiel sein Lichtsäbel, den Artoo ihm zugeschleudert hatte, geradewegs in seine geöffnete Hand.

Mit Jedi-Schnelligkeit zündete Luke sein Schwert und griff den Wächter an der Bootsseite der Planke an, der mit markerschütterndem Schreien in das zuckende Maul des Sarlacc stürzte.

Die anderen Wächter stürzten auf Luke zu. Grimmig entschlossen schlug er mit dem sausenden Lichtsäbel auf sie ein.

Mit seinem eigenen Lichtsäbel – nicht mit dem seines Vaters. Den Säbel seines Vaters hatte er bei dem Duell mit Darth Vader verloren, das ihn auch seine Hand gekostet hatte. Darth Vader, der Luke erzählt hatte, er sei sein Vater.

Aber diesen Lichtsäbel hatte Luke selbst hergestellt, in Obi-Wan Kenobis verlassener Hütte auf der anderen Seite von Tatooine – hergestellt mit den Werkzeugen und Bauteilen des alten Jedi-Meisters, hergestellt mit Liebe und Geschick, angetrieben von der Notwendigkeit. Er gebrauchte ihn jetzt, als sei er mit seiner Hand verwachsen, eine Verlängerung seines eigenen Arms. Dieser Lichtsäbel war wahrhaftig Lukes eigener.

Er fegte durch den Ansturm wie Schatten auflösendes Licht.

Lando rang mit dem Steuermann, um die Kontrolle über das Boot zu erlangen. Die Laserpistole des Steuermanns feuerte und zerschoß die Steuertafel. Durch das Boot ging ein heftiger seitlicher Ruck. Ein zweiter Wächter wurde in die Sandgrube geschleudert, alle anderen an Deck stürzten hin. Luke raffte sich auf und hetzte auf den Steuermann zu, den Lichtsäbel erhoben. Das Wesen wich bei dem erschreckenden Anblick zurück und verlor das Gleichgewicht – dann stürzte auch dieses über den Rand in den Abgrund.

Der fassungslose Wächter landete im weichen, sandigen Abhang der Grube und rutschte hilflos der gezähnten, klebrigen Öffnung entgegen. Er kreischte und versuchte sich im Sand verzweifelt festzukrallen. Plötzlich quoll ein Muskelgreifarm aus dem Maul des Sarlacc, rutschte den zusammengebackenen Sand hinauf, schlang sich fest um den Knöchel des Steuermanns und zog ihn mit einem Schmatzlaut in die Öffnung.

All das spielte sich in Sekunden ab. Als Jabba sah, was vorging, erlitt er einen Wutanfall und brüllte den Umstehenden außer sich vor Zorn Befehle zu. Binnen eines Augenblicks herrschte höchster Aufruhr, alles stürzte durcheinander, hetzte hinein in Türen. In diesem heillosen Durcheinander handelte Leia.

Sie sprang auf Jabbas Thron, packte die Kette, die sie gefangenhielt, und wickelte sie um seinen dickgeblähten Hals. Dann sprang sie auf der anderen Seite hinunter und zog die Kette mit. Die kleinen Metallringe gruben sich wie eine Garrotte in die losen Hautfalten von Jabbas Hals.

Mit einer schier übernatürlichen Kraft zerrte sie an der Kette. Sein mächtiger Rumpf bäumte sich auf und brach ihr beinahe die Finger, riß ihr fast die Arme aus den Gelenken. Er konnte sich nirgends abstemmen, seine Koloßgestalt war zu unbeweglich. Aber schon seine Körperfülle allein reichte beinahe aus, um jeden physischen Widerstand zu brechen.

Aber Leias Griff war kein bloß physischer. Sie schloß die Augen, verdrängte die Schmerzen in ihren Händen, richtete ihre ganze Lebenskraft und alles, was diese lenken konnte, auf das Bestreben, dem grauenhaften Monstrum den Atem abzupressen.

Sie zerrte, sie schwitzte, sie stellte sich vor, wie die Kette sich Millimeter um Millimeter tiefer in Jabbas Luftröhre grub – während Jabba wild um sich schlug und verzweifelt zuckte im Griff der Gegnerin, mit der er am wenigsten gerechnet hatte.

Mit einer letzten wilden Anstrengung spannte Jabba sämtliche Muskeln an und taumelte vorwärts. Seine Reptilaugen begannen aus ihren Höhlen zu quellen, als die Kette sich immer enger schnürte; seine ölige Zunge hing aus dem Mund. Sein dicker Schwanz schlug in Krämpfen aus, bis er endlich still lag.

Leia machte sich daran, die Kette von ihrem Hals zu lösen, während draußen der Kampf zu toben begann.

Boba Fett zündete seinen tragbaren Raketenantrieb, sprang in die Höhe und flog im Schwung von der Barke hinunter zum Boot, gerade als Luke Han und Chewie von ihren Fesseln befreit hatte. Boba richtete die Laserwaffe auf Luke, aber bevor er abdrücken konnte, fuhr der junge Jedi herum und ließ sein Lichtschwert herumsausen. Es zerschnitt die Waffe des Kopfjägers in zwei Hälften.

Plötzlich krachte mehrmals hintereinander die große Kanone auf dem Oberdeck der Barke, traf das Boot breitseits und kippte es um vierzig Grad. Lando wurde von Deck geschleudert, packte aber im letzten Augenblick eine abgebrochene Stütze und baumelte verzweifelt über dem Sarlacc. Diese Entwicklung war in seinem Kriegsplan überhaupt nicht vorgesehen. Er schwor sich, nie mehr bei einer Schwindeltour mitzumachen, wo er nicht von Anfang bis Schluß allein zu bestimmen hatte.

Das Boot nahm einen zweiten direkten Treffer der Bordkanone

hin und schleuderte Chewie und Han an die Reling. Der Wookie war verwundet und schrie vor Schmerzen. Luke blickte hinüber zu seinem behaarten Freund. Diesen Augenblick nutzte Boba Fett, um aus seinem Panzerärmel ein Kabel abzufeuern.

Das Kabel wickelte sich mehrmals um Luke herum und preßte seine Arme an den Leib; sein Schwertarm war nur noch vom Handgelenk an zu gebrauchen. Er verdrehte das Handgelenk, so daß der Lichtsäbel senkrecht in die Luft ragte ... und wirbelte entlang dem Kabel auf Boba zu. Im nächsten Augenblick berührte der Lichtsäbel das Ende des Drahtlassos und zerteilte es auf der Stelle. Luke schüttelte das Kabel ab, als ein weiterer Treffer das Boot erschütterte und Boba bewußtlos auf das Deck geworfen wurde. Leider riß die Explosion auch die Stütze ab, an der Lando hing. Er sauste hinunter in die Sarlacc-Grube.

Luke wurde von der Detonation durchgeschüttelt, blieb aber unverletzt. Lando prallte auf den Sandhang, schrie um Hilfe und versuchte herauszukriechen. Der lockere Sand zog ihn nur tiefer hinab in das klaffende Loch. Lando schloß die Augen und versuchte, sich alle Möglichkeiten vorzustellen, wie er dem Sarlacc tausend Jahre Verdauungsstörungen bereiten konnte. Er wettete auf sich drei zu zwei, daß er alle anderen schon im Bauch der Kreatur Versammelten überdauern würde. Wenn er dem letzten Wächter die Uniform abzuschwatzen vermochte ...

»Nicht bewegen!« schrie Luke, aber seine Aufmerksamkeit wurde im selben Augenblick abgelenkt von dem anfliegenden zweiten Boot voller Wächter. Sie feuerten, was das Zeug hielt.

Es war eine Faustregel bei den Jedi, die die Soldaten im zweiten Boot überraschte: In der Minderzahl heißt es angreifen. Das treibt die Streitkraft des Feindes nach innen, auf sich selbst. Luke sprang mitten in das Boot hinein und begann mit blitzschnellen Schwüngen seines Lichtsäbels die Soldaten zu dezimieren.

Im anderen Boot versuchte Chewie sich aus dem Wrack zu befreien, während Han auf die Füße zu kommen versuchte. Chewie knurrte ihn bellend an, bemüht, ihn zu einem Speer zu lenken, der auf dem Deck lag.

Lando kreischte, als er tiefer hinabrutschte, dem glitschenden Schlund entgegen. Er war der geborene Spieler, aber in diesem Augenblick hätte er auf seine Chancen nicht viel verwettet.

»Nicht bewegen, Lando!« rief Han. »Ich komme!« Er wandte sich Chewie zu: »Wo ist er, Chewie?« Er fuhr mit den Händen blindlings auf dem Deck herum, während Chewie Hinweise knurrte, um Han zu leiten. Endlich bekam Solo den Speer zu fassen.

Boba Fett raffte sich in diesem Augenblick schwankend auf, von der Explosion der Granate noch benommen. Er blickte hinüber zum anderen Boot, wo Luke sich im Kampfgetümmel mit den sechs Soldaten befand. Mit einer Hand hielt Boba sich an der Bordwand fest, mit der anderen richtete er seine Waffe auf Luke.

Chewie fauchte Han an.

»Wo?« schrie Solo. Chewie blaffte.

Der blinde Raumpirat schwang den langen Speer in Bobas Richtung. Instinktiv wehrte Fett den Hieb mit dem Unterarm ab, zielte erneut auf Luke.

»Weg da, du blinder Narr«, herrschte er Solo an.

Chewie blaffte wild. Han schwang den Speer zum zweiten Mal, nun in die andere Richtung, und traf Bobas tragbaren Raketenantrieb genau in der Mitte.

Durch den Aufprall zündete die Rakete. Boba hob schlagartig ab, schoß wie ein Projektil über das zweite Boot und geradewegs hinab in die Grube. Sein gepanzerter Leib rutschte rasch an Lando vorbei und rollte ohne Zwischenhalt in das Maul des Sarlacc.

»Rrgrrraurrbrrau fro bo«, knurrte Chewie.

»Ist er?« Solo lächelte. »Das hätte ich gern gesehen –«

Ein Volltreffer vom Deckgeschütz auf der Barke warf das Boot auf die Seite und schleuderte Han und fast alles andere über Bord. Sein Fuß verhakte sich jedoch an der Reling. Er baumelte direkt über dem Sarlacc. Der verwundete Wookie hielt sich verbissen am zerschossenen Heck fest.

Luke erledigte die letzten Gegner im zweiten Boot, erfaßte das Problem mit einem Blick und sprang über dem Abgrund durch die Luft zur metallenen Bordwand der Barke. Langsam begann er sich daran hochzuhangeln, dem Geschütz entgegen.

Inzwischen hatte auf dem Beobachtungsdeck Leia immer wieder versucht, mit aller Kraft die Kette zu zerreißen, die sie an den toten Verbrecher band, und sich, sobald ein Soldat vorbeistürzte, hinter dem Riesenkadaver versteckt. Sie reckte sich nun, so weit sie konnte, um eine weggeworfene Laserpistole zu erhaschen – ohne Erfolg. Zum Glück kam ihr Artoo endlich zu Hilfe, nachdem er zunächst die Orientierung verloren hatte und die falsche Rampe hinuntergerollt war.

Er sauste endlich auf sie zu, schob ein Schneidgerät aus dem Gehäuse und durchtrennte ihre Fessel.

»Danke, Artoo, gut gemacht. Jetzt aber weg hier.«

Sie hetzten zur Tür. Unterwegs kamen sie an Threepio vorbei, der am Boden lag und schrie. Ein riesiger Knollenkoloß namens Hermi Odle saß auf ihm. Salacious Crumb, das Reptilaffen-Ungeheuer, kauerte an Threepios Kopf und krallte dem goldenen Droiden das rechte Auge heraus.

Artoo feuerte einen Stromblitz in Hermi Odles Hinterteil, daß er heulend durch ein Fenster flog. Ein zweiter Blitz blies Salacious an die Decke, wo er nicht mehr herunterkam. Threepio stand schnell auf. Sein Auge hing an einem Kabelstrang herab. Er und Artoo folgten Leia hastig zur Hintertür hinaus.

Das Deckgeschütz feuerte noch einmal auf das kippende Boot und schüttelte praktisch alles hinaus, was es noch enthielt, nur Chewbacca nicht. Er hielt sich verzweifelt mit dem verletzten Arm fest, über die Reling gereckt, um den baumelnden Solo am Knöchel zu halten, der seinerseits hinabgriff zu dem entsetzten Calrissian. Lando hatte ein weiteres Abrutschen vermeiden können, weil er regungslos liegengeblieben war, aber jedesmal, wenn er nun zu Solos ausgestrecktem Arm hinaufgriff, ließ ihn der lockere Sand ein wenig mehr dem gierigen Loch entgegenrutschen. Er konnte nur inbrünstig hoffen, daß Solo ihm die alberne Geschichte damals auf Bespin nicht mehr nachtrug.

Chewie fauchte Han eine neue Anweisung zu.

»Ja, ich weiß, ich sehe jetzt schon viel besser – das muß das viele

Blut sein, das mir in den Kopf schießt.«

»Prima«, rief Lando hinauf. »Könnten Sie jetzt vielleicht noch ein paar Zentimeter wachsen?«

Die Kanoniere auf der Barke nahmen diese Menschenkette für den Gnadenstoß ins Visier, als Luke vor sie hintrat, lachend wie ein Piratenkönig. Er zündete seinen Lichtsäbel, bevor sie einen Schuß abfeuern konnten; im nächsten Augenblick waren sie schwelende Leichen.

Plötzlich stürmte vom Unterdeck ein Trupp Soldaten herauf und feuerte im Lauf. Ein Treffer schoß Luke den Lichtsäbel aus der Hand. Er lief über das Deck, war aber rasch umzingelt. Zwei Soldaten waren schon wieder an der Kanone. Luke blickte auf seine Hand; der Mechanismus war freigelegt – die komplizierte Konstruktion aus Stahl und elektronischen Schaltungen, Ersatz für seine richtige Hand, die Vader bei ihrer letzten Begegnung abgetrennt hatte.

Er bewegte den Mechanismus; noch funktionierte er.

Die Kanoniere feuerten auf das Boot unter ihnen. Der Schuß ging knapp vorbei. Die Druckwelle hätte Chewie beinahe losgerissen, aber dadurch, daß das Boot noch stärker kippte, bekam Han endlich Landos Handgelenk zu fassen.

»Zieh!« schrie Solo zum Wookie hinauf.

»Er hat mich gepackt!« brüllte Calrissian. Er starrte in Panik an sich hinunter. Einer der Greifarme Sarlaccs wickelte sich langsam um seinen Knöchel. Ein Joker – zum Lachen! Bei diesem Spiel wurden alle fünf Minuten die Regeln geändert. Greifarme! Was für Wetten konnte man auf Greifarme schon eingehen? Keine guten, entschied er mit einem fatalistischen Brummlaut.

Die Kanoniere visierten für den endgültigen Todesschuß, aber für sie war alles vorbei, bevor sie feuern konnten – Leia hatte die zweite Kanone am anderen Schiffsende besetzt. Mit dem ersten Schuß zerfetzte sie die Takelage zwischen den beiden Geschützen, mit dem zweiten sprengte sie die erste Kanone samt Mannschaft in die Luft.

Die Explosionen erschütterten die große Barke und lenkten die fünf Soldaten um Luke kurz ab. In diesem Augenblick streckte er die

Hand aus. Der Lichtsäbel, drei Meter entfernt auf dem Deck liegend, flog hinein. Er sprang senkrecht in die Höhe, als zwei Soldaten auf ihn feuerten – mit ihren Laserstößen töteten sie sich gegenseitig. Er zündete seine Klinge in der Luft, schwang sie im Herunterkommen und verwundete die anderen tödlich.

Er brüllte Leia über das Schiff hinweg zu: »Nach unten richten!« Sie kippte die Mündung der zweiten Kanone zum Deck hinunter und nickte Threepio zu, der an der Reling stand.

Artoo, neben ihm, piepte wild.

»Ich kann nicht, Artoo!« rief Threepio. »Das ist zu tief für einen Sprung ... aahhh!«

Artoo stieß den goldenen Droiden über Bord und sprang selbst hinaus, kopfüber dem Sand entgegenstürzend.

Inzwischen ging das Tauziehen zwischen dem Sarlacc und Solo hin und her, mit Baron Calrissian als Seil und Siegespreis. Chewbacca hielt Solos Bein fest, stemmte sich an der Reling ein und vermochte mit der freien Hand eine Laserpistole aus dem Wrack zu ziehen. Er richtete die Waffe auf Lando, dann ließ er sie sinken und gab entsetzte Laute von sich.

»Er hat recht!« rief Lando. »Es ist zu weit!«

Solo hob den Kopf.

»Chewie, gibt mir die Pistole.«

Chewbacca gab sie ihm. Er griff mit einer Hand danach, während er mit der anderen Lando festhielt.

»Moment mal, Freund«, protestierte Lando. »Ich dachte, Sie sind blind.«

»Es geht mir besser, vertrauen Sie mir«, versicherte Solo.

»Bleibt mir was anderes übrig? He! Ein bißchen höher, bitte, ja?« Er senkte den Kopf.

Han kniff das Auge zusammen ... drückte ab ... und traf den Greifarm voll. Das Wurmgebilde ließ sofort los und glitt in sein eigenes Maul zurück.

Chewbacca zog mit aller Kraft zuerst Solo in das Boot zurück, dann Lando.

Inzwischen ergriff Luke mit dem linken Arm Leia; mit der

rechten Hand packte er ein Seil in der Takelage des halb zerschossenen Masts, trat mit dem Fuß auf das Auslösepedal der zweiten Deckkanone – und sprang in die Luft, als das Geschütz in das Deck hineinfeuerte.

Die beiden schwangen an dem Tau hinaus, weit hinab bis zu dem leeren, in der Luft schwebenden Begleitboot. Luke setzte sich ans Steuer und lenkte es hinüber zum gekippten Gefangenenboot, um Chewbacca, Han und Lando an Bord zu helfen.

Hinter ihnen folgte auf der Segelbarke eine Explosion der anderen. Das halbe Schiff brannte bereits.

Luke lenkte das Boot um die Barke herum an die Seite, wo man See Threepios Beine aus dem Sand ragen sehen konnte. Neben ihnen war Artoo Detoos Periskop das einzige von ihm, was man über der Düne zu erkennen vermochte. Das Boot kam über ihnen zum Stehen, ein großer Elektromagnet sank aus dem Bug hinab. Mit lautem Klirren schossen die beiden Droiden aus dem Sand und hafteten an der Magnetplatte.

»Auh«, stöhnte Threepio.

»biihDUUddwiIHT!« bestätigte Artoo.

Nach wenigen Minuten waren sie alle im Boot, mehr oder weniger unversehrt; und zum ersten Mal sahen sie einander an und begriffen, daß sie den Alptraum gut überstanden hatten. Einen langen Augenblick gab es Umarmungen, Lachen, Tränen, Piepen. Dann drückte jemand versehentlich Chewbaccas verletzten Arm, und er brüllte auf. Sofort stürzten sie alle durcheinander, brachten Ordnung in das Boot, prüften die Umgebung, suchten nach Vorräten – und segelten davon.

Der große Barksegler sank langsam in einer Folge von Explosionen und heftigen Bränden. Als das kleine Boot lautlos über die Wüste davonflog, verschwand das mächtige Schiff endlich in einem gewaltigen Auflodern, das nur zum Teil vom sengenden Nachmittagslicht der Doppelsonnen von Tatooine überglänzt wurde.

3

Der Sandsturm trübte alles – Blick, Atem, Denken, Bewegung. Schon das Brüllen allein nahm die Orientierung, da es von überall zugleich zu kommen schien, so, als bestünde das ganze Universum aus Lärm, und dies sei sein chaotisches Zentrum.

Die sieben Helden gingen Schritt für Schritt durch den Finsternis verbreitenden Sturm und hielten sich aneinander fest, um sich nicht zu verirren. Artoo voran, dem Signal des Zielsuchers folgend, der zu ihm in einer vom Wind nicht fortgerissenen Sprache sang. Threepio kam als nächster, Leia führte Han, den Beschluß machten Luke und Lando, die den humpelnden Wookie stützten.

Artoo piepte laut, und sie hoben alle die Köpfe. Durch den Orkan konnte man undeutliche, dunkle Schatten sehen.

»Ich weiß nicht«, rief Han. »Ich sehe nur wehenden Sand.«

»Mehr sehen wir auch nicht«, schrie Leia.

»Dann wird es wohl besser mit mir.«

Einige Schritte noch, die dunklen Umrisse wurden noch dunkler, dann tauchte aus der Dunkelheit die ›Millennium Falcon‹ auf, flankiert von Lukes X-Flügel-Jäger und einem zweisitzigen Y-Flügler. Als die Gruppe sich unter die ›Falcon‹ drängte, ließ der Wind sofort nach. Threepio drückte auf einen Knopf. Die Gangway sank summend herab.

Solo wandte sich an Skywalker.

»Ich muß es dir lassen, Kleiner, da draußen warst du richtig gut.«

»Ich hatte viel Hilfe«, sagte Luke achselzuckend. Er wollte zu seinem X-Flügler.

Han hielt ihn zurück. Er wirkte plötzlich stiller, sogar ernst.

»Danke, Luke, daß du meinetwegen gekommen bist.«

Luke empfand aus irgendeinem Grund Verlegenheit. Er wußte nicht, wie er bei dem alten Abenteurer auf etwas anderes als spaßige Bemerkungen reagieren sollte.

»Denk dir nichts dabei«, sagte er schließlich.

»Nein, ich denke viel darüber nach. Diese Karbonerstarrung war dem Tod das Nächste, was es gibt. Und es war nicht einfach Schlaf, sondern ein großes, hellwaches Nichts.«

Ein Nichts, aus dem Luke und die anderen ihn gerettet – ihr Leben um seinetwillen in höchste Gefahr gebracht hatten, aus keinem anderen Grund, als daß . . . er ihr Freund war. Eine neue Vorstellung für den kecken Solo – gleichzeitig schrecklich und wunderbar. Diese Wendung der Dinge barg Gefahr. Er kam sich blinder vor als früher, gleichzeitig aber auch seherisch. Es war verwirrend. Einstens war er allein gewesen, jetzt gehörte er dazu.

Diese Erkenntnis verlieh ihm ein Gefühl der Verpflichtung, etwas, das er immer verabscheut hatte; nur war die Dankesschuld jetzt auf irgendeine Weise auch eine Bindung, ein Band der Bruderschaft. Auf sonderbare Weise war das sogar befreiend.

Er war nicht mehr so allein.

Luke sah, daß mit seinem Freund eine Veränderung vorgegangen war, gleichsam eine große Wandlung. Es war ein zarter Augenblick, er wollte ihn nicht stören, so nickte er nur.

Chewie knurrte den jungen Jedi-Krieger voll Zuneigung an und fuhr ihm wie ein stolzer Onkel durchs Haar. Und Leia umarmte ihn herzlich.

Sie alle liebten Solo sehr, aber aus irgendeinem Grund war es leichter, das gegenüber Luke zum Ausdruck zu bringen.

»Wir sehen uns bei der Flotte wieder«, rief Luke, unterwegs zu seinem Schiff.

»Warum läßt du die Kiste nicht stehen und kommst mit uns?« fragte Solo.

»Ich muß zuerst ein Versprechen halten . . . einem alten Freund gegenüber.« Einem sehr alten Freund, dachte er und lächelte vor sich hin.

»Dann komm rasch zurück«, drängte Leia. »Inzwischen könnte schon die ganze Allianz versammelt sein.« Sie sah etwas in Lukes Gesicht, sie konnte es nicht benennen, aber es erschreckte sie, und gleichzeitig brachte es ihn ihr näher. »Komm schnell zurück«, wiederholte sie.

»Das verspreche ich«, sagte er. »Komm, Artoo.«

Artoo rollte auf den X-Flügler zu und verabschiedete sich pfeifend von Threepio.

»Leb wohl, Artoo«, rief Threepio voll Zuneigung. »Möge der Macher dich beschützen. Sie werden auf ihn aufpassen, Master Luke, nicht wahr?«

Aber Luke und der kleine Droid waren schon auf der anderen Seite des Jägers verschwunden.

Die anderen blieben kurze Zeit reglos stehen und versuchten im wirbelnden Sand ihre Zukunft zu erkennen.

Lando riß sie aus ihrer Versunkenheit.

»Los, verschwinden wir von dieser elenden Schmutzkugel.« Seine Pechsträhne hier war unter aller Kritik gewesen; beim nächsten Spiel würde es hoffentlich besser werden. Eine Zeitlang mußte es nach den Hausregeln gehen, das wußte er, aber vielleicht konnte er doch den einen oder anderen Würfel fälschen.

Solo schlug ihm auf die Schulter.

»Ihnen bin ich auch Dank schudig, Lando.«

»Dachte mir, wenn ich Sie so in der Erstarrung lasse, trägt mir das nur lebenslanges Unglück ein, deshalb wollte ich Sie so schnell wie möglich da rausholen.«

»Gern geschehen.« Leia lächelte. »Das meinen wir alle so.« Sie küßte Han auf die Wange, um es ihm noch einmal persönlich zu sagen.

Sie stiegen die Rampe der ›Falcon‹ hinauf. Solo blieb kurz stehen, bevor er eintrat, und gab dem Raumschiff einen kleinen Klaps.

»Gut siehst du aus, altes Mädchen. Ich hätte nie gedacht, daß ich dich noch einmal wiedersehe.«

Luke tat dasselbe im X-Flügler. Er schnallte sich im Cockpit an, startete die Motoren, spürte das vertraute Brausen. Er blickte auf seine Kunsthand: Drähte kreuzten Aluminiumknochen wie Speichen in einem Puzzle. Er fragte sich, wie die Lösung lauten mochte. Und wie das Puzzle überhaupt aussah. Er zog einen schwarzen

Handschuh über die bloßgelegte Konstruktion, bediente die Steuerung und jagte zum zweiten Mal in seinem Leben von seinem Heimatplaneten zu den Sternen hinauf.

Der Super-Sternzerstörer schwebte im Weltraum über der halbfertigen Todesstern-Kampfstation und ihrem grünen Nachbarn Endor. Der Zerstörer war ein mächtiges Schiff, umgeben von zahlreichen kleineren Kriegsschiffen unterschiedlichen Typs, die wie Kinder unterschiedlicher Altersklasse und Lebhaftigkeit um das große Mutterschiff schwebten oder sausten: Mittelstrecken-Flottenkreuzer, dicke Frachtschiffe, Spurjäger.

Die Hauptbucht des Zerstörers öffnete sich lautlos. Ein Imperiums-Fährschiff schwebte heraus und beschleunigte Richtung Todesstern, eskortiert von vier Jagdgeschwadern.

Darth Vader verfolgte ihren Anflug auf dem Sichtschirm im Kontrollraum des Todessterns. Als das Andocken unmittelbar bevorstand, verließ er das Kommandozentrum, gefolgt von Kommandeur Jerjerrod und einer Phalanx Imperiums-Sturmtrupps, und marschierte zur Dockbucht. Er wollte seinen Herrn und Meister begrüßen.

Vaders Pulsschlag und Atmung waren maschinengesteuert, so daß sie sich nicht beschleunigen konnten, aber in seiner Brust steigerte sich irgendeine elektrische Ladung, wenn Begegnungen mit dem Kaiser bevorstanden; er konnte nicht sagen, wie. Ein Gefühl der Erfüllung, der Macht, der dunklen, dämonischen Herrschaft – eines von geheimen Lüsten, ungezügelter Leidenschaft, wilder Unterwerfung – all dies war in Vaders Herz, als er sich seinem Kaiser näherte.

Als er die Dockbucht betrat, standen Tausende imperialer Truppen mit einem Schlag stramm, der durch die riesige Halle knallte. Das Fährschiff kam auf der Fußplatte zum Stillstand. Die Rampe klaffte auf wie ein Drachenschlund, und die kaiserliche Garde stürmte hinunter mit flatternden roten Gewändern, Flammenzungen, die hinausleckten, Vorreiter eines zornigen Aufbrüllens. Sie stellten sich in todbringender Formation neben der Rampe auf. Stille senkte sich über die Riesenhalle. Oben auf der Rampe erschien der Kaiser.

Langsam stieg er hinunter. Ein kleiner Mann, geschrumpft vom Alter und dem Bösen. Er stützte seine gebeugte Gestalt auf einen knorrigen Stock und hatte sich in eine bodenlange Kutte mit Kapuze gehüllt – ganz wie das Gewand der Jedi, nur war es schwarz. Sein fast verhülltes Gesicht war so abgemagert, daß der Kopf fast zum Totenschädel wurde; seine durchdringenden gelben Augen schienen alles, worauf sie sich richteten, brennend zu durchbohren.

Als der Kaiser unten ankam, knieten Kommandeur Jerjerrod, seine Generäle und Lord Vader nieder. Der Allerhöchste Schwarze Herrscher winkte Vader und begann die angetretenen Truppen entlangzugehen.

»Steht auf, mein Freund. Ich möchte mit Euch reden.«

Vader stand auf und begleitete seinen Herrn. Den beiden folgten der Reihe nach die Höflinge des Kaisers, die Kaisergarde, Jerjerrod und die Elitegarde des Todessterns mit einem Gemisch aus Ehrfurcht und Angst.

Vader fühlte sich an der Seite des Kaisers ganz erfüllt. Obwohl die Leere in seinem Innersten niemals schwand, wurde es im kalten Lichtglanz des Kaisers eine glorreiche, eine strahlende Leere, die das ganze All zu umfassen vermochte. Und eines Tages das Universum umfassen würde – wenn der Kaiser tot war.

Denn dies war Vaders höchster Traum. Wenn er von der dunklen Macht in seinem bösen Genius alles gelernt hatte, ihm die Macht zu entreißen, sie zu ergreifen und ihr kaltes Licht in seinem eigenen Wesenskern festzuhalten – den Kaiser zu töten und seine Dunkelheit zu verschlingen, das Universum ganz zu beherrschen. Mit seinem Sohn neben sich.

Und dies war sein zweiter Traum: seinen Jungen zurückzuholen, Luke die Majestät dieser Schattenmacht zu zeigen, warum sie so ungeheuerlich war, warum er zu Recht beschlossen hatte, diesem Weg zu folgen. Und Luke würde mit ihm kommen, das wußte er. Dieser Keim war gelegt. Sie würden gemeinsam herrschen, Vater und Sohn.

Sein Traum war der Erfüllung sehr nah, das konnte er spüren; ganz nah. Jedes Ereignis glitt an seinem Platz, wie er es mit Jedi-Geschick lenkte, wie er es mit gezügelter dunkler Kraft anstieß.

»Der Todesstern wird pünktlich fertig sein, mein Gebieter«, sagte Vader halblaut.

»Ja, ich weiß«, gab der Kaiser zurück. »Ihr habt es gut gemacht, Lord Vader ... und jetzt spüre ich, daß Ihr Eure Suche nach dem jungen Skywalker fortsetzen wollt.«

Vader lächelte hinter seiner Panzermaske. Der Kaiser wußte immer, was ihn innerlich erfüllte, selbst wenn er die Einzelheiten nicht kannte.

»Ja, mein Gebieter.«

»Geduld, mein Freund«, warnte der Höchste Herrscher. »Ihr habt immer Schwierigkeiten damit gehabt, Geduld zu zeigen. Mit der Zeit wird er Euch aufsuchen ... und wenn er das tut, müßt Ihr ihn zu mir bringen. Er ist stark geworden. Nur gemeinsam können wir ihn auf die dunkle Seite der Kraft bringen.«

»Ja, mein Gebieter.« Gemeinsam würden sie den Jungen korrumpieren – das Kind des Vaters. Große, dunkle Glorie. Denn bald würde der alte Kaiser sterben – und auch wenn die Galaxis sich unter dem Schrecken dieses Verlustes krümmen würde, Vader blieb, um zu herrschen, den jungen Skywalker an seiner Seite. Wie es von Anfang an vorherbestimmt war.

Der Kaiser hob ein wenig den Kopf und erwog die Möglichkeiten der Zukunft.

»Alles geht voran, wie ich es vorausgesagt habe.«

Er hatte, wie Vader, seine eigenen Pläne – Pläne geistiger Schändung, der Steuerung von Leben und Geschicken. Er lachte leise in sich hinein und genoß die Nähe des Sieges: die endgültige Verführung des jungen Skywalker.

Luke ließ seinen X-Flügler am Rand des Wassers stehen und bahnte sich vorsichtig einen Weg durch den benachbarten Sumpf. Dichter Nebel hing in Schwaden. Dschungeldampf. Ein fremdartiges Insekt flog aus einem Gewirr von Hängeranken heran, schwirrte wild um seinen Kopf und verschwand wieder. Im Dickicht fauchte etwas. Luke konzentrierte sich kurz. Das Fauchen verstummte. Luke ging weiter.

Er hatte ein sehr gespaltenes Verhältnis zu diesem Ort: Dagobah. Der Ort, wo er geübt hatte, wo er zum Jedi ausgebildet worden war. Hier hatte er wahrhaft gelernt, die Kraft zu gebrauchen, sie durch sich strömen zu lassen zu dem Ziel, das er erreichen wollte. So hatte er gelernt, wie bedachtsam er vorgehen mußte, um die Kraft gut zu gebrauchen. Das hieß, auf Licht zu gehen, aber ein Jedi wurde davon getragen wie von festem Boden.

In diesem Sumpf lauerten gefährliche Wesen, aber für einen Jedi war keines böse. Gierige Treibsandstrudel warteten, still wie Waldteiche; mit den Hängeranken mischten sich Greifarme. Luke kannte sie jetzt alle, sie waren alle Teil des lebenden Planeten, jede aufgenommen in die Kraft, von der auch er ein pulsierender Aspekt war.

Und doch gab es hier auch Dunkles – unvorstellbar dunkel, Spiegelungen der dunklen Winkel seiner Seele. Er hatte diese Dinge hier gesehen. Er war vor ihnen geflüchtet, hatte mit ihnen gerungen, hatte sich ihnen sogar gestellt. Er hatte ein paar von ihnen überwältigt.

Aber manche lauerten hier noch. Die Dunklen ...

Er stieg über eine Barrikade von knorrigen Wurzeln, glitschig von Moos. Auf der anderen Seite führte ein glatter, freier Pfad direkt in die Richtung, die er einschlagen wollte, aber er beging ihn nicht. Statt dessen drang er wieder ins Unterholz ein.

Hoch oben näherte sich etwas Schwarzes, Flatterndes, schwenkte ab. Luke achtete nicht darauf. Er ging unbeirrt weiter.

Der Dschungel lichtete sich ein wenig. Hinter dem nächsten Sumpfloch konnte Luke es sehen – das kleine, seltsam geformte Gebäude, dessen eigenartige kleine Fenster warmes, gelbes Licht in den feuchten Regenwald hinausstrahlten. Er ging um das Sumpfloch herum, beugte tief den Kopf und betrat das kleine Haus.

Yoda stand lächelnd im Inneren, in der kleinen, grünen Hand den Spazierstock als Stütze.

»Auf dich gewartet habe ich«, sagte er und nickte. Er verstellte immer die Wörter, um seiner Rede mehr Gewicht zu geben.

Er forderte Luke mit einer Geste auf, sich in die Ecke zu setzen. Dem Jungen fiel auf, um wieviel zerbrechlicher Yoda geworden zu sein schien – ein Zittern in der Hand, eine Schwäche in der Stimme. Luke wagte kaum zu sprechen, um nicht seinen Schrecken über den Zustand des alten Meisters zu verraten.

»Das Gesicht, das du machst.« Yoda runzelte heiter seine müde Stirn. »Sehe ich für junge Augen so schlecht aus?«

Luke versuchte seine Betroffenheit zu verbergen und drehte sich in der engen Ecke zur Seite.

»Nein, Meister . . . natürlich nicht.«

»Aber doch, ja, aber doch!« Der winzige Jedi-Meister gluckste fröhlich. »Krank bin ich geworden. Ja. Alt und schwach.« Er zeigte mit krummem Finger auf seinen jungen Schüler. »Wenn neunhundert Jahre du alt bist, so gut aussehen wirst du nicht.«

Das Wesen humpelte, immer noch glucksend, zum Bett und legte sich mühselig hin.

»Bald werde ich ruhen. Ja. Für immer schlafen. Verdient ich es habe.«

Luke schüttelte den Kopf.

»Du darfst nicht sterben, Meister Yoda – ich lasse es nicht zu.«

»Gut ausgebildet und stark mit der Kraft bist du – aber nicht so stark! Die Dämmerung ist um mich, und bald muß es Nacht werden. Das ist der Lauf der Dinge . . . so geht es bei der Kraft.«

»Aber ich brauche deine Hilfe«, sagte Luke drängend. »Ich will meine Ausbildung abschließen.« Der große Lehrer durfte ihn jetzt nicht verlassen – es gab noch so vieles zu verstehen. Und er hatte von Yoda schon so viel genommen und noch nichts gegeben. Er wollte vieles mit dem Alten teilen.

»Keine Ausbildung du mehr brauchst«, versicherte ihm Yoda. »Kannst schon, was du brauchst.«

»Dann bin ich ein Jedi?« fragte Luke eifrig. Nein. Er wußte, daß er es noch nicht ganz war. Irgend etwas fehlte noch.

Yodas runzliges Gesicht wurde verkniffen.

»Noch nicht. Eines fehlt noch. Vader ... Vader mußt du gegenübertreten. Erst dann ein ganzer Jedi du wirst sein. Und auf ihn treffen wirst du früher oder später.«

Luke wußte, daß dies seine Probe sein würde, nichts anderes. Jede Suche hatte ihr Ziel, und im Kern von Lukes Ringen steckte unentwirrbar Vader. Es war qualvoll für ihn, die Frage auszusprechen, aber nach langem Schweigen sagte er: »Meister Yoda – ist Darth Vader mein Vater?«

Yodas Augen nahmen einen Ausdruck erschöpften Mitgefühls an. Dieser Junge war noch kein vollständiger Mann. Ein trauriges Lächeln huschte über sein Gesicht. Er schien im Bett noch kleiner zu werden.

»Ruhe brauche ich. Ja. Ruhe.«

Luke starrte auf seinen entgleitenden Lehrer, versuchte ihm Kraft zu verleihen, nur durch die Gewalt von Liebe und Willen.

»Yoda, ich muß es wissen«, flüsterte er.

»Dein Vater er ist«, sagte Yoda schlicht.

Luke schloß die Augen, den Mund, das Herz, um die Wahrheit dessen fernzuhalten, das er als wahr erkannte.

»Hat er dir gesagt, ja?« fragte Yoda.

Luke nickte stumm. Er wollte den Augenblick festhalten, hier Zuflucht finden, Zeit und Raum in dieses Zimmer sperren, damit sie nie hinauskonnten ins All mit diesem grauenhaften Wissen, dieser unerbittlichen Wahrheit.

Yodas Miene wirkte besorgt.

»Unerwartet das ist und unglückselig –«

»Unglückselig, daß ich die Wahrheit weiß?« In Lukes Stimme drängte sich Bitterkeit, aber er konnte nicht entscheiden, ob sie auf Vader, auf Yoda, auf sich selbst oder das ganze Universum gerichtet war.

Yoda raffte sich mit einer Anstrengung auf, die ihn seine ganze Kraft zu kosten schien.

»Unglückselig, daß du voreilig angetreten gegen ihn – daß unvollständig deine Ausbildung ... daß nicht bereit du für die Last gewesen. Obi-Wan dir hätte es vor langer Zeit gesagt, wenn ich zugestimmt... jetzt eine große Schwäche trägst du. Fürchten muß ich für dich. Fürchten für dich, ja.« Eine starke Anspannung schien ihn zu verlassen. Er schloß die Augen.

»Meister Yoda, es tut mir leid.« Luke zitterte, als er den mächtigen Jedi so geschwächt sah.

»Ich weiß, aber Vader wieder gegenübertreten mußt du, und leid tun wird nicht helfen.« Er beugte sich vor und winkte Luke nah heran. Luke kroch hinüber, um sich zu seinem alten Meister zu setzen. Yoda sprach mit brüchiger Stimme weiter. »Vergiß nicht, die Stärke eines Jedi fließt aus der Kraft. Als du deine Freunde gerettet, hast du Rache im Herzen gehabt. Hüte dich vor Zorn, Furcht und Aggression. Die dunkle Seite sie sind. Leicht strömen sie, schnell dir im Kampf beizuspringen. Wenn du einmal den dunklen Weg gehst, er wird für immer dein Schicksal bestimmen.«

Er ließ sich zurücksinken, sein Atem wurde flach. Luke wartete still, wagte nicht, sich zu rühren, wagte nicht, den Alten auch nur ein Jota abzulenken, damit seine Aufmerksamkeit keine Spur von der Aufgabe abwich, die Leere fernzuhalten.

Nach einigen Minuten sah Yoda den Jungen wieder an und lächelte sanft unter größter Mühe, die Größe seines Geistes war das einzige, was seinen verfallenden Körper am Leben hielt.

»Luke – vor dem Kaiser hüte dich. Unterschätze seine Kräfte nicht, oder du erleidest das Schicksal deines Vaters. Wenn ich fort bin... du wirst der letzte Jedi sein. Luke, die Kraft ist stark in deiner Familie. Gib weiter, was du... gelernt... hast...« Er geriet ins Stocken, schloß die Augen. »Es... gibt... einen anderen... Himmel...« Er hielt den Atem an, atmete aus, und sein Geist ging von ihm wie ein besonnter Wind zu einem anderen Himmel. Sein Körper schauderte einmal – und er verschwand.

Luke saß eine Stunde an dem kleinen, leeren Bett und versuchte die Tiefe seines Verlustes zu ergründen. Sie war unergründlich.

Als erstes empfand er grenzenlose Trauer. Um sich selbst, um das Universum. Wie konnte es sein, daß einer wie Yoda für immer dahinging? Es war, als fülle ein schwarzes, bodenloses Loch die Stelle in seinem Herzen aus, die Yoda ausgefüllt hatte.

Luke hatte das Hinscheiden alter Mentoren schon erlebt. Es war unausweichlich traurig und unerbittlich Teil seiner eigenen Reifung gewesen. War es das also, was Erwachsenwerden bedeutete? Zuzusehen, wie geliebte Freunde alt wurden und starben? Ein neues Maß an Stärke oder Reife aus ihrem Hingang zu gewinnen?

Eine schwere Last der Hoffnungslosigkeit senkte sich auf ihn herab, während alle Lichter in dem kleinen Haus flackernd erloschen. Minutenlang blieb er noch sitzen, in dem Gefühl, nun sei alles zu Ende, die Lichter im Universum ausgegangen. Der letzte Jedi saß in einem Sumpf, während die ganze Galaxis den letzten Krieg plante.

Dann überfiel ihn Kälte und störte das Nichts, in das sein Bewußtsein entglitten war. Er fröstelte und schaute sich um. Die Finsternis war undurchdringbar.

Er kroch hinaus und stand auf. Im Moor hatte sich nichts verändert. Dampf gerann, tropfte von baumelnden Ranken zurück in den Sumpf, ein Zyklus, der sich millionenmal wiederholt hatte und sich ewig wiederholen würde. Vielleicht war dies seine Lektion. Wenn dem so war, linderte sie sein Leid um keinen Hauch.

Ziellos ging er zurück zu seinem Schiff. Artoo stürzte heraus und piepste aufgeregt seinen Gruß, aber Luke war untröstlich und konnte auf den treuen, kleinen Droiden nicht eingehen. Artoo pfiff kurz sein Beileid, dann blieb er respektvoll stumm.

Luke setzte sich niedergeschlagen auf einen Baumstamm, ließ den Kopf in die Hände sinken und sagte leise zu sich selbst: »Ich kann nicht. Alleine kann ich nicht weitermachen.«

Eine Stimme tönte aus dem Nebel zu ihm herunter.

»Yoda und ich werden immer bei dir sein.« Es war Bens Stimme.

Luke drehte sich rasch um und sah die schimmernde Gestalt Obi-Wan Kenobis hinter sich stehen.

»Ben!« flüsterte er. Es gab so vieles, was er sagen wollte, alles stürzte gleichzeitig auf ihn ein, wirbelte durcheinander wie die durcheinandergeworfene, aufgedunsene Fracht eines Schiffes im Mahlstrom. Aber eine Frage schob sich vor allen anderen an die Oberfläche. »Warum, Ben? Warum hast du es mir nicht gesagt?«

Es war keine leere Frage.

»Ich wollte es dir nach Abschluß deiner Ausbildung sagen«, erwiderte Bens Erscheinung. »Aber du mußtest unvorbereitet davonstürzen. Ich habe dich gewarnt vor deiner Ungeduld.« Seine Stimme war unverändert, ein wenig Schärfe und viel Liebe.

»Du hast mir erzählt, Darth Vader hätte meinen Vater verraten und ermordet.« Die Bitterkeit, die er vorher bei Yoda gespürt, richtete sich nun auf Ben.

Ben nahm das Ätzende ohne Abwehr hin und sagte mahnend: »Dein Vater Anakin wurde verführt von der dunklen Seite der Kraft. Er hörte auf, Anakin Skywalker zu sein und wurde Darth Vader. Als das geschah, verriet er alles, woran Anakin Skywalker glaubte. Der gute Mann, dein Vater, wurde vernichtet. Was ich dir erzählt habe, war also wahr – in einer bestimmten Hinsicht.«

»Bestimmte Hinsicht!« fauchte Luke höhnisch. Er fühlte sich verraten – vom Leben mehr als von allem anderen, aber nur der arme Ben war zur Stelle, um Blitzableiter zu sein.

»Luke«, sagte Ben sanft, »du wirst feststellen, daß viele der Wahrheiten, an die wir uns klammern, in hohem Maß von unserem Standpunkt abhängen.«

Luke ging nicht darauf ein. Er wollte seinen Zorn festhalten, ihn wie einen Schatz bewachen. Er war alles, was er hatte, er wollte sich ihn nicht nehmen lassen wie alles andere. Aber er spürte schon, wie er ihm entglitt, gelindert von Bens mitfühlender Art.

»Ich nehme dir nicht übel, daß du zornig bist«, sagte Ben beschwichtigend. »Wenn ich falsch gehandelt habe, ist es gewiß nicht das erste Mal gewesen. Siehst du, was mit deinem Vater geschah, war meine Schuld ...«

Luke hob mit plötzlichem Interesse den Kopf. Davon hatte er nichts gewußt. Sein Zorn machte rasch Platz für Faszination und Neugierde – denn Wissen war eine Droge, die süchtig machte, und je mehr er davon hatte, desto mehr wünschte er sich.

Während er zunehmend gebannt auf dem Baumstamm saß, kam Artoo stumm herangerollt, als tröstliche Begleitung.

»Als ich deinem Vater das erste Mal begegnete«, fuhr Ben fort,

»war er schon ein großartiger Pilot. Aber was mich am meisten erstaunte, war, wie stark die Kraft um ihn war. Ich unternahm es, Anakin in den Wegen der Jedi zu unterrichten. Mein Fehler war, daß ich glaubte, ich könnte ein so guter Lehrer sein wie Yoda. Ich war es nicht. Es war törichter Stolz. Der Kaiser spürte Anakins Macht und lockte ihn auf die dunkle Seite.« Er verstummte traurig und blickte in Lukes Augen, als wolle er den Jungen um Vergebung bitten. »Mein Stolz hatte verheerende Folgen für die Galaxis.«

Luke war gefesselt. Daß Obi-Wans Überheblichkeit den Sturz seines Vaters herbeigeführt hatte, war grauenhaft. Grauenhaft, weil sein Vater unnötigerweise diese Wandlung durchgemacht hatte, grauenhaft, weil Obi-Wan nicht vollkommen, nicht einmal ein vollkommener Jedi war, grauenhaft, weil die dunkle Seite so tief zu treffen aus dem Guten das Böse machen konnte. Darth Vader mußte tief in sich noch einen Funken von Anakin Skywalker haben.

»Es ist doch noch Gutes in ihm«, erklärte er.

Ben schüttelte bedauernd den Kopf.

»Ich dachte auch, man könnte ihn wieder für die gute Seite gewinnen. Es ging nicht. Er ist jetzt mehr Maschine als Mensch – entstellt und böse.«

Luke spürte den tieferliegenden Sinn in Kenobis Worten, hörte sie als Befehl. Er schüttelte den Kopf vor der Erscheinung.

»Ich kann nicht meinen eigenen Vater töten.«

»Du solltest diese Maschine nicht als deinen Vater betrachten.« Der Lehrer hatte wieder das Wort. »Als ich sah, was aus ihm geworden war, versuchte ich ihn davon abzubringen, ihn von der dunklen Seite herüberzuziehen. Wir kämpften ... dein Vater stürzte in eine Schmelzgrube. Als er sich aus der glühenden Masse herausgekrallt hatte, war der Wandel für immer in ihn eingesengt – er war Darth Vader, ohne jede Spur von Anakin Skywalker. Unwiderruflich schwarz. Vernarbt. Am Leben gehalten nur von Maschinen und seinem eigenen schwarzen Willen ...«

Luke blickte auf seine Kunsthand hinunter.

»Ich habe einmal versucht, ihm Einhalt zu gebieten. Ich konnte es nicht.« Er wollte seinen Vater nicht wieder herausfordern. Er konnte es nicht.

»Vader hat dich gedemütigt, als du ihm zum ersten Mal begegnet bist, Luke – aber diese Erfahrung war Teil deiner Ausbildung. Unter anderem hat sie dir den Wert der Geduld klargemacht. Wärst du nicht so versessen darauf gewesen, Vader damals zu töten, hättest du deine Ausbildung hier bei Yoda abschließen können. Du wärst vorbereitet gewesen.«

»Aber ich mußte meinen Freunden helfen.«

»Und hast du ihnen geholfen? Sie mußten am Ende dich retten. Du hast, fürchte ich, wenig bewirkt durch diese überstürzte Rückkehr.«

Lukes Empörung löste sich auf und hinterließ nur Traurigkeit. »Ich habe erfahren, daß Darth Vader mein Vater ist«, flüsterte er.

»Um ein Jedi zu sein, Luke, mußt du dich der dunklen Seite stellen und dann darüber hinausgehen – die Seite, über die dein Vater nicht hinwegkam. Ungeduld ist die Tür, die am leichtesten aufgeht – für dich wie für deinen Vater. Nur wurde dein Vater von dem verlockt, was er hinter der Tür fand, und du hast standgehalten. Du bist nicht mehr so leichtsinnig, Luke. Du bist stark und hast Geduld gelernt. Und du bist bereit für die entscheidende Begegnung.«

Luke schüttelte wieder den Kopf, als ihm klar wurde, was der alte Jedi meinte.

»Ich kann es nicht, Ben.«

Obi-Wan Kenobis Schultern sanken herab.

»Dann hat der Kaiser schon gesiegt. Du bist unsere einzige Hoffnung gewesen.«

Luke suchte nach Alternativen.

»Yoda hat gesagt, ich könnte jemand anderen ausbilden für . . .«

»Die andere Person, die er gemeint hat, ist deine Zwillingsschwester.« Der alte Mann lächelte schwach. »Es wird ihr nicht leichter fallen als dir, Darth Vader zu vernichten.«

Luke reagierte tief betroffen. Er stand auf und trat vor die Erscheinung hin.

»Schwester? Ich habe keine Schwester.«

Wieder legte Obi-Wan einen sanften Ton in seine Stimme, um den

Aufruhr in der Seele seines jungen Freundes zu beschwichtigen.

»Um euch beide gegen den Kaiser zu schützen, seid ihr bei eurer Geburt getrennt worden. Der Kaiser wußte so gut wie ich, daß eines Tages Skywalkers Kinder eine Bedrohung für ihn sein würden, weil sie die Kraft auf ihrer Seite haben. Aus diesem Grund ist deine Schwester sicherheitshalber anonym geblieben.«

Luke wehrte sich zunächst gegen dieses Wissen. Er brauchte und wollte keinen Zwilling. Er war einmalig! Ihm fehlte nichts, außer der Hand, deren Kunstersatz er nun fest ballte. Faustpfand in einer Schloßintrige? Wiegen verwechselt, Geschwister vertauscht und getrennt und fortgeschafft, um an verschiedenen Orten insgeheim aufzuwachsen? Ausgeschlossen! Er wußte, wer er war! Er war Luke Skywalker, Sohn eines Jedi, aus dem ein Sith-Lord geworden war, aufgezogen auf einer Sandfarm in Tatooine von Onkel Owen und Tante Beru zu einem Leben ohne Schnörkel, ein fleißiger, ehrlicher, aber armer Kerl – weil seine Mutter ... seine Mutter ... Wie war das mit seiner Mutter? Was hatte sie gesagt, wer war sie? Was hatte sie ihm erzählt? Er richtete die Gedanken nach innen, auf einen Ort und eine Zeit fern vom feuchten Boden Dagobahs, zum Zimmer seiner Mutter, seiner Mutter und seiner ... Schwester. Seiner Schwester ...

»Leia! Leia ist meine Schwester!« rief er und stürzte beinahe über den Baumstumpf.

»Dein Scharfsinn leistet dir gute Dienste.« Ben nickte. Er wurde rasch wieder streng. »Vergrab deine Gefühle tief in dir, Luke. Sie schmücken dich, aber sie könnten dazu genutzt werden, dem Kaiser zu dienen.«

Luke versuchte zu begreifen, was sein alter Lehrer meinte. So viel Neues, so schnell, so entscheidend ... es schwindelte ihn.

Ben berichtete weiter.

»Als dein Vater ging, wußte er nicht, daß deine Mutter schwanger war. Deine Mutter und ich wußten, daß er es einmal erfahren würde, aber wir wollten euch beide so lange wie möglich so gut schützen wie möglich. Deshalb brachte ich dich zu meinem Bruder Owen auf Tatooine ... und deine Mutter nahm Leia mit nach Alderaan, wo die Kleine als Tochter von Senator Morgana aufwachsen konnte.«

Luke setzte sich hin, um dieser Geschichte zu lauschen. Artoo drängte sich nah heran und summte unter der Hörgrenze, um ihn zu trösten.

Ben sprach in ruhigem Tonfall weiter, damit die Laute Trost spenden konnten, wo die Wörter es nicht taten.

»Die Familie Organa war von hohem Adel und in diesem System politisch von großer Macht. Leia wurde kraft Abstammung Prinzessin. Freilich wußte keiner, daß sie adoptiert worden war. Aber es war ein Titel ohne echte Macht, weil Alderaan seit langer Zeit eine Demokratie aufgebaut hatte. Trotzdem behielt die Familie politische Macht, und Leia, die dem Weg ihres Stiefvaters folgte, wurde ebenfalls Senatorin. Das war aber noch nicht alles, versteht sich. Sie wurde zur Führerin ihrer Zelle in der Allianz gegen das korrupte Imperium. Und weil sie diplomatische Immunität genoß, war sie ein unentbehrliches Bindeglied, um Information für die Sache der Rebellen zu beschaffen.

Das tat sie auch, als eure Wege sich kreuzten – denn ihre Stiefeltern hatten ihr eingeschärft, sich auf Tatooine mit mir in Verbindung zu setzen, wenn ihre Schwierigkeiten überhandnehmen sollten.«

Luke versuchte mit diesem Wust von Gefühlen, die auf ihn einstürmten, fertig zu werden. Die Liebe zu Leia, die er immer gespürt hatte, selbst von fern, besaß nun eine klare Grundlage. Aber plötzlich fühlte er sich auch als ihr Beschützer, wie ein älterer Bruder – obschon sie vielleicht sogar einige Minuten älter sein mochte als er.

»Aber du kannst nicht zulassen, daß sie mit hineingezogen wird, Ben«, ereiferte er sich. »Vader wird sie vernichten.« Vader. Ihr Vater. Vielleicht konnte Leia das Gute in ihm wiedererwecken.

»Sie ist nicht als Jedi ausgebildet wie du, Luke – aber die Kraft in ihr ist stark wie bei allen Mitgliedern eurer Familie. Deswegen kreuzte ihr Weg den meinen – weil die Kraft in ihr genährt werden muß von einem Jedi. Du bist jetzt der letzte Jedi, Luke . . . aber sie kehrte zu uns – zu mir – zurück, um zu lernen und zu wachsen. Weil es ihre Bestimmung war, zu lernen und zu wachsen, wie die meine, zu lehren.«

Er sprach langsamer weiter, jedes Wort überlegt, jede Pause Betonung.

»Du kannst deinem Schicksal nicht entkommen, Luke.« Er hielt mit seinem Blick Lukes Augen fest und legte von seinem Geist hinein, was ihm möglich war, um ihn für immer Lukes Denken einzuprägen. »Halt geheim, wer deine Schwester ist, denn wenn du scheiterst, ist sie in der Tat unsere letzte Hoffnung. Sieh mich an, Luke – den kommenden Kampf mußt du allein bestreiten, aber vom Ausgang hängt so vieles ab. Vielleicht kannst du Stärke aus meinem Gedächtnis ziehen. Aber vermeiden läßt der Kampf sich nicht – du kannst nicht vor deiner Bestimmung fliehen. Du wirst Darth Vader wieder gegenübertreten müssen...«

4

Darth Vader trat aus dem langen Aufzugzylinder in den Raum, der einst Kontrollraum des Todessterns gewesen und jetzt der Thronsaal des Kaisers war. Zwei Wachen standen an der Tür, vom Hals bis zu den Zehen rotgewandet, mit roten Helmen, die bis auf Augenschlitze, in Wahrheit elektrisch gesteuerte Sichtschirme, alles bedeckten. Sie hielten ihre Waffen stets im Anschlag.

Der Raum lag im Halbdunkel, abgesehen von den Leuchtkabeln, die zu beiden Seiten des Aufzugschachts verliefen und Energie und Information durch die Raumstation trugen. Vader ging über den glatten, schwarzen Stahlboden, vorbei an den riesigen, summenden Konvertermaschinen, die kurze Treppe hinauf zu der Plattform mit dem Kaiserthron. Unter dieser Plattform, nach rechts versetzt, befand sich die Öffnung des Schachts, der tief hinabreichte ins Innere der Kampfstation, bis hinab zum innersten Kern der Energieanlage. Der Abgrund war schwarz, stank nach Ozon und hallte unaufhörlich von einem hohlen, tiefen Grollen wider.

Am Ende der überhängenden Plattform gab es eine Wand, in der sich ein riesengroßes, kreisrundes Beobachtungsfenster befand. Davor saß in einem Kommandosessel der Kaiser und starrte in den Weltraum hinaus.

Die unfertige Hälfte des Todesstern begann gleich hinter dem Fenster, Fährraketen und Transporter fegten umher, Männer in körperengen Raumanzügen und tragbaren Raketenantrieben arbeiteten an Außenkonstruktion und Innenausbau. Im Hintergrund der jadegrüne Mond Endor, wie ein Juwel auf dem schwarzen Samt des Weltraums, und verstreut in die Unendlichkeit die leuchtenden Diamanten der Sterne.

Der Kaiser betrachtete diese Aussicht, während Vader von hinten herankam. Der Lord der Sith kniete nieder und wartete. Der Kaiser ließ ihn warten. Er betrachtete das Bild vor sich mit einem glorreichen Gefühl ohne Grenzen: Dies war alles sein. Und noch glorreicher, alles sein durch seine eigene Hand.

Nicht immer war es so gewesen. Damals, für den schlichten Senator Palpatine, war die Galaxis eine Sternenrepublik gewesen, hochgehalten und beschützt von der Jedi-Ritterschaft, die jahrhundertelang über sie gewacht hatte. Aber unausweichlich war sie zu groß geworden, es hatte über zu viele Jahre hinweg einer zu gewaltigen Bürokratie bedurft, die Republik aufrechtzuerhalten. Korruption hatte sich ausgebreitet.

Ein paar gierige Senatoren hätten die Kettenreaktion der Verderbnis ausgelöst, behaupteten manche; aber wer wußte es genau? Ein paar verderbte Bürokraten, arrogant, selbstsüchtig – und mit einem Mal brach ein Fieber in den Sternen aus. Gouverneur wandte sich gegen Gouverneur, Werte verfielen, ein Vertrauensbruch reihte sich an den anderen – die Angst hatte sich in diesen frühen Jahren ausgebreitet wie eine Epidemie, rasch und ohne sichtbare Ursache, niemand wußte, was geschah und warum es geschah.

Und so hatte Senator Palpatine die Gelegenheit ergriffen. Durch Betrug, kluge Versprechungen und geschicktes politisches Manövrieren war es ihm gelungen, sich zum Vorsitzenden des Rates wählen zu lassen. Und dann hatte er sich mit List, Bestechung und Terror zum Kaiser aufgeschwungen.

Kaiser. Das hatte Klang. Die Republik war zerfallen, das Imperium leuchtete aus eigener Pracht und würde es immer tun, denn der Kaiser wußte, was die anderen zu glauben sich weigerten: Die dunklen Kräfte waren die stärksten.

Er hatte das im Innersten schon immer gewußt, lernte es aber jeden Tag aufs neue: von verräterischen Mitarbeitern, die ihre Vorgesetzten für Vergünstigungen verrieten; von Funktionären ohne feste Grundsätze, die ihm die Geheimnisse der Regierungen lokaler Sternsysteme verrieten; von habgierigen Grundbesitzern, sadistischen Gangstern und machthungrigen Politikern. Keiner war immun, alle gierten nach der dunklen Energie in ihrem Innersten. Der Kaiser hatte diese Wahrheit lediglich erkannt und genutzt – natürlich zu seiner eigenen Verherrlichung.

Denn seine Seele war das schwarze Zentrum des Imperiums.

Er sann über die dichte Undurchdringlichkeit der Weltraumtiefen vor sich. Von so dichter Schwärze wie seine Seele – so, als *sei* er auf ganz reale Weise diese Schwärze, als sei sein innerer Geist selbst diese Leere, über die er herrschte. Er belächelte den Gedanken: Er war das Imperium, er war das Universum.

Er fühlte, daß hinter ihm Vader noch immer kniend wartete. Wie lange war der Schwarze Lord schon hier? Fünf Minuten? Zehn Minuten? Der Kaiser wußte es nicht genau. Egal. Der Kaiser war mit seiner Meditation noch nicht fertig.

Lord Vader machte das Warten jedoch nichts aus, ja, er nahm es nicht einmal wahr. Denn es war eine Ehre und etwas Edles, zu Füßen seines Herrschers zu knien. Er hielt den Blick nach innen gerichtet und suchte nach Sinn in seinem eigenen bodenlosen Abgrund. Seine Macht war jetzt groß, größer als je zuvor. Sie schimmerte von innen heraus und schwang im Gleichklang mit den Wellen der Dunkelheit, die vom Kaiser ausströmten. Er fühlte sich ausgefüllt von dieser Macht, sie schwoll wie schwarzes Feuer, Dämonenelektronen, die sich erden wollten... aber er würde warten. Denn sein Kaiser war nicht bereit, und sein Sohn war nicht bereit, der Zeitpunkt noch nicht gekommen. Also wartete er.

Schließlich drehte der Sessel sich langsam, bis der Kaiser Vader

vor sich hatte.
Vader ergriff als erster das Wort.
»Was ist Euer Befehl, mein Gebieter?«
»Schickt die Flotte zur anderen Seite von Endor. Dort wird sie bleiben, bis sie gerufen wird.«
»Und die Berichte über eine Massierung der Rebellenflotte bei Sullust?«
»Fällt nicht ins Gewicht. Bald wird die Rebellion zerschmettert sein, und der junge Skywalker wird einer von uns sein. Eure Arbeit hier ist beendet, mein Freund. Geht auf das Kommandoschiff und erwartet meine Befehle.«
»Ja, mein Gebieter.« Er hoffte, den Befehl für die Vernichtung der Rebellenallianz zu erhalten. Er erhoffte ihn bald.
Er stand auf und verließ den Raum. Der Kaiser wandte sich wieder dem galaktischen Panorama jenseits des Fensters zu, um sein Reich zu betrachten.

In einem fernen und mitternächtlichen Vakuum jenseits des Randes der Galaxis reichte die riesige Rebellenflotte vom Vorgeschwader bis zur Nachhut, weiter, als das menschliche Auge reichte. Corellanische Schlachtschiffe, Kreuzer, Zerstörer, Trägerschiffe, Bomber, Frachtschiffe von Sullust, Tanker von Calamar, Kampfschiffe von Alderaan, Blockadebrecher von Kessel, bestinische Flugpanzer, X-, Y- und A-Flügel-Jagdmaschinen, Fährschiffe, Transportfahrzeuge, Fregatten. Alle Rebellen in der Galaxis, Soldaten wie Zivilisten, warteten in den Raumschiffen angespannt auf Anweisungen. Angeführt wurde die Flotte vom größten der Rebellen-Sternkreuzer, der »Fregatte Hauptquartier«.

Hunderte von Rebellenkommandeuren von allen Gattungen und Lebensformen waren im Operationszentrum des riesigen Sternkreuzers versammelt und erwarteten die Befehle des Oberkommandos. Zahllose Gerüchte gingen um, von Geschwader zu Geschwader verbreitete sich Erregung.

In der Mitte des Einsatzraums stand ein großer, kreisrunder Lichttisch. Über ihn war eine holographische Nachbildung des unvollendeten Imperiums Todesstern projiziert und schwebte neben dem Mond Endor, dessen schillerndes Ablenk-Schutzschild sie beide einhüllte.

Mon Mothma betrat den Raum. Eine stattliche, schöne Frau in mittleren Jahren. Sie schien vom Gemurmel der Menge unberührt zu bleiben. Sie trug ein weißes, wallendes Gewand mit goldenem Besatz, und ihre Strenge kam nicht von ungefähr – sie war die gewählte Führerin der Rebellen-Allianz.

Wie Leias Adoptivvater – wie Palpatine, der Kaiser selbst – war Mon Mothma führend im Senat gewesen, Mitglied des Hohen Rates. Als die Republik zu zerfallen begann, war Mon Mothma Senatorin bis zum Ende geblieben, hatte die Opposition organisiert und die zunehmend wirkungslose Regierung gestützt.

Gegen Ende hatte sie auch Zellen ins Leben gerufen, kleine Widerstandsgruppen, bei denen keine von der anderen wußte, bei denen jede dafür verantwortlich war, den Aufstand gegen das Imperium auszulösen, als es schließlich in Erscheinung trat.

Es hatte andere Führer gegeben, aber viele waren getötet worden, als der erste Todesstern des Imperiums den Planeten Alderaan vernichtete. Bei dieser Katastrophe war auch Leias Adoptivvater umgekommen.

Mon Mothma ging in den Untergrund. Sie vereinigte ihre Zellen mit den Tausenden Partisanen und Aufständischen, die das grausame Regime des Imperiums erzeugte. Tausende mehr schlossen sich dieser Rebellen-Allianz an. Mon Mothma wurde zur anerkannten Führerin aller Wesen der Galaxis, die durch den Kaiser heimatlos geworden waren. Heimatlos, aber nicht hoffnungslos.

Sie ging jetzt durch den großen Raum zur holographischen Wiedergabe, wo sie sich mit ihren zwei Hauptberatern, General Madine und Admiral Ackbar, besprach. Madine war Corellaner, hartgesotten, einfallsreich, ein wenig Zuchtmeister. Ackbar war echter Calamare, ein sanftes, lachsfarbenes Wesen mit großen, traurigen Augen in einem Schädel mit hoher Stirn und Schwimmhäuten zwischen den Fingern; damit fühlte er sich im Wasser und im Weltraum wohler als an Bord eines Raumschiffs. Wenn die Menschen den Arm der Rebellion darstellten, dann waren die Calamaren ihre Seele – was nicht bedeutete, daß sie sich nicht hervorragend schlugen, wenn man sie zum Äußersten trieb. Und das hatte das Imperium getan.

Lando Calrissian ging durch die Menge und suchte die Gesichter ab. Er sah Wedge, der sein Flügelpilot sein sollte; sie nickten einander zu und stellten die Daumen hoch, dann ging Lando weiter. Nicht Wedge war es, den er suchte. Er erreichte eine freie Stelle nahe der Mitte, schaute sich um und sah endlich seine Freunde an einer Seitentür stehen. Er lächelte und ging hinüber.

Han, Chewie, Leia und die beiden Droiden begrüßten Landos Erscheinen mit einem Durcheinander von Freudenrufen, Gelächter, Piepsen und Geblaffe.

»Na, was ist denn das?« rügte Solo, richtete einen Aufschlag von Calrissians neuer Uniform zurecht und zupfte an den Abzeichen. »Ein General!«

Lando lachte herzlich.

»Ich bin ein Mann der vielen Gesichter und Kostüme. Irgend jemand muß ihnen von meinem kleinen Manöver bei der Schlacht von Taanab erzählt haben.« Taanab war ein Landwirtschaftsplanet, der regelmäßig durch Banditen von Norulac ausgeräubert wurde. Calrissian hatte vor seiner Gouverneurszeit in der Wolkenstadt die Banditen gegen jede Hoffnung mit legendären Flugkünsten und unter Einsatz unerhörter Taktiken zur Strecke gebracht, und zwar auf eine Wette hin.

Han riß spöttisch die Augen auf.

»He, nicht mich angucken. Ich habe nur gesagt, du bist ein ›ordentlicher‹ Pilot. Ich hatte keine Ahnung, daß einer gesucht wird, der diesen verrückten Angriff führen soll.«

»Das macht nichts, ich wollte es ja so. Ich will diesen Angriff führen.« Dazu kam, daß es ihm Spaß machte, als General aufzutreten. Man erwies ihm den Respekt, den er verdiente, und er brauchte nicht damit aufzuhören, irgendeinem angeberischen Militärpolizisten des Imperiums um den Bart zu gehen. Und das war das Zweite: Er würde es der Imperium-Marine einmal zeigen, und zwar schmerzhaft zeigen, um den Kerlen alle Gemeinheiten heimzuzahlen. Es ihnen ordentlich zeigen, mit Unterschrift. General Calrissian, mit bestem Dank.

Solo starrte seinen alten Freund halb bewundernd, halb ungläubig an.

»Hast du so einen Todesstern schon einmal gesehen? Deine Generalszeit wird sehr kurz sein, altes Haus.«

»Es wundert mich, daß man dich nicht aufgefordert hat, das zu übernehmen«, meinte Lando lächelnd.

»Hat man vielleicht getan«, räumte Han ein. »Ich bin aber nicht verrückt. Der Ehrenwerte bist du, weißt du noch? Baron-Administrator der Wolkenstadt auf Bespin.«

Leia trat näher an Solo heran und griff nach seinem Arm.

»Han wird mit mir auf dem Kommandoschiff bleiben ... wir sind Ihnen beide sehr dankbar, Lando. Und stolz auf Sie.«

Plötzlich hob Mon Mothma in der Mitte des Raumes die Hand. Es wurde still. Erwartungsvoll richteten sich die Blicke auf sie.

»Die Daten, die wir durch die Botha-Spione erhalten haben, sind bestätigt worden«, teilte sie mit. »Der Kaiser hat einen entscheidenden Fehler begangen, der Zeitpunkt für unseren Angriff ist gekommen.«

Das führte zu heller Aufregung. Alle sprachen erregt aufeinander ein, als hätte ihre Mitteilung ein Entlastungsventil betätigt. Sie wandte sich dem Hologramm des Todessterns zu und sprach weiter.

»Wir kennen jetzt die genaue Position für die neue Kampfstation des Kaisers. Die Waffensysteme dieses Todessterns sind noch nicht einsatzfähig. Da die Imperiumsflotte in der ganzen Galaxis verstreut ist, vergeblich bemüht, uns zu stellen, kann er als relativ ungeschützt gelten.« Sie schwieg kurze Zeit, um ihrer nächsten Mitteilung um so größere Wirkung zu verschaffen. »Das Wichtigste: Wir haben erfahren, daß der Kaiser persönlich die Bauarbeiten beaufsichtigt.«

In der Versammlung wurde es lebendig. Das war sie, die Chance. Die Hoffnung, die niemand zu hegen gewagt hatte. Die Aussicht, den Kaiser selbst zu treffen.

Als sich die Unruhe ein wenig gelegt hatte, fuhr Mon Mothma

fort: »Seine Reise wurde unter höchster Geheimhaltung angetreten, aber er hat unser Spionagenetz unterschätzt. Viele Bothaner sind gestorben, um uns diese Information zu bringen.« Ihre Stimme klang streng, um sie an den Preis für dieses Unternehmen zu erinnern.

Admiral Ackbar trat vor. Sein Fachgebiet umfaßte die Abwehrsysteme des Imperiums. Er hob seine Flosse und zeigte auf das holographische Modell des von Endor ausgehenden Kraftfelds.

»Obwohl noch unfertig, ist der Todesstern nicht gänzlich ohne Abwehr«, erklärte er mit seiner beruhigend klingenden Calamarenstimme. »Er wird geschützt von einem Energieschild, der erzeugt wird von dem nahen Mond Endor. Kein Raumschiff kann ihn durchfliegen, keine Waffe durchdringen.« Er schwieg einen langen Augenblick, damit sich das einpräge. Dann sprach er langsamer weiter. »Die Abschirmung muß bei einem Angriff außer Betrieb gesetzt werden. Sobald sie nicht mehr wirkt, beziehen die Kreuzer im Umkreis Position, während die Jäger in den Aufbau fliegen, hier ... und versuchen, den Hauptreaktor irgendwo hier zu treffen.« Er zeigte auf den unfertigen Teil des Todessterns.

Wieder ging ein Raunen durch die Versammlung der Kommandeure, wie eine starke Dünung durch das Meer.

»General Calrissian wird den Jägereinsatz leiten«, schloß Admiral Ackbar.

Han drehte sich zu Lando um. Seine Zweifel waren beseitigt. Er betrachtete den anderen voll Respekt.

»Viel Glück, Freund.«

»Danke«, sagte Lando schlicht.

»Du wirst es brauchen.«

Admiral Ackbar machte Platz für General Madine, der die Geheimoperationen leitete.

»Wir haben eine kleine Imperiums-Fähre beschafft«, stellte Madine zufrieden fest. »So getarnt, wird ein Einsatztrupp auf dem Mond landen und den Schildgenerator lahmlegen. Der Kontrollbunker ist gut bewacht, aber eine kleine Einheit sollte sich Zutritt verschaffen können.«

Auch diese Nachricht löste ein Stimmengewirr aus.

Leia wandte sich an Han und sagte halblaut: »Ich möchte wissen, wen sie dafür ausgesucht haben.«

Madine rief: »General Solo, ist Ihr Angriffstrupp zusammengestellt?«

Leia blickte zu Han auf. Aus der Betroffenheit wurde rasch freudige Bewunderung. Sie wußte, daß es einen Grund gab, warum sie ihn liebte, ohne Rücksicht auf seine oft krasse Gefühllosigkeit und den unsinnigen Wagemut. Er hatte trotz allem Herz.

Außerdem hatte er sich seit der Karbonisierung tatsächlich verändert. Er war kein bloßer Einzelgänger mehr, dem es nur um Geld ging. Er hatte seine Eigensucht verloren und war auf unmerkliche Weise Teil des Ganzen geworden. Er leistete in der Tat nun etwas für andere, was Leia tief bewegte. Madine hatte ihn »General« gerufen; das bedeutete, daß Han sich offiziell in die Armee hatte aufnehmen lassen. Ein Teil des Ganzen.

Solo antwortete Madine.

»Meine Truppe ist bereit, Sir, aber ich brauche eine Besatzung für die Fähre.« Er sah Chewbacca fragend an und sagte mit leiserer Stimme: »Es wird rauh zugehen, Kumpel. Ich wollte dir nichts vorwegnehmen.«

»Ruu ruufl.« Chewie schüttelte mit barscher Zuneigung den Kopf und hob seine behaarte Pfote.

»Das wäre einer«, rief Han.

»Hier ist Nummer zwei!« schrie Leia. Sie hob den Arm hoch. Zu Solo sagte sie leise: »Ich lasse dich nicht mehr aus den Augen, mein General!«

»Und ich bin auch dabei!« tönte eine Stimme hinten aus dem Saal.

Alle drehten die Köpfe. Luke stand oben auf der Treppe.

Für den letzten Jedi brandete Jubel auf.

Han konnte, obwohl das wider seine Art war, die Freude nicht unterdrücken.

»Das wären drei«, sagte er mit breitem Lächeln.

Leia lief auf Luke zu und umarmte ihn herzlich. Sie spürte plötzlich eine besondere Nähe zu ihm, die sie auf den Ernst des

Augenblicks zurückführte, auf die Bedeutung ihrer Aufgabe. Aber dann fühlte sie auch in ihm eine Veränderung, ein inneres Anderssein, das aus seinem Kern strahlte – etwas, das nur sie sehen konnte.

»Was ist, Luke?« flüsterte sie. Sie hätte ihn plötzlich an sich drücken mögen, ohne zu wissen, warum.

»Nichts. Ich sage es dir eines Tages«, murmelte er. Es war ganz gewiß nicht »nichts«.

»Gut«, sagte sie, ohne ihn zu drängen. »Ich warte.« Sie machte sich Gedanken. Vielleicht war er nur anders angezogen. Das mochte es sein. Ganz in Schwarz jetzt. Er sah älter darin aus. Älter, das war es.

Han, Chewie, Lando, Wedge und ein paar andere umringten Luke, begrüßten ihn und sprachen auf ihn ein. Die ganze Versammlung löste sich in eine Vielzahl solcher kleiner Gruppen auf. Es war Zeit zum Abschiednehmen.

Artoo flötete einem etwas weniger gelassenen Threepio im Singsang etwas zu.

»›Aufregend‹ ist wohl nicht das richtige Wort«, erwiderte der goldene Droid. Da er seinem Hauptprogramm zufolge Dolmetscher und Übersetzer war, ging es Threepio natürlich darum, das richtige Wort zu finden, um die Situation zu beschreiben.

Die »Millennium Falcon« lag in der großen Dockbucht des Rebellen-Sternkreuzers, wurde beladen und gewartet. Unmittelbar dahinter befand sich die geraubte Imperiums-Fähre, inmitten all der X-Flügler der Rebellen ein Fremdkörper.

Chewie überwachte das abschließende Umladen von Waffen und Vorräten in die Fähre und beaufsichtigte den Einstieg des Einsatztrupps. Han stand mit Lando zwischen den beiden Schiffen und verabschiedete sich – vielleicht für immer.

»Nimm sie, wirklich!« sagte Solo und zeigte auf die »Falcon«. »Sie wird dir Glück bringen. Du weißt, daß sie jetzt das schnellste Schiff in der Flotte ist.« Han hatte sie, nachdem er sie von Lando gewonnen hatte, richtig frisiert. Sie war immer schon schnell gewesen, jetzt aber noch viel schneller. Und die Einbauten Solos hatten die »Falcon« wirklich zu einem Teil von ihm gemacht. In ihr steckten sein Schweiß und seine Liebe. Sein Geist. Sie Lando zu geben war der Beweis für Solos Verwandlung. Ein selbstloses Geschenk, wie er es vorher nie gegeben hatte.

Und Lando begriff.

»Danke, alter Freund. Ich passe gut auf sie auf. Du weißt ja, daß ich sie ohnehin immer besser geflogen habe als du. Wenn ich am Knüppel bin, bekommt sie keinen Kratzer ab.«

Solo sah den liebenswerten Halunken vergnügt an.

»Ich habe dein Wort darauf – keinen Kratzer.«

»Hau ab, du Gauner. Bis ich mich umsehe, verlangst du noch eine Kaution.«

»Auf bald, mein Freund.«

Sie trennten sich, ohne ihre wahren Gefühle ausgesprochen zu haben, wie bei Männern der Tat üblich; jeder ging eine Rampe hinauf in sein Schiff.

Han betrat die Kanzel der Imperiums-Fähre, während Luke an einer Heck-Navigationstafel letzte Feinkorrekturen vornahm. Chewbacca hatte den Kopilotensitz eingenommen und versuchte sich mit der fremdartigen Steuerung zurechtzufinden. Han ließ sich im Pilotensessel nieder. Chewie beklagte sich brummend über die Technik.

»Ja, ja«, sagte Solo. »Ich glaube nicht, daß man beim Imperium an einen Wookie gedacht hat, als das aufs Reißbrett kam.«

Leia kam aus dem Laderaum und setzte sich in die Nähe von Luke.

»Wir sind alle soweit.«

»Rrrwfr«, sagte Chewie und betätigte die erste Schalterreihe. Er blickte hinüber zu Solo, aber Han saß regungslos und starrte zum Fenster hinaus. Chewie und Leia folgten seinem Blick zum Objekt seiner ungeteilten Aufmerksamkeit.

Leia stieß ihn sanft an.

»He, bist du überhaupt wach?«

»Ich habe ein komisches Gefühl«, meinte Han nachdenklich. »So, als würde ich sie nie wiedersehen.« Er dachte daran, wie oft sie ihn mit ihrer Schnelligkeit, wie oft er sie mit seiner Raffinesse, seinem besonderen Gefühl gerettet hatte. Er dachte an das Universum, das sie gemeinsam gesehen, an die Zuflucht, die sie ihm geboten hatte. Daran, wie sie in enger Umarmung geschlafen hatten, still wie ein friedlicher Raum im schwarzen Schweigen der Weltraumtiefen schwebend.

Chewbacca, der mithörte, warf einen sehnsuchtsvollen Blick auf die »Falcon«. Leia legte die Hand auf Solos Schulter. Sie wußte, wie er an dem Schiff hing, und wollte ihn bei seinem stillen Abschied nicht stören, aber die Zeit wurde immer knapper.

»Los, Kapitän«, flüsterte sie. »Fliegen wir.«

Han kehrte in die Gegenwart zurück.

»Richtig. Okay, Chewie, wollen mal sehen, was die Kiste hier bringt.«

Sie starteten die Motoren der geraubten Fährrakete, schoben sich aus der Dockbucht und flogen hinaus in die endlose Nacht.

Der Bau des Todessterns ging weiter. Es wimmelte von Transportern, Spurjägern und Materialfähren. In Abständen kreiste der Super-Stern-Zerstörer um das ganze Gebiet und verfolgte den Fortgang der Arbeiten aus jedem Winkel.

Die Brücke des Stern-Zerstörers war ein geschäftiges Durcheinander. Boten liefen hin und her an einer Reihe von Fluglotsen vor ihren Flugwegverlaufs-Schirmen, die Ein- und Ausflug von Schiffen durch die Abschirmung überwachten. Dabei ging es um tausend hin- und herschießende Schiffe, und alles verlief mit höchster Exaktheit, bis Lotse Jhoff Verbindung mit einer Fähre der Lambda-Klasse herstellte, die sich dem Schild aus Sektor Sieben näherte.

»Fähre an Control, bitte melden«, tönte die Stimme in Jhoffs Kopfhörer, begleitet von den üblichen Störgeräuschen.

»Wir haben Sie jetzt auf dem Schirm«, sagte der Lotse in das Mikrophon. »Bitte Kennung.«

»Hier Fähre ›Tydirium‹. Erbitten Aufhebung des Ablenkschildes.«

»Fähre ›Tydirium‹, Freigabecode für Schilddurchflug.«

Oben in der Fähre warf Han einen sorgenvollen Blick auf die anderen und sagte in sein Funkgerät: »Wird übermittelt.«

Chewie kippte eine Reihe von Hebeln, was zu einer Folge von Hochfrequenz-Sendegeräuschen führte.

Leia biß sich auf die Unterlippe und machte sich bereit für Kampf oder Flucht.

»Jetzt erfahren wir, ob der Code den Preis wert war, den wir bezahlt haben.«

Chewie heulte nervös.

Luke starrte auf den riesigen Super-Stern-Zerstörer, der vor ihnen breit aufragte. Er hielt seinen Blick mit glitzernder Schwärze fest, füllte sein Auge wie ein bösartiger Katarakt – aber er leistete mehr, als nur seine Sicht zu verstellen. Er füllte auch sein Gehirn mit Schwärze und sein Herz dazu. Mit schwarzer Furcht und einem eigenen Wissen.

»Auf diesem Schiff ist Vader«, flüsterte er.

»Du bist nur nervös, Luke«, sagte Han zur Beruhigung aller. »Es gibt viele Kommandoschiffe. Aber wir wollen Distanz halten, Chewie«, fügte er hinzu, »ohne dabei aufzufallen.«

»Aroff rwrgh rrfruh?«

»Ich weiß nicht – flieg ganz normal«, knurrte Han.

»Sie brauchen lang zu der Codefreigabe«, sagte Leia mit gepreßter Stimme. Wenn es nun nicht klappte? Die Allianz konnte nichts unternehmen, wenn der Ablenkschild des Imperiums in Funktion blieb. Leia versuchte sich von solchen Überlegungen freizuhalten und auf den Schildgenerator zu konzentrieren, den sie erreichen wollten, bemüht, alle Zweifel und Befürchtungen zu verscheuchen, die sich auf die anderen übertragen mochten.

»Ich gefährde die Mission«, sagte Luke in einer Art innerem Gleichklang mit seiner Schwester. Aber seine Gedanken galten Vader, ihrem Vater. »Ich hätte nicht mitkommen sollen.«

Han versuchte ihn aufzumuntern.

»Wie wär's, wenn wir die Angelegenheit mal optimistisch sehen, hm?« Die negativen Ausstrahlungen bedrückten ihn.

»Er weiß, daß ich hier bin«, schwor Luke. Er starrte durch das

Beobachtungsfenster auf das Kommandoschiff. Es schien ihm höhnisch zu winken. Es wartete auf ihn.

»Komm, Kleiner, du bildest dir was ein.«

»Ararh gragh«, murmelte Chewie. Sogar er wirkte düster.

Lord Vader stand regungslos und starrte den Todesstern auf einem großen Sichtschirm an. Der Anblick dieses Monuments für die dunkle Seite der Kraft erregte ihn. Er streichelte es eisig mit seinem Blick.

Es funkelte für ihn wie ein schwebendes Schmuckstück. Ein Zauberglobus. Winzige Lichtpünktchen rasten über die Oberfläche und bannten den Schwarzen Lord, als sei er ein kleines Kind, verzückt vor einem besonderen Spielzeug. Es war ein transzendenter Zustand, in dem er sich befand, ein Augenblick erhöhter Wahrnehmung.

Und dann erstarrte er ganz plötzlich mitten in der Stille seiner Betrachtung. Kein Atemzug, nicht einmal ein Herzschlag regte sich, um seine Konzentration zu stören. Er spähte mit allen Sinnen hinaus in den Äther. Was hatte er gespürt? Innerlich lauschte er. Irgendein Echo, eine Schwingung, die nur er erfaßte, war vorbeigegangen – nein, nicht vorbeigegangen. Hatte den Augenblick durchdrungen und alles verändert. Nichts war mehr wie vorher.

Er ging an der langen Reihe der Lotsen entlang, bis er die Stelle erreichte, wo Admiral Piett sich über den Flugweg-Schirm des Lotsen Jhoff beugte. Piett richtete sich auf, als Vader herankam, und neigte steif den Kopf.

»Wo will die Fähre hin?« fragte Vader leise, ohne Vorrede.

Piett drehte sich zum Schirm herum und sprach ins Funkgerät.

»Fähre ›Tydirium‹, Angabe Fracht und Ziel.«

Die gefilterte Stimme des Fährpiloten tönte aus dem Empfänger.

»Ersatzteile und Techniker für den Mond.«

Der Brückenkommandeur sah Vader an. Er hoffte, daß nichts Unrechtes vorging. Vader war bei Fehlern nicht geduldig.

»Haben sie eine Codefreigabe?« fragte Vader.

»Der Code ist etwas älter, aber in Ordnung«, erwiderte Piett sofort. »Ich wollte eben die Freigabe mitteilen.« Es hatte keinen Sinn, den Lord der Sith anzulügen. Er wußte immer, ob er angelogen wurde; Lügen wurden dem Schwarzen Lord auf der Stelle offenbar.

»Ich habe ein merkwürdiges Gefühl bei diesem Schiff«, sagte Vader mehr zu sich selbst als zu den anderen.

»Soll ich sie anhalten?« fragte Piett hastig, um seinem Herrn zu Gefallen zu sein.

»Nein, lassen Sie sie durch. Ich kümmere mich selbst darum.«

»Wie Sie wünschen, Mylord.« Piett verbeugte sich, halb, um seine Überraschung zu verbergen. Er nickte Jhoff zu. Der Lotse beugte sich vor und sprach mit der Fähre »Tyridium«.

In der Fähre »Tyridium« wartete die Gruppe angespannt. Je mehr Fragen man ihnen über Dinge wie Fracht und Ziel stellte, desto größer wurde die Gefahr, sich zu verraten.

Han blickte wohlwollend auf seinen alten Wookie-Partner.

»Chewie, wenn sie nicht darauf eingehen, müssen wir ruckzuck verschwinden.« Es war eigentlich ein Abschiedswort. Alle wußten, daß sie mit dieser Kiste keinem der Schiffe hier entrinnen konnten.

Die Stimme des Lotsen krächzte zunächst unverständlich, dann kam sie klar durch.

»Fähre ›Tyridium‹, Abschirmung wird sofort aufgehoben. Bisherigen Kurs beibehalten.«

Alle bis auf Luke atmeten gleichzeitig erleichtert auf, so, als wären die Schwierigkeiten vorbei, obwohl sie doch erst anfingen. Luke starrte weiter auf das Kommandoschiff, als führe er einen stummen, komplexen Dialog.

Chewie blaffte laut.

»He, was habe ich gesagt?« Han grinste. »Kein Problem.«

Leia lächelte liebevoll.

»Hast du das zu uns gesagt?«

Solo schob den Gashebel nach vorn. Die Fähre flog geradewegs auf den grünen Mond zu.

Vader, Piett und Jhoff beobachteten den Sichtschirm im Lotsenraum, als das netzartige Ablenkgitter sich teilte, um die Fähre »Tyridium« durchzulassen, die langsam zum Mittelpunkt des Netzes strebte – zu Endor.

Vader wandte sich an den Deckoffizier und sagte mit gepreßterer Stimme, als sonst bei ihm üblich: »Macht meine Fähre fertig. Ich muß zum Kaiser.«

Ohne eine Antwort abzuwarten, schritt der Schwarze Lord davon, unverkennbar in finstersten Gedanken.

5

Die Bäume von Endor ragten dreihundert Meter empor. Ihre Stämme, bedeckt mit zottiger Rostrinde, strebten gerade hinauf wie Säulen, manche vom Umfang eines Hauses, andere beindünn. Ihr Laub war kärglich, aber von üppiger Farbe, und streute das Sonnenlicht in zarten, blaugrünen Mustern über den Waldboden.

Dicht verstreut zwischen diesen alten Riesen gab es die übliche Fülle von Waldflora – Pinien von mehreren Arten, verschiedene Laubbäume, manches Knorrige und Gekrümmte. Der Boden war vorwiegend von Farn bewachsen, an manchen Stellen so dicht, daß man an ein sanftes, grünes Meer erinnert wurde, das sich in der Waldbrise leicht bewegte.

So war der ganze Mond: grün, urtümlich, stumm. Licht sickerte durch die schützenden Äste wie goldene Flüssigkeit, als sei die Luft selbst lebendig. Es war warm, und es war kühl. Das war Endor.

Die entwendete Imperiums-Fähre lag in einer Lichtung, viele Meilen vom amtlichen Landeplatz entfernt, getarnt mit einer Decke aus toten Zweigen, Blättern und Kompost. Wegen der Baumriesen wirkte das Schiff zwergenhaft klein. Der Stahlrumpf hätte hier ungereimt wirken müssen, wäre er nicht vollkommen unauffällig gewesen.

Auf dem Hügel neben der Lichtung begann der Rebellentrupp eben den steilen Aufstieg. Leia, Chewie, Han und Luke gingen voran, im Gänsemarsch gefolgt von der behelmten Reihe des Angriffstrupps. Die Einheit bestand aus Elite-Bodenkämpfern der Allianz. In mancher Beziehung zwar abgerissen, waren sie Mann für Mann nach Initiative, Verschlagenheit und Wildheit ausgesucht worden. Manche waren ausgebildete Kommandos, andere begnadigte Verbrecher, aber sie alle haßten das Imperium mit einer Leidenschaft, die den Selbsterhaltungstrieb zurücktreten ließ. Und sie alle wußten, daß dies der entscheidende Einsatz war. Wenn es ihnen nicht gelang, den Schildgenerator hier zu zerstören, war die Rebellion dem Untergang geweiht. Eine zweite Chance würde es nicht geben.

Demzufolge brauchte niemand sie zur Wachsamkeit aufzufordern, als sie lautlos den Waldweg hinaufstiegen. Sie waren alle, Mann für Mann, wachsamer als je zuvor in ihrem Leben.

Artoo Detoo und See Threepio bildeten die Nachhut. Artoos Kuppelkopf drehte sich unterwegs ständig und blinkte mit den Sensorlampen die unendlich hohen Bäume ringsum an.

»Biih-duop!« sagte er zu Threepio.

»Nein, ich finde es hier nicht schön«, erwiderte sein goldener Begleiter gereizt. »Bei unserem sprichwörtlichen Glück ist der Mond nur von droidenfressenden Ungeheuern bewohnt.«

Der Soldat vor Threepio drehte sich um und fauchte: »Psst!«

Threepio drehte sich nach Artoo um und flüsterte: »Ruhe, Artoo.«

Sie waren alle ein wenig nervös.

Vorne erreichten Chewie und Leia den Kamm des Hügels. Sie legten sich auf den Boden, krochen den letzten Meter und spähten über den Rand. Chewbacca hob die große Pfote, um die anderen zum Stehen zu bringen. Schlagartig schien der Wald noch stiller zu werden.

Luke und Han robbten vorwärts, um zu sehen, was die anderen sahen. Chewie und Leia zeigten in den Farn und geboten Vorsicht. Nicht weit unter ihnen, in einem kleinen Tal neben einem klaren

Teich, hatten zwei Imperiums-Späher ihr Zeltlager aufgeschlagen. Sie machten sich aus ihren Rationen eine Mahlzeit und waren damit beschäftigt, sie über einem tragbaren Kocher zu wärmen. In der Nähe standen zwei Schnellräder.

»Sollen wir versuchen, sie zu umgehen?« flüsterte Leia.

»Das kostet Zeit.« Luke schüttelte den Kopf.

Han spähte hinter einem Felsbrocken hervor.

»Ja, und wenn sie uns bemerken und das melden, war alles umsonst.«

»Sind nur die beiden da?« Leia war immer noch skeptisch.

»Die sehen wir uns an«, sagte Luke lächelnd und seufzte ein wenig, als die Anspannung sich löste. Die anderen grinsten. Es ging los.

Leia wies den Rest der Truppe an, an Ort und Stelle zu bleiben, dann schlichen sie, Luke, Han und Chewbacca sich näher an das Lager heran.

Als sie die Lichtung fast erreicht hatten, aber immer noch durch das Dickicht gedeckt waren, schob Solo sich rasch an die Spitze.

»Bleibt hier«, zischte er. »Chewie und ich erledigen das.« Er grinste übermütig.

»Leise«, warnte Luke. »Es könnten –«

Aber bevor er ausgesprochen hatte, sprang Han zusammen mit seinem zottigen Partner auf und hetzte in die Lichtung.

»– noch mehr da sein«, sagte Luke zu sich selbst. Er blickte zu Leia hinüber.

Sie zog die Schultern hoch.

»Was hast du erwartet?« Manches änderte sich nie.

Bevor Luke reagieren konnte, wurden sie vom Lärm in der kleinen Schlucht abgelenkt. Sie preßten sich auf den Boden und schauten zu.

Han war in einen heftigen Boxkampf mit einem der Späher verwickelt – so glücklich hatte er schon seit Tagen nicht gewirkt. Der andere Späher sprang auf sein Schnellrad, um zu entkommen. Bis er jedoch die Motoren angelassen hatte, konnte Chewie ein paar Schüsse mit seinem Armbrust-Laser abgeben. Der unglückselige

Späher prallte mit voller Wucht an einen Riesenbaum; eine kurze, dumpfe Explosion folgte.

Leia riß ihre Laserpistole heraus und stürzte in die Kampfzone, gefolgt von Luke. Sofort, als sie ins Freie kamen, umzuckten sie große Laserblitze und schleuderten sie zu Boden. Leia verlor ihre Waffe.

Betäubt hoben sie die Köpfe und sahen zwei weitere Imperiums-Späher auf der anderen Seite der Lichtung zu ihren in der Vegetation versteckten Schnellrädern eilen. Die Späher steckten ihre Pistolen ein, als sie sich auf die Maschinen setzten und die Motoren anließen.

Leia raffte sich taumelnd auf.

»Da drüben, noch zwei!«

»Schon gesehen«, sagte Luke und stand auf. »Bleib hier.«

Aber Leia hatte ihre eigenen Ideen. Sie rannte zum verbliebenen Raketenrad, gab Gas und jagte den flüchtenden Spähern hinterher. Als sie an Luke vorbeifuhr, sprang er hinter ihr auf, und sie fegten los.

»Schnell, Mittelschalter!« schrie er ihr über dem Getöse der Raketenmotoren zu. »Funk stören!«

Als Luke und Leia hinter den Spähern aus der Lichtung schossen, überwältigten Han und Chewie eben den letzten Gegner.

»He, wartet!« schrie Solo, aber sie waren schon fort. Er warf enttäuscht seine Waffe auf den Boden, und der Rest der Rebelleneinheit schwärmte über den Kamm in die Lichtung.

Luke und Leia rasten durch das dichte Laub, knapp einen Meter über dem Boden, Leia an der Lenkung, während Luke sich hinter ihr festhielt. Die beiden flüchtenden Späher hatten einen guten Vorsprung, aber bei zweihundert Meilen in der Stunde war Leia die bessere Fahrerin – die Begabung lag in ihrer Familie.

In Abständen bediente sie das Laser-MG an der Maschine. Aber sie war noch zu weit entfernt, um treffsicher zu sein. Die Blitze schlugen abseits der davonrasenden Zielscheiben ein, zerfetzten Bäume und setzten das Gestrüpp in Brand, während die Motorräder zwischen mächtigen, den Weg sperrenden Ästen im Zickzack fuhren.

»Näher ran!« schrie Luke.

Leia drehte auf und verringerte den Abstand. Die beiden Späher merkten, daß der Verfolger aufholte, und schlugen verwegen hierhin und dorthin Haken, rasten durch eine enge Lücke zwischen zwei Bäumen. Eines der Raketenräder streifte die Rinde, so daß der Fahrer beinahe umkippte und Gas wegnehmen mußte.

»Aufholen!« brüllte Luke Leia ins Ohr.

Sie zog ihr Motorrad so nah an das des Spähers heran, daß die Steuerschaufeln mit markerschütterndem Kreischen aneinanderstreiften. Luke sprang schlagartig von seinem Rücksitz auf den des anderen Raketenrads, packte den Späher am Hals und schleuderte ihn von der Maschine. Der weißgepanzerte Soldat krachte mit knochenzerschmetternder Wucht an einen dicken Baumstamm und versank für immer im Farnmeer.

Luke rutschte auf den Fahrersitz des Schnellrads, spielte an der Steuerung herum und schoß vorwärts, hinter Leia her, die einen Vorsprung gewonnen hatte. Gemeinsam hetzten sie dem letzten Späher nach.

Über Hügel und unter Steinbrücken flogen sie, vermieden um Haaresbreite Zusammenstöße, versengten mit dem Auspuffstrahl vertrocknete Zweige. Sie bogen nach Norden ab, vorbei an einer kleinen Schlucht, wo zwei andere Späher lagen. Einen Augenblick später nahmen diese die Verfolgung auf, jagten Luke und Leia nach und feuerten aus ihren Laserwaffen. Luke, der noch hinter Leia war, bekam einen Streifschuß ab.

»Befaß dich mit dem«, schrie er ihr zu und zeigte auf den vorausfahrenden Späher. »Ich übernehme die beiden hinter uns!«

Leia schoß davon. Im selben Augenblick zündete Luke seine Retroraketen, so daß das Raketenrad blitzschnell abgebremst wurde. Die beiden Späher auf seiner Fährte schossen wie Schatten auf beiden Seiten an ihm vorbei, weil sie nicht rechtzeitig bremsen konnten. Luke ging sofort wieder auf hohe Beschleunigung und feuerte mit seinen Waffen, nun war er der Verfolger.

Beim dritten Mal traf er. Einer der Späher wurde von einem Blitz erfaßt und schleuderte brennend an einen Felsblock.

Der Begleiter des Getroffenen warf einen kurzen Blick auf die Stichflamme, schaltete auf Höchstgeschwindigkeit und schoß davon. Luke hielt Schritt.

Viel weiter vorn setzten Leia und der erste Späher ihren Hochgeschwindigkeits-Slalom durch Bäume und tiefhängende Äste fort. Sie mußte auf so vielen Biegungen abbremsen, daß sie das Gefühl hatte, dem Verfolgten nicht näher zu kommen. Plötzlich schoß sie an einer unglaublich steilen Steigung hoch in die Luft und verschwand augenblicklich.

Der Späher drehte sich verwirrt um, ungewiß, ob er aufatmen oder das plötzliche Verschwinden des Verfolgers fürchten sollte. Wo sie hingekommen war, zeigte sich rasch. Aus den Baumwipfeln stürzte Leia auf ihn herab. Die Laserkanone feuerte. Das Motorrad des Spähers wurde von der Druckwelle eines Beinahetreffers erfaßt. Ihre Geschwindigkeit war noch größer, als sie angenommen hatte, und im nächsten Augenblick raste sie neben ihm her. Bevor sie jedoch etwas unternehmen konnte, griff er hinunter und zog eine Pistole aus dem Halfter, und bevor sie zu reagieren vermochte, drückte er ab.

Ihr Raketenrad geriet außer Kontrolle. Sie warf sich noch rechtzeitig herunter – das Motorrad explodierte an einem riesigen Baum, während Leia sich in einem Gewirr von Ästen, verfaulenden Baumstämmen und seichtem Wasser wiederfand. Das letzte, was sie sah, war der orangerote Feuerball hinter einer Rauchwolke brennender Vegetation – dann nur noch Dunkelheit.

Der Späher blickte mit selbstzufriedenem Hohnlächeln hinter sich auf die Explosion. Als er aber wieder nach vorne blickte, verschwand der befriedigte Ausdruck, weil er sich auf Kollisionskurs mit einem umgestürzten Baum befand. Einen Augenblick später blieb nur noch ein Flammenmeer.

Inzwischen holte Luke bei dem letzten Späher rasch auf. Während sie zwischen den Bäumen dahinrasten, schob Luke sich von hinten heran, bis er mit dem Soldaten auf gleicher Höhe war. Der Flüchtende riß die Maschine plötzlich auf die Seite und rammte Lukes Raketenrad. Sie schleuderten beide gefährlich und wichen gerade noch einem großen, umgestürzten Baumstamm aus. Der Späher sauste unter ihm hindurch, Luke flog darüber – und als er auf der anderen Seiten herunterkam, krachte er direkt auf das andere Fahrzeug. Die Steuerflügel verkeilten sich ineinander.

Die Raketenräder hatten Ähnlichkeit mit Einmann-Schlitten. Vorne ragten lange, dünne Stäbe heraus; an deren Spitzen befanden sich flatternde Querruder zur Steuerung. Da diese Flügel verkeilt waren, flogen die beiden Räder als Einheit dahin, obwohl jeder der beiden Fahrer lenken konnte.

Der Späher kippte stark nach rechts und versuchte Luke in ein heranschießendes Jungholz zu schleudern. In der letzten Sekunde verlagerte Luke sein ganzes Gewicht nach rechts und stellte die dahinrasenden Fahrzeuge horizontal, Luke oben, der Späher unten.

Der Soldat gab den Widerstand gegen Lukes Linksdruck plötzlich auf und legte sein Gewicht in dieselbe Richtung, so daß die Fahrzeuge sich um dreihundertsechzig Grad drehten und wieder aufrecht standen – aber direkt vor Luke ragte ein gigantischer Baum auf.

Ohne zu überlegen, sprang er ab. Einen Sekundenbruchteil später riß der Späher das Steuer nach links – die Flügel lösten sich voneinander – und Lukes führerloses Raketenrad fetzte explodierend an die Sequoie.

Luke rollte langsamer werdend einen moosbewachsenen Hang hinauf. Der Späher zog die Maschine hoch, beschrieb einen Kreis und hielt Ausschau nach seinem Gegner.

Luke stolperte aus dem Gebüsch, als das Fahrzeug mit Vollgas herangerast kam, die Laserkanone feuernd. Luke zündete den Lichtsäbel und wich nicht zur Seite. Seine Waffe lenkte alle Laserblitze ab, die der Späher auf ihn abfeuerte, aber das Raketenrad kam immer näher. In wenigen Augenblicken mußten sie zusammenprallen; die Maschine beschleunigte noch mehr, um den jungen Jedi in zwei Hälften zu zerschneiden. Im letzten Augenblick trat Luke zur Seite – auf den Sekundenbruchteil genau berechnet, ein genialer Matador vor einem Stier mit Raketenantrieb – und hieb mit einem gewaltigen Hieb des Lichtsäbels die Steuerflügel ab.

Das Fahrzeug begann zu erzittern und zu schwanken, wurde hin und her geworfen. Nach wenigen Augenblicken war es völlig außer Kontrolle geraten, kurz danach eine grollende Feuerwolke am Waldboden.

Luke löschte seinen Lichtsäbel und machte sich auf den Rückweg zu den anderen.

Vaders Raumfähre flog um den unfertigen Teil des Todessterns herum und sank schwerelos hinab in die große Dockbucht. Lautlose Lager ließen die Rampe des Schwarzen Lords herunter, lautlos waren seine Füße, als sie auf dem kalten Stahl hinunterglitten. Kalt entschlossen waren seine Schritte und schnell.

Der Hauptkorridor war voller Höflinge, die alle auf eine Audienz beim Kaiser warteten. Vader verzog verächtlich den Mund – Narren, allesamt. Gespreizte Speichellecker mit ihren Samtgewändern und geschminkten Gesichtern; parfümierte Bischöfe, die untereinander Notizen und Urteile austauschten – keiner sonst hatte Interesse daran; ölige Gunstfeilscher, gebeugt von der Last der Juwelen, noch warm vom sterbenden Leib des vorigen Besitzers; willige, wilde Männer und Frauen, begierig auf Mißhandlung.

Vader hatte keine Geduld mit solchem Abschaum. Er ging ohne ein Nicken an ihnen vorbei, obwohl gar mancher von ihnen viel für einen wohlwollenden Blick des hochgestellten Schwarzen Lords gegeben hätte.

Als er den Aufzug zum Turm des Kaisers erreichte, fand er die Tür geschlossen. Kaisergardisten in roten Gewändern, schwer bewaffnet, flankierten den Schacht und schienen Vaders Gegenwart zu übersehen. Aus dem Schatten trat ein Offizier Lord Vader in den Weg.

»Ihr könnt nicht eintreten«, sagte der Offizier ruhig.

Vader vergeudete keine Worte. Er hob die Hand, die Finger nach der Kehle des Offiziers ausgestreckt. Der Offizier begann zu ersticken. Seine Knie knickten ein, sein Gesicht wurde aschfahl.

Nach Luft ringend, stieß er hervor: »Befehl ... des ... Kaisers.«

Vader ließ den Mann wie eine Stahlfeder von seinem Distanzgriff schnellen. Der Offizier, der wieder atmen konnte, sank zitternd zu Boden. Er rieb sich vorsichtig den Hals.

»Ich erwarte seine Verfügung«, sagte Vader. Er wandte sich ab und blickte zum Sichtfenster hinaus. Dort schwebte Endor in der Schwärze des Alls, wie durch eine innere Energiequelle erleuchtet. Er spürte die Anziehungskraft wie einen Magneten, ein Vakuum, eine Fackel in der toten Nacht.

Han und Chewie kauerten einander in der Waldlichtung gegenüber, stumm, füreinander da. Die anderen erholten sich, so gut das ging, rund um sie in Zweier- und Dreiergruppen. Alle warteten.

Sogar Threepio schwieg. Er saß neben Artoo und polierte, da er nichts Besseres zu tun fand, seine Finger. Die anderen überprüften ihre Uhren oder die Waffen, während die Nachmittagssonne langsam weiterzog.

Artoo saß regungslos, abgesehen von der kleinen Radarantenne, die oben aus seiner blauen und silbernen Kuppel ragte. Sie drehte sich unaufhörlich und suchte den Wald ab. Er strahlte die Ruhe eines gelaufenen Programms aus.

Plötzlich piepste er.

Threepio hörte mit seiner zwanghaften Polierarbeit auf und blickte angstvoll in den Wald.

»Es kommt jemand«, übersetzte er.

Der Trupp drehte sich zum Wald hin. Man hob die Waffen. Auf der Westseite knackte ein Zweig. Niemand atmete.

Mit müden Schritten trat Luke aus dem Laub in die Lichtung. Alle atmeten auf und ließen die Waffen sinken. Luke war zu erschöpft, um darauf zu achten. Er sank neben Solo auf den harten Boden und ließ sich mit einem Stöhnen zurückfallen.

»Schwerer Tag, Kleiner, hm?« meinte Han.

Luke stützte sich auf einen Ellenbogen und lächelte. Sehr viel Aufwand um ein paar Imperiums-Späher, dachte er, und dabei stand das Schwerste erst noch bevor. Trotzdem konnte Han bei seiner Lässigkeit bleiben. Eine Gabe, diese Art von Charme. Luke konnte nur hoffen, daß er nie aus dem Universum verschwinden würde.

»Warte nur, bis wir beim Generator sind«, gab er zurück.

Solo schaute sich um und blickte in den Wald hinein, aus dem Luke eben gekommen war.

»Wo ist Leia?«

Lukes Miene wurde plötzlich sorgenvoll.

»Sie ist nicht zurückgekommen?«

»Ich dachte, sie ist bei dir.« Solos Stimme wurde ein wenig lauter und schriller.

»Wir sind getrennt worden«, erklärte Luke. Er wechselte mit Solo einen grimmigen Blick. Die beiden standen langsam auf. »Wir müssen sie suchen.«

»Willst du dich nicht erst ausruhen?« fragte Han. Er sah die Erschöpfung in Lukes Gesicht und wollte ihn schonen für die bevorstehende Auseinandersetzung, die gewiß mehr Kraft fordern würde, als irgendeiner von ihnen besaß.

»Ich will Leia finden«, sagte er leise.

Han nickte, ohne zu widersprechen. Er winkte dem Rebellen-Offizier, der stellvertretend die Einheit befehligte. Der Offizier lief heran und salutierte.

»Rücken Sie mit den Leuten vor«, befahl Solo. »Treffpunkt 0.30 Uhr am Schildgenerator.«

Der Offizier salutierte erneut und ließ seine Soldaten antreten. Nach einer Minute verschwanden sie im Gänsemarsch lautlos im Wald, erleichtert, endlich unterwegs zu sein.

Luke, Chewbacca, General Solo und die beiden Droiden wandten sich in die andere Richtung. Artoo ging voraus, während sein *Drehscanner* nach allen Werten Ausschau hielt, die Leia beschrieben, und die anderen folgten ihm in den Wald.

Das erste, was Leia spürte, war ihr linker Ellenbogen. Er fühlte sich naß an. Er lag in einer Wasserpfütze und wurde immer nasser. Sie zog den Ellenbogen aus dem Wasser, daß es leise klatschte, und spürte noch etwas: Schmerzen – im ganzen Arm, bei jeder Bewegung. Sie beschloß, sich vorerst lieber nicht zu rühren.

Das nächste, was ihr ins Bewußtsein drang, waren Geräusche. Das Klatschen ihres Arms im Wasser, das Rascheln von Laub, gelegentlich ein Vogelzwitschern. Laute des Waldes. Mit einem leisen Ächzen atmete sie kurz ein und nahm das Ächzen wahr.

Danach drangen Gerüche in ihre Nase: Feuchtigkeit, Moos, Blattgrün, Ozon, ferner Honigduft, seltene Blumen.

Mit dem Geruch kam der Geschmack – Blut auf der Zunge. Sie öffnete und schloß den Mund ein paar Mal, um festzustellen, wo das Blut herkam, aber es gelang ihr nicht. Statt dessen führte der Versuch nur zur Wahrnehmung neuer Schmerzen – im Kopf, im Genick, im Rücken. Sie begann die Arme zu bewegen, aber das rief eine ganze Reihe neuer Qualen hervor; sie gab es auf.

Langsam drang ein Temperaturgefühl in ihre Sinne. Die Sonne wärmte die Finger ihrer rechten Hand; die Handfläche, im Schatten, blieb kühl. An ihre Waden blies der Wind. Ihre linke Hand, auf die Haut ihres Bauches gepreßt, war warm.

Sie fühlte sich . . . wach.

Langsam – eigentlich zögernd aus Sorge, die Schäden zu sehen, weil die Dinge erst Wirklichkeit wurden, wenn man sie sah, und der Anblick ihres zerschlagenen Körpers eine Wirklichkeit war, von der sie nichts wissen wollte – ganz langsam öffnete sie die Augen. Hier in Bodenhöhe wirkte alles verschwommen. Undeutliche Braun- und Grautöne im Vordergrund, die in der Entfernung zunehmend heller und grüner wurden. Langsam wurde der Blick schärfer.

Langsam bemerkte sie den Ewok.

Ein fremdartiges, kleines Pelzwesen stand einen Meter von Leias Gesicht entfernt, nicht mehr als gut neunzig Zentimeter groß. Er hatte große, dunkle, neugierige, bräunliche Augen und kurze, kleine Fingerpfoten. Von Kopf bis Fuß von weichem, braunem Pelz bedeckt, hatte er mit nichts so viel Ähnlichkeit wie mit der ausgestopften kleinen Wookie-Puppe, an die Leia sich aus ihrer Kindheit erinnerte. Als sie das Wesen vor sich zum ersten Mal bemerkte, hatte sie sogar zuerst an einen Traum gedacht, an eine Kindheitserinnerung, aufgestiegen aus ihrem mitgenommenen Gehirn.

Aber dies war kein Traum. Dies war ein Ewok. Und sein

Name war Wicket.

Er war auch nicht nur drollig. Als Leia genauer hinsah, entdeckte sie an seiner Hüfte ein Messer. Das war alles, was er trug, abgesehen von einem dünnen Lederüberwurf, der nur seinen Kopf bedeckte.

Sie beobachteten einander regungslos eine lange Minute. Der Ewok schien sich über die Prinzessin den Kopf zu zerbrechen, ungewiß, was sie war oder beabsichtigte. Im Augenblick hatte Leia die Absicht herauszufinden, ob sie sich aufsetzen konnte.

Sie setzte sich stöhnend auf.

Der Laut erschreckte das kleine Wollknäuel offenbar. Der Ewok stolperte rückwärts und fiel hin.

»Iiihp!« quäkte er.

Leia suchte sich gründlich nach ernsthaften Schädigungen ab. Ihre Kleidung war zerfetzt, überall hatte sie Schnittwunden, Prellungen und Schürfwunden – aber nichts schien gebrochen zu sein. Dafür hatte sie keine Ahnung, wo sie war. Sie stöhnte wieder.

Das reichte dem Ewok. Er sprang hoch, packte einen Speer von eineinviertel Meter Länge und hielt ihn abwehrbereit in ihre Richtung. Wachsam umkreiste er sie, stieß mit dem spitzen Speer nach ihr, unübersehbar mehr von Furcht als Angriffslust bewegt.

»He, hör auf damit.« Leia wischte die Waffe verärgert weg. Das fehlte ihr gerade noch – von einem Teddybären durchbohrt zu werden. Sanfter fügte sie hinzu: »Ich tu' dir nichts.«

Vorsichtig stand sie auf und prüfte ihre Beine. Der Ewok wich argwöhnisch zurück.

»Nur keine Angst.« Leia bemühte sich um einen beruhigenden Tonfall. »Ich will nur sehen, was mit meinem Raketenroller passiert ist.« Sie wußte, daß das kleine Wesen ruhiger werden würde, wenn sie so mit ihm sprach. Außerdem konnte es ihr nicht so schlechtgehen, wenn sie imstande war, sich auszudrücken.

Ihre Beine waren ein wenig unsicher, aber sie konnte langsam zu den verkohlten Überresten des Fahrzeugs gehen, das als halb zerschmolzener Haufen vor dem angeschwärzten Baum lag.

Ihre Bewegung führte vom Ewok fort, der das wie ein schreckhaftes Hündchen als Zeichen der Gefahrlosigkeit aufnahm und ihr zum

Wrack folgte. Leia hob die Laserpistole des Imperiums-Spähers vom Boden auf; mehr war von dem Soldaten nicht übriggeblieben.

»Ich glaube, ich bin zur rechten Zeit abgesprungen«, murmelte sie.

Der Ewok betrachtete die Szene mit seinen großen, leuchtenden Augen, nickte, schüttelte den Kopf und quäkte einige Sekunden lang lauthals.

Leia blickte sich in der Runde nach dem dichten Wald um, dann setzte sie sich seufzend auf einen umgestürzten Baumstamm. Sie war jetzt auf Augenhöhe mit dem Ewok. Wieder blickten sie einander an, ein wenig verwirrt, ein wenig sorgenvoll.

»Der Haken ist der: Ich sitze hier fest«, vertraute sie ihm an. »Und ich weiß nicht einmal, wo wir hier sind.«

Sie ließ das Gesicht in die Hände sinken, zum Teil, um über die Dinge nachzugrübeln, zum Teil, um sich die schmerzenden Schläfen zu reiben. Wicket setzte sich neben sie, ahmte ihre Haltung genau nach – die Pfoten vor dem Kopf, die Ellenbogen auf den Knien – und stieß einen kleinen mitfühlenden Ewok-Seufzer aus.

Leia lachte dankbar und kraulte den Pelzkopf des kleinen Wesens zwischen den Ohren. Er schnurrte wie ein Kätzchen.

»Du hast nicht zufällig ein Funkgerät dabei?« Sehr witzig – aber sie hoffte darauf, daß ihr irgend etwas einfiel, wenn sie weitersprach. Der Ewok blinzelte ein paar Mal, sah sie aber nur verwirrt an. Leia lächelte. »Nein, das wohl nicht.«

Plötzlich erstarrte Wicket. Seine Ohren zuckten. Er schnupperte. Er legte wachsam den Kopf auf die Seite.

»Was ist?« flüsterte Leia. Daß irgend etwas nicht in Ordnung sein konnte, war ganz deutlich. Dann hörte sie es: ein leises Knacken hinter dem Gebüsch, ein Rascheln.

Schlagartig stieß der Ewok einen lauten, kreischenden Schrei aus. Leia riß ihre Pistole heraus und sprang hinter den Baumstamm; Wicket huschte neben sie und zwängte sich unter den Stamm. Lange Zeit herrschte Stille. Verkrampft und unsicher richtete Leia ihre ganze Aufmerksamkeit auf das nahe Unterholz. Kampfbereit.

Trotz ihrer Bereitschaft hatte sie nicht damit gerechnet, daß der

Laserblitz von dort heranfauchte, wo er herkam – aus der Höhe oben rechts. Er explodierte vor dem Baumstamm mit einem Regen von Licht und Piniennadeln. Sie erwiderte das Feuer rasch – zwei kurze Stöße –, dann spürte sie ebenso schnell hinter sich etwas. Langsam drehte sie sich herum und sah einen Imperiums-Späher vor sich stehen, dessen Waffe auf ihren Kopf zielte. Er streckte die Hand nach ihrer Pistole aus.

»Her damit«, fuhr er sie an.

Ohne Vorwarnung kam eine Pelzhand unter dem Baumstamm heraus und stieß dem Späher ein Messer ins Bein. Der Mann heulte vor Schmerzen auf und hüpfte auf einem Bein herum.

Leia hechtete nach seiner Laserpistole, die er hatte fallen lassen. Sie rollte sich zur Seite, feuerte und traf den Soldaten genau in die Brust. Sein Herz wurde von einem Lichtblitz zerstört.

Sofort war es im Wald wieder still, Lärm und Licht waren verschluckt, wie wenn sie nie dagewesen wären. Leia blieb schwach keuchend am Boden liegen und wartete auf die nächste Attacke. Sie blieb aus.

Wicket schob den Pelzkopf unter dem Stamm heraus und schaute sich um.

»Iiiihp, rrp, scrp, uuuuh«, murmelte er erstaunt.

Leia sprang auf, lief geduckt im Kreis herum und drehte den Kopf hin und her. Zunächst schien keine Gefahr mehr zu bestehen. Sie winkte ihrem neuen kleinen Freund. »Komm, wir verschwinden hier lieber.«

Als sie in die dichte Vegetation eindrangen, übernahm Wicket die Führung. Leia zögerte zunächst, aber er kreischte sie an und zerrte an ihrem Ärmel. Sie überließ sich also dem kleinen Wesen und folgte ihm.

Sie ließ ihre Gedanken eine Weile ins Leere gehen, während ihre Füße sie rasch zwischen den Baumgiganten dahintrugen. Plötzlich kam ihr nicht nur der kleine Wuchs des Ewok zum Bewußtsein, der sie führte, sondern auch ihre eigene Winzigkeit im Vergleich zu diesen riesigen Bäumen. Manche davon waren zehntausend Jahre alt und so hoch, daß der Blick nicht bis zum Wipfel reichte. Sie waren Tempel für die Lebenskraft, in deren Auftrag sie focht; sie griffen hinaus zum Rest des Universums. Sie fühlte sich als Teil ihrer Größe und neben ihnen doch zwergenhaft.

Und einsam. Sie fühlte sich sehr einsam hier im Wald der Riesen. Ihr ganzes Leben lang hatte sie unter Riesen ihres eigenen Volkes verbracht: ihr Vater, der große Senator Organa, ihre Mutter, damals Erziehungsministerin, ihre Kollegen und Freunde, allesamt Riesen ...

Aber die Bäume hier. Sie glichen mächtigen Ausrufungszeichen, die ihre eigene Überlegenheit ankündigten. Sie waren hier! Sie waren älter als die Zeit! Sie würden hier stehen, lange, nachdem Leia nicht mehr war, nach der Rebellion, nach dem Imperium ...

Und dann fühlte sie sich nicht mehr einsam, sondern wieder als Teil dieser grandiosen, edlen Wesen. Ein Teil von ihnen über Zeit und Raum hinaus, verbunden durch die vibrierende, vitale Lebenskraft, von der ...

Es war verwirrend genug. Teil davon und doch kein Teil. Sie konnte es nicht fassen. Sie kam sich groß und klein zugleich vor, tapfer und furchtsam. Sie fühlte sich wie ein winziger, schöpferischer Funke, der in den Feuern des Lebens tanzte ... hinter einem verstohlenen, zwergenhaften Geschöpf her, das sie immer tiefer in den Wald hineinführte.

Das also war es, um dessen Erhaltung die Allianz kämpfte – kleine Pelzwesen in Mammutwäldern, die verängstigte, tapfere Prinzessinnen in Sicherheit brachten. Leia wünschte sich, ihre Eltern sollten noch am Leben sein, damit sie ihnen das erzählen konnte.

Lord Vader trat aus dem Aufzug und blieb am Eingang zum Thronsaal stehen. Die Lichtkabel auf beiden Schachtseiten summten und warfen unheimliches Licht auf die kaiserlichen Gardisten, die dort standen. Er marschierte entschlossen den Laufgang hinunter, die Stufe hinauf und wartete unterwürfig hinter dem Thron, regungslos in kniender Haltung.

Beinahe augenblicklich hörte er die Stimme des Kaisers.

»Steht auf. Steht auf und sprecht, mein Freund.«

Vader stand auf, als der Thron sich herumdrehte und der Kaiser ihm gegenübersaß.

Ihre Augen trafen sich aus Lichtjahren und einem Seelenhauch Entfernung. Über diesen Abgrund hinweg sagte Vader: »Mein Gebieter, eine kleine Rebelleneinheit hat den Schild durchbrochen und ist auf Endor gelandet.«

»Ja, ich weiß.« Seine Stimme verriet keine Spur von Erstaunen; es war eher Erfülltheit.

Vader nahm das zur Kenntnis und fuhr fort: »Mein Sohn ist bei ihnen.«

Die Stirn des Kaisers furchte sich unmerklich. Seine Stimme blieb kühl und sachlich, verriet allenfalls einen Anflug von Neugierde. »Seid Ihr sicher?«

»Ich habe ihn gespürt, mein Gebieter.« Es war beinahe Hohn dabei. Er wußte, daß der Kaiser Angst hatte vor dem jungen Skywalker und seiner Macht. Nur gemeinsam konnten Vader und der Kaiser hoffen, den Jedi-Ritter auf die dunkle Seite herüberzuziehen.

Er wiederholte es noch einmal und hob seine Einzigartigkeit damit hervor: »Ich habe ihn gespürt.«

»Seltsam, daß ich ihn nicht spüren konnte«, murmelte der Kaiser. Seine Augen wurden zu Schlitzen. Sie wußten beide, daß die Kraft nicht allmächtig, und daß niemand bei ihrer Anwendung unfehlbar war. Es hatte zu tun mit Wachsamkiet, mit Weitsicht. Gewiß waren Vader und sein Sohn enger miteinander verbunden als der Kaiser und der junge Skywalker – aber zusätzlich wurde sich der Kaiser nun einer Querströmung bewußt, die er bis dahin nicht bemerkt hatte, ein Ausschlagen der Kraft, das er nicht ganz verstand. »Ich frage mich, ob Eure Empfindungen in dieser Sache klar sind, Lord Vader.«

»Sie sind klar, mein Gebieter.« Er wußte von der Nähe seines Sohnes. Sie ärgerte ihn und trieb ihn an und lockte ihn, heulte mit ihrer ganz eigenen Stimme.

»Dann müßt Ihr zum Mond gehen und auf ihn warten«, erklärte Kaiser Palpatine schlicht. Solange die Dinge klar waren, waren sie klar.

»Er wird zu mir kommen?« fragte Vader skeptisch. Das war nicht das, was er fühlte. Er kam sich hintergangen vor.

»Aus freien Stücken«, versicherte der Kaiser. Es mußte aus freiem Willen geschehen, sonst war alles verloren. Ein Geist konnte zur Verderbnis nicht gezwungen, sondern nur verführt werden. Er mußte aktiv mitwirken. Er mußte begierig sein. Luke Skywalker wußte das alles und umkreiste das dunkle Feuer dennoch wie eine Katze. Geschicke konnten niemals mit letzter Gewißheit vorausgeahnt werden – aber Skywalker würde kommen, soviel stand fest. »Ich habe es vorausgesehen. Seine Barmherzigkeit für Euch wird sein Untergang sein.« Barmherzigkeit war stets die Achillesferse der Jedi gewesen und würde es bleiben. Es war die einzige Stelle der Verwundbarkeit. Der Kaiser hatte keine. »Der Junge wird zu Euch kommen, und dann werdet Ihr ihn zu mir bringen.«

Vader verbeugte sich tief.

»Wie Ihr befehlt.«

Der Kaiser entließ den Schwarzen Lord mit spürbarer Bosheit. Vader verließ den Thronsaal mit grimmiger Entschlossenheit, um die Raumfähre nach Endor zu besteigen.

Luke, Chewie, Han und Threepio kämpften sich hinter Artoo, dessen Antenne ständig rotierte, methodisch durch das Dickicht. Es war erstaunlich, wie der kleine Droid in einer Dschungellandschaft wie dieser einen Weg bahnen konnte. Er tat es ohne große Umstände; die kleinen Schneidewerkzeuge an seinem Gehgerät und an der Kuppel durchtrennten mühelos alles, was zu dicht verfilzt war, um beiseite geschoben zu werden.

Artoo blieb plötzlich stehen, was seine Begleiter in einige Verwirrung versetzte. Seine Radarantenne drehte sich schneller, er klackte und surrte vor sich hin, dann stürzte er mit aufgeregten Tönen vorwärts.

»Wrrr dIIHP dWP buuuuu dWIIH op!«

Threepio hetzte hinter ihm her.

Sie stürmten knapp vor den anderen in eine Lichtung und kamen im Gedränge zum Stillstand. Die verkohlten Überreste von drei

Raketenrädern lagen im Umkreis verstreut – ganz zu schweigen von den Überresten einiger Imperiums-Späher.

Sie schwärmten aus, um die Wracks zu besichtigen. Bis auf einen abgerissenen Fetzen von Leias Jacke war nichts Bemerkenswertes zu entdecken. Han hielt ihn nachdenklich in der Hand.

»Artoos Sensoren können sonst keine Spuren von Prinzessin Leia feststellen«, sagte Threepio leise.

»Ich hoffe, sie liegt hier nicht irgendwo hilflos in der Nähe«, sagte Han zu den Bäumen. Er wollte sich nicht mit dem Gedanken befassen, sie verloren zu haben. Nach allem, was sich zugetragen hatte, konnte er einfach nicht glauben, daß es so mit ihr zu Ende gegangen sein sollte.

»Sie scheint auf zwei Gegner gestoßen zu sein«, sagte Luke, nur, um irgend etwas von sich zu geben. Keiner wollte so weit gehen, Schlußfolgerungen zu ziehen.

»Sie scheint sich wacker geschlagen zu haben«, erwiderte Han ein wenig barsch. Er sagte es zu Luke, aber vor allem zu sich selbst.

Nur Chewbacca schien sich für die Lichtung, in der sie standen, nicht zu interessieren. Er stand da und starrte auf die dichte Vegetation gegenüber, dann zog er die Nase hoch und schnupperte.

»Rahrr!« rief er und stürzte hinein ins Dickicht. Die anderen liefen ihm nach.

Artoo pfiff leise und nervös.

»Was hast du aufgeschnappt?« fuhr ihn Threepio an. »Äußere dich ein bißchen deutlicher, wenn es geht, ja?«

Die Bäume wurden merklich größer, als die Gruppe weiterstrebte. Nicht, daß man irgendwo hätte weiter hinaufblicken können, aber der Umfang der Stämme nahm immer mehr zu. Der Rest des Waldes lichtete sich dabei ein wenig, so daß man leichter vorankam, aber sie hatten alle das deutliche Gefühl, zusammenzuschrumpfen. Eine unheimliche Empfindung.

Schlagartig hörte das Unterholz auf und machte wieder einer Lichtung Platz. An ihrem Ende war eine einzelne, hohe Stange in den Boden gerammt, von der mehrere große, rohe Fleischstücke herabhingen. Die Suchenden rissen die Augen auf, dann gingen sie langsam auf die Stange zu.

»Was ist das?« Threepio sprach aus, was alle dachten.

Chewbaccas Nase geriet in Verzückung, in eine Art Geruchsdelirium. Er hielt sich zurück, solange er konnte, vermochte dann aber nicht mehr zu widerstehen. Er griff nach einem der Fleischstücke.

»Nein, warte!« schrie Luke. »Nicht —«

Aber es war schon zu spät. Im selben Augenblick, als das Fleisch heruntergerissen wurde, schoß um die Abenteurer ein riesiges Netz hoch und schnellte sie mit einem Gewirr von Armen und Beinen in die Höhe.

Artoo pfiff wild – nach seinem Programm verabscheute er es, auf dem Kopf zu stehen – während der Wookie bedauernd blaffte.

Han schob eine behaarte Pfote von seinem Mund und spuckte Pelzhaare aus.

»Toll, Chewie. Großartig gemacht. Immer mit dem Bauch denken —«

»Hört auf«, rief Luke. »Sehen wir lieber zu, wie wir hier rauskommen.« Er versuchte erfolglos seine Arme zu befreien; einer steckte hinter ihm im Netz fest, der andere lag unter Threepios Bein. »Kommt jemand an meinen Lichtsäbel?«

Artoo lag zuunterst. Er schob sein Schneidgerät heraus und begann die Maschen des Rankennetzes zu durchtrennen.

Inzwischen versuchte Solo seinen Arm an Threepio vorbeizuschieben, bemüht, an den Lichtsäbel zu gelangen, den Luke an der Hüfte hängen hatte. Sie rutschten ruckartig tiefer, als Artoo wieder ein Stück Netz durchtrennte, so daß Solos und Threepios Gesichter aneinandergepreßt wurden.

»Weg da, Goldbein – nhf – weg von —«

»Was denken Sie, wie mir zumute ist?« ereiferte sich Threepio. In einer Situation wie dieser gab es kein Protokoll.

»Ich kann ja wirklich —«, begann Han, aber plötzlich durchschnitt Artoo das letzte Bindeglied, und die ganze Gruppe stürzte aus dem Netz krachend zu Boden. Als sie langsam zu sich fanden, sich aufsetzten, nachprüften, ob alle unverletzt waren, begriffen sie der Reihe nach, daß sie umstellt waren von zwanzig kleinen Fellgeschöpfen, die alle weiche Lederkapuzen oder -kappen trugen und alle Speere schwangen.

Einer kam nah heran, hielt Han einen langen Speer ins Gesicht und kreischte: »Iiih wk!«

Solo stieß die Waffe weg und fuhr ihn an.

»Ziel damit woanders hin.«

Ein zweiter Ewok geriet in Aufregung und stieß zu. Wieder wehrte Solo den Speer ab, erlitt dabei aber eine Armverletzung.

Luke griff nach seinem Lichtsäbel, aber in diesem Augenblick stürzte ein dritter Ewok nach vorne, stieß die Angriffslustigeren weg und beschimpfte sie in aufgebrachtem Ton. Luke beschloß deshalb, den Lichtsäbel noch nicht zu benutzen.

Han dagegen war verletzt und wütend. Er wollte seine Pistole ziehen. Luke hielt ihn mit einem Blick zurück, bevor die Waffe aus dem Halfter war.

»Tu's nicht – das renkt sich ein«, fügte er hinzu. Niemals sollst du dich vom äußeren Schein trügen lassen, hatte Ben ihm oft erklärt. Luke kannte sich mit den kleinen Pelzwesen nicht recht aus, hatte aber ein Gefühl.

Han hielt seinen Arm fest und hielt still, während die Ewoks ausschwärmten und alle ihre Waffen beschlagnahmten.

Luke übergab sogar seinen Lichtsäbel. Chewie knurrte argwöhnisch.

Artoo und Threepio befreiten sich aus dem aufgeschnittenen Netz, während die Ewoks aufgeregt miteinander schnatterten.

Luke wandte sich an den goldenen Droiden ...

»Threepio, kannst du verstehen, was sie sagen?«

Threepio löste sich aus der Netzfalle und betastete sich nach Kratzern und Klappergeräuschen.

»O mein Kopf«, klagte er.

Beim Anblick seines aufgerichteten Körpers begannen die Ewoks miteinander zu quietschen, gestikulierten und deuten.

Threepio sprach den mutmaßlichen Anführer an.

»Tschrih brihb a shörr da.«

»Blo wriih dbliiop wihschrih!« erwiderte das Wesen.

»Da wii shiiihs?«
»Riiop glwah wrripsh.«
»Schrii?«

Plötzlich ließ einer der Ewoks seinen Speer mit einem kleinen Ächzen fallen und warf sich vor dem schimmernden Droiden auf den Boden. Die anderen Ewoks folgten im nächsten Augenblick seinem Beispiel. Threepio sah seine Freunde mit einem verlegenen Achselzucken an.

Chewie ließ ein verwirrtes Blaffen hören. Artoo surrte versonnen. Luke und Han betrachteten die Schar Kotau machender Ewoks mit Erstaunen.

Auf ein nicht erkennbares Signal aus der Gruppe heraus begannen die Ewoks im Chor zu rufen: »Ihki woh, ihki woh, Rhiekie rhiki woh ...«

Han starrte Threepio fassungslos an.

»Was hast du zu ihnen gesagt?«

»›Hallo‹, soviel ich weiß«, erwiderte Threepio, als wolle er sich dafür entschuldigen. Er fügte hastig hinzu: »Ich kann mich irren, sie sprechen einen sehr primitiven Dialekt ... Ich glaube, sie halten mich für eine Art Gott.«

Chewbacca und Artoo hielten das für schrecklich komisch. Sie pfiffen und blafften eine Weile wie von Sinnen, bis sie sich beruhigten. Chewbacca wischte sich eine Lachträne aus dem Auge.

Han schüttelte mit einem müden Blick nur den Kopf.

»Na, vielleicht gebrauchst du deinen göttlichen Einfluß, um uns hier herauszuholen, ja?« schlug er rücksichtsvoll vor.

Threepio richtete sich zu seiner vollen Größe auf und sagte mit unerbittlicher Strenge: »Ich bitte um Verzeihung, Captain Solo, aber das wäre nicht schicklich.«

»Nicht schicklich?« brüllte Solo auf. Er hatte immer gewußt, daß dieser Droidenkerl bei ihm eines Tages zu weit gehen würde. Das mochte der Tag sein.

»Es verstößt gegen meine Programmierung, fälschlich als Gottheit aufzutreten«, antwortete er in einem Ton, als bedürfe etwas so Eindeutiges nun wahrlich keiner Erklärung.

Han ging drohend auf den Protokoll-Droiden zu. Es juckte ihn in den Fingern, ihm irgendeinen Stöpsel zu ziehen.

»Hör mal, du Sack voll Schrauben, wenn du nicht auf der Stelle–« Weiter kam er nicht. Fünfzehn Ewok-Speere ragten ihm bedrohlich ins Gesicht. »War nur Spaß«, sagte er mit einem freundlichen Lächeln.

Die Kolonne der Ewoks zog langsam in den Wald hinein, der immer finsterer wurde – winzige, düstere Gestalten, die sich zentimeterweise durch das Labyrinth eines Riesen schoben. Die Sonne war am Untergehen, die langen, sich kreuzenden Schatten ließen das höhlenartige Reich noch imposanter erscheinen als zuvor. Dessenungeachtet schienen die Ewoks sich zu Hause zu fühlen und bogen ohne Zögern in einen verfilzten Rankenweg nach dem anderen ein.

Auf ihren Schultern trugen sie die vier Gefangenen – Han, Chewbacca, Luke, Artoo – an langen Stangen gebunden, vielfach mit Ranken umwickelt, bewegungsunfähig wie zappelnde Larven in plumpen Blattkokons.

Hinter den Gefangenen wurde Threepio auf einer Tragbahre aus grob zugeschnittenen Ästen in Form eines Stuhls hoch auf den Schultern der kleinen Ewoks getragen. Wie ein Potentat betrachtete er den mächtigen Wald, durch den man ihn trug – den prachtvollen, violetten Sonnenuntergang, leuchtend zwischen dem Rankenwerk, die exotischen Blüten, die sich zu schließen begannen, die alterslosen Bäume, die glänzenden Farne – und wußte, daß noch niemand vor ihm diese Dinge genau auf jene Art auf sich hatte wirken lassen, wie er es hier tat. Niemand sonst besaß seine Sensoren, seine Schaltungen, seine Programme, seine Datenspeicher – und so war er auf eine durchaus wahre Art wirklich der Schöpfer dieses kleinen Universums, seiner Bilder und Farben.

Und dies war gut so.

6

Der Sternenhimmel schien Luke sehr nah über den Baumwipfeln zu sein, als er und seine Freunde in das Ewok-Dorf getragen wurden, Anfangs erkannte er nicht einmal, daß er ein Dorf vor sich hatte; er hielt die winzigen, orangegelben Lichtfunken zunächst für Sterne. Das galt besonders, wenn er – auf dem Rücken liegend, an die Stangen gebunden – die hellen Lichtpunkte direkt über sich zwischen den Bäumen glitzern sah.

Aber dann wurde er über verschachtelte Treppen und verborgene Rampen im Inneren der Riesenstämme hochgetragen, und je höher sie kamen, desto größer und hörbar knackender wurden die Lichter. Als die Gruppe in den Bäumen Dutzende von Metern hoch war, begriff Luke endlich, daß die Lichter Lagerfeuer waren – in den Baumkronen.

Sie wurden schließlich hinausgeschafft auf einen wackeligen Laufgang aus Holz, zu weit über dem Boden, als daß man unter sich etwas anderes hätte sehen können als den abgrundtiefen Schlund. Einen peinigenden Augenblick lang fürchtete Luke, man werde sie einfach über den Rand kippen, um ihre Geschicklichkeit zu prüfen. Die Ewoks hatten jedoch etwas anderes im Sinn.

Die schmale Plattform endete mitten zwischen zwei Bäumen. Das erste Wesen der Kolonne ergriff eine lange Liane und schwang sich hinüber zum weit entfernten Stamm. Wenn Luke den Kopf verdrehte, konnte er erkennen, daß in den Riesenumfang eine große Höhlenöffnung eingeschnitten war. Über den Abgrund wurden Ranken rasch hin- und hergeworfen, bis eine Art Gitter entstand, dann fühlte Luke, wie er auf dem Rücken hinübergezogen wurde, noch immer an die Stangen gefesselt. Er blickte einmal hinunter in die Leere. Ein unbehagliches Gefühl.

Drüben ruhten sie sich auf einer schwankenden, schmalen Plattform aus, bis alle herübergekommen waren. Dann lösten die winzigen Affenbären das Rankengeflecht und begaben sich mit ihren Gefangenen ins Bauminnere. Dort herrschte undurchdringliche Dunkelheit, aber Luke hatte den Eindruck, daß es mehr ein Tunnel durch das Holz als eine richtige Höhle war. Überall hatte man den Eindruck dichter, fester Wände, wie ein Gang, der tief in einen Berg hineinführte. Als sie fünfzig Meter danach heraustraten, befanden sie sich auf dem Dorfplatz.

Eine Anzahl hölzerner Plattformen, Planken und Laufgänge verband eine weitläufige Gruppe riesiger Bäume. Von diesem Gerüst wurde ein Hüttendorf getragen, errichtet aus einer merkwürdigen Verbindung von versteiftem Leder und mit Lehm beworfenem Flechtwerk, Schilfdächern und Lehmböden. Vor vielen Hütten brannten kleine Lagerfeuer. Die Funken wurden erfaßt von einem kunstvollen System hängender Ranken, die sie zu einem Erstickungspunkt leiteten. Und überall Hunderte von Ewoks.

Köche, Gerber, Wächter, Großväter. Ewok-Mütter hoben beim Anblick der Gefangenen weinende Kleinkinder hoch und huschten in ihre Hütten oder zeigten mit Fingern und murmelten. Essensrauch hing in der Luft; Kinder spielten; fahrende Sänger spielten fremdartige, hallende Musik auf ausgehöhlten Baumstämmen und Blasrohren.

Unter ihnen lag riesige Schwärze und über ihnen eine noch gewaltigere, aber hier in diesem kleinen Dorf spürte Luke Wärme und Licht und einen besonderen Frieden.

Die Kolonne von Bewachern und Gefangenen hielt vor der größten Hütte. Luke, Chewie und Artoo wurden an ihren Stangen an einen Nachbarbaum gelehnt. Man band Han an einen Spieß und hängte ihn über einen Holzhaufen, der verdächtig nach einem Bratfeuer aussah. Dutzende von Ewoks versammelten sich und sprachen mit lebhaften Quietschlauten aufgeregt durcheinander.

Teebo kam aus dem großen Gebäude. Er war ein wenig größer als die anderen und unzweifelhaft wilder. Sein Fell war ein Muster aus hell- und dunkelgrauen Streifen. Statt der üblichen Lederkapuze trug er auf seinem Kopf den Halbschädel eines gehörnten Tieres, das er zusätzlich noch mit Federn geschmückt hatte. In der Hand hielt er eine Steinaxt, und sogar für jemanden von der Kleinheit der Ewoks hatte er einen herausfordernden Gang.

Er besah sich die Gruppe beiläufig und schien dann eine Art Ankündigung zu äußern. Ein Angehöriger des Jagdtrupps trat vor – Paploo, der Ewok mit dem Überwurf, der die Gefangenen inzwischen zu beschützen hatte, wie es schien.

Teebo besprach sich kurze Zeit mit Paploo. Aus dem Gespräch wurde jedoch rasch eine hitzige Auseinandersetzung, wobei Paploo die Partei der Rebellen zu ergreifen schien, während Teebo dem Anschein nach alle Überlegungen beiseite wischte. Der Rest des Völkchens stand dabei und verfolgte die Debatte mit großer Aufmerksamkeit. Ab und zu wurden Bemerkungen gerufen, oder man quäkte aufgeregt durcheinander.

Threepio, dessen Sänftenthron an einen Ehrenplatz nicht weit von der Stange getragen worden war, an die man Luke gebunden hatte, verfolgte die anhaltende Streitigkeit gebannt. Er begann für Luke und die anderen ein-, zweimal zu übersetzen, verstummte aber schon nach wenigen Worten wieder, weil so schnell gesprochen wurde, daß er nichts versäumen wollte. Aus diesem Grund vermittelte er an Information nicht mehr als die Namen der beteiligten Ewoks.

Han sah mit zweifelndem Stirnrunzeln zu Luke hinüber.

»Das gefällt mir gar nicht.«

Chewie bestätigte mit lautem Knurren.

Plötzlich kam Logray aus der großen Hütte und brachte durch sein Erscheinen alle zum Schweigen. Kleiner als Teebo, war er nichtsdestoweniger offenkundig das Ziel größerer Verehrung durch die übrigen Ewoks. Auch er trug einen Halbschädel auf dem Kopf – den irgendeines großen Vogels, auf dem Kamm war eine einzige Feder befestigt. Sein Fell war jedoch bräunlich gestreift, sein Gesicht wirkte weise. Er trug keine Waffen, nur einen Beutel an der Seite und einen Stab, auf dem das Rückgrat eines ehemals mächtigen Feindes steckte.

Er betrachtete die Gefangenen der Reihe nach prüfend, schnupperte an Han, befühlte den Stoff von Lukes Kleidung. Teebo und

Paploo plapperten erregt auf ihn ein, um ihre Standpunkte darzulegen, aber da er kein Interesse zu hegen schien, hörten sie bald auf.

Als Logray zu Chewbacca kam, zeigte er sich fasziniert und tastete den Wookie mit seinem Knochenstab ab. Chewie nahm das jedoch nicht hin, sondern fauchte den winzigen Bären-Mann böse an. Logray brauchte nichts weiter und trat hastig zurück. Gleichzeitig griff er in seinen Beutel und streute in Chewies Richtung Kräuter.

»Vorsicht, Chewie«, warnte Han von der anderen Seite auf dem Platz. »Das muß der Chef hier sein.«

»Nein«, verbesserte Threepio, »ich glaube eher, daß er ihr Medizinmann ist.«

Luke wollte eingreifen, nahm sich dann aber vor, noch zu warten. Es war besser, wenn diese kleine Gemeinschaft auf ihre eigene Art zu ihren Schlüssen über sie kam. Die Ewoks schienen für ein so freischwebendes Volk seltsam starrsinnig zu sein.

Logray ging hin, um Artoo Detoo zu betrachten, ein höchst wundersames Wesen. Er schnupperte, betastete und streichelte die Metallhaut des Droiden, dann verkniff er sein Gesicht zu einem Ausdruck der Verblüffung. Nachdem er eine Weile nachgedacht hatte, befahl er, den kleinen Roboter loszubinden.

Die Menge murmelte aufgeregt und wich einen Meter zurück. Artoos Rankenfesseln wurden von zwei Wachen durchtrennt. Der Droid rutschte an seiner Stange herunter und krachte hart auf den Boden.

Die Wachen stellten ihn aufrecht. Artoo war überaus aufgebracht. Er wählte Teebo als Urheber seiner Demütigung aus, piepte hemmungslos und begann den entsetzten Ewok im Kreis herumzujagen. Die Menge brüllte – die einen feuerten Teebo an, die anderen ließen quäkenden Zuspruch für den von Sinnen geratenen Droiden hören.

Schließlich kam Artoo so nah an Teebo heran, daß er ihn mit einer elektrischen Ladung treffen konnte. Der getroffene Ewok sprang in die Luft, quietschte heiser und rannte davon, so schnell ihn seine kurzen Beine tragen konnten. Wicket schlüpfte unbemerkt in die Hütte, als die Zuschauer Empörung beziehungsweise Freude bekundeten.

Threepio war entrüstet.

»Artoo, hör auf damit! Du machst alles nur noch schlimmer.«

Artoo sauste vor den goldenen Droiden hin und begann eine heftige Zornesrede zu piepsen.

»Wriih op duh rhi vrr-gk gdk dk whu dpü dhop vrih duh dwiht...«

Dieser Ausbruch verärgerte Threepio nicht wenig. Mit einem hochmütigen Ruck setzte er sich auf seinem Thron gerade.

»Das ist keine Art, mit jemandem in meiner Stellung zu reden.«

Luke fürchtete, die Situation könnte ganz aus dem Gleis geraten. Er rief mit einem Anflug von Ungeduld seinem getreuen Droiden zu: »Threepio, ich glaube, es ist an der Zeit, daß du dich für uns verwendest.«

Threepio wandte sich, allerdings mit Widerstreben, an die Versammlung flauschiger Wesen und hielt eine kurze Rede, während der er in Abständen auf seine angebundenen Freunde zeigte.

Logray geriet dadurch sichtlich aus der Fassung. Er schwenkte den Stab, stampfte mit den Füßen, kreischte den goldenen Droiden eine ganze Minute an. Zum Abschluß seiner Erklärung nickte er mehreren aufmerksamen Genossen zu, die das Nicken erwiderten und die Grube unter Han mit Feuerholz zu füllen begannen.

»Also, was hat er gesagt?« rief Han nicht ohne Sorge.

Threepio wirkte geknickt.

»Ich bin sehr verlegen, Captain Solo, aber allem Anschein nach sollen Sie der Hauptgang bei einem Festbankett zu meinen Ehren sein. Er ist sehr beleidigt darüber, daß ich etwas anderes vorschlage.«

Bevor noch ein Wort gesprochen werden konnte, begannen Baumtrommeln in unheimlichem Rhythmus zu dröhnen. Wie auf Befehl drehten sich alle wuscheligen Köpfe zur Öffnung der großen Hütte. Heraus traten Wicket und hinter ihm Häuptling Chirpa.

Chirpa hatte graues Fell und bekundete sofort einen starken Willen. Auf seinem Kopf trug er einen Kranz aus Blättern, Zähnen und den Hörnern großer Tiere, die er im Kampf überwältigt hatte. In der rechten Hand trug er einen Stab aus dem Langknochen eines

Flugreptils, in der linken einen Leguan, der sein Schoßtier und Berater zu sein schien.

Er erfaßte die Szene auf dem Dorfplatz mit einem Blick, dann drehte er sich um und wartete auf den Gast, der nun erst hinter ihm aus der Hütte trat.

Der Gast war die schöne junge Prinzessin von Alderaan.

»Leia!« schrien Luke und Han gleichzeitig.

»Rahrhah!«

»Buh dIIHdwih!«

»Hoheit!«

Mit einem kleinen Aufschrei stürzte sie auf ihre Freunde zu, aber eine Phalanx von Ewoks versperrte ihr den Weg mit Speeren. Sie sah Häuptling Chirpa und wandte sich an ihren Roboter-Dolmetscher.

»Threepio, sag ihnen, daß das meine Freunde sind. Sie müssen freigelassen werden.«

Threepio sah Chirpa und Logray an.

»Ihp squih rhiau«, sagte er überaus höflich. »Squiau roah mihp mihb ihrah.«

Chirpa und Logray schüttelten mit einer Entschiedenheit, die Widerspruch nicht duldete, die Köpfe. Logray rief einen Befehl an seine Helfer, die eifrig fortfuhren, unter Han Brennholz aufzuschichten.

Han wechselte mit Leia einen hilflosen Blick.

»Irgendwie habe ich das Gefühl, daß uns das nicht viel geholfen hat.«

»Luke, was können wir tun?« sagte Leia drängend. Damit hatte sie ganz und gar nicht gerechnet. Sie hatte erwartet, man würde ihr einen Führer geben, der sie zu ihrem Schiff zurückbrachte, oder schlechtestenfalls Unterkunft und einen Bissen für die Nacht. Sie konnte diese Wesen nicht begreifen. »Luke?« sagte sie fragend.

Han hatte eben einen Vorschlag machen wollen, als er stutzte, ein wenig erstaunt über Leias plötzliches Zutrauen zu Luke. Das war ihm bislang noch gar nicht aufgefallen; er registrierte es auch jetzt nur kurz.

Bevor er jedoch seinen Plan vortragen konnte, meldete sich Luke zu Wort.

»Threepio, sag ihnen, daß du zornig wirst und deine Magie spielen läßt, wenn sie nicht tun wollen, was du wünschst.«

»Aber was für Magie, Master Luke?« wandte der Droid ein. »Ich kann überhaupt –«

»Sag es ihnen!« befahl Luke, ganz wider seine Gewohnheit die Stimme erhebend. Manchmal konnte Threepio sogar die Geduld eines Jedi überfordern.

Der Dolmetscher-Droid wandte sich an die große Versammlung und sprach mit großer Würde.

»Ihmihblih scrihsh oahr aish sh shihstih miph ihp ihp.«

Die Ewoks gerieten durch diese Mitteilung in helle Aufregung. Sie wichen alle mehrere Schritte zurück, ausgenommen Logray, der zwei Schritte vortrat. Er schrie Threepio etwas zu, das ganz auffällig nach einer Herausforderung klang.

Luke schloß seine Augen, um sich ganz zu konzentrieren. Threepio begann auf schrecklich unsichere Weise zu plappern, als sei er bei der Fälschung seines eigenen Programms ertappt worden.

»Sie glauben mir nicht, Master Luke, genau, wie ich Ihnen gesagt habe . . .«

Luke hörte aber nicht auf den Droiden; er ließ sein Bild im Inneren entstehen. Sah ihn schimmernd und goldglänzend auf seinem Thron aus Zweigen sitzen, hierhin und dorthin nicken, über die belanglosesten Dinge reden, mitten in der schwarzen Leere von Lukes Bewußtsein . . . und langsam in die Höhe schweben.

Langsam erhob sich Threepio in die Lüfte.

Anfangs bemerkte er es nicht; keinem fiel es auf. Threepio sprach einfach weiter, als seine ganze Sänfte sich mit ihm entfernte.

». . . gesagt, ich habe gesagt, Ihnen gesagt, daß sie es nicht tun. Ich weiß nicht, warum Sie – wha – warten Sie . . . was geht hier vor . . . ?«

Threepio und die Ewoks begriffen ungefähr alle zur selben Zeit, was vorging. Die Ewoks wichen in Entsetzen vor dem schwebenden Thron zurück. Threepio begann sich nun zu drehen, als säße er auf einem Drehstuhl. Anmutige, majestätische Drehung.

»Hilfe«, flüsterte er. »Artoo, hilf mir.«

Häuptling Chirpa schrie seinen geduckten Helfern Befehle zu. Sie eilten herbei und nahmen den Gefangenen die Fesseln ab. Leia, Han und Luke umarmten einander bewegt. Eine seltsame Umgebung für den ersten Sieg dieses Feldzugs gegen das Imperium, so schien es ihnen.

Luke nahm hinter sich ein klagendes Piepsen wahr. Er drehte sich um und sah Artoo zu dem immer noch rotierenden Threepio hinaufstarren. Luke ließ den goldenen Droiden langsam auf den Boden herabsinken.

»Danke, Threepio.« Der junge Jedi klopfte ihm dankbar auf die Schulter.

Threepio, noch immer ein wenig betroffen, stand mit bebendem, staunendem Lächeln auf.

»Aber – aber – ich wußte gar nicht, daß ich das in mir habe.«

Die Hütte Häuptlings Chirpas war nach Ewok-Maßstäben groß, obschon Chewbacca im Schneidersitz mit dem Kopf beinahe die Decke streifte. Der Wookie kauerte an einer Wand des Hauses mit seinen Rebellen-Kameraden, der Häuptling und zehn Älteste ihnen auf der anderen Seite gegenüber. In der Mitte zwischen den beiden Gruppen wärmte ein kleines Feuer die Nachtluft und warf vergängliche Schatten auf die Lehmwände.

Draußen wartete das ganze Dorf auf die Entscheidungen, die dieser Rat fällen würde. Es war eine besinnliche, klare Nacht, von hoher Bedeutung erfüllt. Obwohl die Zeit schon weit vorgeschritten war, schlief kein einziger Ewok.

Im Gebäude sprach Threepio. Positive und negative Rückkopplungsschleifen hatten seinen Umgang mit der Quäksprache schon stark verbessert; er war jetzt mitten in einer lebhaft geschilderten Geschichte des galaktischen Bürgerkrieges – komplett mit Pantomime, geschliffener Rede, explosiven Toneffekten und Randkommentaren. Einmal ahmte er sogar einen Imperiums-Gehkoloß nach.

Die Ewok-Ältesten hörten aufmerksam zu und murmelten ab und

zu miteinander. Es war eine faszinierende Geschichte, und sie ließen sich völlig von ihr fesseln – manchmal entsetzt, manchmal empört. Logray besprach sich ein-, zweimal mit Häuptling Chirpa und richtete mehrmals Fragen an Threepio, auf die der goldene Droid bewegend antwortete. Sogar Artoo pfiff einmal, wohl zur Bekräftigung.

Am Ende jedoch schüttelte nach einer recht kurzen Besprechung zwischen den Ältesten Häuptling Chirpa mit einem Ausdruck reumütiger Unzufriedenheit verneinend den Kopf. Er sprach Threepio an, der für seine Freunde dolmetschte.

»Häuptling Chirpa sagt, es sei eine bewegende Geschichte«, erklärte der Droid. »Mit den Ewoks hätte sie aber eigentlich nichts zu tun.«

Tiefe, bedrückende Stille erfüllte den kleinen Raum. Nur das Feuer knackte leise seinen hellen, aber schon dunkelnden Monolog.

Es war schließlich ausgerechnet Solo, der das Wort für die Gruppe ergriff. Für die Gruppe und die ganze Allianz.

»Sag ihnen dies, Goldbein.« Er lächelte den Droiden zum ersten Mal mit bewußter Zuneigung an. »Sag ihnen, es ist schwer, eine Rebellion zu übersetzen, also sollte die Geschichte vielleicht kein Übersetzer erzählen. Ich will sie ihnen erzählen. Sie sollten uns nicht helfen, weil wir sie darum bitten. Sie sollten uns nicht einmal deshalb helfen, weil es in ihrem eigenen Interesse liegt, obwohl das zutrifft, weißt du. Um nur ein Beispiel zu nennen: Der Kaiser entzieht diesem Mond sehr viel Energie, um den Abwehrschirm aufrechtzuerhalten, und diese Energie wird den Leuten hier im Winter fehlen und ihnen das Leben stark erschweren ... aber lassen wir das. Sag ihnen erst einmal das, Threepio.«

Threepio tat es. Han fuhr fort.

»Aber das ist nicht der Grund, warum sie uns helfen sollten. Deshalb habe ich so etwas früher gemacht, weil es in meinem Interesse lag. Aber jetzt nicht mehr. Jedenfalls nicht mehr so stark. Meistens tue ich jetzt etwas für meine Freunde, denn was gibt es Wichtigeres? Geld? Macht? Jabba hatte beides, und ihr wißt, was aus ihm geworden ist. Okay, okay, die Sache ist die: Deine Freunde sind – deine Freunde, ja?«

Das war einer der unzusammenhängendsten Appelle, die Leia je gehört hatte, trotzdem füllten sich ihre Augen mit Tränen. Die Ewoks dagegen blieben stumm und ausdruckslos. Teebeo und der kleine Bursche namens Paploo tauschten ein paar gemurmelte Worte, die anderen regten sich nicht. Ihre Mienen blieben unergründlich.

Nach einer anhaltenden Pause räusperte sich Luke.

»Mir ist klar, daß das ein abstrakter Begriff sein mag, daß es wohl schwerfällt, diese Zusammenhänge herzustellen, aber es ist ungeheuer wichtig für die ganze Galaxis, daß unsere Streitmacht die Stellung des Imperiums hier auf Endor vernichtet. Schaut da hinauf, durch das Rauchloch in der Decke. Schon durch dieses winzige Loch kann man hundert Sterne zählen. Am ganzen Himmel gibt es Millionen und noch Milliarden mehr, die man gar nicht sehen kann. Und sie alle haben Planeten und Monde und glückliche Bewohner wie euch. Und das Imperium zerstört das alles. Man kann . . . man kann schon schwindlig werden, wenn man sich auf den Rücken legt und zu den Sternen hinaufblickt. Man könnte beinahe . . . explodieren, so herrlich ist das manchmal. Und ihr seid Teil dieser Schönheit, alles gehört zur gleichen Kraft. Und das Imperium versucht das Licht auszudrehen.«

Threepio brauchte eine Weile, um das Ende zu übersetzen; er legte großen Wert darauf, es richtig zu machen. Als er endlich verstummte, gab es ein anhaltendes, lautes Quäken unter den Ältesten. Der Lärm schwoll an, legte sich, begann von neuem.

Leia wußte, was Luke sagen wollte, aber sie fürchtete sehr, die Ewoks würden den Zusammenhang nicht begreifen. Er war aber vorhanden, wenn es ihr nur gelang, die Brücke zu bauen. Sie dachte an ihr Erlebnis im Wald, an das Gefühl des Einsseins mit den Bäumen, deren ausgestreckte Äste die Sterne selbst zu berühren schienen, die Sterne, deren Licht wie Wasserzauber herabfiel. Sie spürte die Macht des Zaubers in sich, und es vibrierte um die Hütte von Wesen zu Wesen, floß wieder durch sie hindurch und machte sie noch stärker, bis sie sich mit diesen Ewoks beinahe eins fühlte, bis sie glaubte, sie zu verstehen und zu kennen, mit ihnen konspirierte im eigentlichen Sinn des Wortes: gemeinsam atmete.

Die Diskussion ging zu Ende, es wurde wieder still. Leias Atemzüge beruhigten sich im Gleichklang damit, und sie wandte sich mit ruhiger Zuversicht an den Rat.

»Tut es wegen der Bäume«, sagte sie.

Das war alles, was sie sagte. Alle erwarteten mehr, aber es blieb bei diesem kurzen, rätselhaften Ausbruch.

Wicket hatte vom Rand her die Vorgänge mit zunehmender Besorgnis verfolgt. Bei mehreren Gelegenheiten war deutlich erkennbar, daß er sich mit größter Mühe zurückhielt, um nicht in das Gespräch hineinzuplatzen, aber nun sprang er auf, ging mehrmals hin und her, wandte sich schließlich an die Ältesten und begann mit seiner leidenschaftlichen Rede.

»Ihp ihp, mihp ihk squih . . .«

Threepio dolmetschte für seine Freunde.

»Hochverehrte Älteste, wir haben in dieser Nacht ein gefährdetes, wundervolles Geschenk erhalten. Das Geschenk der Freiheit. Dieser goldene Gott . . .« – Threepio verstummte in seiner Übertragung kurz, um den Augenblick zu genießen, dann fuhr er fort: ». . . dieser goldene Gott, dessen Rückkehr zu uns seit dem Ersten Baum prophezeit ist, teilt uns mit, daß er nicht unser Herr sein wird, daß wir frei sind, zu leben, wie wir wollen – daß wir wählen müssen, so, wie alle lebenden Wesen ihr eigenes Schicksal zu wählen haben. Er ist erschienen, hochverehrte Älteste, und er wird wieder gehen. Nicht länger werden wir Sklaven seiner göttlichen Führung sein. Wir sind frei.

Aber wie müssen wir uns betragen? Ist die Liebe eines Ewoks zum Wald geringer, weil er ihn verlassen kann? Nein – sie ist größer, weil er ihn verlassen kann und doch bleibt. So ist es bei der Stimme des Goldenen. Wir können unsere Augen schließen und doch hören.

Seine Freunde berichten von einer Kraft, einem großen, lebenden Geist, von dem wir alle ein Teil sind, so, wie die Blätter am Baum getrennt und doch Teil von ihm sind. Wir kennen diesen Geist, hochverehrte Älteste, auch wenn wir ihn nicht die Kraft nennen. Die

Freunde des Goldenen sagen uns, diese Kraft sei hier und überall in größter Gefahr. Wer ist noch sicher, wenn das Feuer den Wald erreicht? Nicht einmal der Große Baum, von dem alle ein Teil sind, seine Blätter nicht, die Wurzeln nicht und nicht die Vögel. Alle sind in Gefahr, für immer und ewig.

Es ist Tapferkeit, sich einem solchen Feuer zu stellen, hochverehrte Älteste. Viele werden sterben, damit der Wald weiterlebe.

Aber die Ewoks sind tapfer!«

Das kleine Bärenwesen richtete den Blick auf die anderen in der Hütte. Kein Wort fiel, trotzdem ging vieles hin und her. Nach einer langen Minute kam es zum Schluß.

»Hochverehrte Älteste, wir müssen diesen edlen Wesen nicht nur der Bäume, sondern vor allem der Blätter an den Bäumen wegen helfen. Diese Rebellen sind wie die Ewoks, die wie die Blätter sind. Geschüttelt vom Wind, ohne Überlegung vom Tumult der Heuschrecken verschlungen, die auf der Welt leben, werfen wir uns doch auf schwelende Feuer, damit ein anderer die Wärme des Lichts erlebe; wir machen doch ein weicheres Bett aus uns, damit ein anderer ruhen kann; wir wirbeln doch im Wind, der uns überfällt, um die Angst vorm Chaos in die Herzen unserer Feinde zu senken; wir wechseln doch die Farbe, während die Jahreszeit uns zur Veränderung aufruft. So müssen wir unseren Blattbrüdern, den Rebellen, helfen, denn mit ihnen ist eine Jahreszeit der Veränderung über uns gekommen.«

Er blieb regungslos vor ihnen stehen, während die Flammen des kleinen Feuers in seinen Augen tanzten. Einen zeitlosen Augenblick lang schien die ganze Welt den Atem anzuhalten.

Die Ältesten waren bewegt. Ohne ein Wort zu sagen, nickten sie. Vielleicht waren sie Telepathen.

Jedenfalls stand Chirpa auf und machte ohne Vorrede eine kurze Ankündigung.

Schlagartig begannen im ganzen Dorf die Trommeln zu dröhnen. Die Ältesten sprangen auf, der Ernsthaftigkeit nicht mehr so stark verhaftet, und liefen durch die Hütte, um die Rebellen zu umarmen. Teebo begann sogar Artoo zu umfassen, überlegte es sich aber anders, als der kleine Droid mit einem leisen Warnpfiff zurückwich. Teebo eilte hinüber und hüpfte statt dessen verspielt auf den Rücken des Wookies.

Han lächelte unsicher.

»Was geht da vor?«

»Ich weiß nicht recht«, sagte Leia aus dem Mundwinkel, »aber es sieht nicht allzu schlecht aus.«

Luke genoß wie die anderen den freudigen Anlaß, wodurch auch immer ausgelöst, mit freundlichem Lächeln und Gutwilligkeit für alle, als plötzlich eine dunkle Wolke sein Herz ausfüllte, dort schwebte und sich wie klamme Kälte in seiner Seele ausbreitete. Er wischte die Spuren von seinem Gesicht und ließ es zu einer Maske werden. Niemand bemerkte es.

Threepio nickte schließlich verständnisvoll Wicket zu, der ihm die Situation erklärte. Er wandte sich mit weitausholender Geste an die Rebellen.

»Wir sind jetzt Angehörige des Stammes.«

»Genau das, was ich immer wollte«, sagte Solo.

Threepio berichtete weiter für die anderen und bemühte sich, den sarkastischen Sternenkapitän nicht zu beachten.

»Der Häuptling hat geschworen, uns in jeder Beziehung dabei zu helfen, die Bösen von diesem Land zu vertreiben.«

»Na, kleine Hilfe ist besser als keine Hilfe, das habe ich schon immer gesagt«, meinte Solo lachend.

Threepios Schaltungen liefen bei den Worten des undankbaren Corellaners schon wieder heiß.

»Teebo sagt, seine Hauptkundschafter Wicket und Pabloo werden uns den schnellsten Weg zum Schildgenerator zeigen.«

»Bedanke dich für uns, Goldbein.« Es machte ihm zu großen Spaß, Threepio zu ärgern. Er konnte einfach nicht anders. Chewie ließ ein Blaffen hören, froh, wieder unterwegs sein zu können. Einer der Ewoks vermutete jedoch, er wolle zu essen haben, und brachte dem Wookie einen großen Klumpen Fleisch. Chewbacca lehnte nicht ab. Er schlang den mächtigen Brocken auf einmal hinunter, während mehrere Ewoks fassungslos zuschauten. Sie waren von dem Anblick so fasziniert, daß sie heftig zu kichern begannen, und das Lachen wirkte so ansteckend, daß der Wookie zu glucksen begann. Seine tiefen Gluckslaute waren für die kichernden Ewoks wiederum so belustigend, daß sie auf ihn sprangen und ihn, wie es der Brauch war, heftig kitzelten, was er dreifach vergalt, bis sie alle erschöpft am Boden lagen. Chewie wischte sich die Augen und griff nach dem nächsten Stück Fleisch, an dem er dann geruhsam zu nagen begann.

Inzwischen begann Solo die Expedition zu organisieren.

»Wie weit ist es? Wir brauchen frische Vorräte. Es bleibt nicht viel Zeit, wißt ihr. Gib mir etwas davon, Chewie...«

Chewie fauchte.

Luke ging nach hinten und schlüpfte während des Durcheinanders hinaus. Draußen auf dem Platz fand ein großes Fest statt – Tanzen, Quäken, Kitzeln –, aber Luke mied auch das. Er entfernte sich von den Lagerfeuern, von der Fröhlichkeit, und ging zu einem stillen Laufgang an der dunklen Seite eines Riesenbaumes.

Leia folgte ihm.

Die Laute des Waldes erfüllten hier die sanfte Nachtluft. Grillen, huschende Nagetiere, seufzende Winde, klagende Eulen. Der Duft war ein Gemisch von nachtblühendem Jasmin und Pinien, die Harmonien waren ätherisch. Der Himmel war kristallschwarz.

Luke starrte zum hellsten Stern am Himmel hinauf. Er schien durch tobende Elementdämpfe aus seinem innersten Kern heraus beleuchtet zu werden. Der Todesstern.

Er konnte den Blick nicht davon abwenden. So fand ihn Leia.

»Etwas nicht in Ordnung?« flüsterte sie.

Er lächelte müde.

»Alles, fürchte ich. Oder vielleicht auch nichts. Vielleicht wird alles doch so werden, wie es gedacht war.«

Er fühlte Darth Vader ganz nah.

Leia griff nach seiner Hand. Sie fühlte sich zu Luke hingezogen, und doch... sie konnte nicht sagen, wie das kam. Er wirkte so verloren, so allein. So fern. Sie konnte seine Hand in der ihren kaum fühlen.

»Was ist, Luke?«

Er blickte auf ihre ineinander verflochtenen Finger hinunter.

»Leia ... erinnerst du dich an deine Mutter? An deine richtige Mutter?«

Die Frage überraschte sie völlig. Sie hatte sich bei ihren Adoptiveltern stets so wohl gefühlt, beinahe so, als wären sie ihre richtigen Eltern gewesen. Sie dachte fast nie an ihre richtige Mutter. Das war wie ein Traum.

Aber bei Lukes Frage zuckte sie zusammen. Blitzartige Bilder aus ihrer Kindheit überfielen sie – schwankendes Laufen ... eine schöne Frau ... ein Kofferversteck. Die Bruchstücke schienen sie mit gänzlich verdrängten Gefühlen zu überfluten.

»Ja«, sagte sie und verstummte, um sich zu fassen. »Nur ein bißchen. Sie starb, als ich noch sehr klein war.«

»Woran erinnerst du dich?« drängte er. »Sag es mir.«

»Eigentlich nur an Gefühle ... an Bilder.« Sie wollte das ziehen lassen, es kam so unvermittelt, war ihren wahren Sorgen so fern ... aber auf einmal in ihrem Inneren ganz laut.

»Sag es mir«, wiederholte Luke.

Sie wunderte sich über seine Beharrlichkeit, beschloß aber, ihm vorerst nachzugeben. Sie vertraute ihm auch dann, wenn er sie erschreckte.

»Sie war sehr schön«, sagte Leia versonnen. »Sanft und voll Güte – aber sehr traurig.« Sie blickte tief in seine Augen und forschte nach seinen Absichten. »Warum fragst du mich das?«

Er wandte sich ab und spähte wieder hinauf zum Todesstern, als sei er im Begriff gewesen, sich zu eröffnen, bevor ihn etwas erschreckt hatte.

»Ich habe keine Erinnerung an meine Mutter«, behauptete er. »Ich habe sie nie gekannt.«

»Luke, sag mir, was dich bedrückt.« Sie wollte ihm helfen, sie wußte, daß sie ihm helfen konnte.

Er starrte sie einen langen Augenblick an, schätzte ihre Fähigkeiten ab, prüfte, mit welcher Dringlichkeit sie es wissen mußte, wie groß ihr Wunsch war. Sie war stark. Das spürte er deutlich. Er konnte sich auf sie verlassen. Sie alle konnten es.

»Vader ist hier . . . Jetzt, auf diesem Mond.«

Sie spürte einen eisigen Hauch, ganz körperlich, als sei ihr Blut geronnen.

»Woher weißt du das?«

»Ich kann seine Nähe spüren. Er ist meinetwegen gekommen.«

»Aber woher sollte er wissen, daß wir hier sind. War es der Code? Haben wir ein Schlüsselwort ausgelassen?« Sie wußte, daß es nichts davon war.

»Nein, ich bin es. Er kann es fühlen, wenn ich in der Nähe bin.« Er hielt sie an den Schultern fest. Er wollte ihr alles sagen, aber als er es nun versuchte, ließ ihn sein Wille im Stich. »Ich muß dich verlassen, Leia. Solange ich hier bin, gefährde ich die ganze Gruppe und unseren Auftrag hier.« Seine Hand zitterte. »Ich muß mich Vader stellen.«

Leia geriet aus der Fassung, sah sich verwirrt. Ahnungen bestürmten sie wie wilde Eulen aus der Nacht, streiften mit den Schwingen ihre Wange, fuhren mit den Krallen in ihr Haar, flüsterten ihr rauh ins Ohr: »Wer? Wer? Wer?«

Sie schüttelte heftig den Kopf.

»Ich begreife nicht, Luke. Was heißt, du mußt dich Vader stellen?«

Er zog sie an sich, plötzlich ganz sanft und ruhig. Es auszusprechen, einfach auszusprechen, befreite ihn auf eine unnennbare Weise.

»Er ist mein Vater, Leia.«

»Dein Vater!?« Sie konnte es nicht glauben, und doch war es wahr.

Er hielt sie fest, war ein Fels für sie.

»Leia, ich habe noch etwas erfahren. Es wird nicht leicht für dich sein, wenn du das hörst, aber es muß sein. Du mußt es wissen, bevor ich hier weggehe, weil ich vielleicht nicht wiederkomme. Und wenn ich es nicht schaffe, bist du für die Allianz die einzige Hoffnung.«

Sie blickte zur Seite, schüttelte den Kopf, wollte ihn nicht ansehen. Es war schrecklich beunruhigend, was Luke sagte, obwohl sie sich nicht vorstellen konnte, warum dem so sein sollte. Es war natürlich Unsinn; das war der Grund. Sie die einzige Hoffnung für die Allianz zu nennen, wenn er sterben sollte – das war doch absurd. Absurd, sich vorzustellen, daß Luke sterben, daß sie die einzige Hoffnung sein sollte.

Beides war unsinnig. Sie löste sich von ihm, um seine Worte zu bestreiten, um wenigstens Distanz zu gewinnen, sie atmen zu lassen. In dieser Atempause tauchten wieder Bilder von ihrer Mutter auf. Abschiedsumarmungen, Fleisch, von Fleisch gerissen ...

»Sprich nicht so, Luke. Du mußt am Leben bleiben. Ich werde tun, was ich kann, wie wir alle, aber ich bin unwichtig. Ohne dich ... kann ich nichts tun, Luke. Du bist es, Luke. Ich habe es gesehen. Du hast eine Macht, die ich nicht begreife ... und nie besitzen könnte.«

»Du irrst dich, Leia.« Er hielt sie auf Armlänge von sich. »Du hast die Macht ebenfalls. Die Kraft ist stark in dir. Mit der Zeit wirst du sie nutzen können wie ich.«

Sie schüttelte den Kopf. Sie konnte sich das nicht anhören. Er log. Sie besaß keine Macht, die Macht war anderswo, sie konnte nur helfen und anregen und unterstützen. Was sagte er da? Konnte das möglich sein?

Er zog sie näher an sich und nahm ihr Gesicht zwischen seine Hände.

Er sah so zärtlich aus, so liebevoll. Gab er ihr die Macht? Konnte sie die Macht wirklich festhalten? Was redete er?

»Luke, was ist über dich gekommen?«

»Leia, die Kraft ist in meiner Familie stark. Mein Vater hat sie, ich habe sie, und ... meine Schwester hat sie.«

Leia blickte tief in seine Augen. Dort wirbelte Dunkelheit. Und Wahrheit. Was sie sah, erschreckte sie ... aber diesmal machte sie sich nicht los. Sie blieb ganz nah bei ihm stehen. Sie begann zu begreifen.

»Ja«, flüsterte er, als er das Verständnis aufkeimen zu sehen begann. »Ja. Du bist es, Leia.« Er hielt sie in den Armen.

Leia schloß fest die Augen vor seinen Worten, aber ohne Erfolg.

Ihre Tränen überspülten ihr Gesicht.

»Ich weiß«, sagte sie nickend. Sie weinte ohne Hemmung.

»Dann weißt du auch, daß ich zu ihm gehen muß.«

Sie trat ein wenig zurück. Ihr Gesicht glühte, ihr Denken war im Fieber.

»Nein, Luke. Lauf fort, weit fort. Wenn er deine Anwesenheit spüren kann, dann geh fort von hier.« Sie hielt seine Hände fest und legte ihr Gesicht an seine Brust. »Wenn ich nur mit dir gehen könnte.«

Er streichelte ihren Hinterkopf.

»Das wünschst du dir gar nicht. Du hast nie gezaudert. Auch wenn Han, die anderen und ich zu zweifeln begannen, du bist immer stark gewesen. Du hast dich von deiner Verantwortung nie abgewandt. Ich kann das von mir nicht behaupten.« Er dachte an seine überstürzte Flucht von Dagobah. Er war davongestürzt, um alles zu riskieren, bevor seine Ausbildung abgeschlossen war, und hatte deshalb beinahe alles zerstört. Er blickte hinunter auf die schwarze Kunsthand, die er dafür vorzuweisen hatte. Wie vieles noch würde seiner Schwäche zum Opfer fallen?

»Nun«, sagte er mit erstickter Stimme, »wir werden beide unsere Bestimmung erfüllen.«

»Luke, warum? Aus welchem Grund mußt du dich ihm stellen?«

Er dachte an all die Gründe – siegen, unterliegen, sich anschließen, sich wehren, töten, weinen, davongehen, anklagen, nach dem Grund fragen, verzeihen, nicht verzeihen, sterben – wußte aber, daß es am Ende nur einen einzigen Grund gab, jetzt und immer.

»Es ist Gutes in ihm. Ich habe es gespürt. Er wird mich nicht dem Kaiser übergeben. Ich kann ihn retten, kann ihn wieder auf die gute Seite herüberziehen.« Sein Blick wurde unruhig, gehetzt von Zweifeln und Leidenschaften. »Ich muß es versuchen, Leia. Er ist unser Vater.«

Sie hielten sich aneinander fest. Die Tränen liefen ihr lautlos übers Gesicht.

»Leb wohl, liebe Schwester – ich habe dich gefunden und schon wieder verloren. Leb wohl, liebe, süße Leia.«

Sie weinte nun hemmungslos, beide taten es, als Luke sie von sich wegschob und langsam auf dem Brettergang zurückwich. Er verschwand in der Dunkelheit der Baumhöhle, die zum Dorf hinausführte.

Leia sah ihm weinend nach. Sie ließ ihren Gefühlen freien Lauf, versuchte nicht, die Tränen zu unterdrücken, versuchte vielmehr, sie zu fühlen, die Quelle zu erspüren, aus der sie kamen, den Weg, den sie nahmen, die dunklen Ecken, die sie auswuschen.

Erinnerungen durchströmten sie jetzt, Andeutungen, Mutmaßungen, halb wahrgenommenes Flüstern, wenn man sie im Schlaf glaubte. Luke ihr Bruder! Und Vader ihr Vater. Es war zuviel auf einmal, niemand konnte so etwas rasch verdauen.

Sie weinte und zitterte und wimmerte, als plötzlich von hinten Han herantrat und sie umarmte. Er hatte nach ihr gesucht und ihre Stimme gehört, war gerade noch rechtzeitig gekommen, um Luke gehen zu sehen – aber erst jetzt, als Leia bei seiner Berührung aufschrak und er sie herumdrehte, wurde ihm klar, daß sie schluchzte.

Sein schiefes Lächeln verwandelte sich in Besorgnis.

»He, was ist denn hier los?«

Sie unterdrückte ihr Schluchzen und wischte sich die Augen.

»Es ist nichts, Han. Ich will nur eine Weile allein sein.«

Sie verbarg etwas, soviel war klar, und das paßte ihm überhaupt nicht.

»Es ist nicht nichts!« sagte er zornig. »Ich will wissen, was vorgeht. Du wirst es mir sagen.« Er schüttelte sie. Noch nie hatte er so empfunden. Er wollte es wissen und doch nicht wissen, was er zu wissen glaubte. Er war zutiefst getroffen durch die Vorstellung, daß Leia ... und Luke ... er wollte nicht einmal beim Namen nennen, was er sich nicht vorzustellen wagte.

Noch nie war er so außer sich gewesen. Es gefiel ihm nicht. Er konnte es nicht unterbinden. Er begriff, daß er sie immer noch schüttelte, und hörte auf damit.

»Ich kann nicht, Han ...« Wieder begann ihre Unterlippe zu zittern.

»Du kannst nicht! Du kannst es mir nicht sagen? Ich dachte, wir stünden uns näher, aber das war wohl ein Irrtum. Vielleicht sagst du es lieber Luke. Manchmal könnte ich –«

»O Han!« rief sie und brach wieder in Tränen aus. Sie stürzte sich in seine Arme.

Sein Zorn verwandelte sich langsam in Verwirrung und Selbstqualen, als er die Arme um sie schlang, ihre Schultern streichelte, sie tröstete.

»Verzeih«, flüsterte er ihr ins Haar. »Verzeih mir.« Er verstand nichts, überhaupt nichts, nicht sie, nicht sich selbst, weder seine wirren Empfindungen noch die Frauen im allgemeinen, noch die Welt um sich. Er wußte nur, daß er, eben noch wutentbrannt, jetzt liebevoll war, zärtlich, ein Beschützer. Sinn ergab das keinen.

»Bitte . . . halt mich einfach fest«, flüsterte sie. Sie wollte nicht reden. Sie wollte nur festgehalten werden.

So hielt er sie einfach fest.

Morgennebel stieg von taubedeckter Vegetation, als die Sonne über Endor am Horizont heraufkam. Das üppige Blätterwerk am Waldrand strömte einen frischen Geruch aus; in diesem Augenblick der Morgendämmerung schwieg die Welt, als hielte sie den Atem an.

Die Landeplattform des Imperiums erstreckte sich in brutalem Gegensatz dazu über dem Boden. Häßlich, metallisch, achteckig, schien sie sich wie eine Beleidigung in die grüne, blühende Schönheit der Umgebung zu bohren. Die Gebüsche im Umkreis waren von den Landungen der Raumfähren schwarz versengt, die Flora hinter ihnen welkte, ging zugrunde an weggekipptem Müll, zerstampfenden Füßen, chemischen Auspuffgasen. Der Außenposten war wie ein Seuchenherd.

Uniformierte Soldaten waren auf der Plattform und in ihrer Umgebung ständig unterwegs – zum Be- und Entladen, zur Sicherung und Bewachung. Abseits waren Imperiums-Gehkolosse abgestellt, kantige, gepanzerte Kriegsmaschinen auf zwei Beinen, so groß, daß ein ganzer Trupp Soldaten darin Platz fand und mit Lasergeschützen in alle Richtungen feuern konnte. Eine Raumfähre zum Todesstern startete mit solchem Gebrüll, daß die Bäume erbebten. Ein Gehkoloß kam aus dem Wald an der hinteren Plattformseite, zurück von einem Patrouillengang. Schritt für Schritt näherte er sich dem Ladedock.

Darth Vader stand an der Reling des Unterdecks und starrte stumm in die Tiefen des herrlichen Waldes. Bald. Es kam bald; er konnte es spüren. Wie eine Trommel, die man immer heftiger rührte, näherte sich seine Bestimmung. Angst und Schrecken herrschten ringsum, aber Furcht dieser Art erregte ihn. Er ließ sie in sich brodeln. Angst war Anregung, sie steigerte seine Sinne, schliff seine Leidenschaften schärfer. Näher, immer näher.

Auch den Sieg spürte er. Die Herrschaft. Aber durchzogen von etwas anderem ... was war es? Er konnte es nicht ganz erkennen. Immer in Bewegung, die Zukunft, schwer im Auge zu behalten. Ihre Erscheinungen lockten ihn, wirbelnde Gespenster, unaufhörlich im Wandel. Neblig war seine Zukunft, grollend vor Eroberung und Zerstörung.

Sehr nah jetzt. Fast schon hier.

Er knurrte kehlig wie eine Wildkatze, die Beute wittert.

Fast schon hier.

Der Gehkoloß dockte am anderen Dockende an und öffnete die Türen. Eine Einheit von Sturmtruppen marschierte in enger Rundformation heraus. Im Paradeschritt kamen die Soldaten Vader entgegen.

Er drehte sich zu ihnen herum, seine Atmung gleichmäßig, die schwarzen Gewänder in der windstillen Luft regungslos. Der Sturmtrupp stand still, als er ihn erreichte. Auf ein Wort des Kommandeurs traten die Männer auseinander und gaben den Blick auf einen gefesselten Gefangenen in ihrer Mitte frei: Luke Skywalker.

Der junge Jedi blickte Vader in völliger Ruhe an. Es war ein Blick, in dem so vieles lag.

Der Offizier sprach Lord Vader an.

»Das ist der Rebell, der sich uns ergeben hat. Er bestreitet es zwar, aber ich glaube, es könnten mehr sein. Ich bitte um die Erlaubnis, den Suchbereich zu erweitern.« Er streckte die Hand aus; sie umfaßte Lukes Lichtsäbel. »Er war nur damit bewaffnet.«

Vader blickte kurz auf den Lichtsäbel, dann nahm er ihn langsam aus der Hand des Offiziers.

»Laßt uns allein. Führt die Suchaktion durch und bringt mir seine Begleiter.«

Der Offizier kehrte mit seiner Einheit zum Gehkoloß zurück.

Luke und Vader standen einander in der smaragdenen Friedlichkeit des zeitlosen Waldes gegenüber. Der Nebel begann sich aufzulösen. Ein langer Tag stand bevor.

7

»So«, sagte der Schwarze Lord mit tiefer Stimme. »Du bist zu mir gekommen.«

»Und du zu mir.«

»Der Kaiser erwartet dich. Er glaubt, du wirst auf die dunkle Seite übertreten.«

»Ich weiß . . . Vater.« Es war eine ungeheure Anstrengung für Luke, seinen Vater so anzusprechen. Aber er hatte es getan und die Beherrschung behalten, und der Augenblick war vorüber. Es war geschehen. Er fühlte sich stärker dadurch, kraftvoller.

»Du hast die Wahrheit also endlich akzeptiert«, sagte Vader triumphierend.

»Ich habe die Wahrheit akzeptiert, daß du einmal Anakin Skywalker, mein Vater, gewesen bist.«

»Dieser Name bedeutet für mich nichts mehr.« Es war ein Name aus der fernen Vergangenheit. Aus einem anderen Leben, einem anderen Universum. Konnte er wirklich einmal dieser Mann gewesen sein?

»So heißt dein wahres Ich.« Lukes Blick haftete an der verhüllten Gestalt. »Du hast es nur vergessen. Ich weiß, daß Gutes in dir ist. Der Kaiser hat es noch nicht ganz ausgetrieben.« Er formte mit seiner Stimme, versuchte die mögliche Wirklichkeit mit der Kraft seines Glaubens zu gestalten. »Deshalb konntest du mich nicht vernichten. Deshalb wirst du mich jetzt nicht zu deinem Kaiser bringen.«

Vader schien angesichts der Jedi-Stimm-Manipulation seines Sohnes beinahe durch seine Maske zu lächeln. Er blickte auf den Lichtsäbel, den der Offizier ihm gegeben hatte – Lukes Lichtsäbel. Der Junge war jetzt also wirklich ein Jedi. Ein erwachsener Mann. Er hob den Lichtsäbel.

»Du hast dir einen anderen gebaut.«

»Das ist der meine«, sagte Luke ruhig. »Den deinen verwende ich nicht mehr.«

Vader zündete die Klinge. Er prüfte das Summen, das grelle Licht, wie ein Fachmann, den Bewunderung erfüllt.

»Deine Fähigkeiten sind vollständig. Du bist in der Tat so mächtig, wie der Kaiser es vorausgesehen hat.«

Sie standen einen Augenblick so, den Lichtsäbel zwischen sich. Funken zuckten an der Schneide hinaus und hinein: Photonen, durch die zwischen den beiden Kriegern pulsierende Energie herausgetrieben.

»Komm mit mir, Vater.«

Vader schüttelte den Kopf.

»Ben dachte einmal wie du –«

»Gib nicht Ben die Schuld an deinem Sturz –« Luke trat einen Schritt vor und blieb stehen.

Vader regte sich nicht.

»Du kennst die Macht der dunklen Seite nicht. Ich muß meinem Gebieter gehorchen.«

»Ich werde nicht übertreten – du wirst gezwungen sein, mich zu vernichten.«

»Wenn das dein Schicksal ist.« Es war nicht sein Wunsch, aber der Junge war stark. Wenn es am Ende doch zur Entscheidung kam, würde er Luke vernichten, ja. Er konnte es sich nicht mehr leisten, sich zurückzuhalten, wie früher einmal.

»Ergründe deine Gefühle, Vater. Du kannst das nicht tun. Ich spüre den Konflikt in dir. Laß deinen Haß fahren.«

Aber Vader haßte niemanden; er verfolgte nur sein Ziel etwas wahllos.

»Irgendeiner hat dich mit törichten Ideen vollgestopft, mein Junge. Der Kaiser wird dir die wahre Natur der Kraft zeigen. Er ist jetzt dein Herr.«

Vader winkte einen Trupp abseits stehender Sturmsoldaten herbei, während er Lukes Lichtsäbel abschaltete. Die Soldaten kamen heran. Luke und der Schwarze Lord sahen einander einen langen, forschenden Augenblick an. Kurz vor dem Eintreffen des Sturmtrupps sagte Vader: »Für mich ist es zu spät, mein Sohn.«

»Dann ist mein Vater wirklich tot«, erwiderte Luke. Was sollte ihn dann noch hindern, den Bösen zu töten, der vor ihm stand? fragte er sich.

Nichts, vielleicht.

Die gigantische Rebellenflotte schwebte im Weltraum, bereit zum Angriff. Sie war Hunderte von Lichtjahren vom Todesstern entfernt, aber hier war alle Zeit nur ein Augenblick, und die tödliche Wirkung eines Angriffs wurde nicht nach der Entfernung, sondern nach der Präzision gemessen.

Schiffe wechselten in der Formation von den Ecken zu den Seiten und verliehen der Armada eine Diamantfacettenanordnung – so, als blähe die Flotte kobragleich ihren Hals.

Die für den Start einer derart exakt geplanten Offensive bei Lichtgeschwindigkeit erforderlichen Berechnungen verlangten die Bezugnahme auf einen festen Punkt, das heißt, fest im Hinblick auf den Punkt des Wiedereintritts aus dem Hyperraum. Der vom Rebellen-Oberbefehl gewählte Punkt war ein kleiner, blauer Planet des Sullust-Systems. Die Armada war jetzt rings um diese tiefblaue Welt angeordnet, die aussah wie ein Drachenauge.

Die ›Millennium Falcon‹ hatte die Außenbereiche der Flotte mehrmals abgeflogen, die endgültigen Positionen überprüft und sich unter dem Flaggschiff an ihren Platz begeben. Die Zeit war gekommen.

Lando saß am Steuer der ›Falcon‹. Sein Kopilot Nien Nunb neben ihm, ein mausäugiges, hängebackiges Wesen von Sullust, kippte Schalter, kontrollierte Meßangaben und traf letzte Vorbereitungen für den Sprung in den Hyperraum.

Lando stellte seine Funkanlage auf Kampffrequenz. Das letzte Blatt der Nacht, er am Geben, am Tisch Leute, die keinen Einsatz scheuten – sein Lieblingsspiel. Mit trockenem Mund erstattete er Meldung bei Ackbar auf dem Kommandoschiff.

»Admiral, wir sind in Position. Alle Jäger einsatzbereit.«

Ackbars Stimme tönte dünn aus dem Kopfhörer.

»Countdown fortsetzen. Alle Gruppen Angriffskoordinaten einnehmen.«

Lando sah seinen Kopiloten an und grinste kurz.

»Keine Sorge, meine Freunde sind da unten, sie schalten die Abschirmung rechtzeitig ab ...« Er wandte sich wieder seinen Instrumenten zu und sagte halblaut: »Oder das wird die kürzeste Offensive aller Zeiten sein.«

»Ghsong Shgodio«, bemerkte der Kopilot.

»Na gut«, knurrte Lando. »Also Achtung.« Er klopfte aufs Instrumentenbrett, um sich Glück zu wünschen, obwohl er zuinnerst glaubte, daß ein guter Spieler sich sein Glück selbst verdankte. Immerhin, das war diesmal Solos Aufgabe, und Han hatte Lando fast nie im Stich gelassen. Nur ein einziges Mal, und das war lange her, in einem fernen Sternsystem.

Diesmal war es anders. Diesmal würden sie dem Glück einen neuen Namen geben und es Lando nennen. Er lächelte und klopfte noch einmal auf die Instrumententafel ... genau richtig.

Auf der Brücke des Kommandoschiffs, des Stern-Kreuzers, blickte Ackbar in die Runde seiner Generäle. Alles war bereit.

»Alle Gruppen an ihren Angriffskoordinaten?« fragte er. Er wußte, daß es so war.

»Bestätigt, Admiral.«

Ackbar blickte durch sein Sichtfenster versonnen auf den Sternenhintergrund, im vielleicht letzten besinnlichen Augenblick, der ihm bleiben würde. Schließlich sagte er über die Kampffrequenz: »Alle

Fahrzeuge beginnen Sprung in den Hyperraum auf mein Zeichen. Möge die Kraft mit uns sein.«

Er streckte die Hand nach dem Signalknopf aus.

In der ›Falcon‹ starrte Lando auf den galaktischen Ozean mit demselben Gefühl, einen großen Augenblick zu erleben, aber bedrängt auch von dunklen Vorahnungen. Sie taten etwas, das eine Guerillatruppe niemals tun durfte – den Feind anzunehmen wie eine richtige Armee. Die Imperiums-Streitmacht unterlag im Guerillakrieg gegen die Rebellen immer – es sei denn, sie siegte in einem Entscheidungsschlag. Die Rebellen dagegen waren immer im Vorteil – es sei denn, sie unterlagen bei einem Entscheidungsschlag. Und hier war die gefährlichste aller Möglichkeiten eingetreten. Die Allianz trat offen auf und kämpfte zu den Bedingungen des Imperiums. Wenn die Rebellen in dieser Schlacht unterlagen, war der Krieg verloren.

Plötzlich flammte das Signallicht an der Steuertafel auf. Ackbars Zeichen. Der Angriff war ausgelöst.

Lando zog den Konversionshebel zurück und führte Energie zu. Am Cockpit begannen die Sterne vorbeizuströmen. Die Streifen wurden heller und länger, als die Schiffe der Flotte in großen Schwärmen mit Lichtgeschwindigkeit dahinrasten, zuerst im Schritt mit den Photonen der strahlenden Nachbarsterne, dann durch die Verkrümmung hinein in den Hyperraum – im Aufblitzen eines Muons verschwunden.

Der blaue Kristallplanet schwebte wieder allein im Weltraum, blind in die Leere starrend.

Die Kampfeinheit kauerte hinter einem bewaldeten Hügelkamm mit Blick auf den Imperiums-Außenposten. Leia betrachtete das Gebiet mit einem kleinen Elektronikabtaster.

Auf der Dockrampe der Landeplattform wurden zwei Raumfähren entladen. In der Nähe standen einige Gehkolosse. Soldaten standen herum oder halfen bei Bauarbeiten, sicherten das Objekt, schleppten Vorräte. Abseits summte der riesige Schildgenerator.

Im Gebüsch auf dem Hügel lagen neben den Rebellen mehrere

Ewoks, darunter Wicket, Paploo, Teebo und Warwick. Die anderen blieben hinter der Anhöhe in Deckung.

Leia ließ den Abtaster sinken und huschte zu den anderen zurück.

»Der Eingang ist auf der anderen Seite der Landeplattform. Es wird nicht leicht sein.«

»Ahrck gra rahr hraurauhr«, bestätigte Chewbacca.

»Ach, komm, Chewie.« Han sah den Wookie ein wenig gequält an. »Wir sind schon in viel stärker bewachte Gebäude eingedrungen...«

»Frauhr rahgh rahrahraff vrawgh gr«, gab Chewie mit einer wegwerfenden Geste zurück.

Han dachte kurz nach.

»Na, die Gewürzgewölbe von Gargon, etwa.«

»Krahgrhauf.« Chewbacca schüttelte den Kopf.

»Natürlich habe ich recht – wenn ich mich nur erinnern könnte, wie ich das gemacht habe...« Han kratzte sich am Kopf und grübelte.

Pabloo begann plötzlich schrill zu schnattern und deutete mit dem Finger. Er sagte gurgelnd etwas zu Wicket.

»Was sagt er, Threepio?« fragte Leia.

Der goldene Droid wechselte einige knappe Worte mit Pabloo, dann sah Wicket Leia mit einem hoffnungsvollen Blick an.

Threepio wandte sich an die Prinzessin.

»Offenbar kennt Wicket einen Hintereingang zu dieser Anlage.«

Han merkte auf.

»Hintereingang? Das ist es! So haben wir es damals gemacht!«

Vier Imperiums-Soldaten bewachten den Eingang zu dem Bunker, der weit hinter dem Hauptkomplex des Schildgenerators halb aus dem Boden ragte. Ihre Raketenroller waren in der Nähe abgestellt.

Im Dickicht dahinter lagen die Rebellen.

»Grr, rauhf rrrhl brhnnnh«, sagte Chewbacca gedehnt.

»Du hast recht, Chewie«, bestätigte Solo. »Die paar Bewacher erledigen wir leichter als einen Bantha.«

»Es braucht nur einen, um Alarm zu schlagen«, warnte Leia.

Han grinste ein wenig überheblich.

»Dann müssen wir eben ganz leise sein. Wenn Luke uns Vader vom Hals halten kann, wie du behauptet hast, daß er es tun will, kann das nicht so schlimm werden. Wir müssen eben die Wachen schnell und lautlos ausschalten . . .«

Threepio flüsterte mit Teebo und Paploo, um ihnen Problem und Ziel zu erklären. Die Ewoks plapperten einen Augenblick wild durcheinander, dann sprang Paploo auf und hetzte durch das Unterholz.

Leia warf einen Blick auf das Instrument an ihrem Handgelenk.

»Die Zeit läuft uns davon. Die Flotte ist schon im Hyperraum.«

Threepio stellte Teebo eine kurze Frage und erhielt eine kurze Antwort.

»O je«, sagte Threepio und wollte aufstehen, um in die Lichtung am Bunker hinunterzublicken.

»Unten bleiben!« fauchte Solo.

»Was ist, Threepio?« fragte Leia scharf.

»Ich fürchte, unser kleiner Begleiter ist da hinuntergegangen und hat was Unüberlegtes vor.« Der Droid hoffte nur, daß man die Schuld nicht ihm anlasten würde.

»Wovon redest du?« Leias Stimme hatte einen Anflug von Furcht.

»O nein. Da!«

Paploo war durch das Gebüsch hinuntergeklettert zu der Stelle, wo die Schnellräder der Soldaten standen. Mit Entsetzen und der Erkenntnis des Unausweichlichen sahen die Rebellen die kleine Pelzkugel sich auf eines der Räder schwingen und wahllos Schalter betätigen. Bevor irgend jemand etwas unternehmen konnte, brüllten die Raketenmotoren auf. Die vier Soldaten blickten erstaunt hinüber. Paploo grinste wie ein Verrückter und spielte weiter an den Schaltern herum.

Leia hielt sich den Kopf.

»O nein, nein, nein.«

Chewie bluffte. Han nickte.

»Soviel für unseren Überraschungsangriff.«

Die Soldaten rannten auf Paploo zu, gerade als die Kupplung

einrastete und der kleine Teddybär in den Wald geschnellt wurde. Er hatte alle Mühe, sich mit seinen kurzen Pfoten an der Lenkstange überhaupt festzuhalten. Drei der Wachen sprangen auf ihre Fahrzeuge und fegten hinter dem rasenden Ewok her. Der vierte Soldat blieb auf seinem Posten am Bunkereingang.

Leia war hocherfreut, obwohl sie es kaum zu fassen vermochte.

»Nicht schlecht für ein Wollknäuel«, sagte Han bewundernd. Er nickte Chewie zu. Die beiden huschten hinunter zum Bunker.

Inzwischen segelte Paploo zwischen den Bäumen dahin, mehr vom Glück als von seinen Lenkkünsten begünstigt. Er fuhr, was die Möglichkeiten des Raketenflitzers anging, verhältnismäßig langsam, dies aber im Zeitgefühl der Ewoks. Paploo war ganz schwindelig vom Rausch der Geschwindigkeit und Erregung. Es war schrekkenerregend und begeisternd zugleich. Er würde von dieser Fahrt bis zum Ende seines Lebens berichten, seine Kinder würden ihren Kindern davon erzählen, und mit jeder Generation würde die Geschwindigkeit zunehmen.

Zunächst aber tauchten die Imperiums-Soldaten schon hinter ihm auf. Als sie einen Augenblick später mit Laserblitzen auf ihn zu feuern begannen, kam er zu dem Schluß, daß er endlich genug hatte. Als er um den nächsten Baum herumfuhr und sie ihn gerade nicht sehen konnten, packte er eine Liane und schwang sich hinauf in die Äste. Einige Sekunden später schossen die Soldaten unter ihm vorbei, ganz auf die wilde Jagd eingeschworen. Er kicherte heftig.

Am Bunker war inzwischen der letzte Wachtposten unschädlich gemacht. Überwältigt von Chewbacca, seiner Uniform beraubt, wurde er von zwei anderen Angehörigen des Trupps in den Wald geschleppt. Die anderen kauerten stumm im Halbkreis um den Eingang.

Han stand an der Tür und verglich den entwendeten Code mit den Ziffern an der Steuertafel des Bunkers. Ohne Hast drückte er eine Reihe von Knöpfen. Lautlos ging die Tür auf.

Leia spähte hinein. Keine Spur von Leben. Sie winkte den anderen und betrat den Bunker. Han und Chewie folgten ihr auf den Fersen. Bald drängte sich die ganze Einheit im leeren Stahlkorridor zusammen. Zurückgeblieben war nur ein Posten, der die Uniform des bewußtlosen Imperiums-Soldaten trug. Han drückte wieder eine Reihe von Knöpfen an der Innentafel. Die Tür schloß sich wieder.

Leia dachte kurz an Luke. Hoffentlich konnte er Vader wenigstens so lange aufhalten, daß sie diesen Schildgenerator zerstören konnten; noch sehnlicher wünschte sie sich, daß er eine solche Konfrontation ganz würde vermeiden können. Sie fürchtete, Vader werde sich als der Stärkere der beiden erweisen.

Sie führte die anderen lautlos durch den dunklen, niedrigen Tunnel.

Vaders Raumfähre setzte in der Dockbucht des Todessterns auf wie ein schwarzer, flügelloser Aasvogel, ein Alptraum-Insekt. Luke und der Schwarze Lord traten, begleitet von einer kleinen Eskorte Sturmsoldaten, aus dem klaffenden Maul und gingen mit schnellen Schritten durch das Riesengewölbe zum Turmaufzug des Kaisers.

Dort wurden sie erwartet von kaiserlichen Gardisten, die, bestrahlt von karmesinroten Leuchten, zu beiden Seiten des Schachtes standen. Sie eröffneten die Aufzugtür. Luke trat vor.

In seinem Gehirn arbeitete es fieberhaft. Man brachte ihn jetzt zum Kaiser. Zum Kaiser persönlich! Wenn er sich nur hätte konzentrieren, seine Gedanken hätte ordnen können, um zu erkennen, was er zu tun hatte – und es zu tun.

Aber ein brausendes Geräusch erfüllte seinen Kopf, wie ein unterirdischer Wind.

Er hoffte, daß Leia den Ablenkschirm rasch abschalten und den Todesstern zerstören würde – jetzt, während sie alle drei hier waren. Bevor irgend etwas anderes geschah. Je näher Luke dem Kaiser kam, desto mehr mochte geschehen. Ein schwarzer Sturm tobte in ihm. Er wollte den Kaiser töten, aber wie dann weiter? Vader gegenübertreten? Was würde sein Vater tun? Und wie, wenn Luke sich zuerst seinem Vater stellte, sich ihm stellte und – und vernichtete. Der Gedanke war gleichzeitig abstoßend und zwingend. Vader vernichten – und wie dann weiter? Zum ersten Mal sah Luke undeutlich sich selbst auf der Leiche seines Vaters stehen, die gleißende Macht seines

Vaters in Händen, zur Rechten des Kaisers sitzend.

Er preßte die Augen zusammen vor diesem Gedanken, aber er hinterließ kalten Schweiß auf seiner Stirn, so, als hätte ihn dort die Hand des Todes gestreift und ihre Spur hinterlassen.

Die Aufzugtür öffnete sich. Luke und Vader betraten allein den Thronsaal, gingen durch die unbeleuchtete Vorkammer, die Gittertreppe hinauf, blieben vor dem Thron stehen: Vater und Sohn, Seite an Seite, beide in Schwarz, der eine maskiert, der andere ungeschützt vor dem Blick des bösartigen Kaisers.

Vader verbeugte sich vor seinem Gebieter. Der Kaiser gebot ihm aufzustehen. Der Schwarze Lord gehorchte.

»Willkommen, junger Skywalker.« Der Böse lächelte freundlich. »Ich habe dich erwartet.«

Luke blickte ohne Scheu auf die gebeugte, verhüllte Gestalt. Das Lächeln des Kaisers wurde noch sanfter, noch väterlicher. Er sah Lukes Handschellen.

»Die brauchst du nicht mehr«, fügte er hoheitsvoll hinzu und bewegte den Finger kaum merklich in die Richtung von Lukes Handgelenken. Die Handschellen lösten sich einfach ab und fielen klirrend auf den Boden.

Luke starrte seine Hände an, die jetzt frei waren, die nach dem Hals des Kaisers greifen und die Luftröhre im Nu zerquetschen konnten ...

Dabei wirkte der Kaiser sanft. Hatte er Luke nicht eben befreit? Aber Luke wußte, wie verschlagen er war. Laß dich von Äußerlichkeiten nicht täuschen, hatte Ben ihm eingeprägt. Der Kaiser war unbewaffnet. Trotzdem konnte er zuschlagen. War nicht Aggression aber ein Teil der dunklen Seite? Mußte er sie nicht um jeden Preis meiden? Oder konnte er die Dunkelheit mit Überlegung nutzen und sie dann wieder von sich abwenden? Er starrte seine befreiten Hände an ... er hätte jetzt mit allem ein Ende machen können – konnte er das wirklich? Er hatte volle Freiheit der Wahl, und doch vermochte er nicht zu wählen. Freie Wahl, das Schwert mit den zwei Schneiden. Er konnte den Kaiser töten, er konnte sich den Argumenten des Kaisers beugen. Er konnte Vader töten ... und er konnte sogar selbst Vader werden. Wieder verhöhnte ihn der Gedanke wie ein irrer Clown, bis er ihn in einen schwarzen Winkel seines Gehirns verdrängte.

Der Kaiser saß lächelnd vor ihm. Der Augenblick war voller Möglichkeiten ...

Der Augenblick verging. Er tat nichts.

»Sag mir, junger Skywalker«, begann der Kaiser, als er sah, daß Lukes erstes Ringen abgetan war. »Wer hat bis jetzt deine Ausbildung in der Hand gehabt?« Das Lächeln war dünn.

Luke schwieg. Er hatte nicht vor, irgend etwas preiszugeben.

»Oh, ich weiß, daß es anfangs Obi-Wan Kenobi war«, fuhr der verruchte Herrscher fort und rieb die Finger aneinander, als versuche er sich zu erinnern. Dann dehnten sich seine Lippen höhnisch. »Mit dem Talent, das Obi-Wan Kenobi für die Ausbildung zum Jedi besaß, sind wir natürlich vertraut.« Er nickte höflich in Vaders Richtung, um Obi-Wans früheren Vorzugsschüler zu bezeichnen. Vader blieb regungslos.

Luke verkrampfte sich vor Wut über die Entwürdigung Bens durch den Kaiser, obschon das für den Kaiser Lob war. Und er erregte sich noch mehr, weil der Kaiser beinahe recht hatte. Trotzdem versuchte er, den Zorn unter Kontrolle zu bringen, der dem böse gesinnten Kaiser so zu gefallen schien.

Palpatine bemerkte die Gefühlsspiegelungen auf Lukes Gesicht und lachte leise.

»Bei deiner frühen Ausbildung bist du also dem Weg deines Vaters gefolgt, wie es scheint. Aber leider ist Obi-Wan jetzt tot, soviel ich weiß; sein älterer Schüler hier hat dafür gesorgt –« Wieder eine Handbewegung zu Vader. »Sag mir also, junger Skywalker – wer hat danach deine Ausbildung übernommen?«

Wieder lachte er dieses schneidende Lächeln. Luke blieb stumm, bemüht, seine Beherrschung wiederzufinden.

Der Kaiser trommelte mit den Fingern auf die Armlehne des Throns und versank in Gedanken.

»Es gab da einen ... Yoda. Einen gealterten Meister-Jedi ... Ah, ich sehe an deinem Gesicht, daß ich eine Saite berührt habe, eine klingende noch dazu. Also Yoda.«

Luke war wütend auf sich selbst, weil er ungewollt so viel preisgegeben hatte. Zorn und Selbstzweifel erfüllten ihn. Er rang um seine Beherrschung. Er wollte alles sehen und nichts zeigen; nur sein.

»Dieser Yoda«, murmelte der Kaiser versonnen. »Lebt er noch?«

Luke konzentrierte sich auf die Leere des Weltraums hinter dem Fenster, vor dem der Kaiserthron stand. Die tiefe Leere, wo nichts war. Nichts. Er füllte sein Denken mit diesem schwarzen Nichts. Undurchsichtig, bis auf das gelegentliche Flackern von Sternenlicht, das durch den Äther rann.

»Ah«, rief Kaiser Palpatine. »Er lebt nicht mehr. Sehr gut, junger Skywalker, du hättest mir das beinah verborgen. Aber das konntest du nicht. Und du kannst es nicht. Deine tiefsten Zuckungen sind für mich erkennbar. Das Innerste deiner Seele. Das ist meine erste Lektion für dich.« Er strahlte.

Luke ließ den Kopf hängen – aber nur kurz. In der Schwäche fand er neue Kraft. So hatten Ben und Yoda ihn belehrt: Wenn du angegriffen wirst, falle. Laß dich von der Gewalt des Gegners schütteln, wie starker Wind das Gras zu Boden drückt. Mit der Zeit wird er seine Kraft verausgaben, und du wirst immer noch aufrecht stehen.

Der Kaiser spähte listig in Lukes Gesicht.

»Ich bin sicher, Yoda hat dir beigebracht, die Kraft mit großer Geschicklichkeit zu gebrauchen.«

Der Hohn tat seine Wirkung. Luke schoß das Blut ins Gesicht, seine Muskeln spannten sich.

Er sah, daß der Kaiser sich genießerisch die Lippen leckte und aus tiefer Kehle lachte, aus der Tiefe seiner Seele.

Luke stutzte, denn er sah noch etwas anderes, etwas, das er im Kaiser vorher noch nie bemerkt hatte: Furcht.

Luke entdeckte Furcht im Kaiser – Furcht vor Luke. Furcht vor Lukes Macht, Furcht, diese Macht könnte gegen ihn – den Kaiser – ebenso gewendet werden, wie Vader sie gegen Obi-Wan Kenobi eingesetzt hatte. Luke sah diese Furcht im Kaiser und wußte, daß sich die Chancen ein wenig verändert hatten. Er hatte das Innerste des Kaisers gesehen.

Luke stand aufrecht, in äußerster Ruhe. Er starrte in die Kapuze des herrscherlichen Bösen hinein.

Palpatine sagte einige Augenblicke nichts, erwiderte den Blick des jungen Jedi, schätzte seine Stärken und Schwächen ab. Endlich lehnte er sich zurück, zufrieden mit der ersten Begegnung.

»Ich freue mich darauf, deine Ausbildung abzuschließen, junger Skywalker. Mit der Zeit wirst du mich deinen Herrn nennen.«

Zum ersten Mal fühlte Luke sich stark genug zum Sprechen.

»Ihr irrt Euch sehr. Ihr werdet mich nicht bekehren wie meinen Vater.«

»Nein, mein junger Jedi.« Der Kaiser beugte sich vor und sah ihn hämisch an. »Du wirst feststellen, daß du es bist, der sich irrt . . . in vielen Dingen.«

Palpatine stand plötzlich auf, kam von seinem Thron herunter, trat nah vor Luke hin und starrte boshaft in die Augen des Jungen. Endlich sah Luke das ganze Gesicht in der Kapuze: Augen, eingesunken wie Grabgewölbe; das Fleisch verkommen unter Haut, verwittert von heftigen Stürmen, gezeichnet vom Unheil; das Grinsen eines Totenschädels; der Atem Fäulnis.

Vader streckte dem Kaiser eine behandschuhte Hand mit Lukes Lichtsäbel hin. Der Kaiser ergriff ihn mit aufkeimender Befriedigung und ging mit ihm hinüber zu dem riesigen Rundfenster. Der Todesstern hatte sich langsam gedreht, so daß der Mond jetzt am gewölbten Fensterrand sichtbar war.

Palpatine blickte auf Endor und wieder auf den Lichtsäbel in seiner Hand.

»Ah, ja, eine Jedi-Waffe. Ganz wie bei deinem Vater.« Er sah Luke an. »Inzwischen muß dir klargeworden sein, daß dein Vater der dunklen Seite niemals abspenstig gemacht werden kann. So wird es mit dir ebenfalls sein.«

»Niemals. Bald werde ich sterben, und ihr mit mir.« Luke war jetzt überzeugt davon. Er gestattete sich den Luxus einer Prahlerei.

Der Kaiser lachte ein übles Lachen.

»Vielleicht meinst du den bevorstehenden Angriff deiner Rebellenflotte.« Luke wurde einen Augenblick lang schwindlig, dann faßte er sich. Der Kaiser sprach weiter. »Ich versichere dir, wir sind hier vor deinen Freunden ganz sicher.«

Vader ging auf den Kaiser zu, blieb an seiner Seite stehen und sah Luke an.

Luke fühlte sich bedrängt.

»Eure Vermessenheit ist Eure Schwäche«, forderte er sie heraus.

»Dein Zutrauen zu deinen Freunden ist deine Sache.« Der Kaiser begann zu lächeln, aber dann bogen sich seine Mundwinkel herab, und er wurde zornig. »Alles, was sich abgespielt hat, ist genau nach meinen Plänen verlaufen. Deine Freunde da oben auf dem Zufluchts-Mond – sie tappen in eine Falle, wie eure Rebellenflotte auch!«

Lukes Gesicht zuckte deutlich. Der Kaiser sah es und begann zu wüten.

»Ich war es, der zugelassen hat, daß die Allianz erfuhr, wo sich der Schildgenerator befindet. Er ist völlig sicher vor eurer armseligen kleinen Bande – eine ganze Legion meiner Truppen erwartet sie dort.«

Lukes Augen zuckten vom Kaiser zu Vader und von ihm zum Lichtsäbel in den Händen des Kaisers. Sein Gehirn erzitterte vor den Alternativen; schlagartig war alles wieder außer Kontrolle. Er konnte auf nichts zählen als auf sich selbst. Und sich hatte er nur unzulänglich im Griff.

Der Kaiser sprach unbeirrt weiter.

»Ich fürchte, der Ablenkschirm wird vollständig in Betrieb sein, wenn eure Flotte erscheint. Und das ist erst der Beginn meiner Überraschung. Ich will sie dir natürlich nicht vorzeitig verderben.«

Von Lukes Standpunkt aus wurde die Lage immer unübersichtlicher. Niederlage um Niederlage häufte man auf sein Haupt. Es schien kein Ende zu geben für die abscheulichen Verbrechen, die Palpatine gegen die Galaxis auszuführen vermochte. Langsam und unmerklich hob Luke die Hand in Richtung des Lichtsäbels.

Der Kaiser sagte: »Von hier aus, Skywalker junior, wirst du die endgültige Vernichtung der Allianz und damit das Ende eurer bedeutungslosen Rebellion verfolgen.«

Luke wand sich in Qualen. Er hob die Hand höher. Es kam ihm zum Bewußtsein, daß Palpatine und Vader ihn beobachteten. Er ließ die Hand sinken, drängte seinen Zorn zurück, versuchte seine innere Ruhe wiederzufinden, forschte nach seinem eigenen Zentrum, um zu sehen, was es war, das er tun mußte.

Der Kaiser lächelte spöttisch. Er hielt Luke den Lichtsäbel hin.

»Den willst du, nicht wahr? Der Haß quillt jetzt in dir auf. Nun gut, nimm deine Jedi-Waffe. Gib deinem Zorn nach. Mit jedem Augenblick, der vergeht, machst du dich mehr zu meinem Diener.«

Sein schnarrendes Gelächter hallte von den Wänden zurück wie Wüstenwind. Vader starrte Luke unverwandt an.

Luke versuchte seine Qual zu verbergen.

»Nein, niemals.« Verzweifelt dachte er an Ben und Yoda. Sie waren jetzt Teil der Kraft, ein Teil der Energie, die sie formte. War es möglich, daß sie den Blick des Kaisers durch ihre Gegenwart verzerrten. Niemand ist unfehlbar, hatte Ben ihm erklärt – der Kaiser konnte gewiß nicht alles sehen, nicht jede Zukunft kennen, jede Realität verbiegen, um seine Gier zu befriedigen. Ben, dachte Luke, wenn ich je deine Führung gebraucht habe, dann jetzt. Welchen Weg kann ich gehen, daß er mich nicht in den Untergang führt?

Wie zur Antwort grinste der Kaiser hämisch und legte den Lichtsäbel auf den Steuersessel bei Lukes Hand.

»Es ist unausweichlich«, sagte der Kaiser leise. »Es ist dein Schicksal. Du bist jetzt wie dein Vater . . . mein.«

Luke war sich noch nie so verloren vorgekommen.

Han, Chewie, Leia und ein Dutzend Nahkampfspezialisten gingen durch die Labyrinthkorridore der Stelle entgegen, wo auf dem gestohlenen Grundriß der Schildgenerator-Raum eingezeichnet war. Gelbe Lampen erhellten die niedrigen Deckenträger, warfen an jeder Kreuzung lange Schatten. Bei den ersten drei Biegungen blieb alles still; sie sahen weder Wachen noch Techniker.

Am vierten Querkorridor hielten sechs Angehörige der Imperiums-Sturmtruppe aufmerksam Wache.

Es gab keine Möglichkeit, unbemerkt an ihnen vorbeizukommen; man mußte dort vorbei. Han und Leia sahen einander an und zogen die Schultern hoch. Es blieb nichts anderes übrig als der Kampf.

Mit gezückten Pistolen stürzten sie in den Eingang. Die Wachen duckten sich auf der Stelle, beinahe so, als hätten sie mit einem Angriff gerechnet, und erwiderten das Feuer. Ein Sperrfeuer von Laserblitzen folgte, vom Boden und von den Deckenträgern abprallend. Zwei Sturmsoldaten wurden auf der Stelle getroffen, ein dritter verlor seine Waffe. Eingeklemmt hinter einer Kühlkonsole, konnte er nicht viel anderes tun, als in Deckung zu bleiben.

Zwei andere Soldaten standen jedoch hinter der Tür eines Notausgangs und schossen jeden nieder, der durchbrechen wollte. Vier Rebellen gingen zu Boden. Die Wachen waren praktisch unangreifbar hinter ihrer Panzerplatte – aber sie hatten nicht mit einem Wookie gerechnet.

Chewbacca stürmte die Tür und riß sie auf zwei Männer des Sturmtrupps hinab. Sie wurden zerquetscht.

Leia schoß den sechsten Soldaten nieder, als er aufstand, um auf Chewie zu zielen. Der Soldat, der unter der Kühlanlage gekauert hatte, ergriff plötzlich die Flucht, um Hilfe zu holen. Han hetzte ihm mit langen Schritten nach und riß ihn mit einem Hechtsprung nieder. Er war bewußtlos.

Sie überprüften sich gegenseitig, zählten ihre Verluste. Nicht allzu tragisch – aber es war sehr laut zugegangen. Sie würden sich beeilen müssen, bevor Großalarm gegeben wurde. Das Energiezentrum, das den Schildgenerator steuerte, lag ganz in der Nähe. Und eine zweite Chance würde es nicht geben.

Die Rebellenflotte brach mit ungeheurem Brüllen aus dem Hyperraum hervor. Zwischen gleißenden Lichtstreifen erschien Geschwader um Geschwader und fegte dem Todesstern und seinem Begleitmond entgegen, die nicht weit entfernt leuchtend schwebten. Bald danach raste die ganze Marine ihrem Ziel entgegen, voran die

»Millennium Falcon«.

Lando machte sich sofort Sorgen, als sie aus dem Hyperraum kamen. Er warf einen Blick auf seinen Sichtschirm, schaltete die Polarität um, befragte den Computer.

Der Kopilot war ebenfalls betroffen.

»Shng ahsi gngnohsh. Dshy lyhs!«

»Aber wie kann das sein?« fragte Lando. »Wir müssen irgendeine Anzeige erhalten, ob die Abschirmung steht oder nicht.« Wer versuchte hier wen zu täuschen?

Nien Nunb zeigte kopfschüttelnd auf die Steuertafel.

»Dshmbd.«

»Störsender? Wie können sie unseren Empfang stören, wenn sie nicht wissen, daß wir . . . kommen?«

Er schnitt eine Grimasse vor dem heranrasenden Todesstern, als ihm die Bedeutung seiner Worte aufging. Es war also doch kein Überraschungsangriff. Es war ein Spinnennetz.

Er drückte auf die Taste seiner Funkanlage.

»Angriff abbrechen! Die Abschirmung steht noch!«

Die Stimme von Führer Rot schrie aus dem Kopfhörer: »Ich habe keine Anzeige! Sind Sie sicher?«

»Haltmachen!« befahl Lando. »Alles haltmachen!«

Er zog das Raumschiff scharf nach links, gefolgt von den Jägern im Geschwader Rot.

Manche schafften es nicht. Drei X-Flügler an den Flanken streiften die unsichtbare Abschirmung, gerieten außer Kontrolle und gingen an der Schildwölbung in Flammen auf. Keiner der anderen blickte sich um.

Auf der Brücke des Rebellen-Sternkreuzers gellten Alarmanlagen, flammten Lampen, plärrten Hupen, als der gigantische Raumkreuzer blitzartig umgepolt wurde. Man versuchte, den Kurs rechtzeitig zu ändern, um einen Zusammenprall mit dem Schutzschild zu vermeiden. Offiziere hetzten von Kampfstationen zu Navigationsanlagen; durch die Sichtfenster konnte man andere Schiffe der Flotte sehen, die in verschiedene Richtungen davonstoben, manche beschleunigend, andere abbremsend.

Admiral Ackbar sprach drängend, aber ruhig in das Mikrophon. »Ausweichen. Gruppe Grün, Kurs auf Wartesektor. MG 7 Gruppe Blau –«

Ein Mon Calamari-Lotse auf der anderen Brückenseite rief Ackbar erregt zu: »Admiral, gegnerische Schiffe bei Sektor RT 23 und PB 4.«

Auf dem großen Sichtschirm in der Mitte wurde es lebendig. Nicht nur der Todesstern und der grüne Mond dahinter schwebten einsam im Raum. Die riesige Imperiumsflotte erschien. Sie kam in enger Formation in zwei gewaltigen Flankenwellen hinter Endor hervor – auf dem Weg, die Rebellenflotte von zwei Seiten wie mit den Scheren eines tödlichen Skorpions einzuschließen.

Und der Schutzschild versperrte der Allianz den Weg nach vorn. Die Flotte konnte nicht ausweichen.

Die Stimme eines Jagdpiloten tönte aus dem Lautsprecher.

»Jäger greifen an! Es geht los!«

Der Angriff begann. Der Kampf wurde aufgenommen.

Zuerst Spurjäger. Sie waren viel schneller als die mächtigen Imperiumskreuzer und hatten deshalb als erste Feindberührung mit den Rebellen. Es kam zu heftigen Zweikämpfen im Weltraum, dessen Schwärze bald von rubinroten Explosionen erhellt wurde.

Ein Adjutant kam auf Ackbar zu.

»Wir haben die vordere Abschirmung verstärkt, Admiral.«

»Gut. Doppelte Energie auf die Batterien, und –«

Der Sternkreuzer wurde plötzlich von thermonuklearem Feuerwerk vor dem Beobachtungsfenster geschüttelt.

»Geschwader Gold schwer getroffen!« rief ein Offizier, der auf die Brücke getaumelt kam.

»Deckung geben!« befahl Ackbar. »Wir müssen Zeit gewinnen!«

Er sprach wieder in das Mikrophon, als die nächste Erschütterung den Kreuzer durchlief. »Alle Schiffe auf Position bleiben! Warten Sie meinen Umkehrbefehl ab!«

Für Lando und seine Angriffsgeschwader war es jedoch viel zu spät, diesem Befehl noch Folge zu leisten. Sie waren dem Rudel schon weit voraus und liefen der Imperiumsflotte geradewegs in die Arme.

Wedge Antilles, Landos alter Freund aus dem ersten Feldzug, führte die X-Flügler, von der die »Falcon« begleitet wurde. Als sie sich den Kaiserlichen näherten, tönte seine Stimme aus dem Kopfhörer, ruhig und beherrscht.

»X-Flügler Angriffszustand.«

Die Flügel breiteten sich aus wie zartes Libellengewebe, um Energie und Manövrierfähigkeit zu steigern.

»Alle Flügler melden«, sagte Lando.

»Führer Rot in Bereitschaft«, erwiderte Wedge.

»Führer Grün in Bereitschaft.«

»Führer Blau in Bereitschaft.«

»Führer Grau . . .«

Die letzte Mitteilung wurde unterbrochen von einem aufscheinenden Feuerwerk, das das Geschwader Grau völlig vernichtete.

»Da kommen sie«, sagte Wedge.

»Erhöhen auf Angriffsgeschwindigkeit«, befahl Lando. »Das Feuer von unseren Kreuzern ablenken, solange es geht.«

»Verstanden, Führer Gold«, gab Wedge zurück. »Wir gehen auf Punkt Drei quer zur Achse –«

»Zwei im Anflug bei zwanzig Grad –«, meldete jemand.

»Ich sehe sie«, sagte Wedge. »Ab nach links, ich übernehme den ersten.«

»Aufpassen, Wedge. Drei von oben.«

»Ja, ich –«

»Bin schon darauf, Führer Rot.«

»Es sind zu viele –«

»Sie sind unter starkem Beschuß. Ausweichen –«

»Rot Vier, Vorsicht!«

»Bin getroffen!«

Der X-Flügler wurde funkensprühend hinausgeschleudert durch das Sternenfeld, ohne Antrieb, fort in die Leere.

»Sie haben einen dranhängen, Vorsicht!« schrie Rot Sechs Wedge zu.

»Bei mir negativ, wo ist er?«

»Rot Sechs, eine Staffel Jäger durchgebrochen –«

»Sie sind auf dem Weg zur Lazarettfregatte! Hinterher!«

»Ja, los«, bekräftigte Lando. »Ich greife an. Vier Ziele bei drei Komma fünf. Gebt mir Deckung!«

»Schon hinter Ihnen, Führer Gold. Rot Zwei, Rot Drei, anschließen —«

»Festhalten, da hinten.«

»Formation einnehmen, Gruppe Blau.«

»Gut getroffen, Rot Zwei.«

»Nicht schlecht«, sagte Lando. »Die drei anderen kassiere ich...«

Calrissian zog die »Falcon« in einen Überschlag, während seine Besatzung mit den Bodengeschützen auf die Gegner feuerte. Zwei wurden direkt getroffen, der dritte seitlich gestreift, so daß der Spurjäger in seine eigene Staffel hineingeschleudert wurde. Am Himmel wimmelte es davon, aber die »Falcon« war um die Hälfte schneller als alles andere, was hier flog.

Binnen Minuten war der Kampfbereich ein diffuser roter Leuchtschein, durchsetzt von Rauchwolken, gleißenden Feuerkugeln, wirbelnden Funkenschauern, stürzenden Wracks, grollenden Implosionen, stechenden Lichtpfeilen, rotierenden Geräten, eiserstarrten Leichen, schwarzen Schächten, elektronischen Stürmen.

Ein düster-grandioses Schauspiel. Und erst der Anfang.

Nien Nunb sagte mit kehliger Stimme etwas zu Lando.

»Du hast recht.« Der Pilot zog die Brauen zusammen. »Nur ihre Jäger greifen an. Worauf warten die Sternzerstörer?« Offenbar wollte der Kaiser die Rebellen veranlassen, Immobilien zu erwerben, die er gar nicht zu verkaufen gedachte.

»Dshng shng«, warnte der Kopilot, als die nächste Staffel Spurjäger von oben herabschoß.

»Schon gesehen. Jetzt stecken wir mittendrin.« Er warf einen zweiten Blick auf Endor. Der Mond schwebte friedlich auf seiner rechten Seite. »Los, Han, alter Freund, laß mich nicht im Stich.«

Han drückte auf den Knopf an seinem Armbandgerät und zog den Kopf ein. Die Stahlbetontür zum zentralen Kontrollraum zerplatzte in geschmolzene Stücke. Die Rebelleneinheit stürmte durch die klaffende Öffnung.

Die Sturmtruppe im Inneren schien völlig überrascht zu sein. Einige Soldaten wurden von den Teilen der explodierenden Tür verletzt, die übrigen glotzten fassungslos, als die Rebellen mit gezückten Waffen hereinstürmten. Han war der erste, gefolgt von Leia; Chewie übernahm die Nachhut.

Sie trieben die Soldaten in eine Ecke des Bunkers. Drei Rebellen bewachten sie dort, drei weitere stellten sich an die Ausgänge. Die übrigen legten die Sprengladungen.

Leia betrachtete einen der Sichtschirme am Steuerstand.

»Schnell, Han, schau! Die Flotte wird angegriffen!«

Solo blickte auf den Schirm.

»Verdammt! Solange die Abschirmung hält, stehen sie mit dem Rücken zur Wand!«

»Das ist richtig«, tönte eine Stimme. »Wie ihr auch.«

Han und Leia fuhren herum und sahen Dutzende von Waffen auf sich gerichtet. In den Wandungen des Bunkers hatte sich eine ganze Legion von Sturmtrupps versteckt. Binnen weniger Augenblicke waren die Rebellen umzingelt. Es gab keinen Fluchtweg, die Gegner waren zu viele.

Immer mehr Soldaten des Imperiums stürmten herein. Die betäubten Kommandos wurden entwaffnet.

Han, Chewie und Leia wechselten hilflose, hoffnungslose Blicke. Sie waren die letzte Chance für die Rebellion gewesen.

Sie waren gescheitert.

In einiger Entfernung vom Hauptkampfgebiet, ungefährdet in der Mitte der Imperiumsflotte schwebend, befand sich das Flaggschiff, der Super-Sternzerstörer. Auf der Brücke beobachtete Admiral Piett den Kampf durch das riesige Fenster – neugierig, als verfolge er eine imposante Vorführung oder lasse sich unterhalten.

Zwei Flottenkapitäne standen in ehrerbietigem Schweigen hinter ihm, auch sie dabei, die elegant entworfenen Pläne ihres Kaisers kennenzulernen.

»Die Flotte soll hier anhalten«, befahl Admiral Piett.
Der erste Kapitän eilte hinaus, um die Anweisung weiterzugeben.
Der zweite trat ans Fenster neben den Admiral.
»Wir greifen nicht an?«
Piett verzog spöttisch den Mund.
»Ich habe meine Anweisungen vom Kaiser selbst. Er hat sich für diesen Rebellenabschaum etwas ganz Besonderes einfallen lassen.« Er betonte das drittletzte Wort und schwieg einen Augenblick, damit der neugierige Kapitän es genießen konnte. »Wir hindern sie lediglich an der Flucht.«

Der Kaiser, Lord Vader und Luke verfolgten die Raumschlacht vom sicheren Thronsaal im Todesstern aus.

Das Chaos herrschte. Lautlose, kristalline Explosionen, umgeben von grünen, violetten oder magentaroten Strahlenkränzen. Wilde, brutale Luftkämpfe. Anmutig dahinschwebende Zackengebilde aus zerschmolzenem Stahl; Eiszapfengeflechte, die Blut gewesen sein mochten.

Luke sah entsetzt, daß wieder ein Rebellenschiff an den unsichtbaren Ablenkschirm prallte und in einer gewaltigen Explosion auseinanderflog.

Vader beobachtete Luke. Sein Junge war stark, viel stärker, als er erwartet hatte. Und noch formbar. Noch nicht verloren – weder an die kränkliche, schwache Seite der Kraft, die um alles flehen mußte, was sie erhielt, noch an den Kaiser, der Luke mit Grund fürchtete.

Es blieb noch immer Zeit, sich Luke selbst zu holen – ihn wieder zu sich zu nehmen. Sich mit ihm in dunkler Majestät zusammenzutun. Gemeinsam die Galaxis zu beherrschen. Es würde nur Geduld und ein wenig Zauberei erfordern, Luke die kostbaren Befriedigungen des dunklen Weges zu zeigen und ihn dem furchtsamen Griff des Kaisers zu entreißen.

Vader wußte, daß Luke sie auch gesehen hatte, die Furcht des Kaisers. Er war ein kluger Junge, sein Luke. Vader lächelte grimmig vor sich hin. Der Sohn seines Vaters.

Der Kaiser unterbrach Vaders Gedankengang mit einer glucksenden Bemerkung zu Luke.

»Wie du sehen kannst, mein junger Lehrling, ist der Ablenkschirm an seinem Platz. Deine Freunde sind gescheitert! Und nun . . .« Er hob die dürre Hand zur Betonung über den Kopf. »Sei Zeuge der Macht dieser voll bewaffneten und einsatzfähigen Kampfstation.« Er ging zur Funkanlage und sagte mit heiserem Flüstern wie zu einer Geliebten: »Feuer frei nach Wunsch, Kommandeur.«

Entsetzt, von düsterem Vorauswissen erfüllt, blickte Luke hinaus über die Oberfläche des Todessterns auf die Weltraumschlacht und die Masse der Rebellenschiffe dahinter.

Unten in den Tiefen des Todessterns erteilte Kommandeur Jerjerrod einen Befehl. Er gab ihn mit gemischten Gefühlen, weil er die endgültige Vernichtung der Rebellen bedeutete – also ein Ende des Kriegszustandes, den Jerjerrod mehr genossen hatte als alles andere. Aber das Zweitschönste nach dem Krieg war für Jerjerrod totale Vernichtung; der Befehl kam also mit einem gewissen Bedauern, begleitet aber auch von einem Nervenkitzel.

Auf Jerjerrods Anweisung hin betätigte ein Lotse einen Schalter. Eine Steuertafel begann hell zu blinken. Zwei gepanzerte Imperiums-Soldaten drückten eine Reihe von Knöpfen. Ein dicker Lichtstrahl drang pulsierend aus einem langen, massiv abgesicherten Schacht. Auf der Oberfläche der fertigen Hälfte des Todessterns begann eine riesige Laserantenne zu leuchten.

Luke sah in ohnmächtigem Entsetzen zu, als der unfaßbar mächtige Laserstrahl aus der Mündung des Todessterns abgestrahlt wurde. Er berührte, nur ganz kurz, einen der Rebellensternkreuzer, die sich mitten im Kampfgetümmel befanden. Und im nächsten Augenblick war der Kreuzer eine Lichtwolke. In Staub verwandelt. Zerlegt in seine elementarsten Partikel, in einem einzigen Aufscheinen.

Im betäubenden Griff der Verzweiflung, die absolute Leere im Herzen, funkelten Lukes Augen auf – denn er sah wieder seinen Lichtsäbel unbeachtet auf dem Thron liegen. Und in diesem düsteren, lastenden Augenblick war die dunkle Seite ganz bei ihm.

8

Admiral Ackbar stand ungläubig auf seiner Brücke und starrte durch das Fenster auf die Stelle, wo noch einen Augenblick zuvor der Rebellen-Kreuzer »Liberty« auf Distanz am heftigsten Kampf teilgenommen hatte. Nun war da nichts mehr. Nur leerer Weltraum, durchsetzt von dünnem Staub, der im Licht der fernen Explosionen funkelte. Ackbar blieb stumm.

Rings um ihn herrschte Wirrwarr. Hektische Lotsen versuchten nach wie vor die »Liberty« zu erreichen, während Flottenkapitäne vom Bildschirm zum Sichtfenster liefen, schrien, Anweisungen gaben, Unsinniges verlangten.

Ein Adjutant gab Ackbar das Funkgerät. General Calrissians Stimme meldete sich.

»Zentrale Eins, hier Führer Gold. Der Schuß kam vom Todesstern! Wiederhole, der Todesstern ist einsatzfähig!«

»Wir haben es gesehen«, erwiderte Ackbar müde. »Alle Schiffe bereit zum Rückzug.«

»Ich gebe nicht auf! Ich fliehe nicht!« schrie Lando. Er hatte einen weiten Weg zurückgelegt, um bei diesem Spiel dabeizusein.

»Wir haben keine Wahl, General Calrissian. Unsere Kreuzer können einer Feuerkraft dieser Größenordnung nicht widerstehen!«

»Sie bekommen keine zweite Chance mehr, Admiral. Han schaltet den Schutzschild ab – wir müssen ihm mehr Zeit lassen. Auf zu den Sternzerstörern!«

Ackbar schaute sich um. Eine gewaltige Treffersalve erschütterte das Schiff und ließ wächsernes Licht am Fenster vorbeihuschen. Calrissian hatte recht. Eine zweite Chance würde es nicht geben. Entweder jetzt – oder nie.

Er wandte sich an seinen Ersten Flottenkapitän.

»Die Flotte soll vorrücken.«

»Ja, Sir.« Der Mann zögerte. »Sir, wir haben gegen diese Sternzerstörer wenig Aussicht. Ihre Reichweite ist größer, sie haben die stärkeren Waffen.«

»Ich weiß«, sagte Ackbar leise.

Der Kapitän ging. Ein Adjutant trat heran.

»Die Vorhut hat Berührung mit der Imperiumsflotte, Sir.«

»Konzentrieren Sie das Feuer auf die Energiegeneratoren. Wenn wir ihre Abschirmungen ausschalten können, haben unsere Jäger vielleicht eine Chance gegen sie.«

Das Schiff wurde von einer neuen Explosion durchgeschüttelt – ein Laserblitz hatte einen der Heck-Kreiselstabilisatoren getroffen.

»Hilfsabschirmung verstärken!« schrie jemand.

Das Kampfgetöse wurde noch lauter.

Auf der anderen Seite des Fensters im Thronsaal wurde die Rebellenflotte im lautlosen Vakuum des Weltraums dezimiert, während man im Innern nur das Glucksen des Kaisers hören konnte. Lukes Absturz in die Verzweiflung setzte sich fort, als der Laserstrahl des Todessterns ein Raumschiff nach dem anderen vernichtete.

Der Kaiser zischte durch die Zähne.

»Eure Flotte ist verloren – und deine Freunde auf dem Mond werden nicht überleben...« Er drückte einen Funkverbindungsknopf an der Armlehne des Throns und sagte mit Befriedigung in das Gerät: »Kommandeur Jerjerrod, sollte es den Rebellen gelingen, den Schildgenerator in die Luft zu sprengen, richten Sie diese Kampfstation auf Endor und zerstören Sie den Mond.«

»Ja, Majestät«, tönte die Stimme aus dem Empfänger, »aber wir haben mehrere Bataillone stationiert auf –«

»Sie zerstören ihn!« Das Flüstern des Kaisers war endgültiger als ein Schrei.

»Ja, Majestät.«

Palpatine wandte sich wieder an Luke. Er wurde von Lachen geschüttelt, der andere von Empörung.

»Es gibt keinen Ausweg, mein junger Freund. Die Allianz wird sterben – wie deine Freunde.«

Lukes Gesicht war verzerrt und spiegelte sein Inneres wieder.

Vader beobachtete ihn so sorgfältig wie der Kaiser. Der Lichtsäbel auf seinem Platz begann zu beben. Die Hand des jungen Jedi zitterte, seine Zähne knirschten aufeinander.

Der Kaiser lächelte.

»Gut. Ich kann deinen Zorn spüren. Ich bin unbewaffnet – nimm deinen Säbel. Stoß mich nieder mit deinem ganzen Haß, und deine Reise auf die dunkle Seite wird abgeschlossen sein.« Er lachte und lachte.

Luke konnte nicht länger widerstehen. Der Lichtsäbel klirrte Augenblicke lang auf dem Thron, dann flog er in seine Hand, von der Kraft angetrieben. Er zündete ihn im nächsten Augenblick und ließ ihn mit voller Wucht auf den Schädel des Kaisers niedersausen.

In diesem Augenblick blitzte Vaders Klinge auf und fing Lukes Waffe zwei Zentimeter über dem Kopf des Kaisers ab. Funken flogen wie in der Stahlschmiede und beleuchteten Palpatines Grinsen mit einem höllischen Feuer.

Luke sprang zurück und stellte sich mit erhobenem Lichtsäbel seinem Vater. Vader nahm Kampfstellung ein, die Waffe ausgestreckt.

Han, Leia, Chewbacca und die restlichen Rebellen wurden von ihren Bewachern aus dem Bunker geführt. Der Anblick, der sie empfing, unterschied sich von dem früheren erheblich. Die grüne Lichtung war voller Imperiums-Truppen.

Hunderte von Soldaten, weiß und schwarz gepanzert. Manche standen einfach herum, andere betrachteten die Szene aus der Höhe ihrer zweibeinigen Gehmaschinen, wieder andere lehnten an ihren Raketenrädern. Wenn die Lage schon im Bunker hoffnungslos erschienen war, sah sie jetzt noch schlimmer aus.

Han und Leia drehten sich im Übermaß ihrer Empfindungen zueinander. Alles, worum sie gerungen, alles, was sie erträumt hatten – dahin. Trotzdem hatten sie für eine kurze Weile noch sich selbst. Sie waren aus den Weiten einer Wüste seelischer Einsamkeit zueinandergekommen. Han hatte Liebe nie gekannt, so sehr war er in sich selbst vertieft gewesen; Leia hatte Liebe nie gekannt, so tief verwickelt war sie in gesellschaftliche Umwälzungen, so bestrebt, die ganze Menschheit in die Arme zu schließen. Und irgendwo zwischen seiner verbohrten Zuneigung für den einen und ihrer glühenden Hingabe an alle hatten sie einen schattigen Ort gefunden, wo zwei beisammen kauern, wachsen, sich sogar erhoben fühlen konnten.

Aber auch das wurde jetzt abgeschnitten. Das Ende schien nah zu sein. Es gab so vieles zu sagen, daß sie kein Wort über die Lippen brachten. Statt dessen fanden sich nur ihre Hände, sprachen in diesen letzten Minuten des Beisammenseins ihre Finger zueinander.

In diesem Augenblick kamen Threepio und Artoo gemächlich in die Lichtung. Sie pfiffen und plapperten aufeinander ein. Sie blieben wie angewurzelt stehen, als sie sahen, was aus der Lichtung geworden war ... und fanden plötzlich alle Augen auf sich gerichtet.

»O je«, wimmerte Threepio. Im nächsten Augenblick waren er und Artoo herumgefahren und in den Wald zurückgestürzt, den sie eben verlassen hatten. Sechs Männer des Sturmtrupps nahmen die Verfolgung auf.

Die Imperiumssoldaten sahen die beiden Droiden zwanzig Meter im Wald gerade noch hinter einem großen Baum verschwinden. Sie stürzten den Robotern nach. Als sie um den Baum herumkamen, standen Artoo und Threepio ruhig da, um sich gefangennehmen zu lassen. Die Soldaten wollten zupacken. Sie waren zu langsam.

Fünfzehn Ewoks sprangen von den überhängenden Ästen herab und überwältigten die Soldaten rasch mit Steinbrocken und Knüppeln. Teebo, der in einem anderen Baum hockte, hob daraufhin ein Widderhorn an den Mund und ließ drei langgezogene Töne hören. Das war das Angriffssignal für die Ewoks.

Zu Hunderten stürmten sie von allen Seiten auf die Lichtung und warfen sich mit unermüdlichem Eifer der Macht der Imperiumsarmee entgegen. Die Szene löste sich im völligen Chaos auf.

Sturmtruppler feuerten mit ihren Laserpistolen auf die Pelzwesen und töteten oder verwundeten viele – um im nächsten Augenblick von Dutzenden überrannt zu werden. Raketenrad-Späher jagten quietschende Ewoks in den Wald – und wurden von Steinsalven aus den Bäumen von ihren Fahrzeugen gerissen.

In den ersten wirren Augenblicken der Schlacht hechtete Chewie ins Laubwerk, während Han und Leia sich in den Bogen des Bunkereingangs zu Boden warfen. Explosionen ringsumher hinderten sie am Entkommen; die Bunkertür war wieder geschlossen und abgesperrt.

Han gab den gestohlenen Code in die Tasten ein, aber diesmal ging die Tür nicht auf. Sie war sofort nach ihrer Gefangennahme umprogrammiert worden.

Leia reckte sich nach einer am Boden liegenden Laserpistole, die knapp außer Reichweite war, aber ohne Erfolg. Aus allen Richtungen kamen Laserblitze.

»Wir brauchen Artoo«, schrie sie.

Han nickte, zog sein Funkgerät heraus, gab die Ruffolge für den kleinen Droiden ein und griff nach der Waffe, die Leia nicht erreichen konnte, während ringsum der Kampf weitertobte.

Artoo und Threepio kauerten hinter einem Baumstamm, als Artoo den Ruf auffing. Er gab plötzlich einen erregten Pfiff von sich und fegte zum Kampfgelände.

»Artoo!« schrie ihm Threepio nach. »Wohin läufst du? Warte auf mich!« Beinahe außer sich, raste der goldene Droid seinem besten Freund nach.

Überall über den Droiden surrten Schnellräder. Die Fahrer feuerten auf die Ewoks, die, von Laserblitzen angesengt, nur noch wilder wurden. Die kleinen Teddybären hingen an den Trauben der Gehkolosse, behinderten die Beine mit Lianenfesseln oder beschädigten die Gelenkmechanismen, indem sie Steine und Zweige in die Scharniere schoben. Sie hieben Späher dadurch von ihren Raketenflitzern, daß sie Ranken in Kehlenhöhe zwischen Bäumen spannten. Sie schleuderten Felsbrocken, sprangen von Bäumen herab, durchbohrten mit Speeren, fesselten mit Netzen. Sie waren überall.

Zu Dutzenden scharten sie sich hinter Chewbacca, der im Lauf der vergangenen Nacht eine große Zuneigung zu ihnen gefaßt hatte. Er war ihr Maskottchen geworden, er betrachtete sie als seine kleinen Vettern. So kamen sie einander mit besonderer Wildheit zu Hilfe. Chewie schleuderte Soldaten links und rechts, ein mit Grund zum Berserker gewordener Wookie, sobald er sah, daß sie seinen kleinen Freunden etwas taten. Die Ewoks ihrerseits bildeten aufopferungsvolle Kader, um Chewbacca zu folgen und sich auf alle Soldaten zu werfen, die ihn zu überwältigen drohten.

Es war ein wilder, sonderbarer Kampf.

Artoo und Threepio erreichten endlich den Bunkereingang. Han und Leia gaben Deckung mit Laserwaffen, die sie sich endlich hatten beschaffen können. Artoo eilte zum Terminal, steckte seinen Computerarm hinein und begann abzutasten. Bevor er jedoch auch nur die Wettercodes berechnet hatte, zerfetzte eine Laserexplosion den Eingang, riß Artoos Kabelarm heraus und schleuderte ihn zu Boden.

Sein Kopf begann zu schwelen, seine Dichtungen leckten. Auf einmal sprangen alle Fächer auf, alle Düsen spritzten oder rauchten, alle Räder wirbelten – und erstarrten. Threepio stürzte zu seinem verwundeten Kameraden, während Han sich den Bunkerterminal ansah.

»Vielleicht kann ich das Ding kurzschließen«, murmelte Solo.

Inzwischen hatten die Ewoks am anderen Ende des Geländes ein primitives Katapult errichtet. Sie feuerten einen großen Felsblock auf eine der Gehmaschinen ab. Der Koloß erbebte heftig, stürzte aber nicht um. Er drehte ab und stakte mit feuernden Laserkanonen auf das Katapult zu. Die Ewoks stoben auseinander. Als die Gehmaschine noch drei Meter entfernt war, hackten die Ewoks ein dickes Gewirr von Halteranken durch. Zwei riesige Baumstämme krachten auf den Kriegskoloß herab und setzten ihn endgültig außer Gefecht.

Die nächste Phase des Angriffs begann. Ewoks mit flugdrachenartigen Hanggleitern aus Tierhäuten begannen Felsbrocken auf die Sturmtruppen abzuwerfen oder Sturzflugattacken mit Speeren zu unternehmen. Teebo, der Anführer, wurde bei der ersten Salve von Laserfeuer am Flügel getroffen und stürzte auf eine knorrige Wurzel hinunter. Eine angreifende Gehmaschine wollte ihn zerstampfen, aber Wicket fegte gerade noch rechtzeitig herunter und riß Teebo weg. Als er der Gehmaschine auswich, prallte er jedoch mit einem dahinrasenden Raketenrad zusammen, und sie wurden alle miteinander ins Dickicht geschleudert.

So ging das weiter.

Die Zahl der Opfer stieg.

Hoch oben am Himmel ging es nicht anders zu. Tausend tödliche Zweikämpfe und Geschützduelle waren gleichzeitig im Gange, während der Laserstrahl des Todessterns die Rebellenschiffe methodisch zertrümmerte.

In der »Millennium Falcon« steuerte Lando wie ein Besessener durch einen Hinderniskurs der riesigen, schwebenden Imperiumssternzerstörer, tauschte Laserblitze mit ihnen, wich Flakgeschossen aus, fegte Spurjägern davon.

Verzweifelt schrie er vor dem Hintergrund unaufhörlicher Explosionen in sein Mikrophon Admiral Ackbar auf dem Kommandoschiff der Allianz an: »Näher ran, sage ich! Fliegt so nah hin, wie es geht und feuert aus nächster Nähe auf die Sternzerstörer – dann kann der Todesstern nicht auf uns schießen, ohne seine eigenen Schiffe zu vernichten!«

»Aber zwischen Großschiffen wie ihren Zerstörern und unseren Zerstörern ist noch nie ein Nahkampf gewagt worden!« Ackbar erregte sich über das Undenkbare – aber ihr Spielraum war fast ausgeschöpft.

»Fein!« schrie Lando, während er über den Zerstörer hinwegfegte. »Dann erfinden wir eben eine neue Art der Kriegführung!«

»Wir wissen nichts von der Taktik eines solchen Vorgehens!« protestierte Ackbar.

»Wir wissen soviel wie die anderen!« brüllte Lando. »Und sie werden denken, wir wüßten mehr!« Beim letzten Blatt zu bluffen war stets gefährlich, aber wenn man sein ganzes Geld im Pott hatte, war es manchmal die einzige Möglichkeit zu gewinnen. Lando spielte niemals auf Verlust.

»Aus einer solchen Nähe halten wir uns gegen Sternzerstörer

nicht lange.« Ackbars Resignation war unverkennbar.

»Wir halten uns länger als gegen den Todesstern und nehmen vielleicht ein paar von denen mit!« rief Lando. Eine seiner Bugkanonen wurde mit einem Ruck weggerissen. Er ließ die »Falcon« wegtrudeln und fegte um die Unterseite des Leviathans herum.

Da sie nur noch wenig zu verlieren hatten, beschloß Ackbar, Calrissians Vorschlag zu folgen. In den folgenden Minuten rückten Dutzende von Rebellenkreuzern, astronomisch gesehen, nah an die Sternzerstörer heran – und die Giganten begannen wie Panzer im Nahkampf aufeinander loszufeuern, während Hunderte winziger Jäger über ihre Oberflächen fegten und sich zwischen Laserblitzen hindurchschlängelten, um einander zu verfolgen.

Langsam umkreisten sich Luke und Vader. Den Lichtsäbel hoch über dem Kopf, bereitete Luke seinen Angriff aus der klassischen Grundhaltung vor; der Schwarze Lord hatte sich in der klassischen Antwort seitlich aufgestellt. Ohne Vorwarnung ließ Luke seine Klinge niedersausen. Als Vader parieren wollte, täuschte Luke geschickt und stieß von unten zu. Vader parierte erneut und ließ seine Waffe vom Anprall gegen Lukes Kehle zucken . . . aber Luke erwiderte den Nachstoß und trat zurück. Die ersten Stöße, ausgetauscht ohne Verletzung. Wieder umkreisten sie sich.

Vader war beeindruckt von Lukes Schnelligkeit. Er freute sich sogar. Beinahe schade, daß er noch nicht zulassen konnte, den Kaiser von Luke töten zu lassen. Seelisch war Luke darauf noch nicht vorbereitet. Noch bestand die Gefahr, daß Luke zu seinen Freunden zurückkehren würde, wenn er den Kaiser jetzt umbrächte. Er brauchte vorher gründlichere Ausbildung, erteilt von Vader und Palpatine, bevor er fähig war, seinen Platz zu Vaders Rechten einzunehmen und mit ihm die Galaxis zu beherrschen.

So mußte Vader dem Jungen über Perioden wie diese hinweghelfen und ihn daran hindern, daß er Schaden am falschen – oder zur Unzeit am richtigen Ort anrichtete.

Bevor Vader seine Gedanken jedoch weiter ordnen konnte, griff Luke erneut an, diesmal aggressiver. Er rückte in einer Folge heftiger Attacken vor, die jeweils mit lautem Knacken von Vaders leuchtendem Säbel abgewehrt wurden. Der Schwarze Lord wich bei jedem Stoß einen Schritt zurück und fuhr einmal herum, um seinen Schneidestrahl tückisch hochzuziehen, aber Luke wehrte ab und trieb Vader wieder zurück. Der Lord der Sith verlor auf den Stufen das Gleichgewicht und stürzte auf die Knie.

Luke stand über ihm, oben auf der Treppe, berauscht von der eigenen Macht. Es lag jetzt in seinen Händen, er wußte es; er konnte Vader besiegen. Nimm seine Waffe, nimm sein Leben. Nimm seinen Platz neben dem Kaiser ein. Ja, sogar das. Diesmal vergrub Luke den Gedanken nicht; er sonnte sich darin. Er genoß ihn, er spürte, wie er ihm zu Kopf stieg. Er ließ ihn fiebern, diesen Gedanken, er erfüllte ihn mit einer Lust, die alles andere zu überwältigen schien.

Er besaß die Macht; die Entscheidung lag bei ihm.

Dann kam ein anderer Gedanke, langsam und zwingend. Er konnte auch den Kaiser vernichten. Sie beide beseitigen und die Galaxis beherrschen. Rächen und erobern.

Es war ein tiefer, bedeutsamer Augenblick für Luke. Schwindelerregend. Aber er verlor nicht die Besinnung, er zuckte nicht zurück.

Er trat einen Schritt vor.

Zum ersten Mal tauchte in Vaders Bewußtsein der Gedanke auf, sein Sohn könnte ihn besiegen. Er war verblüfft von der Stärke, die Luke seit ihrem letzten Duell in der Wolkenstadt erworben hatte –, ganz zu schweigen von dem Gefühl für den rechten Stoß zur rechten Zeit. Das kam unerwartet und war unwillkommen. Vader spürte, wie Demütigung auf die erste Reaktion, Überraschtsein, und die zweite, Furcht, folgte. Dann verwandelte die Demütigung sich in hellen Zorn. Und er wollte Rache.

Diese Dinge wurden in allen Facetten widergespiegelt von dem jungen Jedi, der über ihm aufragte. Der Kaiser, der freudig zuschaute, sah das und stachelte Luke an, in seiner Dunkelheit zu schwelgen.

»Nutz deine aggressiven Gefühle, mein Junge! Ja! Laß dich vom Haß durchströmen! Sei eins damit, laß dich davon tragen!«

Luke stockte einen Augenblick, dann begriff er, was vorging. Er geriet erneut in Verwirrung. Was wollte er? Was sollte er tun? Sein kurzes Triumphgefühl, der vorbeihuschende Augenblick schwarzer Klarheit – fort auf einmal, weggeschwemmt von Unentschlossenheit, nur noch verschleiertes Rätsel. Kaltes Erwachen aus leidenschaftlichem Buhlen.

Er trat einen Schritt zurück, senkte den Säbel, erschlaffte, versuchte den Haß aus seinem Ich zu vertreiben.

In diesem Augenblick griff Vader an. Er stürmte die Treppe hinauf und zwang Luke, abwehrend zurückzuweichen. Er hielt die Klinge des Jungen mit seiner eigenen fest, aber Luke löste sich und sprang auf eine hochgelegene Bühne. Vader seinerseits sprang über das Geländer auf den Boden unter dieser Plattform.

»Ich kämpfe nicht mit dir, Vater«, sagte Luke.

»Es ist unklug von dir, in der Abwehr nachzulassen«, warnte Vader. Sein Zorn war vielschichtig geworden. Er wollte nicht siegen, wenn der Junge im Kampf nicht alles gab. Aber wenn Siegen bedeutete, daß er einen Jungen töten mußte, der nicht kämpfen wollte ... dann konnte er auch das tun. Aber Luke mußte sich über die Konsequenzen im klaren sein. Er wollte Luke verdeutlichen, daß es hier nicht länger um ein Spiel ging. Hier herrschte die Dunkelheit.

Luke hörte aber etwas anderes.

»Deine Gedanken verraten dich, Vater. Ich spüre das Gute in dir ... den Konflikt. Du konntest dich vorher nicht überwinden, mich zu töten –, und du wirst mich auch jetzt nicht vernichten.« Luke konnte sich erinnern, daß Vader ihn sogar schon zweimal hätte töten können und es nicht getan hatte. Beim Luftkampf über dem ersten Todesstern und später beim Lichtsäbelduell auf Bespin. Er dachte kurz an Leia und daran, daß auch sie schon in den Klauen Vaders gewesen war, daß er sie sogar gefoltert hatte – ohne sie jedoch zu töten. Es peinigte ihn, an ihre Qual zu denken, aber diesen Gedanken schob er rasch beiseite. Für ihn stand fest, was so oft undeutlich gewesen war: Es gab noch eine gute Seite an seinem Vater.

Die Anschuldigung versetzte Vader in Raserei. Er konnte von

diesem Kind vieles hinnehmen, aber das ging zu weit. Er mußte dem Jungen eine Lehre erteilen, die er nie vergessen oder bei deren Bewältigung er sterben würde.

»Noch einmal, du unterschätzt die Macht der dunklen Seite . . .«
Vader schleuderte seine schillernde Klinge. Sie durchtrennte die Aufhängung der Bühne, auf der Luke stand, machte kehrt und flog in Vaders Hand zurück. Luke stürzte zu Boden und rollte sich blitzschnell unter die schräge Plattform. Im Schatten des dunklen Überhangs war er nicht zu sehen. Vader lief wie eine Raubkatze auf und ab und suchte nach dem Jungen, aber in die Schatten des Überhangs wollte er nicht treten.

»Du kannst dich nicht ewig verstecken, Luke.«
»Du mußt hereinkommen und mich holen«, erwiderte die körperlose Stimme.

»So leicht mache ich es dir nicht.« Vader spürte, daß seine Absichten in diesem Konflikt immer zweideutiger wurden; die Reinheit des Bösen in ihm wurde kompromittiert. Der Junge war in der Tat geschickt – Vader begriff, daß er von nun an mit äußerster Vorsicht zu Werke gehen mußte.

»Ich will keinen Vorteil, Vater. Ich kämpfe nicht gegen dich. Da – nimm meine Waffe.« Luke wußte sehr genau, daß dies das Ende sein konnte. So sei es, dachte er. Er wollte die Dunkelheit nicht mit Dunkelheit bekämpfen. Vielleicht würde es doch Leia überlassen bleiben, den Kampf ohne ihn weiterzuführen. Vielleicht fand sie einen Weg, den er nicht kannte; vielleicht erreichte sie das Ziel. Er sah nur noch zwei Wege. Der eine führte in die Dunkelheit, der andere nicht.

Luke legte den Lichtsäbel auf den Boden und rollte ihn hinaus zu Vader. Er blieb auf halbem Weg zwischen ihnen liegen. Der Schwarze Lord streckte die Hand aus. Lukes Lichtsäbel flog hinein. Er hängte ihn an den Gürtel und betrat unsicher den schattendunklen Überhang.

Er nahm Empfindungen Lukes auf, neue Unterströmungen des Zweifels. Bedauern, Reue, Verzicht. Qual. Aber nicht direkt bezogen auf Vader. Auf andere, auf . . . Endor. Ah, das war es . . . der

Mond, wo seine Freunde in Kürze sterben würden. Luke würde eines bald lernen: Auf der dunklen Seite sah es mit den Freundschaften anders aus. Völlig anders.

»Überlaß dich der dunklen Seite, Luke«, flehte er. »Nur so kannst du deine Freunde retten. Ja, deine Gedanken verraten dich, mein Sohn. Deine Gefühle für sie sind stark, vor allem für . . .«

Vader verstummte. Er spürte etwas.

Luke zog sich tiefer in den Schatten zurück. Er versuchte sich zu verstecken, aber was in seinem Denken war, ließ sich nicht verbergen – Leia litt Qualen. Ihre Agonie drang zu ihm, und sein Inneres schrie mit ihr auf. Er versuchte das fernzuhalten, es zum Schweigen zu bringen, aber der Schrei war laut, und er konnte ihn nicht unterdrücken, nicht auf sich beruhen lassen, mußte ihn zu sich nehmen, ihm Trost spenden.

Vaders Bewußtsein drang in diesen privaten Ort ein.

»Nein!« schrie Luke auf.

Vader war fassungslos.

»Schwester? Schwester!« brüllte er. »Deine Gefühle haben jetzt auch sie verraten . . . Zwillinge!« schrie er triumphierend. »Obi-Wan war weise, sie zu verstecken, aber jetzt ist sein Scheitern endgültig.« Sein Lächeln war Luke deutlich, durch die Maske hindurch, durch die Schatten, durch alle Reiche der Dunkelheit. »Wenn du nicht zur dunklen Seite gehen willst, wird sie es vielleicht tun.«

Das war für Luke das Unerträgliche. Leia, die letzte Hoffnung! Wenn Vader seine irren, wilden Gelüste auf sie richtete . . .

»Niemals!« schrie er. Sein Lichtsäbel flog von Vaders Gürtel in seine Hand und wurde im Flug gezündet.

Er stürzte sich mit nie gekannter Wildheit auf seinen Vater. Die beiden kämpften verbissen. Von ihren Strahlungswaffen sprühten Funken. Bald zeigte sich, daß der Vorteil ganz auf Lukes Seite lag und er ihn nutzte. Sie standen Leib an Leib, die Arme mit den Säbeln ineinander verschlungen. Als Luke Vader zurückstieß, um Platz zu gewinnen, prallte der Schwarze Lord mit dem Kopf an einen Deckenträger. Er taumelte noch weiter zurück, aus der niedrigen

Enge hinaus. Luke verfolgte ihn erbarmungslos.

Stoß um Stoß trieb Luke Vader vor sich her – zurück auf die Brücke über dem riesigen, scheinbar endlosen Schacht zum Energiekern. Die Stöße von Lukes Lichtsäbel schüttelten Vader wie Anklagen, wie Schreie, wie Haßgeschosse.

Der Schwarze Lord wurde auf die Knie gezwungen. Er hob die Klinge, um den Ansturm abzuwehren – und Luke schlug Vaders rechte Hand am Gelenk durch.

Die Hand rutschte klirrend davon, Metall, Drähte, elektronische Schaltungen – Vaders Lichtsäbel fiel hinab über die Brücke in den Schacht, um spurlos zu verschwinden.

Luke starrte auf die zuckende, abgetrennte Kunsthand seines Vaters – dann auf seine eigene im schwarzen Handschuh, und er begriff plötzlich, wie ähnlich er seinem Vater geworden war, dem Mann, den er haßte.

Zitternd stand er vor Vader, die Spitze der leuchtenden Klinge an der Kehle des Schwarzen Lords. Er wollte dieses Wesen der Dunkelheit vernichten, dieses Ding, das einmal sein Vater gewesen, das . . . er war.

Plötzlich stand der Kaiser vor ihnen, gierig starrend, glucksend vor unbeherrschbarer, freudiger Erregung.

»Gut! Töte ihn! Dein Haß hat dich mächtig gemacht! Erfülle dein Schicksal und nimm den Platz deines Vaters an meiner Seite ein!«

Luke starrte seinen Vater an, dann den Kaiser, wieder seinen Vater. Das war Dunkelheit – und es war die Dunkelheit, die er haßte. Nicht seinen Vater, nicht einmal den Kaiser. Die Dunkelheit in ihnen. In ihnen und in sich selbst.

Und zerstören konnte man die Dunkelheit nur dann, wenn man sich von ihr lossagte. Für immer und ewig. Er richtete sich plötzlich auf und traf die Entscheidung, für die sein ganzes Leben Vorbereitung gewesen war.

Er schleuderte seinen Lichtsäbel von sich.

»Niemals! Nie werde ich zur dunklen Seite überlaufen! Du bist gescheitert, Palpatine. Ich bin ein Jedi, wie mein Vater es vor mir gewesen ist.«

Die Freude des Kaisers verwandelte sich in dumpfe Wut.

»So sei es, Jedi. Wenn du nicht zu bekehren bist, mußt du vernichtet werden.«

Palpatine hob seine Spinnenarme und richtete sie auf Luke. Blendend-weiße Energieblitze strahlten aus seinen Fingern, fegten wie Zauberblitze durch den Raum und durch den Körper des Jungen, um Erdung zu suchen. Der junge Jedi wurde in tiefste Verwirrung und Agonie gestürzt – von solcher Macht, von solcher Verderbtheit der Kraft hatte er nichts gewußt.

Aber wenn dies durch die Kraft entstand, konnte es durch die Kraft auch abgewehrt werden. Luke hob die Arme, um die Blitze abzulenken. Am Anfang gelang ihm das. Die Blitzschläge prallten von ihm ab und landeten harmlos an den Wänden. Bald kamen die Stöße jedoch so schnell und heftig, daß sie ihn überfluteten und durchzuckten und er vor ihnen nur erschlaffen konnte, sich vor Schmerzen aufbäumte, ihm die Knie einknickten, die Kräfte ihn verließen.

Vader kroch wie ein verwundetes Tier zu seinem Kaiser.

Auf Endor ging die Schlacht um den Bunker weiter. Die Sturmtruppen feuerten mit modernsten Waffen auf die Ewoks, während die wuscheligen kleinen Krieger mit Knüppeln auf die Soldaten einhieben, Gehmaschinen mit gestapelten Baumstämmen und Stolperlianen kippten, Raketenräder mit Rankenseilen und Netzfallen einfingen.

Sie ließen Bäume auf ihre Gegner stürzen. Sie hoben Gruben aus, die sie mit Zweigen bedeckten, und lockten die Gehkolosse dann auf ihre Fährten, bis die plumpen Panzergebilde in die Gruben stürzten. Sie lösten Erdrutsche aus. Sie errichteten an einem nahen kleinen Fluß einen Damm und öffneten die Schleusen, um eine große Schar Soldaten und zwei Gehmaschinen fortzuspülen. Sie traten in Massen auf und stoben wieder auseinander. Sie sprangen von hohen Ästen auf Gehmaschinen hinunter und gossen siedendes Echsenöl aus Beuteln in die Schießscharten. Sie gebrauchten Messer und Speere und Schleudern und stießen gellend-unheimliches Kriegsgeschrei aus, um den Feind zu verwirren und zu erschrecken. Sie waren Gegner ohne Furcht.

Ihr Beispiel machte sogar Chewie noch kühner, als er das von Natur schon war. An Lianen zu schwingen und Köpfe aneinanderzuhauen, machte ihm so viel Spaß, daß er beinahe seine Laserpistole vergaß.

Er schwang sich einmal auf das Dach einer Gehmaschine, Teebo und Wicket auf seinem Rücken. Sie landeten polternd auf dem schwankenden Gerät und machten solchen Krach, als sie sich zu halten versuchten, daß einer der Soldaten im Inneren die Oberluke öffnete, um hinauszuschauen. Bevor er seine Waffe abfeuern konnte, riß Chewie ihn heraus und schleuderte ihn auf den Boden hinunter. Wicket und Teebo sprangen sofort durch die Luke hinein, um den anderen Soldaten zu überwältigen.

Imperiums-Gehmaschinen steuerten die Ewoks ganz ähnlich wie Raketenräder – ungeschickt, aber mit Begeisterung. Chewie wurde oben mehrmals beinahe abgeworfen, aber selbst sein zorniges Hinunterblaffen ins Cockpit schien nicht viel zu bewirken. Die Ewoks kicherten, quietschten und prallten mit dem nächsten Raketenflitzer zusammen.

Chewie stieg hinunter ins Innere. Er brauchte einen halbe Minute, um sich mit der Steuerung vertraut zu machen – die Technologie des Imperiums war zum größten Teil normiert. Dann bewegte er den Koloß methodisch und der Reihe nach auf die anderen Maschinen zu, deren Insassen nichts ahnten. Er zerschoß sie alle.

Als die riesigen Kriegsmaschinen in Flammen aufgingen, faßten die Ewoks neuen Mut. Sie scharten sich hinter Chewies Koloß zusammen. Der Wookie führte die Wende herbei.

Inzwischen arbeitete Han verzweifelt an der Steuertafel. Jedesmal, wenn er einen Anschluß neu herstellte, sprühten Funken, aber die Tür ging nicht auf. Leia kauerte an seinem Rücken, feuerte mit der Laserpistole und gab ihm Deckung.

Er winkte sie zu sich.

»Hilf mir. Ich glaube, ich hab's. Halt das fest.« Er gab ihr einen der Drähte. Sie steckte die Waffe ein, griff nach dem Draht und hielt ihn fest, während er zwei andere von der gegenüberliegenden Seite der Tafel herüberholte.

»Dann mal los«, sagte er.

Aus den drei Drähten stoben Funken; der Anschluß war hergestellt. Es gab einen lauten, dumpfen Knall, als eine zweite Tür vor der ersten heruntersauste und die unüberwindliche Barriere verdoppelte.

»Großartig. Jetzt müssen wir durch zwei Türen hindurch«, murmelte Leia.

In diesem Augenblick wurde sie von einem Laserblitz am Arm getroffen und zu Boden geworfen.

Han stürzte zu ihr.

»Leia, nein!« schrie er, während er versuchte, das Blut zu stillen.

»Prinzessin Leia, um Himmels willen!« ächzte Threepio.

»Es ist nicht schlimm.« Sie schüttelte den Kopf. »Es ist nur –«

»Halt!« schrie eine Stimme. »Eine Bewegung, und ihr seid beide tot!«

Sie erstarrten und hoben die Köpfe. Zwei Imperiums-Soldaten standen vor ihnen, die Waffen auf sie gerichtet.

»Aufstehen«, befahl einer von ihnen. »Mit erhobenen Händen.«

Han und Leia sahen einander an, blickten sich tief in die Augen, schwammen dort einen zeitlosen Augenblick lang in den Tiefen ihrer Seelen, in dem alles gefühlt, begriffen, berührt, geteilt wurde. Solos Blick wurde von Leias Halfter angezogen – sie hatte unbemerkt ihre Waffe herausgezogen und hielt sie bereit. Die Soldaten konnten das nicht sehen, weil Han vor Leia stand und sie halb verdeckte.

Er hatte begriffen und blickte wieder in ihre Augen. Mit einem letzten zärtlichen Lächeln flüsterte er: »Ich liebe dich.«

»Ich weiß«, erwiderte sie schlicht.

Dann war der Augenblick vorbei, und auf ein unausgesprochenes Signal warf Han sich zur Seite, während Leia auf die Soldaten feuerte.

Die Luft war durchzuckt von Laserfeuer – glitzernder orangerötlicher Dunst wie ein Elektronensturm durchwehte die Umgebung, durchzuckt von grellen Flammen.

Als der Rauch sich verzogen hatte, kam ein riesiger Gehkoloß heran und blieb vor ihm stehen. Han hob den Kopf und sah die Laserkanonen direkt auf sein Gesicht gerichtet. Er hob die Arme und trat zögernd einen Schritt vor. Er wußte selbst nicht genau, was er tun sollte.

»Bleib, wo du bist«, sagte er leise zu Leia und schätzte im stillen die Entfernung bis zur Gehmaschine ab.

Plötzlich öffnete sich die Luke im Dach der Gehmaschine, und Chewbacca steckte mit einem einschmeichelnden Lächeln den Kopf heraus.

»Ahr Rahr!« knurrte der Wookie.

Solo hätte ihn am liebsten abgeküßt.

»Chewie! Komm herunter! Sie ist verwundet!« Er wollte hin, um seinen Partner zu begrüßen, und blieb plötzlich stehen. »Nein, warte. Mir fällt etwas ein.«

9

Die beiden Weltraum-Armadas standen einander wie ihre Entsprechungen einer anderen Zeit und Galaxis zu Wasser gegenüber, Schiff an Schiff, und tauschten Breitseiten aus nächster Nähe.

Heroische, manchmal selbstmörderische Manöver kennzeichneten den Tag. Ein Rebellenkreuzer, das Heck grell beleuchtet von lodernden Bränden und dumpfen Explosionen, schleppte sich zur Berührung mit einem Imperiums-Zerstörer, bevor er auseinanderflog und den Gegner mit in den Tod nahm. Frachtschiffe, beladen mit Sprengstoffen, wurden auf Kollisionskurs mit fliegenden Festungen geschickt, während die Besatzungen die Schiffe verließen und einem ungewissen Schicksal entgegensahen.

Lando, Wedge, Führer Blau und Geschwader Grün griffen an, um einen der größeren Zerstörer auszuschalten – die Kommunikationszentrale des Imperiums. Es war schon durch direkten Beschuß des inzwischen zerstörten Rebellenkreuzers angeschlagen, aber die Schäden konnten noch behoben werden. Die Rebellen mußten also angreifen, solange die Verwundbarkeit bestand.

Landos Staffel flog sehr tief an, so daß der Zerstörer seine größeren Geschütze nicht einsetzen konnte. Die Jäger blieben außerdem unsichtbar, bis sie direkt im Blickfeld des Gegners auftauchten.

»Bugablenkung verstärken«, gab Lando an seine Gruppe durch. »Wir rücken vor.«

»Bin schon dabei«, sagte Wedge. »Gruppe anschließen.«

Sie fegten im Sturzflug senkrecht zur Hauptachse des Imperiums-Zerstörers hinab, weil solche Anflüge schwer zu verfolgen waren. Fünfzehn Meter über der Oberfläche rissen sie die Maschinen in einem Winkel von neunzig Grad hoch und rasten über die graublaue Metalloberfläche, während ihnen aus allen Öffnungen Laserfeuer entgegenschlug.

»Angriffsanflug auf den Haupt-Energiebaum«, sagte Lando.

»Verstanden«, erwiderte Führer Grün. »In Position.«

»Die Frontbatterien meiden«, warnte Führer Blau.

»Sperrfeuerzone.«

»Ich bin in Schußweite.«

»Links vom Turm schwere Schäden«, stellte Wedge fest. »Auf diese Seite konzentrieren.«

»Bin dabei.«

Führer Grün wurde getroffen.

»Verliere Energie!«

»Wegziehen, sonst ist es aus!«

Führer Grün zog die Maschine wie eine Rakete hinab und hinein in die Frontbatterien des Zerstörers. Ungeheure Explosionen erschütterten den Steuerbordbug.

»Danke«, sagte Führer Blau leise vor dem Flammeninferno.

»Das ist die Bresche für uns!« schrie Wedge. »Zieht rüber. Die Energiereaktoren sind gleich hinter der Frachtbucht.«

»Mir nach!« rief Lando und zog die »Falcon« so steil in die Kurve, daß das entsetzte Reaktorpersonal völlig überrascht war. Wedge und Blau folgten. Sie gaben ihr Bestes.

»Direkter Treffer!« schrie Lando.

»Es geht los!«

»Hochziehen, hochziehen!«

Sie rissen die Maschinen steil hoch, als der Zerstörer von einer Folge immer heftigerer Explosionen geschüttelt wurde, bis er aussah wie ein kleiner Stern. Führer Blau wurde von der Druckwelle erfaßt und wie von einer Riesenfaust an ein kleineres Imperiumsschiff geschleudert, das mit dem Jäger zusammen explodierte. Lando und Wedge entkamen.

Auf dem Kommandoschiff der Rebellen war die Brücke von Rauch erfüllt, Schreie gellten.

Ackbar erreichte Calrissian über Funk.

»Die Störsender sind ausgefallen. Wir haben eine Anzeige für den Schutzschild.«

»Besteht er noch?« fragte Lando mit verzweifelter Hoffnung.

»Ich fürchte ja. General Solos Einheit scheint es nicht geschafft zu haben.«

»Bis sie unser letztes Schiff zerstört haben, besteht noch immer Hoffnung«, gab Lando zurück. Han würde nicht scheitern. Er durfte es nicht – sie mußten um jeden Preis den Todesstern zerstören.

Auf dem Todesstern verlor Luke unter den Blitzen des Kaisers beinahe das Bewußtsein. Bis zum Unerträglichen gepeinigt, erfaßt von einer Schwäche, die ihm das Lebensmark aussaugte, hoffte er nur noch darauf, sich der Leere, der er entgegenschwebte, ganz überlassen zu können.

Der Kaiser blickte lächelnd auf den seiner Kraft beraubten jungen Jedi hinunter, während Vader sich neben seinem Gebieter bemühte aufzustehen.

»Junger Narr!« fuhr Palpatine Luke an. »Das ist das Ende, verstehst du? Deine kindlichen Fähigkeiten bedeuten nichts gegen die Macht des Dunklen. Du hast für deinen Mangel an Weitblick einen Preis bezahlt. Jetzt wirst du ihn ganz entrichten, Skywalker. Du wirst sterben!«

Er lachte ein irres Lachen, und obwohl Luke es nicht für möglich gehalten hätte, verstärkte sich die Heftigkeit der aus den kaiserlichen Fingern entspringenden Blitzschläge noch. Sie kreischten durch den Saal, die mörderische Grellheit der Blitze war überwältigend.

Lukes Körper stockte, erschlaffte, sank unter dem unbarmherzigen Beschuß endlich zusammen. Er bewegte sich nicht mehr, schien nun völlig leblos zu sein. Der Kaiser ließ ein bösartiges Fauchen hören.

In diesem Augenblick sprang Vader auf und packte den Kaiser von hinten, drehte Palpatine die Arme auf den Rücken. Schwächer, als er je gewesen, war Vader die letzten Minuten regungslos liegengeblieben und hatte alles, was noch in ihm war, auf diese eine, letzte Handlung vereinigt – das einzige, was noch möglich war, das letzte, wenn er scheiterte. Ohne Rücksicht auf seine Qualen, seine Scham und seine Schwäche, ohne den knochenzermalmenden Lärm in seinem Schädel zu beachten, konzentrierte er alles auf seinen Willen, das im Kaiser verkörperte Böse zu besiegen.

Palpatine wand sich im Griff von Vaders Umklammerung, während seine Hände noch immer Blitze bösartiger Kraft in alle Richtungen versprühten. Durch sein wildes Zucken fetzten die Lichtstöße im Saal herum und trafen Vader. Der Schwarze Lord stürzte erneut zu Boden, elektrische Ströme rasten knisternd über seinen Helm, seinen Umhang, in sein Herz.

Vader wankte mit seiner Last auf die Mitte der Brücke über dem schwarzen Abgrund, der zum Energiekern führte. Er hob den winselnden Despoten hoch über seinen Kopf und schleuderte ihn mit einer letzten Krampfzuckung hinab in den Schlund.

Palpatines Körper, der immer noch Blitze spie, flog, sich wild überschlagend, in die Leere und prallte im Sturz an den Schachtwänden ab. Endlich verschwand er; dann konnte man tief unten im Kern eine dumpfe Explosion hören. Ein Luftstoß fauchte aus dem Schacht in den Thronsaal.

Der Wind zerrte an Lord Vaders Umhang, als er zum Loch

wankte und zusammenbrach, bemüht, seinem Herrn zu folgen. Luke kroch zu seinem Vater und zog den Schwarzen Lord vom Abgrund zurück auf sicheren Grund.

Sie lagen beide am Boden, ineinander verschlungen, zu schwach, um sich zu rühren, zu bewegt, um sprechen zu können.

Im Inneren des Bunkers auf Endor verfolgten Imperiums-Überwacher auf dem großen Bildschirm die Schlacht mit den Ewoks. Das Bild wies zwar starke Störungen auf, aber man konnte doch erkennen, daß die Kampftätigkeit nachließ. Es wurde auch Zeit, wie man fand, da seinerzeit behauptet worden war, bei den Mondbewohnern hier handele es sich um friedliche und harmlose Geschöpfe.

Die Störsignale schienen zuzunehmen – vermutlich wieder ein Antennenschaden durch Kampfhandlungen –, als auf dem Schirm plötzlich ein Gehkoloß-Pilot erschien und aufgeregt winkte.

»Es ist vorbei, Kommandeur! Die Rebellen sind geschlagen und flüchten zusammen mit den Bärenwesen in den Wald. Wir brauchen Verstärkung, damit wir die Verfolgung fortsetzen können!«

Die Bunkerinsassen jubelten. Der Ablenkschirm war gerettet.

»Haupttür öffnen!« befahl der Kommandeur. »Drei Abteilungen zum Einsatz.«

Die Bunkertür ging auf, die Imperiumstruppen stürmten hinaus und sahen sich im nächsten Augenblick von Rebellen und Ewoks umzingelt, die blutbedeckt und bösartig wirkten. Die Sturmtruppen ergaben sich ohne Gegenwehr.

Han, Chewie und fünf Kameraden stürmten mit den Sprengladungen in den Bunker. Sie brachten die Zeitzünder an elf strategischen Punkten in und um den Energiegenerator an, dann stürzten sie hinaus, so schnell sie konnten.

Leia, die noch immer große Schmerzen hatte, lag geschützt im weiter entfernten Gebüsch. Sie schrie den Ewoks zu, sie sollten ihre Gefangenen auf der anderen Seite der Lichtung zusammentreiben, fern vom Bunker, als Han und Chewie heraushetzten und Deckung suchten. Im nächsten Augenblick flog der Bunker in die Luft.

Es war ein spektakulärer Anblick. Explosion um Explosion jagte eine Feuerwand hundert Meter in die Luft und erzeugte eine Druckwelle, die alle umwarf und die Vegetation rund um die Lichtung versengte.

Der Bunker war gesprengt.

Ein Kapitän lief auf Admiral Ackbar zu und rief mit bebender Stimme: »Sir, die Abschirmung um den Todesstern ist ausgefallen!«

Ackbar blickte auf den Bildschirm; das Elektronennetz war verschwunden. Mond und Todesstern schwebten ungeschützt im schwarzen, leeren Weltraum.

»Sie haben es geschafft«, flüsterte Ackbar.

Er stürzte zur Funkanlage und schrie in den Vielfrequenzkanal. »Alle Jäger Angriffe auf Hauptreaktor des Todessterns erneuern. Die Abschirmung ist ausgefallen. Wiederhole: Die Abschirmung ist ausgefallen!«

Landos Stimme wurde laut.

»Ich sehe es. Wir sind unterwegs. Gruppe Rot! Gruppe Gold! Staffel Blau! Alle Jäger mir nach!« Gut gemacht, Han! dachte er. Jetzt bin ich dran.

Die »Falcon« schoß hinab zur Oberfläche des Todessterns, gefolgt von Schwärmen Rebellen-Jägern, dahinter massiert, aber noch wirr durcheinander, Imperiums-Spurjäger – während drei Sternkreuzer der Rebellen auf den Super-Sternzerstörer des Imperiums zuflogen, Vaders Flaggschiff, das Probleme mit der Steuerung zu haben schien.

Lando und die erste Welle X-Flügler rasten zum unfertigen Teil des Todessterns und huschten in geringer Höhe über die Wölbung der fertigen Hälfte.

»Tief unten bleiben, bis wir am unausgebauten Teil sind«, wies Wedge seine Staffel an. Überflüssigerweise, wie seine Leute meinten.

»Eine Staffel Feindmaschinen –«

»Geschwader Blau«, rief Lando. »Ziehen Sie die Spurjäger von uns ab –«

»Ich werde tun, was ich kann.«

»Ich empfange Störsignale ... der Todesstern setzt seine Störsender ein ...«

»Neue Feindmaschinen bei zehn Uhr –«

»Da ist der Aufbau«, rief Lando. »Achtet auf den Schacht des Hauptreaktors.«

Er bog scharf hinab zur unfertigen Hälfte und schlängelte sich wild hindurch zwischen hochragenden Stahlträgern, halbfertigen Türmen, Labyrinthkanälen, Gerüsten, einzelnen Flutscheinwerfern. Die Flugabwehr war hier bei weitem nicht so gut ausgebaut. Man hatte sich ganz auf den Ablenkschild verlassen. Aus diesem Grund waren die Hauptprobleme für die Rebellen das Stahlgerüst vor und die Imperiums-Jagdmaschinen hinter ihnen.

»Ich sehe es, das Energie-Kanalsystem«, funkte Wedge. »Ich greife an.«

»Ich seh's auch«, bestätigte Lando. »Dann mal los.«

»Leicht wird das nicht werden –«

Über einen Turm hinweg, unter einer Brücke hindurch – und plötzlich flogen sie mit Höchstgeschwindigkeit in einen tiefen Schacht, der für drei Jäger Tragfläche an Tragfläche kaum breit genug war. Außerdem war er auf der ganzen Strecke durchzogen von zahllosen Zuführungsschächten und -tunnels, Abzweigungen und Höhlen ohne Ausgang, und, als sei das noch nicht genug, gespickt mit einer erschreckenden Anzahl von Hindernissen im Schacht selbst: Maschinenanlagen, Konstruktionselemente, Stromkabel, Schwebetreppen, Halbwände, Bauschutt.

Zwanzig Rebellenmaschinen fegten in den Energieschacht hinein, gefolgt von der doppelten Anzahl Spurjäger. Zwei X-Flügler gingen auf der Stelle verloren, als sie gegen einen Kran krachten, um der ersten Lasersalve zu entgehen.

Die Jagd war eröffnet.

»Wohin fliegen wir, Führer Gold?« schrie Wedge fröhlich. Ein Laserblitz zischte über ihm an den Schacht und übersprühte seine Kanzel mit Funken.

»Einpeilen auf die stärkste Energiequelle«, empfahl Lando. »Das sollte der Generator sein.«

»Staffel Rot, aufpassen – der Platz könnte uns schlagartig ausgehen.«

Sie zogen die Formation auseinander zu Einzel- und Doppelreihe, als sich herauszustellen begann, daß der Schacht nicht nur zahlreiche Wandöffnungen und herausragende Hindernisse aufwies, sondern bei jeder Biegung auch noch enger wurde.

Spurjäger trafen wieder eine Rebellenmaschine, die in Flammen aufging. Kurz danach fetzte ein Spurjäger an ein Hindernis, was zum gleichen Ergebnis führte.

»Ich habe Anzeige für ein großes Schachthindernis«, teilte Lando mit.

»Eben erfaßt. Wird das gehen?«

»Eng wird es auf jeden Fall.«

Es wurde eng. Eine Hitzemauer, die drei Viertel des Tunnels versperrte, wobei der Schacht ein wenig abknickte, so daß etwas mehr Platz blieb. Lando mußte die »Falcon« um 360 Grad drehen, während er hinaufstieg, hinabfiel und beschleunigte. Zum Glück waren die X- und Y-Flügler nicht ganz so breit. Trotzdem schafften es zwei von ihnen an der Unterseite nicht. Die kleineren Spurjäger rückten näher.

Plötzlich Schnee und Rauschen auf allen Bildschirmen.

»Mein Radar ist weg!« schrie Wedge.

»Tempo herabsetzen«, sagte Lando. »Energiestörung von großem Ausmaß.«

»Auf Sichtabtastung schalten.«

»Bei diesem Tempo nutzlos – wir müssen fast blind fliegen.«

Zwei blinde X-Flügler prallten an die Wandung, als der Schacht wieder enger wurde. Ein dritter wurde von den aufholenden Imperiumsjägern zerschossen.

»Führer Grün!« rief Lando.

»Verstanden, Führer Gold.«

»Trennen und zur Oberfläche zurückfliegen. Zentrale Eins hat eben einen Jäger verlangt, außerdem ziehen Sie vielleicht Verfolger ab.«

Führer Grün und seine Begleitmaschine lösten sich aus dem Energieschacht und rasten hinauf zur Kreuzerschlacht. Ein Spurjäger folgte ihnen, unaufhörlich feuernd.

Ackbars Stimme meldete sich über Funk.

»Der Todesstern dreht sich von der Flotte weg. Es hat den Anschein, daß er Endor vernichten will.«

»Wie lange, bis er in Position ist?« fragte Lando.

»Null Komma drei.«

»Das reicht nicht! Die Zeit wird uns zu knapp!«

Wedge fuhr dazwischen.

»Der Schacht auch.«

In diesem Augenblick scharrte die »Falcon« durch eine noch engere Öffnung und beschädigte ihren Hilfsantrieb.

»Das war zu knapp«, murmelte Calrissian.

»Gdshng dsn«, erwiderte der Kopilot und nickte.

Ackbar starrte mit weit aufgerissenen Augen auf das Beobachtungsfenster. Er blickte hinunter auf das Deck des Super-Sternzerstörers, nur Meilen entfernt. Am ganzen Heck loderten Brände, das Imperiums-Kriegsschiff hatte starke Schlagseite.

»Wir haben ihre Bugabschirmung ausgeschaltet«, sagte Ackbar in das Funkgerät. »Auf die Brücke feuern.«

Staffel Grün schoß im Tiefflug vom Todesstern herauf unter den Zerstörer.

»Helfen gern aus, Zentrale Eins«, rief Führer Grün.

»Feuern Protonentorpedos«, meldete sein Begleiter.

Die Brücke wurde getroffen. Das Ergebnis war ein Farbenkaleidoskop. Eine rasend schnelle Kettenreaktion wurde im mittleren Drittel des Zerstörers ausgelöst und sprang von Energiestation zu Energiestation in einem gleißenden Regenbogen von Explosionen über, die das Schiff im rechten Winkel knickten und es wie ein Glücksrad zum Todesstern hinauswirbeln ließen.

Die erste Brückenexplosion riß Führer Grün mit, der nachfolgende unkontrollierte Taumelflug erfaßte zehn weitere Jäger, zwei Kreuzer und ein Munitionsschiff. Bis das ganze flammende Gebilde endlich an den Todesstern prallte, war die Wucht so groß, daß die Kampfstation tatsächlich erschüttert wurde. Es kam zu Explosionen und Donnergetöse im inneren Netzwerk von Reaktoren, Munitionslagern und Hallen.

Zum ersten Mal bebte der Todesstern. Der Zusammenprall mit dem explodierenden Zerstörer war erst der Anfang. Das führte zum Zusammenbruch mehrerer Systeme, dann zu Reaktorschmelzvorgängen, dann zu Panik unter der Besatzung, zur Aufgabe von Stationen, zu weiteren Defekten und allgemeinem Chaos.

Rauch war überall, aus allen Richtungen zugleich klang Donnergrollen, die Leute liefen wild durcheinander. Elektrische Feuer, Dampfexplosionen, Druckabfall in Kabinen, Unterbrechung von Kommandoketten. Dazu anhaltende Bombardierung durch Rebellenkreuzer, wo man erkannt hatte, daß der Feind angeschlagen war. Die herrschende Hysterie breitete sich immer weiter aus.

Denn der Kaiser war tot. Das zentrale, mächtige Böse, die Bindekraft des Imperiums, war dahin, und wenn die dunkle Seite so zerfiel, sich so zersetzte, war dies der Erfolg.

Verwirrung.

Verzweiflung.

Nackte Angst.

Mitten in diesem Tumult war es Luke auf irgendeine Weise gelungen, die große Dockbucht zu erreichen. Er versuchte das schwere Gewicht seines immer mehr verfallenden Vaters zu einer Raumfähre zu schleppen. Auf halbem Weg ließ ihn seine Kraft jedoch im Stich, und er brach unter der Belastung zusammen.

Langsam raffte er sich wieder auf. Wie ein Automat stemmte er seinen Vater auf die Schulter und wankte zu einer der verbliebenen Fähren.

Luke legte seinen Vater auf den Boden, um ein letztes Mal seine Kräfte zusammenzunehmen, als ringsum die Explosionen heftiger wurden. Funken fauchten durch die Deckenträger, eine der Wände sackte zusammen, durch einen klaffenden Riß quoll Rauch. Der Boden bebte.

Vader winkte Luke zu sich heran.

»Luke, hilf mir, die Maske abzunehmen.«

Luke schüttelte den Kopf.

»Dann stirbst du.«

Die Stimme des Schwarzen Lords klang erschöpft.

»Das ist nicht mehr aufzuhalten. Ich will dir nur einmal ohne sie gegenübertreten. Laß dich mit meinen eigenen Augen ansehen.«

Luke hatte Angst davor. Er fürchtete sich, seinen Vater so zu sehen, wie er wirklich war. Fürchtete sich, erkennen zu müssen, welche Person so in die Dunkelheit geraten sein konnte – dieselbe Person, die Luke und Leia das Leben gegeben hatte. Er fürchtete sich, den Anakin Skywalker kennenzulernen, der im Inneren von Darth Vader lebte.

Auch Vader hatte Angst – Angst davor, sich seinem Sohn zu zeigen, die Panzermaske abzunehmen, die so lange zwischen ihnen gewesen war. Die schwarze, gepanzerte Maske, die allein ihn in den letzten zwanzig Jahren am Leben gehalten hatte. Sie war seine Stimme gewesen und sein Atem, seine Unsichtbarkeit – sein Schild gegen jede Berührung mit den Menschen. Aber nun wollte er sie abnehmen, um noch einmal seinen Sohn zu sehen, bevor er starb.

Gemeinsam hoben sie den schweren Helm von Vaders Kopf – im Maskenteil ein kompliziertes Atemgerät, dessen Anschlüsse ebenso abgelöst werden mußten wie die von Sprechmodulator und Bildschirmanlage. Aber als die Maske endlich entfernt und beiseite gelegt war, blickte Luke in das Gesicht seines Vaters.

Es war das traurige, gütige Gesicht eines alten Mannes. Kahlköpfig, bartlos, mit einer riesigen Narbe von der Stirn bis hinab zum Hinterkopf, hatte er tiefliegende, schwarze Augen, und seine Haut war kreideweiß, weil sie zwei Jahrzehnte lang die Sonne nicht gesehen hatte. Der alte Mann lächelte schwach; an seinen Augenwinkeln glitzerten Tränen. Sekundenlang war er Ben nicht unähnlich.

Es war ein Gesicht voller Bedeutungen, das Luke nie wieder aus dem Sinn gehen sollte. Vor allem Bedauern sah er. Und Scham. Man konnte sehen, wie Erinnerungen vorbeihuschten... Erinnerungen an gute Zeiten. An Schrecklichkeiten. Und an Liebe.

Es war ein Gesicht, das ein Leben lang die Welt nicht berührt hatte. Lukes Leben lang. Er sah die Nasenflügel zucken, als sie ein erstes Mal zögernd die Luft einsogen, den Geruch. Er sah, wie der Kopf sich unmerklich zur Seite neigte, um zu lauschen – das erste Mal ohne elektronische Hörverstärkung. Luke spürte einen Stich der Reue, weil sein Vater nichts hörte als Explosionen, nichts roch als ätzende Feuerwolken. Aber es war Wirklichkeit. Greifbar, ungefiltert.

Er sah, daß die alten Augen sich auf ihn richteten. Tränen brannten auf Lukes Gesicht, fielen auf die Lippen seines Vater. Sein Vater lächelte bei dem Geschmack.

Es war ein Gesicht, das sich zwanzig Jahre lang selbst nicht gesehen hatte.

Vader sah seinen Sohn weinen und wußte, daß es das Grauenhafte seines Gesichts sein mußte, was die Tränen hervorrief.

Für Augenblicke verstärkte sich Vaders Qual. Zu seinen Verbrechen fügte sich Schuldbewußtsein wegen der vermeintlichen Abscheulichkeit seiner Züge. Aber dann fiel ihm ein, wie er früher ausgesehen hatte – großartig und auffallend, mit einem Ausdruck, der Unbesiegbarkeit verriet und das ganze Leben leicht nahm. Ja, so hatte er einmal ausgesehen.

Und diese Erinnerung führte eine Welle anderer Erinnerungen mit, an Brüderlichkeit und Heimat. An seine geliebte Frau. An die Freiheit der Weltraumtiefen. An Obi-Wan.

Obi-Wan, sein Freund. Was war aus dieser Freundschaft geworden! Herumgedreht, er wußte nicht wie – aber doch geimpft mit irgendeiner Gleichgültigkeit, die schwärte, bis . . . halt. Das waren Erinnerungen, von denen er nichts wissen wollte, nicht jetzt. Erinnerungen wie glühende Lava, an seinem Rücken hinaufkriechend . . . nein.

Dieser Junge hatte ihn aus der Tiefe gerettet – hier und jetzt mit dieser Tat. Dieser Junge war gut.

Der Junge war gut, und es war sein Junge – also mußte auch in ihm Gutes sein. Er lächelte seinen Sohn an und empfand Zuneigung, zum ersten Mal. Und zum ersten Mal seit vielen, vielen Jahren konnte er auch mit sich selbst leben.

Plötzlich roch er etwas – er blähte die Nasenflügel, schnupperte noch einmal. Wildblumen waren das. In der Blüte. Es mußte Frühling sein.

Und da war ein Donner – er legte den Kopf schief und lauschte angestrengt. Ja, Frühlingsgewitter vor Frühlingsregen. Damit die Blumen blühten.

Ja, da... er spürte einen Regentropfen auf den Lippen. Er leckte den kleinen Tropfen ab... aber halt, das war kein Süßwasser, es war salzig, eine... Träne.

Er richtete den Blick wieder auf Luke und sah seinen Sohn weinen. Ja, das war es, er schmeckte das Leid seines Jungen – weil er so grauenhaft aussah, weil er so grauenhaft war.

Aber er wollte für Luke alles gutmachen, er wollte Luke erklären, daß er in Wirklichkeit gar nicht so häßlich war, nicht tief innerlich, nicht ganz und gar. Mit einem kleinen, beschwichtigenden Lächeln schüttelte er den Kopf und wischte das häßliche Wesen fort, das sein Sohn sah.

»Leuchtende Wesen sind wir, Luke – nicht nur plumpe Materie.«

Luke schüttelte auch den Kopf, um seinem Vater zu sagen, daß es gut war, um die Scham des alten Mannes fortzuscheuchen, ihm zu sagen, daß nichts mehr von Bedeutung sei – aber er konnte nicht sprechen.

Vader begann wieder zu sprechen, noch schwächer, kaum vernehmbar.

»Geh, mein Sohn. Laß mich allein.«

Luke fand seine Stimme wieder.

»Nein. Du kommst mit mir. Ich lasse dich nicht hier. Ich werde dich retten.«

»Das hast du schon getan, Luke«, flüsterte er. Er wünschte sich kurz, Yoda kennengelernt zu haben, um dem alten Jedi für das zu danken, was er Luke beigebracht hatte... aber vielleicht würde er bald bei Yoda sein, in der ätherischen Einheit der Kraft. Und bei Obi-Wan.

»Vater, ich lasse dich nicht allein«, bekräftigte Luke. Schwerste Explosionen erschütterten die Dockbucht, rissen eine ganze Wand nieder, spalteten die Decke. Aus einer Gasdüse in der Nähe schoß ein blauer Flammenstrom. Unmittelbar unter ihm begann der Boden zu schmelzen.

Vader zog Luke nah heran und sagte ihm ins Ohr: »Luke, du hast recht gehabt ... auch bei mir ... Sag das deiner Schwester ... du hast recht gehabt.«

Damit schloß er die Augen, und Darth Vader – Anakin Skywalker – starb.

Eine ungeheure Explosion zerfetzte die Rückseite der Bucht und verwandelte sie in ein Flammenmeer. Luke wurde zu Boden geworfen. Langsam stand er wieder auf und stolperte wie ein Automat zu einer der letzten verbliebenen Raumfähren.

Die »Millennium Falcon« fegte weiter in irrem Slalom durch das Labyrinth von Energiekanälen und rückte langsam dem Zentrum der Riesenkugel näher – dem Hauptreaktor. Die Rebellenkreuzer bombardierten unaufhörlich das offenliegende, unfertige Gerüst des Todessterns. Jeder Treffer rief ein heftiges Zittern in der gigantischen Kampfstation hervor und löste im Inneren eine neue Folge von Katastrophen aus.

Kommandeur Jerjerrod saß brütend im Kontrollraum des Todessterns und beobachtete, wie rings um ihn alles zerfiel. Die Hälfte seiner Besatzung war tot, verwundet oder davongelaufen – wo die Leute Zuflucht zu finden erhofften, war unklar. Eigentlich Wahnsinn, dachte er. Die übrigen liefen hilflos herum oder wüteten gegen die feindlichen Schiffe, feuerten wahllos in die Gegend, schrien Befehle oder konzentrierten sich verzweifelt auf irgendeine bestimmte Aufgabe, als sei darin Rettung zu finden. Oder sie saßen einfach da und brüteten vor sich hin, wie Jerjerrod es tat.

Er vermochte nicht zu ergründen, worauf die Katastrophe zurückzuführen war. Er hatte Geduld gezeigt und treu gedient, hatte hart durchgegriffen. Er war der Kommandeur der größten je erbauten Kampfstation. Er haßte die Rebellenallianz jetzt wie ein

Kind, ohne Rücksicht. Einmal hatte er sie geliebt – als den kleinen Jungen, den er drangsalieren, als das hilflose Tierchen, das er quälen konnte. Aber der Junge war groß geworden, er konnte sich wehren. Er hatte seine Fesseln zerrissen.

Jerjerrod haßte ihn jetzt.

Aber nun schien er nur noch wenig tun zu können. Außer natürlich, den Mond Endor zu zerstören. Dazu war er immer noch imstande. Es war eine kleine Sache, eigentlich nur eine Geste, etwas Grünes und Lebendes zu vernichten, ganz ohne Grund, nur aus Lust an der Zerstörung. Eine Kleinigkeit, aber tief befriedigend.

Ein Adjutant stürzte heran.

»Die Rebellenflotte rückt an, Sir.«

»Die ganze Feuerkraft auf diesen Sektor richten«, erwiderte er zerstreut. Eine Konsole an der Rückwand ging in Flammen auf.

»Die Jäger im Gerüstaufbau entziehen sich unserem Abwehrsystem, Kommandeur. Sollten wir nicht –«

»Sektoren 304 und 308 fluten. Das müßte sie aufhalten.« Er zog die Brauen hoch.

Das ergab wenig Sinn für den Adjutanten, der sich überlegte, was mit dem Kommandeur vorgehen mochte.

»Welcher Rotationsfaktor für die Feuereinpeilung auf Endor?«

Der Adjutant zog den Computerschirm zu Rate.

»Null Komma zwei zur Zielangabe Mond, Sir. Kommandeur, die Flotte –«

»Rotation beschleunigen, bis Mond in Reichweite, dann auf mein Zeichen feuern.«

»Ja, Sir.« Der Adjutant kippte eine Reihe von Schalthebeln. »Rotation beschleunigt, Sir. Null Komma eins zur Zielangabe Mond, Sir. Sechzig Sekunden bis zur Einpeilung. Sir, leben Sie wohl, Sir.« Der Adjutant salutierte, drückte Jerjerrod den Auslöseschalter in die Hand, als wieder eine Explosion den Raum erschütterte, und rannte zur Tür hinaus.

Jerjerrod lächelte ruhig und blickte auf den Bildschirm. Endor trat schon aus dem Schatten des Todessterns. Er streichelte den Zündschalter in seiner Hand. Null Komma null fünf bis Zielangabe Mond.

Im Nebenraum Schreie.

Noch dreißig Sekunden bis zur Zündung.

Lando flog auf den Reaktorkernschacht zu. Sonst gab es nur noch Wedge, unmittelbar vor ihm, und seinen Staffelbegleiter gleich hinter ihm. Mehrere Spurjäger folgten immer noch.

Der Schacht mit seinen Windungen konnte hier nebeneinander kaum zwei Jäger aufnehmen. Bei der Geschwindigkeit, die Lando erreichte, kam alle fünf oder zehn Sekunden eine Biegung im Tunnel. Wieder explodierte ein Imperiums-Jäger an der Wandung, ein zweiter schoß Landos Begleitmaschine ab.

Dann waren es nur noch zwei.

Landos Heckschützen sorgten dafür, daß die verbliebenen Spurjäger in der Enge hin und her tanzen mußten, bis endlich der Reaktorhauptschacht auftauchte. Sie hatten noch nie einen derart gewaltigen Reaktor gesehen.

»Ist zu groß, Führer Gold«, schrie Wedge. »Meine Protonentorpedos schlagen ihm nicht mal 'ne Beule.«

»Übernehmen Sie den Energieregulator am Nordturm«, befahl Lando. »Ich kümmere mich um den Hauptreaktor. Wir haben Raketen mit Aufschlagzündern. Die müßten reichen. Wenn ich sie aber einmal abgefeuert habe, bleibt uns nicht mehr viel Zeit, von hier wegzukommen.«

»Ich bin schon unterwegs«, sagte Wedge.

Er feuerte seine Torpedos mit einem Corellaner-Kampfschrei, traf beide Seiten des Nordturms und fegte wild davon.

Die »Falcon« wartete drei gefährliche Sekunden länger, dann wurden die Aufschlagraketen mit lautem Brüllen abgefeuert. Eine Sekunde lang war der Blitz zu grell, als daß zu erkennen gewesen wäre, was geschehen war. Dann ging der Reaktor durch.

»Direkter Treffer!« schrie Lando. »Jetzt kommt das Schwierige.«

Der Schacht brach über ihm bereits zusammen und erzeugte eine Tunnelwirkung. Die »Falcon« zwängte sich durch die zuckende Öffnung, kämpfte sich durch Flammenwände und ruckende Schächte, immer knapp vor der unaufhörlichen Kette von Explosionen.

Wedge fetzte knapp unter Lichtgeschwindigkeit aus dem Stahlgerüst, fegte um die Vorderseite von Endor herum und hinaus in die Weltraumtiefe, wo er in weitem Bogen langsamer wurde, bevor er zur Zuflucht des Mondes zurückkehrte.

Einen Augenblick später entkam Luke in einer destabilisierten Imperiums-Raumfähre aus der Dockbucht, gerade in dem Augenblick, als dort alles in die Luft flog. Sein schwankendes Raumschiff flog ebenfalls zur grünen Zuflucht in naher Entfernung.

Und schließlich schoß, wie vom Flammenozean ausgespuckt, die »Millennium Falcon« auf Endor zu, nur Sekunden, bevor der Todesstern wie eine Supernova grell verglühte.

Han verband Leias Wunde am Arm in einer Farnlichtung, als der Todesstern zerbarst. Der Anblick zog die Aufmerksamkeit aller auf sich, wo sie auch sein mochten, Ewoks, Rebellen, gefangene Angehörige der Sturmtruppen, dieses letzte, unbeschreibliche Aufflammen der Selbstzerstörung, sengendes Gleißen am Abendhimmel. Die Rebellen jubelten.

Leia berührte Solos Wange. Er beugte sich vor und küßte sie, dann setzte er sich auf den Boden. Er sah, daß sie zum Himmel hinaufstarrte.

»He«, sagte er. »Ich wette, Luke ist noch weggekommen, bevor das Ding auseinanderflog.«

Sie nickte.

»So ist es. Ich fühle es.« Die lebende Gegenwart ihres Bruders berührte sie durch die Kraft. Sie griff hinaus, um zu antworten, um Luke zu versichern, daß alles gut sei. Alles war gut.

Han betrachtete sie mit tiefer, unsagbarer Liebe. Sie war eine besondere Frau. Eine Prinzessin nicht nur dem Titel nach, sondern aus dem Herzen heraus. Ihre innere Kraft erstaunte ihn immer wieder. Einst hatte er alles bekommen, was er gewollt hatte, einfach, weil er es gewollt hatte. Jetzt wollte er alles für sie. Sie sollte haben, was ihr Herz begehrte. Und was sie wollte, war Luke, daran ließ sich nicht zweifeln.

»Du hängst wirklich an ihm, nicht wahr?«

Sie nickte und suchte den Himmel ab. Er war am Leben, Luke war am Leben. Und der andere – der Schwarze Lord – war tot.

»Also, hör mal«, fuhr Han fort. »Ich verstehe das. Wenn er zurückkommt, will ich dir nicht im Weg stehen . . .«

Sie sah ihn mit zusammengekniffenen Augen an, als ihr plötzlich aufging, daß sie aneinander vorbeiredeten.

»Was meinst du damit?« sagte sie. Dann ging ihr auf, worauf er hinauswollte. »O nein. Nein«, sagte sie lachend. »So ist das ganz und gar nicht – Luke ist mein Bruder.«

Han war der Reihe nach betäubt, verlegen und hochgestimmt. Dann war alles nur um so schöner.

Er nahm sie in die Arme, preßte sie an sich, ließ sie wieder in den Farn sinken . . ., aber er achtete sorgsam auf ihren verletzten Arm, als er sich unter dem verblassenden Leuchten des lodernden Todessterns zu ihr legte.

Luke stand in einer Waldlichtung vor einem großen Haufen Baumstämmen und Ästen. Auf dem Scheiterhaufen lag still und in langen Gewändern der leblose Körper Darth Vaders. Luke führte eine Fackel an das Holz.

Als die Flammen die Leiche einhüllten, stieg Rauch aus den Maskenschlitzen, wie ein schwarzer Geist, der endlich befreit war. Luke starrte voll Trauer auf den lodernden Scheiterhaufen. Stumm sprach er sein letztes Lebewohl. Er allein hatte an den kleinen Hauch von Menschlichkeit in seinem Vater geglaubt. Diese Erlösung stieg zusammen mit diesen Flammen in die Nacht hinauf.

Luke folgte den glühenden Spänen bei ihrem Weg in die Nacht mit dem Blick. In seinen Augen vermischten sie sich mit dem Feuerwerk, das die Rebellen zur Feier ihres Sieges abbrannten. Und dieses vermischte sich mit den Freudenfeuern in den Wäldern und dem Ewok-Dorf – Feuer der Begeisterung, der Befriedigung, des Triumphs. Er konnte die Trommeln dröhnen hören, die Musik den Feuerschein durchziehen, den Jubel der vereinigten Tapferen. Lukes Jubel war stumm, als er in die Flammen seines Sieges und seines Verlusts starrte.

In der Mitte des Ewok-Dorfplatzes loderte ein großes Freudenfeuer zur Feier dieser Nacht. Rebellen und Ewoks jubelten gemeinsam im warmen Feuerschein des kühlen Abends – sie sangen, tanzten und lachten in der gemeinsamen Sprache der Befreiung. Sogar Teebo und Artoo hatten sich versöhnt und vollführten ein kleines Tänzchen, während die anderen im Takt der Musik dazu klatschten. Threepio, dessen herrscherliche Tage in diesem Dorf vorbei waren, begnügte sich damit, in der Nähe des wirbelnden kleinen Droiden zu sitzen, der im ganzen Universum sein bester Freund war. Er dankte dem Schöpfer, daß Captain Solo Artoo wieder hatte reparieren können, ganz zu schweigen von Prinzessin Leia. Für jemand ganz ohne protokollarische Vorzüge hatte Solo auch seine guten Seiten. Und er dankte seinem Schöpfer dafür, daß dieser grauenhafte Krieg zu Ende war.

Die Gefangenen waren in Fähren zu den Überresten der Imperiumsflotte geschickt worden – das hatten alles die Leute in den Rebellenkreuzern übernommen. Irgendwo da oben. Der Todesstern war ausgebrannt.

Han, Leia und Chewbacca standen in einiger Entfernung von dem fröhlichen Treiben. Sie blieben eng zusammen, ohne zu sprechen. Ab und zu blickten sie auf den Weg, der ins Dorf führte. Halb warteten sie, halb versuchten sie nicht zu warten, und waren doch unfähig, etwas anderes zu tun.

Bis endlich ihre Geduld belohnt wurde. Luke und Lando stolperten erschöpft, aber glücklich aus der Dunkelheit ins Licht. Die Freunde stürzten ihnen entgegen. Sie umarmten sich, jubelten, sprangen umher, fielen hin und kauerten endlich beieinander, noch immer sprachlos, zufrieden, die Nähe der anderen zu spüren.

Nach einer Weile huschten auch die beiden Droiden heran, um bei ihren Kameraden zu sein.

Die wuscheligen Ewoks feierten wild und laut weit in die Nacht hinein, während die kleine Gruppe tapferer Abenteurer zuschaute.

Einen kurzen Augenblick lang, als Luke ins Freudenfeuer starrte, glaubte er dort Gesichter tanzen zu sehen – Yoda, Ben, sein Vater auch? Er löste sich von seinen Begleitern, um zu erfahren, was die

Gesichter sagten, aber sie waren vergänglich und sprachen nur zu den Flammenschatten, bevor sie wieder verschwanden.

Luke war kurze Zeit traurig, aber dann griff Leia nach seiner Hand und zog ihn wieder an ihre Seite und zu den anderen, zurück in ihren Kreis voll Wärme, Kameradschaft und Liebe.

Das Imperium war tot.

Lang lebe die Allianz.

KAMPFSTERN GALACTICA
SPANNENDE ABENTEUER AUS DER BERÜHMTEN FILM- UND FERNSEHSERIE

23752

23790

23791

Glen A. Larson/
Robert Thurston
Kampfstern Galactica (23748)

Kampfstern Galactica 2
Die Todesmaschine von Cylon
(23749)

Kampfstern Galactica 3
Die Gräber von Kobol (23750)

Kampfstern Galactica 4
Die jungen Krieger (23751)

23792

23793

23794

23795

GOLDMANN

Abenteuerspiele

Joe Dever/Jan Page
Der Hexenkönig
23960

Joe Dever/Jan Page
Flucht aus dem Dunkel
23950

Steve Jackson/Ian Livingstone
Der Hexenmeister vom
flammenden Berg   24200

Joe Dever/Gary Chalk
Das Schloß des Todes
23956

GOLDMANN

Wolfgang E. Hohlbein – Enwor

Wolfgang E. Hohlbein
Der wandernde Wald
23827

Wolfgang E. Hohlbein
Die brennende Stadt
23838

Wolfgang E. Hohlbein
Die verbotenen Inseln
23912

Wolfgang E. Hohlbein
Der steinerne Wolf
23840

Das schwarze Schiff
23850

Die Rückkehr der Götter
23908

Das schweigende Netz
23909

Der flüsternde Turm
23910

Das vergessene Heer
23911

GOLDMANN

Terry Brooks – Shannara

Terry Brooks
Das Schwert von Shannara
23828

Terry Brooks
Der Sohn von Shannara
23829

Terry Brooks
Die Elfensteine von Shannara
23831
Der Druide von Shannara
23832
Die Dämonen von Shannara
23833
Das Zauberlied von Shannara
23893
Der König von Shannara
23894
Die Erlösung von Shannara
23895

Terry Brooks
Der Erbe von Shannara
23830

GOLDMANN

Knight Rider

Glen A. Larson/Roger Hill
Gewagtes Spiel
23772

Glen A. Larson/Roger Hill
Tödliches Vertrauen
23773

Glen A. Larson/Roger Hill
Ein hochkarätiger Killer
23775

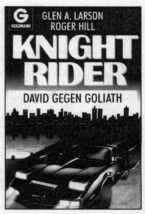

Glen A. Larson/Roger Hill
David gegen Goliath
23776

GOLDMANN

V – die Außerirdischen

Allen Wold
Die Gedankensklaven
23716

Jayne Tannehill
Die Oregon-Invasion
23717

Weinstein/Crispin
Kampf um New York
23711

Proctor
Rote Wolken über Chicago
23713

Weinstein
Der Weg zum Sieg
23714

Somtow Sucharitkul
Symphonie des Schreckens
23718

Sullivan
Angriff auf London
23715

GOLDMANN

GEORGE V. HIGGINS

Die Freunde von Eddie Coyle
5083

Der Anwalt
5087

Ausgespielt
5115

GOLDMANN

Goldmann
Taschenbücher

**Allgemeine Reihe
Unterhaltung und Literatur
Blitz · Jubelbände · Cartoon
Bücher zu Film und Fernsehen
Großschriftreihe
Ausgewählte Texte
Meisterwerke der Weltliteratur
Klassiker mit Erläuterungen
Werkausgaben
Goldmann Classics (in englischer Sprache)
Rote Krimi
Meisterwerke der Kriminalliteratur
Fantasy · Science Fiction
Ratgeber
Psychologie · Gesundheit · Ernährung · Astrologie
Farbige Ratgeber
Sachbuch
Politik und Gesellschaft
Esoterik · Kulturkritik · New Age**

Goldmann Verlag · Neumarkter Str. 18 · 8000 München 80

Bitte
senden Sie
mir das neue
Gesamtverzeichnis.

Name: _____

Straße: _____

PLZ/Ort: _____